Pour te sauver

L'amour en embuscade

Le secret de Misty Malone

SUSAN KEARNEY

Pour te sauver

BLACK *ROSE*

éditions HARLEQUIN

Collection : BLACK ROSE

Titre original : DADDY TO THE RESCUE

Traduction française de HELENE COLOMBEAU

HARLEQUIN®
est une marque déposée par le Groupe Harlequin

BLACK ROSE®
est une marque déposée par Harlequin S.A.

Ce roman a déjà été publié en juin 2006

Photos de couverture
Enfant : © EBBY MAY/ROYALTY FREE/GETTY IMAGES
Paysage : © GUNTER MARX PHOTOGRAPHY/CORBIS

83-85, boulevard Vincent-Auriol, 75646 PARIS CEDEX 13.
Service Lectrices — Tél. : 01 45 82 47 47
www.harlequin.fr
ISBN 978-2-2802-4669-9 — ISSN 1950-2753

Prologue

Essayant de se détendre, en vain, Sara Hardaker regardait par le hublot du jet privé qu'on lui avait envoyé pour qu'elle se rende à sa réunion. Seule passagère avec sa fille Abby, elle pouvait admirer à loisir le ciel d'un bleu éclatant, dans lequel traînaient quelques fils de nuages aussi fins que les cheveux blonds et soyeux du bébé.

A huit mois, Abby était déjà une grande voyageuse. Bien sûr, elle n'appréciait pas beaucoup de rester attachée dans son siège pour enfant, mais elle allait bientôt s'endormir, bercée par le ronronnement régulier des moteurs ; Sara venait de lui donner le sein.

Elle n'avait pas revu le pilote depuis qu'elle s'était installée dans son fauteuil. Et il n'y avait personne d'autre à bord ni copilote ni steward. Mais Sara s'estimait heureuse que le gouvernement ait jugé son travail assez important pour lui affréter un moyen de transport aussi luxueux. D'ailleurs, elle pouvait bien s'habituer à voyager dans ces somptueux fauteuils de cuir, avec cuisine et bar à disposition : après avoir vendu son logiciel à l'Etat, elle aurait les moyens de se payer de longues vacances au soleil avec Abby.

Ainsi, des mois et des mois de travail acharné allaient bientôt être récompensés. Plusieurs organisations gouvernementales étaient intéressées par son logiciel de reconnaissance faciale. Elle pouvait remercier le ciel d'avoir eu le courage de quitter le monde de l'entreprise pour devenir son propre patron ! Toute seule, elle avait réussi à écrire un code informatique permettant d'identifier un visage à partir d'une photo numérique, et ce même quand celle-ci était sombre, et même quand l'individu portait des lunettes de soleil et un chapeau.

— Ballon.

Abby venait de lui lancer une balle en plastique, qui atterrit sur ses genoux. La petite fille, qui prononçait déjà quelques mots, avait l'habitude d'attirer l'attention de sa mère. Sara lui tendit le jouet en souriant, tout en sachant qu'elle recommencerait le même geste. Mais cela ne la dérangeait pas. Abby était la seule personne qui pouvait la ramener à la réalité lorsqu'elle pensait à son travail.

Elle fut tentée de continuer à jouer avec elle, mais elle était consciente qu'Abby avait plutôt besoin de dormir. Sara lui caressa la joue dans l'espoir de détourner son attention de la balle. Le trajet passerait plus vite si elle dormait. Bientôt, Abby commença à battre des paupières.

D'habitude, elle ne succombait au sommeil qu'après une période d'intense activité mais, dans l'avion, il n'était pas question que Sara la laisse explorer les lieux à quatre pattes. La plupart du temps, Abby lui donnait bien du fil à retordre. Mais quelle chance elle avait de l'avoir ! Car, sans elle, il lui était difficile de garder les pieds sur terre.

Sara avait en effet tendance à perdre la notion du temps lorsqu'elle était plongée dans le cyberespace. Pour le bien de sa fille, elle avait néanmoins renoncé aux journées de travail de dix-huit heures. Et c'est aussi pour son avenir qu'elle entreprenait cet important voyage. Abby n'était pas censée être là, mais la baby-sitter avait attrapé la grippe et Sara n'avait pas eu d'autre choix que d'emmener son bébé avec elle.

Elle regarda tendrement sa fille qui dormait maintenant à poings fermés. Dans son sommeil, elle agitait ses petits pieds, tout en tenant encore son ballon. D'un geste machinal, Sara lui ramena doucement les cheveux en arrière en priant pour qu'elle ne se réveille pas avant que l'avion ait atterri à Los Angeles.

A travers les nuages, la jeune femme entrevit les cimes enneigées et les vallées brumeuses des Rocheuses. Il devait leur rester encore une heure de vol environ.

*
* *

Quand le pilote ouvrit la porte qui séparait le cockpit de la cabine, Sara comprit qu'elle s'était assoupie. Son premier réflexe fut de se tourner vers Abby : celle-ci dormait toujours profondément.

Sara remonta une des chaussettes sur sa petite jambe puis leva les yeux vers le pilote :

— Qui a pris les commandes de l'av...

« Oh mon Dieu ! » se dit-elle en comprenant ce qui était en train de se produire.

L'homme avait attrapé sa sacoche d'ordinateur et venait d'ouvrir la porte. Le vent s'engouffra brusquement dans l'avion. Elle eut juste le temps de voir qu'il avait un parachute, puis il sauta.

Il les avait laissées seules, sans pilote. Et sans copilote.

L'avion piqua du nez et commença à prendre de la vitesse. Sara se sentit écrasée au fond de son siège. Mais elle ne pensait qu'à une chose : Abby. Le bébé n'était pas censé être là. Et maintenant, elles allaient mourir toutes les deux.

De toute évidence, le pilote avait voulu s'emparer de son nouveau programme informatique. Elle jeta un coup d'œil sur l'ordinateur portable qu'elle avait sorti de sa sacoche et glissé un peu plus tôt dans le sac à langer, derrière le siège pour enfant. Il n'avait pas réussi à lui voler son logiciel, ni le disque dur sur lequel il fonctionnait. Mais elle n'en éprouvait aucune satisfaction.

L'avion plongeait maintenant vers les montagnes à une vitesse vertigineuse. Dans quelques secondes, il se fracasserait contre les arbres, la glace ou les rochers.

En essayant de ne pas hurler, Sara attrapa la petite main d'Abby et la serra dans la sienne.

1

Kirk Hardaker en avait repéré une toute mignonne avec des yeux adorables, qui semblait pleine de vitalité. Mais il devait regarder les autres tout aussi attentivement : il recherchait en effet ce qu'il y avait de mieux. Comme le tempérament comptait autant pour la réussite que l'intelligence, il plaçait la barre très haut, exigeant de ses partenaires un caractère à la fois joueur et dégourdi avant de les accueillir dans son ranch du Michigan.

Kirk n'était pas pressé. Mettre en place une relation solide demandait beaucoup de patience et plusieurs années de dressage, mais souvent ces efforts étaient récompensés par la présence chaleureuse d'une joyeuse créature qui se pelotonnait à vos pieds après une longue journée de travail.

Observant d'un œil expert le moindre comportement qui pourrait révéler un défaut ou une qualité, Kirk passa en revue les différents choix qui se présentaient à lui : de toute évidence, le chiot craintif qui restait blotti dans son coin ne ferait pas l'affaire. Celui qui ignorait complètement la balle qu'il venait de lancer au milieu de la portée ne conviendrait pas non plus. En revanche, la petite chienne qui avait couru après la balle et la lui avait rapportée semblait correspondre à ce qu'il cherchait.

Il lui caressa la tête et fut satisfait de voir que le petit berger allemand de six semaines n'avait pas peur de lui ; elle n'avait pas non plus essayé de le mordre. Avec précaution, il la sortit de son enclos et la déposa dans l'herbe, qui la dépassait de dix bons centimètres. Elle aurait pu rester figée et se mettre à gémir pour rejoindre la portée, mais à la grande satisfaction de Kirk, elle se dirigea avec curiosité vers le nord, s'arrêtant de temps en temps pour relever la tête et renifler l'air.

Kirk sortit de sa poche un vieux chiffon auquel il avait fait un nœud et le laissa tomber devant la petite chienne, qui se jeta dessus avec enthousiasme, ne semblant pas le moins du monde inquiète de se retrouver dans un cadre inconnu.

Jusque-là, tout allait bien. Il lui restait à voir si elle avait peur du bruit, de l'eau, de la hauteur ou des terrains accidentés — autant de craintes inacceptables chez un bon chien de recherche et de sauvetage. Le propriétaire de la portée avait confié celle-ci à Kirk pour une semaine : il lui restait donc encore plusieurs jours pour se décider. Et comme il passait des centaines d'heures à dresser chaque animal, il était hors de question de précipiter la sélection.

Ici, dans son coin de campagne isolé — il lui fallait une demi-journée de route pour atteindre la ville la plus proche —, Kirk exerçait son nouveau métier selon le rythme des saisons. Pendant les longues journées d'été, il avait travaillé sans relâche à dresser les meilleurs chiens de recherche et de sauvetage du pays. L'hiver l'obligerait à limiter ses activités en extérieur, mais il en profiterait pour s'occuper de son courrier qui s'entassait depuis des semaines. Le soir, après dîner, il se plongeait souvent dans la lecture des derniers manuels de dressage, ou feuilletait les catalogues pour découvrir les nouveaux équipements.

Tandis qu'il ramassait la petite chienne et la grattait derrière les oreilles pour la récompenser, Kirk entendit un bruit d'hélicoptère. Levant les yeux vers le ciel, il reconnut un appareil de l'US Air Force. Dans leurs enclos, les chiens se mirent à aboyer furieusement contre cette machine bruyante qui envahissait leur territoire. Kirk reposa la petite chienne dans le panier et se dirigea vers sa cabane.

D'une manière générale, il ne recevait pas beaucoup de visites. Il était encore trop tôt pour que le propriétaire des chiots soit de retour et, de toute façon, il n'arriverait certainement pas en hélicoptère… Deux semaines auparavant, Kirk avait expliqué à des campeurs qui s'étaient égarés comment rejoindre l'autoroute. Personne d'autre ne s'était montré ici depuis des mois. Et il était peu probable qu'un touriste soit venu se perdre en hélicoptère.

Du temps où il était encore à l'armée, il se plaisait à imaginer que sa promotion arriverait dans un hélicoptère comme celui-ci :

un officier de haut rang en descendrait pour lui proposer le poste de responsable des opérations mondiales K-9, qu'il convoitait depuis ses débuts dans l'armée. Mais dans ce domaine d'expertise, les promotions étaient lentes à venir : même s'il faisait partie des meilleurs, il lui fallait attendre pour obtenir une si bonne place. Eh bien, il n'attendrait plus. Cette époque était révolue. Non pas qu'il ne fût plus dévoué à sa patrie mais, à présent, il travaillait pour lui. Il avait loué ce ranch pour dresser ses chiens, et avait très vite trouvé une grande satisfaction dans son nouveau travail. Il espérait même pouvoir un jour racheter le terrain. Autant dire que les hommes à bord de cet engin n'avaient aucune chance de le convaincre de s'en aller — car même s'ils lui proposaient la fonction de chef des opérations mondiales, il ne rempilerait pas. Cependant, l'atterrissage n'avait peut-être rien à voir avec lui. L'hélicoptère pouvait tout simplement manquer d'essence ou avoir un problème de moteur.

Lorsqu'il vit un homme brun de grande taille et vêtu d'un manteau de cuir noir descendre du siège du pilote, Kirk se figea. Cet homme-là n'était pas perdu. Et il ne cherchait pas d'essence. A voir la raideur de ses épaules, Kirk jugea que l'étranger devait être un officier. De haut rang. Cela n'annonçait donc rien de bon.

Il connaissait bien ce genre d'hommes pour avoir été un des leurs. Mais les choses avaient changé. Il avait choisi de servir son pays d'une autre manière à présent, d'une façon qui lui permettait de vivre en paix.

Il attendit que l'homme vienne vers lui, convaincu qu'aucune parole ne le ferait changer d'avis. Il avait déjà reçu plusieurs propositions sur son répondeur, mais n'avait pas pris la peine de rappeler. Il ne voulait pas y retourner. Il s'était fait une nouvelle vie et celle-ci lui plaisait.

L'armée américaine était experte en recrutement. Et Kirk savait que si elle avait besoin de ses compétences, elle n'hésiterait pas à lui demander de se réengager. Mais il n'accepterait pas. Plus jamais.

Le pilote au regard perçant retira un de ses gants de cuir et lui tendit la main :

— Je suis Logan Kincaid.

Ce n'était pas un militaire. Kirk avait déjà entendu son nom.

Cet homme n'était connu que dans les plus hautes sphères politiques. La rumeur courait d'ailleurs que Logan Kincaid, spécialisé dans la programmation des communications par satellites avait travaillé pour la NASA et pour la NORAD, la défense aérospatiale de l'Amérique du Nord ; on disait aussi qu'il avait créé le code du programme secret de défense anti-missiles des Etats-Unis. Kirk avait entendu parler de lui par son ex-femme, Sara, elle-même brillante informaticienne, qui avait dû demander l'autorisation à Kincaid d'utiliser certains de ses codes.

— Et vous travaillez pour qui ? lui demanda-t-il néanmoins.

— Le Groupe Shey.

Ce nom ne lui disait rien. Kirk serra la main de Kincaid, qui ne sembla pas s'émouvoir de la saleté qui recouvrait sa peau. Il ne se donna pas la peine de se présenter : de toute évidence, Kincaid savait qui il était. Un homme comme lui ne faisait pas six cents kilomètres en hélicoptère, depuis Détroit jusqu'à ce coin perdu, sans connaître le nom de celui à qui il rendait visite. Et si Kirk devinait juste, Logan Kincaid, le numéro un de l'informatique aux Etats-Unis, avait déjà lu son dossier militaire top secret et connaissait par cœur son indice de solvabilité et le montant de son loyer au dollar près. Alors à quoi bon faire preuve de courtoisie ?

Il lança à son visiteur un regard dur :

— Vous perdez votre temps ici. Je n'ai pas d'ordinateur.

Kincaid n'esquissa pas l'ombre d'un sourire à cette plaisanterie. Cependant, Kirk crut déceler dans ses yeux une lueur de respect ; Kincaid ne s'attendait certainement pas à ce qu'il connaisse quelque chose de son univers ultrasecret. Mais Kirk ne voulait rien savoir de plus. Son passage dans l'armée lui avait déjà coûté très cher.

— Si vous me connaissez, vous savez que je ne fais généralement pas de visites à domicile.

Sentant que Kincaid ne partirait pas avant d'avoir été écouté, Kirk fit un geste résigné vers la cabane.

— Vous voulez une bière ?

— Non merci. Je ne suis pas venu pour boire.

— Je suppose que c'est là que je suis censé vous demander

pourquoi vous êtes venu ? ironisa Kirk en secouant la tête. Je dois vous prévenir que vos raisons ne m'intéressent pas. Je n'ai aucune intention de rejoindre une organisation gouvernementale.

— Très bien.

— Ecoutez, vous perdez votre temps, qui est certainement très précieux. Vous auriez dû appeler.

— Je l'ai fait…

Kincaid, l'air amusé, suivit Kirk dans la cabane et quitta son long manteau de cuir. Il était vêtu d'un costume très chic qui aurait semblé ridicule sur un autre et dans lequel beaucoup d'hommes se seraient sentis mal à l'aise. Mais Logan Kincaid, lui, le portait à la perfection.

— … mais vous ne m'avez pas rappelé.

Kirk haussa les épaules et se dirigea vers l'évier pour se laver les mains. La petite lumière rouge clignotait sur son répondeur. Il était incapable de se souvenir de la dernière fois qu'il avait écouté ses messages. Tandis que Kirk s'essuyait les mains, Kincaid parcourut la pièce du regard.

Avec une cuisine et une salle de bains dotées de l'eau courante grâce à un ruisseau qui passait à proximité et un groupe électrogène qui alimentait sa cuisinière, éclairait la pièce et la chauffait si la cheminée ne suffisait pas, Kirk avait tout le confort dont il pouvait rêver. En revanche, il n'était pas très doué pour le ménage… Des dizaines de magazines et de livres étaient éparpillés sur le canapé en cuir, ainsi que sur la table et les chaises dépareillées que les précédents locataires avaient laissées. Des boîtes de conserve menaçaient de tomber des sacs de provisions abandonnés près de la porte. Le sol était couvert de poils de chien. Et une pile de journaux et de lettres datant de plus d'un mois traînait sur le plan de travail de la cuisine.

— N'hésitez pas à vous faire une petite place et mettez-vous à l'aise.

Kincaid débarrassa une chaise du linge propre qui y était entassé, jeta celui-ci sur le canapé et s'assit.

— Je ne travaille plus pour notre gouvernement à titre officiel, commença-t-il.

— Je vous répète que je ne suis pas intéressé, l'interrompit Kirk, et encore moins par une opération non officielle.

C'étaient les plus dangereuses. En cas de problème, le gouvernement laissait tomber l'agent puis niait avoir eu connaissance de l'opération. Pendant sa mission au Koweït, Kirk avait surtout été chargé de rechercher des bombes avec son chien lors d'inspections de routine dans les ambassades. Occasionnellement, il s'était porté volontaire pour participer à des missions spéciales, au cours desquelles les avions traversaient sans autorisation les frontières de pays où les soldats américains n'avaient aucun droit de se trouver. Kirk ne s'était jamais posé de questions. Son travail était simple : il devait s'assurer qu'il n'y avait pas de bombes pour que les gens ne meurent pas.

Mais des gens étaient morts.

« Ne pense pas à ça », s'intima-t-il en son for intérieur.

Puis il était parti avec d'autres chiens sur des missions de recherche et de sauvetage. Tenter de retrouver les gens qui avaient survécu aux coulées de boue, aux explosions de gaz, aux bombardements, aux accidents de train et aux tremblements de terre était un travail gratifiant. Un travail qu'il laissait maintenant volontiers à d'autres maîtres-chiens.

— Si je suis là, c'est parce que j'ai été engagé pour accomplir une mission, reprit Kincaid.

— Engagé ?

— Le Groupe Shey est une entreprise dont l'équipe est composée principalement d'anciens militaires très expérimentés, et entraînés au maniement des armes, aux opérations clandestines et au combat au corps à corps. Je suis venu vous recruter…

— Je ne suis toujours pas intéressé.

— Chaque membre détient des actions de l'entreprise. Et nous sommes prêts à vous payer un million de dollars…

— C'est non.

Plus le salaire était important, plus le danger serait grand. Et Kirk s'était promis que quelle que soit l'urgence de l'appel, il n'y répondrait pas. Il comptait parmi les meilleurs maîtres-chiens du monde : ses compétences étaient très demandées. Mais il pouvait sauver plus de vies en restant ici à dresser plusieurs dizaines de chiens par an qu'en partant accomplir des missions de secours.

— Un million de dollars pour un jour ou deux de travail, reprit Kincaid.

Kirk secoua la tête en signe de refus. Il resterait ici, achèterait peut-être cette petite chienne et continuerait à dresser ses bêtes.

— Vous venez de refuser plus d'argent que vous n'en gagnerez en toute une vie.

— Et alors ?

— Si vous aviez dit oui à l'argent, vous n'auriez pas été l'homme qu'il nous faut.

— Je ne comprends pas.

— Je ne recrute que des hommes qui sont prêts à risquer leur peau pour les autres membres de l'équipe. J'ai eu l'occasion de me rendre compte que ceux qui sont attirés par l'argent ont souvent du mal à penser aux autres.

Kirk le considéra un instant, puis hocha lentement la tête :

— Logique.

Il se passa une main dans les cheveux. Ils avaient vraiment besoin d'une bonne coupe… Cela lui fit penser qu'il avait été si pressé de retrouver ses chiens ce matin qu'il avait oublié de se raser après la douche. Mais Logan Kincaid n'était pas du genre à juger un homme sur les apparences, bien qu'il fût lui-même tiré à quatre épingles. Il s'était donné un mal fou pour arriver jusqu'ici, pensa Kirk, la moindre des choses était de le mettre en contact avec un autre maître-chien compétent.

— C'est pour quel genre de mission ? demanda-t-il à Kincaid. Recherche de drogue ? De bombes ?

— Pistage et protection.

Une combinaison inhabituelle. Les chiens étaient dressés soit à pister, soit à protéger. Pas les deux. Et quel genre de personne aurait besoin d'être d'abord retrouvée puis protégée ? Kirk essayait de se tenir au courant de l'actualité, mais il avait souvent plusieurs jours de retard.

— Un terroriste s'est échappé de prison ?

— Non, un avion privé s'est écrasé sur les Rocheuses. Nous avons besoin de quelqu'un de compétent en recherche et sauvetage.

— Je suis sûr que vous connaissez des gens dans le domaine de la protection. Je vais vous donner les noms de deux ou trois maîtres-chiens qui font du bon boulot, ajouta Kirk en attrapant un bout de papier et un crayon.

— Attendez !

Kincaid s'était levé d'un bond.

— Il y a des complications, précisa-t-il d'un ton grave.

— Il y en a toujours. Dans les Rocheuses, la neige peut vous arriver jusqu'aux hanches. Et les températures tombent en dessous de zéro à la tombée de la nuit.

— Jusqu'à moins sept, en ce moment, rectifia Kincaid. Mais il ne s'agit pas seulement de ça. Juste avant que l'avion ne s'écrase ce matin, sans avoir envoyé de signal de détresse, quelqu'un a vu un homme sauter de l'avion avec un parachute.

Kirk sentit son cœur cogner violemment dans sa poitrine.

— C'est donc un meurtre.

Logan secoua la tête.

— Il n'y avait que deux personnes dans ce petit avion. L'une d'entre elles était votre ex-femme.

Oh mon Dieu ! Voilà pourquoi Logan Kincaid était venu le chercher… Toutes les raisons qu'il avait eues de refuser sa proposition s'envolèrent en un instant et sa bouche devint si sèche qu'il eut du mal à parler. C'était sûrement une erreur.

— Sara ?

— Et sa fille.

Une lueur d'espoir le traversa. L'administration avait certainement confondu.

— Vous devez vous tromper. Sara n'a pas d'enfant.

— Elle l'a appelée Abby.

C'était le prénom de la grand-mère de Sara.

Kirk tenta de contenir le sentiment de panique qui l'envahissait. Alors qu'elle était encore une enfant, à seize ans, Sara avait déjà décidé de donner à sa première fille le prénom de celle qui l'avait accueillie quand ses parents étaient morts dans un accident de voiture. Sara planifiait toujours tout des années à l'avance : acheter une maison, rembourser l'emprunt… et faire un bébé.

Kincaid lui laissa quelques secondes pour digérer la nouvelle avant de continuer :

— Nous n'avons entendu aucun message radio depuis que l'avion s'est écrasé.

— Sara a toujours un téléphone portable sur elle, dit Kirk avec espoir.

— Selon mes experts, les montagnes pourraient bloquer l'émission de signaux.

— Avez-vous réussi à localiser le site du crash ?

— Nous avons en tout cas réduit les possibilités. Des équipes de secours sont déjà en train de ratisser la montagne, mais… le terrain est très accidenté.

Et mortel, pensa Kirk. En supposant qu'elle soit sortie indemne du crash, qu'elle ait été en excellente forme physique et qu'elle ait eu de bonnes compétences de survie en pleine nature, elle pouvait encore mourir de froid dans cette montagne. Et il savait bien que, malgré toutes ses qualités, Sara n'était pas une athlète… Pour couronner le tout, elle détestait le camping. Mais c'était la femme la plus déterminée qu'il ait jamais connue. Il espérait que cette détermination la maintiendrait en vie.

Kirk se leva, attrapa un sac et le remplit de vêtements et de matériel avec un soin méthodique.

— En combien de temps pouvez-vous m'amener là-bas ?

Le trajet en hélicoptère jusqu'à l'aéroport de Détroit lui sembla durer une éternité. Pepper, la meilleure chienne de recherche de Kirk — une femelle berger allemand de quatre ans — s'était installée calmement à ses pieds. Les oreilles dressées, elle paraissait tout à fait prête pour cette mission.

Kincaid pilotait l'hélicoptère aussi facilement qu'il donnait des ordres. Il passa plusieurs dizaines de coups de fil aux membres de son équipe pour coordonner leurs efforts et organiser le transport des hommes, des provisions et du matériel jusqu'au camp de base — certains trajets se feraient avec l'armée, si nécessaire. Il fit même réveiller un juge pour obtenir l'autorisation de mettre sur écoute une ligne téléphonique suspecte. De toute évidence, l'équipe recherchait activement les hommes qui avaient voulu tuer une femme et son bébé.

Physiquement, Kirk était aussi bien préparé pour cette

mission que Kincaid et Pepper. Le métier de maître-chien, en effet, ressemblait fort à celui des triathlètes du point de vue de l'entraînement : pour suivre leurs compagnons, ils devaient courir à côté d'eux, nager ou encore grimper des montagnes enneigées. Et dans les sauvetages réussis, c'était la vitesse qui faisait bien souvent la différence entre la vie et la mort.

Les maîtres-chiens étaient appelés sur les sites des pires catastrophes, là où les machines ne pouvaient aller. Et dans les Rocheuses, trouver l'endroit d'un crash n'était pas une mince affaire. Souvent, la surveillance par satellite n'était d'aucune aide, car l'avion risquait d'être caché par la neige ou les arbres. Ou dans un ravin. Et pour ne rien arranger, les débris pouvaient être disséminés sur plusieurs kilomètres, ce qui rendait la recherche de survivants ou de corps encore plus difficile.

Kirk refusait de croire que Sara puisse être morte. Seul l'espoir lui donnerait assez de forces pour supporter les minutes, les heures et les jours à venir.

« Tiens bon, Sara. On va te retrouver. »

Il savait qu'elle essaierait de tenir le coup. Sara n'abandonnait jamais. Le mot « renoncer » était absent de son vocabulaire, et Kirk l'avait très vite compris la première fois qu'ils s'étaient rencontrés.

A seize ans, Kirk était déjà un vrai sportif : il était quart arrière dans l'équipe de football du lycée, star du demi-fond et champion aux cinq cents mètres nage libre. Mais le sport lui prenait du temps, et ses résultats scolaires en avaient souffert. On lui avait donc assigné un tuteur.

Il était entré dans la salle d'études en sifflotant, avec ses livres sous le bras. Populaire et confiant, il se disait que ce tuteur ferait tout son travail à sa place. Cependant, en voyant celle que l'on surnommait le Cerveau, il avait perdu un peu de son optimisme. Avec ses cheveux blonds tout emmêlés et ses énormes lunettes sombres, c'est à peine s'il pouvait voir son visage. Mais il connaissait sa réputation. Sara faisait partie des meilleurs élèves du lycée. Elle finirait l'année major de la promotion. Et elle n'avait pas d'amis. On disait même qu'elle ne parlait qu'en code informatique.

Kirk était presque sûr que ses compétences en athlétisme ne

l'impressionneraient pas ; il doutait même qu'elle eût déjà assisté à un événement sportif. Mais elle ne pouvait pas rater la belle lettre « M », symbole de la Michigan High School, brodée en blanc et gris sur son blouson ; seuls les meilleurs sportifs du lycée portaient cette lettre prestigieuse.

La plupart des filles l'accueillaient avec un sourire timide ou bien aguichant. Sara, elle, n'avait même pas levé les yeux.

— Tu es en retard, avait-elle grommelé.

— Et c'est grave ?

— Bien sûr que c'est grave. On a seulement une heure par jour, trois jours par semaine. Et tu es tellement mauvais que tu vas être recalé.

— Ce n'est pas vrai. J'ai juste dix de moyenne.

Techniquement, il n'avait pas tort. Mais c'était sans compter le résultat de l'interrogation écrite qu'il avait passée le matin même. Elle lui avait justement tendu une feuille sur laquelle un énorme « 6 » était écrit en rouge. Elle avait raison : à ce rythme, il ne passerait pas dans la classe supérieure.

— Assieds-toi. Tu verras que tout se passera bien entre nous si tu n'essaies pas de me contredire.

Kirk n'aimait pas échouer. Il n'aimait pas non plus la façon dont elle lui parlait. Mais il avait besoin d'elle. Dans son lycée, la règle voulait en effet que les athlètes recalés ne puissent pas participer aux activités extrascolaires — le football, par exemple. La plupart de ses professeurs étaient assez gentils avec lui et ne lui mettaient pas de trop mauvaises notes ; mais le professeur d'informatique se souciait du sport comme d'une guigne. Kirk espérait que son tuteur ferait ses devoirs à sa place et remonterait suffisamment sa moyenne dans cette matière pour qu'il passe.

— Donne-moi juste mon travail terminé et je m'en vais, avait-il dit en tendant la main.

Cette fois, elle avait relevé la tête. Comme elle portait un appareil dentaire en plus de ses horribles lunettes, il était difficile de dire à quoi elle ressemblait. Mais Kirk avait toujours su regarder les choses et les gens au-delà des apparences. Sa capacité à remarquer les détails avait fait de lui un excellent athlète, mais aussi un garçon beaucoup plus perspicace que les autres jeunes de son âge. Et il avait le sentiment que quand elle n'aurait plus son appareil et que quelqu'un la convaincrait d'arrêter de se cacher derrière ses lunettes, le vilain petit canard deviendrait une vraie beauté. Elle avait les traits fins, une bouche pulpeuse et des cheveux qui pouvaient être magnifiques — si seulement elle les coiffait.

— Tu t'imagines que je vais faire tes devoirs ?

Il avait tendu le bras pour poser ses livres à côté d'elle.

— Tu es là pour ça, non ?

— Certainement pas. Je suis là parce que je suis obligée de donner des heures de soutien à des sportifs comme toi.

— Ça veut dire que tu dois m'aider…

— Ça veut dire que moi j'enseigne, et toi tu écoutes. Que tu le veuilles ou non. Que *je* le veuille ou non. Et je n'ai pas l'intention de faire les choses à moitié.

Pointant son index sur lui, elle avait ajouté, l'air aussi implacable et déterminé que l'entraîneur de l'équipe de foot avant un exercice difficile :

— Je vais donc t'apprendre le code HTML de base.

L'ampleur de la mission à accomplir l'avait fait sourire :

— Et tu penses que je vais y arriver ?

— Quand j'en aurai fini avec toi, tu auras au moins seize.

Personne ne lui avait jamais parlé comme le Cerveau, auparavant. Qu'est-ce qu'elle l'agaçait ! Juste pour le plaisir, il avait continué à la taquiner :

— Je n'ai jamais eu de seize.

— Mais tu ne m'as jamais eue comme tutrice, avait-elle rétorqué avec une telle confiance en elle qu'il l'avait tout de suite crue.

Encouragé par son assurance, il s'était assis à ses côtés. Elle était partie de zéro et avait repris le cours d'informatique avec beaucoup plus de clarté que le professeur. Non pas qu'elle eût rendu les concepts plus simples, mais il avait fini par comprendre leur logique, si bien qu'il s'était bientôt senti capable de se débrouiller seul — mais il ne le lui avait pas dit. Elle était tellement contente de ses progrès qu'il avait continué à la voir pour lui faire plaisir, et aussi pour la connaître un peu mieux.

Quatre mois plus tard, il avait fini avec seize de moyenne

dans cette matière. Pour fêter cela, il lui avait demandé de sortir avec lui un soir. Bon sang ! Quelle erreur il n'avait pas faite là !

Il se frotta le front. Douze ans après, il en portait encore la marque.

2

Sara entrouvrit les paupières, juste assez pour voir qu'elle était dehors, étendue sur le dos. La lumière brûlante du soleil lui fit aussitôt refermer les yeux. Une douleur sourde lui tenaillait la tête. Elle aurait volontiers replongé dans un sommeil insouciant si des cris de bébé ne l'avaient brusquement ramenée à la réalité.

— Abby ? murmura-t-elle.

Comme elle voulait que les cris cessent, qu'elle puisse de nouveau se laisser glisser dans l'inconscience ! Mais Abby continuait à pleurer.

Peu à peu, des images terrifiantes lui revinrent à l'esprit, défilant sur l'écran de ses paupières closes : l'avion qui plonge vers la montagne ; la petite main de sa fille serrée dans la sienne ; le bruit effroyable des branches d'arbres qui cassent ; le paysage qui tournoie tandis qu'elle roule et glisse dans la neige…

Sara s'efforça d'ouvrir les yeux malgré l'intensité de la lumière. Elle comprit alors pourquoi son crâne lui faisait aussi mal, comme si on l'avait assommée : elle était allongée presque à la verticale, la tête en bas. En tendant le cou pour regarder sur le côté, elle s'aperçut avec horreur qu'elle se trouvait au bord d'une falaise. Elle referma les yeux. Quelques centimètres à peine la séparaient d'un précipice de plusieurs centaines de mètres, et d'une mort certaine.

Les pleurs d'Abby redoublèrent. Sara ne pouvait pas rester allongée là, dans la neige, sans rien faire. Il fallait agir.

Après avoir pris une profonde inspiration, elle remua ses membres un à un pour voir si elle était blessée. Dieu merci, elle s'en sortait avec quelques contusions et un violent mal de tête. Des douleurs qui disparaîtraient très vite si elle glissait de la falaise…

Quelle chance elles avaient eue de survivre toutes les deux ! Abby n'était pas visible, mais au moins elle était vivante. Encouragée par cette pensée, Sara regarda autour d'elle. Sa veste, déchirée, était restée accrochée à une branche, un peu plus haut. Son jean trempé lui collait à la peau, la neige s'était insinuée dans ses bottes, et l'une de ses mains s'était coincée entre les racines d'un arbre, l'empêchant ainsi de continuer à glisser le long de la pente.

A présent, il fallait qu'elle se libère pour retrouver Abby. Mais comment ?

Sara n'avait aucune connaissance de la survie en pleine nature, mais elle avait vécu assez longtemps avec Kirk pour savoir que le plus important était de garder la tête froide. Bon sang, où était-il quand elle avait besoin de lui ? Certainement avec son autre famille, comme d'habitude : dans l'armée américaine.

Cependant, Sara éprouvait une étrange impression. Il lui semblait entendre la voix de Kirk, toujours calme et posée quelles que soient les circonstances, comme s'il se trouvait juste à côté d'elle :

« Evalue la situation. »

— Je suis allongée au bord d'un précipice au milieu de ces fichues Rocheuses, dit-elle à voix haute.

La neige coulait dans son cou et le long de son dos. Et ses doigts, engourdis par le froid, commençaient à lâcher prise.

Mais en entendant les pleurs d'Abby, Sara trouva la force d'agripper plus fermement la racine et de passer une jambe autour de celle-ci. Elle pouvait maintenant dégager sa main.

« Ne te repose pas sur tes lauriers, reprit la voix de Kirk. Redresse-toi et regarde autour de toi. »

— Je ne peux pas ! cria-t-elle, désespérée.

« Tu vas laisser mourir ton bébé, Sara ? »

Non, Abby n'allait pas mourir. Elle n'avait que huit mois. Et elle n'était même pas censée être ici.

Serrant les mâchoires et contractant ses muscles endoloris, Sara réussit à se mettre en position assise. Son mal de tête s'estompa aussitôt, et elle put examiner les environs sans avoir le soleil directement dans les yeux.

Où était Abby ?

Il n'y avait aucune trace de l'avion. Pas de fumée. Rien que les arbres, le ciel et la neige.

Prenant appui sur les rochers déchiquetés, Sara commença à se hisser le long de la pente. La douleur dans ses doigts atteignit bientôt un niveau insupportable, mais elle continua, puisant au fond d'elle-même le peu de forces qu'il lui restait pour grimper. Si elle n'était pas habituée à surmonter la douleur physique, elle connaissait en revanche très bien la souffrance affective. Après la mort de ses parents, elle avait pris conscience de sa différence par rapport aux autres enfants. Elle n'avait pas de mère ni de père. Elle ne s'habillait pas comme les autres jeunes de son âge. Elle ne prenait pas de cours de danse ou de piano. Et au lycée, elle n'avait pas d'amis.

A l'époque, elle avait trouvé dans la souffrance liée à sa solitude une motivation pour travailler dur à l'école. Fascinée par l'informatique, elle passait des heures à l'université locale pour profiter de l'installation internet. En première, elle savait déjà écrire des programmes de base. Certains jeunes lisaient des romans de science-fiction, d'autres se droguaient ; Sara, elle, se perdait dans le cyberespace.

Au début de sa première année de lycée, Bobby Martinson l'avait invitée à boire un verre au café du coin. Bien qu'un peu étonnée, Sara s'était sentie flattée que l'un des plus beaux garçons de l'école s'intéresse à elle. Mais en le voyant arriver accompagné de sa bande de copains et d'une jolie fille qu'il tenait par la taille, Sara avait compris qu'il lui avait tendu un piège pour l'humilier.

Elle avait essayé de sortir discrètement du café, mais Bobby était trop fier de sa mauvaise blague pour la laisser partir si vite.

— Alors, le Cerveau, on attend quelqu'un ? avait-il ricané en faisant un clin d'œil à sa petite amie.

— Quelqu'un qui n'en vaut pas la peine, apparemment, avait rétorqué Sara.

Au milieu de tous ces regards moqueurs, elle avait gardé la tête haute et redressé les épaules mais, intérieurement, elle bouillonnait. Comment avait-il osé arriver avec ses amis au bras d'une autre fille après lui avoir demandé de sortir avec lui ?

Et surtout, pourquoi n'avait-elle rien vu venir ? Elle aurait dû s'en douter. Les garçons ne l'aimaient pas parce qu'elle était plus intelligente qu'eux. Quant aux filles, elles la considéraient comme une anomalie de la nature.

Sara n'avait rien à faire de ce que les autres pensaient : elle méprisait trop leurs jugements pour s'en soucier. Pourtant, elle aurait aimé avoir des amis, comme tout le monde — ou quelqu'un de très proche avec qui partager des moments privilégiés. De toute évidence, Bobby Martinson n'était pas la bonne personne...

— Tu arriverais peut-être à sortir avec un garçon si tu t'habillais un peu mieux, lui avait-il lancé, le regard mauvais.

— Et toi, tu arriverais peut-être à coucher avec une fille si ton cerveau était plus gros que ton sexe.

La réplique de Sara avait provoqué quelques rires étouffés ; Bobby, lui, était resté interdit, ne sachant pas vraiment s'il avait été insulté ou non. Sara en avait profité pour s'éclipser, sans pouvoir se départir d'une sensation pesante d'humiliation. Elle s'était alors juré de ne plus jamais être aussi vulnérable, et de redoubler d'efforts afin d'obtenir les bourses dont elle avait besoin pour aller à l'université.

Ainsi, elle avait su tirer parti de sa souffrance morale pour mener à bien ses ambitions ; à présent, c'était sa douleur physique qu'elle exploitait pour finir de se hisser le long de la pente.

Epuisée, Sara luttait contre le froid qui lui glaçait les mains tandis qu'elle avançait lentement dans la neige, forçant sur ses muscles meurtris. Les poumons en feu, le cœur battant à se rompre comme si elle venait de courir un cent mètres, elle fut bientôt contrainte de s'arrêter pour se reposer. Elle eut alors conscience que quelque chose n'allait pas.

Abby ne pleurait plus.

— Souvenez-vous bien qu'on ne vous laissera pas tout seul, dit Kincaid à Kirk entre deux appels téléphoniques. Nous tiendrons des renforts à votre disposition, ainsi qu'un camp de base et tout ce dont vous aurez besoin, depuis la nourriture préférée de Pepper jusqu'aux bases de données de la CIA, du FBI et de l'armée.

Malgré le bruit assourdissant de l'hélicoptère, les deux hommes pouvaient discuter grâce à des casques équipés de micros.

— Qui vous a engagé ? demanda Kirk.

— Faucon Noir, répondit Kincaid en souriant. C'est le nom de code d'un fonds secret du gouvernement. Les chèques sont rédigés en Suisse, donc ils ne laissent pas de traces.

Cela n'expliquait pas pourquoi de telles dépenses étaient engagées pour sauver Sara. Kirk en était reconnaissant, mais il voulait comprendre.

— Pourquoi Faucon Noir paye votre équipe pour retrouver une simple citoyenne comme Sara ?

— Parce qu'elle travaille sur des programmes de reconnaissance faciale qui sont vitaux pour la sécurité des Etats-Unis.

Et Kirk se doutait que le logiciel de Sara devait être bien supérieur à la version disponible jusque-là…

— Laissez-moi deviner. Sara transportait son ordinateur avec elle quand l'avion s'est écrasé, et le gouvernement craint que le logiciel ne tombe entre de mauvaises mains.

Kincaid acquiesça, avant de demander :

— Que savez-vous sur le travail de Sara ?

— La dernière fois qu'elle m'en a parlé, son logiciel de reconnaissance faciale en était encore au stade théorique. Elle voulait mettre au point un programme capable de retracer avec précision les traits du visage pour pouvoir reconnaître des individus dans les lieux publics. Selon elle, la forme de la tête est aussi unique que les empreintes digitales, et peut être utile dans de nombreux domaines touchant à la sécurité.

— Eh bien, elle a réussi. Nous nous servons déjà d'un logiciel de ce type dans la lutte contre le terrorisme aérien, mais il n'est pas assez rapide et manque de précision. Le système mis au point par Sara est de bien meilleure qualité ; il peut se révéler très utile pour notre pays. Tous les services de police rêvent d'y avoir accès.

— Si je comprends bien, il y a beaucoup d'argent en jeu, soupira Kirk. C'est là qu'intervient l'aspect « protection » de la mission, je suppose ?

— Partout dans le monde, des gens s'intéressent à son logiciel. Des membres de gouvernements, mais aussi des terroristes. Sans parler de ses concurrents, qui ont au moins trois ans de retard sur elle.

Qui aurait cru que Sara pourrait causer autant de problèmes avec son ordinateur ? Ou que son travail la mettrait en danger de mort…

— Est-ce que votre femme…

— Ex-femme.

— Est-ce qu'elle discutait de son travail avec d'autres personnes ?

— Notre divorce a été prononcé il y a six mois. Cela fait presque un an et demi que je n'ai pas échangé un mot avec elle. Je ne sais pas du tout ce qu'elle a fait ces derniers temps, ni avec qui elle a parlé, répondit Kirk en soupirant. Tout ce que je peux dire, c'est que Sara est plutôt du genre solitaire. Il lui arrivait souvent de travailler pendant plusieurs semaines sans voir personne.

— Une drôle de femme, apparemment.

« Sans aucun doute », pensa Kirk. Et comme il l'avait aimée, dans toute son excentricité ! Chassant ce souvenir de son esprit, il reprit :

— Ce qui est certain, c'est qu'elle était prudente. Lorsqu'elle utilisait internet, elle faisait toujours en sorte de protéger son ordinateur contre les virus et les logiciels espions.

Tandis qu'il augmentait la vitesse de l'hélicoptère, Kincaid lui jeta un coup d'œil en biais.

— Savez-vous à quel endroit elle rangeait ses disquettes de sauvegarde ?

Même s'il l'avait su, Kirk n'aurait rien révélé. Il craignait que le gouvernement n'attache plus d'importance au travail de Sara qu'à la jeune femme elle-même, et qu'il ne décide d'annuler la mission.

Kincaid le regardait fixement. Comme s'il avait lu dans les pensées de Kirk, il précisa sur un ton rassurant :

— Les fonds nécessaires pour retrouver Sara sont déjà disponibles à la banque. J'exige pour chaque mission que le paiement soit versé à l'avance. Même si nous récupérons le logiciel de Sara, nous ne la laisserons pas dans ces montagnes. Nous n'abandonnons jamais des gens comme elle. Jamais.

Kincaid semblait sincère, et Kirk avait envie de le croire. Mais la parole d'un étranger ne faisait pas le poids face à la vie de Sara. Pour rien au monde il n'aurait risqué de la perdre. De toute façon, il ne savait pas où elle avait conservé ses sauvegardes, même s'il était certain qu'elles se trouvaient en lieu sûr.

Pour tout ce qui touchait à ses ordinateurs et à son travail, Sara était en effet très prévoyante : elle envisageait toujours un plan de secours. C'est au niveau relationnel qu'elle était beaucoup moins à l'aise. A seize ans, elle avait appris à se défendre contre les railleries de ses camarades, auxquelles elle répondait par de petites piques bien senties. Il suffisait en général d'une réplique de ce genre pour qu'on arrête de s'en prendre à elle.

Portant une main à son front, Kirk sourit en pensant à la seule cicatrice visible que Sara lui ait jamais laissée. Après avoir obtenu d'excellents résultats en informatique grâce à elle, il lui avait demandé de l'aider une fois par semaine pour les autres matières.

Sara savait repérer les idées essentielles d'un cours, et elle arrivait à deviner ce que les professeurs pouvaient demander dans les interrogations écrites. Mais Kirk ne s'intéressait pas à elle seulement pour ses qualités intellectuelles. Au printemps, on lui avait enlevé son appareil dentaire, si bien qu'elle souriait beaucoup plus naturellement. Et elle avait fini par économiser suffisamment d'argent pour s'offrir une bonne coupe de cheveux et des vêtements un peu plus féminins.

La grand-mère de Sara étant très pauvre, il n'avait pas été facile pour elle de recueillir sa petite-fille. Pour s'en sortir, elles devaient donc travailler toutes les deux. Le matin, avant d'aller au lycée, Sara livrait des journaux ; le soir, elle donnait des cours particuliers, puis elle travaillait comme caissière dans un magasin de réparation de télévisions. Parfois, elle faisait aussi un peu de baby-sitting.

Elle n'avait pas de petit ami. Bon sang, elle n'avait même pas de copines… Kirk aurait dû se douter qu'il ne fallait pas aller trop vite. Mais à l'époque, il avait dix-sept ans, et il ne voyait aucun mal à proposer un rendez-vous à une fille.

— Si tu dois travailler vendredi, que dirais-tu de se retrouver samedi soir ? lui avait-il demandé à la fin d'un cours particulier.

— Tu as besoin d'aide dans une autre matière ? s'était-elle étonnée en fronçant les sourcils.

— J'ai pensé qu'on pourrait étudier un peu de biologie humaine, tous les deux.

Ignorant l'allusion, Sara avait soupiré :

— Tu es en avance sur le cours. M. Scanlon n'abordera pas ces chapitres avant…

— Sara, j'essaie de t'inviter à sortir avec moi.

— Très drôle.

Elle avait rassemblé ses livres et commençait à les ranger dans son sac à dos.

— Je suis sérieux.

— C'est ça. Je pensais que…

Elle refusait de le regarder dans les yeux. Kirk aurait dû sentir que quelque chose n'allait pas : Sara ne cherchait jamais ses mots.

— Tu pensais quoi ?

— Que tu me respectais assez pour ne pas jouer avec mes sentiments.

C'était avec son corps qu'il avait envie de jouer ! Il savait déjà qu'elle avait l'esprit le plus parfait de tout le lycée. Il voulait en savoir un peu plus sur les belles courbes qu'elle semblait cacher sous ses vêtements amples. Mais il avait trop d'amour-propre pour lui avouer que depuis quelques mois, il s'endormait tous les soirs en espérant qu'il rêverait d'elle. Elle lui aurait ri au nez.

C'est pour cette raison qu'il avait décidé de lui montrer concrètement qu'elle l'intéressait, plutôt que d'essayer de le lui dire. Elle se tenait assez près de lui pour qu'il perçoive le parfum frais de ses cheveux blonds, qui cachaient à moitié son visage. Quand il lui avait enlevé ses lunettes, la belle petite bouche de Sara s'était arrondie de surprise.

— Rends-les-moi, lui avait-elle ordonné en tentant d'attraper ses lunettes.

— Je veux juste…

— Les gens nous regarde, avait-elle sifflé.

— Je m'en fiche.

Alors Kirk, le quart arrière de l'équipe de football, la star du demi-fond, le champion du cinq cents mètres nage libre, s'était penché pour embrasser le Cerveau. Il ne s'était jamais imaginé qu'elle le rejetterait. Toutes les filles parlaient de lui à voix basse lorsqu'il passait près d'elles. On lui proposait sans arrêt des rendez-vous au cinéma ou au café. Mais il voulait Sara, et pensait que c'était réciproque.

Il se trompait.

Alors qu'il posait ses lèvres sur les siennes et l'attirait à lui, Sara lui avait violemment écrasé les orteils. Surpris par la douleur, il s'était penché en avant pour attraper son pied, en sautillant sur l'autre. Au même moment, Sara s'était retournée, le sac à dos sur l'épaule, pour sortir de la bibliothèque. Kirk avait reçu le sac en pleine figure avant de tomber de tout son long.

Une des boucles du sac à dos lui avait fait une entaille de deux centimètres au-dessus de l'œil, et le sang coula sur sa joue, faisant paraître la blessure beaucoup plus importante qu'elle ne l'était. Une jeune lycéenne, manquant trébucher sur le corps de Kirk, avait poussé un cri en voyant son visage ensanglanté. Lorsqu'un professeur était arrivé, tous les élèves avaient montré Sara du doigt.

— C'est elle qui a commencé.

— Elle l'a frappé.

— Le Cerveau va être renvoyé.

Elle n'avait pas été renvoyée, bien sûr : le directeur avait fini par savoir ce qui s'était passé et l'incident avait été clos. La blessure de Kirk avait vite cicatrisé. Mais chaque fois qu'il se regardait dans une glace, il pensait à Sara et à la confusion terrible qu'il avait lue dans ses yeux lorsqu'elle était sortie de la bibliothèque.

Malgré ses dix-sept ans, Kirk s'était rendu compte à l'époque que Sara avait mal interprété ses intentions. Elle avait certainement pensé qu'il était comme Bobby Martinson, et qu'il l'avait embrassée dans l'unique but de l'humilier. Avec une maturité inhabituelle pour un garçon de son âge, Kirk avait compris qu'elle ne l'avait pas cru sincère. Et il se doutait que la douleur de Sara avait été plus grande que la sienne.

Après quelque temps et beaucoup d'efforts, Sara avait fini par croire en lui — mais le rêve n'avait pas duré. Elle avait demandé le divorce. Et tandis qu'il se préparait dans l'hélicoptère à venir la secourir, Kirk s'efforça de chasser l'idée qu'il l'avait peut-être perdue pour toujours.

Sara se trouvait sur un plateau. D'immenses rochers se dressaient sur sa gauche. Devant elle s'étendait une forêt de pins. Et tout autour, les cimes enneigées d'autres montagnes se dessinaient dans le ciel.

Il n'y avait aucune trace d'Abby, ni de l'avion. Pourtant, sa fille devait être tout près, puisqu'elle l'avait entendue. Mais n'avait-elle pas aussi perçu la voix de Kirk, alors qu'il ne pouvait pas être là ? Qui sait, dans sa confusion, elle avait peut-être eu des hallucinations.

Elle souffla sur ses mains pour les réchauffer. Debout, elle sentait beaucoup plus le vent glacé, qui s'insinuait sous ses vêtements et courait le long de son dos. Il fallait qu'elle continue à bouger pour ne pas s'engourdir. Si seulement elle avait pensé à prendre des gants ! Heureusement, ses bottes étaient fourrées, et elle avait réussi à récupérer sa veste. Elle était également soulagée d'avoir bien emmitouflé Abby pendant le vol. Tandis qu'elle enfonçait ses mains dans les poches de sa veste pour les réchauffer, Sara rencontra la surface lisse d'un objet en plastique.

Son téléphone portable !

Reprenant espoir, elle s'empressa de l'allumer. La batterie était pleine. Mais sur l'écran éclairé le message « Aucun réseau » s'afficha. Les montagnes autour d'elle devaient bloquer le signal.

Après avoir éteint son téléphone pour en économiser la batterie, Sara le glissa dans sa poche et avança péniblement dans la neige qui lui arrivait aux genoux. Une odeur de kérosène lui fit accélérer le pas. Au milieu d'épaisses broussailles, elle aperçut le siège pour enfant… et Abby !

Elle se précipita vers son bébé, qui semblait dormir paisiblement. Quel soulagement lorsqu'elle vit que sa fille respirait ! Ses petites joues roses étaient marquées par les larmes, mais elle n'avait pas une égratignure. Elle semblait avoir été déposée là par une main bienveillante, juste à côté d'un gros arbre qui la protégeait du vent glacial.

Elle était sauvée. A présent, Sara devait tout faire pour qu'elle reste en vie.

Elle brûlait d'envie de la prendre dans ses bras, de l'embrasser dans le cou, de lui chatouiller le menton pour la faire rire, et surtout, de regarder si elle n'avait rien de cassé. Mais elle se retint : elle n'avait ni le matériel ni les connaissances nécessaires pour apporter des soins médicaux à sa fille en cas de problème.

Sara maudissait le pilote qui avait sauté de l'avion avec sa sacoche d'ordinateur. Elle espérait de toutes ses forces qu'il s'était cassé une cheville en retombant et qu'il était maintenant assis dans la neige, en train de frissonner tout autant qu'elle.

Essayant d'ignorer sa peur, elle s'efforça de réfléchir. Il fallait absolument qu'elle se concentre sur ce qu'elle devait faire pour Abby et elle.

« Evalue la situation. » Avec seulement un sac rempli de couches, une couverture pour bébé et un ordinateur portable, le plus urgent était de construire un abri, et de faire un feu.

Après avoir disposé des couches sur les côtés du siège bébé pour l'isoler davantage contre le froid, Sara étendit la couverture sur Abby et la borda soigneusement. Pour le moment, sa fille avait plus besoin de chaleur et de protection que des baisers de sa mère.

Car la nuit tombait dès 16 heures dans les montagnes. Et Sara n'avait plus beaucoup de temps pour construire un abri et allumer un feu.

3

L'expérience de Sara en matière de camping se limitait aux quelques émissions qu'elle avait regardées sur la chaîne « Voyage » du câble. Sans équipement et sans rien à manger, comment pouvait-elle sortir des Rocheuses toute seule avec son bébé dans les bras ? Sur ce terrain escarpé et recouvert de neige, il était dangereux de parcourir ne serait-ce que quelques centaines de mètres. Mais elle n'allait pas non plus attendre sans rien faire que l'on vienne les chercher !

A cette heure-là, l'avion aurait dû atterrir en Californie. Mais à supposer que la tour de contrôle signale leur retard, les secours mettraient plusieurs heures avant de localiser le lieu du crash, d'autant que l'appareil était certainement dissimulé sous la neige ou sous les arbres. Et il n'y avait aucune chance qu'il soit repéré par satellite : seuls les avions de ligne étaient équipés de boîtes noires.

Si seulement elle pouvait retrouver les restes de l'épave ! Dans l'immédiat, c'était son unique espoir. Ignorant la faim qui lui tenaillait le ventre, Sara continua à marcher péniblement vers les arbres en suivant l'odeur de fumée. Avec un peu de chance, elle tomberait sur une radio ou sur une fusée de détresse. Ou bien sur des couvertures ou de la nourriture. Qui sait, elle pourrait peut-être même se servir de l'avion comme abri !

« Ne te fais pas trop d'illusions », se dit-elle en soupirant.

Quelques flocons de neige commençaient à tomber, mais Sara laissait des empreintes si profondes qu'elle était certaine de pouvoir retrouver son chemin jusqu'à Abby. Cependant, la météo se gâtait. De gros nuages avaient encerclé la montagne, faisant disparaître les sommets environnants dans un manteau de grisaille, et des bourrasques de vent faisaient tourbillonner la neige. Sara se demanda si ces quelques flocons n'annonçaient pas une vraie tempête, pour couronner le tout…

Elle s'enfonça dans le bois, un peu inquiète à l'idée de s'éloigner autant d'Abby. Il n'y avait aucune trace de l'avion. Alors qu'elle était sur le point d'abandonner et de rebrousser chemin, elle décida d'aller voir un peu plus loin et faillit tomber dans un précipice. Elle se jeta sur le côté pour éviter de basculer dans le vide. Une fois de plus, elle s'était arrêtée à temps. En s'aidant de ses pieds et de ses mains, elle s'éloigna du bord de la falaise et resta un moment assise dans la neige.

Elle était glacée jusqu'aux os et couverte de bleus. Et pour ne rien arranger, il lui semblait que la neige tombait plus fort. Jetant tout de même un coup d'œil vers le précipice, elle se figea : là, sous un rocher, se trouvait la queue de l'avion, absolument hors de portée.

Mais où étaient le cockpit et le fuselage ?

Avec précaution, elle s'avança près du bord de la falaise pour regarder en bas. Une fine couche de neige commençait à recouvrir la queue de l'avion et à en estomper les contours. Il était clair que la masse de métal ne serait bientôt plus visible d'en haut.

La jeune femme se releva, découragée. Sentant le vent se renforcer, elle prit conscience qu'aucun hélicoptère ne viendrait les chercher avant que la tempête soit terminée. Et il serait alors peut-être trop tard…

« Ne pense pas à ça », s'ordonna-t-elle en tentant de reprendre courage.

Les peuples primitifs avaient bien réussi à survivre aux rigoureux hivers dans ces montagnes ! Abby et elle devaient être capables de tenir une nuit. Et puisqu'elle ne pouvait pas rejoindre l'avion, il lui faudrait se contenter des ressources dont elle disposait.

« Réfléchis, Sara, s'exhorta-t-elle. Que font les Inuits ?… Ils construisent des igloos ! »

Pour cela, elle ne manquait pas de neige, mais elle n'avait pas de gants.

Alors qu'elle revenait sur ses pas pour retrouver Abby, elle se rendit compte qu'elle sentait moins le froid quand le vent soufflait dans son dos. Il fallait donc qu'elle trouve un endroit protégé du vent pour construire son abri.

Les branches les plus basses de certains arbres touchaient presque le sol, formant une tente naturelle autour du tronc. Si elle pouvait prendre ces branches comme base pour les murs et le toit de son igloo, elle gagnerait un temps précieux.

Rassemblant son courage, elle se mit donc au travail, répétant inlassablement les mêmes gestes. Elle devait s'arrêter souvent pour reprendre son souffle et réchauffer ses mains gelées. Mais petit à petit, ses efforts furent récompensés : l'igloo commençait à prendre forme.

Deux heures plus tard, épuisée et affamée, elle transporta Abby et son siège pour enfant dans cet abri de fortune. Il n'avait pas belle allure, et il n'y faisait pas chaud, mais c'était ce que Sara pouvait faire de mieux avec les matériaux dont elle disposait, et elle y avait mis toute son énergie. A présent, elle luttait pour garder les yeux ouverts. Abby avait faim elle aussi, et Sara savait qu'elle devait l'allaiter.

Assise sur une souche qu'elle avait ramenée de la forêt, elle s'appuya contre le tronc de l'arbre, prit sa fille dans ses bras et lui présenta un sein. Le bébé se précipita sur le mamelon et se mit à téter goulûment. Au moins, Abby ne mourrait pas de faim tant que Sara aurait encore du lait.

La jeune femme était transie de froid. Si seulement elles avaient un feu pour les réchauffer ! Mais Sara n'avait pas d'allumettes, ni de briquet. Et inutile de dire qu'elle n'avait pas non plus de loupe ou de miroir pour tenter de faire naître une flamme ; de toute façon, il n'y aurait pas eu assez de soleil avec tous ces nuages qui s'accumulaient dans le ciel.

Elle changea Abby de sein et frissonna au contact de l'air froid sur sa peau. Si Kirk avait été là, il aurait déjà allumé un bon feu de bois. Mais Sara avait décidé qu'elle pouvait continuer à vivre sans lui, seule avec Abby. Elle n'avait cessé de se le répéter depuis leur divorce. Et c'était vrai : dans le monde civilisé, elle s'en sortait très bien sans Kirk Hardaker. Cela ne voulait pas dire qu'il ne lui manquait pas. La nuit, il lui arrivait encore de se tourner vers lui dans son sommeil avant de se souvenir qu'elle était seule.

Mais même lorsqu'ils étaient mariés, elle ne l'avait jamais vraiment senti avec elle. C'est pour cela qu'elle avait divorcé. L'autre famille de Kirk — la Marine — passait toujours en premier. Et si Sara l'aimait suffisamment pour accepter ses longues absences inexpliquées, elle ne pouvait en revanche plus supporter de vivre sans arrêt dans la peur de le perdre. De jour comme de nuit, Kirk recherchait des bombes dans les ambassades, les bureaux ou les centres d'entraînement. Trop souvent, lui et ses chiens trouvaient ce qu'ils étaient venus chercher, et son corps marqué de cicatrices était là pour le prouver.

Kirk ne parlait pas toujours de ses missions à Sara, mais il ne pouvait pas lui cacher les blessures avec lesquelles il revenait. Des opérations en Irak et en Yougoslavie lui avaient laissé une vilaine plaie à la poitrine et une coupure sur l'oreille. En souvenir d'une mission à Haïti, il avait ramené quarante points de suture à la tête, heureusement cachés sous ses cheveux. Et au Panama, il avait reçu un morceau de métal brûlant dans la cuisse lors d'un attentat au camion piégé.

Seuls Dieu et la Marine américaine savaient où il se trouvait à présent.

Depuis leur divorce, un an et demi plus tôt, Sara avait essayé de ne pas penser à Kirk, ni à leur mariage et aux souvenirs qu'ils avaient en commun : cela lui était encore trop douloureux. Elle s'était concentrée sur son travail et sur Abby, tentant d'oublier l'échec de leur relation.

A présent, elle espérait que Kirk avait plus chaud qu'elle, là où il était. Car malgré la souche d'arbre qu'elle avait ramenée dans l'igloo pour s'asseoir, ses fesses étaient gelées. Lorsque Abby eut fini de téter, Sara la changea puis la garda contre elle, sous sa veste, pour qu'elles se réchauffent mutuellement.

Mais cela n'était pas suffisant. Ses mouvements d'avant en arrière n'empêchaient pas Sara d'être gelée jusqu'aux os. Cependant, que pouvait-elle faire d'autre avec seulement quelques couches de rechange, un siège pour enfant et un ordinateur portable ? Il fallait absolument qu'elle trouve une solution, sinon elles ne passeraient pas la nuit.

*
* *

Après avoir posé l'hélicoptère à Détroit, Kincaid et Kirk montèrent dans un avion privé ; l'équipement électronique installé à bord donna à Kirk une idée assez claire de la variété et de l'importance des missions que Logan Kincaid et son équipe pouvaient mener.

Pepper renifla l'air ambiant, trouva une petite place près d'un canapé en cuir et se coucha en rond, tandis que Kincaid faisait les présentations :

— Jack Donovan, Kirk Hardaker.

Le pilote, un homme grand et mince, serra la main de Kirk.

— Bienvenue à bord, lança-t-il avec un chaleureux accent du Sud.

— Que dit la météo ? lui demanda Kirk.

Jack Donovan s'installa au poste de pilotage et consulta les différents indicateurs du tableau de bord.

— Nous pouvons y aller.

— Sommes-nous les seuls à nous diriger tout droit vers la tempête ? s'inquiéta Kincaid.

— Ne vous en faites pas, chef, je vous mènerai à bon port, lui assura Jack Donovan avec un clin d'œil.

Kirk remarqua que le pilote n'avait pas vraiment répondu à leurs questions, ce qui n'annonçait peut-être rien de bon ; mais il était soulagé que l'homme soit prêt à piloter dans de mauvaises conditions si nécessaire. Il s'assit sur un siège, attacha sa ceinture et prit le casque que Kincaid lui tendait. Dans cet avion relativement silencieux, les casques étaient moins indispensables que dans l'hélicoptère, mais ils facilitaient néanmoins les communications d'un bout à l'autre de l'appareil et permettaient aux hommes de se connecter aux réseaux téléphonique et radiophonique.

La voix de Jack se fit entendre dans les casques de Kirk et de Kincaid :

— Nous commençons à recevoir des informations de Ryker.

— Ryker Stevens est un ancien des forces spéciales diplômé en études commerciales, expliqua Kincaid à Kirk. Son talent pour faire parler les relevés de compte et les bilans financiers a permis de résoudre plus d'une affaire. Qu'avez-vous trouvé, Ryker ?

La conversation se transforma en véritable téléconférence lorsque Ryker Stevens prit la parole :

— Sara Hardaker était sur le point de vendre son logiciel au gouvernement des Etats-Unis contre plusieurs millions de dollars.

Kirk grimaça. Il n'y avait que Sara pour voyager avec un objet de cette valeur sans garde du corps pour la protéger ! Et il n'avait jamais connu moins observatrice qu'elle. Une fois plongée dans ses calculs et ses programmes, elle ne remarquait même pas que la nuit était tombée ou qu'elle n'avait pas mangé depuis le matin. Un étranger pouvait la suivre ouvertement : elle ne voyait rien. C'est pour cette raison que Kirk avait du mal à l'imaginer dans le rôle de mère. Il n'était pas sûr, d'ailleurs, de vouloir essayer.

— Et les sauvegardes ? demanda Kincaid tandis que l'avion roulait sur la piste et décollait en douceur vers le ciel nuageux du Michigan.

La région des Grands Lacs n'offrait pas beaucoup de journées ensoleillées pendant l'hiver, et ce jour-là n'était pas une exception. Ce temps pluvieux donnait envie à Kirk de se pelotonner sur son canapé devant un feu de cheminée, avec un bon livre en main et son fidèle compagnon à ses pieds. Mais il n'était pas question de rester à la maison alors que Sara était perdue en plein milieu des Rocheuses.

La voix de Ryker Stevens, claire et précise, répondit à Kincaid :

— Si Sara a fait des copies de son travail, elle les a bien cachées. Ou bien elles ont déjà été volées. Sa maison a en effet été cambriolée, et par des professionnels. On n'a pas retrouvé une seule empreinte. Apparemment, ils n'étaient pas là pour les bijoux : ils ont laissé une montre en or, qui était pourtant posée en évidence dans la chambre, sur une commode.

C'était la montre que Kirk lui avait offerte en cadeau de fiançailles. Comme elle lui avait plu à l'époque ! Maintenant, il semblait qu'elle ne voulait plus la porter. Mais elle l'avait gardée… Etait-ce pour des raisons sentimentales ?

Cela ne le regardait pas. Mais Kirk ne supportait pas l'idée que ces hommes se soient introduits dans la chambre de Sara et qu'ils aient fouillé dans ses affaires. C'était une femme qui tenait beaucoup à préserver sa vie privée.

Il était étonné d'apprendre que, depuis le divorce, elle avait quitté leur appartement de Détroit pour s'installer dans une maison. Repensant au bébé, il fronça les sourcils : il y avait d'autres choses qu'il ne savait pas à propos de son ex-femme. Quel âge avait sa fille ? Kirk doutait que Sara ait consacré du temps à construire une nouvelle relation ; elle était bien trop absorbée par son travail pour cela. Mais qui était le père du bébé, alors ?

— Qu'avez-vous d'autre à nous dire ? demanda Kincaid.

— Rien sur le pilote, pour l'instant. Il a utilisé un faux nom et une fausse adresse, et l'entreprise qui l'employait n'en sait pas plus sur son identité. Il n'avait pas d'amis proches et encaissait ses chèques à la banque locale. Le compte a été fermé.

— On dirait bien qu'on est dans une impasse, grommela Kirk.

— Pas totalement, répliqua Ryker, qui ne semblait pas surpris d'entendre une voix étrangère. On a relevé des empreintes sur sa voiture volée et on est en train de les identifier.

— Bien. Merci, Ryker.

Kincaid coupa la communication, détacha sa ceinture et fit signe à Kirk de le suivre à l'endroit où tout le matériel électronique était installé.

Là, une carte météorologique représentant l'ensemble du pays apparaissait sur un écran d'ordinateur. Kincaid entoura du doigt une zone blanche au-dessus des Rocheuses :

— Une vague de froid approche, expliqua-t-il. Et elle amène de la neige. Beaucoup de neige.

En voyant la taille de la masse nuageuse, Kirk sentit sa gorge se nouer : la situation de Sara semblait désespérée. Il s'efforça néanmoins de rester positif. Le pilote était assez courageux — ou bien assez fou ? — pour vouloir traverser cette tempête, et Kirk était soulagé de voir que ces hommes étaient prêts à risquer leur peau pour sauver Sara. Ils n'avaient pas peur d'atterrir dans la neige en pleine nuit, sans aucune visibilité.

— J'ai emporté des protections pour les pattes de Pepper, afin qu'elle puisse marcher dans la neige, dit-il à Kincaid.

Il n'estima pas nécessaire de mentionner que partir en mission de recherche et de sauvetage en pleine nuit comportait d'énormes risques. Car quand ni les hommes ni les chiens ne pouvaient voir clairement ce qui les entourait, il était très facile de faire une erreur — surtout sur un terrain difficile. Sortir en pleine tempête n'arrangerait pas les choses, mais Kirk était prêt à tout pour sauver Sara et son bébé.

— Vous avez une idée de l'endroit où l'avion s'est écrasé ? demanda-t-il à Kincaid.

— Dans cette zone, répondit celui-ci en traçant un cercle sur la carte avec son index. J'espère localiser l'endroit avec plus de précision avant que nous arrivions dans le Colorado. Une fois à Denver, Jack nous conduira en hélicoptère jusqu'au camp de base. L'atterrissage est prévu après la tombée de la nuit.

— Je partirai dès que nous serons arrivés.

— Vous ne pouvez pas y aller avant le lever du jour, c'est trop dangereux.

— Il sera trop tard, rétorqua Kirk en secouant la tête. Cette nuit, les températures vont descendre en dessous de zéro dans la montagne. Elles peuvent même atteindre moins quinze degrés si Sara se trouve en altitude.

— A-t-elle des connaissances en matière de survie ? demanda Kincaid, le regard inquiet.

La survie ? Sara ne pensait même pas à vérifier le niveau d'essence de sa voiture ! Et la femme que Kirk avait épousée arrivait à peine à survivre dans une cuisine totalement équipée. Elle savait que ses plats étaient cuits quand le détecteur de fumée se déclenchait. Ce n'est pas qu'elle était mauvaise cuisinière, mais elle n'arrivait pas à rester assez longtemps dans la cuisine pour surveiller la cuisson jusqu'au bout. En attendant, elle allait toujours faire un tour sur son ordinateur, et elle ne relevait la tête que quand une odeur de brûlé avait envahi tout l'appartement. Il imaginait qu'Abby devait souvent pleurer avant que Sara ne lui donne à manger.

En pensant au bébé, Kirk se rendit compte qu'il n'avait toujours pas posé la question cruciale à Kincaid. Depuis que celui-ci avait désigné Abby par son nom, Kirk n'en avait pas eu le courage. Mais maintenant, il ne pouvait plus attendre de connaître la vérité.

— Quel âge a le bébé ?

Logan n'eut pas besoin de vérifier ses papiers. Il haussa un sourcil et déclara d'une voix neutre :

— Huit mois.

Huit mois, plus neuf dans le ventre de sa mère. Dix-sept mois plus tôt, c'était le printemps. Et Kirk était en permission, avec Sara.

Abby était donc son enfant.

Il avait une fille et Sara ne lui avait jamais dit. Un étrange mélange de bonheur et de tristesse, mais aussi de fierté et de colère l'envahit. Pourquoi ne lui avait-elle rien dit ? Il avait le droit de savoir, même si la mère de son enfant l'avait quitté !

Tandis qu'il regardait sur la carte la tempête de neige qui approchait des Rocheuses, Kirk prit conscience qu'il ne connaîtrait peut-être jamais la vérité. Il ne savait pas si Sara et Abby avaient survécu au crash ; mais si elles étaient encore en vie, il fallait espérer qu'elles aient trouvé un abri et un moyen d'allumer un feu, sinon elles ne tiendraient pas plus de quelques heures.

Kirk refusait de croire que Sara était morte. Et pourtant, rien ne lui permettait de penser le contraire. Elle était peut-être la femme la plus intelligente qu'il ait jamais rencontrée, mais la nature n'était pas son élément. Kirk frissonnait rien qu'à l'imaginer seule dans la montagne sous une simple pluie d'été.

De plus, Sara n'était pas seule. Il fallait qu'elle veille sur la vie d'un bébé en plus de la sienne. Et une énorme tempête de neige se dirigeait vers elle.

Il composa son numéro de téléphone, priant pour qu'elle réponde. En entendant la voix enregistrée lui dire que le correspondant n'était pas joignable pour l'instant, il eut envie de jeter son téléphone portable contre le mur de l'avion. Mais il le remit dans sa poche et s'imposa de garder confiance. En Sara. En le destin. Et en une force supérieure qui ne le laisserait pas savoir qu'il avait une fille si c'était pour la lui enlever aussitôt.

Sara berçait doucement Abby, qui s'était rendormie après la tétée. Grâce aux branches et aux murs de neige qui formaient son igloo, elle avait réussi à les protéger du mieux qu'elle pouvait contre le vent.

La dernière fois qu'elle s'était retrouvée en pleine tempête de neige remontait à la faculté. Avec son amie Elaine, elles étaient allées travailler dans la grande bibliothèque de l'université du Michigan. Lorsqu'elles en étaient ressorties ce samedi soir-là, le vent soufflait tellement fort qu'elles étaient obligées de baisser la tête tandis qu'elles marchaient dans l'obscurité.

— Il y a une fête sur le campus, allons nous y abriter ! avait crié Elaine en tentant de couvrir le bruit de la tempête.

Sara ne s'amusait pas beaucoup dans ce genre de soirées : la musique était trop forte et on ne pouvait pas discuter. Mais elle se sentait tout engourdie par le froid et n'était pas contre l'idée de se réchauffer un peu. De plus, elle se disait depuis quelque temps qu'il fallait qu'elle sorte davantage.

L'université lui avait ouvert les portes d'un monde nouveau et passionnant. Bien que la plupart des étudiants en sciences de l'informatique fussent des garçons, Sara avait réussi à rencontrer d'autres jeunes filles qui partageaient sa passion. Elle avait ainsi découvert non seulement qu'elle n'était pas un monstre, mais que beaucoup l'admiraient pour son intelligence. Et elle s'était fait des amis.

Les études lui prenaient beaucoup de temps, car elle devait se maintenir à un bon niveau et donner des cours de soutien pour continuer à bénéficier des bourses. Cependant, même si on ne pouvait pas la considérer comme une fêtarde, il lui arrivait de participer à des soirées et d'y rencontrer des garçons. Elle avait enfin une vie sociale et en était tout à fait satisfaite.

Lorsque Elaine lui avait pris le bras pour l'entraîner vers la résidence universitaire, Sara n'avait donc pas protesté. Une fois à l'intérieur, elle s'était vite réchauffée tandis que son amie et elle se dirigeaient vers la salle d'où provenait la musique. Elle avait enlevé son bonnet, l'avait mis dans sa poche et commençait à déboutonner son manteau quand un garçon qu'elle connaissait bien était apparu dans la pièce.

Kirk Hardaker.

Ne l'ayant pas revu depuis le lycée, elle était surprise de constater à quel point son corps grand et mince était devenu musclé. Elle avait entendu dire qu'il avait obtenu une bourse d'étude pour l'université du Michigan grâce à son haut niveau en natation mais, dans ce campus immense, leurs chemins ne s'étaient jamais croisés.

Jusqu'à maintenant.

Kirk était toujours un grand sportif, et Sara était toujours une intellectuelle. Mais depuis la dernière fois qu'ils s'étaient vus, elle avait appris à être un peu plus sociable… Le cœur battant, elle lui avait adressé un sourire amical :

— Salut.

Bon, elle aurait pu ajouter autre chose, mais c'était un début. Un peu gênée, elle espérait qu'il se souvenait d'elle et qu'il lancerait la conversation. S'il ne la reconnaissait pas, elle traverserait simplement la pièce bondée de monde et sortirait par la porte de derrière.

— Sara ? s'était-il exclamé sans hésitation, en la regardant des pieds à la tête. Dis donc, tu as bonne mine !

— Merci. Tu n'as pas l'air mal non plus.

— Laisse-moi t'offrir un verre.

Il l'avait prise nonchalamment par les épaules pour l'entraîner vers le bar. Elaine les avait laissés seuls et était partie danser avec des amies.

Kirk avait été la première personne qui avait compté pour Sara au lycée ; elle s'en était toujours voulu de l'avoir jeté à terre lorsqu'il avait essayé de l'embrasser. Après tout ce temps, le hasard lui donnait enfin l'opportunité de se racheter.

Rassemblant son courage, elle avait levé les yeux vers lui et s'était lancée :

— Tu sais, je voulais m'excuser de t'avoir fait mal, au lycée. Je pensais que tu voulais te moquer de moi.

— Je m'en suis rendu compte… mais trop tard, avait-il répondu en portant une main à son front.

En voyant la cicatrice qu'elle lui avait laissée, Sara avait grimacé, repensant au visage tout ensanglanté de Kirk.

— Tu m'as marqué à vie, avait-il ajouté en riant.

— Je suis désolée.

Les yeux de Kirk pétillaient de malice.

— Tu sais ce qui me désole, moi ?

— Quoi donc ?

— C'est que je n'ai jamais pu savoir quel effet ça fait de t'embrasser.

Sara avait senti son estomac se serrer d'appréhension ; elle avait regardé autour d'elle, s'attendant à voir arriver une fille magnifique et une bande de garçons aux regards moqueurs.

Comme s'il avait lu dans ses pensées, Kirk avait précisé avec un sourire :

— Je suis venu tout seul.

— Tu n'as pas de petite amie ?

Il avait secoué la tête.

— Non. Et toi ?

— Non plus.

Il avait alors pris le verre presque plein de Sara et l'avait posé sur le bar.

— Tu viens danser ?

Elle n'avait même pas senti le froid lorsqu'ils avaient quitté la fête ensemble. Et depuis ce jour, Kirk avait toujours produit cet effet sur elle. Auprès de lui, elle se sentait aimée et protégée.

Si seulement il était avec elle dans cette montagne…

Mais Kirk se trouvait probablement en mission à l'autre bout de la planète, et il n'imaginait pas une seconde qu'elle et sa fille étaient sur le point de mourir de froid. Pourtant, même si elle regrettait qu'il ne soit pas là pour les aider, elle n'avait pas vraiment envie de le voir. Cela aurait ravivé de vieilles blessures — et en particulier, celle qu'il avait ouverte en rejetant Abby.

Une fois de plus, Sara se demanda pourquoi il n'avait jamais répondu aux lettres dans lesquelles elle lui annonçait qu'elle était enceinte. Elle lui avait écrit à deux reprises, mais il n'avait jamais réagi. Peut-être considérait-il qu'elle ne méritait pas de réponse puisqu'elle l'avait quitté. Ou peut-être qu'il n'en avait rien à faire. C'est cette deuxième option qui lui faisait le plus mal. Il avait toujours préféré l'armée à Sara, et maintenant il recommençait avec Abby, les écartant toutes les deux de sa vie comme si elles n'existaient pas. Lorsque Kirk avait fini par lui téléphoner peu après la naissance de sa fille, Sara était encore trop en colère et trop blessée pour lui parler. A présent, elle regrettait sa décision. Si elles devaient mourir toutes les deux ici, dans cette montagne, elle voulait que Kirk en sache plus sur sa fille : sur sa naissance, son premier sourire, son premier mot…

Et puisqu'il n'était pas là pour l'entendre, elle pouvait au moins lui écrire une dernière lettre sur son ordinateur portable. Lui dire quel merveilleux bébé ils avaient fait ensemble.

Sara refusait de pleurer. Elle ne pouvait pas se permettre de laisser aller son corps alors qu'Abby aurait besoin de son lait dans quelques heures.

Ravalant les sanglots qui lui serraient la gorge, elle sortit l'ordinateur portable du paquet de couches, le posa sur ses genoux et l'alluma. La batterie était encore pleine.

C'est alors qu'une idée de génie lui traversa l'esprit : grâce à l'électricité de la batterie, elles pourraient peut-être rester en vie !

Consciente qu'il lui faudrait aller vite, elle reposa Abby dans son siège pour enfant et l'enveloppa dans la couverture.

— Maman va faire un feu, ma chérie.

Sara referma l'ordinateur, le retourna et dévissa l'arrière avec une grosse brindille. Tout en sachant qu'elle était en train de détruire une merveille de la haute technologie, elle arracha les fils qui reliaient la carte mère au disque dur, puis enleva la batterie. Elle pourrait toujours remonter l'ordinateur plus tard — si elle vivait assez longtemps pour cela.

Elle attacha ensuite les fils électriques à la batterie ; elle s'apprêtait à les faire se toucher lorsqu'elle s'arrêta net : elle ne savait pas combien d'étincelles la batterie serait capable de produire. Elle n'avait peut-être qu'une seule chance, et il ne fallait pas la rater.

La jeune femme devait trouver quelque chose pour faire partir le feu, car elle n'avait aucun papier sur elle. Son regard s'arrêta sur les couches d'Abby. Elle ne voulait pas les gaspiller. En revanche, elle pouvait utiliser celle qui avait déjà servi et qu'elle avait enterrée un peu plus tôt. Elle s'empressa de la récupérer, et en arracha les parties en coton encore sèches. Puis elle rassembla les aiguilles de pin et les quelques brindilles tombées autour de l'arbre.

Il lui fallait aussi du bois. Même si la souche sur laquelle elle s'était assise pouvait servir une fois que le feu serait assez puissant, elle avait besoin de petites branches pour commencer.

Et rien ne serait pire que réussir à produire une étincelle, démarrer un petit feu puis tout gâcher en n'ayant pas assez de bois pour l'alimenter.

Elle n'avait aucune envie de quitter Abby et de sortir en pleine tempête. Mais elle n'avait pas le choix.

Elle se glissa sous les branches, à travers la petite ouverture qu'elle avait laissée entre les murs de neige. Un vent violent lui cingla aussitôt le visage et s'engouffra sous sa veste.

Il faisait peut-être froid dans son abri, mais dehors l'air était glacial. Et la nuit était tombée. La lune se cachait derrière les nuages. Le visage fouetté par la neige, Sara baissa la tête pour protéger ses yeux des bourrasques de vent.

« Ne te perds pas. Marque ton chemin. Abby compte sur toi pour revenir », se dit-elle pour s'encourager.

Luttant contre la tempête qui faisait rage, Sara se dirigea vers l'arbre mort qu'elle avait vu lorsqu'elle était partie à la recherche de l'avion. En s'aidant du pied, elle cassa de petites branches et les empila, avant de les transporter dans son igloo ; cela lui demanda quatre allers et retours. Il lui en fallut encore trois pour ramener les plus gros morceaux en les traînant ou en les faisant rouler.

C'était peut-être sa seule chance de ramasser du bois : la tempête pouvait très bien durer encore quarante-huit heures. Sara ne s'arrêta que quand elle fut incapable de faire un pas de plus.

Epuisée, transie de froid, elle se faufila enfin dans son abri de neige. Dans l'obscurité, elle ne voyait pas le visage d'Abby, mais sa respiration semblait régulière. Elle rentra les branches qu'elle avait rassemblées, laissant les morceaux plus encombrants dehors, à portée de main.

Le moment était venu de tester son idée. Mais il faisait nuit noire. Après s'être séché les mains sur son chemisier, Sara approcha à tâtons les fils électriques reliés à la batterie du coton qu'elle avait retiré de la couche. Puis elle les fit se toucher.

— Par pitié, donnez-moi une étincelle !

4

Le cœur lourd, Kirk regardait la neige qui s'abattait sur l'Etat du Colorado. Malgré la tempête, Jack Donovan, ancien pilote de l'armée, avait accepté sans se poser de questions de les conduire en hélicoptère jusqu'au camp de base ; Logan Kincaid, lui, n'avait donné son accord que parce qu'il y avait des vies en jeu. Le respect que Kirk lui portait augmenta considérablement lorsque Kincaid insista pour faire partie de l'expédition de recherche et mit sa propre vie en danger. De toute évidence, cet homme ne se contentait pas de rester assis derrière son bureau ; il préférait participer directement à l'action.

— Je suis responsable de cette mission, rappela-t-il à Kirk, avec un regard qui devait certainement ôter à ses subordonnés toute envie de discuter.

— Ecoutez, je vous remercie de votre aide, lui cria Kirk en essayant de couvrir le bruit du vent, alors que les trois hommes et Pepper, tout juste arrivés à l'aéroport de Denver, couraient déjà vers l'hélicoptère. Mais ce n'est pas la peine de risquer votre vie vous aussi.

— Je viens.

Après tout le travail que Kincaid avait fait, Kirk ne pouvait pas vraiment l'empêcher d'y aller. Une fois dans l'hélicoptère, Jack reçut immédiatement l'autorisation de décoller.

— Attachez-vous, ça risque de secouer, conseilla-t-il gaiement, comme si piloter en pleine tempête n'était pour lui qu'un simple jeu.

Kirk et Kincaid attachèrent leurs ceintures, puis ce dernier composa un numéro sur son téléphone portable.

— Avez-vous repéré le lieu du crash ? demanda-t-il sans préambule à son correspondant.

Retenant sa respiration, Kirk scruta le visage de son nouveau chef, mais celui-ci ne laissait rien transparaître — peut-être par habitude. La réponse à sa question était d'une importance fondamentale, car les Rocheuses couvraient une immense superficie : s'il ne savait pas exactement où chercher, il faudrait certainement plusieurs semaines à Kirk avant de retrouver Sara et leur bébé. Et à supposer que les autorités arrivent à réduire la zone à un kilomètre carré, les recherches pourraient encore prendre plusieurs jours pour peu que Sara et l'enfant soient enfouies dans la neige. Or, ils ne disposaient que de quelques heures.

Kincaid raccrocha.

— Nous avons un témoin qui sait où l'avion s'est écrasé.

Enfin une bonne nouvelle ! Mais cela ne voulait pas dire que Sara et Abby étaient encore vivantes…

— A-t-il vu l'avion tomber ? Y a-t-il eu une explosion ? demanda Kirk avec empressement.

— Apparemment, l'appareil a percuté un gros rocher. Le témoin a ensuite vu deux nuages de poussière s'élever dans le ciel.

— Deux ?

— Selon les experts, cela veut probablement dire que l'avion s'est cassé en deux au moment du choc. Pour le reste, s'il y avait eu une explosion, elle aurait été repérée par les satellites ; or, rien n'a été enregistré.

— A quelle distance du site pouvez-vous me déposer ? demanda Kirk.

— On peut vous épargner environ un tiers de la montée, mais pas plus. L'avion s'est écrasé près du sommet. L'air y est trop raréfié pour que l'hélicoptère puisse atterrir au-dessus du site. Et en dessous, il y a une pente assez raide recouverte par une forêt. Les seuls endroits dégagés ne conviennent pas pour se poser : le terrain est trop escarpé ou bien parsemé de gros rochers.

— Pourquoi ne pas nous faire descendre de l'hélicoptère par un câble, Pepper et moi ? J'ai prévu un harnais pour la chienne.

— Ce n'est pas envisageable pour cette nuit. Il y a bien trop de vent.

Kincaid, sentant que Kirk était sur le point de protester, posa une main sur son épaule et ajouta d'une voix calme :

— Ecoutez, nous avons envie de la retrouver au plus vite, nous aussi. Mais vous ne risquez pas de l'aider si vous vous écrasez le crâne contre un arbre.

Au même moment, comme pour donner raison à Kincaid, l'hélicoptère rencontra un trou d'air puis fut violemment secoué par une bourrasque de vent. Jack laissa échapper un juron tandis qu'il luttait pour maîtriser l'appareil. Kirk caressa Pepper pour la réconforter ; il était fier de voir qu'elle supportait les turbulences sans broncher.

Réfléchissant aux différentes possibilités qui s'offraient à lui, Kirk conclut que la meilleure solution était peut-être de partir à pied du camp de base pour gravir la montagne. Mais la tempête était tellement violente qu'il ne voyait rien au-delà d'un mètre. C'était même un miracle que Jack arrive à piloter l'hélicoptère ! Sara avait vraiment bien choisi son moment pour passer une nuit à la montagne ! Kirk espérait de tout son cœur qu'elle n'était pas blessée… Il savait qu'elle ferait travailler son cerveau pour sauver sa vie et celle de son bébé : son ex-femme trouvait toujours des solutions brillantes aux problèmes les plus difficiles, alors que la plupart des gens auraient abandonné tout de suite. A l'université, elle avait non seulement obtenu d'excellents résultats, mais elle avait aussi réussi à surmonter les difficultés personnelles dont elle avait souffert au lycée.

Cela faisait deux ans qu'ils sortaient ensemble lorsque Kirk avait décidé d'entrer dans l'armée. Sara l'avait encouragé dans cette voie, à une seule condition :

— Epouse-moi, Kirk.

Faisant claquer ses doigts, il lui avait répondu sur un ton ironique :

— Mais bien sûr, pourquoi n'y avais-je pas pensé ?

Un peu vexée, elle lui avait renvoyé la balle :

— Peut-être parce que tu crois que mon amour pour toi ne supportera pas la distance ?

Ce n'était pas du tout ce qui le préoccupait, et elle le savait très bien. Kirk trouvait qu'il n'était pas juste qu'une femme se lie à un homme qui serait souvent absent.

— Tant que j'ai accès à internet, je peux travailler partout, lui avait-elle dit avec un sourire enjôleur. Allez, dis-moi oui, s'il te plaît… J'ai besoin de toi, Kirk. J'ai besoin d'une famille.

La grand-mère de Sara était morte au cours de sa première année à l'université. Cette femme qui avait eu une vie si frugale avait laissé à sa petite-fille une voiture et une maison totalement remboursées. Mais elle avait aussi laissé un grand vide dans le cœur de Sara.

Comment aurait-il pu refuser ? Il aimait Sara. Et il s'était dit que, à son époque, un homme n'avait plus besoin de choisir entre une carrière militaire et une femme.

Il lui avait donc offert une bague en perles, comme celles qu'elle aimait. Les diamants sont froids, lui avait-elle dit. Alors que les perles rayonnent de chaleur.

Entre les examens à la faculté et les préparatifs du mariage, ils avaient été bien occupés et très heureux. Cet été-là, lorsqu'il était parti au camp d'entraînement, Sara allait bien. Puis elle l'avait suivi au Panama pour sa première mission.

Elle n'avait pas pu venir avec lui en Yougoslavie et au Moyen-Orient, et c'est à ce moment-là qu'elle avait commencé à le presser pour qu'il accepte de fonder une famille. Chaque fois, il lui avait demandé de patienter. Sara travaillait entre soixante et soixante-dix heures par semaine. Elle n'avait pas le temps de s'occuper d'un bébé. Et lui n'était pas là.

Mais ce n'est pas cela qui avait brisé leur mariage. Sara en avait eu assez de se faire sans arrêt du souci pour lui.

Rechercher des bombes avec ses chiens était un travail dangereux. Il avait souvent été blessé, et plusieurs fois, il n'était pas passé loin de la mort. Elle s'était inquiétée pour lui au point de s'en rendre malade. Elle avait perdu du poids, n'arrivait plus à dormir et faisait des cauchemars dans lesquels elle le voyait mourir. Elle avait donc fini par le supplier de quitter l'armée et de revenir à la maison pour vivre avec elle. Et faire un bébé.

Il avait refusé, alors elle l'avait quitté. Pendant un temps, il avait eu l'impression qu'elle lui avait planté un couteau dans le cœur. Petit à petit, la blessure s'était arrêtée de saigner — mais elle n'avait jamais guéri.

Pour comble de malchance, deux jours seulement après qu'il lui eut renvoyé les papiers du divorce signés, Gabby, son partenaire et ami, était mort. Une bombe avait explosé dans l'immeuble qu'il était en train de fouiller. Kirk s'était lancé à corps perdu à la poursuite des hommes qui avaient tué son meilleur ami, et son succès lui avait permis de soulager son chagrin. En travaillant avec un nouveau partenaire sur de nouvelles missions, il s'était dit qu'il retrouverait vite une vie normale.

Mais il continuait d'être hanté par son divorce. Depuis que Sara n'était plus à la maison, il n'y avait plus de joie dans sa vie. Pire, il ne trouvait plus aucun plaisir ni aucune satisfaction dans son travail. Sans Sara, sa vie n'avait aucun sens. C'est à ce moment-là qu'il avait dû se rendre à l'évidence : il était temps pour lui de quitter l'armée. Il lui avait cependant fallu attendre encore un an pour arriver à la fin de son contrat.

Mais c'était un an de trop : il avait déjà perdu sa femme. Il avait essayé de l'appeler plusieurs fois, mais elle n'avait jamais répondu à ses messages. Il avait donc fini par comprendre qu'elle ne voulait plus le voir.

Et maintenant, il savait qu'elle avait eu le bébé sans lui. Il n'arrivait toujours pas à croire qu'elle ne lui ait rien dit. Sara était quelqu'un de trop honnête pour cacher ce genre d'événement. Non, il pensait plutôt qu'elle avait été tellement absorbée par son travail qu'elle avait oublié de lui en parler. Cependant, même Sara n'était pas aussi distraite.

Quelle que soit la réponse, cette question le rongeait de l'intérieur : pourquoi ne lui avait-elle pas dit qu'il avait une fille ?

« Si seulement ton père pouvait nous voir ! »

La voix de Sara lui parvint si distinctement dans son rêve qu'il se réveilla en sursaut. Le cœur battant, Kirk se remémora peu à peu l'endroit où il se trouvait et ce qu'il faisait là. Le pilote avait réussi à poser l'hélicoptère au camp de base en pleine tempête de neige. Même dans cette vallée relativement protégée, le vent violent avait rendu l'atterrissage très dangereux, mais Jack les avait amenés à bon port en sifflotant, comme si de rien n'était. Puis ils avaient couru pour rejoindre les tentes installées à l'abri d'une falaise.

Kirk avait ensuite avalé un repas auto-chauffant du type de ceux utilisés par l'armée, il avait nourri Pepper, puis s'était installé pour la nuit dans son sac de couchage. Malgré la longue journée qu'il venait de passer, et malgré tout le sommeil dont il avait besoin pour être prêt à partir, dès que la tempête se calmerait, il n'avait pas arrêté de se tourner et de se retourner dans sa tente.

Et lorsqu'il s'était enfin endormi, il avait rêvé de Sara en train de bercer leur bébé devant un bon feu de bois. Etait-ce un signe du ciel ou prenait-il ses désirs pour des réalités ?

Quoi qu'il en soit, il s'efforça de se raccrocher à cette image. Même si Sara l'avait quitté, il aimait l'imaginer heureuse, au chaud et en sécurité. Il n'avait jamais vraiment compris ce qu'elle avait pu ressentir pendant leur mariage. Tous les jours, alors qu'il risquait sa vie, elle avait eu peur qu'il ne revienne pas. Et jusqu'à maintenant, il n'avait jamais connu cette sensation d'angoisse qui lui nouait l'estomac. Le plus insupportable était de ne pas savoir : était-elle en vie ? Etait-elle blessée ? Il ne pouvait s'empêcher d'imaginer le pire, même s'il ne voulait pas y croire. Sara, elle, avait vécu avec cette peur au ventre pendant des jours et des nuits tandis qu'il recherchait des bombes dans des pays étrangers.

Chaque fois qu'ils s'étaient dit au revoir, en personne, au téléphone ou par mail, elle avait dû se demander si c'était la dernière fois qu'elle entendait sa voix. Qu'elle ait pu supporter cette pression pendant toutes ces années montrait bien sa force de caractère. Kirk ne pouvait désormais plus lui reprocher d'avoir mis fin à leur mariage.

L'incertitude de ces vingt dernières heures commençait à lui peser. Il se sentait prêt à partir à la recherche de Sara, même en pleine tempête. Si elle avait foncé tête baissée dans son travail, c'était pour oublier le souci qu'elle se faisait pour lui. Et c'est à cause de son travail qu'elle se retrouvait maintenant sur cette montagne. Kirk ne pouvait pas s'empêcher de penser qu'il avait sa part de responsabilité dans cette histoire.

Serrant les poings, il réprima son envie de hurler contre la tempête. Pepper, comme pour le réconforter, vint poser sa tête sur ses genoux. Distraitement, il la gratta derrière les oreilles. Il comprit que quelqu'un approchait lorsqu'elle poussa un aboiement étouffé.

— Par ici ! cria Kirk, soucieux de guider jusqu'à sa tente la personne qui se trouvait dehors en pleine tempête.

Une minute plus tard, Logan Kincaid entrait, une tasse de café à la main. Il la lui tendit puis referma la tente.

— Je me disais que vous seriez réveillé.

— Merci pour le café, répondit Kirk en portant la tasse à ses lèvres.

Il s'installa sur son lit de camp et fit signe à Kincaid de s'asseoir sur la seule chaise qu'il y avait dans la tente.

Pepper se coucha en rond sur sa couverture, au pied du lit de camp. Calme et docile, elle acceptait très bien la présence des gens et avait été dressée à obéir aux ordres d'autres maîtres-chiens. Mais un lien plus fort s'était formé entre elle et Kirk, après plusieurs années passées à travailler ensemble. A moins qu'il ne lui fasse signe de se lever, elle resterait allongée tranquillement sur sa couverture. Pour l'instant, elle avait besoin de repos. Le trajet ne serait peut-être pas long, mais Kirk avait le sentiment qu'il serait difficile.

— Savez-vous si le temps va s'éclaircir ? demanda-t-il à Kincaid.

— Peut-être dans une petite heure.

— Je suis prêt.

Kirk sortit de son sac un pull-over de Sara que Kincaid lui avait donné. Ses hommes l'avaient trouvé rangé dans un sac au fond d'une armoire. Il le fit renifler à Pepper, puis dit à son chef d'expédition :

— Pepper est le meilleur chien de recherche que j'aie jamais eu. Etant donné que l'on a déjà une idée assez précise de l'endroit où l'avion s'est écrasé, elle ne devrait pas avoir trop de difficultés à trouver une piste. Et…

— Et vous voulez être celui qui retrouvera Sara…, devina Kincaid avec une perspicacité qui fit penser à Kirk qu'il valait mieux l'avoir comme allié que comme ennemi.

— Oui, j'aimerais être celui qui la retrouvera. Les maîtres-chiens sont des gens résistants. Nous sommes obligés de nous maintenir en forme pour pouvoir courir ou nager à côté de nos chiens pendant des heures. Mais grimper une montagne enneigée est au-dessus des capacités de la plupart d'entre nous, à l'exception des meilleurs.

— Pourquoi ?

— Je serai peut-être amené à escalader des rochers en m'aidant seulement de mes pieds et de mes mains. Ensuite, il faudra que j'aie encore la force de hisser mon chien. Habituellement, nous n'avons pas beaucoup d'équipement mais, dans ces conditions, j'aurai besoin de matériel supplémentaire : une couverture pour que Pepper puisse se reposer au chaud, sa nourriture, une radio, une trousse de premiers secours…

— Et une arme.

Kirk releva brusquement la tête. Il aurait aimé pouvoir distinguer plus nettement le visage de Kincaid, trop faiblement éclairé par la lampe à huile.

— Vous pensez que si Sara a survécu, ceux qui ont tenté de la tuer voudront réessayer ?

— C'est une possibilité, et je préfère que vous y soyez préparé.

— Je ne veux emmener que le strict nécessaire.

— Entendu. Lorsque vous aurez atteint le lieu du crash, l'hélicoptère sera peut-être en mesure de vous parachuter ce dont vous pourriez avoir besoin.

A condition que le temps le permette…

Kirk et Kincaid ne voulurent pas évoquer ce qu'ils savaient très bien tous les deux : Sara et le bébé pouvaient avoir péri dans l'accident, et Kirk risquait peut-être sa vie pour rien. Mais s'il y avait une chance, aussi mince soit-elle, qu'elles soient encore en vie, il devait y aller. Et au cas où Sara n'avait pas survécu, il voulait au moins que sa mort serve à quelque chose : si son logiciel de reconnaissance faciale pouvait apporter plus de sécurité à leur pays, Kirk, avec l'aide de Kincaid, s'assurerait qu'il ne tombe pas entre de mauvaises mains.

Kincaid avait apporté un sac à dos qu'il posa sur le lit de camp.

— Ces choses-là pourront vous être utiles.

Le pistolet était bien en évidence. Kirk le retira de son étui pour vérifier le chargeur et le cran de sécurité.

— Il y a d'autres munitions ? demanda-t-il.

— Elles sont accrochées à une des sangles de l'étui.

Kirk plongea la main dans le sac à dos et sentit quelque chose de mou sous ses doigts.

— Des couches, dit-il doucement.

— Oui, et je vous ai également prévu du lait maternisé en poudre, ajouta Kincaid. Même si Sara allaite…

— Comment le savez-vous ? l'interrompit Kirk, le regard noir.

— Un de mes hommes a pu accéder à son dossier médical en passant par l'ordinateur de son médecin.

« Qu'il aille au diable ! » s'exclama Kirk en lui-même. Kincaid n'avait aucun droit de violer l'intimité de Sara de la sorte. Pourtant, il ne pouvait pas le lui reprocher. S'il faisait tout ce trajet à travers la montagne pour trouver un bébé affamé que Sara ne pouvait pas nourrir, il serait bien soulagé d'avoir du lait en poudre. Il lui suffirait de faire fondre de la neige, d'ajouter le lait dans un biberon et de secouer le tout.

Kirk était tellement pressé de partir qu'il dut se forcer pour finir de regarder ce qu'il y avait dans le sac. Un porte-bébé. Des gants et des grosses chaussettes pour Sara. Et une liasse de billets.

— Je n'aurai pas besoin de billets, là-haut. Ou pour faire du feu, à la rigueur, ajouta-t-il sur un ton ironique.

— Aucun de mes hommes ne part en mission sans argent, répliqua fermement Kincaid.

Kirk faillit lui faire remarquer qu'il n'était justement pas un de ses hommes, mais il se retint. L'argent était une des choses les plus importantes à prévoir la plupart du temps. Mais en plein milieu des Rocheuses, quel intérêt ?

— Ecoutez, je vous remercie pour le geste, mais je pars déjà avec trop de choses. Je ne vois vraiment pas l'utilité de prendre ces billets.

— Vous partirez avec le pistolet et avec l'argent, répondit Kincaid sur un ton sans appel.

Kirk n'appréciait pas tellement de recevoir des ordres. Mais il accepta sans protester. D'accord, il prendrait tout ce que Kincaid lui demandait de prendre ; il pourrait très bien se débarrasser du pistolet et de l'argent plus tard.

— Une dernière chose, ajouta le chef d'expédition. Sauf en cas d'urgence, je veux que vous gardiez le silence radio jusqu'à ce que vous soyez sûr qu'un hélicoptère peut venir vous chercher.

— Vous pensez vraiment que quelqu'un veut nous empêcher de retrouver Sara ?

— Je crois qu'ils voudront essayer de récupérer son logiciel et y arriver avant vous, répondit Kincaid d'une voix sombre.

— Mais comment pouvez-vous savoir qu'ils n'ont pas trouvé ce qu'ils cherchaient chez elle ?

— Ils ont cambriolé la maison de Sara après que l'avion s'est écrasé, ce qui veut dire qu'ils n'ont pas pu récupérer le programme à bord. D'après les éléments que nous possédons, il est probable qu'ils n'aient rien trouvé non plus chez Sara. Cependant, il se peut aussi qu'ils aient simplement voulu s'assurer qu'ils avaient toutes les copies de son programme en main.

— Mais vous penchez plutôt pour la première solution, si je comprends bien. Les hommes qui ont organisé le crash de l'avion ont pu faire une erreur en essayant de tuer Sara avant de lui avoir volé son travail ?

— C'est possible. Mon équipe a examiné le disque dur de son ordinateur. Elle avait tout effacé. Je pense que les voleurs s'attendaient vraiment à découvrir le logiciel sur ce disque dur, chez Sara, et qu'ils n'ont rien trouvé.

— Ce ne sont que des suppositions, n'est-ce pas ? demanda Kirk d'une voix inquiète.

Kincaid acquiesça.

— Mais supposer juste est ce que je fais le mieux.

Dès que la tempête commença à se calmer, Kirk et Pepper se mirent en route. La pression n'était pas la même lors d'une vraie mission que lors d'un entraînement, et Pepper abandonna bientôt son attitude tranquille pour bondir avec enthousiasme dans la neige, remettant un peu de baume au cœur de son maître.

De toute évidence, la chienne aimait à la fois son travail et le lien fort qui l'unissait à Kirk. C'était une partenaire exceptionnelle. Grâce à l'extrême acuité de ses sens, elle n'avait pas besoin de sentir un objet avant de partir à la recherche de quelqu'un ; mais Kirk lui avait quand même fait renifler le pull de Sara pour mettre toutes les chances de son côté. Le moment venu, Pepper ferait des allers et retours en zigzaguant jusqu'à ce qu'elle flaire une piste, puis elle ne la lâcherait plus.

Mais il leur fallait d'abord escalader la montagne pour se rapprocher du lieu du crash. Kirk fit signe à Pepper de rester près de lui, et ils avancèrent côte à côte à une allure régulière. Au bout d'une heure, il commençait à transpirer, mais ses vêtements conçus pour la randonnée en haute montagne le maintenaient au sec. Sur ce terrain escarpé et recouvert de plaques de glace, il ne regrettait pas d'avoir mis à Pepper des petites bottes spéciales pour protéger ses pattes contre le froid et les blessures.

Par moments, les rochers glissants ou la neige qui lui arrivait jusqu'aux hanches ralentissaient considérablement sa progression. Cependant, il put aussi profiter quelquefois des pistes tracées par des animaux, probablement des cerfs. Les trois premières heures, Kirk avança sans trop peiner sous le poids de son sac à dos, mais bientôt les sangles commencèrent à lui scier les épaules. Il fut tenté d'alléger son fardeau en se débarrassant du pistolet, mais il n'en fit rien. De toute façon, il fallait qu'il s'arrête un moment pour se reposer et se désaltérer. Il en profita pour faire boire Pepper et lui donner un biscuit.

Kirk consulta son GPS, qui lui précisa sa position à quelques dizaines de centimètres près et lui indiqua le plus court chemin vers le lieu du crash.

— Encore une heure, ma grande.

Pepper remua la queue, leva la tête et renifla l'air. Elle se mit à gémir doucement, montrant son impatience de faire le travail pour lequel elle avait été si longuement entraînée.

— Repose-toi un peu, lui dit Kirk. Nous serons plus efficaces si…

Soudain, un coup de feu retentit, répercutant son écho à travers la montagne. Plus haut, un bloc de neige se détacha et dévala la pente vers Kirk et Pepper, provoquant une mini-avalanche qui les manqua de quelques mètres.

La chienne se mit à grogner et Kirk se jeta à plat ventre pour se protéger, intimant l'ordre à Pepper de se coucher. Quelqu'un avait-il cherché à le tuer, ou s'agissait-il d'une balle perdue tirée par un chasseur ? Quelle que soit la réponse, il ne tenait pas à ce que lui ou Pepper constituent une cible.

Une autre possibilité lui traversa l'esprit : Sara avait peut-être trouvé une arme dans l'avion et s'en était servie pour attirer son attention, tirant vers lui sans chercher à le toucher.

Cependant, il paraissait beaucoup plus vraisemblable que Kincaid ait vu juste. Quelqu'un voulait certainement empêcher Kirk d'être le premier à retrouver Sara.

N'ayant aucun moyen de savoir d'où venait le coup de feu, il hésita à se relever. Il tendit l'oreille et retint sa respiration. Aucun bruit de pas, de voix ou de branches qui craquent. Juste le vent et les halètements de Pepper.

Et la voix de Sara dans sa tête, le suppliant de se dépêcher.

Cet incident l'avait pris de court. Pendant un instant, il envisagea de rompre le silence radio, mais il renonça vite à cette idée. Kincaid lui avait dit de n'utiliser la radio qu'en cas d'urgence. Certes, le coup de feu n'était pas un événement anodin, mais appeler à l'aide risquait de révéler la position de Kirk à quiconque avait essayé de le tuer.

Or, il était hors de question que quelqu'un trouve Sara avant lui. Avec détermination, il se remit en route, prenant garde d'éviter autant que possible de marcher à découvert. Cela lui fit perdre du temps, mais pour compenser, il s'imposa un rythme que même un randonneur chevronné aurait eu du mal à suivre.

Malheureusement, il ne pouvait rien faire pour effacer les empreintes qu'il laissait dans la neige. La seule solution était d'accélérer encore le pas en ignorant la sensation de brûlure qui envahissait ses poumons.

Une demi-heure plus tard, à bout de souffle, Kirk contrôla de nouveau sa position. A présent, Pepper était peut-être en mesure de percevoir l'odeur de Sara. Il sortit de son sac le pull-over de la jeune femme et le fit sentir à la chienne, puis il lui fit signe de commencer à chercher. Pourvu qu'il n'ait pas essayé trop tôt ! Si Sara n'avait pas survécu, ou si son odeur n'était pas assez forte, Pepper courrait jusqu'à épuisement sans avoir pu la retrouver. Kirk devait faire attention à ne pas lui demander plus qu'elle n'était capable de donner.

Comme si leur tâche n'était pas assez difficile, la neige, qui s'était calmée depuis quelques heures, se remit à tomber de plus en plus fort. Pour garder courage, Kirk essaya de rester positif : au moins, ses empreintes seraient vite recouvertes.

Il n'y avait aucun signe de présence humaine dans la montagne. Pourtant, Kirk avait la sensation d'être suivi. Si jamais il retrouvait Sara en vie, il lui faudrait imaginer un moyen de redescendre sans être repéré.

Si jamais…

Soudain, Pepper dressa les oreilles et remua la queue avec enthousiasme. Elle avait flairé l'odeur de Sara. Cessant de zigzaguer, elle s'élança vers le sommet de la montagne, entraînant Kirk à travers une épaisse forêt de pins puis lui faisant contourner d'immenses rochers et longer une falaise.

Lorsqu'elle s'arrêta et se mit à grogner, Kirk craignit que le vent ne lui ait fait perdre la trace de Sara. Mais il comprit bientôt que Pepper s'était immobilisée parce qu'elle ne pouvait pas aller plus loin : un mur de pierres et de glace s'élevait devant eux.

Et juste à côté se trouvait la queue de l'avion. De là où il se tenait, Kirk voyait très bien qu'il n'y avait personne à l'intérieur. Prenant ses jumelles, il regarda tout autour pour tenter de retrouver le reste de l'appareil.

Environ cinq cents mètres plus loin, il discerna la forme du fuselage enfoui dans la neige et la vitre brisée du cockpit. Aucun corps là non plus. Mais Kirk préférait quand même vérifier que Sara n'était pas cachée de l'autre côté de l'avion ou enterrée dans la neige.

Il s'apprêtait à rejoindre l'appareil quand Pepper lui bloqua la route. Sachant que les sens de la chienne étaient beaucoup plus développés que les siens, Kirk s'agenouilla devant elle, regrettant une fois de plus qu'elle ne puisse pas parler :

— Qu'est-ce qu'il y a, Pepper ?

Elle attrapa doucement sa main entre ses crocs et le tira vers la falaise. Puis elle regarda vers le sommet et aboya. De toute évidence, elle voulait grimper tout en haut.

Kirk jeta un dernier coup d'œil vers l'épave ; sa forme toute cabossée la rendait méconnaissable. Il n'avait pas besoin d'en voir plus pour savoir que si Sara s'était trouvée à l'intérieur au moment du crash, elle serait morte. Mais si l'avion avait percuté la montagne un peu plus haut et l'avait éjectée avant de s'écraser en bas de la pente, il n'était pas impossible qu'elle soit encore en vie, au-dessus d'eux, comme Pepper semblait l'indiquer.

Sachant qu'il était peut-être poursuivi, Kirk ne voulut pas perdre de temps. Il faisait confiance à sa chienne.

— D'accord, ma grande. On monte.

Il fallait d'abord qu'il lui enfile son harnais. Une fois arrivé en haut, il la hisserait petit à petit à l'aide d'une corde. Impatiente, la chienne le poussait vers la falaise.

— Oui, j'ai compris. Je me dépêche.

La paroi n'était pas complètement à angle droit : Kirk avait connu pire. Mais il n'avait jamais escaladé une falaise avec un vent aussi fort et sans aucune visibilité, après avoir marché pendant des heures dans un mètre de neige, et alors qu'il présentait une cible rêvée pour un tireur.

Mais la détermination de Pepper lui laissait espérer que Sara l'attendait là-haut. Et lorsqu'il finit par franchir les derniers mètres de la falaise, il sentit ce qui avait tant excité Pepper.

Une odeur de fumée.

5

Le feu avait permis à Sara et Abby de survivre jusqu'au matin. Toute la nuit, la jeune femme avait tenté de sommeiller entre les moments où elle allaitait son bébé et ceux où elle remettait du bois dans le feu.

Brusquement, un bruit impossible à identifier la réveilla en sursaut.

Regardant sa montre, elle vit qu'il était 10 h 30. Elle ne pensait pas avoir dormi autant. Mais avec la tempête qui continuait à se déchaîner dehors, à quoi bon se lever tout de suite ? Il lui faudrait pourtant prendre une décision rapidement : allait-elle rester ici en espérant que quelqu'un la retrouve, ou valait-il mieux profiter de ses dernières forces pour monter un peu plus haut sur la montagne et tenter d'utiliser son téléphone portable ? Le manque de nourriture et le froid l'avaient plongée dans une étrange léthargie. Mais Sara avait fait tout son possible pour protéger son corps et celui d'Abby contre l'hypothermie et la déshydratation. Elle avait eu l'idée de faire chauffer des pierres dans le feu et de les placer tout autour d'elle et de sa fille. Les efforts qu'elle avait dû fournir pour transporter ces pierres n'avaient certes pas été vains, mais ils l'avaient épuisée.

A présent, elle pouvait à peine bouger les bras. Elle n'était même pas certaine de pouvoir se lever… Mais s'il le fallait, pour le bien d'Abby, elle ramperait jusqu'à l'arbre mort et ramènerait assez de bois pour nourrir le feu vingt-quatre heures de plus.

Ignorant les courbatures qui lui déchiraient les bras et les jambes, elle avança à quatre pattes vers l'ouverture de son abri. A cette distance du feu, elle sentait déjà le froid l'envahir.

Au moment précis où elle pointait son nez dehors, une

langue toute chaude lui lécha le visage et un aboiement qu'elle connaissait bien retentit tout près de son oreille.

— Pepper ?

Elle devait rêver. Parce que si Pepper était là, Kirk n'était pas loin.

Sara ne savait plus s'il fallait rire ou pleurer. Car si elle et Abby avaient certes besoin d'être secourues, Kirk était bien le dernier homme sur terre qu'elle avait envie de voir. La douleur du divorce était encore trop vive.

La silhouette d'un homme se dessina soudain dans la neige. Il était vêtu d'une parka bleu marine et portait un gros sac à dos. Sara n'avait jamais pensé revoir Kirk un jour ; elle avait essayé tant bien que mal d'enterrer à jamais ses sentiments et ses souvenirs. Les bons et les mauvais moments qu'elle avait passés avec lui étaient souvent venus hanter son esprit, pendant les nombreuses nuits où elle n'arrivait pas à dormir. Mais au fil du temps, elle avait réussi — du moins le croyait-elle — à se persuader qu'elle pouvait vivre sans lui. Et voilà qu'un flot de sentiments familiers la submergeait de nouveau, venant lui rappeler ce qu'elle avait perdu et tout ce qu'elle regrettait depuis leur rupture. Sara se sentit vaciller sur ses jambes. Mais elle refusait de s'évanouir. Ce n'était pas le moment de se laisser dominer par des émotions stupides, alors que la vie d'Abby était en danger.

— Sara ?

Elle tenta de dissimuler son soulagement et sa douleur en adoptant un ton sarcastique :

— Maintenant, je sais ce qu'il faut pour que tu reviennes : un accident d'avion.

— Tu vas bien ? lui demanda-t-il tandis qu'il s'avançait vers elle à grands pas, scrutant son visage d'un air préoccupé.

En bon professionnel, il s'inquiétait de son état physique.

— Ça dépend de ce que tu entends par « bien », répondit-elle en haussant les épaules.

— Rien de cassé, pas d'hémorragie ? reprit-il d'une voix douce.

Elle secoua la tête.

— A moins que tu connaisses un moyen de nous sortir de là

avec cette tempête, tu peux peut-être me trouver quelque chose à manger et m'aider à ramener du bois.

Kirk fouilla dans son sac à dos et en sortit une barre énergétique. Sara tendit la main, mais se souvint trop tard qu'elle l'avait emballée dans une couche pour avoir moins froid aux doigts. Les yeux de Kirk s'écarquillèrent de surprise.

— Très innovant, dit-il en défaisant le papier et en lui tendant le biscuit.

Pepper avait passé la tête dans l'abri de fortune. Dehors, sa queue remuait frénétiquement.

— Chien, fit la voix d'Abby.

Kirk jeta un coup d'œil vers l'igloo puis regarda de nouveau Sara.

— Et le bébé ?

— Abby va bien, répondit-elle, avant de mordre goulûment dans la barre énergétique.

Jusqu'à maintenant, elle ne s'était pas rendu compte à quel point elle avait faim. Elle s'était occupée de nourrir sa fille et d'entretenir le feu, et cette lutte pour survivre lui avait fait tenir le coup. Mais depuis que Kirk était arrivé, la tension retombait peu à peu et l'épuisement prenait le dessus. Sara se sentait prête à défaillir.

Kirk lui tendit ensuite une gamelle et un repas emballé sous plastique, qu'il suffisait d'ouvrir pour qu'il se réchauffe.

— Va manger. Je vais chercher du bois.

— Tu trouveras un arbre couché par là-bas, dit-elle en lui montrant la forêt.

Kirk sortit une hache de son sac à dos, attendit que Sara entre dans l'abri, puis lui tendit le sac.

— Prends tout ce dont tu as besoin. Mais n'utilise pas la radio.

— D'accord. Merci.

Sara s'efforça de ne pas engloutir d'un coup la dinde, la farce et les petits pois que contenait le sachet en plastique. N'ayant rien avalé depuis plus de vingt-quatre heures, il ne lui restait plus beaucoup de réserves. Mais c'était peut-être mieux ainsi : ses émotions étaient comme anesthésiées.

Lorsqu'elle eut fini de manger, elle but un peu d'eau dans la gourde de Kirk puis regarda dans le sac à dos. Elle y trouva une grosse paire de chaussettes et un pantalon de ski qu'elle enfila par-dessus son jean. Pour l'instant, elle pouvait se passer de gants.

Abby se réveilla. Alors que Sara était en train de lui donner le sein, le bruit du vent retomba tout à coup et la température sembla augmenter à l'intérieur ; Kirk venait de jeter une bâche par-dessus les branches qui servaient de toit à son igloo, laissant une ouverture assez large tout en haut pour que la fumée puisse s'échapper.

Sara finissait de changer Abby lorsque Kirk entra dans l'igloo, suivi de Pepper. La cabane sembla soudain beaucoup plus petite et plus chaleureuse. Comme elle l'avait attendu, ce moment où leur petite famille serait réunie ! Au fil du temps, elle avait fini par se dire qu'il était peut-être préférable que Kirk ne rencontre jamais sa fille : ainsi, il ne risquait pas de demander la garde conjointe de l'enfant, et elle n'aurait pas à partager Abby. Une attitude égoïste ? Oui, mais pas totalement insensée. Kirk n'avait d'intérêt que pour ses chiens, pas pour sa femme ou sa fille. C'était peut-être parce qu'il n'avait pas encore rencontré Abby…

Sara savait qu'il était important que sa fille connaisse son père. Cependant, elle craignait que celui-ci ne la rejette. Et bizarrement, elle craignait aussi l'inverse.

Kirk tentait pour sa part de se concentrer sur Sara, même s'il ne pouvait s'empêcher de lancer quelques regards furtifs vers le bébé :

— Tu t'en es très bien tirée, tu sais.

— Je n'avais pas le choix.

— La plupart des gens n'auraient pas survécu à la tempête de cette nuit.

Kirk replia ses jambes pour faire une petite place à Pepper tandis qu'il rajoutait du bois sur le feu.

— Tu avais des allumettes pour démarrer le feu ?

Une vague de soulagement envahit Sara. Elle ne se sentait pas la force de discuter d'Abby ou de leur divorce. Pas maintenant. Kirk semblait l'avoir deviné, ou peut-être n'avait-il pas envie, lui non plus, de parler du passé.

— Avant de sauter de l'avion en parachute, le pilote s'est

emparé de ma sacoche d'ordinateur, expliqua-t-elle. Comme je l'avais remplie de livres, il a dû croire qu'il me volait mon travail. Mais j'avais glissé l'ordinateur portable dans le sac de couches, que j'avais accroché derrière le siège pour enfant. Pour faire du feu, je disposais donc seulement de couches et d'un ordinateur. J'ai réussi à faire une étincelle avec la batterie.

Kirk se mit à rire, et Sara put voir dans ses yeux qu'il était fier d'elle.

— T'ai-je déjà dit que tu avais la tête bien faite ?

— J'aurais pu être plus maligne. Ou plus prudente, en tout cas.

Abby commençait à s'agiter dans son siège. Sara la prit dans ses bras et la tint contre son épaule en lui caressant le dos pour lui faire faire son rot.

— Je sais que mon programme a de la valeur, mais je ne pensais pas qu'on irait jusqu'à essayer de me tuer pour le voler, reprit-elle.

— Ta maison a été cambriolée, et le disque dur de ton ordinateur est complètement vide.

— Je l'avais effacé avant de partir.

Abby se mit à pleurer. La pauvre petite avait sûrement mal au ventre. Pourtant, Sara avait lu que les bébés nourris au sein digéraient plus facilement que ceux nourris au biberon. Mais sa fille était toujours agitée après la tétée.

Pepper ne semblait pas dérangée par les cris d'Abby : elle continuait à regarder Sara, la tête posée sur ses pattes.

— Où sont les sauvegardes de ton logiciel ? demanda Kirk en haussant la voix pour se faire entendre.

— En lieu sûr.

Elle avait au moins fait une chose de bien. De toute façon, elle protégeait toujours son travail. Ce qu'elle n'arrivait pas à se pardonner, en revanche, c'était d'avoir mis sa fille en danger. Comme pour lui donner raison, Abby cria encore plus fort et se mit à donner des coups de pied.

— Je peux la prendre ? demanda Kirk.

Un mélange de tendresse et d'irritation se lisait dans son regard : il devait certainement penser que Sara n'arrivait pas à réconforter sa fille.

Et il avait peut-être raison. Abby pleurait très souvent.

Pourtant, Sara savait qu'elle n'était pas une mauvaise mère, et sa pédiatre était d'accord avec elle. Il y avait certainement des enfants plus difficiles que d'autres ; Abby pouvait simplement faire partie de ceux-là, sans qu'il y ait de rapport avec l'amour que lui portait sa mère.

Avec un pincement au cœur, Sara tendit Abby à Kirk. Celle-ci se mit à hurler de plus belle et la regarda avec une expression qui semblait dire « Comment peux-tu me faire ça ? » Sara ne put réprimer un petit sourire de satisfaction. Elle se serait sentie trahie si son bébé s'était arrêté de pleurer une fois dans les bras de son père…

Kirk fit doucement sauter Abby dans ses bras, visiblement fasciné par ses petites larmes, son visage tout rouge et ses poings serrés très fort. Sara se dit qu'il valait peut-être mieux le prévenir qu'elle venait de lui donner le sein. Puis elle repensa aux neuf mois de grossesse qu'elle avait passés toute seule, à l'accouchement qu'elle avait enduré sans la présence de son mari pour la soutenir, et à toutes ces fois où elle s'était réveillée la nuit pour nourrir son bébé. Certes, Kirk venait d'escalader une montagne en pleine tempête pour venir les sauver, et elle lui en était reconnaissante. Mais pour ce qui concernait Abby, elle ne se sentait aucune dette envers lui.

— Je te conseille d'arrêter de la faire sauter, dit-elle d'un ton expert. Elle vient juste de manger.

Le regard de Kirk se posa sur ses seins.

— Tu as encore assez de lait ? lui demanda-t-il.

Elle acquiesça, tentant de paraître désinvolte malgré le caractère intime de la conversation. Mais elle se doutait bien que Kirk n'était pas dupe. Il connaissait son corps par cœur, savait comment lui faire plaisir, comment la rendre folle… Non, il ne fallait surtout pas penser à ça. Ce temps-là était révolu.

— Comment sais-tu que j'allaite ?

Kirk continuait à faire sauter Abby, ignorant le conseil de Sara.

— Logan Kincaid me l'a dit quand il m'a engagé, répondit-il.

Comment ? Logan Kincaid, le célèbre programmeur qui avait vendu une partie de ses codes à Sara, avait dit à Kirk qu'elle allaitait ?

Comme il fallait s'y attendre, Abby fit un gros rot et régurgita un peu de lait sur l'épaule de son papa. Sara ne put s'empêcher de rire. Combien de temps mettrait-il pour lui rendre Abby ? Cinq secondes ? Dix secondes ?

Kirk grimaça. Avec douceur, il posa le bébé sur ses genoux, puis il prit un peu de neige et nettoya calmement la tache de lait. L'odeur mettrait plusieurs heures à disparaître, mais Sara préféra ne rien dire et le regarda faire. Elle avait oublié à quel point il pouvait être terre à terre. Pourtant, elle aurait pu deviner qu'un homme dont le travail consistait à chercher des bombes toute la journée ne se laisserait pas impressionner par un petit renvoi de bébé.

— Tu savais ce qui allait se passer, hein ? marmonna-t-il, à la fois agacé et amusé. J'aurais dû t'écouter. J'aurais dû t'écouter pour bien des choses, d'ailleurs.

Sara ne se laissa pas émouvoir par sa remarque. Elle lui en voulait trop pour lui pardonner d'avoir préféré l'armée à une vie familiale. Mais ils discuteraient de tout cela plus tard.

— Que vient faire Logan Kincaid dans cette histoire ? demanda-t-elle.

— Il est venu me chercher au ranch pour me dire que ton avion s'était écrasé.

Sara n'y comprenait rien. Son cerveau était peut-être trop fatigué pour faire les connexions nécessaires, ou alors Kirk lui racontait n'importe quoi. Il était censé être en mission au Pakistan.

— Ce que tu dis n'a aucun sens. Pourquoi Logan Kincaid serait-il venu te chercher ? Et qu'est-ce que tu faisais dans un ranch ?

— Kincaid dirige une société privée constituée d'anciens membres de l'armée et de la CIA. Ils exécutent des missions secrètes pour le gouvernement. Quelques heures après que ton avion s'est écrasé, un témoin a déclaré avoir vu un homme sauter de l'appareil en parachute. Les gars de Logan ont ensuite découvert que ta maison avait été cambriolée.

— Quelqu'un veut mon programme.

— Oui, et il est prêt à tuer pour l'avoir, précisa Kirk, le regard noir. Mais qui est-ce ?

Alarmée par le ton de sa voix, Pepper releva la tête, les oreilles dressées. Kirk la caressa pour la rassurer, et elle se pelotonna contre ses jambes.

— Ce logiciel vaut beaucoup d'argent, dit Sara tout en réfléchissant. Mes concurrents doivent sûrement s'y intéresser.

Elle marqua une pause, puis reprit :

— Il est également possible que des terroristes veuillent empêcher l'Etat d'utiliser mon travail. Ce programme est tellement rapide qu'il peut numériser un visage et l'identifier en quelques minutes, même avec un mauvais éclairage. Et même si l'individu porte des lunettes ou un chapeau. J'ai réussi à…

— Sara !

Kirk la ramena à la réalité avant qu'elle ne se perde dans les subtilités techniques de son travail.

— Qui d'autre serait prêt à tuer pour ton logiciel ? demanda-t-il.

— Il y a bien quelques cinglés qui pensent que ce programme pourrait porter atteinte à leur vie privée, dit-elle en haussant les épaules. Mais je ne crois pas qu'ils seraient prêts à me tuer pour empêcher le gouvernement d'installer le logiciel dans les aéroports.

— Kincaid pense que tu es encore menacée.

Oh mon Dieu !

Elle s'était tellement concentrée sur sa survie qu'elle n'avait même pas pensé à cela ! C'était pourtant évident. Etant donné que le pilote n'avait pas réussi à lui voler son ordinateur portable dans l'avion et que les hommes qui avaient cambriolé sa maison étaient repartis les mains vides, ils viendraient sûrement chercher l'ordinateur dans l'épave de l'appareil. Quand ils verraient que Sara n'y était plus, ils sauraient qu'elle avait survécu. Et ils essaieraient de nouveau de la tuer.

Cela voulait dire qu'Abby n'était pas en sécurité. Prise d'angoisse, Sara se sentit défaillir.

Kirk lui posa une main sur l'épaule.

— Rassure-toi, tu n'es pas toute seule. Les hommes de Kincaid sont des experts en…

— Comment sais-tu qu'on peut lui faire confiance ? l'interrompit Sara, le cœur battant à se rompre.

Tout à coup, l'arrivée de Kirk lui semblait trop belle pour être vraie.

« Respire », s'ordonna-t-elle. Si Logan Kincaid était malveillant, Kirk n'était certainement pas dans le coup. Il était bien trop honnête pour mentir et faisait toujours les bons choix. Leur mariage n'avait pas marché à cause de ses longues absences et du souci que Sara se faisait quand il partait pour des missions dangereuses. Mais lorsqu'il était de retour à la maison, il avait toujours été serviable et très attentionné. Sara pouvait compter sur lui. C'était le genre d'homme qui aide les vieilles dames à traverser la rue, ou qui peut rester debout une nuit entière pour s'occuper d'un chiot malade. Kirk était un héros. Il avait sauvé de nombreuses vies et ses supérieurs parlaient toujours de ses réussites avec fierté.

Etait-il possible que Logan Kincaid ait trompé la confiance de Kirk ?

— Pardon ? s'exclama Kirk en la regardant comme si elle avait perdu la tête. Je te rappelle que Kincaid m'a engagé pour te retrouver.

— C'est peut-être lui qui veut mon programme.

— Je ne crois pas. Sa réputation est impeccable. Et il travaille pour le gouvernement.

Pour Sara, ce n'était pas forcément un gage de sécurité : une partie du gouvernement pouvait très bien être en désaccord avec une autre. Mais elle préférait ne pas discuter de cela avec Kirk, qui était habitué à obéir aux ordres de ses supérieurs en toute confiance.

— Tu as fait des recherches sur lui ? lui demanda-t-elle.

— Je n'en ai pas eu le temps. Je m'inquiétais pour toi. Et pour Abby.

Kirk sembla hésiter. Un voile de tristesse passa sur ses yeux.

— Pourquoi ne m'as-tu jamais dit que j'avais une fille ? demanda-t-il soudain.

— Pardon ? s'exclama-t-elle en le foudroyant du regard.

Elle avait passé des mois à tenter de comprendre pourquoi il avait rejeté Abby. Et maintenant, il osait prétendre qu'il n'en avait jamais entendu parler ? La colère et la frustration lui firent hausser la voix.

— Tu étais trop occupé pour lire mes lettres, je suppose ?

— Tes lettres étaient mes rayons de soleil.

D'être passée tout près de la mort lui faisait peut-être dire plus facilement ce qu'elle pensait. L'épreuve terrible qu'elle venait de subir l'avait poussée à bout. Sara ne pouvait plus retenir sa colère.

— C'est ça, je te manquais tellement que tu es revenu vivre avec moi ! lança-t-elle sur un ton sarcastique.

Kirk tressaillit et retira sa main de l'épaule de Sara.

— J'ai lu toutes tes lettres au moins dix fois, lui dit-il d'une voix calme. Tu le sais bien.

Oui, elle le savait. Combien de fois lui avait-il répété que ses lettres étaient importantes pour lui ? Qu'il attendait chaque jour avec impatience d'avoir de ses nouvelles ? Que les mots qu'elle écrivait lui permettaient de se sentir près d'elle, même à des milliers de kilomètres de distance ? C'est justement parce qu'elle savait tout cela qu'elle avait été si blessée par son silence. C'est ce qui l'avait poussée à lui envoyer les papiers du divorce, qu'il avait signés. Malgré tous les efforts qu'elle avait faits pour oublier Kirk, il était revenu hanter ses pensées chaque fois qu'elle n'y prenait pas garde. Comme lorsqu'elle s'était retrouvée au bord du précipice, par exemple. Ou pendant toutes ces nuits qu'elle avait passées seule à se remémorer les moments fabuleux où ils avaient fait l'amour. Ou encore lorsqu'elle reconnaissait son caractère entêté dans l'enfant qu'ils avaient fait ensemble. Revoir Kirk après tout ce temps ne faisait qu'enfoncer le couteau dans la plaie. Mais Sara espérait qu'en exprimant tout ce qu'elle avait gardé enfoui au fond d'elle, elle pourrait enfin se libérer de son passé et continuer à vivre normalement.

— Je t'ai écrit deux fois pour te parler d'Abby, dit-elle d'une voix plus calme.

— Je n'ai jamais rien reçu à propos d'Abby.

— Et puisque tu ne répondais pas…

— Je n'ai pas eu ces lettres, répéta Kirk d'un ton sec.

— … j'en ai conclu que tu n'en avais rien à faire, finit-elle dans un souffle.

Pouvait-il seulement imaginer le nombre d'heures qu'elle avait passées à se demander pourquoi il n'avait pas répondu ?

— Tu pensais vraiment ça de moi ?

Kirk était furieux. Et dire qu'il aurait pu voir naître son enfant !

— Quand as-tu envoyé ces lettres ? demanda-t-il.

— Juste après ta dernière permission.

Ils avaient eu un rapport sexuel au cours duquel le préservatif s'était déchiré. Comme Sara n'était pas en période fertile, elle s'était dit qu'il n'y avait rien à craindre. Mais elle s'était trompée. En apprenant qu'elle était enceinte, elle avait été tellement contente et tellement effrayée à la fois !

Il n'avait jamais reçu ses lettres ?

Pendant des mois, elle lui en avait voulu de fuir ses responsabilités. Pendant des mois, elle s'était sentie blessée au plus profond de son être parce qu'il rejetait leur enfant.

— J'étais au Koweït. Tes lettres ont dû disparaître lors de l'attentat à la bombe contre l'ambassade. J'aurais pu m'en douter, mais à l'époque, tu ne m'écrivais plus beaucoup. J'ai reçu les papiers du divorce, et juste après, Gabby s'est fait tuer.

Sa voix était étranglée par l'émotion.

— Je suis désolée.

Sara avait entendu parler de la mort de Gabby, et elle savait que les deux hommes étaient comme des frères. Ils dressaient les chiens ensemble et étaient prêts à risquer leur vie l'un pour l'autre. Elle-même n'avait pas très bien connu Gabby, mais elle en gardait le souvenir d'un homme franc et généreux.

— J'ai démissionné de l'armée, Sara, lâcha alors Kirk.

Il lui aurait appris qu'il s'était mis à tricoter qu'elle n'aurait pas été plus choquée. La Marine américaine tenait une place si importante dans sa vie qu'elle avait du mal à croire qu'il ait pu en partir. Elle s'apprêtait à lui demander pourquoi, mais elle se ravisa : à quoi bon se faire du mal ? Ce n'était pas pour elle qu'il avait quitté l'armée. Bien avant qu'elle ne soit enceinte, elle lui avait fait connaître ses sentiments au sujet de leurs interminables séparations. Et elle lui avait demandé de démissionner. Finalement, il l'avait fait, mais ce n'était pas par amour pour elle ni pour sauver leur mariage. Sara se sentait blessée. Si elle avait pu, elle serait partie en claquant la porte. Mais l'exiguïté de l'abri ne lui permettait pas de se mettre à l'écart. Elle s'efforça donc de ravaler sa rancœur.

— Et qu'est-ce que tu fais maintenant ?

— Je dresse des chiens pour les autres.

— Tu les dresses à chercher de la drogue et des bombes ?

C'étaient les deux activités les plus dangereuses pour les maîtres-chiens.

— Je ne fais que les dresser, je ne pars pas en mission.

— Mais…

— J'ai accepté celle-ci parce que c'était toi.

Il avait l'air tellement sincère, comme s'il pensait vraiment ce qu'il disait… Mais elle ne devait pas se faire d'illusions.

— Tu te réengageras quand tu auras fait le deuil de Gabby.

— Non, Sara.

Il savait qu'elle ne le croyait pas. Après une seconde d'hésitation, il finit par dire, incapable de mentir :

— Logan Kincaid m'a proposé de rejoindre le Groupe Shey, mais je n'ai pas encore pris ma décision.

— Je vois.

Il ne réintégrerait peut-être pas l'armée, mais s'il travaillait pour Kincaid, il prendrait toujours autant de risques. Rien n'avait changé.

— Tu me manques, Sara. J'espérais que tu nous donnerais une deuxième chance.

— Je ne peux pas.

— Et je voulais voir ma fille.

— Merci beaucoup.

Elle cachait de nouveau sa peine derrière un ton ironique. La plupart des hommes se seraient énervés contre elle, mais Kirk la connaissait trop bien pour ça. Il savait que c'était sa façon de gérer ses émotions, et il réagissait toujours calmement.

— Tu as vu, elle a arrêté de pleurer, fit-il remarquer avec un grand sourire. Je crois qu'elle m'aime bien.

Abby était en train de jouer avec la fermeture Eclair du blouson de Kirk. L'air absorbé, elle tirait sur la petite languette de métal.

— Tu sais, elle pleure seulement quand elle est fatiguée, quand elle a faim ou quand elle a mal quelque part, rétorqua Sara d'un ton sec. Ou bien pour attirer l'attention.

Kirk ignora sa remarque.

— Quelle gentille petite fille ! s'exclama-t-il en regardant Abby.

Comprenant que l'on s'intéressait à elle, celle-ci releva la tête. Un délicieux sourire illumina son petit visage tout rond.

— Abby, balbutia-t-elle.

— Tu parles déjà ? s'étonna Kirk en lançant un regard surpris à Sara. Serais-tu brillante comme ta maman ?

Sara se rembrunit. Ce genre de réflexions la mettaient mal à l'aise. On l'avait appelée le Cerveau pendant toute son enfance, et elle n'avait pas envie que sa fille subisse les mêmes moqueries.

— Ecoute, son vocabulaire se limite à « maman », « Abby », « chien », « chat », « ballon » et « manger ». Pepper connaît sûrement plus de mots.

Kirk planta ses yeux dans les siens.

— Tu as décidé de me contredire tout le temps ?

— Peut-être, répondit-elle en soutenant son regard.

Sara ressentait le besoin d'être désagréable pour se protéger contre les émotions qui la submergeaient depuis que Kirk était là. Après quelques heures, elle avait déjà envie de tout oublier et de lui pardonner. Mais si elle cédait, elle ferait la deuxième plus grosse erreur de sa vie. Elle savait que, pour Kirk, la famille ne passerait jamais avant le reste. N'avait-il pas été assez clair à ce sujet ?

Non, Kirk ne changerait pas. C'était un homme très gentil et très tendre, mais avec un trop grand cœur. Sara en avait eu assez de n'être qu'une personne de plus dans son univers ; elle aurait voulu être tout son univers, ou au moins une partie assez importante pour qu'il accepte de vivre avec elle.

Et surtout, elle ne voulait pas qu'Abby s'attache à un homme qui lui briserait le cœur. Kirk repartirait, elle en était certaine. Dès qu'il aurait fait le deuil de Gabby, il se réengagerait, et la Marine lui tendrait les bras comme à un fils qui revient à la maison après une douloureuse épreuve.

Sara devait donc garder ses distances. Il savait comment s'y prendre avec elle et pourrait bien réussir à la faire craquer. Il ne fallait pas qu'elle se laisse attendrir par l'attention qu'il portait à Abby, et pour cela, il suffisait qu'elle garde à l'esprit qu'il les quitterait de nouveau, même s'il disait le contraire.

Cela lui importait peu de paraître ingrate ou désobligeante. En attendant de sortir de cette montagne, ils vivraient dans une telle promiscuité qu'il lui serait tout bonnement impossible de l'éviter. Pour se défendre, elle n'avait que ses mauvais souvenirs et son ironie.

— « Papa ».

Kirk, un doigt pointé sur le torse, tentait d'apprendre un nouveau mot à Abby. « Papa ».

Pour toute réponse, elle fourra ses doigts dans sa bouche. Kirk lui retint gentiment la main.

— Dis « papa » pour moi, ma petite Abby.

— Abby ?

— Oui, c'est toi Abby, lui répondit Kirk avec un sourire amusé. Maintenant, dis « papa ».

Abby remit ses doigts dans sa bouche et l'ignora.

« C'est bien, ma fille, pensa Sara. Ne succombe pas à son charme comme ta mère a pu le faire. »

6

Dès lors que Logan Kincaid lui avait appris que Sara avait été victime d'un accident d'avion, Kirk s'était efforcé de contenir ses émotions. Comme pour chaque mission, il fallait qu'il puisse se concentrer sur l'essentiel : analyser la situation, évaluer les risques, calculer les chances. Et comme pour chaque mission, le contrôle de soi pouvait faire la différence entre la vie et la mort — non seulement pour lui, mais aussi pour toutes les personnes qu'il était censé sauver ou protéger.

Au fond de son cœur, il n'avait jamais voulu croire que Sara et Abby aient pu mourir dans l'accident. Depuis le début, Kirk s'était accroché à l'espoir qu'elles étaient encore en vie : lorsqu'il avait accepté de partir à leur recherche alors que les chances de les retrouver étaient minimes ; puis lorsqu'il avait découvert la carcasse de l'avion totalement écrasée, sans aucun signe de vie à l'intérieur ; enfin, lorsqu'il avait décidé d'escalader cette falaise alors que la tempête faisait rage. Et ses efforts avaient été récompensés. A présent, Kirk caressait un tout autre espoir : celui de ne plus jamais être séparé d'Abby et de Sara.

Depuis qu'il les avait retrouvées saines et sauves, un flot incontrôlable de sentiments contradictoires avait déferlé en lui. La joie de les voir en bonne santé alternait ainsi avec l'inquiétude d'avoir à les faire sortir de cette montagne. De la même façon, le bonheur d'être auprès de Sara et de leur fille était assombri par la douleur d'avoir été loin d'elles pendant si longtemps et de risquer de l'être de nouveau. Et pourtant, Kirk se sentait comme apaisé par le simple fait de revoir Sara. Son attitude glaciale envers lui valait mieux que le silence insupportable de ces derniers mois qu'il avait passés sans elle.

Elle lui avait demandé de quitter l'armée et il avait refusé. Mais depuis ce jour, il s'était senti coupable de ne pas avoir davantage tenu compte de l'angoisse de sa femme. Il avait signé les papiers du divorce — c'était ce qu'elle désirait — en espérant qu'elle changerait d'avis un jour. Quoi qu'il arrive, il était obligé de terminer sa période d'engagement dans l'armée.

Et puis Gabby était mort. Dans son affliction, Kirk avait mis toute son énergie et toute sa rage à rechercher les hommes qui avaient posé la bombe responsable du décès de son meilleur ami. Si sa réussite l'avait aidé à faire le deuil de Gabby, elle ne l'avait en aucun cas consolé de l'échec de son mariage. Sara avait donné un sens à sa vie et, sans elle, le travail qui l'avait tant passionné était devenu fade et monotone. Mais il était trop tard, Sara n'attendait plus qu'il revienne à la maison. Elle refusait même de répondre à ses messages. Plein de dépit, Kirk avait loué un ranch et s'était plongé dans la routine de ses tâches quotidiennes, incapable de penser à son avenir.

« Est-ce que tu es mort ? » Il entendait encore Gabby le sermonner tandis qu'il se lamentait à propos du divorce. « Rien n'est fini tant que tu n'es pas mort. »

Kirk était bien en vie. Suffisamment pour ressentir le poids des regrets et la frustration d'avoir été rejeté. Et son cœur battait fort tandis que ses pensées se bousculaient dans sa tête…

Peut-être parviendrait-il à ce que Sara change d'avis. Mais il n'avait jamais connu de femme plus entêtée. Elle prenait rarement ses décisions à la va-vite. Au contraire, elle préférait réfléchir aux différentes possibilités qui s'offraient à elle jusqu'à ce qu'elle soit convaincue d'avoir fait le bon choix. Et la plupart du temps, elle ne revenait pas sur ses décisions. Il semblait clair qu'elle ne voulait plus entendre parler de lui, bien qu'elle ne puisse pas faire autrement que d'accepter sa présence tant qu'ils étaient bloqués sur cette montagne en pleine tempête. Mais Kirk ne voulait pas perdre espoir. A plusieurs reprises, alors qu'elle n'avait pas réussi à lui cacher complètement ses sentiments, il avait cru reconnaître la Sara d'autrefois, celle qui l'avait aimé. Elle ne pouvait pas penser que du mal de lui : Sara était bien trop honnête pour ne pas se souvenir, elle aussi, des bons moments de leur mariage.

Par conséquent, il ne fallait vraiment pas qu'il laisse passer cette chance. Mais que pouvait-il faire ? Kirk regarda sa fille qui s'était endormie dans ses bras et sentit son cœur se gonfler de bonheur et de fierté. Mais aussi de culpabilité. Il aurait dû être aux côtés de Sara à la naissance d'Abby. Il avait manqué les huit premiers mois de la vie de sa fille. A son âge, elle ne pouvait pas savoir qu'un papa était censé s'occuper d'elle, mais bientôt, elle apprendrait à marcher, à parler et à poser des questions.

Cependant, Kirk avait du mal à croire qu'il réussirait à convaincre Sara de revenir vivre avec lui pour le bien de leur fille. Il l'avait blessée en refusant de quitter la Marine. Selon elle, il avait fait passer son pays avant leur mariage. Et elle n'avait pas tort. Comme il le regrettait depuis ! Si c'était à refaire, Kirk savait qu'il choisirait sans hésiter de vivre avec Sara. Il s'était rendu compte, trop tard, qu'ils avaient construit tous les deux quelque chose de précieux, et qu'il aurait dû tout faire pour la garder. Elle était toute sa vie — et il l'avait perdue.

Sara avait déjà entendu ses explications. La CIA avait eu vent d'une rumeur selon laquelle l'ambassade américaine au Pakistan serait visée par un attentat à la bombe. Evidemment, personne ne savait quand l'attaque aurait lieu, ni d'où elle viendrait. En tant que meilleurs maîtres-chiens des Etats-Unis, Kirk et Gabby avaient été envoyés là-bas pour protéger l'ambassade. Des jours, des semaines et des mois s'étaient écoulés sans qu'il se passe rien, puis l'attaque avait eu lieu : les terroristes avaient réussi à poser une bombe dans le bâtiment. En faisant son travail, Gabby avait sacrifié sa vie. Kirk, lui, avait sacrifié son mariage.

Sara avait refusé d'attendre la fin de la mission. Elle lui avait dit qu'elle se doutait bien qu'après le Pakistan, l'armée ne manquerait pas de l'envoyer dans un autre endroit dangereux. Conscient de la qualité de son travail, Kirk savait qu'elle avait raison ; il n'avait rien pu dire.

Il n'avait en effet jamais refusé les missions dangereuses ou difficiles. A présent, Sara était certaine qu'il continuerait à les accepter. Il avait bien vu dans ses yeux qu'elle ne l'avait pas cru lorsqu'il lui avait dit qu'il n'avait pas l'intention de réintégrer la Marine. Kirk avait compris qu'il l'avait blessée et qu'elle cherchait à se protéger. Les paroles ne suffiraient pas à la convaincre.

Les actes, peut-être. Mais pour cela, il lui fallait du temps et il n'en avait pas. Le lendemain, ils ne seraient déjà plus sur cette montagne. Et ensuite, elle le quitterait de nouveau.

C'était pour cela qu'il devait absolument profiter de cette occasion. Or, il ne lui restait plus que quelques heures devant lui. Mais il ne fallait pas non plus aller trop vite. Sara lui faisait penser à un animal blessé qui ne veut pas se laisser approcher. Et savoir qu'il était à l'origine de ses blessures lui fendait le cœur. Il souhaitait tellement qu'elle guérisse ! Il craignait de lui faire encore plus de mal en tentant de la convaincre, et pourtant il ne pouvait pas supporter l'idée de la laisser partir. Il l'aimait trop pour cela.

Depuis son arrivée, Sara et lui se relayaient pour nourrir le feu. Ils n'avaient pas échangé un seul mot depuis un bon moment et l'atmosphère était tendue. Kirk ne pouvait s'empêcher d'observer son ex-femme. La maternité ne l'avait pas transformée : elle avait toujours ces pommettes de mannequin, ces belles lèvres roses qui avaient jadis répondu passionnément à ses baisers, et cette nuque gracieuse qu'il avait tant aimé masser et embrasser lorsqu'elle travaillait trop longtemps devant son ordinateur. Ils avaient partagé tellement de bons moments… Maintenant, Sara refusait de parler et Kirk ne savait pas comment briser la glace.

Il n'osait pas lui dire tout ce qu'il avait sur le cœur ; elle ne semblait pas prête à l'écouter. Il préféra donc s'en tenir à des considérations très concrètes :

— Nous ne serons pas obligés de redescendre toute la montagne. Il faut juste rejoindre une clairière qui se trouve à un peu moins de deux kilomètres en contrebas. Dès que le vent se sera calmé, un hélicoptère viendra nous chercher.

Elle acquiesça, les yeux rivés sur le feu. Elle évitait son regard.

— As-tu assez chaud ? Veux-tu autre chose à manger ? lui demanda-t-il.

— Non merci.

Bon sang, elle ne se montrait pas très coopérante ! Visiblement, ce n'était pas avec des mots qu'il réussirait à la faire sortir de sa coquille. Il posa donc une main sur sa cheville.

— Sara, je t'en prie.

Elle écarta brusquement son pied, une lueur sauvage dans les yeux.

— Quoi ?

Kirk était stupéfait par la violence avec laquelle elle avait réagi à son geste. Elle ne supportait pas qu'il la touche, même à travers un pantalon de ski, un jean et deux paires de chaussettes !

— Tu me détestes ? se força-t-il à demander, la gorge serrée.

Pendant de longues minutes qui lui parurent durer une éternité, Sara ne répondit pas, si bien qu'il se demanda si elle ne s'était pas replongée dans ses pensées. Mais tout dans son attitude — ses mâchoires contractées, sa nuque tendue, son dos raide — montrait qu'elle réfléchissait à sa question. Qu'elle ait besoin d'autant de temps pour lui répondre le bouleversait. Lorsqu'elle leva enfin les yeux et lui laissa voir son visage marqué par la douleur, il eut l'impression qu'on lui enfonçait une lame dans le cœur.

Sa réponse était prête. Et Kirk n'avait plus envie de l'entendre.

Les flammes se reflétaient dans les yeux de Sara et accentuaient les ombres de son visage, mettant en valeur ses lèvres pulpeuses. De cette bouche adorable n'était jamais sortie que la vérité. La jeune femme ne savait pas mentir.

— Je déteste l'idée que notre mariage ait si peu compté pour toi, commença-t-elle d'une voix sourde. Et je déteste savoir que j'ai si peu compté pour toi, au point de me retrouver seule à me demander ce que j'ai fait de mal.

— Oh, Sara !

Kirk comprenait peu à peu à quel point elle avait souffert et souffrait encore.

— Je déteste échouer, continua-t-elle. Je déteste me tromper et, sauf pour Abby que je ne regrette pour rien au monde, être avec toi a été la plus grosse erreur de ma vie. Je déteste me dire que si j'avais été plus tolérante…

— Tu n'as rien à te reprocher.

— … ou si j'avais moins travaillé…

— Sara, tu te fais du mal.

— … ou si j'avais trouvé un moyen de rester à tes côtés…

— Au Pakistan et au Koweït ? Alors que tu étais enceinte ?

Non, Sara. Cela aurait été trop dangereux et tu aurais été malheureuse.

Elle planta son regard dans le sien.

— J'étais malheureuse, de toute façon. Mais maintenant, je suis guérie de toi. Et je ne veux plus jamais refaire la même erreur.

Elle venait de le bannir de sa vie, et il ne savait que dire pour la faire changer d'avis — d'autant plus que tout ce qu'elle avait énoncé était vrai. Il était resté huit ans dans l'armée. Les quatre premières années avaient été les plus belles de sa vie, car Sara l'avait suivi. Mais pour les missions trop dangereuses, les civils n'étaient pas autorisés à accompagner leur conjoint. Sara n'avait pas pu lui rendre visite dans les zones de combat, et les absences prolongées de Kirk lui avaient causé plus de stress qu'elle n'était capable d'en endurer.

— Est-ce que tu as quelqu'un ? lui demanda-t-il avec un serrement au cœur.

L'idée qu'un autre homme puisse toucher Sara et élever sa fille lui était en effet insupportable.

— Cela ne te regarde pas, répondit-elle d'une voix lasse.

Elle soupira et ferma les yeux, avant d'ajouter :

— Non, je ne vois personne.

— Nous pourrions peut-être…

Le bruit d'un hélicoptère l'interrompit au milieu de sa phrase. Inquiet, Kirk reposa Abby dans son siège pour enfant et sortit pour inspecter le ciel avec ses jumelles.

Dissimulé par les branches et la neige qui tombait à gros flocons, leur abri n'était certainement pas visible d'en haut. Mais que venait faire cet hélicoptère là, alors que Kirk n'avait envoyé aucun message à Kincaid ?

Sara attacha Abby dans son siège pour qu'elle ne puisse pas s'approcher du feu si elle se réveillait. Puis elle rejoignit Kirk dehors.

— Qu'est-ce qui se passe ? lui demanda-t-elle.

— Je ne suis pas sûr qu'il faille s'inquiéter. Mais Kincaid m'a ordonné de garder le silence radio, et je pense qu'il m'aurait prévenu avant d'envoyer un hélicoptère.

— Est-il possible que les montagnes bloquent le signal, comme avec mon téléphone portable ?

Kirk secoua la tête.

— Non, les radios ne fonctionnent pas sur les ondes satellites.

— Ton appareil est peut-être cassé, alors ?

— C'est peu probable. Et de toute façon, on n'a aucun moyen de le vérifier à moins de rompre le silence radio.

Il rangea ses jumelles et regarda le ciel en fronçant les sourcils.

— Est-ce que tu te sens d'attaque pour une petite marche ? dit-il en se tournant vers Sara. J'aimerais que nous levions le camp.

— Il fait presque nuit et il neige, objecta-t-elle. Ici, on a déjà un abri et un feu. Pourquoi veux-tu partir ?

— Tu es restée ici trop longtemps. L'hélicoptère a peut-être repéré la fumée.

— Avec toute cette neige qui tombe ? Ça m'étonnerait…

— Ils ont peut-être un système d'imagerie thermique, auquel cas ils peuvent nous repérer comme le nez au milieu de la figure.

— Mais est-ce qu'on n'a pas envie d'être repérés, justement ? D'être sauvés ?

— Imagine que quelqu'un d'autre que Kincaid soit à notre recherche. La même personne que celle qui a cambriolé ta maison, par exemple. La même personne que celle qui t'a laissée toute seule dans l'avion.

Sara croisa les bras sur sa poitrine, les sourcils froncés.

— Si ton but est de me faire peur, ça marche.

Kirk entendit l'hélicoptère décrire des cercles juste au-dessus d'eux.

— Va chercher Abby. On s'en va.

Rapidement, il enleva la bâche qui leur avait servi de toit, la secoua et la rangea dans son sac. Sara emmitoufla sa fille dans les vêtements que Kirk avait apportés et l'installa dans le porte-bébé, sur son dos. Elle sortit l'ordinateur du sac de couches.

— Donne-le-moi, lui dit Kirk en tendant le bras. Tu auras besoin de tes deux mains si jamais tu tombes.

Sara le regarda glisser l'appareil dans son sac sans rien dire. Au moins, elle lui faisait confiance pour son précieux ordinateur ! A peine quelques minutes plus tard, ils avaient éteint le feu et étaient prêts à partir.

Kirk appela Pepper et lui fit signe de rester à ses pieds. Docilement, la chienne vint les rejoindre. Mais elle ne cessait de regarder dans la direction de l'hélicoptère : elle continuait sûrement à percevoir le bruit du moteur.

— Et qu'est-ce qu'on fait du siège pour enfant ? demanda Sara, le regard sévère.

— On ne peut pas le prendre, répondit Kirk. Il est trop lourd et trop encombrant.

— Mais il protège Abby contre le froid. Et elle ne peut pas dormir à même le sol, ni dans nos bras.

— Pourquoi ?

— Elle n'arrête pas de gigoter.

— Elle peut dormir sur mon torse.

Devant l'air dubitatif de Sara, Kirk ajouta :

— Au pire, je reviendrai chercher le siège pour enfant.

Pepper aboya doucement ; Kirk comprit que l'hélicoptère devait être en train de revenir au-dessus d'eux.

— Allons-y.

— J'espère que tu sais ce que tu fais, grommela Sara.

— Je l'espère aussi, répondit-il en lui tapotant l'épaule.

Il était heureux de voir que cette fois-ci elle ne le rejetait pas. Il ajouta avec un grand sourire :

— Tu n'as pas de souci à te faire, je suis le meilleur sauveteur des environs.

Sara leva les yeux au ciel et Kirk crut discerner l'ombre d'un sourire sur ses lèvres.

— Ce n'est pas dur, répliqua-t-elle. Tu es le *seul* sauveteur sur cette montagne.

Ils se mirent en route, avançant péniblement dans la neige. Abby avait bien accepté la cagoule que son père lui avait enfilée pour protéger son visage contre le froid ; seuls ses yeux, son nez et sa bouche étaient visibles. Tout sourire, elle semblait très satisfaite de cette petite excursion en porte-bébé. Sara trouvait la charge un peu lourde mais tout à fait supportable, surtout lorsqu'elle regardait l'énorme sac de Kirk.

Celui-ci marchait d'un pas régulier devant elle, ouvrant la voie, retenant les branches à son passage et lui tendant la main lorsque le terrain était difficile ou couvert de glace. A peine cinq minutes après qu'ils eurent quitté l'abri, Sara se sentait déjà perdue et totalement dépendante de Kirk. Comme elle détestait cette sensation ! Elle n'avait aucune envie de lui être redevable de quoi que ce soit. Mais elle n'avait pas le choix. Et il ne fallait pas qu'elle se plaigne, car Kirk était le meilleur homme sur qui elle pouvait tomber pour faire face à la tempête. Elle n'avait aucun doute sur sa loyauté et son honnêteté, et lui faisait confiance plus qu'à n'importe qui d'autre pour les sortir de cette situation.

Mais ce lien si particulier qu'elle ressentait encore entre eux l'inquiétait. Lorsqu'il avait posé la main sur sa cheville, elle s'était sentie frissonner de désir. Craignant qu'il ne le devine, elle avait tenté de dissimuler son émotion en le repoussant, mais sa réaction trop brutale avait trahi son malaise.

L'attitude attentionnée de Kirk ne l'aidait pas à garder la tête froide. Sans cesse, il fallait qu'elle se répète qu'il prendrait exactement les mêmes risques pour de parfaits inconnus. Il l'avait déjà fait, maintes et maintes fois. Dans ces circonstances désespérées, il n'était pas facile de tenir ses émotions à distance. Mais il fallait essayer.

Elle n'arrivait pas à oublier tout ce qu'ils avaient fait ensemble, tout ce qu'ils avaient partagé. La dernière fois qu'ils avaient fait l'amour était gravée à jamais dans sa mémoire. C'était cette fois-là qu'ils avaient conçu Abby.

La nuit commençait à tomber, donnant à la neige une teinte grise et accentuant la morsure du froid. Sans les gants, la cagoule de laine et le pantalon de ski que Kirk lui avait apportés, Sara aurait été gelée jusqu'aux os. Pourtant, elle frissonnait quand même, malgré le rythme soutenu qu'il lui imposait.

Abby, dans son porte-bébé, n'avait pas la possibilité de bouger pour se réchauffer. Kirk l'avait enveloppée dans une couverture et tâtait de temps en temps ses mains et ses pieds pour vérifier qu'elle n'avait pas froid. Lors de la dernière pause, il avait promis de s'arrêter bientôt.

— Nous y sommes presque, annonça-t-il enfin, la voix étouffée par le vent.

Quelques instants plus tard, Sara s'aperçut qu'ils étaient entrés dans une grotte. Il avait trouvé un abri parfait pour la nuit. Le plafond était juste assez haut pour qu'elle puisse se tenir debout, mais Kirk était obligé de courber la tête. Elle lança un regard inquiet vers le fond de la grotte, plongé dans une épaisse obscurité.

— Tu crois qu'il peut y avoir des ours ?

Kirk sortit sa lampe de poche et éclaira l'intérieur de la grotte.

— Non, l'endroit ne semble pas habité. Il y a une boîte d'allumettes dans une des poches, dit-il en posant son sac à dos par terre. Tu peux peut-être rassembler des brindilles pendant que je vais chercher du bois.

— Je dois d'abord nourrir Abby.

Il acquiesça, puis sortit de la grotte. Tandis qu'elle déboutonnait sa chemise, Sara grimaça au contact de l'air froid sur sa peau. Elle attrapa une couverture pour l'envelopper autour d'elle et de son bébé. Affamée, Abby se mit à téter goulûment. Sara avait eu peur de l'emmener dehors en pleine tempête, et elle était rassurée de la voir aussi vive : avec ses petites joues roses, son visage rayonnait de santé et son corps, blotti contre le sien, était tout chaud.

Sara avait choisi l'allaitement pour tous les avantages que cette alimentation présentait pour le bébé. Elle ne s'était jamais imaginé que cette expérience lui apporterait autant de joie. Nourrir son enfant au sein, sentir sa peau tout contre la sienne, créait une proximité qu'elle ne soupçonnait pas. Sara s'était étonnée elle-même d'être capable de tant d'amour, et de trouver une telle satisfaction dans le bien-être d'Abby.

A présent, comme elle rêvait de partager ce bonheur avec Kirk ! Il était le seul homme susceptible de ressentir la même joie qu'elle à entendre leur fille prononcer un nouveau mot, à la voir esquisser ses petits sourires ou tenter de se lever toute seule.

Sara venait de changer Abby lorsque Kirk entra dans la grotte, les bras chargés de bois. Voyant qu'elle n'avait pas eu le temps de démarrer le feu, il se débarrassa des branches et commença à rassembler quelques brindilles.

Abby commençait à s'agiter sur les genoux de Sara ; elle avait certainement envie de se promener un peu toute seule. La jeune femme étendit donc la couverture par terre et y déposa le bébé. Pleine de curiosité, Abby se mit à quatre pattes et entreprit d'explorer son nouvel univers.

Kirk sortit des allumettes de son sac, lançant un regard inquiet vers sa fille.

— Tu en as assez de la porter ? demanda-t-il à Sara.

— Non, mais elle a besoin d'exercice. Elle n'a pas bougé depuis l'accident.

Abby avança jusqu'au bord de la couverture. Avec intérêt, elle ramassa un petit bâton et le porta à sa bouche. Sara le lui enleva aussitôt des mains.

— Si seulement j'avais sa sucette ! dit-elle, un peu découragée.

Plongeant la main dans son sac, Kirk en ressortit un biberon en plastique.

— Elle peut peut-être mâcher la tétine ?

Sans qu'il ne donne d'explications, Sara devina qu'il avait dû prévoir le biberon au cas où il aurait retrouvé seulement Abby vivante. Contre quoi d'autre pouvait-il bien les protéger ?

Pepper alla s'installer à côté de la couverture comme pour surveiller le bébé. Sara en profita pour ramasser des feuilles mortes et des brindilles qu'elle empila près de l'entrée de la grotte. Celle-ci était bien plus grande et mieux protégée du vent que la cabane de branches et de neige qu'ils avaient quittée. Mais en contrepartie, il leur faudrait davantage de bois pour réussir à chauffer tout l'espace.

Sara se leva, prête à accomplir sa part du travail.

— Si tu veux bien garder un œil sur Abby, j'irai chercher plus de bois, dit-elle à Kirk.

— Ce n'est pas nécessaire. Il y en a toute une pile devant la grotte. En revanche, tu peux peut-être récupérer de la neige propre dans cette gamelle pour la faire fondre.

Elle comprit que pour respecter leur intimité, Kirk n'avait pas voulu rentrer le bois au moment où elle donnait le sein à Abby. Et elle sentit son cœur fléchir face à tant d'attentions…

« Ne refais pas la même erreur », s'ordonna-t-elle en son for intérieur. Certes, il était aux petits soins avec elles maintenant, mais il reprendrait bientôt ce travail qui le passionnait tant — peut-être dans l'équipe de Kincaid, peut-être avec d'autres. D'ailleurs, si elle ne s'était pas trouvée en danger, Kirk ne serait pas là. Il lui avait dit qu'elle lui manquait, et son regard enflammé ne lui avait pas échappé. Pourtant, elle ne voulait pas le croire. La mort de Gabby et la naissance d'Abby avaient dû le bouleverser, mais lorsqu'il aurait fini de pleurer l'un et de fêter l'autre, il recommencerait ce qu'il avait toujours fait : protéger la vie des autres en risquant la sienne.

Au début, elle avait espéré qu'il quitterait la Marine de lui-même, sans qu'elle n'ait rien à demander. Car elle se disait que s'il abandonnait ce travail seulement pour lui faire plaisir, il finirait par lui en vouloir un jour. Mais il avait continué, attendant d'elle qu'elle fasse la même chose. Elle s'était finalement décidée à lui parler, mais il n'avait pas voulu quitter l'armée. Puis elle lui avait envoyé les papiers du divorce. Vu de l'extérieur, ce geste pouvait paraître brutal, mais elle n'avait pas eu la force ni le courage de l'appeler au téléphone — surtout après la peine qu'il lui avait infligée en ignorant les lettres qu'elle lui avait écrites à propos d'Abby. Une rupture nette et rapide lui avait semblé être la meilleure solution.

Et voilà qu'ils étaient de nouveau réunis ! Pendant tout le temps où ils avaient été séparés, Sara avait eu du mal à le chasser de ses pensées. Mais elle s'en était sortie. Au fil des mois, elle avait réussi à occuper son esprit en se plongeant dans son travail et en s'occupant d'Abby. Et maintenant, sans qu'elle s'y attende, il était là, à côté d'elle. Vivant. Protecteur. Et tellement gentil qu'elle avait envie de le gifler pour le punir de lui rappeler à quel point ils avaient été heureux ensemble.

Kirk craqua une allumette et enflamma les feuilles mortes. Veillant à ce que les brindilles prennent bien, il ajouta au fur et à mesure des branches de plus en plus grosses. Sara regardait les grandes mains de Kirk, ses doigts agiles, qui nourrissaient le feu avec des gestes rapides et précis. Et elle revit ces mêmes mains sur elle... Elle repensa à cette nuit délicieuse, au Panama, pendant laquelle ils avaient fait l'amour au clair de lune après un bain de minuit ; et à cette Saint-Valentin très romantique où un Kirk on ne peut plus séduisant, complètement nu et entouré de bougies, l'avait attendue dans une baignoire remplie de pétales de roses. Sara luttait contre ses souvenirs. Mais comment pouvait-elle oublier, alors que chaque mouvement de Kirk faisait renaître une nouvelle image dans son esprit ?

Abby avait arrêté d'explorer les lieux et s'était assise pour mieux mâchonner la tétine du biberon. Pepper, la tête posée sur ses pattes, continuait à la surveiller.

Lorsque Sara s'approcha de l'entrée de la grotte, elle vit que Kirk avait tendu la bâche d'un côté à l'autre de l'ouverture, laissant assez d'espace en haut pour que la fumée puisse s'échapper. En quelques minutes, il avait réussi à faire un grand feu qui répandait dans la grotte une chaleur et une lumière des plus agréables.

— Fais attention à Abby, lui demanda Sara avant de sortir.

Mais elle se doutait que son conseil n'était pas nécessaire : entre Pepper et Kirk, Abby n'avait rien à craindre.

Dehors, le vent soufflait en rafales et la neige tombait plus fort, recouvrant presque entièrement leurs empreintes. Sara leva la tête pour regarder le ciel, mais elle ne vit aucune étoile. Elle s'empressa de rentrer la tête dans les épaules pour empêcher les flocons de tomber dans son cou, puis récupéra de la neige dans la gamelle. En quelques secondes, elle se sentait déjà glacée jusqu'aux os. Elle se glissa à l'intérieur de la grotte en frissonnant.

Abby avait rampé jusqu'à Pepper et s'accrochait à son dos pour tenter de se mettre debout. La chienne se laissait faire patiemment, sans montrer aucun signe d'agacement.

— Qu'est-ce qu'il y a à manger ? demanda Sara à Kirk en lui tendant le récipient rempli de neige.

— Du steak sauce au poivre ou du chili con carne. A toi de choisir.

— N'importe, répondit-elle. Je meurs de faim.

— Hop ! fit la petite voix d'Abby tandis qu'elle se hissait sur ses pieds.

Elle resta debout quelques secondes puis retomba sur ses

fesses en riant. Aussitôt, elle s'accrocha aux poils de Pepper et recommença l'expérience.

Kirk tendit à Sara l'un des repas sous vide ; il suffisait d'attendre quelques minutes pour que les aliments soient chauds. La jeune femme était en train de manger le steak avec appétit lorsqu'elle remarqua que Kirk n'avait rien pris pour lui.

— Tu ne manges pas ? s'étonna-t-elle.

— Je n'ai pas faim.

Ce ne pouvait être qu'un mensonge. Il n'avait rien mangé depuis qu'il était avec elle. De plus, il avait certainement brûlé beaucoup de calories en escaladant la montagne et en portant son sac. Et il restait assez de nourriture pour au moins quatre ou cinq repas.

— Tu économises nos réserves ? lui demanda-t-elle en fronçant les sourcils.

— Je n'ai pas faim, je te dis.

— Arrête de me prendre pour une idiote. Je croyais qu'on quittait cette montagne demain.

— C'est ce qui est prévu.

Sara le fixa jusqu'à ce qu'il ajoute :

— Si le temps le permet.

— Je ne mangerai pas toute seule.

Avec un soupir, il lui tourna le dos et sortit de son sac une tasse et un sachet de café instantané.

— Si, tu vas manger toute seule, dit-il calmement. Tu as sauté plusieurs repas, et tu as besoin d'énergie pour nourrir Abby.

— Et toi, tu as besoin de forces pour nous sortir d'ici, répliqua-t-elle. Quand on a faim, on commet facilement des erreurs.

Elle se leva, fouilla dans son sac et lui lança un sachet de nourriture.

— Mange.

Kirk secoua la tête en souriant et ouvrit le paquet.

— Toutes les fois où tu m'as manqué, je devais oublier à quel point tu étais autoritaire.

« Toutes les fois où tu m'as manqué. » Il l'avait dit avec une telle simplicité qu'elle ne pouvait que le croire. En fait, elle n'avait jamais douté de son amour pour elle. Mais pour la première fois, elle comprenait qu'elle n'avait pas été la seule à souffrir de leur divorce.

Alors qu'il lui tendait la tasse de café, leurs doigts s'effleurèrent. Un frisson parcourut Sara : les mains de Kirk, chaudes et puissantes, lui donnaient envie de se pelotonner contre lui, de partager sa force et sa chaleur. Mais il fallait résister. Même si quelque chose lui disait que Kirk l'aurait accueillie dans ses bras avec plaisir, elle ne voulait pas se réhabituer à ses caresses, au parfum si masculin de sa peau, ou au simple plaisir de savoir qu'elle n'était pas seule. L'expérience lui avait appris que plus elle s'autoriserait à se rapprocher de lui, plus elle souffrirait lorsqu'il partirait.

Kirk lui demanda entre deux bouchées :

— D'après Kincaid, tu vivrais dans une maison, maintenant ?

— Oui, je me suis installée dans celle de ma grand-mère. Après la naissance d'Abby, j'avais besoin de retrouver mes racines.

Elle but une gorgée de café, savourant la sensation de chaleur qui parcourait son corps. Ils étaient obligés de boire dans la même tasse, car il n'y en avait qu'une — encore une proximité qu'elle ne pouvait pas éviter. Prenant garde de ne pas renverser le liquide brûlant, elle tendit la tasse à Kirk.

— Et… tu as un jardin ? lui demanda-t-il, les yeux moqueurs.

Elle avait toujours essayé de faire pousser des choses : des fleurs, des légumes — et même des fruits, lorsqu'ils vivaient au Panama. Mais elle n'avait vraiment pas la main verte. Ses plantes ne mouraient pas, mais elles ne s'épanouissaient pas non plus. Kirk la taquinait tout le temps en lui disant qu'elle ne leur parlait pas comme il fallait. Il lui répétait que les termes informatiques ne leur plaisaient pas.

— J'ai prévu de jardiner cet été. J'aimerais qu'Abby mange des légumes frais.

Kirk réprima un sourire, but un peu de café et tendit la tasse à Sara.

— Si tu gagnes plein d'argent grâce à ton logiciel, tu pourras te permettre de te payer un jardinier.

— J'y penserai.

Mais elle connaissait déjà la réponse : elle voulait jardiner elle-même. Après avoir travaillé pendant des heures sur son ordinateur, elle avait besoin de sortir prendre l'air. Faire un peu d'exercice lui permettait de s'éclaircir les idées.

— Sara ?

— Oui ?

— Combien de gens connaissent ton logiciel ?

Elle savait pourquoi il posait cette question. Elle n'avait jamais aimé travailler comme employée dans une grosse entreprise. Bien sûr, avoir un salaire régulier n'était pas inintéressant, mais les inconvénients étaient nombreux. Le principal étant que tout ce qu'elle développait, même pendant son temps libre, appartenait à l'entreprise. C'est ce qui l'avait poussée à démissionner pour se mettre à son compte. Peu de gens savaient qu'elle travaillait sur un programme de reconnaissance faciale. Mais combien étaient prêts à tout pour le lui voler ?

— Du côté du gouvernement, je ne sais pas, répondit-elle avant d'avaler une gorgée de café. Plusieurs entreprises travaillaient sur des projets similaires, et je connais deux indépendants qui avaient un an ou deux de retard sur moi. L'un d'eux a voulu acheter mon travail il y a quelques années. Et un autre concurrent m'a proposé de travailler avec lui, mais cela ne m'intéressait pas.

— Il y en a peut-être un parmi eux qui voudrait rattraper son retard en volant ton programme.

— Tu m'aurais dit ça il y a quelques jours, je t'aurais ri au nez.

Mais quelques jours plus tôt, elle ne savait pas encore que son avion s'écraserait sur les Rocheuses en pleine tempête de neige…

7

Si Kirk avait rêvé d'une nuit romantique au coin du feu avec Sara, il devait être bien déçu. Tout espoir de lui voler un baiser s'était évanoui à mesure que les pleurs d'Abby redoublaient.

La jeune femme avait vu juste : le bébé ne voulait pas s'endormir sur le torse de Kirk. Après plusieurs heures passées à tenter de la calmer en lui chantant des berceuses et en la câlinant, il avait fini par se dire qu'il valait peut-être mieux retourner chercher le siège pour enfant, même en pleine nuit. Mais il ne l'avait pas fait, car il craignait de laisser Sara toute seule.

Kirk ne cessait en effet de repenser au coup de feu qui l'avait manqué de peu alors qu'il gravissait la montagne ; il n'avait pas oublié non plus l'hélicoptère qui était venu tourner au-dessus d'eux alors que la tempête faisait rage. Certes, Jack Donovan était bien capable de piloter dans ces conditions, mais en tant qu'ancien militaire, il n'aurait jamais pris la décision de venir les chercher sans en avoir reçu l'ordre. Or, Kincaid avait dit qu'il attendrait le signal de Kirk. De toute évidence, ils n'étaient pas seuls sur cette montagne. Il semblait donc préférable de passer une nuit blanche plutôt que de mettre Sara et leur fille en danger.

Abby finit par s'endormir le lendemain matin, lorsqu'ils se remirent en marche. Après s'être épuisée toute la nuit à pleurer, elle sombra enfin dans un profond sommeil sur le dos de sa mère.

Le ciel ne s'était pas dégagé, bien qu'il ne neigeât plus. Aucun rayon de soleil n'arrivait à percer le manteau de grisaille qui enveloppait la montagne. La brume du matin masquait les distances et rendait la marche dangereuse, et le vent, qui mugissait dans les arbres, soulevait des tourbillons de neige qui venaient fouetter le visage de Kirk et de Sara.

Ouvrant la voie, Kirk s'efforçait de trouver le chemin le plus praticable pour descendre la montagne. Il s'arrêtait souvent afin de tendre l'oreille au moindre bruit suspect, ce qui permettait à Sara de se reposer et de boire. Elle ne se plaignait jamais, mais il voyait qu'elle était épuisée à ses yeux cernés et à ses épaules courbées. Bien plus entraînée aux séances marathon devant son ordinateur qu'aux randonnées en haute montagne, elle marchait lentement, tout en s'efforçant de garder un rythme régulier.

Kirk lui tendit sa gourde.

— Comment te sens-tu ? lui demanda-t-il.

— Ça peut aller.

Elle jeta un coup d'œil à Abby par-dessus son épaule. Le bébé dormait profondément.

— Si on la laisse dormir, elle va encore rester éveillée toute la nuit.

— Ne la réveille pas.

— Pourquoi, quelque chose t'inquiète ? dit-elle avant d'avaler une gorgée d'eau.

Il hésitait.

— Tu dois me dire la vérité, insista-t-elle en scrutant son visage.

— Il est probable que nous ne soyons pas seuls sur cette montagne, concéda-t-il en soupirant. La présence de l'hélicoptère le prouve. Et les hommes qui nous suivent ne nous veulent certainement pas du bien.

— Quelle chance nous avons !

Sara referma la gourde et la tendit à Kirk, l'air résigné. Celui-ci reprit :

— S'ils veulent nous attaquer, ils essaieront de le faire quand on viendra nous chercher.

— Comment le sais-tu ?

Parce que s'il était à leur place, c'est ce qu'il ferait…

— C'est à ce moment-là qu'on est le plus vulnérable et le plus distrait, répondit-il.

— Et comment fait-on pour ne pas être vulnérable et distrait ?

Kirk ne put s'empêcher de sourire. Comme Sara pouvait être pragmatique ! Pour elle, chaque problème avait sa solution. Il suffisait de poser la bonne question. Mais l'univers de l'informatique dans lequel elle évoluait était certainement un peu plus prévisible qu'un ennemi inconnu prêt à vous tomber dessus.

— Je préfère attendre encore un peu avant d'envoyer le signal radio à Kincaid, expliqua-t-il.

— Pourquoi ?

Sara était extraordinaire. Alors qu'une autre femme se serait certainement contentée de se plaindre du froid et de la neige, elle tenait absolument à savoir ce qui motivait les choix de Kirk avant de se faire son propre avis. Et même si c'était le métier de Kirk de veiller à leur sécurité, elle insisterait pour participer pleinement aux prises de décisions.

— Avant de donner notre position, il faut que je vérifie que l'endroit où l'hélicoptère viendra nous chercher est sans danger.

— Tu veux t'assurer qu'il n'y a personne d'autre dans les environs ?

Il acquiesça. Il ne jugea pas nécessaire de préciser qu'il était également possible que leurs ennemis aient piégé l'endroit. Avant que Sara et leur bébé ne fassent un seul pas dans cette clairière, Pepper et lui ratisseraient le terrain, au cas où il y ait une bombe.

— Et qu'est-ce que je suis censée faire pendant que tu…

— Je trouverai un endroit à l'abri du vent pour que tu puisses te reposer.

La jeune femme secoua la tête en fronçant les sourcils.

— Ce n'est pas une bonne idée de se séparer.

— C'est ce que j'ai toujours voulu te dire depuis que tu m'as envoyé les papiers du divorce, répondit-il en souriant.

— Ne plaisante pas avec ça, lança-t-elle sèchement.

Pepper dressa les oreilles, surprise par ce brusque éclat de voix. Abby s'étira, battit des paupières et se rendormit.

— Excuse-moi.

Kirk était étonné de voir à quel point Sara était sensible lorsqu'ils évoquaient ce sujet. Elle devait souffrir autant que lui de leur séparation. Mais de toute évidence, elle était décidée à continuer sa vie sans lui, alors que lui rêvait de reconstruire ce que leur divorce avait détruit.

Ne comprenait-elle pas que, cette fois-ci, l'armée ne les séparerait plus ? Il avait démissionné. Pour de bon.

Sara jeta un coup d'œil autour d'elle, le regard chargé d'inquiétude.

— Si tu pars sans nous, est-ce que tu peux me laisser le pistolet ?

C'était le monde à l'envers ! Pendant qu'il était en train de penser à leur relation, elle s'inquiétait de leur survie. Voilà qui remettait les idées en place… Kirk s'efforça de réfléchir à sa question.

— Tu ne sais pas t'en servir, objecta-t-il.

— Si.

— Vraiment ?

Il sortit le pistolet de son sac, vérifia que le cran de sûreté était bien enclenché, puis le lui tendit. Il s'attendait à ce qu'elle grimace sous le poids de l'arme. Mais sans aucune hésitation, elle retira le pistolet de son étui et effectua tous les gestes indispensables d'une main experte. Il semblait clair qu'elle était entraînée au maniement de ce genre d'armes. A aucun moment elle ne pointa le pistolet vers elle, vers Kirk, ou vers Pepper, ce qui montrait qu'elle connaissait également les règles de sécurité.

Sara, qui détestait tout ce qui avait trait à l'armée, avait donc appris à se servir d'une arme… Kirk était stupéfait de l'apprendre. Tandis qu'il l'observait en train de lever le pistolet devant elle pour viser, il se demanda s'il la connaissait aussi bien qu'il le pensait.

— Est-ce que tu as un silencieux ? lui demanda-t-elle.

Kirk posa une main sur celle de Sara, remit le cran de sûreté et récupéra le pistolet. Il n'avait pas besoin de la voir tirer pour savoir qu'elle en était capable. La manière dont elle avait manipulé l'arme montrait ses compétences et révélait chez elle une détermination nouvelle. Et bien qu'il se sentît fier de son ex-femme, son cœur se serrait à l'idée que, à présent, elle comptait sur elle seule pour se protéger. Elle n'avait plus besoin de lui.

Percevant l'étonnement de Kirk, Sara s'expliqua :

— En tant que mère célibataire, je voulais être capable de nous défendre, Abby et moi. J'ai donc acheté une arme et appris à m'en servir.

Un autre homme n'aurait pas remarqué la légère hésitation dans la voix de Sara. Mais Kirk la connaissait depuis assez longtemps pour deviner qu'elle lui cachait un élément important de l'histoire.

— Si je comprends bien, tu es tombée enceinte, et d'un coup, tu as décidé que tu avais besoin de te défendre ? dit-il d'un ton sceptique.

— Notre maison a été cambriolée, avoua-t-elle. J'avais fait installer un système d'alarme, mais ils sont quand même entrés.

— Pourquoi ne me l'as-tu pas dit tout de suite ?

Elle le regarda droit dans les yeux.

— Je n'ai aucune envie que tu penses que je suis incapable de prendre soin d'Abby.

— C'est ça qui t'inquiète ?

Sara acquiesça. Son visage avait l'expression sauvage et protectrice d'une louve.

Je ne tolérerai pas que tu t'imagines pouvoir mieux t'occuper d'Abby que moi.

— Qu'est-ce que tu veux dire par là ?

— La garde partagée ne m'intéresse pas.

— Sara, soupira-t-il en posant une main sur son épaule.

Kirk sentait le sang lui monter au visage tandis qu'il luttait pour contenir sa colère.

— Penses-tu vraiment qu'Abby pourrait vouloir passer du temps avec moi ? demanda-t-il, le regard sombre.

— Elle est encore trop jeune pour savoir que tu existes.

Sara parlait d'un ton sec, mais l'angoisse qu'elle essayait tant bien que mal de dissimuler n'échappait pas à Kirk. Elle ne se rendait même pas compte que ses craintes étaient contradictoires. Comment pouvait-il à la fois réintégrer l'armée et vouloir s'occuper d'un bébé ? Mais quelqu'un qui a peur n'est pas toujours très rationnel — et cela valait aussi pour Sara.

Kirk se radoucit.

— Et tu ne t'es jamais dit que je pouvais avoir envie de passer du temps avec elle ?

— Comme tu ne répondais pas à mes lettres, j'en ai conclu que cela ne t'intéressait pas.

— Mais maintenant, tu sais que je n'ai pas reçu ces lettres.

— De toute façon, j'allaite. Je ne peux pas t'envoyer Abby pour tout un week-end, comme ça.

Kirk était persuadé qu'Abby pouvait boire du lait en poudre dans un biberon, mais ce n'était pas la question.

— Moi, je peux me déplacer, suggéra-t-il.

— Oui, et comme ça vous apprendriez à vous connaître. Elle s'attacherait à toi, et puis tu partirais en mission. Je n'ai pas envie que tu lui fasses subir ça, et je ne veux pas avoir à en supporter les conséquences. Je n'ai pas envie que tu voies Abby, Kirk.

Elle était tellement convaincue qu'il se réengagerait qu'elle ne voulait pas croire qu'il ait réellement changé.

— Sara, je n'ai pas l'intention de retourner dans l'armée. Même si on me proposait le poste de responsable des opérations mondiales de sauvetage, je refuserais.

— Pour pouvoir accepter le travail que Logan Kincaid t'a offert ?

— C'est beaucoup moins dangereux, et je n'ai pas encore pris ma décision.

Tentant de désamorcer la situation, Kirk se remit en marche, puis ajouta sur un ton plus léger :

— J'aimerais beaucoup que vous veniez me voir dans mon ranch, toutes les deux.

Sara lui emboîta le pas sans rien dire.

Ils traversèrent une sombre forêt de pins. Par endroits, la neige leur arrivait jusqu'aux hanches, ralentissant considérablement leur rythme de marche. En lisière de bois, les arbres firent place aux rochers. Des plaques de glace recouvraient les endroits exposés au vent. Kirk n'avait vu aucun signe de vie animale, pas même quelques empreintes dans la neige. La faune des montagnes, elle, avait l'intelligence de ne pas sortir par un froid pareil.

Finalement, Sara se décida à briser le silence.

— Parle-moi un peu de ton ranch, Kirk, dit-elle doucement. As-tu acheté le terrain ?

Elle semblait enfin se détendre un peu avec lui… Peut-être avait-elle apprécié qu'il n'insiste pas à propos de la garde d'Abby.

— Je n'ai qu'une seule pièce, mais pour l'instant ça me suffit, expliqua-t-il. J'ai le projet de construire une vraie maison un jour. En tout cas, c'est un endroit parfait pour dresser mes chiens : j'ai installé un parcours d'obstacles et des enclos, il y a une grange pour les jours de mauvais temps et assez de terrain pour que les bêtes puissent se défouler.

Il se garda bien de préciser que la ville la plus proche se trouvait à plusieurs heures de route.

— Ça semble être un bon début.

— C'est plus qu'un début, Sara. C'est ma maison, maintenant.

Comme elle ne disait rien, il ajouta :

— La solitude te plairait. Trey Marks et sa femme Deanna sont mes plus proches voisins. Je crois qu'ils cultivent des céréales.

— Toi, tu t'enracines et tu te fais des amis en dehors de l'armée ? le taquina-t-elle.

Kirk était d'un naturel très sociable ; Sara, une solitaire dans l'âme, n'avait jamais compris comment il pouvait avoir la conversation aussi facile.

— Ce ne sont pas vraiment des amis, précisa-t-il en tournant la tête vers Sara. Mais il m'arrive de les croiser chez le boucher quand j'achète des os pour les chiens.

Alors qu'il se retournait pour regarder devant lui, Kirk aperçut des empreintes de pas dans la neige, une cinquantaine de mètres plus loin.

— Chut !

Il s'arrêta si brusquement que Sara s'écrasa contre son sac à dos.

Pepper ne semblait pas avoir repéré la présence d'un étranger : celui qui avait laissé ces traces devait être parti depuis longtemps. Cependant, il était possible qu'avec le vent dans le dos la chienne n'ait rien senti.

Kirk ne voulait pas prendre de risque. Il chuchota à Sara de rester où elle était puis se dirigea vers l'endroit où il avait vu les empreintes. Alors qu'il se penchait pour les observer, la jeune femme s'approcha de lui sans faire de bruit.

— Je pensais t'avoir dit de ne pas bouger, soupira-t-il.

— Je ne suis pas un chien.

— Ça non ! Mes chiens sont plus obéissants.

— Tes chiens te font une confiance aveugle, rétorqua Sara.

Elle baissa les yeux vers les empreintes.

— C'est un homme ? suggéra-t-elle.

— Oui.

Kirk était sauveteur ; il n'était pas spécialisé dans le pistage. Mais au fil des ans, il avait eu l'occasion de travailler aux côtés d'excellents pisteurs qui lui avaient beaucoup appris.

— Soit c'est un homme costaud, soit il porte un gros sac à dos. Il marche à vive allure. Je dirais qu'il a gravi la montagne il y a environ quatre heures.

Sara regarda derrière elle, comme si elle s'attendait à voir leur poursuivant sortir des bois.

— Combien de temps nous reste-t-il à marcher avant d'arriver à l'endroit où l'hélicoptère viendra nous chercher ? demanda-t-elle.

— Peut-être une demi-heure. Plus, si on essaye d'abord de suivre ces empreintes jusqu'en bas de la montagne.

Elle le foudroya du regard :

— Et pourquoi ferait-on cela ?

— Eh bien, pour voir d'où il est parti !

Sara leva les yeux au ciel.

— Tu as l'intention de nous balader longtemps sur cette montagne ?

— Bien sûr que non. Mais je suis curieux.

Il se pencha de nouveau sur les empreintes, tentant d'en retirer le maximum d'informations. Il avait bien envie d'affronter l'homme qui semblait les poursuivre. Mais d'abord, il devait s'assurer que Sara et Abby étaient en sécurité.

Sara le tira par le bras.

— Allez, Kirk, dit-elle sur un ton plus impatient qu'effrayé. S'il te plaît. Partons d'ici tant qu'il en est encore temps.

Sara attendait que Kirk ait fini d'inspecter la clairière dans laquelle l'hélicoptère devait venir les chercher. Il voulait s'assurer que personne ne se tenait en embuscade derrière un rocher ou un talus de neige. Cela faisait une bonne heure qu'il était parti, et il ne revenait toujours pas. Il était temps qu'elle allaite son bébé, mais Abby dormait encore. Tentant de maîtriser son impatience, Sara avala une barre de céréales. Elle avait hâte de quitter cette montagne. Hâte de prendre une douche bien chaude, de se changer et de pouvoir se servir de son téléphone portable.

Il fallait absolument qu'elle joigne les personnes avec qui elle était en contact en Californie pour leur dire qu'elle avait toujours le logiciel et fixer un nouveau rendez-vous. Elle ne se sentirait pas complètement en sécurité avant d'avoir vendu son programme. Kirk lui avait assuré que Logan Kincaid pourrait organiser le voyage. Encore vingt-quatre heures et l'affaire serait conclue.

Les bras croisés sur la poitrine, Sara tapa des pieds par terre pour tenter de se réchauffer et regarda dans la direction où Kirk avait disparu. Elle regrettait de ne pas lui avoir demandé pour combien de temps il pensait en avoir. Et elle n'avait aucun moyen de savoir si elle avait raison de s'inquiéter.

Au moins, il lui avait laissé le pistolet. Le contact solide de la crosse dans sa main la rassurait, tout comme le fait de savoir qu'il n'y avait probablement qu'un seul homme à leur poursuite. Après tout, cette montagne était immense.

Où était Kirk ? Voilà à peine deux jours qu'elle se trouvait près de lui et, déjà, il occupait son esprit bien plus qu'elle ne l'aurait souhaité. De tous les hommes qu'elle avait connus, Kirk était certainement le plus entêté, mais aussi le plus tendre et le plus sensible. Sans qu'elle ne dise rien, il semblait avoir deviné à quel point ces dernières heures passées avec lui la rendaient nerveuse. Quel merveilleux mari il aurait fait… si seulement il avait accepté de rester à la maison ! Mais Kirk avait le cœur d'un bohémien. Déjà, à l'université, il profitait des vacances de printemps pour voyager sur la côte ou à l'intérieur du pays. Et pendant ses premières années dans la Marine, ils avaient exploré tous les pays dans lesquels il était envoyé. Voilà pourquoi Sara doutait qu'il puisse se poser un jour.

Quelques instants plus tard, Kirk était de retour. Il put enfin rompre le silence radio pour signaler à Kincaid qu'ils étaient prêts et que la voie était libre. Sara tendit l'oreille, retenant sa respiration. Elle s'attendait presque à ce que la radio ne fonctionne pas, ou que personne ne réponde. Mais Kirk avait à peine fini sa phrase que la voix de Kincaid se faisait entendre, calme et assurée :

— Jack est en route. Avez-vous besoin d'une assistance médicale ?

— Non, pas pour l'instant, répondit Kirk, visiblement satisfait qu'ils soient rapatriés par Jack Donovan.

Il avait expliqué à Sara que le trajet en hélicoptère jusqu'au Colorado l'avait amené à respecter l'homme et ses compétences.

Il l'avait également prévenue qu'il avait l'intention d'écourter la conversation au maximum. Il craignait en effet que l'individu dont ils avaient vu les empreintes ne réussisse à les localiser grâce au contact radio.

Il éteignit donc rapidement l'appareil et prit Sara par le bras.

— Allons nous mettre à l'abri.

Rebroussant chemin, il la conduisit vers les arbres, là où les gros sapins les cacheraient à la vue d'éventuels poursuivants.

— Je ne comprends pas. Ici, l'hélicoptère ne pourra pas nous voir, remarqua Sara, qui n'aimait pas l'idée de revenir sur leurs pas.

— J'ai donné à Kincaid les coordonnées exactes de notre position en me servant du GPS, expliqua-t-il. Jack Donovan sait où nous sommes à cinquante centimètres près.

— Et maintenant, l'homme qui nous cherche le sait aussi, devina-t-elle.

— Tu as tout compris.

L'inquiétude qu'elle discerna dans son regard la fit frissonner.

Abby venait de se réveiller, certainement tirée du sommeil par la faim.

— Est-ce que j'ai le temps d'allaiter Abby avant que l'hélicoptère arrive ?

— Bien sûr. Pepper nous avertira si elle repère quelqu'un.

Kirk ordonna à la chienne de le suivre et s'éloigna pendant que Sara donnait le sein à sa fille. Abby avait à peine fait son rot qu'elle se rendormit dans le porte-bébé. Au moment où Sara finissait de boutonner sa chemise et de fermer sa veste, le bruit d'un hélicoptère qui approchait lui fit relever la tête.

Elle eut envie de courir, d'agiter les bras, de crier sa joie aux gens qui venaient les sauver. Bientôt, elle serait au chaud dans l'appareil et de retour vers la civilisation. Mais l'inquiétude de Kirk lui revint à l'esprit et elle se retint, bien qu'elle se dît que, parfois, il était presque trop prudent. Par ailleurs, elle n'avait vraiment pas envie de rater l'hélicoptère ! Elle attendit donc avec impatience qu'il la rejoigne.

Kirk et Pepper apparurent enfin entre les arbres. Son ex-mari s'avança jusqu'à elle et lui prit la main, la serrant doucement dans la sienne.

— Tu es prête ?

Sara ne retira pas sa main : c'étaient peut-être les derniers moments qu'ils passaient ensemble, et elle lui devait d'être encore en vie. Mais il ne fallait pas qu'elle s'habitue à se reposer sur lui. Bientôt, il ne serait plus là pour la soutenir.

Elle fut étonnée que l'hélicoptère ne se pose pas tout de suite au milieu de la clairière : il se contentait de décrire des cercles au-dessus d'eux. Kirk sortit ses jumelles et fit le point sur l'appareil. Aussitôt, son visage s'assombrit.

— Ce n'est pas Jack. Recule ! cria-t-il.

Il se jeta sur elle et la plaqua contre un arbre. Une grêle de balles s'abattit alors sur la neige, à l'endroit où ils s'étaient tenus quelques secondes plus tôt. Le pilote de l'hélicoptère leur tirait dessus.

— On abandonne. On abandonne, fit la voix de Kincaid dans la radio, venant les avertir un peu trop tard.

Kirk attrapa la main de Sara et l'entraîna derrière lui.

— Cours ! cria-t-il.

Le cœur battant à se rompre, Sara fit pivoter le porte-bébé autour d'elle pour tenir Abby contre sa poitrine et courut aussi vite qu'elle le pouvait, glissant et dérapant dans la neige. De sa main libre, elle retenait la tête d'Abby, priant pour que celle-ci ne souffre pas trop des secousses, et pour qu'elle-même ne tombe pas sur son bébé.

Ralentir était hors de question. Ils y laisseraient leur peau.

Alors que l'hélicoptère se rapprochait, Kirk entraîna de nouveau Sara sous un arbre et l'entoura de ses bras. Grâce à ses épaules larges, il empêchait les branches de les égratigner, elle et le bébé. Pepper vint se serrer contre leurs jambes.

— Abby va bien, dit-il à Sara d'un ton rassurant.

Elle baissa les yeux et s'aperçut avec surprise que sa fille était toujours endormie, malgré leur course effrénée. Elle devait vraiment être épuisée…

— Est-ce qu'ils vont repérer nos empreintes ? cria-t-elle sans se donner la peine de baisser la voix ; avec le vacarme de l'hélicoptère, personne d'autre que Kirk ne risquait de l'entendre.

— A cette hauteur, ça me paraît peu probable, répondit-il. Surtout dans cette grisaille. J'espère qu'ils n'ont pas vu de quel côté on s'est enfuis. Ils s'attendent certainement à ce qu'on ait eu le réflexe de descendre la montagne.

Et non de la remonter, comme Kirk l'avait poussée à le faire. Sara comprenait mieux pourquoi elle avait les poumons en feu et sentait les muscles de ses cuisses contractés comme si elle venait de grimper cinq étages en courant. Une fine couche de transpiration recouvrait sa peau et pourtant elle avait l'impression d'être gelée.

Soudain, elle se crispa : l'hélicoptère était en train de passer juste au-dessus de leurs têtes, soulevant des tourbillons de neige autour d'eux. Kirk se rapprocha encore d'elle et du bébé pour mieux les protéger, et lui dit à l'oreille :

— Respire à fond. Prépare-toi à courir dès qu'ils s'éloigneront.

Elle acquiesça. Mais en son for intérieur, elle savait qu'ils risquaient de mourir de froid s'ils continuaient à monter. Quelles que soient les compétences de Kirk en matière de survie, il leur faudrait trouver une solution pour redescendre. Et vite.

Mais pour l'heure, ils devaient semer cet hélicoptère qui leur tirait dessus. Lorsque Kirk estima que l'appareil s'était suffisamment éloigné dans le sens de la descente, il se remit en marche dans la direction opposée. Sara avait l'impression que chaque pas lui demandait un effort surhumain. Courir en montée dans cinquante centimètres de neige était tout simplement au-dessus de ses forces.

Kirk l'entraîna dans la forêt en la portant à moitié. Il conserva un rythme soutenu pendant une bonne demi-heure, jusqu'à ce que Sara, n'en pouvant plus, lui demande de s'arrêter. Essoufflée, elle se laissa tomber dans la neige, trop épuisée pour parler.

— Tu t'en es bien sortie, lui dit Kirk. Repose-toi.

Il lui tendit sa gourde et elle but à grands traits, surprise d'avoir aussi soif. Il lui fallut plusieurs longues minutes pour retrouver son souffle.

— Tu crois que Kincaid nous a piégés ? demanda-t-elle quand elle fut en mesure de parler.

— Il nous a avertis à la dernière seconde. Je pense qu'il est de notre côté. Ce dont je suis sûr, en revanche, c'est que ce pilote n'était pas Jack Donovan, même si c'était bien son hélicoptère.

— Alors, qu'est-ce qu'on fait maintenant ? On contacte Kincaid ?

— Oui, ou alors…

Sara n'était pas rassurée de le voir hésiter. S'il trouvait agréable de faire des allées et venues sur une montagne enneigée en étant poursuivi par un assassin, Sara, elle, avait envie que son bébé soit au chaud et en sécurité. Elle voulait vendre son logiciel au plus vite pour en être débarrassée et retrouver une vie normale et prévisible.

Sans qu'elle ne dise un mot, Kirk sembla deviner ce qu'elle pensait.

— Ne prenons pas de décisions trop hâtives.

— Qu'est-ce que tu ferais si tu étais tout seul ? lui demanda-t-elle.

— J'irais trouver l'homme qui nous poursuit pour lui poser quelques questions. Ensuite, suivant les réponses, je rejoindrais probablement le camp de base.

Elle n'aimait pas l'expression dure, presque féroce, qui transparaissait sur son visage. Bien qu'elle ait toujours su en quoi son métier consistait, elle ne l'avait jamais vu à l'œuvre. En situation de danger, ses yeux brillaient d'une détermination farouche qui aurait dû faire reculer quiconque voulait s'en prendre à eux.

— A quelle distance se trouve le camp de base ? demanda Sara avec courage.

— Trop loin pour se mettre en route aujourd'hui. D'abord, tu as besoin d'un repas et d'une bonne nuit de sommeil.

Et lui, non ?

Sara acquiesça, soudain trop lasse pour discuter. Elle n'avait pas envie de dormir à même le sol dans une grotte ou dans un igloo. Elle voulait un matelas moelleux, des draps propres et un bon oreiller.

Et elle avait encore moins envie de passer une autre nuit avec son ex-mari, à profiter d'un feu qu'il avait fait lui-même et à manger de la nourriture qu'il lui avait apportée. Elle ne voulait lui être redevable en rien. Il lui avait déjà sauvé la vie en la protégeant contre le froid et la faim, sans parler des rafales de balles tirées par l'hélicoptère.

Mais il semblait qu'elle n'avait pas d'autre choix que de passer une nouvelle nuit sous sa protection.

8

Kirk imposa à Sara de grimper dans la montagne encore une heure avant d'en longer le flanc à travers les rochers. Il semblait rassuré de pouvoir parcourir quelques kilomètres sans laisser d'empreintes dans la neige. Sara, elle, se satisfaisait très bien de ne plus avoir à lever les pieds si haut à chaque pas.

Mais le vent qui balayait ces grands espaces rocailleux sans rencontrer d'obstacles lui arrachait les dernières forces qu'il lui restait tandis que son corps luttait contre le froid. Kirk avait fini par porter Abby dans son blouson pour la protéger de ce vent glacial.

Il se décida enfin à redescendre, choisissant cette fois-ci une direction différente. Sara faisait des efforts surhumains pour simplement rester debout. Lorsque Kirk lui annonça qu'ils avaient assez marché et qu'elle pouvait se reposer, elle s'effondra dans la neige, épuisée. Elle eut à peine la force de nourrir son bébé.

Pendant ce temps, Kirk tendit la bâche entre deux pins et tassa de la neige tout autour pour construire un abri similaire à l'igloo de Sara, quoique plus spacieux. Puis il ramassa du bois et alluma un feu tandis que la jeune femme s'occupait d'une petite Abby à présent bien réveillée.

Pleine d'énergie après avoir dormi toute la journée, celle-ci avait envie d'explorer à quatre pattes ce nouvel abri. Sara la déposa par terre près de Pepper. Comme elle l'avait espéré, la chienne empêcha Abby de s'approcher du feu, avec le même instinct protecteur que celui qui l'avait poussée à éloigner ses propres chiots de la cheminée, dans une des maisons que Kirk et Sara avaient habitée.

La jeune femme regardait Kirk installer le camp, gênée de

ne pas s'activer elle-même pour l'aider. Mais à la seule idée de se lever, elle se sentait défaillir. Devinant qu'elle était à bout de forces, Kirk se glissa sous l'abri et s'assit à côté d'elle.

— Que dirais-tu d'une infusion bien chaude ? proposa-t-il.

Il avait ramassé une poignée d'aiguilles de pin ; après avoir fait chauffer de la neige fondue dans sa gamelle, il y jeta les aiguilles. Un délicieux arôme envahit bientôt l'abri. La chaleur associée à cette agréable odeur eurent raison de Sara : elle sombra dans un profond sommeil.

Lorsqu'elle se réveilla, elle s'aperçut que sa tête reposait sur les genoux de Kirk. Abby était en train de jouer avec Pepper à bonne distance du feu, et Kirk portait à ses lèvres un peu de nourriture chaude. Sans réfléchir, elle ouvrit la bouche pour manger, soudain affamée.

Mais à mesure qu'elle reprenait ses esprits, elle se rendit compte qu'elle n'aurait jamais dû s'endormir, surtout la tête posée sur la cuisse musclée de Kirk. Elle se redressa lentement, encore un peu étourdie par le sommeil.

— J'ai dormi longtemps ? demanda-t-elle d'une voix faible.

— Quelques heures.

Parcourant du regard les murs sombres de l'abri, elle réalisa que le soleil avait dû se coucher depuis longtemps.

— Je crois que je n'ai jamais été aussi fatiguée de ma vie.

— Je me suis dit que tu avais plus besoin de te reposer que de manger, mais maintenant, il est temps que tu reprennes des forces.

— Merci, répondit-elle en prenant la fourchette et le plat qu'il lui tendait.

Elle lui était également reconnaissante de l'avoir laissée dormir plusieurs heures d'affilée. Pendant ce temps, elle avait en effet pu oublier le danger qui les guettait, elle et Abby.

Les joues toutes rouges et un grand sourire aux lèvres, celle-ci se tenait debout, accrochée au cou de Pepper, l'équilibre incertain.

— Chien ! répétait-elle avec sa petite voix.

— Tu es une gentille petite fille, lui dit Kirk, les yeux brillant de fierté.

Sara lui lança un regard interrogateur.

— Tout s'est bien passé ?

— Elle s'amuse bien, et elle semble en pleine forme, lui répondit Kirk. Le seul problème, c'est que…

— Quoi ?

— On va manquer de couches à partir de demain.

— Ça, c'est ennuyeux, fit Sara.

Elle savourait son repas, heureuse de voir que Kirk mangeait lui aussi. Il lui tendit la tasse remplie de tisane parfumée aux aiguilles de pin.

— C'est délicieux, lui dit-elle, agréablement surprise par le goût de l'infusion.

— Si on ne veut pas qu'Abby ait trop froid, reprit-il, il faut qu'elle ait les fesses au sec. Nous devrons donc repartir dès demain.

Il la regarda en fronçant les sourcils.

— Enfin, si tu te sens d'attaque.

— Est-ce que j'ai le choix ? grommela-t-elle.

Elle baissa les yeux, gênée par la façon dont il la dévisageait. Le regard de Kirk était plein de fierté. Mais aussi de désir.

Elle avait vécu avec lui assez longtemps pour reconnaître le feu qui brûlait dans ses yeux. Mais le fait qu'il puisse la trouver désirable alors qu'elle portait les mêmes vêtements depuis trois jours et ne s'était brossé ni les dents, ni les cheveux, en disait sûrement plus sur la force des pulsions sexuelles masculines que sur le charme de Sara.

— Aujourd'hui, tu m'as impressionné, dit-il d'une voix douce, tout en lui caressant négligemment la main tandis qu'elle lui rendait la tasse de tisane.

— Pourquoi ?

— Les athlètes sont habitués à repousser sans cesse leurs limites, mais pas toi. Et pourtant, tu as bien tenu le coup.

— Oui, mais tous les muscles de mon corps me font mal, fit-elle remarquer en grimaçant.

Kirk la regarda d'un air amusé, une lueur de braise au fond des prunelles.

— Tu veux un petit massage ?

L'image de ses mains expertes en train de malaxer ses muscles endoloris la fit presque gémir. Mais elle refusa de lui laisser voir qu'elle trouvait sa proposition alléchante.

— Ce que je veux, c'est un bon bain chaud, du gel douche et… la télévision.

Kirk se mit à rire.

— Et moi qui pensais que tu ne regrettais pas la civilisation, tellement tu semblais bien tenir le coup !

Elle l'observa, assis en tailleur devant le feu, les joues assombries par une barbe naissante. Il avait l'air aussi à l'aise que sur un bon canapé, pas gêné le moins du monde par le froid et le manque de confort.

— Si nous n'étions pas en danger, je serais prête à parier que tu prends du bon temps, lui lança-t-elle.

— Et si nous n'étions pas en danger, tu aurais tout à fait raison.

Kirk marqua une pause, puis ajouta, un sourire aux lèvres :

— Dans des circonstances normales, je n'aurais pas la chance d'être aussi proche de toi et de pouvoir te parler.

— Ne recommence pas, ordonna-t-elle sur un ton d'avertissement.

Certes, elle se sentait beaucoup plus sociable depuis qu'elle avait dormi un peu, mais elle n'avait ni la force ni l'envie de lui tenir tête dans ce genre de conversation pleine de sous-entendus. Elle avait déjà assez de mal à lutter contre ses propres désirs, sans qu'il faille en plus supporter les allusions de Kirk.

— Demain, nous nous rendrons directement au camp de base, n'est-ce pas ? demanda-t-elle pour changer de sujet.

— Oui, et nous prendrons l'hélicoptère jusqu'à Denver.

Sara était rassurée. Mais elle devinait au ton de la voix de Kirk qu'il avait l'intention d'agir à sa guise, quoi qu'elle puisse dire. Cependant, si cette attitude directive ne lui avait pas vraiment plu au début, elle acceptait à présent l'idée qu'il était peut-être plus apte qu'elle à prendre des décisions tant qu'ils n'étaient pas revenus dans le monde civilisé.

Le lendemain ne serait pas un jour facile : elle devait se préparer à lui dire adieu, une fois de plus. Et elle se sentait vraiment coupable d'avoir décidé de l'empêcher de voir sa fille.

Lorsqu'ils eurent tous deux fini de manger, Kirk ajouta assez de bois dans le feu pour qu'il continue à brûler pendant les heures les plus froides de la nuit. Abby, épuisée par ses jeux avec Pepper, avait fini par s'endormir près de sa nouvelle amie. Guidée par son instinct maternel, la chienne s'était couchée en rond autour d'elle, comme pour l'empêcher de rouler accidentellement vers le feu.

Allongé sur le dos, les mains sous la tête, Kirk observait Sara, assise à côté de lui. Dans l'exiguïté du petit abri, leurs hanches se touchaient. Il avait l'impression que l'attitude de son ex-femme à son égard s'était adoucie — non pas tant à travers ce qu'elle disait, mais parce qu'elle semblait moins réservée, moins sur ses gardes. Au moment où elle s'allongea, Kirk glissa un bras sous sa tête.

Elle le regarda fixement. Un mélange de surprise et d'embarras se lisait sur son visage éclairé par la lumière du feu.

— Ce n'est pas une bonne idée, dit-elle.

— Quoi donc ?

— De dormir si près l'un de l'autre.

Elle avait parlé d'une voix douce et ne s'était pas écartée de lui, visiblement en proie à des sentiments contradictoires. Lors de leur première nuit passée dans la montagne, elle s'était éloignée, bien décidée à éviter le moindre contact physique avec lui. A présent, elle semblait ne plus savoir ce qu'elle voulait, et Kirk voyait dans sa confusion un signe qu'il progressait.

Il se garda bien de faire une réflexion sur la nécessité de partager un peu de chaleur corporelle… Sara ne se laissait pas avoir par ce genre de petit jeu ; une fois qu'elle avait pris une décision, elle s'y tenait.

S'il avait eu un peu plus de temps, il n'aurait pas autant insisté. Mais il ne lui restait que quelques heures avant qu'ils soient de retour dans la civilisation. C'était peut-être sa dernière chance.

Il la prit par l'épaule et l'attira plus près de lui d'un geste décidé.

— Ça n'a jamais été ton fort d'écouter ce qu'on te dit, soupira-t-elle.

— Pas quand ça va à l'encontre de ce que je veux.

— Et qu'est-ce que tu veux, Kirk ?

— Toi.

— C'est ça, répondit-elle d'une voix dure. Et tu me veux pour combien de temps ?

— Pour toujours, admit-il en espérant que cette vérité ne la ferait pas fuir.

— Bien sûr. Jusqu'à ce qu'on t'appelle pour une autre mission. C'est toujours toi qu'ils demandent — tu fais si bien ton travail ! Et c'est vrai, si tu ne nous avais pas retrouvées, nous serions mortes, Abby et moi. Je sais que je te dois de nous avoir sauvé la vie, mais cela ne veut pas dire que j'ai envie de te rembourser toute ma vie.

— Arrête.

— Quoi ?

— Arrête de prétendre que tu me laisses te toucher uniquement pour me remercier. Je ne suis pas dupe.

— Sais-tu que tu m'as brisé le cœur ?

Sara voyait que ses paroles le blessaient, et c'était bien ce qu'elle cherchait. Mais il continuait à la tenir contre lui. Elle reprit :

— Sais-tu que pendant un mois, je me suis endormie tous les soirs en pleurant, après que le divorce a été conclu ? Tu n'imagines pas à quel point tu m'as fait souffrir, Kirk.

— Je suis sincèrement désolé, murmura-t-il, la gorge serrée.

Il s'en voulait tellement de lui avoir fait tant de mal ! Et comme il détestait cette douleur qu'il percevait encore dans la voix de Sara ! Il aurait voulu la guérir en l'embrassant, mais il ne valait mieux pas qu'il essaye…

— Je n'arrive même pas à m'intéresser à d'autres hommes, ajouta-t-elle à voix basse. Pourtant, le gérant de l'épicerie de mon quartier m'a invitée à sortir avec lui. Il a une bonne place, bien payée ; il rentre à la maison tous les soirs ; il est intelligent et en bonne santé. Mais le problème, c'est qu'il n'est pas toi. Je te préviens, si tu dis « bien », je te colle une gifle.

— Bien.

Kirk sourit avec nonchalance, attendant que Sara lève le bras. Au moment où elle s'apprêtait à le gifler, il s'empara de son poignet et l'attira au-dessus de lui.

— Tu n'as pas besoin de prendre ton petit air satisfait, grommela-t-elle d'un air renfrogné. Je suis toujours en colère contre toi.

— Je sais.

Les yeux de la jeune femme lançaient des éclairs. Elle soupira, puis déclara :

— Je ne connais qu'un seul moyen de te faire taire.

Kirk retint sa respiration.

Elle inclina la tête et l'embrassa violemment, plaquant sa bouche pleine et sensuelle contre la sienne en un baiser fougueux. Kirk répondit à son appel, entrouvrant les lèvres et accueillant avec plaisir sa langue qui cherchait la sienne.

Il avait oublié comme elle pouvait passer d'un extrême à l'autre en moins d'une seconde, et comme elle mettait tout son corps dans un baiser. Une fois qu'elle avait pris une décision, plus rien ne pouvait la retenir. Elle faisait toujours tout à fond.

Mais son corps, lui, n'avait rien oublié, et il réagit immédiatement à l'odeur et au goût de Sara qu'il connaissait si bien. Son pouls s'accéléra, battant violemment à ses tempes et diffusant dans ses veines un besoin puissant, resté depuis trop longtemps inassouvi. Tandis qu'une vague brûlante lui envahissait les reins, il sentit une vive tension se concentrer en un endroit bien précis de son corps.

Son désir était aussi fort que le vent qui soufflait dehors, et tout aussi élémentaire. Si bien que lorsque Sara se redressa, à bout de souffle, le visage enflammé et les yeux brûlant de désir, il dut faire un effort violent pour ne pas l'attirer de nouveau à lui.

— Je voulais juste que tu saches à quel point tu m'as manqué, dit-elle après avoir repris son souffle. Notre baiser ne change rien.

— Certains te traiteraient d'allumeuse.

— Mais tu sais que je n'en suis pas une. Si j'avais pu te retenir avec mon corps, nous n'aurions pas divorcé.

Elle l'aurait frappé en plein visage que l'effet n'aurait pas été plus brutal. Kirk poussa un juron. Sara avait été blessée au point de se remettre en question et de douter de ses capacités à le satisfaire.

— Je te rappelle que ce n'est pas moi qui ai voulu te quitter, Sara.

Mais il avait eu à faire un choix et n'avait pas fait le bon. Il aurait pu quitter ce travail qui l'obligeait à partir loin de Sara, qui la laissait seule avec l'angoisse des dangers qu'il encourait. Kirk le savait très bien. Et d'ailleurs, Sara ne répondit pas à sa remarque. Elle le fusilla du regard, roula sur le côté et lui tourna le dos.

Fin de la conversation.

Fin du mariage.

« Bon sang ! » Il brûlait d'envie de la prendre dans ses bras, de lui caresser les cheveux, de lui assurer qu'il avait changé. A présent, il savait qu'il aurait dû faire passer sa femme en premier. Il n'avait plus du tout la prétention de se dire que lui seul était capable d'empêcher la prochaine attaque terroriste. La maturité qu'il avait durement acquise avec le divorce l'avait aidé à comprendre que d'autres hommes pouvaient faire son travail à sa place, peut-être pas aussi bien, mais ils apprendraient comme lui l'avait fait. Kirk avait assez donné. Il avait servi honorablement son pays, et à présent, il avait envie de vivre un peu pour lui.

Le départ de Sara avait laissé un vide énorme en lui, qu'aucune mission ne pourrait combler.

Mais lorsqu'il avait compris ce qu'il venait de perdre, il était déjà trop tard. Il avait tellement fait souffrir Sara qu'elle ne voulait plus lui accorder la confiance qu'elle lui avait pourtant offerte un jour.

Le regard perdu dans les flammes, Kirk était rongé par les regrets. Il ne cessait de penser à ce qu'il aurait pu faire, à ce qu'il aurait dû faire. Mais il était impossible de revenir en arrière pour changer le passé. Il ne pouvait que promettre de ne plus jamais refaire les mêmes erreurs.

A côté de lui, Sara respirait régulièrement, mais ses épaules contractées montraient qu'elle ne dormait pas encore. Perdue dans ses pensées, elle l'avait une fois de plus exclu de sa vie.

Dehors, le vent continuait à rugir dans les arbres. Kirk se laissait bercer par ce bruit aussi lugubre que ses pensées. Mais soudain, Pepper leva la tête, les oreilles dressées. Il savait à quel point l'ouïe d'un chien est plus fine que celle d'un homme. Avait-elle entendu un animal sauvage ? Ou l'hélicoptère qui revenait vers eux ?

Peut-être aussi que l'homme qui les poursuivait avait repéré l'odeur du feu de bois…

*
* *

Lorsque Sara entendit Kirk se faufiler rapidement à travers l'ouverture de l'abri, elle imagina qu'il sortait pour satisfaire un besoin naturel. Il se retourna pour ordonner doucement à Pepper de rester à l'intérieur, puis disparut dans la nuit.

Obéissant à son maître, la chienne se mit à gémir, visiblement contrariée de ne pas pouvoir le suivre. Sara s'attendait à ce qu'elle se recouche calmement une fois que Kirk ne serait plus visible, mais la chienne continuait à regarder anxieusement au-dehors, les oreilles pointées vers l'avant.

Sara vint s'asseoir près de Pepper pour lui caresser la tête.

— Qu'est-ce qu'il y a, ma grande ?

A force d'avoir vécu avec Kirk et ses bêtes, elle savait que les chiens avaient les sens beaucoup plus affûtés que les êtres humains. Ils faisaient aussi preuve d'une loyauté sans bornes, risquant souvent leur vie pour sauver celle de leurs maîtres.

Bien que Pepper restât assise comme Kirk le lui avait ordonné, elle ne cessait de regarder tour à tour Sara puis l'endroit vers lequel son maître s'était dirigé. La jeune femme ne se souvenait pas de l'avoir vue aussi inquiète, et pourtant, ce n'était pas la première fois que Kirk partait sans Pepper. Les grands yeux noirs de la chienne semblaient l'implorer de le suivre.

Au même moment, un bruit mat, comme deux corps qui se heurtent, la fit sursauter. Il y avait quelqu'un dehors. Quelqu'un qui les avait retrouvés.

Des bruits de coups et des grognements se firent bientôt entendre, et elle comprit que Kirk était en train de se battre. Pour leur sauver la vie. Une décharge d'adrénaline lui traversa le corps et les pensées se bousculèrent dans sa tête.

Elle se précipita vers le sac à dos de Kirk et plongea une main à l'intérieur pour s'emparer du pistolet. Les doigts tremblant de peur, elle vérifia qu'il était bien chargé et retira le cran de sûreté. Bien qu'elle fît totalement confiance à Kirk pour les protéger, il avait peut-être été attaqué par surprise par un ou plusieurs hommes. Et il était peut-être blessé.

Mais il aurait certainement appelé Sara s'il avait eu besoin de son aide. Peut-être avait-il reçu un coup à la gorge qui l'empêchait de crier ? Ou bien il ne voulait pas qu'elle se mette en danger. Il était bien capable, têtu et fier comme il l'était, de se laisser mourir tout seul dans la neige pour ne pas la mettre en péril.

Si elle avait pensé pouvoir sauver leur fille en laissant Kirk se sacrifier, elle l'aurait peut-être fait. Mais cela ne servait à rien de rester cachée dans l'abri en espérant que l'homme qui les poursuivait ne la trouverait pas. L'odeur et la fumée de leur feu de camp pouvaient être repérées à plusieurs kilomètres de là — d'ailleurs, c'est probablement cela qui avait conduit leur ennemi jusque devant leur porte.

Il fallait qu'elle prenne une décision au plus vite. Kirk était peut-être en danger de mort.

Sara jeta un coup d'œil sur sa fille, qui dormait profondément. Devait-elle la laisser toute seule ? Bien sûr, Pepper ferait en sorte qu'Abby ne s'approche pas du feu. Mais si Sara et Kirk ne revenaient pas, elle ne survivrait pas. Personne ne la retrouverait. Et de toute façon, personne ne saurait où la chercher.

D'un autre côté, sans Kirk, il était peu probable que Sara et Abby survivent plus d'une heure. Or, si elle arrivait à détourner l'attention de l'adversaire de Kirk ne serait-ce que quelques secondes, ce dernier aurait peut-être plus de chances de gagner le combat.

Le bruit d'un juron étouffé finit de la décider.

Après un dernier regard vers son bébé, Sara s'extirpa de l'abri. Pendant les quelques secondes qu'il lui fallut pour que ses yeux s'habituent à l'obscurité, un vent glacial s'abattit sur elle, la gelant de la tête aux pieds. Elle se mit à trembler de tout son corps. Mais la peur qui lui serrait le ventre y était certainement aussi pour quelque chose…

Sara rentra le pistolet dans sa manche pour se réchauffer la main. Avec les doigts engourdis par le froid, elle aurait certainement du mal à appuyer sur la gâchette. Elle avait hésité à mettre des gants, mais préférait manipuler le pistolet à mains nues.

Où était Kirk ?

Sous l'abri, elle avait eu l'impression que les bruits de coups étaient tout proches, mais maintenant qu'elle était dehors, elle ne voyait aucun signe de présence humaine autour d'elle. De toute façon, il n'était pas facile de discerner quelque chose dans cette obscurité épaisse qui enveloppait les arbres et colorait la neige d'un gris foncé. Et avec le vent qui rugissait à ses oreilles, elle ne pouvait guère entendre que la peur qui bourdonnait dans sa tête.

Alors qu'elle tournait le dos au vent pour atténuer la morsure du froid, elle perçut très distinctement plusieurs grognements virils. Resserrant instinctivement la main sur la crosse du pistolet, elle se dirigea vers les voix qui semblaient venir d'un peu plus haut à flanc de montagne. Malgré la neige épaisse qui gênait ses pas, Sara avait envie de courir. Mais cela n'aiderait pas beaucoup Kirk si elle se précipitait aveuglément vers eux. Elle ne savait pas contre combien d'hommes il se battait, et ne voulait surtout pas risquer de se faire prendre en otage.

« Là-bas. »

Elle avait aperçu du coin de l'œil le mouvement de deux silhouettes sombres qui roulaient par terre.

Les deux hommes, de même stature, se tenaient à la gorge. Ils étaient engagés dans un tel combat au corps à corps que Sara n'arrivait pas à distinguer lequel des deux était Kirk. Elle attendit à distance, craignant de faire une erreur et de tirer sur le mauvais.

Elle faillit appeler Kirk pour qu'il lui permette de l'identifier, mais elle n'osa pas le distraire. Les deux hommes s'étaient relevés et se frappaient violemment au ventre, au visage et à la nuque. Ils tombèrent de nouveau, dévalant la pente et percutant les arbres et les rochers, toujours agrippés l'un à l'autre.

Sara les suivit et s'approcha d'eux, en prenant garde de ne pas se faire remarquer. Pendant quelques secondes, elle crut reconnaître Kirk mais, aussitôt, ils se remirent à rouler l'un sur l'autre si bien qu'elle fut de nouveau incapable de savoir qui était qui.

Frustrée, elle pensa un instant tirer en l'air et leur ordonner d'arrêter de se battre. Mais que ferait-elle ensuite s'ils ne l'écoutaient pas ?

Tenter de frapper l'un des deux à la tête n'était pas une bonne idée, puisqu'elle n'arrivait pas à distinguer Kirk de son adversaire. Ne sachant pas quoi faire pour les séparer, elle s'approcha encore un peu plus.

Malgré l'énergie qu'ils mettaient dans leurs coups de pied et de poing, la plupart devaient être atténués par l'épaisseur de leurs vêtements. Le souffle court, les deux hommes se battaient dans un silence sinistre. Ils semblaient ne pas s'être rendu compte de la présence de Sara.

Il fallait absolument qu'elle mette fin à ce combat. Qu'elle les sépare, d'une manière ou d'une autre.

Si Pepper avait été là, elle aurait tout de suite reconnu l'odeur de Kirk. Sara, elle, ne pouvait pas se fier à son odorat, mais elle connaissait le corps de Kirk par cœur. Il avait été son mari pendant plus de sept ans. Ainsi, elle aurait pu espérer reconnaître ses mouvements souples et mesurés ; mais les deux hommes semblaient aussi agiles l'un que l'autre.

Essoufflés, ils se séparèrent et se relevèrent lentement, face à face. Ils n'avaient toujours pas remarqué la présence de la jeune femme. L'un des deux se mit alors à jurer grossièrement, et elle sut que cet homme-là ne pouvait être Kirk Hardaker.

Elle tira un coup de feu en l'air, avant de pointer l'arme sur l'étranger.

— Ne bougez pas ou la prochaine balle est pour v…

Avant même qu'elle ait pu finir sa phrase, l'homme se jeta en avant et dévala la pente, heurtant un rocher dans sa course. Sara hésita. Bien qu'elle se fût déjà servie d'une arme, tirer sur un être humain n'était pas la même chose que de tirer sur une cible en carton.

Mais cet homme était dangereux. Il pouvait décider de revenir pour tuer leur bébé. Au moment où elle appuyait sur la détente, elle vit Kirk lever la main et l'entendit crier :

— Attends ! Ne tire pas.

Il avait parlé une seconde trop tard. La balle était déjà partie.

En bas de la pente, l'homme ne bougeait plus. Sara se sentit prise de nausées. Elle venait d'ôter la vie à quelqu'un.

Kirk s'approcha d'elle et enleva le pistolet de ses mains tremblantes.

— Ça va ?

— Non. Est-ce qu'il est…

— Reste ici. Je vais vérifier.

Ses jambes tremblaient tellement qu'elle se laissa glisser dans la neige. Elle ramena ses genoux contre sa poitrine et attendit, les yeux fermés, la tête enfouie dans ses bras. Elle ne voulait pas regarder. Elle ne voulait pas voir ce qu'elle avait fait.

— Il est mort, mais tu ne l'as pas tué.

— Quoi ?

Elle releva la tête et dévisagea Kirk, qui avait retourné le corps sur le dos. Sara était contente qu'il fasse nuit noire : elle ne pouvait pas distinguer le visage de l'homme.

— Tu l'as raté.

Kirk semblait sûr de lui. Une vague de soulagement inonda Sara.

— Alors comment…, demanda-t-elle.

— Il s'est brisé la nuque.

Cette nouvelle la réconforta quelque peu. L'homme était mort, mais elle n'y était pour rien. Elle cessa de se balancer d'avant en arrière et enfonça ses mains dans ses poches. Elle ne s'était pas rendu compte qu'elle avait les doigts gelés.

Kirk fouilla le cadavre, probablement pour tenter de trouver un portefeuille ou des papiers, mais rien ne permettait d'identifier l'homme.

— C'était un professionnel, dit-il en soupirant. Il n'y a rien sur lui qui permette de remonter jusqu'à son chef. Car de toute évidence, cet homme obéissait à des ordres.

— Comment peux-tu le savoir ?

Bien qu'elle fût soulagée de ne pas avoir tué cet homme directement, Sara prenait conscience que si elle n'était pas intervenue, il serait peut-être encore en vie et pourrait répondre lui-même aux questions de Kirk.

— Je ne fais que supposer. Mais les tentatives pour te voler ton travail ont été trop systématiques pour que ce soit l'œuvre d'un seul homme. Ils ont organisé le crash de ton avion, puis ils ont cambriolé ta maison. J'imagine que cet homme n'est pas le pilote de l'avion ? demanda-t-il à Sara en désignant le corps.

Elle n'avait pas envie de regarder. Mais elle se força à se lever pour examiner le visage de l'homme. Le pilote avait la peau basanée et les cheveux noirs. Celui-ci était seulement légèrement bronzé, et ses cheveux étaient blonds.

— Tu as raison. Ce n'est pas lui. Ce qui veut dire qu'ils sont plusieurs à mes trousses.

Kirk lui entoura les épaules de son bras pour la réconforter.

— Espérons au moins qu'il n'y a plus personne sur cette montagne.

9

Lorsqu'ils retournèrent dans l'abri, Pepper les accueillit en aboyant joyeusement et en leur léchant les mains. Abby était toujours plongée dans un profond sommeil, le visage paisible et détendu.

Kirk aurait voulu pouvoir dire la même chose de Sara. La scène de violence à laquelle elle venait d'assister l'avait laissée sans voix. Depuis qu'elle lui avait confirmé que l'homme qui était mort n'était pas son pilote, elle n'avait pas dit un mot, même après avoir retrouvé la chaleur et la protection de leur petit abri.

Kirk fit fondre de la neige dans la gamelle et ouvrit le dernier sachet de café instantané.

— Tiens, bois ça, lui dit-il en lui tendant la tasse fumante.

— Merci.

Elle but quelques gorgées du liquide brûlant puis lui rendit la tasse. Les yeux rivés sur le feu, elle semblait perdue dans ses pensées. Le combat et la mort de l'homme l'avaient sans aucun doute bouleversée, mais Kirk était certain qu'elle ne le tenait pas pour responsable. Sara était quelqu'un de juste. Elle savait qu'il avait été attaqué et qu'il n'avait pas pu faire autrement que de se battre. Seulement, il avait peur que l'incident ne rappelle trop à Sara l'homme qu'il avait été ; il ne voulait pas qu'elle en conclue qu'il n'avait pas changé.

Alors qu'elle remuait les braises avec une petite branche, elle se décida à rompre le silence.

— Cet homme se battait comme toi, dit-elle d'une voix lointaine.

— Qu'est-ce que tu veux dire par là ?

Il la dévisagea, surpris par sa remarque mais néanmoins rassuré qu'elle décide de partager ses pensées avec lui.

— Il utilisait les mêmes mouvements que toi. Comme s'il avait suivi le même entraînement.

Kirk se repassa intérieurement le film du combat, tentant de revoir les différents coups qu'ils avaient échangés. Il avait tout de suite repéré les compétences de son adversaire en combat au corps à corps, mais dans le feu de l'action, il n'avait pas pris le temps d'analyser son attaque. Ce qui était certain, c'était qu'il n'avait pas utilisé de techniques empruntées aux arts martiaux et qu'il semblait trop entraîné pour être un simple amateur.

— Tu penses que c'était un militaire ?

— Il a peut-être appris à se battre au même endroit que toi. J'ai bien observé vos mouvements pour essayer de voir lequel des deux était toi.

— Tu as bien fait de ne pas tirer tout de suite. Merci.

— Tu as une façon bien particulière de te déplacer avec souplesse, comme un félin. Eh bien lui, c'était pareil.

Kirk était impressionné. Sara ne connaissait peut-être pas la différence entre un coup droit et un uppercut, mais elle avait relevé des détails bien plus intéressants.

— Est-ce que tu sais si l'un de tes concurrents est passé par la Marine ? lui demanda-t-il.

Elle haussa les épaules puis tendit la main pour prendre la tasse de café.

— Je n'en ai aucune idée. Mais si j'avais accès à internet, je pourrais le vérifier.

Il leva un sourcil.

— En piratant les bases de données du gouvernement ?

— Oui, ou les comptes en banque de mes concurrents, pour voir s'ils reçoivent une pension de l'armée.

Un grand sourire illumina tout à coup le visage de la jeune femme. Ses yeux pétillaient à l'idée de relever ce défi.

— Ne t'inquiète pas, je n'ai jamais rien piraté après la leçon que tu m'as faite à l'université, ajouta-t-elle.

A l'époque, Kirk n'arrivait plus à dormir tellement il craignait qu'elle ne s'attire des ennuis. Il lui avait demandé d'arrêter, et elle l'avait fait. Le but de Sara n'avait jamais été de porter atteinte aux sites internet : elle trouvait simplement amusant de réussir à pénétrer dans les systèmes informatiques. Lorsque Kirk lui avait expliqué que son petit jeu pourrait ruiner sa réputation et sa carrière dans l'armée, elle avait tout de suite abandonné. Mais il se doutait bien qu'elle avait toujours les compétences nécessaires pour effectuer quelques petites vérifications illégales.

— Nous devrions pouvoir nous connecter à internet d'ici demain soir, dit-il avec un sourire.

Sara le dévisagea, les yeux écarquillés de surprise. Kirk était d'accord pour qu'elle pirate les informations dont ils avaient besoin !

— Si je comprends bien, nous quittons cette montagne demain matin ?

Il acquiesça.

— Nous n'avons vu qu'une seule série d'empreintes pendant tout le temps que nous avons passé ici, expliqua-t-il. Et elles appartenaient certainement à l'homme qui vient de mourir. Avec un peu de chance, il était seul et nous serons tranquilles pour la descente. Mais au cas où…

— Oui ?

— J'aimerais partir en reconnaissance avec Pepper tant qu'il fait encore nuit. Ça ira si je te laisse le pistolet ?

— Est-ce que j'ai le choix ?

— Si tu veux que je reste, je resterai. Je veux juste être sûr que la voie est libre pour demain.

Sara réfléchit quelques instants, puis demanda :

— Tu en as pour combien de temps ?

— Pas plus d'une heure. Je dirai le mot « sel » avant de rentrer dans l'abri, pour éviter que tu me tires dessus par accident.

Après que la jeune femme eut accepté, Kirk sortit avec Pepper et contrôla les environs. Il en profita pour suivre les empreintes de leur ennemi jusqu'en bas de la montagne. En chemin, il retrouva les traces d'un feu de camp, mais aucun signe d'une autre présence humaine. Satisfait, il fit demi-tour pour rejoindre Sara et Abby. Il voulait dormir quelques heures avant de partir.

Mais lorsqu'il arriva devant l'abri et prononça le mot de passe, personne ne répondit.

*
* *

Sara s'était endormie, le pistolet serré dans la main. Kirk fut soulagé quand il entendit sa respiration régulière. Tout doucement, il récupéra l'arme et s'assit à côté d'elle. Les efforts de ces derniers jours avaient dû saper les forces de la jeune femme, car cela ne lui ressemblait pas de s'endormir alors qu'elle devait monter la garde. Bien qu'elle ne se fût jamais plainte, Kirk se rendait compte qu'il avait trop exigé d'elle.

Plus qu'un jour, promit-il en silence. Et ensuite, il l'emmènerait dans un endroit sûr où elle pourrait se reposer. Il ajouta quelques bûches dans le feu pour qu'il brûle jusqu'au lendemain, puis s'allongea et ferma les yeux. En quelques secondes, il s'endormit à son tour.

Lorsqu'il se réveilla au matin, Sara était en train d'allaiter Abby. Elle la tenait blottie dans ses bras tout contre son cœur, et la petite tétait avec délectation.

Elle s'aperçut que Kirk les regardait et lui sourit.

— Je crois que je ne m'habituerai jamais au miracle de sa naissance, dit-elle d'une voix douce. Chaque fois que je la tiens dans mes bras et que je la nourris, cela me rappelle qu'elle m'appartient.

— Elle *nous* appartient.

Les mots avaient échappé à Kirk avant qu'il n'ait eu le temps de se demander s'il était bien prudent de contredire Sara.

— Nous l'avons créée ensemble. C'est notre fille, ajouta-t-il d'une voix douce.

Il n'avait jamais rien vu d'aussi émouvant que le spectacle de Sara en train de nourrir leur enfant. La petite main d'Abby était posée sur son sein rond et gonflé de lait. Et lorsqu'elle relâcha le mamelon rose qui était tout dressé, il ne put réprimer l'envie d'y goûter.

Mais il n'osa pas s'approcher de Sara ; il était déjà très content qu'elle veuille bien partager avec lui ce moment privilégié.

— Qu'est-ce que tu ressens quand tu l'allaites ? lui demanda-t-il.

— Une sensation difficile à décrire. Ça picote, c'est bizarre, mais c'est agréable.

— Et elle mord ?

Sara secoua la tête. Elle rattacha son soutien-gorge puis changea le bébé de sein. Visiblement habituée à cette petite routine, Abby se remit à téter d'un air satisfait.

La jeune femme leva les yeux vers Kirk ; un mélange de fierté et d'amusement se lisait dans son regard.

— J'aimerais vraiment pouvoir te prendre en photo avec cet air émerveillé ! dit-elle en riant.

— C'est vous qu'il faudrait photographier, rétorqua-t-il. Vous êtes magnifiques, toutes les deux.

Le compliment ne la fit pas rougir. Elle semblait tellement naturelle, tellement à l'aise avec son corps et son bébé... Avant, il trouvait Sara brillante et sexy ; il pouvait maintenant ajouter qu'elle était maternelle.

Elle repoussa une mèche de cheveux tombée devant ses yeux et leva la tête vers Kirk.

— Excuse-moi pour hier, je me suis endormie dès que tu es sorti.

— Ce n'est pas grave. Je me suis rendu compte que je t'avais poussée au bout de tes forces. Il faudra faire encore quelques efforts aujourd'hui, et ensuite tu pourras te reposer.

Il s'assit et remit du bois dans le feu, avant d'ajouter :

— Je n'ai pas trouvé d'autres empreintes, mais je veux quand même rester prudent.

— C'est-à-dire ?

— Le mieux serait de pénétrer dans le camp de Logan Kincaid sans se faire repérer, de kidnapper le pilote de l'hélicoptère et de l'obliger à nous conduire jusqu'à Denver.

— Je croyais que tu faisais confiance à Kincaid, lui objecta Sara.

— Oui, et c'est toujours le cas. Mais quelqu'un attend peut-être en embuscade près du camp pour l'empêcher de nous aider.

Sara ne semblait pas s'opposer à ce plan, car elle changea de sujet :

— On a besoin de couches. Je vais en utiliser une quand Abby aura fini de téter, ce qui veut dire qu'il n'en restera plus qu'une.

— Kincaid a prévu tout ce qu'il faut pour elle dans une tente. Nous y passerons avant de détourner l'hélicoptère.

— D'accord.

La jeune femme sembla hésiter.

— Tu sais, j'apprécie beaucoup tout ce que tu as fait pour nous, se décida-t-elle à dire.

— Arrête.

— Arrête quoi ?

— Je sens qu'il y a un « mais » derrière ce que tu dis, et je n'ai vraiment pas envie de l'entendre. Pas aujourd'hui.

« Ni jamais, d'ailleurs… », pensa-t-il.

— Il y a pourtant quelque chose qu'il faut que tu saches, insista-t-elle. Je ne voulais pas partager Abby, surtout après t'avoir envoyé plusieurs lettres sans obtenir de réponses. Mais maintenant, je sais que tu ne les as jamais reçues. J'ai pris le temps de réfléchir et j'ai changé d'avis. Ce n'est pas juste de vous séparer, ni pour elle ni pour toi. On pourra organiser des visites.

Malgré le ton posé sur lequel elle avait annoncé sa décision, Kirk savait que celle-ci n'avait pas dû être facile à prendre. Il lui était donc reconnaissant d'avoir mis un peu d'eau dans son vin. Cependant, la proposition de Sara ne lui suffisait pas. Et il n'avait pas besoin de sa permission pour voir Abby. Il préféra toutefois garder cette réflexion pour lui.

En effet, il avait appris en sept ans de mariage qu'il vaut mieux parfois se taire plutôt que de risquer une dispute. Il devait garder à l'esprit qu'elle venait de faire une concession importante ; mais il comptait bien en obtenir d'autres de sa part. Car il ne se contenterait pas d'un simple droit de visite. Il voulait participer pleinement à l'éducation de leur fille.

Ils avalèrent leur dernier repas, burent un peu de tisane parfumée aux aiguilles de pin et levèrent le camp aux alentours de 10 heures. Bien que le soleil se cachât encore derrière d'épais nuages, le froid glacial de la nuit s'était dissipé et la neige ne tombait plus.

Kirk ouvrait la voie ; mais à présent, il faisait attention à s'arrêter souvent pour permettre à Sara de se reposer. Il ne voulait pas faire la même erreur que la veille en lui demandant plus qu'elle ne pouvait endurer. Profitant de l'une de ces pauses, il inspecta les environs avec Pepper. Mais il ne repéra aucune trace de pas en dehors des leurs ; personne ne semblait les suivre.

La nuit précédente, lorsqu'il était parti en reconnaissance, il avait enterré le corps de l'homme avec qui il s'était battu, en prenant soin de le recouvrir de pierres pour le protéger contre les animaux. Il avait également fait en sorte que les hommes de Kincaid puissent facilement le retrouver, car il espérait que l'analyse des empreintes digitales ou de la dentition de l'individu permettrait de l'identifier, voire de les mener jusqu'à son chef.

Kirk et Sara marchaient depuis deux bonnes heures lorsque celle-ci s'arrêta en se massant une épaule.

— C'est encore loin ?

Kirk sortit son GPS de sa poche et regarda l'écran.

— Il reste à peu près une demi-heure de marche. Pourquoi ?

— Il faut changer Abby. Elle a tendance à pleurer quand elle reste trop longtemps avec une couche mouillée. Tu as dit que tu voulais qu'on entre dans le camp de Kincaid sans se faire repérer, mais…

— … ce ne sera pas possible avec un bébé qui pleure, finit Kirk.

Il réfléchit quelques secondes, puis proposa une autre solution :

— Est-ce que cela te dérangerait de rester ici avec Abby pendant que je vais chercher quelques couches ?

— Tu me laisses le pistolet, ou tu en as besoin ?

Kirk avait bien compris ce qui se cachait derrière cette question en apparence simple et innocente : Sara voulait savoir s'il pensait mettre sa vie en danger en s'introduisant dans le camp. S'il décidait de prendre le pistolet avec lui, il admettrait clairement qu'il prenait des risques. La sécurité de Kirk était un sujet bien trop sensible entre eux pour que Sara ait posé la question sans y penser.

A la vérité, il ne savait vraiment pas à quoi s'attendre une fois dans le camp de Kincaid. Normalement, il n'avait rien à craindre : s'il préférait se cacher, c'était par pure précaution, parce que la vie de Sara et celle d'Abby étaient en jeu.

— Tu peux garder le pistolet et mon sac à dos. J'irai plus vite sans.

— Et qu'est-ce que je fais si tu ne reviens pas ?

Elle avait posé cette question calmement, mais Kirk sentait qu'elle n'était pas rassurée. Cela se voyait à sa manière de redresser bravement les épaules et de relever la tête. Il aurait pu lui dire qu'il n'y avait aucune raison de s'inquiéter, mais il ne voulait pas lui mentir.

— J'ai bien l'intention de revenir. Mais si je ne peux pas, il faut que tu rejoignes Logan Kincaid.

— Il ne nous a donné aucun signe de vie depuis l'échec de l'opération de sauvetage.

— C'est normal. Il attend qu'on vienne jusqu'à lui tout seuls. C'est la solution la plus sûre.

— Je ne suis pas certaine de comprendre.

— S'il utilise la radio pour nous appeler ou s'il envoie un hélicoptère à notre recherche, d'autres personnes pourraient nous localiser. Il risquerait donc de nous mettre encore plus en danger.

— Tu es en train de me dire qu'il nous aide…

— … en me laissant te sortir de là tout seul.

Kirk appréciait la confiance dont Kincaid faisait preuve en attendant patiemment qu'il ramène Sara et Abby saines et sauves. Il avait un très grand respect pour cet homme et était convaincu que le Groupe Shey ne ferait aucune erreur. Mais il devait tout de même rester prudent.

— Même si je tombe sur des hommes de Kincaid, je n'aurai pas besoin d'une arme, ajouta-t-il.

— Tu es prêt à risquer ta vie, mais pas la nôtre, c'est ça ?

— Je reste sur mes gardes, tout simplement. Si Kincaid t'en voulait, il ne m'aurait surtout pas demandé de l'aider. Mais il y a peut-être quelqu'un qui nous veut du mal, en train d'attendre que l'on arrive tous les deux dans le camp.

— Donc tu fais ça seulement par précaution ?

— Oui. Et Abby a besoin de ses couches. Si nous devons voler l'hélicoptère, je préfère qu'elle ne pleure pas. Est-ce que tu as besoin d'autre chose ?

Sara secoua la tête.

— Je veux juste que tu reviennes, au plus vite.

Kirk avait laissé Pepper avec Sara et Abby. La chienne et le bébé jouaient ensemble sur la couverture que Sara avait étendue sur la neige. La jeune femme était impressionnée par la facilité avec laquelle Abby s'adaptait à son nouvel environnement. Elle ne semblait pas dérangée par le froid, le vent ou l'absence de ses jouets favoris. Tant qu'elle avait sa mère et Pepper auprès d'elle, elle était heureuse, et en cela elle ressemblait bien à son père. Dans ces conditions extrêmes, Kirk était en effet comme un poisson dans l'eau : il savait réfléchir vite et prendre les bonnes décisions, en se fiant à son instinct. Cela lui avait d'ailleurs permis de sauver de nombreuses vies.

Bien qu'elle ne pût s'empêcher de se faire du souci pour lui, Sara s'efforça de se reposer. Ce n'était pas la peine de se laisser ronger par l'angoisse alors qu'elle aurait encore besoin de toute son énergie les heures suivantes. Elle s'allongea sur la couverture et prit plaisir à regarder Abby qui tentait de tenir debout sur ses pieds, puis tombait sur le derrière en riant.

— Chien ! Chien ! Chien ! criait-elle.

Tandis que Sara regardait sa fille tendrement, Pepper se leva tout à coup et se mit à grogner, les babines retroussées. D'instinct, Sara prit Abby dans ses bras. La chienne ne grondait pas contre le bébé : elle regardait vers la montagne.

— Chien !

Abby battit joyeusement des mains, puis pointa le doigt devant elle.

Ce n'étaient pas des chiens, mais trois loups qui s'avançaient vers elles en montrant les dents. Sara sentit son sang se glacer dans ses veines. Serrant Abby dans ses bras, elle attrapa le sac à dos de Kirk et commença à le fouiller maladroitement de sa main libre. Au bout de quelques secondes qui lui semblèrent durer une éternité, ses doigts se refermèrent sur la crosse du pistolet. Mais dans sa précipitation, l'arme lui échappa tandis qu'elle la sortait du sac, et tomba dans la neige.

Les loups se rapprochaient. Il fallait qu'elle ramasse le pistolet, et vite.

Le cœur battant à se rompre, Sara se pencha en avant sans lâcher Abby pour récupérer l'arme couverte de neige.

Les trois bêtes étaient tellement maigres que l'on voyait leurs côtes à travers leur peau. Hostiles et affamées, elles se placèrent en position d'attaque et se mirent à grogner d'une manière agressive, semblant défier Pepper. Celle-ci répondit en se plaçant entre les loups et Sara et Abby. L'attitude de Pepper ne pouvait être plus claire : pour atteindre la jeune femme et le bébé, il faudrait d'abord lui passer sur le corps.

Bien que la chienne berger allemand fût plus grande et plus forte que ses adversaires, ceux-ci étaient tout de même trois contre elle. Mais elle était prête à se défendre. Elle aboya et grogna dans leur direction.

Les loups semblèrent hésiter. Les mains tremblantes, Sara enleva le cran de sûreté, arma le pistolet et appuya sur la détente.

Mais l'arme était enrayée.

Comme s'ils avaient senti une faiblesse chez leurs victimes, les loups encerclèrent Pepper et l'attaquèrent. Dans un tumulte de grognements féroces, la chienne se défendit, rendant coup de dent pour coup de dent.

En entendant ce violent combat, Abby sembla comprendre que quelque chose n'allait pas et se mit à pleurer. Surpris par ces cris, les loups reculèrent et s'assirent un peu plus loin pour lécher leurs blessures. Mais à aucun moment ils ne quittèrent leurs proies des yeux.

Sara ne voulait pas baisser les yeux, elle non plus. Elle craignait que les loups n'interprètent ce geste comme un signe de soumission, d'encouragement ou d'agression. Pourtant, il fallait absolument qu'elle débarrasse le pistolet de toute la neige qui s'y était coincée — ce qui n'était pas facile avec un bébé dans les bras. Mais il était hors de question de mettre Abby en danger en la posant par terre, à la portée de ces bêtes affamées.

Elle perdit de précieuses secondes à quitter ses gants, qui gênaient ses mouvements. Au même moment, les loups semblèrent décider que les hurlements d'Abby n'étaient pas dangereux. Ils attaquèrent de nouveau.

Pepper se battit vaillamment, enfonçant ses crocs dans le cou de ses adversaires et tentant d'échapper à leurs morsures en bondissant sur le côté. Une fois de plus, les loups reculèrent, la langue pendante et couverts de sang ; mais ils n'étaient pas près d'abandonner. Un filet de sang rouge sombre dégoulinait le long d'une des pattes de Pepper. Elle lécha sa blessure sans baisser la garde, toujours postée entre ses protégées et les trois loups.

Sara nettoya frénétiquement le pistolet et souffla dedans en espérant chasser l'excès d'humidité.

— Bon sang, faites que ça marche ! supplia-t-elle.

Elle braqua le pistolet en direction des loups et tira.

Abby hurla de plus belle en entendant la détonation. Sara tira une deuxième fois.

Au bruit des coups de feu, les loups disparurent entre les arbres. Mais cela ne voulait pas dire qu'ils ne reviendraient pas. Il fallait faire un feu pour les tenir à distance. Mais comment transporter du bois avec un bébé dans les bras ?

La jeune femme tremblait tellement qu'elle arrivait à peine à tenir le pistolet. Elle enclencha le cran de sûreté et appela Pepper. La chienne vint s'asseoir à côté d'elle et se mit à lécher le visage baigné de larmes d'Abby, qui cessa immédiatement de pleurer et fit un grand sourire.

Sara aurait aimé oublier l'incident aussi vite que sa fille. Elle la berça dans ses bras et caressa Pepper, qui venait de leur sauver la vie. Kirk lui avait laissé la trousse de secours : il fallait qu'elle soigne la chienne. Mais elle était encore paralysée par la peur et se sentait bien incapable de lâcher sa fille. Heureusement, la blessure ne semblait pas trop grave. Pepper commença à nettoyer la plaie en se léchant tandis qu'Abby l'observait d'un air fasciné.

Quelques minutes plus tard, Sara n'arrivait toujours pas à maîtriser ses tremblements. Ces loups auraient bien pu les tuer toutes les deux. Si Pepper ne les avait pas protégées, et si le pistolet n'avait pas fonctionné, elles seraient mortes à cette heure-ci et serviraient de repas à des bêtes affamées. Et tout cela par sa faute. Parce qu'elle s'était reposée et avait baissé la garde. Parce qu'elle avait laissé tomber le pistolet dans la neige.

Elle n'avait vraiment pas sa place en pleine nature. Et elle détestait cette sensation d'être incapable de maîtriser quoi que ce soit dans cet environnement sauvage. Qu'est-ce qu'elle était heureuse dans son bureau, où elle contrôlait chaque touche du clavier de son ordinateur, où les surprises n'étaient pas mortelles, et où la logique était reine ! Ici, elle ne savait jamais à quoi s'attendre et se sentait complètement incompétente.

Soulagée cependant qu'Abby soit saine et sauve, Sara la serra dans ses bras en la couvrant de baisers. Elle ne put contenir ses larmes, qui se mirent à ruisseler sur ses joues. Elle était furieuse de céder ainsi à ses émotions ; mais malgré tous les efforts qu'elle faisait pour se contrôler, elle était secouée de longs sanglots, comme si tout le stress accumulé ces derniers jours devait s'évacuer maintenant.

C'est dans cet état que Kirk la retrouva, assise par terre en train de pleurer avec Abby dans les bras, tandis que Pepper se serrait contre elles. Il se précipita vers elles, enregistrant d'un regard la blessure de la chienne, les traces d'animaux et le sang dans la neige.

S'installant sur la couverture, il prit Abby sur ses genoux et entoura de son bras les épaules de Sara.

— J'ai entendu tes coups de feu. Est-ce que ça va ?

— Je veux rentrer à la maison, fit-elle d'une voix entrecoupée de sanglots. Je ne suis pas à ma place ici. On a failli mourir à cause de moi. Quand les loups ont attaqué, j'ai fait tomber le pistolet dans la neige et il s'est enrayé. Si Pepper n'avait pas… Est-ce qu'elle va bien ?

— Ça m'a l'air d'être une simple égratignure. Je la soignerai plus tard. Pour l'instant, je me fais plus de souci pour toi et pour Abby. J'ai ramené des couches.

Sara essuya ses larmes.

— Tu n'as pas eu de problème ?

— C'était trop facile, répondit Kirk en fronçant les sourcils. On aurait dit que Kincaid savait que j'allais venir et qu'il avait dégagé la voie exprès.

Sara s'appuya contre Kirk, réconfortée par sa chaleur, sa force et son soutien. Non seulement il l'aidait à reprendre son calme, mais elle savait qu'il n'était pas du genre à se moquer d'elle parce qu'elle avait craqué. Et elle était certaine qu'il ne lui reprocherait pas d'avoir laissé tomber le pistolet. Bien au contraire, il la regardait avec admiration et fierté. Elle ne put s'empêcher de se dire qu'il était aussi beau que sur les photos de leur mariage.

Les yeux de Kirk brillaient de gentillesse. Gênée, Sara ravala un sanglot et murmura :

— Pourquoi tu me regardes comme ça ? Il n'y a pas de

quoi être fier. Je suis incapable de me débrouiller toute seule en pleine nature.

Kirk leva un sourcil, l'air sceptique :

— Vraiment ? Je ne connais pas beaucoup de femmes capables d'allumer un feu avec des couches pour bébé et un ordinateur.

— Je n'avais pas le choix.

— Je ne connais pas non plus beaucoup de femmes capables de construire un abri avec de la neige en pleine tempête.

— Les Inuits fabriquent des igloos depuis dix mille ans. Le petit abri que j'ai construit n'a rien d'extraordinaire.

— Et tu as peut-être laissé tomber le pistolet, mais tu ne t'es pas mise à courir bêtement sous l'effet de la peur.

— Pourtant, j'en avais envie.

— Oui, mais tu ne l'as pas fait. Et heureusement, parce que sinon tu ne serais certainement plus là pour me parler.

— J'ai paniqué.

— Tu as réussi à faire fonctionner le pistolet à temps.

— C'était presque trop tard.

— Tu es restée où tu étais et tu as fait face aux loups.

— Et après je me suis effondrée.

— Oui, mais seulement après. Sara, tu t'es vraiment débrouillée comme une pro.

Les paroles de Kirk ne la réconfortaient pas beaucoup : elle était consciente qu'Abby et elle avaient bien failli mourir, une fois de plus.

— J'ai eu tellement peur ! sanglota-t-elle.

— Il faudrait être fou pour ne pas avoir peur dans ces conditions.

Kirk fouilla dans son sac, en sortit un mouchoir et le tint lui-même sur le nez de Sara pour qu'elle n'ait pas besoin d'enlever ses gants.

— Souffle.

Il la moucha comme il l'aurait fait avec Abby. Sara aimait le laisser prendre soin d'elle. Elle savait qu'elle pouvait compter sur lui pour protéger Abby et assurer leur sécurité à toutes les deux. Elle ne s'était jamais imaginé que s'occuper d'un bébé impliquerait de se battre contre des loups ou de survivre à un accident d'avion et à une tempête.

A ce moment précis, Sara avait besoin de Kirk, mais elle n'avait pas non plus envie d'être dépendante de lui. Elle savait depuis le début qu'élever sa fille toute seule serait éprouvant et lui prendrait beaucoup de temps. Elle avait été étonnée par tout ce que son amour pour Abby lui avait apporté ; mais elle ne s'attendait pas non plus à autant d'échecs.

Par sa faute, son bébé avait failli mourir — et ce plus d'une fois. Cela ne changeait rien que Kirk ne le lui reproche pas. Qu'elle ait risqué sa vie était une chose ; mais elle n'avait pas le droit de mettre son enfant en danger.

Bien qu'elle n'ait pas envie d'être dépendante de Kirk, c'était peut-être déjà trop tard. Or, il fallait qu'elle redresse la situation, car elle ne pourrait pas compter indéfiniment sur lui. Même si elle commençait à croire qu'il ne se réengagerait pas dans l'armée, il n'avait toujours pas pris de décision quant au travail que le Groupe Shey lui proposait. Et il ne faisait que louer le terrain de son ranch. Il pouvait très bien partir du jour au lendemain pour de lointains pays.

Mais pour l'instant, il était près d'elle et sa présence la réconfortait. Elle l'observa avec une certaine curiosité tandis qu'il allongeait Abby sur ses genoux pour changer sa couche d'une main experte. Sara était impressionnée : Kirk se débrouillait comme s'il avait fait cela toute sa vie ! Il semblait même savoir à quel moment détourner l'attention d'Abby pour pouvoir reboutonner son body et sa combinaison. Et il devait également savoir que, pour l'instant, Sara était bien incapable de faire autre chose que de le regarder s'occuper de leur fille.

Il fallait qu'elle se ressaisisse. Qu'elle rassemble ses forces.

Mais tout ce qu'elle avait envie de faire, c'était de rester à côté de Kirk et de le laisser se charger de leur sécurité. Sara ne se sentait ni l'envie ni les compétences pour prendre des décisions vitales. Se retrouver sur cette montagne n'était pas la même chose que de jouer sur internet à des jeux de guerre : ici, les dangers étaient bien réels. Et les conséquences pouvaient être mortelles.

Peu à peu, ses sanglots se calmèrent. Avec ses yeux rouges tout bouffis d'avoir pleuré, elle devait être belle à voir. Mais Abby, Kirk et Pepper ne semblaient pas s'en soucier, ni même le remarquer. Elle retira ses gants et se passa les doigts dans les cheveux pour tenter de se recoiffer un peu.

Kirk sortit la trousse de secours de son sac pour s'occuper de Pepper, qui le laissa faire sans broncher tandis qu'il lui appliquait une pommade antibiotique sur sa blessure. Mais lorsqu'il voulut lui bander la patte, Pepper recula de quelques pas. De toute évidence, elle ne voulait pas porter de pansement.

— D'accord, ma grande. Tu seras vite guérie, lui dit Kirk d'un ton rassurant.

Sara s'était enfin arrêtée de pleurer. Il attendit qu'elle ait complètement repris ses esprits pour l'aider à se mettre debout et repartir en direction du camp. Devinant que le simple fait de marcher lui prenait toute son énergie, il avait insisté pour porter Abby, qui s'était déjà habituée à cet homme immense à la voix grave. Bien calée contre son torse, elle lui souriait et ne montrait aucun signe de timidité ou de nervosité. .

— Chien, dit-elle en tapant des mains.

— Oui, Pepper est un très bon chien, lui répondit-il avec un sourire.

Il lança un coup d'œil à Sara, qui marchait derrière lui.

— Je n'ai vu personne au camp. Avec un peu de chance, nous pourrons aller directement à l'hélicoptère. Tu pourras m'attendre à l'intérieur pendant que je chercherai le pilote et que je le persuaderai de nous emmener.

— Et s'il ne veut pas coopérer ?

Le regard de Kirk se fit plus sombre.

— Je n'ai pas l'intention de lui laisser le choix.

Ils descendirent de la montagne sans rencontrer d'obstacles. Lorsqu'ils approchèrent du camp, Kirk tendit le bébé à Sara et fourra le pistolet dans la poche de sa veste. Il ne lui cacha pas ce geste, mais ne fit aucun commentaire.

En faisant le tour du camp, ils ne virent personne. Un bruit de voix s'échappait d'une grande tente, comme si l'équipe de Kincaid s'y était réunie au complet. Pour manger, peut-être ? Ou pour une réunion ?

A voix basse, Kirk fit part de son étonnement à Sara :

— Je n'arrive pas à croire qu'ils n'aient même pas posté un

seul garde. Pourtant, Kincaid n'est vraiment pas du genre à manquer de rigueur.

— Il croit peut-être que nous sommes morts, suggéra-t-elle.

— Et pourquoi serait-il encore là, alors ?

— Ça, c'est à toi de me le dire. C'est toi le spécialiste.

— Je n'en sais rien. C'est un professionnel. Et tous les membres de son équipe — ou en tout cas, ceux que j'ai rencontrés — semblent l'être aussi. Pourtant, ils laissent l'endroit sans surveillance, comme s'ils nous attendaient.

Un peu inquiet, Kirk se remit en marche pour s'approcher de l'hélicoptère, qui était posé au milieu d'une clairière. Pour l'atteindre, il leur faudrait quitter la forêt et courir à découvert. Sara sentit son pouls s'accélérer.

Kirk lui fit signe de rester cachée dans les arbres.

— Reste là en attendant que je vérifie…

— On y va ensemble, l'interrompit Sara.

— Il n'y a aucune raison de te mettre en danger. Laisse-moi…

— Non.

L'épisode des loups était encore trop frais dans sa mémoire pour qu'elle accepte de rester seule de nouveau.

— S'il t'arrivait quelque chose, je n'aurais aucune chance de m'en sortir toute seule, expliqua-t-elle. L'endroit le plus sûr de cette montagne, pour l'instant, c'est à côté de toi.

— O.K. Ne parle pas trop fort.

— Tu penses vraiment que quelqu'un pourrait nous entendre ?

Le fait que le camp soit complètement désert en plein jour l'effrayait. Et elle n'aimait pas revoir cet hélicoptère, le même qui leur avait tiré dessus dans les bois. Comment était-il revenu ici ?

Les voix d'hommes qui s'échappaient de la tente ne la rassuraient pas non plus. Une fois qu'ils auraient rejoint l'hélicoptère, il fallait que Kirk trouve le pilote et le « persuade » de les emmener. Or, il n'avait aucune chance de s'en sortir contre un groupe d'hommes armés. Il serait obligé d'attendre que le pilote soit seul pour l'approcher.

Sara tenta de maîtriser sa peur. Il lui faudrait peut-être rester plusieurs heures dans l'hélicoptère avec Abby et Pepper le temps que Kirk retrouve Jack Donovan. Mais au moins, elle pourrait fermer la porte pour se protéger des prédateurs, se dit-elle pour se rassurer.

Kirk et Sara sortirent des bois, accompagnés de Pepper. Prenant garde à ne pas faire de bruit, ils s'approchèrent de l'hélicoptère. Dans la tente, personne ne sembla réagir. Aucun garde ne cria. Aucun chien n'aboya.

Kirk ouvrit la porte de l'hélicoptère. Au moment où il posait le pied sur la première marche, un homme aux cheveux bruns lui pointa un pistolet sur la tempe.

10

— Bienvenue à bord. Je vous attendais.

D'un geste de la main, Jack Donovan leur fit signe de monter dans l'hélicoptère.

Sara lança à Kirk un regard plein d'interrogations. Il lui était reconnaissant de ne pas céder à la panique. Elle semblait avoir enfin accepté l'idée qu'ils se trouvaient dans le domaine d'expertise de Kirk et, sans un mot, elle le laissait gérer la situation.

Le fait que Jack les attendait pouvait signifier plusieurs choses, bonnes ou mauvaises. L'équipe de Kincaid avait peut-être suivi la trace de Kirk depuis le début. Logan lui avait fourni tout l'équipement et pouvait très bien avoir dissimulé un dispositif de pistage dans la trousse de secours ou même dans le porte-bébé. Ou bien quelqu'un les avait suivis sans que Kirk ne s'en rende compte. Leur arrivée dans le camp avait également pu être repérée par des gardes qui avaient reçu l'ordre de les laisser passer.

Aucune de ces possibilités n'était vraiment inquiétante, ni rassurante. Quoi qu'il en soit, Kirk brûlait d'envie de savoir ce que Kincaid pensait exactement. Ami ou ennemi, cet homme était intelligent. Et Kirk espérait qu'il était de leur côté, car il soupçonnait chez lui des qualités dignes des plus grands stratèges militaires.

Quand Jack rangea son arme, Kirk ne se sentit pas pour autant rassuré. Il n'avait pas oublié qu'un autre pilote leur avait tiré dessus, la veille, depuis le même hélicoptère. Il voulait comprendre. Mais il savait très bien que si Kincaid avait décidé de lui mentir, il serait capable d'inventer une explication qui tiendrait la route.

Jack ferma rapidement la porte de l'hélicoptère derrière eux avant de désigner du doigt un petit placard.

— Il y a de quoi boire et manger là-dedans. Servez-vous. Madame, Logan Kincaid vous a prévu un nouveau siège pour enfant. Il s'est dit que vous aviez certainement dû abandonner l'autre pour redescendre de la montagne.

Kincaid était vraiment quelqu'un de professionnel et de prévoyant. Qui d'autre aurait pensé à ce genre de détails ? D'ailleurs, chaque fois que Jack Donovan prononçait le nom de son chef, l'immense respect qu'il avait pour lui était palpable dans sa voix. Même sans explications, Kirk avait tendance, instinctivement, à vouloir faire confiance à ces hommes. Mais alors que les vies d'Abby et de Sara étaient en jeu, l'instinct ne suffisait pas.

Tandis que Pepper s'installait au fond de l'hélicoptère, Sara sortit Abby du porte-bébé et l'attacha dans le siège pour enfant.

— Vous remercierez Logan de ma part, dit-elle à Jack.

— Je le ferai, madame, mais plus tard. Il a ordonné de garder le silence radio.

Kirk décida de ne pas attacher sa ceinture tout de suite. Puisque personne ne semblait les menacer, il voulait des réponses à ses questions — et c'était le bon moment.

— Bon sang, qu'est-ce qui se passe, Jack ? lui demanda-t-il, les sourcils froncés.

Donovan s'était installé au poste de pilotage et commençait à faire les vérifications d'usage.

— Attendez une seconde. Je vous expliquerai quand nous aurons décollé.

— Non, vous allez m'expliquer ça tout de suite, ordonna Kirk en haussant la voix.

Il était à deux doigts de sortir son pistolet. Mais il connaissait trop bien les règles pour ça. « Ne sortez votre arme que si vous êtes prêt à tirer », avait-il appris. Par ailleurs, il ne pouvait pas s'empêcher d'apprécier Jack Donovan, qui avait rangé son arme tout de suite après s'être assuré de l'identité de Kirk. Sa manière de se comporter et le fait qu'il ait risqué sa peau pour le conduire jusqu'ici quelques jours plus tôt ne pouvaient que susciter sa confiance.

— Je vous dois des excuses, concéda Jack en lui lançant un sourire penaud tandis qu'il démarrait le moteur. Vous voyez cette bosse derrière mon oreille ? J'étais parti en reconnaissance avec l'hélicoptère, et je me suis arrêté pour satisfaire un besoin naturel à l'endroit où je me pose d'habitude. On m'a assommé par-derrière — cela m'apprendra à être aussi prévisible. Je me suis réveillé avec cet œuf sur la tête et j'ai dû revenir au camp en marchant. On m'avait piqué l'hélicoptère.

Mensonge ou vérité ? L'homme avait bien une bosse aussi grosse qu'un citron derrière l'oreille et il semblait sincèrement embarrassé de s'être fait avoir.

Lorsque le rotor se mit à vrombir, Kirk attrapa un casque pour qu'ils puissent continuer leur conversation. Il attacha sa ceinture et tendit un deuxième casque à Sara. Même s'il croyait à l'histoire de Jack, il avait d'autres questions à lui poser. Mais Sara le devança :

— Et comment avez-vous récupéré l'hélicoptère ? demanda-t-elle avec désinvolture.

A voir l'expression amusée de Jack, il était clair qu'il devinait ses soupçons.

— Quand Kincaid m'a vu revenir avec la tête comme une pastèque, il a envoyé un petit groupe d'attaque pour rechercher l'homme qui m'avait fait ça. Ils ont réussi à reprendre l'hélicoptère.

— Mais à qui ?

— Ça, c'est une question à dix mille dollars. Apparemment, il n'y avait qu'un seul homme, et il s'est enfui dans les bois. Je ne sais pas qui c'est…

— C'était.

— … mais il est doué.

Jack fit décoller l'hélicoptère en douceur.

— Vous avez dit « c'était » ? réagit-il. Il est mort ?

— Oui. Je vous donnerai les coordonnées précises de son corps. Peut-être que Kincaid pourra tenter de l'identifier.

— Est-ce que c'est le même homme qui a sauté de l'avion de votre ex-femme ?

Kirk secoua la tête en signe de dénégation.

— Logan pense qu'il y a forcément un gros cerveau qui tire les ficelles, reprit Jack.

— Il a des preuves ?

— Pas que je sache. Mais les intuitions de mon chef se révèlent souvent justes.

Kirk n'en doutait pas. D'ailleurs, lui aussi avait eu le sentiment, dès le départ, qu'il n'y avait pas qu'un seul homme derrière ces attaques contre Sara.

Jack désigna un compartiment :

— Ouvrez ça. A l'intérieur, il y a un clavier relié à un système de communications cryptées par satellite. Vous pourrez envoyer un message à Logan.

Par réflexe, Kirk tendit le clavier à Sara. Elle suivit les instructions de Jack, ses longs doigts fins dansant sur les touches.

— O.K., j'y suis, dit-elle au bout de quelques instants.

Elle tapa les coordonnées de la position du cadavre, puis releva la tête :

— Autre chose ?

— Non, répondit Jack tandis qu'il faisait passer l'hélicoptère en douceur entre deux montagnes. Logan a déjà réservé dix vols entre Denver et la Californie pour brouiller les pistes.

— Serons-nous filés ? demanda Kirk.

— Je ne peux pas vous le dire.

— Ecoutez, je ne suis pas contre le fait de bénéficier d'une protection supplémentaire, mais je n'ai vraiment pas envie de tuer par accident quelqu'un qui serait de notre côté.

— Cela n'arrivera pas, lui assura Jack.

Il semblait tellement confiant que Kirk n'insista pas.

Le pilote se tourna vers Sara :

— Vous avez toujours le logiciel ?

— Pourquoi ?

La voix de Sara était calme et posée, mais on pouvait y discerner une pointe de méfiance. Il semblait clair qu'elle ne faisait pas totalement confiance à Jack Donovan.

— Logan vous a fixé un nouveau rendez-vous avec les gars du gouvernement : demain midi à Los Angeles.

Kirk leva un sourcil.

— Déjà ? Comment pouvait-il savoir que nous étions encore en vie ?

— Il s'est mis au travail tout de suite après que vous vous êtes introduit dans le camp pour récupérer des couches.

Kirk savait bien qu'il avait été trop facile de rentrer et de sortir de ce camp sans être remarqué. Cependant, il ne put s'empêcher de sourire : cela voulait dire que sur la montagne, il s'en était très bien sorti et que personne ne les avait vus. Mais ils auraient aussi pu être repérés grâce à un système d'imagerie thermique ou à d'autres appareils électroniques.

— Et pourquoi Kincaid n'est-il pas venu me dire bonjour quand je suis entré dans le camp ? demanda-t-il tandis qu'il prenait le sandwich et la boisson que Sara lui tendait.

— Parce qu'il considérait que le risque d'être espionné à ce moment-là était trop grand. Une partie de l'équipe était prête à vous venir en aide après l'incident de l'hélicoptère, mais Logan leur a assuré que vous étiez capable de vous en sortir tout seul. Il ne voulait pas que l'équipe compromette votre sécurité.

Et il avait eu raison. Il avait fait confiance à Kirk pour protéger Abby et Sara et les ramener au camp saines et sauves — et Kirk avait réussi. Celui-ci ne pouvait s'empêcher d'admirer la façon dont Kincaid avait dirigé l'opération, ainsi que le professionnalisme de toute l'équipe. La proposition de Logan lui revint alors à l'esprit. Quelques années plus tôt, Kirk aurait sauté sur l'occasion ; il aurait accepté de rejoindre le Groupe Shey. Mais à présent, il avait bien d'autres préoccupations.

Sara et Abby, par exemple. A mesure qu'ils revenaient vers le monde civilisé, il sentait que Sara était en train de reconstruire les murs qu'il avait eu tant de mal à faire tomber. Elle s'éloignait de lui, se préparait à leur séparation.

Bien que Kincaid ait aussi prévu un billet pour Kirk à destination de Los Angeles, il était prêt à parier que Sara lui proposerait qu'ils se séparent dès leur arrivée à Denver. Mais il n'avait aucune intention de laisser son ex-femme et sa fille entre les mains d'étrangers — même si les hommes de Kincaid lui semblaient dignes de confiance.

Si lui et Kirk avaient tous deux l'intuition que les ennemis de Sara réessaieraient de lui voler son logiciel, cela voulait dire que les risques étaient grands. Et le danger, immense.

*
* *

Sara eut la sensation de retourner à la civilisation aussi vite qu'elle en était sortie avec l'accident d'avion. Il y avait quelques heures seulement, elle se faisait attaquer par des loups. A présent, après un trajet rapide en hélicoptère jusqu'à Denver, un avion la conduisait, avec Kirk, Abby et Pepper, en Californie. Par mesure de précaution, elle s'éclipsa aux toilettes pour démonter son ordinateur portable et cacher dans la poche de sa veste le disque dur qui contenait son programme. Même si elle ne pensait pas être suivie, il était évident que ses ennemis savaient où elle se rendait.

A l'aéroport, une limousine les attendait. Lorsqu'ils arrivèrent enfin à l'hôtel, Sara se sentait à peine la force de s'occuper d'Abby. Heureusement, Kincaid n'avait rien laissé au hasard.

Il leur avait réservé une suite qui comptait trois chambres, dont deux avec lit double et salle de bains privée, et la troisième avec un berceau, un parc pour bébé et une poussette. Logan avait également demandé à l'hôtel de prévoir des couches, des vêtements de rechange pour chacun d'entre eux, une connexion au réseau internet et de la nourriture pour Pepper.

Avant même que Sara ait eu le temps de décrocher le téléphone, quelqu'un frappait à la porte. Une petite femme de chambre d'une quarantaine d'années, toute boudinée dans son uniforme, entra dans la pièce en poussant un chariot rempli de draps et de serviettes propres.

— Bonjour, je suis Milly. C'est moi qui vais m'occuper de vos chambres pendant ces quelques jours, annonça-t-elle. Si vous avez besoin de quelque chose, n'hésitez pas à appeler la réception. Et surtout, détendez-vous : plusieurs messieurs se chargent de la sécurité de votre suite.

Avec un sourire amical, elle tendit une clé à Kirk.

— Voici pour le minibar, expliqua-t-elle.

— Merci.

Milly sortit de la chambre pour aller poser les serviettes de toilette dans la salle de bains. A son retour, elle regarda d'un œil attendri Abby qui jouait avec Pepper.

— Elles sont adorables, toutes les deux, murmura-t-elle avant de partir.

Sara espérait que Kirk lui avait donné un bon pourboire. Elle ne se sentait même pas la force de le lui demander. Bien qu'elle eût hâte de prendre une douche, le plus urgent était de nourrir Abby et de la laver. Lorsqu'elle eut fini de s'occuper de sa fille, elle la coucha dans le berceau. Immédiatement, le bébé se mit à pleurer et à s'agiter, mais Sara savait que cela ne durerait pas.

Elle s'apprêtait à quitter la pièce lorsque Kirk apparut. Il venait tout juste de sortir de la douche et exhalait un parfum légèrement épicé d'après-rasage. Tout doucement, il prit Abby dans ses bras et commença à la bercer contre son torse. Etonnée, celle-ci se calma aussitôt et leva les yeux vers son père, observant son visage fraîchement rasé et ses cheveux bruns et mouillés qui bouclaient sur sa nuque.

— Tu sais, ça lui arrive de pleurer un peu avant qu'elle s'endorme, fit remarquer Sara.

— Laisse-moi la bercer, s'il te plaît. J'ai déjà pris ma douche, va prendre la tienne. Je reste avec Abby jusqu'à ce qu'elle s'endorme.

Sara était trop fatiguée pour discuter. Après tout, s'il avait envie de jouer au papa pendant quelques heures, elle n'y voyait aucun mal. De plus, Abby semblait en confiance avec lui : elle était déjà en train de gazouiller dans ses bras.

— Papa, lui dit Kirk. Dis « papa », ma jolie.

— Abby ? babilla-t-elle avec un grand sourire. Abby ?

— Pa-pa, insista-t-il.

Sara les laissa à leur conversation et se dirigea vers la salle de bains. Dans un coin se trouvait une spacieuse cabine de douche vitrée et, en face du lavabo surmonté d'un immense miroir, une baignoire à jets complétait avantageusement la pièce. L'hôtel avait fourni différents savons, shampoings et après-shampoings. Un peignoir en éponge était suspendu derrière la porte, et des pantoufles assorties avaient été posées sous le lavabo. Sara se sentait trop sale pour avoir envie de rester plongée dans une baignoire. Elle ouvrit les robinets de la douche et régla la température, bien décidée à rester sous le jet d'eau chaude le temps qu'il faudrait pour qu'elle se sente de nouveau propre.

En se débarrassant de ses vêtements, elle évita de se regarder dans la glace. Elle refusait de voir son reflet avant d'avoir lavé son corps de toute la saleté et la transpiration accumulées depuis plusieurs jours. Heureusement, un nuage de vapeur flottait déjà dans la pièce et embuait le miroir.

Sara entra dans la douche étincelante de propreté. Après tout ce temps passé dans la montagne, sentir l'eau très chaude couler sur sa peau lui sembla être le summum du luxe. Elle attrapa le shampoing et se lava rapidement les cheveux une première fois. Puis elle saisit le savon et le fit mousser entre ses mains avant de se masser le corps des pieds à la tête, inhalant avec plaisir l'odeur de lavande qui se dégageait à présent de sa peau. Elle commençait à se sentir de nouveau humaine.

Les yeux fermés, la tête renversée en arrière, elle laissa le jet de la douche inonder son visage. Au moment où elle tendait le bras pour se saisir de nouveau du shampoing, un courant d'air froid l'avertit que la porte de la douche était ouverte. Surprise, elle ouvrit les yeux et crut être victime d'une hallucination : là, devant elle, se tenait Kirk, dans le plus simple appareil.

— Tu ne t'es pas déjà douché ?

— Pas avec toi.

Sara sentit son pouls s'accélérer. Sa gorge s'assécha. Elle se revoyait en train de faire courir ses doigts sur son torse large, prenant plaisir à sentir ses tétons réagir à ses caresses. Si elle tendait les bras et posait les paumes de ses mains sur le corps de Kirk, sa peau serait chaude et ferme, si différente de la sienne, et pourtant si agréable… Comme elle brûlait de sentir les battements de son cœur, rapides, assurés, puissants, qui lui donnaient l'impression d'être forte, féminine et vivante !

Sara ne pouvait détacher les yeux de ses épaules larges et musclées ; bizarrement, il lui semblait presque plus grand et plus mâle que dans son souvenir. Il attrapa le shampoing et dit d'une voix sensuelle :

— Laisse-moi te laver les cheveux.

La jeune femme ne répondit pas. Dans sa tête, les pensées se bousculaient. Pourquoi ne pourrait-elle pas profiter d'une petite nuit avec lui, une seule ? Ils étaient grands après tout, et célibataires tous les deux. Bien sûr, l'expérience lui disait que si elle cédait maintenant, leur séparation, le lendemain, serait encore plus difficile. Mais elle avait envie de lui.

Elle essaya de gagner du temps.

— Et Abby ?

— Elle s'est endormie et Pepper est couchée sous son berceau.

Kirk entra dans la douche et ferma la porte derrière lui, certain de ne pas être rejeté. Sara fulminait. Il savait très bien qu'elle avait envie de lui. Il venait à elle au moment où elle n'avait tout simplement plus la force de lutter contre lui et contre ses propres désirs. Tant pis. Elle était prête à assumer les conséquences de ses actes. Après avoir failli mourir sur cette montagne, elle pouvait bien s'accorder le luxe et le plaisir de sentir les mains de Kirk sur son corps. Elle avait soif de lui.

Et il suffisait de voir le sexe dressé de son ex-mari pour comprendre que son désir était aussi fort que le sien. Ils étaient deux adultes qui avaient fait l'amour ensemble maintes et maintes fois et qui connaissaient chacun le corps de l'autre par cœur. Et pourtant, Sara ne pouvait s'empêcher de trembler d'appréhension. Il y avait si longtemps qu'elle n'avait pas fait l'amour qu'elle arrivait à peine à contrôler le besoin grandissant qui l'envahissait. Les pointes de ses seins étaient dures et tendues, et une sensation de chaleur irradiait dans le bas de son ventre.

Elle lui tourna le dos pour lui présenter ses cheveux. Kirk ne l'avait toujours pas touchée, et Sara se sentait tout entière tendue vers l'instant où il poserait les mains sur elle. Du coin de l'œil, elle le vit verser du shampoing dans la paume de sa main ; un long frisson la parcourut lorsque ses doigts experts le lui appliquèrent sur les cheveux.

Il se tenait tout près d'elle ; elle sentait son torse lui caresser le dos et ses hanches lui effleurer les fesses avec une sensualité quasi insoutenable.

— Tu sens bon, lui murmura-t-il à l'oreille.

— Je me suis déjà lavée, concéda-t-elle en laissant échapper un grognement de plaisir tandis qu'il lui massait le crâne. Je ne suis pas sûre de me sentir de nouveau propre un jour, ajouta-t-elle.

— On peut rester sous l'eau autant de temps que tu en as envie. Jusqu'à ce que le bout de tes doigts soit tout plissé, dit-il en s'approchant encore. Ou jusqu'à ce que l'hôtel n'ait plus d'eau chaude.

— Ça peut arriver ?

— Tu veux tenter ?

Elle renversa la tête en arrière et se passa les mains dans les cheveux pour rincer le shampoing. Alors qu'elle commençait à se retourner pour lui faire face, Kirk la retint par la taille.

— Après-shampoing ? lui demanda-t-il sur un ton détaché.

Qu'il aille au diable avec son après-shampoing ! C'était lui qu'elle voulait, bon sang ! Depuis qu'elle avait décidé de faire l'amour avec lui, son corps avait réagi si violemment qu'elle se sentait déjà proche de l'orgasme. Kirk avait toujours eu cet effet sur elle. Il avait à peine besoin de la toucher pour qu'elle brûle d'envie d'aller plus loin. Et c'est bien pour cela qu'elle s'était efforcée de garder ses distances — en vain.

Habituellement, elle le laissait mener la danse. Mais ce soir-là, son impatience était bien trop forte. Elle se retourna et lui prit le visage à deux mains pour l'embrasser. Calmement, il lui mordilla les lèvres tout en continuant à lui appliquer l'après-shampoing sur les cheveux.

— Embrasse-moi, bon sang ! gémit-elle, le regard enflammé.

— C'est ce que je fais, répondit-il d'un air innocent, en lui mordant légèrement la lèvre inférieure.

Les mains tremblant d'impatience, elle attira son visage encore plus près du sien.

— Plus fort.

— Oui, madame.

Mais il continuait à la titiller.

— Embrasse-moi, Kirk. Serre-moi fort.

Il la prit dans ses bras et l'attira à lui. Couverts de mousse, ses seins glissèrent contre son torse en une caresse si sensuelle qu'elle frissonna. Elle se leva sur la pointe des pieds et plaqua sa bouche contre la sienne. Il avait un goût de dentifrice et sentait l'après-rasage. Sara avait oublié quel bonheur c'était de l'embrasser.

Elle lui passa les bras autour du cou.

— Faire l'amour ne veut rien dire.

— D'accord.

Elle enroula ses jambes autour de ses hanches.

— Demain, on repart chacun de notre côté.

— Mmm.

— Faire l'amour ne change rien à nos relations.

— Mmm.

Alors que Sara s'apprêtait à le prendre en elle, Kirk lui résista.

— Attends une seconde.

Tout en continuant à la soutenir, il ouvrit la porte de la douche, fouilla dans la poche de son peignoir, qu'il avait accroché derrière, et en ressortit triomphalement un préservatif.

— Dépêche-toi, implora-t-elle en lui mordant le cou, impatiente de le sentir en elle.

Cela ne l'étonnait pas du tout qu'il ait pensé à prendre un préservatif avec lui. En pleine brousse, dans une chambre ou dans une douche, Kirk prévoyait toujours tout, et Sara avait fini par s'y habituer.

— Arrête de bouger sinon je n'arriverai jamais à ouvrir l'emballage, prévint-il en s'efforçant de garder l'équilibre.

— Laisse-moi faire.

Alors qu'elle lâchait d'une main le cou de Kirk, Sara commença à glisser. Il tenta de la retenir en lui attrapant les fesses, mais leurs bras se heurtèrent et le préservatif tomba dans la douche.

— Zut, fit Sara en regardant le petit paquet tourbillonner autour de la bouche d'évacuation.

Kirk se mit à rire et émit un grognement.

— Si tu enlevais tes jambes de ma taille, tu pourrais ramasser le préservatif, suggéra-t-il d'une voix rauque.

Face à la frustration et à l'impatience qui submergeaient Sara, la logique ne faisait pas le poids.

— Je n'ai pas envie de te lâcher.

— Et moi, je n'ai pas envie que tu sois de nouveau enceinte.

Le regard enflammé, Sara pressa sa poitrine contre le torse de Kirk et se mit à bouger lentement, électrisée par le contact dur de sa peau contre les pointes de ses seins. Parviendrait-elle à le faire changer d'avis ?

— Les femmes qui nourrissent leur enfant au sein ne sont pas censées ovuler, lui souffla-t-elle à l'oreille.

Kirk haletait, les yeux fous de désir.

— Tu veux dire que tu ne peux pas tomber enceinte ? parvint-il à articuler.

Resserrant les jambes autour de lui, elle tenta de nouveau de le prendre en elle.

— Je dis simplement qu'il est peu probable que je tombe enceinte en ce moment.

— Je ne veux pas courir de risque.

— Très bien.

Sara adorait quand il jouait le numéro du grand protecteur. Elle pencha la tête de côté, le regard provocateur.

— Et moi, je ne te lâche pas.

— Alors il y a… deux… solutions, dit-il, les mâchoires serrées. Je peux essayer de me baisser jusqu'au sol… sans nous faire tomber.

— Ou bien ?

— Je peux te porter… jusqu'à la chambre… où j'ai d'autres préservatifs.

— C'est toi qui décides, répondit-elle en lui mordillant l'épaule.

A ce moment-là, Sara sentit de l'eau froide lui couler dans le dos.

— Tu ferais mieux de choisir vite, fit-elle remarquer.

— Pourquoi ?

— Parce qu'il n'y a plus d'eau chaude.

Tandis qu'il fermait les robinets, elle ouvrit la porte de la douche. Puis il plaça ses mains sous les fesses de Sara et la transporta jusqu'à la chambre qui se trouvait à côté de celle du bébé. Abby semblait dormir profondément et Pepper ne se donna pas la peine de venir les voir — même lorsque Sara poussa un cri quand Kirk tomba avec elle sur le lit.

— Tes draps vont être tout mouillés, prévint-elle.

— Je dormirai dans ta chambre.

— Qui parle de dormir ?

Elle tourna la tête pour regarder la boîte ouverte sur la table de nuit.

— Tu n'as que cinq préservatifs ?

Il lui adressa un large sourire tandis qu'il déchirait un emballage.

— Si on est vraiment désespérés, il en reste un dans le bac de douche.

Sara brûlait de désir. Elle voulait l'embrasser de nouveau, sentir sa peau contre la sienne.

— Au lieu de parler, tu ne veux pas te dépêcher d'enfiler ça, non ?

— Pour quelqu'un qui a mis autant de temps à se décider, tu as l'air bien pressée, tout à coup.

Impatiente, elle lui prit le préservatif des mains et le lui mit.

— Ça fait longtemps. Et je n'ai jamais été du genre patiente.

Elle le plaqua sur le dos et s'assit au-dessus de lui.

— Attends.

Kirk l'avait prise par la taille et l'empêchait de bouger.

— Quoi encore ? soupira-t-elle, exaspérée.

— Laisse-moi te regarder.

Elle leva les yeux au ciel.

— Tu sais déjà à quoi je ressemble.

— Les gouttes d'eau font briller ta peau.

— Super !

Elle tenta de remuer les hanches, mais il la tenait fermement, ouverte, prête à l'accueillir en elle.

— Et tes seins sont…

— Froids, l'interrompit-elle.

S'il voulait jouer à ce petit jeu-là… Elle se pencha en avant jusqu'à ce que les pointes de ses seins effleurent les lèvres de Kirk et se mit à le caresser, reculant chaque fois qu'il tentait de lui mordiller les tétons. Le feu qui consumait Sara brûlait encore plus fort à mesure qu'elle lui arrachait des grognements de frustration.

— Tu pourrais peut-être me les réchauffer, dit-elle avec provocation.

Kirk n'attendait que ça. Du bout de la langue, il joua avec ses mamelons, les taquina jusqu'à ce qu'elle ne puisse réprimer un long soupir de plaisir. Puis peu à peu, il fit glisser une main le long de la hanche de Sara et s'aventura entre ses cuisses, l'empêchant encore de s'abaisser vers son sexe dressé. Tout doucement, il insinua ses doigts dans sa chair humide et avide de plaisir.

Sara se sentit chavirer. Une vague brûlante sembla prendre naissance au plus profond d'elle-même tandis qu'il explorait son intimité en va-et-vient incessants. Au moment où il sentit monter en elle des spasmes de plaisir, Kirk retira ses doigts et la pénétra profondément ; il ne lui laissa aucun répit, pas une seule seconde pour calmer ses sens enflammés. Il se rua en avant, prenant possession de son corps à puissants coups de reins, se retirant presque entièrement, puis la pénétrant de nouveau avant qu'elle n'ait eu le temps de reprendre son souffle.

Emportée par ce rythme endiablé, Sara le chevauchait avec une joie débridée. Elle n'avait plus aucun doute, plus aucun regret. Elle prenait simplement ce qu'il lui donnait et profitait du voyage. Et pendant ce temps, les doigts ingénieux de Kirk l'encourageaient, caressant toutes les parties sensibles de son corps avec une précision que seuls les couples qui se sont fait l'amour pendant des années peuvent connaître.

Kirk n'avait rien oublié. Il savait encore très bien où et comment elle aimait être touchée, et il la poussa à la limite de la folie jusqu'à ce qu'elle succombe une fois de plus au plaisir. Mais lui-même se retint d'exploser et ne lui donna pas le temps de reprendre haleine. Sans faiblir, il continua à bouger en elle, profondément, complètement, l'amenant avec lui vers l'apogée de la jouissance.

S'en remettant totalement à lui, elle ignora les coups violents de son cœur dans sa poitrine, le sang qui lui bourdonnait aux oreilles et battait à ses tempes. Faisant tournoyer ses hanches, elle s'agrippa aux épaules de Kirk et se laissa emporter par leurs mouvements démentiels. Et lorsque Sara fut de nouveau secouée par l'orgasme, elle le sentit jouir avec elle.

Elle se retint de crier et s'effondra sur lui, la tête enfouie dans son cou. Elle aurait voulu le garder en elle pour toujours. Car à mesure qu'elle reprenait son souffle, les émotions qu'elle avait essayé de fuir se réveillaient dans son cœur.

Elle aimait cet homme. Elle l'avait aimé lorsqu'elle n'était encore qu'une jeune fille. Elle l'avait aimé comme une épouse. Et elle l'aimait encore.

Kirk la tenait serrée dans ses bras. Sa voix était rauque, lointaine.

— La chambre tourne.

— Je suis certaine que tu t'en remettras.

Mais elle, elle n'y arriverait pas. Elle avait demandé le divorce parce qu'elle pensait qu'il ne renoncerait jamais à sa carrière. Même s'il avait finalement quitté l'armée, elle ne voulait plus jamais revivre les mêmes angoisses pendant qu'il mettait sa vie en danger.

L'espoir d'un avenir commun était bien trop douloureux. Elle avait passé près d'un an et demi à essayer de se convaincre que leur mariage n'avait pas été si solide. Que ce qu'ils faisaient ensemble n'était pas si bien.

Mais elle s'était trompée. Et après ce qu'ils venaient de vivre, elle n'était pas sûre de trouver le courage de lui dire adieu de nouveau.

Quoi qu'il en soit, elle s'était autorisé une dernière nuit avec Kirk. Une nuit qui était loin d'être finie… Dès qu'elle aurait repris un peu de forces, elle rattraperait le temps perdu.

Il fallait en profiter : l'aube arriverait bien trop vite.

11

Kirk émergea peu à peu d'un profond sommeil. Comme il savait que les hommes de Kincaid se chargeaient de la sécurité, il avait enfin pu profiter de ses premières heures de vrai repos après plusieurs jours d'intense activité.

Le soleil entrait à flots par la fenêtre de la chambre. Il devait être au moins 9 heures du matin. Etirant ses muscles endoloris, Kirk jeta un coup d'œil sur les sachets de préservatifs vides éparpillés sur la table de nuit. Il ne put s'empêcher de sourire. La femme de chambre de l'hôtel avait bien dû voir ce genre de choses auparavant, mais il préférait rester discret sur leurs activités nocturnes… Il ramassa les emballages et les jeta à la poubelle.

Cette nuit avec Sara avait été incroyable. Ils semblaient tous deux ne pas avoir eu assez l'un de l'autre. Et les bienfaits de cette nuit de passion n'avaient pas été que physiques : elle lui avait apporté un tel réconfort sur le plan émotionnel qu'il ne s'était jamais senti aussi vivant depuis leur divorce.

Avant d'aller secourir Sara sur cette montagne, il avait fallu qu'il se force à penser à un avenir sans elle, et sa vie lui semblait alors bien monotone. Mais à présent, il était impatient de voir de quoi demain serait fait. Il se sentait soudain plus léger.

Le divorce avait laissé un vide dans son cœur ; il s'était imaginé que, au fil du temps, la blessure cicatriserait. Mais il ne s'était pas attendu à ce que Sara soit capable, en si peu de temps, de le combler de bonheur. Et d'amour. Car la nuit dernière, c'est bien d'amour qu'il avait été question. Il connaissait suffisamment Sara pour savoir qu'elle n'aurait pas répondu à son jeu de séduction si elle n'avait pas éprouvé des sentiments pour lui.

Se laissant retomber sur le lit, il tendit la main du côté où Sara avait dormi, curieux de savoir depuis combien de temps elle s'était réveillée.

Les draps étaient froids.

Où était-elle ? Peut-être en train de commander le petit déjeuner. Ou bien en train d'allaiter Abby. Si c'était le cas, il avait envie d'assister à ce spectacle magnifique.

Après avoir enfilé un peignoir, il sortit de la chambre de Sara, jeta un coup d'œil dans celle d'Abby, et entra dans la sienne. La jeune femme était là, en train de ranger ses affaires pour lui.

Kincaid lui avait-il conseillé de quitter l'hôtel ?

Perplexe, Kirk regarda tour à tour Sara qui rangeait une chemise dans son sac puis Pepper et Abby qui jouaient par terre. La petite lançait ses jouets en hurlant, et riait quand la chienne les lui rapportait.

Kirk prit le sac des mains de Sara.

— Qu'est-ce qui se passe ?

Elle ne l'avait pas entendu entrer. Lorsqu'elle le regarda, son visage devint blême. Ses lèvres se mirent à trembler puis se resserrèrent, comme si elle avait une mauvaise nouvelle à lui annoncer, mais voulait garder bonne contenance.

Il se frotta le menton, s'efforçant de ne pas tirer de conclusions trop hâtives.

— Si quelque chose ne va pas, tu aurais dû me réveiller. Est-ce que Kincaid a appelé ? Es-tu en danger ?

Elle secoua la tête.

— Les hommes de Logan montent la garde juste derrière la porte. Nous sommes en sécurité. Et mon programme de reconnaissance faciale est bien caché…

Alors pourquoi avait-il vu ses yeux s'embuer de larmes ?

— Cette nuit…, commença-t-elle.

— Quoi, cette nuit ?

Il était certain de ne pas avoir été trop brutal. En outre, elle avait répondu avec ardeur à chacun de ses mouvements, l'incitant à aller plus vite, plus fort. Mais en voyant l'expression de son regard, Kirk sentit sa gorge se nouer. Quelque chose n'allait pas et il ne pouvait deviner quoi.

— Cette nuit restera à jamais gravée dans mon cœur, finit-elle par dire, la voix brisée.

Elle le chassait de sa vie.

Et il ne savait pas pourquoi. Il avait lu le message dans ses yeux, l'avait compris à ses épaules affaissées, à son air déterminé.

Kirk eut l'impression de recevoir un coup sur la tête. La douleur l'aveugla. Il eut envie de tout casser autour de lui et de hurler, mais il se maîtrisa, se força à réfléchir.

Il savait comment combattre ses ennemis, et comment se concentrer sur ses objectifs. Mais il n'avait aucune arme pour lutter contre la femme qu'il aimait. Une femme qui ne voulait plus de lui.

Il n'avait rien vu venir, alors qu'il aurait dû. Son manque de prévoyance le mettait dans une rage folle. C'était normal que Sara réagisse comme cela. Il s'était trop rapproché d'elle, et maintenant, elle avait envie de s'enfuir.

— Je t'aime, Sara, dit-il en plantant son regard dans le sien.

Elle croisa les bras sur sa poitrine.

— L'amour ne suffit pas. Cette nuit était… merveilleuse, et stupide. Je n'ai plus envie de souffrir, Kirk. Je ne peux pas attendre à la maison comme une bonne petite épouse pendant que tu pars en mission. Savoir que tu es en danger me déchire le cœur.

— Je ne partirai plus en mission.

— En es-tu si sûr ? Tu as refusé l'offre de Kincaid ?

— J'ai le ranch…

— Tu ne fais que le louer, l'interrompit-elle en soupirant. Je me suis promis de supporter les conséquences de la nuit dernière. Et, malheureusement, tu devras vivre avec, toi aussi.

Sara se leva, les mains tremblantes, le dos raide.

— Je suis désolée, murmura-t-elle en baissant les yeux.

— Désolée ?

— Oui. Cette nuit, j'ai été faible.

— Tu te trompes, Sara. Cette nuit tu as été forte. Cette nuit tu as enfin fait ce que tu voulais avec courage. Et soyons clairs : tu avais envie de moi. Ce matin, tu as perdu ton courage, et tu me chasses de ta vie.

— Tu as raison.

La réponse de Sara eut pour effet d'anéantir la colère de Kirk et de le laisser sans voix. Que pouvait-il dire d'autre si elle était d'accord avec lui ? Et surtout, comment pouvait-il la faire changer d'avis ?

Il ne voyait vraiment pas de solution. Sara avait une façon de penser tellement différente de la sienne… C'était d'ailleurs un miracle qu'ils s'entendent si bien. Qu'ils se soient si bien entendus, plutôt.

Ce n'était pas vraiment dans la mentalité d'un militaire d'abandonner. Et pourtant, Sara ne lui laissait pas le choix. Il ne pouvait pas rester avec une femme qui ne voulait pas de lui. Il n'était pas du genre à supplier.

Conscient du fait que ce n'était pas le moment de discuter de la garde d'Abby, il prit le sac sur son épaule et se prépara à sortir de la chambre.

— Kirk, dit-elle d'une voix étranglée.

Elle n'arrivait pas à le regarder dans les yeux.

Il se retourna.

— Oui ?

Sara essuya une larme sur sa joue.

— Tu peux quand même prendre une minute pour te changer.

Kirk baissa les yeux. Sara n'était pas la seule à être bouleversée. Il portait encore son peignoir.

Lorsque Kirk eut refermé la porte derrière lui, Sara s'effondra sur le lit et éclata en sanglots, le visage enfoncé dans un oreiller. La chambre lui paraissait vide et froide sans Kirk, à l'image de son cœur. Elle savait qu'il serait difficile de le quitter. Mais elle ne s'était pas imaginé que son départ la désolerait à ce point.

Elle tenta de se rassurer en se disant qu'il aurait été bien pire de reporter ce moment. Et pourtant, il lui semblait impossible d'être plus malheureuse qu'elle ne l'était à cet instant.

Kirk lui manquait déjà terriblement. Et elle se sentait de plus en plus coupable de leur avoir causé autant de souffrance à tous les deux. Car même si elle ne lui avait pas demandé de venir la sauver sur la montagne, elle l'avait accepté dans son lit la nuit dernière. Au fond d'elle-même, elle savait qu'il était peut-être le seul homme qu'elle était capable d'aimer. Mais rester avec lui serait encore plus pénible que de ne plus le voir.

Elle n'avait pas oublié à quel point elle avait été déprimée chaque fois qu'il était parti en mission. Elle ne pouvait pas supporter le stress de le savoir en danger. Et de penser que certaines femmes trouvaient la force de laisser l'homme qu'elles aimaient vivre des situations similaires lui donnait l'impression d'être vraiment ridicule. Elle avait essayé, mais en vain : elle n'arrivait pas à se faire au mode de vie de Kirk. Et elle n'arrivait pas non plus à croire qu'il puisse vraiment changer.

Bien sûr, il lui avait dit qu'il avait quitté l'armée pour de bon, mais il n'avait pas abandonné l'idée d'accomplir d'autres missions dangereuses. Cette histoire de ranch ressemblait plus à un rêve qu'à la réalité. Il pouvait faire son sac et partir d'une minute à l'autre pour sauver quelqu'un, exactement comme il l'avait fait pour lui venir en aide.

Sara avait vécu avec la peur au ventre pendant plusieurs années, et si elle avait quitté Kirk, c'était pour préserver sa santé mentale. Elle lui avait demandé le divorce avant que ses longues absences ne puissent faire de mal à leur bébé. Sa décision ne paraissait peut-être pas très juste, mais elle lui avait semblé être la meilleure solution.

Quoi qu'il en soit, le départ de Kirk n'en était pas moins difficile. La nuit passée avec lui serait à ajouter aux autres souvenirs merveilleux qu'elle conservait de lui. Comme la première fois qu'ils avaient fait l'amour, leur lune de miel, la nuit où ils avaient conçu Abby ; et maintenant, leurs derniers adieux.

D'un revers de la main, Sara sécha ses larmes avant d'entrer dans la salle de bains. Elle passa un gant de toilette sous l'eau froide et l'appliqua sur ses yeux rouges et bouffis en espérant que les marques de son chagrin disparaîtraient avant sa réunion. D'ici là, il fallait absolument qu'elle se calme et qu'elle nourrisse Abby ; elle avait bien l'intention d'emmener sa fille avec elle.

En effet, que cela plaise ou non aux hommes du ministère de la Défense, il était hors de question qu'elle laisse son bébé entre les mains d'un étranger. Pas après ce qu'elles avaient vécu ces derniers jours.

— Madame ?

La voix de la femme de chambre interrompit Sara dans ses pensées. Elle n'avait pas dû l'entendre frapper avec le bruit de l'eau qui coulait.

— Je vous ai apporté des serviettes propres.

— Posez-les sur le lit, s'il vous plaît. Et n'entrez pas dans la chambre d'Abby, elle dort.

— Comme vous voudrez, madame.

Sara devait se ressaisir. Il lui restait trois heures pour se doucher, se coiffer, se maquiller et s'habiller, puis nourrir et habiller Abby. Grâce à Logan Kincaid, elle disposait de tout ce dont elle avait besoin : des vêtements, des couches, une poussette. Il avait même prévu une limousine blindée et une équipe de sécurité. De toute évidence, Abby et elle n'avaient plus rien à craindre.

Elle remerciait également Kincaid d'avoir pensé à lui fournir un nouvel ordinateur, car elle n'était pas sûre que son propre portable soit encore capable d'exécuter son programme. Cet homme avait dépensé sans compter pour le bien-être de Sara et de son bébé. Malheureusement, même Logan Kincaid ne pouvait rien faire pour guérir son cœur brisé.

A l'heure qu'il était, Kincaid avait certainement appris par les hommes qui s'occupaient de la sécurité de l'hôtel que Kirk était parti. Sara s'efforça de chasser de son esprit ce sujet douloureux : dans trois heures, après avoir assuré l'avenir de sa fille en vendant à son pays un nouveau logiciel de reconnaissance faciale, elle pourrait enfin oublier l'incident.

En effet, lorsqu'elle se serait débarrassée de ce programme, tout danger serait écarté. Il ne fallait vraiment pas qu'elle s'inquiète. Sauf si le disque dur avait été endommagé lors de l'accident d'avion. Et sauf s'il avait souffert du gel ou des manipulations de Sara lorsqu'elle l'avait retiré en hâte de l'ordinateur. Depuis qu'elle s'était servie de la batterie pour produire l'étincelle grâce à laquelle Abby et elle avaient survécu pendant la tempête, la jeune femme n'avait pas osé rallumer son ordinateur pour vérifier si le logiciel fonctionnait encore.

Elle jeta un œil dans la chambre d'Abby. La petite fille dormait toujours profondément dans son berceau. Elle ne serait certainement pas contente, en se réveillant, de voir que sa nouvelle amie, Pepper, n'était plus là.

Avec un soupir, Sara retourna dans la salle de bains pour prendre une douche. Au moins, il était facile de détourner l'attention d'Abby. La mémoire d'un bébé de neuf mois n'était pas très développée : sa fille ne passerait pas les semaines, voire les années suivantes à se languir de Kirk — contrairement à Sara.

La jeune femme refusa de penser à la garde partagée ou aux visites. Elle voulait chasser Kirk de sa mémoire pour avoir l'esprit clair en vue de sa réunion.

Mais une fois sous le jet d'eau chaude, elle ne put s'empêcher de songer à la dernière douche qu'elle avait prise. Aux mains de Kirk dans ses cheveux. Au parfum si masculin de son corps. A ses doigts experts qui lui massaient le crâne. A ses lèvres habiles qui lui embrassaient les…

Stop.

Il fallait qu'elle arrête de se torturer, sinon elle deviendrait folle. Kirk était parti. Il suffisait de se dire que ces quelques jours qu'ils avaient passés ensemble n'avaient jamais existé. Elle devait remonter son horloge émotionnelle à la semaine précédente, lorsque Kirk n'était qu'un souvenir douloureux et non une blessure encore à vif.

Une fois de plus, elle se surprit à regretter qu'il fût si doué dans son travail. Ses chiens lisaient pratiquement dans ses pensées, et le monde viendrait toujours frapper à sa porte pour lui demander de l'aide.

Stop. « Pense à ta réunion », s'intima-t-elle.

Mais elle n'arrivait pas à effacer de son esprit la douleur qu'elle avait lue dans les yeux de Kirk quand il avait compris qu'elle voulait qu'il parte. D'un autre côté, il aurait dû savoir qu'il ne suffisait pas de quelques rapports sexuels pour que Sara change d'avis. Même si cela avait été agréable. D'accord, ça n'avait pas seulement été agréable. Plutôt spectaculaire.

La gorge nouée, Sara sortit de la douche et s'enveloppa dans son peignoir, avant d'enrouler ses cheveux mouillés dans une serviette. Elle éprouvait l'envie de serrer Abby dans ses bras, mais il fallait d'abord qu'elle se sèche les cheveux, qu'elle se maquille et qu'elle s'habille avant de réveiller sa fille pour la nourrir.

Une fois dans sa chambre, Sara évita de regarder les draps froissés dans lesquels Kirk l'avait enlacée si tendrement. Elle se dirigea directement vers l'armoire et en sortit le tailleur, le chemisier et les chaussures que Kincaid avait mis à sa disposition. Décidément, cet homme était doué pour faire les magasins... Sara elle-même n'aurait jamais acheté des vêtements aussi ravissants. Logan avait tout pris à sa taille, jusqu'aux chaussures, en cuir souple et très féminines. Si la vente de son programme était conclue, elle savait qu'elle pourrait s'offrir au moins une douzaine de tailleurs de ce genre et remplir un coffre entier de chaussures aussi élégantes.

Sara soupira et s'habilla rapidement. En réalité, ce qu'elle désirait le plus au monde ne pouvait s'acheter avec des billets. L'argent n'avait jamais été une priorité pour Kirk, et cela lui avait été complètement égal. Elle aimait le dévouement, le courage et la fierté dont il faisait preuve. Et elle avait toujours su qu'il était injuste d'attendre de lui qu'il abandonne son style de vie. Lorsqu'elle avait craqué et qu'elle avait fini par le lui demander, il avait refusé et elle n'avait pas pu le supporter.

Sara soupira de nouveau. Elle avait beau lutter pour se concentrer sur sa réunion, ses pensées revenaient toujours à Kirk, comme si son esprit était programmé en circuit fermé.

Elle s'assit devant la coiffeuse et, les doigts tremblants, se mit du fond de teint, du mascara, du rouge à lèvres et une touche de blush — produits achetés encore une fois par Logan Kincaid. Beaucoup de rumeurs couraient sur lui, notamment à propos de ses conquêtes féminines... Ce spécialiste des ordinateurs semblait bien connaître les femmes, leurs envies, leurs besoins. Et Sara avait rarement rencontré d'hommes aussi brillants.

Cependant, Logan Kincaid ne l'attirait pas.

Pourquoi Kirk Hardaker était-il le seul homme capable de l'enflammer d'un seul regard ? Pourquoi ne pouvait-elle ressentir d'intérêt pour personne d'autre ? Parfois, elle se disait que leur histoire commune les liait pour toujours — mais à aucun moment elle n'avait pensé à cela la nuit passée.

Sara regarda sa montre : il était temps de réveiller Abby pour l'allaiter. Elle avait hâte de la prendre dans ses bras, de la serrer contre son cœur meurtri.

Elle entrebâilla la porte et jeta un coup d'œil dans la chambre qui était plongée dans l'obscurité. Elle était étonnée qu'Abby ne se soit pas réveillée toute seule.

Sara fit glisser sa main le long du mur et appuya sur l'interrupteur.

Le berceau était vide.

Kirk se dirigeait à grands pas vers l'aéroport, bien décidé à prendre le premier avion à destination du Michigan. Sara ne voulait plus de lui, et il avait l'intention de rentrer au ranch pour panser ses blessures avant de se lancer dans une nouvelle mission. Il ferait tout ce qu'il faudrait pour oublier.

Lorsque son téléphone portable se mit à sonner, il répondit immédiatement :

— Kirk Hardaker.

— Abby a disparu.

La voix paniquée de Sara lui fit faire demi-tour sans qu'il prenne le temps de réfléchir. Pepper trottait à ses côtés, les oreilles dressées ; elle devait sentir que quelque chose n'allait pas.

Kirk n'avait pas imaginé que son estomac puisse se contracter plus qu'il ne l'était déjà. La nouvelle lui coupa le souffle. Alors qu'il courait dans le fin brouillard qui enveloppait la ville, il eut l'impression de suffoquer.

— Qu'est-ce qui s'est passé ? parvint-il à articuler.

— J'ai jeté un coup d'œil sur Abby, peu après que tu sois parti, et elle dormait profondément dans son berceau, répondit Sara d'une voix minée par l'angoisse. Je me suis douchée, et quand je suis entrée dans la chambre pour la nourrir… elle n'était plus là.

Kirk était sûr que Sara avait déjà cherché son bébé partout, mais il préféra demander :

— Est-il possible qu'elle ait réussi à sortir de son berceau toute seule ?

— L'équipe de Kincaid a ratissé toute la suite. Ils ont fouillé tous les meubles, tous les placards, et ils ont même regardé sous les lits. Elle a disparu, Kirk. Notre bébé a disparu.

Malgré les efforts qu'elle faisait pour parler calmement, Sara ne pouvait dissimuler son inquiétude. Kirk sentit son cœur se serrer en percevant la terreur dans sa voix.

— Tiens bon, Sara. J'arrive dans une demi-heure. En attendant, fais exactement ce que les hommes de Kincaid te disent de faire.

Kirk héla un taxi et reprit le chemin qu'il venait de parcourir en sens inverse. A ce moment de la journée, la circulation était encore assez fluide dans Los Angeles, mais Kirk avait l'impression d'avancer au ralenti. Le brouillard s'était désormais dissipé et un soleil radieux brillait haut dans le ciel, comme pour le narguer. De même, les passants continuaient à mener tranquillement leur vie, pendant que lui vivait un vrai cauchemar.

Si Kirk avait l'habitude du danger, il ne se sentait en revanche pas du tout préparé au choc émotionnel provoqué par l'enlèvement de son enfant. Il avait à peine eu le temps de connaître sa fille, mais il l'aimait déjà.

Cependant, il ne fallait pas qu'il se laisse gouverner par ses émotions. Pour le bien d'Abby et de Sara, il devait s'efforcer d'avoir les idées claires. Et quoi qu'il en coûte, il retrouverait sa fille et la ramènerait saine et sauve.

Comment les ennemis de Sara avaient-ils pu la retrouver, une fois de plus ? Cette fichue réunion avec le gouvernement… L'information avait dû être annoncée sur un site Web. Ou peut-être quelqu'un du ministère était-il de connivence avec le kidnappeur. En tout cas, les hommes qui en voulaient à Sara savaient qu'il fallait la chercher à Los Angeles, puisque c'est là qu'elle se rendait pour vendre son logiciel.

Son bébé avait disparu, et Sara avait semblé sur le point de craquer. Elle faisait preuve d'un instinct maternel que Kirk ne lui soupçonnait pas. Il revoyait son visage rayonnant de fierté chaque fois qu'Abby parlait, riait ou tentait de se lever ; il revoyait l'amour dans ses yeux lorsqu'elle l'allaitait. Aussi bouleversé qu'il pouvait être, Sara devait souffrir cent fois plus que lui.

Pauvre petite Abby. Elle se réveillerait au milieu d'inconnus, dans un endroit qu'elle n'avait jamais vu. Elle serait certainement terrifiée. Et quand Abby n'était pas contente, elle pleurait. Très fort.

Ses cris pourraient attirer l'attention des voisins ou des passants. Mais ils pourraient aussi agacer le ravisseur. « Courage, Abby. Papa va venir te chercher pour te ramener à la maison. C'est promis. »

Il fallait absolument qu'il lutte pour ne pas se laisser emporter par ses émotions. Il ne serait d'aucune aide à Abby et Sara s'il ne parvenait pas à se ressaisir. Peu à peu, il réussit à se calmer et commença à analyser la situation de manière rationnelle.

Comment les ennemis de Sara s'étaient-ils introduits dans la suite, et pourquoi avaient-ils pris Abby ? Depuis le début, quelqu'un avait voulu s'emparer du logiciel de Sara. Mais Kirk ne s'était jamais douté que leur enfant pouvait être menacé. Les hommes qui gardaient la suite avaient-ils été mis hors d'état de se battre ? Il le saurait bientôt.

Il arriva en courant dans l'hôtel et prit l'ascenseur jusqu'à la chambre de Sara. Les deux gardes qui se tenaient devant la porte le laissèrent passer sans un mot.

Kincaid se trouvait dans la pièce avec plusieurs de ses hommes et le salua d'un signe de tête. Dès qu'elle aperçut Kirk, Sara courut vers lui pour se jeter à son cou. D'une pâleur extrême, les yeux rouges et gonflés par les larmes, elle se serra contre lui. Il lui tapota le dos d'un geste rassurant.

— Nous allons la retrouver. Tout va bien se passer.

Tandis qu'il consolait Sara, Kirk observa les hommes de Kincaid. Il avait déjà reconnu le pilote de l'hélicoptère, Jack Donovan. Kincaid commença à lui présenter les autres membres de l'équipe.

— Voici Ryker Stevens, ancien des Forces Spéciales, notre expert en affaires. Vous avez déjà eu l'occasion d'entendre sa voix lors du trajet en hélicoptère.

Stevens fit un signe de tête à Kirk. Son visage buriné et énergique reflétait une intense concentration tandis que ses doigts couraient sur le clavier de son ordinateur portable.

Logan lui donna une tape sur l'épaule.

— La spécialité de Ryker, c'est de démêler les affaires compliquées de criminalité en col blanc. En ce moment, il essaie de retrouver la trace de la récompense versée par le kidnappeur à la femme de chambre.

— La femme de chambre ? répéta Kirk en levant un sourcil.

Sara s'écarta de lui et expliqua :

— Nous pensons que Milly a été remplacée par une autre femme de chambre qui a emporté Abby dans son chariot de linge.

— Elle s'appelle Gail Fennway et cela fait vingt ans qu'elle travaille ici.

L'homme qui venait de parler était assis tranquillement sur un canapé, un téléphone portable collé à chaque oreille. Il salua Kirk d'un signe de tête, visiblement habitué à suivre plusieurs conversations à la fois.

Logan Kincaid se tourna vers l'homme :

— Web Garfield, un ancien de la CIA. C'est lui qui a protégé vos arrières.

Kirk devinait que l'attitude désinvolte de Garfield n'était qu'une façade : à voir ses bras musclés et son torse puissant qui tendait son T-shirt, il était en excellente forme physique. Et ses mains larges et calleuses révélaient une certaine expérience du combat au corps à corps…

Les yeux rivés sur l'écran de son ordinateur, Ryker Stevens fronça les sourcils.

— Gail Fennway vient de déposer cent mille dollars sur son compte.

— Peux-tu retrouver le nom de l'émetteur du chèque ? demanda Web Garfield, après avoir mis en attente ses multiples conversations téléphoniques.

Stevens secoua la tête.

— Le transfert a été effectué en dehors de nos frontières. A partir des îles Caïmans. Gail a retiré l'argent avant d'établir un mandat postal à l'attention du Memorial Hospital de Los Angeles.

— Je m'en occupe, lança Web Garfield en se levant.

— Attendez, l'arrêta Logan en lui posant la main sur le bras. Laissez le temps à Ryker de voir si elle s'est présentée à l'hôpital en tant que patiente.

Pendant que Ryker Stevens s'affairait sur son ordinateur et que Web Garfield parlait dans ses téléphones, Logan se dirigea vers le dernier homme du groupe.

— Voici Travis Cantrel, spécialiste des négociations avec les preneurs d'otages.

Les yeux de Sara s'écarquillèrent. Kirk lui entoura les épaules de son bras et la sentit trembler d'angoisse.

Travis Cantrel avait le physique d'un lutteur. Son torse était large, ses épaules arrondies et ses jambes massives comme le tronc d'un chêne. Il parlait avec la voix traînante des habitants du Texas, et un petit diamant brillait sur le lobe de son oreille gauche.

— Les ravisseurs devraient appeler bientôt pour demander une rançon, dit-il.

Garfield regardait l'écran de l'ordinateur par-dessus l'épaule de Stevens.

— Ne me bousculez pas, se plaignit celui-ci. Le site de l'hôpital n'est pas facile à pirater.

Web Garfield s'écarta.

— Je dois y aller. Appelez-moi dans…

Quelqu'un frappa à la porte, faisant sursauter Sara. Web mit la main sur son arme. Ryker continua à taper sur le clavier et Logan se retourna tout en restant le dos contre un mur. Travis Cantrel ne bougea pas d'un pouce ; son diamant semblait briller plus que jamais. Kirk entraîna Sara vers le canapé, préférant qu'elle s'assoie avant de s'effondrer. Voir le visage tendu de la jeune femme lui serrait le cœur.

Un des gardes passa la tête par la porte.

— Monsieur, il y a une dame qui veut vous parler.

— Comment s'appelle-t-elle ? demanda Logan.

— Gail Fennway. Elle prétend avoir des informations sur le bébé.

— La femme de chambre ! s'écria Sara en tirant sur la manche de Kirk. Il faut que nous lui parlions.

— Calme-toi, Sara, prévint Kirk. Ne l'agresse pas.

Le garde retourna dans le couloir pour fouiller la femme de chambre.

— Elle n'est pas armée, annonça-t-il au petit groupe.

Logan fit un signe à Web Garfield, qui se glissa derrière une porte pour se fondre dans l'obscurité. Travis Cantrel fit de même à l'opposé de la pièce. Ryker Stevens, lui, continuait à tapoter sur le clavier de son ordinateur.

— Il n'y a pas de patient du nom de Gail Fennway au Memorial Hospital. Le casier judiciaire de la dame est vierge, en dehors de deux contraventions pour excès de vitesse qui datent de vingt ans. Son compte est vide, et sa banque s'apprête à saisir sa caravane. Un marchand d'occasion a récupéré sa voiture la semaine dernière.

Cette femme avait des problèmes d'argent, comme beaucoup de gens. Kirk se demanda si elle savait que kidnapper un enfant était un crime, et que si elle était jugée coupable, elle resterait derrière les barreaux jusqu'à la fin de ses jours. Habituellement, les criminels s'empressaient de disparaître après avoir touché une récompense. Ils ne sortaient pas de leur trou pour se présenter devant leurs victimes.

Gail Fennway se précipita dans la pièce en se tordant les mains. Son mascara coulait sur ses joues ridées et ses cheveux blancs étaient tout décoiffés. Elle n'avait vraiment rien d'une criminelle. Tout dans son attitude montrait qu'elle était rongée par la culpabilité et les remords.

Elle se tourna vers Kirk et Sara.

— Je suis tellement désolée, souffla-t-elle.

Sara commençait à s'approcher d'elle, mais Kirk la retint par le bras. Elle se libéra de son étreinte.

— Où est Abby ? Qu'avez-vous fait de mon bébé ? dit-elle d'une voix sourde.

12

Sara dévisageait Gail Fennway, les mâchoires serrées. La colère se déchaînait en elle avec une telle fureur qu'elle en tremblait de tout son corps. Jamais de sa vie elle n'avait eu envie de frapper quelqu'un, jusqu'à maintenant. Elle devait faire appel à tout son sang-froid pour se retenir de se jeter sur elle.

Comment cette femme avait-elle osé lui prendre son enfant ? Sara avait lu un tas d'histoires d'enlèvements dans les journaux ; elle avait vu à la télévision les visages désespérés des parents et les avait toujours plaints de tout son cœur. Mais elle n'imaginait pas que cela pouvait lui arriver à elle.

Son esprit était assailli d'une telle angoisse qu'elle avait peine à se concentrer. Elle ne pouvait s'empêcher de penser que la disparition d'Abby était de sa faute : elle n'aurait jamais dû s'éloigner d'elle une seule seconde. Il aurait fallu qu'elle engage quelqu'un pour monter la garde à côté du berceau, voire qu'elle annule sa réunion et abandonne la vente de son logiciel.

Gail Fennway éclata en sanglots.

— Cela n'aurait pas dû se passer comme ça.

Kincaid posa une main sur son bras pour la faire asseoir sur une chaise. Elle sortit un mouchoir de sa poche et commença à se tamponner les yeux.

— Je suis désolée. Je m'en veux tellement.

— Dites-nous ce qui s'est passé, suggéra Logan d'une voix douce.

Cet homme était la bienveillance incarnée. Sara aurait voulu secouer la femme de chambre pour la faire parler, mais elle avait encore assez de bon sens pour reconnaître que, avec sa technique, Logan obtiendrait plus d'informations. Kirk avait passé son bras autour des épaules de Sara, et ce contact rassurant lui donnait assez de forces pour garder son calme.

Lorsqu'elle avait découvert qu'Abby avait disparu, son premier réflexe avait été d'appeler Kirk. Comme elle était soulagée de l'avoir à ses côtés !

Le visage de la femme de chambre ruisselait de larmes.

— J'avais besoin de cet argent.

— Vous avez risqué la vie de mon enfant pour de l'argent ? lança Sara d'un ton brusque.

— Elle était censée rester avec moi. J'avais l'intention de prendre soin d'elle, sanglota Gail Fennway.

Sara avait le cœur serré. Et son bébé lui manquait physiquement : ses seins étaient gonflés et douloureux. Heureusement, Logan avait pensé à acheter un tire-lait. Elle profiterait de la première occasion pour s'éclipser et s'en servir.

— Est-il possible de commencer par le commencement ? demanda calmement Kincaid.

Gail Fennway se moucha bruyamment.

— Un homme m'a téléphoné et m'a promis cent mille dollars si je volais votre ordinateur.

Ryker Stevens avança les mains au-dessus de son clavier.

— Connaissez-vous son nom ?

Elle secoua la tête en signe de dénégation.

— Quand a-t-il appelé exactement ?

— Il y a deux jours, à 8 heures.

Ryker se mit à pianoter.

— Il a probablement appelé d'une cabine, mais je vais vérifier avec la compagnie téléphonique.

Sara doutait qu'il ait le droit de pirater les bases de données de la compagnie, mais elle s'en moquait. Il ne faisait de mal à personne et pouvait les mettre sur une piste. Elle lança un regard acéré à la femme de chambre.

— J'ai toujours mon ordinateur, et je n'ai plus ma fille, lui rappela-t-elle.

— J'ai apporté votre ordinateur à un homme qui attendait dans une des chambres du couloir. Il m'a dit que l'information qu'il recherchait n'y était pas.

Sara avait eu raison de cacher le disque dur. Mais elle

comprit avec un haut-le-cœur que s'ils avaient pu récupérer le programme, ils n'auraient pas pris son bébé.

— L'homme vous a donc demandé de voler ma fille à la place ?

— Je savais que vous seriez contrariée…

Contrariée ? Sara avait envie de la gifler. Elle se retint, consciente qu'il serait stupide de se mettre à dos leur seul témoin.

— … mais lorsqu'ils m'ont proposé de kidnapper votre enfant, je me suis promis de m'en occuper comme de ma propre fille.

— A quoi ressemblait l'homme que vous avez rencontré ? lui demanda Logan.

— Je ne sais pas. Les rideaux de la chambre étaient tirés et il n'avait pas allumé la lumière. Tout ce que je peux dire, c'est qu'il était grand.

— Cet homme vous a donc demandé de ramener l'ordinateur et de vous emparer du bébé ?

— Oui.

— Et ensuite ?

— Je devais aller à ma banque, vérifier que l'argent avait bien été versé et emmener le bébé dans un endroit sûr.

— Vous vous êtes rendue à votre banque ?

— Oui. Et j'ai donné à l'hôpital l'argent nécessaire pour que ma petite-fille puisse bénéficier d'une greffe de moelle osseuse.

Gail se tourna vers Sara, les yeux embués de larmes.

— Elle n'a que dix ans. Et sans cette greffe, elle est condamnée à mourir. L'assurance ne veut pas couvrir l'opération car elle considère que les chances de réussite ne sont pas assez nombreuses. J'avais besoin de cet argent pour lui sauver la vie, vous comprenez ?

Sara ne se laissa pas attendrir par la triste histoire de la femme de chambre.

— Et cela ne vous a rien fait de mettre la vie de ma fille en danger ?

— Il n'était pas censé y avoir de danger !

— Pourquoi ?

— J'aurais pris soin de votre bébé et je vous l'aurais rendu. Je ne voulais pas que vous vous fassiez du souci. Mais quand je comparais votre inquiétude avec la vie de ma petite-fille, je me disais que…

— Où est ma fille ? l'interrompit Sara, écœurée.

— Je n'en sais rien. Au moment où je sortais de la banque, un individu me l'a prise des mains.

— Pouvez-vous nous le décrire ? demanda Logan.

— Il était grand, blanc, d'âge moyen et ses cheveux étaient bruns. Il portait un pantalon noir et un manteau noir. C'était peut-être le même homme que dans la chambre d'hôtel, mais je ne peux pas l'affirmer.

Ryker cessa de pianoter sur le clavier.

— L'homme a appelé à partir d'une cabine téléphonique de l'aéroport. Il est peu probable que quelqu'un se souvienne de l'avoir vu.

— Habituellement, vous ne vous occupez pas de cette suite, n'est-ce pas ? demanda Logan à la femme de chambre.

Gail secoua la tête.

— J'ai demandé à faire le ménage ici. Cela n'a pas posé de problème car la femme de chambre qui s'en occupe habituellement, Milly, n'est pas venue aujourd'hui.

— Je m'en charge, marmonna Ryker. Comment s'appelle-t-elle ?

— Milly Pane.

Les yeux de Gail s'agrandirent sous l'effet de la peur.

— J'espère qu'il ne lui est rien arrivé ! s'écria-t-elle.

Ryker avait dû trouver les coordonnées de Milly, car il composa un numéro sur son téléphone portable et échangea quelques mots avec quelqu'un au bout du fil.

— Elle va bien, annonça-t-il après avoir raccroché. Elle a eu des ennuis avec sa voiture ce matin.

Le téléphone de Kincaid se mit soudain à sonner. Ecoutant attentivement ce que son correspondant avait à lui dire, il se tourna vers Ryker.

— Les empreintes digitales du cadavre que nous avons récupéré dans la montagne ont été identifiées. Ils envoient les détails complets en pièce jointe.

— Qui était cet homme ? demanda Kirk.

Ryker téléchargea les données sur son ordinateur.

— Donald Ely. Attendez une seconde, dit-il, tandis que ses doigts couraient sur les touches.

Logan accompagna Gail Fennway dans le couloir et la remit à la police, qui avait été appelée par les gardes chargés de la sécurité. Sara savait qu'elle aurait dû plaindre cette femme, mais elle n'y arrivait pas — pas quand la vie d'Abby était en danger.

Pendant que Ryker Stevens recherchait des informations sur l'homme de la montagne, elle s'isola dans la salle de bains pour utiliser le tire-lait. L'opération, loin d'être agréable, lui prit environ une demi-heure. Epuisée, Sara revint dans la chambre au moment où Ryker commençait à lire ce qu'il venait de découvrir.

— Donald Ely. Dernière adresse connue : Ann Arbor, dans le Michigan.

Kirk et Sara venaient tous les deux du Michigan. S'agissait-il d'une coïncidence ?

— Deux de mes concurrents sont domiciliés à Ann Arbor, annonça Sara.

Logan lui tendit une feuille de papier et un crayon.

— Je veux les noms des entreprises, leurs adresses et les noms de leur propriétaire, si vous les avez.

Sara connaissait leurs noms. Mais des gens comme elle, instruits et professionnels, n'étaient quand même pas prêts à kidnapper des enfants et provoquer des accidents d'avion pour voler un logiciel, n'est-ce pas ?

Ryker continua à leur lire les informations qu'il avait trouvées lors de sa recherche éclair :

— Cent mille dollars ont également été transférés sur le compte en banque de Donald Ely la semaine dernière, à partir des îles Caïmans.

Ryker Stevens était vraiment un prodige du piratage. Mais peut-être le Groupe Shey bénéficiait-il d'autorisations particulières qui permettaient à ses hommes de connaître les mots de passe. Plus vraisemblablement, Ryker avait dû repérer des failles dans ces sites internet et avait trouvé le moyen d'accéder aux informations cryptées.

— Il s'agit donc de la même somme d'argent que celle versée sur le compte de Gail Fennway, fit remarquer Logan. Le virement a-t-il été effectué à partir de la même banque ?

Tandis que Ryker se remettait à pianoter sur l'ordinateur, Sara commença à reprendre espoir. S'il arrivait à retrouver le compte à partir duquel les récompenses étaient versées, ils pourraient peut-être connaître le nom du ravisseur d'Abby. Mais il ne fallait pas qu'elle s'emballe : même s'ils parvenaient à identifier le kidnappeur, il faudrait encore le retrouver pour sauver Abby.

— Oui, c'est la même banque. Je ne peux pas encore vous donner le numéro de compte. Laissez-moi quelques minutes.

Seulement quelques minutes pour pirater une banque des îles Caïmans ? Pour réussir à contourner les systèmes de sécurité les plus élaborés que l'homme ou la machine aient jamais mis au point ? Ryker était vraiment très doué et Sara priait pour qu'il trouve au plus vite les informations dont ils avaient besoin pour sauver son bébé.

— Est-il possible que Ely ait servi dans la Marine ? demanda Kirk, en repensant à ce que Sara lui avait dit sur sa manière de se battre.

— Il a été exclu de l'armée il y a deux ans pour conduite déshonorante, lui répondit Ryker.

Puis il fronça les sourcils, visiblement contrarié par ce qui s'affichait sur son écran.

— On a un problème, chef.

— Vous n'arrivez pas à vous introduire dans le site de la banque ? s'étonna Logan.

Ryker se laissa aller en arrière dans son fauteuil, fit craquer ses doigts puis avala d'un trait un de ces sodas hyper-caféinés que Sara ne pouvait pas digérer.

— Cette banque fait partie du Fonds monétaire international, expliqua-t-il. J'ai trouvé une faille dans le système de sécurité, mais je risque de faire planter le site. Voire de provoquer un incident international et la panique sur les marchés financiers.

Ryker lança un regard à Logan, attendant ses instructions. Il reprit :

— J'ai cinquante pour cent de chances de récupérer les informations avant que le site ne plante. J'ai besoin d'une autorisation.

— Je vais voir ce que je peux faire.

Kincaid sortit de la pièce pour s'isoler dans une autre chambre, le téléphone à l'oreille.

Sara avait fini d'écrire ce qu'elle savait sur ses concurrents et tendit le papier à Ryker Stevens.

— Lorsque vous aurez terminé les recherches de base, pourrez-vous vérifier s'il y a un lien entre ces deux hommes et Ely ?

— Bien sûr, mais ça peut prendre du temps.

— Bonne idée, dit Kirk à Sara en regardant discrètement sa montre. Ne t'inquiète pas, nous allons la retrouver. Nous devrions bientôt recevoir un appel pour la rançon.

Sara n'était pas aussi optimiste. Peut-être était-ce parce qu'elle n'arrivait pas à dépasser ses angoisses concernant Abby. Et les efforts qu'elle faisait pour tenir le coup lui demandaient énormément d'énergie.

Mais bientôt, le téléphone de la chambre se mit à sonner.

Une décharge d'adrénaline lui traversa le corps. Elle se précipita sur le combiné, mais Web Garfield, l'ex-agent de la CIA, l'empêcha de décrocher.

— Attendez, lui conseilla-t-il. Il ne faut pas paraître trop pressée.

Le téléphone sonna une deuxième fois. Sara avait les nerfs à vif.

Kirk regarda Web Garfield puis désigna d'un signe de tête l'équipement branché sur le téléphone :

— Je suppose que vous enregistrez tous les appels pour essayer de les localiser ?

Web acquiesça.

— Dix minutes après la disparition du bébé, le chef a obtenu l'autorisation d'un juge de mettre la ligne sur écoute.

Une troisième sonnerie retentit.

Travis Cantrel, le spécialiste des négociations avec les preneurs d'otages, sortit alors de son mutisme et s'adressa à Sara d'un ton ferme mais encourageant :

— Faites semblant d'être seule. Faites-lui répéter ce qu'il dit. Débrouillez-vous pour qu'il parle le plus longtemps possible, ça nous permettra de localiser l'appel. Demandez-lui également de vous laisser parler à Abby.

D'un geste rassurant, Kirk prit la main de Sara.

— Tu vas y arriver

— O.K., souffla-t-elle.

Sa main tremblait lorsqu'elle décrocha le téléphone.

« Pitié, faites que ça marche, et que ma fille soit saine et sauve ! » implora-t-elle en silence. Sara savait que tout le monde dans la pièce pouvait entendre la conversation, grâce au haut-parleur que Logan avait fait installer sur le téléphone.

— Allô !

— Madame Hardaker ?

Le ravisseur avait une voix de robot, comme s'il parlait à travers une machine. Il était impossible de le reconnaître.

— Oui.

Elle brûlait d'envie de le harceler de questions, de l'insulter, de lui hurler de lui rendre sa fille. Mais elle risquait de tout gâcher si elle laissait parler sa peur.

— Une minute. Je dois remettre le jus d'orange au frigo, dit-elle d'une voix calme.

— N'essayez pas de gagner du temps.

— Pardon ? Je n'ai pas compris ce que vous venez de dire.

Travis Cantrel leva le pouce en l'air en signe d'encouragement. Kirk lui massa les épaules pour tenter de la détendre, mais tous ses muscles étaient contractés.

— Comprenez-moi bien, ma petite dame : si vous voulez revoir votre fille vivante, il faudra que vous me donniez votre logiciel. Et je veux le voir fonctionner.

Sara sentit un frisson lui parcourir le dos.

— D'accord.

Elle n'avait rien à faire de ce logiciel ! Elle était prête à donner à cet homme tout ce qu'elle avait inventé pour récupérer son bébé.

— Pourrais-je parler à Abby ?

— Vous aurez votre fille…

— S'il vous plaît.

— … quand j'aurai ce que j'ai demandé. Je vous rappellerai.

Sara entendit soudain un déclic. L'homme avait raccroché.

La jeune femme s'effondra sur le canapé, désespérée. C'était comme si l'unique lien qui la reliait à Abby venait d'être coupé. Le kidnappeur n'avait même pas fixé de rendez-vous pour échanger le logiciel contre Abby. Et elle était certaine que l'appel n'avait pu être localisé en si peu de temps.

Travis Cantrel lui pressa l'épaule.

— Vous avez fait de votre mieux.

— Oui, mais cela n'a pas suffi.

Sara ne supportait pas l'échec. Web Garfield ajouta d'une voix douce :

— Il ne faut pas vous en vouloir.

— Vous savez, ce type doit s'y connaître en technologie, reprit Cantrel. Il s'attendait sûrement à ce que quelqu'un tente de localiser l'appel. Il a donc tout fait pour écourter au maximum la conversation.

Garfield et Cantrel échangèrent un regard.

— Tu as remarqué qu'il ne lui a même pas dit de ne pas appeler la police.

— J'ai remarqué, répondit Cantrel.

— Et qu'est-ce que ça signifie ? demanda Sara.

— Probablement rien, lui dit Travis Cantrel.

Agacée, Sara croisa les bras sur sa poitrine.

— Dois-je vous rappeler que la vie de ma fille est en jeu ?

— Non, madame.

— Alors dites-moi la vérité.

Cantrel ne semblait pas très content d'avoir été mis au pied du mur, et son attitude machiste mettait Sara hors d'elle. Kirk signifia à Cantrel qu'il pouvait tout leur dire. Comme si elle avait besoin de la permission de Kirk ! Mais ce n'était pas le moment de discuter. Elle voulait une réponse.

Travis Cantrel pesa ses mots.

— Soit cet homme est stupide et il a oublié de vous interdire d'appeler la police…

— Et ce type n'est pas stupide, intervint Web Garfield.

— … soit il sait que nous sommes ici.

— Vous voulez dire qu'il y a une fuite de votre côté ? demanda Kirk en fronçant les sourcils.

— Pas forcément. Ça peut venir des gardes qui s'occupent de la sécurité, répondit Garfield d'une voix calme. En tous les cas, le kidnappeur savait que Sara venait à Los Angeles pour une réunion. Avec les bons moyens, ce n'était pas très difficile de rassembler les informations et de vous retrouver.

— Bingo ! fit Ryker Stevens depuis l'autre bout de la pièce tandis qu'il scrutait l'écran de son ordinateur.

L'excitation dans sa voix n'avait pas échappé à Sara.

— L'homme qui est mort sur la montagne a servi dans la Marine avec Garth Davis, annonça-t-il.

La jeune femme se figea.

— Tu connais ce nom ? lui demanda Kirk.

— J'envoie sa photo au poste de police, reprit Stevens tout en continuant à taper sur le clavier. Peut-être que Gail Fennway pourra l'identifier comme étant l'homme qui lui a pris le bébé.

Sara se leva, soudain trop agitée pour rester assise. Elle se mit à faire les cent pas dans la pièce.

— Garth Davis est l'un de mes concurrents, expliqua-t-elle à Kirk. Son entreprise est basée à Ann Arbor.

Web Garfield s'appuya contre le mur, le front plissé par la concentration.

— J'ai du mal à croire aux coïncidences. Il nous faut des liens plus forts entre les différentes personnes. Beaucoup d'hommes ont servi ensemble dans l'armée.

Ryker continuait à taper sur le clavier.

— Je cherche, mais ça peut prendre un peu de temps. Normalement, je suis la piste de l'argent, mais les habitudes bancaires de Garth Davis ne semblent pas très ordinaires. Les mouvements d'argent sur son compte principal ne sont pas ceux d'une entreprise : le plus gros de son capital doit se trouver ailleurs.

— Laissez-moi deviner, l'interrompit Kirk tandis qu'il caressait Pepper. Davis se sert d'une banque internationale, qui se trouve peut-être dans les îles Caïmans ?

Ryker secoua la tête.

— Non, en Suisse.

Logan Kincaid réapparut dans la pièce, le visage fermé.

— Le chef de la Sécurité du Territoire préférerait que nous évitions de provoquer un incident international.

Apparemment, le chef du Groupe Shey avait des amis en haut lieu, mais même eux ne pouvaient rien faire pour l'aider.

— Nous devrons nous débrouiller pour retrouver votre fille autrement, ajouta-t-il à l'attention de Kirk et de Sara.

Mais comment ? se demanda-t-elle. Même si ces hommes semblaient avoir toutes les compétences requises, il fallait peut-être faire appel au FBI. Cependant, Sara ne voulut pas leur faire part de cette idée. Elle n'avait aucune envie de les vexer. Et elle savait qu'élargir le champ des recherches risquait de causer encore plus de lenteur administrative. Les hommes de Logan pourraient perdre un temps précieux à mettre au courant de nouvelles personnes et à vérifier les informations qu'ils avaient déjà. Or, le temps était compté. Sara ne préférait pas penser à ce qu'il pourrait arriver à Abby si le ravisseur commençait à paniquer.

— Il y a une nouvelle complication, annonça Ryker Stevens.

Sara réprima un grognement. Elle tenta de maîtriser les battements de son cœur. Kirk vint s'asseoir à côté d'elle et lui prit la main pour lui donner un peu de courage. Elle sentait une peur incontrôlable monter en elle et arrivait à peine à se concentrer sur la conversation.

« Ressaisis-toi. Ecoute ce que Ryker a à te dire. Il aura besoin de ta participation », s'intima-t-elle.

— Brad Wayne est en vacances dans les îles Caïmans en ce moment-même, dit Ryker.

— Brad Wayne ? s'étonna Kirk.

— C'est un autre de mes concurrents.

Sara comprit que Kirk et Logan n'avaient pas lu les notes qu'elle avait écrites pour Ryker, ce qui expliquait leurs difficultés à suivre la conversation. Tandis que ce dernier continuait à pianoter sur son ordinateur pour envoyer la photo de Wayne à la police, elle expliqua :

— J'ai eu un dîner d'affaires avec ce concurrent il y a quelques mois, et il m'a proposé de fusionner.

— Fusionner dans quel sens ? grogna Kirk.

— Son matériel avec mon logiciel, répondit Sara en chassant une mèche de cheveux de devant ses yeux. Il n'y avait rien de personnel, Kirk.

— Bien sûr.

A l'époque, elle n'avait pas du tout imaginé que cet homme pouvait avoir autre chose en tête que le travail. Mais en repensant à ce dîner, elle se rendit compte qu'elle n'avait pas compris les signaux pourtant très clairs qu'il lui avait envoyés. Pour elle, les chandelles et le vin faisaient partie du décor du restaurant, et le feu qui brûlait dans les yeux de Brad était dû à son enthousiasme pour le nouveau système d'amélioration de photos numériques qu'il venait de mettre au point. Elle avait été tellement prise par son travail et par Abby qu'elle n'avait rien compris aux avances de cet homme !

— Si Brad Wayne se trouve actuellement dans les îles Caïmans, ce n'est pas lui qui a pris Abby des bras de Gail Fennway à la banque, déclara-t-elle.

— Mais il peut très bien avoir un complice, suggéra Kirk.

— Avez-vous trouvé d'autres liens entre lui et l'homme qui est mort sur la montagne ? demanda Logan à Ryker Stevens.

— Je vais vérifier, chef.

Kincaid composa ensuite un numéro sur son téléphone portable, cette fois sans sortir de la pièce. Sara pouvait parfaitement entendre ce qu'il disait à son correspondant.

— Sam ? C'est Logan Kincaid. Est-ce que tu sais où je peux trouver un expert en ordinateurs pour pas cher ?

Sara se rendit compte, à cet instant, que le kidnappeur exigerait certainement la preuve que son logiciel fonctionnait bien. Cela ne suffirait pas de simplement lui donner le disque dur. Or, son ordinateur avait été mis hors service dès l'instant où elle en avait sorti des fils pour provoquer une étincelle.

— Disons plutôt dans une heure, dit Logan avant de raccrocher.

Puis il déclara à l'assemblée :

— Sam est un maniaque de l'informatique. Le meilleur de toute la Silicon Valley.

Il n'y avait décidément que Logan Kincaid pour traiter Sam Brandson de maniaque ! Cette figure emblématique de l'industrie informatique était à la tête d'un conglomérat international qui ne couvrait pas moins de quatre continents. Un vrai génie. C'est d'ailleurs lui qui avait conçu l'ordinateur de Sara. Que Logan Kincaid ait fait appel à lui n'était donc pas une coïncidence. La jeune femme était vraiment impressionnée non seulement par les connaissances de Logan, mais aussi par ses relations.

— Vous pensez donc que Sam Brandson pourra modifier un ordinateur portable à temps pour qu'il puisse exécuter mon programme ?

— J'en suis certain, répondit Logan.

En effet, le logiciel mis au point par Sara ne pouvait pas

fonctionner avec n'importe quel ordinateur. Elle avait besoin de processeurs supplémentaires, de circuits plus rapides et de puces intégrées particulières. Son équipement avait été élaboré spécialement pour l'utilisation qu'elle en faisait. Et la jeune femme était terrifiée à l'idée de rater la seule chance qu'elle avait de retrouver Abby saine et sauve.

Web Garfield s'approcha d'elle.

— Lorsque vous aurez fait fonctionner le programme avec l'aide de Sam, me laisserez-vous ajouter un mécanisme d'autodestruction ?

Sara secoua la tête.

— Ces hommes sont intelligents. Garth Davis est sorti major de sa promotion à l'Institut technologique du Michigan. Et Brad Wayne est un vrai talent autodidacte, à la tête d'une entreprise qui pourrait rivaliser avec Microsoft d'ici quelques années. Ces deux hommes ont des facultés intellectuelles exceptionnelles. Je ne prendrai donc aucun risque. Je veux récupérer ma fille vivante.

Un silence pesant s'abattit sur la chambre. Sara comprit qu'ils avaient dû se sentir insultés sans qu'elle en ait l'intention.

— Je suis désolée, mais je n'ai pas envie de risquer de perdre Abby si le kidnappeur détecte un virus dans le programme.

Kirk la prit par le bras et l'entraîna dans la chambre attenante.

— Sara, fais-leur un peu confiance. Ils vont retrouver Abby. Ils savent ce qu'ils font.

Web Garfield, qu'elle n'avait pas entendu entrer, s'adressa à elle d'une voix calme :

— Je comprends votre inquiétude. Ce que je vous propose, c'est de préparer deux ordinateurs, l'un avec le système d'autodestruction, l'autre sans. Comme ça, vous pourrez décider lequel choisir plus tard.

Sa suggestion paraissait raisonnable, mais Sara ne voulait pas revenir sur sa position, même si son attitude pouvait passer pour une remise en question des capacités de l'ex-agent de la CIA.

— Ce n'est pas parce que vous ne savez pas reconnaître un disque dur trafiqué que le kidnappeur n'en est pas capable.

Web baissa la voix.

— Je ne devrais pas vous dire ça, et si jamais vous le répétez, je le nierai — même devant un tribunal. Mais j'ai mis au point quelques virus que même le KGB ne peut détecter.

Web Garfield ne se vantait pas. D'ailleurs, la manière confiante et calme qu'il avait de s'exprimer lui rappelait un autre homme, conscient lui aussi de la supériorité de ses compétences mais qui en parlait rarement — son mari.

« Ex-mari », corrigea-t-elle en son for intérieur.

— O.K., intervint Kirk. On va préparer deux ordinateurs portables dont un avec un virus, et on choisira plus tard.

— On a du nouveau, annonça Ryker Stevens depuis l'autre pièce.

— Vous ne serez pas déçue, lui promit Web avant qu'ils ne rejoignent les autres.

Jack Donovan était assis sur le canapé à côté de Travis Cantrel et regardait une carte. Quant à Logan Kincaid, il lisait par-dessus l'épaule de Ryker ce qui apparaissait sur l'écran de l'ordinateur. Kirk s'approcha d'eux.

— Qu'avez-vous trouvé ?

— Ely et Brad Wayne appartenaient tous les deux à la même guilde en ligne, déclara Ryker.

— Laquelle ? demanda Kincaid.

— Qu'est-ce qu'une guilde ? s'enquit Kirk.

— C'est un groupe de joueurs qui se réunissent sur internet pour affronter d'autres groupes, ou guildes, expliqua Sara.

— Ils jouent à « Ever Quest », précisa Ryker. C'est l'un de ces jeux de rôles assez en vogue actuellement…

— J'en ai entendu parler, coupa Logan.

Web se retourna vers son chef et le regarda avec un grand sourire.

— C'est vrai que vous connaissez bien ce jeu ! Vous n'aviez pas gagné les éliminatoires au niveau mondial sous le nom de code « Inferno », au moment où vous tentiez de résoudre une affaire de meurtre pour le… ?

— Web, c'est une histoire classée secrète et je vous rappelle que nous avons des invités, l'interrompit Logan en lui renvoyant son sourire.

Rien ne semblait pouvoir mettre Logan Kincaid mal à l'aise

— pas même le fait de révéler qu'il jouait à un jeu destiné aux adolescents.

Ryker avait dû discuter avec un membre de la guilde en question, car il apporta de nouvelles informations :

— Brad Wayne a la réputation d'être le cerveau de l'opération. Et Ely était apparemment un joueur sans pitié.

— Le simple fait qu'ils aient joué ensemble à un jeu sur internet ne fait pas d'eux des ravisseurs, leur rappela Sara. Garth Davis et Brad Wayne peuvent l'un comme l'autre avoir kidnappé Abby.

Comme elle espérait que Gail Fennway réussirait à identifier l'un d'entre eux !

Une heure plus tard, les gardes laissèrent entrer Sam Brandson dans la chambre. C'était un homme d'assez petite taille vêtu d'un costume gris perle fait sur mesure — qui avait bien dû lui coûter cinq mille dollars — et de chaussures italiennes en cuir souple. Tenant dans une main un porte-documents qui semblait bien rempli, il se dirigea directement vers Logan Kincaid et lui tendit l'autre main.

— J'espère que vous ne m'avez pas appelé pour rien. J'étais en plein procès, et mes avocats ne sont pas très contents de cette interruption. Mais j'avoue que je me sens un peu comme un gamin qui fait l'école buissonnière, confia-t-il en faisant un clin d'œil à Logan. Tu dois être quelqu'un de vraiment influent pour que le juge accepte de reporter le procès et de me libérer un après-midi !

— Content de te revoir, lui dit Logan en lui serrant la main. Si ça ne te dérange pas, on va s'y mettre tout de suite. On n'a pas beaucoup de temps.

— Aucun problème.

Sam Brandson posa sa mallette sur une table et en sortit deux ordinateurs portables et un sac rempli d'outils.

— Ça ne devrait pas être long.

A cet instant, la sonnerie du téléphone retentit de nouveau.

13

En entendant le téléphone sonner, Kirk regarda sa montre et se rendit compte que huit heures s'étaient déjà écoulées depuis que le ravisseur les avait contactés la première fois. Abby avait été kidnappée le matin, et à présent il faisait nuit dehors. Personne n'avait fait de pause. Travis Cantrel et Logan Kincaid avaient bu café sur café tandis que Ryker Stevens avait avalé des boissons énergisantes toute la journée.

Sara avait pour sa part été obligée d'utiliser plusieurs fois le tire-lait. Kirk ne pouvait pas supporter l'idée qu'elle se sente mal à l'aise. Et comme cela devait lui serrer le cœur chaque fois qu'elle procédait à cette opération !

Ils n'avaient rien mangé depuis la veille. Kirk sentit son estomac se contracter douloureusement sous l'effet de l'angoisse lorsque Sara décrocha le téléphone :

— Allô !

— Est-ce que Billy peut venir jouer avec moi dehors ?

C'était vraisemblablement la voix d'un enfant, pas celle du kidnappeur.

— Qui est-ce ? demanda Sara.

— Oh, excusez-moi. J'ai dû me tromper de numéro.

Comme ils avaient redirigé tous les appels pour qu'ils arrivent directement à la chambre sans passer par le standard, ils recevaient aussi ceux qui ne les concernaient pas. Kirk aurait voulu pouvoir faire quelque chose pour que Sara se sente mieux, pour alléger un peu sa souffrance. Il détestait voir sur son visage cette expression hagarde d'inquiétude, et il se rendit compte avec un serrement au cœur que c'était le même souci qui avait dû la miner chaque fois qu'il était parti pour une mission dangereuse.

A la seule différence que pour lui, elle s'était efforcée de garder contenance. Il s'en voulait tellement de lui avoir fait subir cela !

Si seulement elle acceptait qu'il revienne, si seulement elle leur donnait une deuxième chance, il se jurerait de ne plus jamais recommencer. Mais il fallait d'abord retrouver Abby. Il avait peur pour sa fille. Et il n'imaginait pas à quel point ce devait être dur pour Sara, qui l'avait portée dans son ventre, lui avait donné naissance, l'avait allaitée et s'en était occupée pendant huit mois.

Sara se laissa aller en arrière sur sa chaise en se frottant les yeux.

— Je ne sais pas si je vais pouvoir supporter ça encore longtemps, soupira-t-elle.

Kirk aurait voulu la prendre dans ses bras et lui assurer qu'ils retrouveraient Abby. Mais Sara n'acceptait pas de se laisser aller à de faux espoirs. Elle affrontait toujours les problèmes en face, et il l'avait toujours admirée pour cela.

— Ça avance, leur dit Ryker pour les encourager. Je suis en train de vérifier tous les biens immobiliers que possède Garth Davis. Ses notes de carte bleue sont également très intéressantes. Pour un homme marié, il fait beaucoup de trajets entre le Michigan et Miami. Et il appelle toujours sa résidence de Miami à partir de son portable, jamais à partir de son téléphone fixe.

— Qu'est-ce que ça signifie ? demanda Sara.

— Notre homme a certainement une maîtresse, supposa Logan.

— Des dîners très chers, des fleurs, des bijoux… Aucun doute, il trompe sa femme, confirma Ryker.

— Avez-vous l'adresse et le numéro de téléphone de sa maîtresse ? demanda Kirk.

— Bien sûr, répondit Ryker en lui tendant un bout de papier.

Sara regarda Kirk avec un mélange d'angoisse et d'espoir dans les yeux. Il composa le numéro et s'expliqua :

— Si c'est Garth qui a kidnappé Abby, il l'a certainement amenée à sa maîtresse.

— Ne soyez pas trop direct, prévint Logan.

— Faites-moi confiance.

Kirk attendit que la dame réponde au téléphone. Au bout de quatre sonneries, elle décrocha enfin.

— Oui ?

— Bonjour madame, ici Service Moquettes de Miami, dit Kirk sur un ton monotone, avec un léger accent du Sud. Préférez-vous bénéficier de votre nettoyage gratuit demain matin ou demain après-midi ?

— Un lavage de moquette ? Vous devez vous tromper de numéro, monsieur.

— Vous habitez bien au 548, allée de Palm River ?

— Oui.

— Eh bien, vous avez gagné un nettoyage gratuit pour trois pièces.

Kirk marqua une pause.

— Ou peut-être préférez-vous que j'annule ?

A cet instant, il entendit distinctement un cri de bébé, qui souleva en lui une énorme vague d'espoir. Mais il s'efforça de garder la tête froide. Au bout du fil, la femme ne disait rien. Kirk recouvrit de sa main le microphone du combiné.

— Je suis en train de récupérer d'autres indices grâce aux cartes de crédit de Garth Davis et aux bases de données des compagnies aériennes, annonça Ryker. Il a acheté un billet d'avion pour un trajet Los Angeles-Miami. Apparemment, il n'utilise pas de faux papiers.

— A quelle heure est prévue l'arrivée ? demanda Jack Donovan.

— L'avion a atterri il y a deux heures.

La maîtresse de Garth Davis finit par répondre sur un ton un peu ennuyé :

— Venez demain matin.

— Très bien, madame, répondit Kirk avant de raccrocher.

Puis il ajouta, regardant Kincaid tout en se levant, prêt à partir pour aller sauver son enfant :

— J'ai entendu un bébé pleurer. Pouvez-vous réserver des billets pour Miami ?

Pepper, sentant l'impatience de son maître, se leva également, les oreilles dressées.

Logan se tourna vers Ryker Stevens.

— Contactez l'armée de l'air. On transfère toute l'équipe en Floride.

— Si vous n'avez plus besoin de moi, fit Sam Brandson en se levant, je retourne à mon…

— Tu n'as pas fini de modifier l'ordinateur. J'ai bien peur que tu ne sois obligé de venir avec nous, lui dit Logan gentiment.

— Et mon procès ?

— Je demanderai au juge de le reporter.

— Mais…

— S'il vous plaît, insista Sara qui s'était levée à son tour et le regardait d'un air suppliant. Nous pouvons avoir besoin de votre aide. Ils risquent de ne pas nous rendre notre bébé si je ne peux pas leur montrer que mon programme fonctionne.

En réalité, Sam Brandson n'avait pas le choix, mais il ne le savait pas. Kirk s'aperçut du coin de l'œil que Web Garfield était en train de s'approcher, prêt à utiliser la force si nécessaire. Jack Donovan avait quant à lui posé la main sur son arme.

Travis Cantrel, le négociateur, sentit qu'il n'y aurait pas besoin d'en venir aux mains.

— Merci d'accepter de nous aider, monsieur. Le gouvernement vous est redevable, dit-il à Sam Brandson d'un ton poli mais ferme.

— On a peut-être tort de partir, s'inquiéta Sara. Et si le kidnappeur rappelle pour dire où et quand apporter la rançon ?

— Je ferai suivre les appels vers ce téléphone portable, lui assura Logan en lui tendant l'appareil. Le ravisseur pensera qu'on se trouve toujours en Californie.

Trente minutes plus tard, Jack Donovan les transportait en Floride dans un avion supersonique.

Lorsqu'ils arrivèrent à Miami, Logan Kincaid avait déjà tout prévu. Un peintre d'enseignes avait travaillé toute la nuit pour reproduire sur le côté d'une camionnette, en lettres rouges et bleues, le nom de l'entreprise factice : Service Moquettes de Miami.

Sara et Kirk étaient prêts à se rendre au domicile de la maîtresse de Garth Davis le plus tôt possible, mais Logan avait envoyé

Web Garfield en reconnaissance et les avait convaincus d'attendre jusqu'au lendemain matin. Il craignait en effet de mettre Abby en danger s'ils s'introduisaient en force dans la maison, en pleine nuit. Il était plus prudent de suivre jusqu'au bout le plan du nettoyage de moquette et d'entrer en y ayant été invité.

Au moins savaient-ils avec une quasi-certitude que Garth Davis était le kidnappeur. Retenue en garde à vue au commissariat de Los Angeles, Gail Fennway avait vu une photo de Davis et l'avait reconnu comme étant l'homme qui lui avait pris le bébé des bras lorsqu'elle était sortie de sa banque. La grand-mère avait bien voulu coopérer avec le commissaire, non pas, selon celui-ci, pour écoper d'une peine plus légère, mais par pure bonté de cœur pour le bébé. Il leur avait également annoncé que la petite-fille de Gail Fennway avait subi l'opération de greffe de moelle osseuse qu'elle attendait depuis si longtemps et se portait bien.

Après plusieurs heures passées, avec l'aide de Sam Brandson, à modifier le disque dur d'un ordinateur pour lui permettre de lire son logiciel, Sara se sentait épuisée. Pourtant, elle ne parvenait toujours pas à se détendre. Jack et Travis avaient relayé Web pour surveiller la maison ; ils avaient vu plusieurs fois la maîtresse de Garth Davis — une certaine Rita Hernandez — passer devant les fenêtres, mais jamais Abby ni Davis lui-même.

Finalement, Sara avait décidé que les modifications apportées à l'ordinateur par Web Garfield étaient indétectables ; elle était donc d'accord pour remettre au kidnappeur la machine contenant le virus qui détruirait le logiciel dès la deuxième lecture. Après avoir passé vingt-quatre heures avec ces hommes, Sara avait appris à leur faire confiance. De plus, elle n'avait aucune envie que Garth Davis lui vole son travail pour le vendre ensuite à une organisation de malfaiteurs.

Elle avait passé la fin de la nuit avec Kirk et, bien qu'ils n'aient pas échangé un mot, sa présence l'avait grandement réconfortée. Elle n'aurait pas supporté d'être seule. Et lorsqu'il l'avait enlacée, elle avait accepté son geste tel qu'il était offert, un soutien gratuit qui ne demandait rien en retour.

Avant que l'équipe ne se sépare pour dormir quelques heures, Sara avait insisté pour être présente dans la camionnette le lendemain matin. Logan avait accepté sans discuter, et elle lui en était reconnaissante. Elle lui avait expliqué qu'il fallait qu'elle soit là au moment où ils récupéreraient Abby, et avait promis de ne pas les gêner.

Son manque d'énergie était aussi bien physique que moral. Car même si elle ne tirait pas autant de lait que ce que sa fille avait l'habitude de boire, ses seins continuaient à en produire et l'opération douloureuse avait sapé ses forces. Ou peut-être ne s'était-elle pas complètement remise de la rude épreuve qu'elle avait subie dans la montagne. En tout cas, quelque chose la tracassait : à huit mois, Abby était capable de manger à la cuiller et Sara avait pensé arrêter l'allaitement bientôt. Comme elle en voulait à Garth d'avoir précipité les choses !

Plus que tout au monde, Sara voulait retrouver sa fille. Elle sentait son cœur se serrer chaque fois qu'elle pensait à tout ce qui pourrait mal se passer. Garth Davis ne leur rendrait peut-être pas l'enfant facilement. Et pour l'instant, personne ne les avait vus dans la maison, ni lui ni le bébé.

Sara se rendait également compte que rien n'avait été réglé entre elle et Kirk. Lorsqu'elle lui avait dit que tout était fini, il était parti un peu trop facilement. Kirk était têtu, et elle s'était attendue à ce qu'il tente de la faire changer d'avis. Le fait qu'il accoure à ses côtés lorsqu'elle et Abby avaient besoin de lui, sans hésitation, sans « je te l'avais dit », montrait qu'il avait bien l'intention de gagner la guerre même s'il avait perdu une bataille.

Sara en était à ces réflexions lorsque le jour se leva enfin.

Rita Hernandez, la maîtresse de Garth, attendait que l'on vienne nettoyer ses moquettes ce matin. Mais leur ouvrirait-elle la grille ? Sara, nerveuse, était assise à côté de Kirk sur la banquette arrière de la camionnette que Logan avait louée. Celui-ci était au volant aux côtés de Travis Cantrel. Web et Jack se cachaient autour de la maison, et Sam Brandson était reparti pour la Californie.

Les maisons qui bordaient la baie de Miami étaient habitées par des gens riches et célèbres. Des palmiers immenses, telles des sentinelles élancées, montaient la garde devant les hôtels particuliers, qui semblaient tous équipés de portails et de caméras de sécurité.

Logan vérifia que son arme était bien chargée en prenant soin de ne pas se faire repérer, puis il la dissimula dans l'étui qu'il avait accroché à sa jambe. Il avait l'air aussi naturel dans son uniforme blanc tout froissé que dans les costumes impeccables qu'il portait habituellement. Cependant, s'il avait l'allure d'un ouvrier laveur de moquettes, le ton de sa voix était bien celui d'un militaire :

— Tout le monde garde son sang-froid. Il est possible que Rita Hernandez ait prévenu Garth Davis de cette histoire de lavage gratuit.

Tandis qu'une caméra faisait le point sur la camionnette, Logan s'approcha jusqu'au portail et appuya sur le bouton de l'Interphone.

— Service Moquettes.

Madame Hernandez les laisserait-elle entrer ? se demanda Sara. Kirk, aussi tendu qu'elle, lui prit la main et la serra dans la sienne. Elle retint sa respiration, les yeux rivés sur la maison où se trouvait peut-être sa fille.

Un domestique fit ouvrir le portail et indiqua à Logan d'entrer par la porte de service. L'entrée principale devait être réservée aux invités et à la famille.

Kincaid gara le véhicule et se dirigea vers la maison, un bloc-notes à la main. Travis Cantrel ouvrit quant à lui les portes arrière de la camionnette et en sortit une shampouineuse. Kirk et Sara restèrent cachés à l'intérieur.

La jeune femme ne voyait ni Web Garfield ni Jack Donovan, mais elle savait qu'ils se trouvaient quelque part autour de la maison, en train de surveiller les lieux. Avec les fenêtres ouvertes et sans la climatisation, la camionnette se réchauffa rapidement tandis que les minutes s'écoulaient.

Pendant la demi-heure qui suivit, Kirk et Sara attendirent dans le véhicule, prenant soin de boire beaucoup d'eau pour ne pas se déshydrater. Sara avait la gorge tellement nouée qu'elle avait peine à avaler. Elle tentait de ne pas penser à l'éventualité que Logan ressorte de cette maison sans Abby.

Enfin, Kincaid fut de retour. Les mains vides. Aucun bébé en vue.

Sara commença à trembler. Logan se glissa derrière le volant tandis que Web et Jack montaient à l'arrière de la camionnette. Leurs visages étaient sombres, mais pleins d'attente.

— Elle n'y était pas ? réussit à demander Sara.

— Garth Davis s'est méfié de notre coup de téléphone, expliqua Logan tandis qu'il faisait demi-tour et sortait de la propriété. Madame Hernandez dit qu'il a disparu avec le bébé hier soir, dix minutes après notre appel.

Kirk fronça les sourcils et serra la main de Sara.

— Rita Hernandez a donc coopéré ? demanda-t-il.

— Elle a trouvé bizarre que Garth arrive avec un bébé et n'a pas cru à son explication abracadabrante. Elle ne voulait pas être mêlée à cette histoire. Quand je lui ai fait remarquer qu'elle pourrait être accusée pour complicité d'enlèvement parce qu'elle n'a pas appelé la police, elle est devenue très coopérative.

La gorge sèche malgré toute l'eau qu'elle avait avalée, Sara demanda d'une voix sourde :

— Est-ce qu'elle a dit où il avait emmené Abby ?

— Elle ne le sait pas, répondit Logan en haussant les épaules. Elle a peut-être menti, mais je la crois. Elle a donné des informations de son plein gré et nous a prévenus qu'elle avait l'intention de quitter les lieux. Elle nous a même laissé l'adresse de ses parents, chez qui elle compte rester quelque temps.

« Oh mon Dieu ! » pensa Sara.

L'homme s'était enfui avec son bébé. Il avait douze heures d'avance sur eux et pouvait très bien avoir quitté le pays à l'heure qu'il était. Sara sentit une vague de panique l'envahir. Devinant ses pensées, Kirk se tourna vers elle, lui prit le visage entre ses mains et l'obligea à le regarder dans les yeux.

— Garth Davis sait très bien qu'il n'aura jamais ton logiciel s'il ne prend pas soin d'Abby, lui assura-t-il.

La jeune femme tenta de se raccrocher à cette idée et regarda l'ordinateur portable qui était posé à ses pieds, emballé dans un sac. Pendant le trajet jusqu'en Floride, elle avait copié le programme sur un autre ordinateur avant que Web Garfield n'installe un virus sur le disque dur. Le système, surnommé

Carnivore, s'autodétruirait une heure après avoir été ouvert ou à la seconde lecture du logiciel. Web avait ajouté une sécurité pour que Garth ne puisse pas faire de copies avant que le programme ne s'autodétruise.

Mais penser à ce qu'ils avaient élaboré pour déjouer les plans de son ennemi ne lui donnait aucun réconfort. Son travail lui paraissait en effet bien dérisoire par rapport à Abby. Reverrait-elle un jour son enfant ?

Elle baissa les yeux sur le téléphone portable et pria pour qu'il sonne.

— Rita m'a dit qu'elle avait nourri et lavé Abby hier soir, lui dit Logan en la regardant dans le rétroviseur. Davis prend soin d'elle, Sara.

Ryker Stevens, qui avait allumé son ordinateur, se mit à lire les résultats de ses recherches :

— Garth Davis possède un pavillon de chasse dans la région des marais, à une heure d'ici en partant vers l'est. Il a également un voilier de luxe à la marina et un appartement de grand standing en ville.

— La marina n'est pas très loin, fit remarquer Travis Cantrel. Pourquoi ne pas y faire un tour ?

Logan se gara le long du trottoir et tendit à Jack un tube en carton.

— J'ai apporté une grande publicité autocollante pour la camionnette. Mettez-la par-dessus l'enseigne de l'entreprise de moquette.

Quelques minutes plus tard, Jack les rejoignit dans le véhicule.

— A présent, nous sommes officiellement un groupe de touristes, annonça-t il avec un sourire.

Ils roulaient depuis quelques minutes en direction de la marina lorsque le téléphone portable de Sara se mit à sonner.

Par réflexe, elle regarda Travis Cantrel et attendit ses instructions.

— Rappelez-vous que vous êtes censée vous trouver en Californie, lui dit-il. S'il est en Floride et veut vous rencontrer, dites-lui qu'il vous faut du temps pour vous y rendre.

Sara n'avait pas envie de perdre du temps. Au contraire, elle voulait accélérer les choses. Elle avait hâte de retrouver Abby, et le plus tôt serait le mieux. Cependant, elle comprenait qu'il était nécessaire de bien organiser la remise de la rançon : elle tenterait donc de suivre les conseils de Travis.

« Ne gâche pas tout. Fais-le parler. Gagne du temps. Demande-lui de pouvoir parler à Abby. Ne lui laisse pas deviner que nous connaissons son identité. »

Ryker lui avait assuré qu'il serait toujours possible de tenter de localiser l'appel, même à partir d'un téléphone portable — si seulement elle restait assez longtemps en ligne. Bien qu'elle se fût répété toutes ces règles pendant des heures, elle craignait encore de faire une erreur qui pourrait leur coûter cher. Pour Kirk, qui n'avait rien à faire à part rester à côté d'elle et écouter, la situation était peut-être encore plus désagréable. Elle devinait son anxiété au manque d'expression sur son visage, à son attitude immobile.

Sara appuya sur le bouton du téléphone.

— Allô !

— Est-ce que le logiciel et le disque dur sont prêts ? fit le ravisseur avec sa voix de machine.

— Je veux parler à Abby. Et enlevez cet effet de robot. J'ai besoin d'entendre sa voix, répondit Sara sur un ton calme et ferme.

Travis Cantrel lui avait en effet expliqué que plus elle paraîtrait bouleversée, moins il y aurait de chances que Garth accède à ses requêtes.

Le kidnappeur ignora sa demande.

— Le programme ?

— Le bébé ? rétorqua Sara du tac au tac.

Garth grommela.

— Je ne pense pas qu'elle va parler, mais je vais poser le téléphone sur son oreille. Juste une seconde. Allez-y, parlez.

— Abby, ma chérie. C'est maman. Parle-moi, mon bébé. Dis maman. S'il te plaît, dis maman.

— Ma-ma-ma-ma. Mama.

En entendant la voix d'Abby, Sara dut faire un effort pour refouler ses larmes. Son cœur se gonfla d'espoir, et elle vit qu'à côté d'elle Kirk avait lui aussi les yeux humides.

— Assez, gronda la voix de robot. Parlez-moi du programme.

Sara déglutit péniblement. C'est maintenant qu'elle pouvait gagner du temps.

— Je ne voulais pas prendre de risques en envoyant le logiciel par internet. Je me suis dit que vous voudriez être le seul à en avoir une copie. Et sur un CD-ROM, il n'y a pas assez de place, le programme est trop gros.

— Dépêchez-vous.

— J'ai mis le programme sur le disque dur d'un ordinateur portable spécialisé. J'apporterai le matériel et vous pourrez le tester.

— Bien. Communiquez ces coordonnées à vos amis.

Le ravisseur lui dicta une série de chiffres correspondant sans doute à la latitude et à la longitude de l'endroit où il se trouvait.

— Faites-vous conduire en hélicoptère. Venez seule et non armée. Une fois qu'il vous aura déposée, l'hélicoptère doit repartir immédiatement. Apportez votre téléphone et vos chaussures de marche. Vous avez une heure.

Ryker Stevens se retourna vers Sara et lui chuchota :

— Il vous a donné rendez-vous dans les marais de Floride.

Pendant ce temps, Logan avait déjà commencé à passer plusieurs coups de téléphone pour préparer l'opération.

— Il me faudra une demi-heure pour me rendre à l'aéroport, risqua Sara, qui était censée se trouver encore en Californie. Quatre ou cinq heures de vol pour arriver en Floride, et ensuite…

— Arrêtez de me prendre pour un idiot, ordonna Davis. Cette garce de Rita m'a peut-être trahi, mais mes domestiques savent où est leur intérêt.

Sara se rendit compte que quelqu'un de la maison avait dû surprendre la conversation entre Rita Hernandez et Logan Kincaid avant de tout rapporter à Garth Davis. Ou alors, la présence de la camionnette avait attiré l'attention de quelqu'un qui surveillait les alentours. De toute façon, ils avaient été obligés de prendre ce risque puisqu'ils espéraient qu'Abby se trouvait dans la maison.

Ryker Stevens leva les deux mains en l'air. Si elle pouvait rester en ligne avec Garth encore dix petites secondes, il arriverait à localiser l'appel.

Sara rassembla son courage. Des gouttes de transpiration perlaient sur son front malgré la climatisation de la camionnette qui tournait au plus fort.

— Ce n'est pas si facile, insista-t-elle. Je dois trouver un hélicoptère et un pilote.

— Une heure, ou sinon…

Garth raccrocha. Sara regarda Ryker.

— Il appelait de Floride, lui dit-il. Mais ça, on le savait déjà.

14

Une heure plus tard, Sara descendait de l'hélicoptère à l'endroit précis où Garth Davis lui avait dit de se rendre. Elle portait l'ordinateur et les documents nécessaires dans un sac en bandoulière. Tandis qu'elle regardait à travers les cyprès qui se dressaient devant elle, elle pria pour se souvenir de toutes les instructions qu'on lui avait données.

Logan Kincaid lui avait fait enfiler un chemisier à manches longues, un pantalon épais et des bottes qui lui arrivaient aux genoux ; il avait également insisté pour qu'elle garde sur la tête un chapeau muni d'un voile pour protéger son visage contre les moustiques. L'équipement qu'elle transportait devait bien peser cinq kilos, et ses bottes s'enfonçaient dans la terre spongieuse.

Logan avait refusé de lui remettre une arme, prétendant qu'il fallait respecter à la lettre ce que Garth Davis lui avait ordonné ; mais Kirk lui avait glissé un pistolet dans la poche au dernier moment. Sara appréciait ce geste, car il montrait que Kirk avait confiance dans ses capacités à manier une arme, et aussi dans son jugement. Avec un peu de chance, Garth ne la fouillerait pas et partirait du principe qu'elle avait suivi ses instructions. Ces marais étaient assez sauvages pour qu'elle y croise un serpent, voire un alligator, et elle était bien rassurée d'être armée. Cependant, ce n'étaient pas les animaux mais l'homme qu'elle allait rencontrer qu'elle craignait le plus.

Et pourtant, elle ne tremblait plus. Heureuse de pouvoir enfin agir, elle avait mis de côté ses angoisses et se sentait calme, l'esprit étonnamment clair.

Bien qu'elle fût censée agir selon les ordres de Garth, elle aurait néanmoins des décisions à prendre au fur et à mesure de l'opération. Logan avait trafiqué son téléphone portable afin de pouvoir écouter les conversations chaque fois que Garth la contacterait. Et elle avait sur elle un deuxième téléphone à partir duquel elle pourrait appeler l'équipe si elle avait besoin d'aide, mais uniquement en cas d'extrême urgence : il ne fallait pas oublier que Garth avait certainement prévu de surveiller tous ses faits et gestes.

Autour de la taille, elle portait également une gourde remplie d'eau, un compas et un GPS que Kirk lui avait appris à utiliser. Enfin, elle transportait dans un sac à dos de l'insecticide, des barres de céréales, une trousse de premiers secours, du lait pour bébé, des couches, plusieurs fusées de détresse, un miroir et un porte-bébé. Mais le plus important était ce que Kirk lui avait vaporisé autour des chevilles et sous les bottes : indétectable par l'homme, cette substance laisserait des traces sur le sol qui permettraient à Pepper de la retrouver au cas où les appareils électroniques tomberaient en panne. Cela rassurait Sara : Logan avait prévu plusieurs plans de secours. Mais ce qui lui donnait encore plus confiance, c'était de savoir que Kirk n'était pas loin. Personne n'était aussi doué que lui en matière de recherche et de sauvetage. Personne ne se sentait aussi profondément concerné. Et personne n'était aussi déterminé à réussir.

Le plan était simple : Sara devait attendre que Garth Davis la contacte et faire tout ce qu'il lui demanderait. Mais lentement. Son objectif — gagner du temps — permettrait à Kirk et à Web de la rattraper. Ils se trouvaient actuellement dans les marais à bord d'un hydroglisseur, mais seraient obligés de continuer à pied une fois arrivés à une dizaine de kilomètres de Sara, pour ne pas risquer de se faire repérer à cause du bruit du moteur. Cependant, ils prévoyaient de rester cachés jusqu'à ce que Sara ait récupéré Abby ou soit sur le point de le faire.

Bien qu'elle attendît depuis cinq minutes seulement, il lui semblait que l'hélicoptère était reparti depuis une éternité. Elle n'avait perçu pour l'instant aucun signe d'une présence humaine, rien que le coassement des grenouilles et le craquètement des grues perchées dans les arbres. Lorsqu'elle remarqua autour de ses pieds des petites bulles qui remontaient à la surface de la terre détrempée, elle remercia Logan de lui avoir fourni des bottes imperméables.

Sara regarda sa montre. Logan lui avait dit que Kirk et Web pourraient mettre une heure à la rejoindre. En jetant un coup d'œil alentour, elle se rendit compte qu'il devait être un peu trop optimiste. Plusieurs canaux serpentaient entre les touffes d'herbes hautes et les marais, ce qui rendait difficile, voire impossible, la progression en ligne droite. L'air humide et chaud, chargé d'une odeur fétide de bois en décomposition, lui faisait regretter l'air vif des Rocheuses. Là-bas, au moins, ils étaient tous ensemble ; Sara ne put s'empêcher de se demander s'ils seraient de nouveau réunis un jour.

Bien qu'elle eût conscience que chaque seconde écoulée était une seconde de gagnée, cette attente angoissante la mettait mal à l'aise. Une tortue qui prenait le soleil sur un rondin de bois plongea dans l'eau, attirant son attention. Garth Davis était-il caché derrière un buisson, prêt à l'attaquer ? Il pouvait très bien avoir décidé de lui voler l'ordinateur et les documents légaux puis de la tuer. Sara tenta de se rassurer en se disant qu'il voudrait certainement vérifier avant de l'abattre que le programme fonctionnait bien. Il avait déjà fait l'erreur de croire qu'il avait récupéré le logiciel lorsqu'il avait fait s'écraser son avion. Il ne prendrait sûrement pas ce risque une deuxième fois.

Le téléphone portable de Sara se mit à sonner. Elle attendit deux sonneries comme on le lui avait indiqué, puis répondit :

— Oui ?

— Retournez-vous, ordonna la voix de robot.

Il devait se trouver assez près d'elle pour être capable de l'observer. Malgré la chaleur qui l'enveloppait, Sara sentit un frisson lui parcourir le dos.

Si Garth pouvait la voir, il lui serait peut-être possible de le repérer avec ses jumelles. Mais elle n'osait pas les sortir. Elle se contenta d'obéir et se retourna lentement, s'arrêtant délibérément avant d'avoir fait un demi-tour complet.

— Comme ça ?

— Encore un peu.

Cette fois-ci, elle alla trop loin et grimaça en entendant Garth jurer dans son oreille. Elle voulait absolument lui faire croire que loin de ses ordinateurs, elle était une parfaite empotée.

— Levez les yeux.

— Qu'est-ce que je dois voir ? demanda-t-elle.

A ce moment-là, elle aperçut dans l'air une légère bouffée de fumée qui se dissipa presque aussitôt. Garth était quelqu'un d'intelligent. Il n'avait pas pris le risque de lui indiquer le chemin par téléphone. A moins d'être tourné exactement comme elle l'était et de regarder dans la bonne direction au bon moment, personne ne pouvait avoir repéré le signal. Et de toute façon, l'endroit qu'il avait ainsi indiqué — une île entourée d'une large étendue d'eau — lui permettrait de voir si quelqu'un la suivait.

Bon sang.

— Avez-vous vu mon signal ?

Elle avait envie de dire non pour gagner du temps, mais elle n'osa pas. Il était fort probable que Garth se soit tenu à l'endroit même où elle se trouvait pour vérifier si elle verrait bien la fumée. Et s'il la surprenait en train de mentir, il pourrait s'en prendre à son bébé.

— Oui, je l'ai vu, répondit-elle à contrecœur. Je veux bien y aller, mais je ne sais pas marcher sur l'eau.

— Ecoutez-moi très attentivement. La vie de votre bébé dépend de votre obéissance, compris ?

En entendant cette menace, Sara sentit son sang se glacer dans ses veines. Jamais elle ne s'était autant concentrée sur ce que quelqu'un lui expliquait.

— Regardez derrière les buissons situés à votre droite et ouvrez la bouche uniquement pour me dire que vous avez trouvé l'objet dissimulé.

Sara se dirigea vers les buissons et regarda à travers les branches. Un canoë muni d'une pagaie l'attendait. Elle avait toujours su que Garth Davis était brillant, mais ne s'attendait pas à ce qu'il s'avère aussi sournois.

En effet, une fois qu'elle serait montée dans le canoë, Pepper perdrait sa trace, et Kirk et Web ne pourraient pas s'approcher facilement de l'île sans être repérés. Et Sara doutait que le système de pistage que Logan avait dissimulé dans les manches de son chemisier résisterait à l'eau si jamais le canoë se renversait.

Elle devait donc laisser une marque concrète pour que Kirk et Web sachent où aller, mais il fallait faire attention : Garth était certainement encore en train de la surveiller.

Sara commença à pousser le canoë dans l'eau et se prit délibérément les pieds dans la pagaie. Tombant sur ses fesses, elle dessina rapidement une flèche dans la boue en prenant garde de cacher son geste avec son corps.

Elle se releva, monta dans le canoë et commença à pagayer en direction de l'île, lentement, maladroitement, en s'arrêtant plusieurs fois pour se reposer. Elle porta même la gourde à ses lèvres pour faire semblant de boire alors qu'elle n'avait pas soif. Il fallait gagner du temps et prier pour que Kirk la rejoigne bientôt. Et s'il n'y parvenait pas, il faudrait alors trouver un moyen de sauver Abby.

Kirk n'avait pas apprécié que Kincaid insiste pour que Web Garfield l'accompagne dans les marais. Cependant, il avait préféré ne pas discuter, sachant qu'il n'y avait pas de temps à perdre. Il avait simplement décidé qu'il irait à son rythme et que si Web n'arrivait pas à suivre, il ne l'attendrait pas.

Mais Web tenait l'allure avec une résistance qui révélait une excellente forme physique. Pourtant, cela faisait déjà un moment qu'ils couraient sur un sol marécageux, chargés de sacs à dos qui pesaient plus de vingt kilos. Leurs corps étaient trempés de sueur, mais ils buvaient sans ralentir. Ils ne s'arrêtaient que pour donner à boire à Pepper.

Pendant l'une de ces pauses, Web sortit de son sac le pisteur électronique. Il fronça les sourcils.

— On a un problème.

— Quoi ?

— Garth est en train de brouiller nos signaux sur toutes les fréquences.

Sara leur avait bien dit que cet homme était malin. Il avait compris depuis le début qu'elle était épaulée par des experts, et il répondait avec sa propre expertise. Mais Garth ne devait pas savoir qu'il y avait un chien de recherche et de sauvetage dans l'équipe — du moins Kirk l'espérait-il.

— Pepper devrait commencer à sentir l'odeur de Sara lorsqu'on sera à un ou deux kilomètres d'elle, assura Kirk.

Puisque l'équipement électronique ne marchait plus, Web le laissa sur place. Ce n'était pas la peine de se charger avec du matériel inutile.

Une fois que Pepper eut fini de boire, ils se remirent en marche, la chienne ouvrant la voie. Ils ne pourraient pas courir à ce rythme effréné toute la journée. Pas avec cette chaleur et ce poids sur les épaules. Kirk espérait bien rejoindre Sara le plus vite possible.

Mais lorsqu'ils se rapprocheraient d'elle, il leur faudrait ralentir et trouver un moyen de ne pas être repérés, ce qui leur ferait perdre encore plus de temps.

Au bout de quelques minutes, le téléphone de Web émit un petit signal. Il décrocha et écouta la conversation entre Sara et le kidnappeur. Kirk dut faire tous les efforts du monde pour ne pas lui arracher l'appareil des mains. De toute façon, cela n'aurait pas été chose facile : Web se déplaçait avec l'aisance d'un athlète de haut niveau, et ses mains calleuses en disaient long sur ses autres talents. Des talents de tueur. Kirk était content que cet homme soit de leur côté.

Bientôt, sa patience fut récompensée :

— Garth vient de lui indiquer la direction à prendre, l'informa Web.

— Quelle est-elle ?

— Il ne l'a pas dit. Il s'est contenté de montrer l'endroit avec de la fumée.

— Bien. Pepper sentira la fumée. N'est-ce pas, ma grande ?

Le souci qu'il se faisait pour Sara et Abby le poussa à accélérer encore le rythme. Il tenta de chasser de son esprit l'idée qu'ils pourraient tomber dans une embuscade ; il espérait que Garth travaillait seul. Car malgré leur tenue de camouflage, ils constituaient des cibles faciles pour un tireur isolé…

Il essaya également de ne pas trop penser au fait que Sara n'était pas du tout dans son élément. Mais après tout, elle s'en était bien sortie en pleine tempête de neige ; elle arriverait à se débrouiller dans les marais.

Ce qui l'inquiétait le plus, c'était que Sara risquait de se retrouver seule face à Garth Davis s'ils n'arrivaient pas à la rattraper à temps. C'est pour cela qu'il lui avait donné le pistolet. Imaginant sans doute Sara comme une parfaite idiote en dehors de son cadre de travail, Garth ne se doutait certainement pas qu'elle était tout à fait capable de manier une arme, et elle pourrait en tirer parti.

Elle était tellement plus qu'une informaticienne brillante... Sara était une excellente mère pour Abby. Et elle avait été une très bonne épouse pour lui.

Par ailleurs, elle était honnête et fidèle. Elle représentait tout ce que Kirk recherchait chez une femme. Et ce qu'il appréciait le plus, c'est qu'elle s'adaptait à toutes les situations. Quelle autre femme serait capable d'allumer un feu avec un ordinateur et une couche ?

Mais en ce moment, elle courait un grand danger, et risquait sa vie pour sauver celle de son bébé. Elle était prête à abandonner dix ans de travail et plusieurs millions de dollars pour leur fille. Et elle avait besoin de son aide. Il fallait qu'il la rattrape, au plus vite.

Pepper poussa un grognement sourd qui devait signifier qu'elle commençait à perdre la trace de Sara. Avec toute l'eau qui les entourait, ce n'était pas vraiment surprenant. Mais Kirk ne put s'empêcher de sentir son cœur se serrer à l'idée qu'il ne serait peut-être pas aussi simple de retrouver Sara.

Il suivit sa chienne au bord de l'eau, derrière des buissons, et tenta d'interpréter les traces qui marquaient la terre à cet endroit. Un objet étroit et allongé, certainement un bateau, avait écrasé l'herbe. Sara était venue seule jusqu'ici, car on ne voyait que ses empreintes. Lorsque Kirk découvrit la flèche qu'elle avait dessinée dans la boue, un sourire illumina son visage... puis s'effaça aussitôt quand il s'aperçut qu'elle pointait en direction de l'île.

Web l'entraîna à l'abri des arbres.

— J'ai un bateau gonflable dans mon sac, lui dit-il. Il est assez solide pour supporter le poids de deux hommes et d'un chien, mais on risque de se faire tirer dessus.

— Même en traversant à la nage, Garth Davis nous repérerait.

— Pas si on reste sous l'eau.

Kirk secoua la tête.

— Il faudrait au moins dix minutes pour atteindre l'autre berge. Personnellement, je n'arriverai jamais à retenir ma respiration aussi longtemps. On peut peut-être trouver des roseaux pour s'en servir comme tubas.

— Pas la peine. J'ai deux recycleurs et des lunettes de plongée dans mon sac.

Logan avait vraiment pensé à tout ! Les recycleurs, des petits appareils que l'on mettait dans la bouche et qui puisaient l'oxygène dans l'eau, permettraient à Web et à Kirk de se cacher sous la surface. Mais il restait un problème : Pepper. Même Logan n'avait pas de solution pour faire nager un chien sous l'eau.

— Je vous laisse faire le tri dans les affaires. Pendant ce temps, je vais voir ce que je peux faire pour camoufler Pepper, proposa Kirk en posant son sac à dos aux pieds de Web.

Il lui faisait confiance pour juger de ce qu'il fallait emporter avec eux et laisser sur la rive. Bien sûr, un sac trop lourd ralentirait leur rythme, mais ils auraient quand même besoin de matériel une fois arrivés sur l'île.

Kirk trouva rapidement une épaisse branche d'arbre d'où partaient d'autres branches plus petites recouvertes de larges feuilles, qui dissimuleraient parfaitement Pepper. S'aidant d'une hache et d'un couteau, il tailla le bois afin de l'ajuster au poitrail de la chienne. Après avoir fixé fermement une corde à la branche, il attacha cette tenue de camouflage naturelle autour de Pepper. Pas le moins du monde effrayée, simplement curieuse, celle-ci se laissa faire en toute confiance.

— On va nager un peu, ma grande, lui expliqua Kirk en lui caressant la tête.

Il entraîna Pepper près de l'eau, à un endroit qui n'était pas visible de l'île, et testa son invention. En nageant, la chienne était complètement dissimulée par les branches et les feuilles. Ce procédé la ralentissait un peu, mais la flottaison naturelle du bois ne la faisait pas couler.

En revanche, ce n'était pas le cas des grosses chaussures de Kirk, qui s'emplissaient d'eau et pesaient bien trop lourd pour qu'il les garde en nageant. Web, qui s'était déjà mis en sous-vêtements, rejoignit Kirk sur la rive lorsque celui-ci eut quitté ses chaussures, son pantalon et sa chemise. Il nagerait simplement en caleçon, avec un sac qui contenait à présent le strict nécessaire : des allumettes, un couteau, un pistolet et un compas protégés dans un sachet étanche.

Web observa le camouflage de Pepper.

— Elle va supporter cet équipement ? s'étonna-t-il.

— Les chiens comme elle sont dressés à accepter toutes sortes de situations inhabituelles, lui expliqua Kirk. Elle peut nager toute seule, mais je préférerais être là pour lui enlever les branches une fois que nous aurons rejoint l'île.

— Vous pensez que vous pouvez y aller tout seul ?

— Bien sûr, pourquoi ?

— On a un gros problème.

Kirk n'avait pas passé beaucoup de temps avec Web, mais il savait déjà que celui-ci n'était pas très bavard et surtout, qu'il n'était pas du genre à exagérer. Si cet homme parlait de gros problème, c'était qu'il y avait du souci à se faire.

— Qu'est-ce qui se passe ? demanda Kirk, le cœur battant.

— J'ai essayé d'explorer l'île avec des jumelles très puissantes. Je n'ai vu ni Sara ni son canoë. Par contre, j'ai aperçu un hydroglisseur prêt à partir. Il faut que j'empêche Garth de s'enfuir. Occupez-vous de Sara.

— Compris, répondit Kirk en prenant le recycleur que Web lui tendait.

Il fit signe à Pepper de le suivre dans l'eau et pointa l'île du doigt.

— On va jusque-là, expliqua-t-il à la chienne.

Lorsqu'il fut certain que Pepper avait bien compris, il plongea dans l'eau, heureux de pouvoir se rafraîchir un peu et rassuré d'avoir la chienne pour le guider.

L'eau était sombre. A travers ses lunettes de plongée, il ne voyait rien d'autre que l'obscurité.

Sara tira le canoë sur la berge. Elle dut faire un effort surhumain pour éviter de se retourner et de chercher Kirk des yeux. Ce n'était vraiment pas le moment de tout gâcher en faisant comprendre à Garth qu'elle n'était pas seule. Toujours soucieuse de gagner du temps, elle porta la gourde à ses lèvres et but à longs traits. Puis elle revissa le bouchon lentement et rattacha la gourde à sa taille. Et maintenant, que fallait-il faire ?

Garth ne lui avait pas donné d'autres instructions depuis le coup de téléphone. En regardant autour d'elle, Sara se rendit compte que la rive où elle se trouvait était bien le seul endroit où elle aurait pu accoster. Si Garth lui avait laissé un message, il devait être visible. Mais elle ne voyait rien. Pas d'indication sur le sol, ni de papier accroché à un arbre ou posé sur un tas de bois.

— Posez le sac contenant le programme et les documents à vos pieds.

La voix de Garth la fit sursauter. Elle eut l'impression désagréable d'être observée sans pouvoir voir elle-même l'homme qui lui parlait. Mais elle reprit vite ses esprits. Le logiciel et les droits de propriété étaient son seul espoir de récupérer Abby. Relevant le menton et redressant les épaules, Sara ne bougea pas d'un pouce.

— Je veux voir ma fille, cria-t-elle vers l'endroit d'où semblait venir la voix.

Garth tira un coup de feu par terre, juste à côté d'elle.

— Vous n'êtes pas en position de négocier, rugit-il.

Sara ignora la menace, se campa plus fermement sur ses jambes et tenta de gagner du temps.

— Je n'ai aucune raison de vous donner les documents si vous ne me rendez pas ma fille.

— Je devrais vous tuer.

— Mais vous ne le ferez pas. Pas avant de voir mon programme fonctionner, répondit-elle en se tournant légèrement pour observer l'eau derrière elle.

Il n'y avait aucun bateau en vue, pas une seule bulle — juste une grosse branche cassée qui flottait en direction de l'île.

— Je ne vous donnerai pas le mot de passe avant de voir ma fille, reprit-elle.

— Vous pourrez toujours avoir un autre enfant, Sara.

— Je tiens à garder celui-ci, répondit-elle.

Il fallait être forte et faire attention. Elle ne devait rien dire qui puisse pousser Garth à s'enfuir ou à s'en prendre à elle et à son bébé. Elle posa le sac à terre en gardant la sangle dans la main.

— Vous vouliez mon programme, il est là. Rendez-moi mon enfant et finissons-en. Je n'aime pas particulièrement les marais, ni les moustiques. Je préfère rester au frais dans mon bureau avec mes ordinateurs.

« Continue à parler. Essaie de le distraire », s'encouragea-t-elle.

Elle ne voulait surtout pas qu'il remarque que la branche cassée flottait vers eux un peu trop rapidement…

— Vous savez, Garth, si j'avais su que vous vous intéressiez autant à mon travail, j'aurais accepté de vous le vendre.

Le kidnappeur sortit enfin de sa cachette et s'avança vers elle, un fusil à la main.

Il n'y avait aucun signe d'Abby, et Sara se sentit envahie par le désespoir.

15

Kirk se hissa sur la berge en faisant le moins de bruit possible. La traversée à la nage lui avait pris plus de temps que prévu car il avait été obligé de changer de direction après avoir aperçu Garth et Sara sur la rive. En revanche, il n'avait vu aucun signe d'Abby.

Il avait à peine libéré Pepper de sa tenue de camouflage que la chienne s'ébroua énergiquement. Heureusement, Garth était en train de parler et sembla ne rien remarquer.

Kirk sortit de son sac un vêtement qu'Abby avait porté récemment et le fit sentir à Pepper, qui dressa aussitôt les oreilles. — Cherche Abby, ma grande, lui ordonna-t-il à voix basse.

Tandis que la chienne partait en trottinant, Kirk entendit Garth hausser le ton.

— Dépêchez-vous, ma patience a des limites.

— Je vous en prie, calmez-vous, fit la voix tendue de Sara. Vous me rendez nerveuse. Et quand je suis nerveuse, je fais des erreurs.

Kirk sortit son arme et se dirigea à grands pas vers la femme qu'il aimait et l'homme qui menaçait sa famille. Caché derrière un arbre, il put enfin voir Sara. Elle était assise par terre et se concentrait sur l'ordinateur portable qui était posé sur ses genoux. Garth tenait un fusil pointé sur la tête de la jeune femme.

Kirk n'aurait pas hésité une seule seconde à tuer cet homme s'il avait su où se trouvait Abby. Car même s'il espérait encore que Garth respecterait son engagement, il avait un mauvais pressentiment. Et Sara lui avait fait promettre que s'il ne pouvait sauver que l'une d'entre elles, ce serait Abby.

Quel choix horrible ! Il avait accepté la demande de Sara pour lui faire plaisir, mais priait pour que cette situation ne se présente jamais. Il avait bien l'intention de repartir avec les deux femmes de sa vie.

Comme Sara lui tournait le dos, il avait du mal à suivre ce qu'elle faisait. Mais il la vit remettre l'ordinateur à Garth.

— Maintenant, vous avez ce que vous voulez, lui dit-elle d'une voix lasse. Où est ma fille ?

Garth désigna le sac avec son arme.

— Et le mot de passe ?

— Il faut attendre deux minutes, le temps que le logiciel s'ouvre, prévint Sara.

Garth patienta en regardant l'écran. Kirk ne bougeait pas d'un pouce, de peur que l'homme ne remarque sa présence. Si seulement Sara pouvait lui faire dire où il cachait leur fille !

— Vous ne testez pas le programme ? demanda la jeune femme.

A ce moment-là, un aboiement bref se fit entendre au loin. Pepper avait retrouvé Abby. Le visage de Garth se décomposa.

— Je ne pensais pas que vous oseriez me rouler sachant que la vie de votre fille était en jeu, persiffla-t-il avec un rictus de colère.

Il arma le fusil et le pointa sur Sara.

Kirk visa le seul endroit que lui offrait Garth : la tête. Les deux hommes tirèrent. Sara poussa un cri mais ne sembla pas touchée.

Garth laissa tomber son arme. Kirk avait tiré à temps pour l'empêcher d'atteindre son objectif. Un filet de sang dégoulinait le long de son front. Il tituba, fit demi-tour et se mit à courir.

Sara se leva d'un bond et s'interposa entre Kirk et Garth.

— Ne tire pas ! cria-t-elle à Kirk. Il ne m'a pas dit où était Abby.

— Pepper l'a retrouvée.

Trente secondes plus tard, ils entendirent le bateau démarrer. Web n'avait pas dû avoir le temps de saboter le moteur.

Kirk prit la main de Sara et ils se dirigèrent tous deux vers les aboiements excités de Pepper.

— J'ai peur, Kirk, lui dit Sara d'une voix angoissée. Et si Garth l'a tuée ?

— Abby est vivante, je peux te l'assurer. Sinon Pepper n'aboierait pas comme ça.

— J'espère que tu as raison.

— Fais-moi un peu confiance, Sara.

C'est alors que Web apparut entre deux buissons, tenant un bébé dans les bras. *Abby !* Fière et surexcitée, Pepper sautillait à ses côtés.

Sara lâcha la main de Kirk et courut les rejoindre.

— Abby ! s'écria-t-elle. Tu vas bien, ma chérie ?

Web était tout sourire.

— Pepper m'a conduit jusqu'à elle. Garth l'avait laissée au bord de l'eau, enveloppée dans une couverture.

Kirk tenta de ne pas penser aux alligators…

— Je ne suis pas médecin, reprit Web, mais à part quelques piqûres de moustiques, elle semble en pleine forme.

Soudain, le bruit de moteur du bateau diminua puis s'éteignit. Tandis que Sara, les larmes aux yeux, serrait Abby contre son cœur, Kirk lança un regard interrogateur à Web.

— J'ai troué la coque de son bateau, expliqua celui-ci. Il n'ira pas bien loin !

— Abby, Abby, Abby. Ta maman s'est fait tellement de souci.

Et son papa aussi… Kirk ne voulait plus les perdre, ni l'une ni l'autre. Plus jamais.

Abby regarda tour à tour Sara et Kirk ; un sourire radieux illumina son visage.

— Mama. Papa, babilla-t-elle.

— Tu as tout compris, lui dit Kirk en lui caressant la joue. C'est nous, ta famille.

Son cœur débordait d'amour et de fierté.

Epilogue

Deux semaines plus tard

Sara avait accepté de rendre visite à Kirk dans son ranch pour le remercier de tout ce qu'il avait fait pour elle. Il était resté à ses côtés jusqu'à ce que le gouvernement achète son logiciel. Et une fois de plus, avec Abby dans ses bras, elle s'était sentie en sécurité. L'équipe de Logan Kincaid avait rattrapé Garth Davis et la police avait réussi à retrouver le pilote qui avait provoqué le crash de son avion ; les deux hommes resteraient derrière les barreaux pour un bon bout de temps. Quant à Brad Wayne, il s'était avéré tout à fait innocent : il avait simplement passé deux semaines de vacances sur un bateau de pêche dans les îles Caïmans.

Sara se plaisait dans ce coin tranquille où Kirk avait décidé d'habiter. Dès qu'il était rentré, il avait acheté le terrain avec l'argent qu'il avait reçu de Logan — celui-ci avait insisté pour le payer. Ce qui plaisait encore plus à Sara, c'était que Kirk s'enracine enfin. Pour elle, le fait de devenir propriétaire était signe de stabilité. Assise sous le porche de la maison, elle profitait de l'air vif et pur et observait Abby qui criait de plaisir tandis qu'elle s'accrochait à Pepper pour faire ses premiers pas. Si seulement elle pouvait être sûre que l'enthousiasme de Kirk pour son ranch durerait, elle reviendrait vivre avec lui sans hésiter.

Il semblait tellement heureux ici… Et comme elle appréciait de l'avoir pour elle toute seule après l'avoir partagé avec la Marine pendant tant d'années ! Mais elle avait déjà vu reparaître son caractère impatient : lorsque Logan Kincaid lui avait de nouveau offert de rejoindre le Groupe Shey, Kirk n'avait pas donné de réponse définitive. Ne tenant pas à s'engager, il avait promis d'examiner chaque mission au cas par cas.

Kirk vint s'asseoir à côté d'elle et déposa un chiot sur ses genoux. Le petit animal remua la queue et renifla Sara avec curiosité.

— Abby va bientôt marcher, fit-elle remarquer en caressant le pelage soyeux du chiot.

— Si tu restes, je prendrai le temps d'ajouter une chambre à l'arrière…

— Si je reste, l'interrompit Sara, je fais construire la maison de mes rêves.

Kirk se mit à rire.

— L'idée de me faire entretenir par toi me plaît bien.

— J'ai peur, Kirk.

Il prit sa main dans les siennes.

— Je sais.

Sara commençait à accepter l'évidence : Kirk était l'homme de sa vie. Il avait risqué sa peau pour les sauver, Abby et elle ; et il adorait sa fille. Mais une question la retenait toujours.

— Et si demain on te propose le poste de tes rêves ?

— Cela n'arrivera pas.

La fermeté avec laquelle il avait répondu lui fit tourner la tête. Son regard si vif, si déterminé, si amusé et si tendre à la fois lui allait toujours droit au cœur. Elle aimait Kirk, l'avait toujours aimé et l'aimerait toujours. Et elle le connaissait assez pour savoir qu'il ne lui avait pas tout dit…

— Tu me caches quelque chose, Kirk.

— La semaine dernière, la Marine m'a offert le commandement des opérations canines mondiales.

Sara sentit son cœur s'emballer.

— Et ?

— J'ai refusé.

Elle avait les yeux écarquillés de surprise. Et de joie.

— Pour moi ? Et si je ne veux pas qu'on se remette ensemble ? Tu ne regretteras pas ta décision ?

— Non. Si j'ai refusé, c'est parce que je veux être près de

toi pour te faire changer d'avis. Et si tu décides de me garder à distance, j'ai quand même envie de rester près de notre fille.

Sara avait du mal à se remettre de cette révélation. Kirk venait de renoncer au travail de sa vie non pas parce qu'elle le lui avait demandé, mais parce qu'il voulait rester près d'elle.

— Et la proposition de Logan ? demanda-t-elle après un silence.

— Toutes les missions ne sont pas dangereuses. Parfois, le Groupe Shey mène des opérations de recherche et de sauvetage. J'ai dit à Logan que je lui répondrai au cas par cas. Bien entendu, tu auras ton mot à dire, d'accord ?

— Tu es sûr que tu ne vas pas changer d'avis ?

— Certain.

Dans un élan de joie qui lui fit oublier le chiot qu'elle avait sur les genoux, Sara jeta ses bras autour du cou de Kirk et l'embrassa.

— Epouse-moi de nouveau, Kirk Hardaker.

Le petit chien sauta par terre et rejoignit Pepper et Abby pour jouer avec elles.

Amusé par cette proposition pleine d'audace, Kirk posa sur Sara un regard brillant de bonheur et d'amour.

— Je me demandais combien de temps il te faudrait pour te décider.

PATRICIA RYAN

L'amour en embuscade

BLACK *ROSE*

éditions HARLEQUIN

Titre original : IN HOT PURSUIT

Traduction française de ISABELLE COQUELET

Ce roman a déjà été publié en décembre 2000

83-85, boulevard Vincent-Auriol, 75646 PARIS CEDEX 13.
Service Lectrices — Tél. : 01 45 82 47 47
www.harlequin.fr

Prologue

Ce matin-là, Roman Fitzpatrick frappa à la porte ouverte du bureau de Mark Spenser. La pièce embaumait le havane.

— *Willkommen, bienvenue, welcome !* chantonna Mark en posant les pieds sur son secrétaire en acajou et en invitant Roman à entrer, un énorme cigare à la main.

Etrangement soigné, Mark arborait des bretelles de cuir et une cravate à l'effigie de Mickey. Avec son visage enfantin et ses cheveux blond-roux ébouriffés, on aurait dit un gamin se faisant passer pour son père. Assis sur le bord du bureau, tirant lui aussi sur un cigare, se tenait un sexagénaire au crâne dégarni que Roman ne connaissait pas.

— Tu m'as appelé ? demanda Roman en s'avançant, ses pas étouffés par les tapis persans qui couvraient le parquet.

Le bureau de Mark, tout comme celui de Roman, situé de l'autre côté du couloir, était haut de plafond, orné de somptueuses boiseries et agrémenté d'une cheminée aux moulures compliquées. Mais tandis que Roman avait opté en toute simplicité pour des murs tendus de cuir et des tapis navajo, le choix de Mark s'était porté sur une décoration de style victorien, en accord avec l'architecture ancienne de l'édifice qui abritait l'Agence S.J. Spade. De lourds meubles et des vasques regorgeant de fougères se disputaient la place, et les murs étaient couverts de lithographies du XIXe siècle dépeignant le vieux San Francisco. Derrière le fauteuil de Mark, deux grandes fenêtres avec des rideaux de brocart encadraient la cheminée, offrant une vue saisissante sur la baie de San Francisco et le pont du Golden Gate.

Mark se redressa sur son siège.

— Oui, je t'ai convoqué à la demande de Sa Majesté l'impératrice, déclara-t-il.

— J'ai tout entendu, gloussa Samantha Spade à travers le téléphone de conférence posé sur le bureau. Alors, Mark ? On plaisante aux dépens de sa patronne ?

— Je ne fais que dire la vérité, madame, plaida-t-il avec un large sourire. Dans cette petite ruche affairée qu'est l'Agence Spade, vous êtes la reine, et nous de simples abeilles exécutant vos ordres.

— Me voilà donc un insecte, maintenant.

— Oui, mais avec un dard, mon chou ! lança l'homme à la calvitie. J'aurais pourtant imaginé que vous seriez flattée de la comparaison.

Mon chou ? Depuis huit mois qu'il travaillait pour Samantha Spade, Roman avait entendu les gens la traiter de toutes sortes de noms, mais c'était la première fois que quelqu'un employait un terme aussi gentil.

— Je crois qu'il est temps pour moi de faire les présentations, annonça Mark avant de hocher la tête en direction du vieil homme. Lloyd Rush, voici Roman Fitzpatrick. Lloyd est notre tout nouveau client. C'est aussi l'un des plus anciens et plus chers amis de Samantha.

— Ah, acquiesça Roman.

Alors, comme ça, songea-t-il, il s'agissait d'un ami — enfin, soi-disant — et non de l'un des ex-maris de Samantha. Ceux-ci étaient au nombre de trois, lui avait confié Mark lorsque Roman l'avait interrogé sur les origines de l'agence, qui, bien qu'une plaque en bronze discrète apposée près de l'entrée la désignât comme la Compagnie d'Assurances S.J. Spade, était en réalité l'une des plus prestigieuses sociétés de protection rapprochée. D'après Mark, Samantha avait monté cette agence de gardes du corps une quinzaine d'années plus tôt, grâce aux pensions alimentaires extorquées à ses ex fortunés.

— Monsieur Rush, salua Roman.

— Appelez-moi Lloyd.

Les deux hommes se serrèrent la main.

— Vous ne ressemblez pas à un Fitzpatrick, observa Rush.

— Ma mère est mexicaine.

— Voilà qui explique tout, déclara Lloyd en sortant un cigare de la poche intérieure de sa veste sport de lin blanc.

Au passage, Roman remarqua qu'il portait lui aussi des bretelles — mais à rayures. C'était pour des raisons comme celle-ci — les réunions à l'improviste avec de nouveaux clients — que Roman venait toujours à l'agence costumé et cravaté lorsqu'il était entre deux missions. Mais ce n'est certainement pas demain la veille qu'il enfilerait une paire de bretelles multicolores ! Ses costumes à lui étaient sobres, ses chemises blanches et ses cravates discrètes.

— Un cigare, ça vous dirait ? lui proposa Lloyd. Il vient de Cuba.

— Non, merci, déclina Roman en s'enfonçant dans l'un des fauteuils de velours vert, face au bureau de Mark.

— Je pensais que tous les jeunes gens fumaient le cigare de nos jours, s'étonna Lloyd. Est-ce que la mode est passée ?

Un petit rire passa dans le haut-parleur du téléphone.

— Roman n'est pas un branché comme toi, Lloyd, déclara Samantha. Pour lui, desserrer sa cravate d'un quart de pouce, c'est déjà une folie. Alors, tu sais, la mode... Jusqu'à l'automne dernier, il travaillait à la brigade des Stups de Los Angeles et, d'après ce qu'on raconte, c'était leur meilleure taupe. Il paraît qu'il n'a pas son pareil pour se fondre parmi la racaille. Qui plus est, il possède un prodigieux sens de l'observation. Le dur idéal, en somme.

— Dur ? Comment ça ? demanda Lloyd.

— Oui, c'est ainsi qu'on surnomme les gardes du corps, dans notre jargon, expliqua Samantha. Roman est fait pour ce métier. C'est un bon vieux flic à l'ancienne dans la tradition de Clint Eastwood.

— Ex-flic, rectifia Roman.

— Cela dit, il est encore plus bel homme qu'Eastwood, vous ne trouvez pas ? observa Mark, en jaugeant Roman d'un œil de connaisseur, à travers un nuage de fumée.

Un autre petit rire s'échappa du téléphone.

— Attention à ce que vous dites, Mark, l'avertit Samantha. Vous ne voudriez quand même pas que Jon apprenne que vous courez d'autres lièvres ?

— Un lièvre comme celui-ci, c'est difficile de ne pas courir après ! plaida Mark. Si seulement vous l'aviez vu, vous comprendriez.

— Je l'ai vu. En photo, précisa-t-elle.

Pour des motifs que Roman n'avait jamais vraiment saisis, Samantha Spade ne se montrait jamais en personne à ses employés ou à ses clients, préférant communiquer avec eux par l'intermédiaire de Mark et, occasionnellement, par téléphone interposé. Elle donnait l'image d'une femme tout droit sortie d'un film noir hollywoodien, à la voix un peu rauque.

— Bon, maintenant que ces messieurs ont eu le temps de fraterniser, venons-en à l'essentiel, enchaîna-t-elle.

— Parfait, approuva Roman, curieux de savoir ce qui pouvait bien pousser un « cher et vieil ami » de Samantha Spade à solliciter les services d'un garde du corps.

— Connaissez-vous mon magazine, Roman ? commença Lloyd.

— Votre magazine ? demanda-t-il en jetant un regard à Mark.

Ce dernier sortit un périodique en papier glacé du fouillis qui régnait sur son bureau et le lança à Roman à la façon d'un Frisbee.

— Lloyd en est le fondateur et le rédacteur en chef, précisa Mark.

Roman examina le magazine en question. Il portait le titre de *Gold Rush* inscrit à l'encre dorée, en caractères vieillots, et au-dessous, on pouvait lire : *Toute l'actualité glamour de San Francisco.* La photo de couverture représentait un couple très chic assis à la terrasse de l'un des restaurants du port. La légende indiquait :

Nos lecteurs établissent le palmarès des dix meilleurs restaurants de fruits de mer de la ville.

— Ah, oui, fit Roman.

Effectivement, il avait eu l'occasion de feuilleter un numéro de cette revue depuis qu'il était parti de Los Angeles pour s'installer ici. Arts et loisirs, politique locale, actualité *people* et *jet-set*…

Lloyd esquissa un sourire.

— Vous êtes plutôt du genre *National Geographic*, je me trompe ? s'enquit-il.

— En fait, je pencherais davantage pour *U.S. News and World Report*, répondit Roman en lui rendant son sourire et en parcourant négligemment les pages du magazine. Alors, Lloyd ? Qu'est-ce qui vous amène à l'Agence Spade ?

— A vous de le deviner, Roman, le défia Samantha. C'est vous l'as de la police.

— Plus maintenant, répliqua-t-il avec fermeté. Mais si je devais parier, je dirais qu'un de vos lecteurs vous a menacé, en réaction à un article paru dans votre journal.

— Vous n'êtes pas tombé loin, déclara Lloyd en expulsant une longue bouffée. Reportez-vous à la page trente-huit.

A la page indiquée, Roman trouva une rubrique intitulée *Signaux de fumée* et accompagnée d'une photo montrant une femme appuyée au tronc d'un gigantesque palmier. C'était une image frappante, sensuelle. Prise en noir et blanc teinté de sépia, elle montrait une fille renversante — grands yeux, paupières lourdes, bouche généreuse légèrement entrouverte, seins ronds... De longs gants de satin blanc habillaient ses bras, et elle levait la main de façon à repousser ses cheveux en arrière, lesquels retombaient sur ses épaules en boucles brillantes. Roman avait presque l'impression d'entendre tinter les nombreux bracelets en argent qu'elle portait, et de sentir la soie de sa robe caresser ses courbes. Elle tenait un appareil photo.

— C'est Summer Love, commenta Lloyd.

— Pardon ? fit Roman, s'arrachant à la contemplation du cliché.

— C'est ainsi que s'appelle cette femme, dit-il. Summer Love.

— Hm, hm. Quel est son vrai nom ?

— Mais *c'est* son vrai nom, répondit Lloyd. Elle est née à l'époque où San Francisco était la Mecque de la contre-culture. Vous savez, en ce temps-là, on avait tous l'esprit un peu farfelu. Moi-même, j'ai baptisé mon fils Gravy Master. Enfin, bref. Pour en revenir à Summer, ses parents étaient de bons amis à moi — jusqu'à ce qu'un accident de bateau ne leur coûte la vie. Ils venaient tous deux de puissantes familles de la côte Est appartenant au monde de l'édition, et leur mariage avait pratiquement été arrangé à l'avance. Mais comme ils ne supportaient pas tout le côté guindé et vieux riches de leur milieu, et que c'était la période contestataire, ils se sont installés à San Francisco, ont engagé une procédure légale afin de changer leur patronyme en *Love*, et ont renoncé à leurs droits d'héritiers pour ne pas laisser tomber leur carrière artistique. Lui est devenu l'un des expressionnistes abstraits le plus en vogue de la côte Ouest, et elle une photographe spécialisée dans les portraits de personnages excentriques. L'une de ses œuvres est d'ailleurs exposée au musée de Monterey. Elle représente un de nos amis d'alors qui avait le corps entièrement tatoué de personnages de dessins animés.

— A chacun son hobby, murmura Roman en regardant de nouveau la photo de Summer Love.

La jeune femme semblait aimanter le regard. Sa candeur languide faisait battre le cœur de Roman un peu plus vite que la normale. Et ce qu'il y avait en elle de provocant n'était pas calculé : cette femme était *naturellement* sexy.

Il desserra sa cravate d'un quart de pouce.

— Donc, les Love ont eu une fille qu'ils ont appelée Summer, enchaîna-t-il. Maintenant, si vous me disiez pour quelle raison exactement il vous faut un garde du corps, et ce que Mlle Love a à voir dans tout ça ? Vous ne cherchez pas à vous protéger d'elle, tout de même ?

— Non, non, Grands dieux ! s'exclama Lloyd en riant d'un air incrédule. D'ailleurs, ce n'est pas moi qui ai besoin d'une protection. C'est justement Summer.

Roman regarda une nouvelle fois la photo et desserra encore sa cravate d'un cran.

— Elle est en danger ? s'enquit-il.

— Oui, répondit Lloyd en plissant le front. En tout cas, c'est ce que je pense.

— Et à cause de quoi ? demanda Roman.

— A cause de propos… assez imprudents qu'elle a écrits dans sa rubrique.

— Sa rubrique ? répéta Roman.

Lloyd pointa de son cigare le magazine ouvert sur les genoux de Roman.

— Oui, *Signaux de fumée*, déclara-t-il. C'est la rubrique consacrée aux échos. Summer en est la rédactrice.

Bon sang ! maugréa Roman intérieurement.

— Mlle Love est votre échotière ? demanda-t-il.

— Tu es probablement la seule personne dans cette ville à l'ignorer, glissa Mark.

— Vous savez, les parents de Summer étaient des légendes vivantes, dans les cercles culturels de la côte Ouest, expliqua Samantha. C'est pour ça que Lloyd l'a engagée à ce poste. Non seulement son nom dope les ventes du magazine, mais en plus, il lui permet d'être invitée à toutes les réceptions mondaines, ce qui lui fournit un matériau de choix pour sa rubrique.

— Oui, et elle possède aussi un don remarquable pour franchir les quelques portes que son nom ne lui ouvre pas automatiquement, ajouta Lloyd. En outre, c'est une photographe de talent — comme sa mère. Elle réalise elle-même ses clichés pour le magazine. Mais la vraie raison pour laquelle je l'ai engagée, c'est qu'elle avait besoin d'un emploi, et que, vis-à-vis de ses parents, j'estimais qu'il était de mon devoir de veiller sur elle. Voyez-vous, Roman, j'en suis venu à la considérer un peu comme ma fille. Et je ne voudrais pas qu'il lui arrive malheur.

— Je comprends parfaitement, assura Roman en fermant la revue et en la tendant à Lloyd. Cependant, je crains de ne pas être l'homme de la situation.

Lloyd le dévisagea en fronçant les sourcils, et Mark le scruta tout en continuant à mâchonner son havane.

— Je ne vous suis pas, déclara Lloyd.

Roman resserra sa cravate et la lissa.

— Disons simplement qu'il existe entre cette demoiselle et moi des divergences qui auraient un effet néfaste sur la qualité de mon travail, argumenta-t-il.

— Mais enfin…, objecta Lloyd. Vous ne la connaissez même pas !

— Je connais les gens de son espèce.

— Qu'entendez-vous par là ?

Roman se frotta le menton.

— Ecoutez, j'essaye de me montrer diplomate, répondit-il. Mais croyez-moi sur parole : je ne conviens pas pour cette mission.

— Samantha, avez-vous quelqu'un d'autre de disponible ? s'enquit Lloyd.

— Non, désolée, Roman. Je sais ce qui vous ennuie dans cette histoire, mais il va falloir faire avec.

Samantha était la seule personne à San Francisco à être au courant des motifs qui avaient conduit Roman à quitter la police de Los Angeles, et du rôle joué par la presse dans la tragédie qui avait ruiné sa carrière. Il lui avait tout raconté lors de l'entretien d'embauche qu'il avait passé avec elle par téléphone, convaincu que cet aveu réduirait probablement à néant ses chances de décrocher ce poste très convoité, mais se doutant que, de toute façon, Samantha finirait tôt ou tard par entendre des rumeurs. Ainsi, lorsqu'elle l'avait interrogé sur les raisons de sa démission de la police, il lui avait répondu qu'on l'avait arrêté pour meurtre, et que les autorités ne parvenant pas à rassembler suffisamment de preuves pour le juger, les journaux s'en étaient chargés à leur place.

Dieu merci, Samantha ne lui avait pas demandé s'il était coupable, lui évitant par là même d'avoir à lui révéler ce qu'il avait fait. Elle ne l'aurait jamais recruté si elle avait su de quoi il s'agissait… Au grand soulagement de Roman, elle s'était contentée de déclarer qu'elle appréciait son honnêteté et l'avait engagé le lendemain.

— Samantha… ne pourrait-on envoyer Lloyd à une autre agence ? suggéra-t-il.

Un éclat de rire fusa du haut-parleur du téléphone.

— Enfin, voyons, ce n'est pas en donnant du travail à la concurrence que l'Agence Spade s'est hissée au top niveau dans la profession ! répliqua-t-elle.

— Quel est le problème, Roman ? s'enquit Lloyd. Que reprochez-vous à Summer ?

— Je n'ai pas beaucoup d'estime pour les colporteurs de rumeurs.

— Ecoutez…, commença Lloyd.

— Je vous en prie, l'interrompit Roman, ne vous fatiguez pas à m'expliquer que Mlle Love est une journaliste réellement digne de confiance.

— Contrairement à ce que vous semblez penser, elle l'est. C'est une vraie journaliste d'investigation.

Roman s'esclaffa.

— Par ailleurs, poursuivit Lloyd, je tiens à vous préciser que bien des gens seraient prêts à n'importe quoi pour voir leur nom apparaître dans sa rubrique. Parce que cela profite à leur carrière ou à leur image de marque.

— Belle démonstration, commenta Roman, mais vous n'arriverez pas à me convaincre que Mlle Love ne capture jamais de personnes innocentes dans sa toile tissée de on-dit et d'insinuations.

Lloyd se mit à rire.

— Enfin, Roman, Summer n'est pas une araignée ! C'est une jeune femme adorable qui essaye simplement de gagner sa vie. Ses parents étant morts, je me sens responsable d'elle et je compte faire en sorte qu'elle soit protégée.

— … De sa propre inconscience, ajouta Roman.

— Comment ça ?

— Tout à l'heure, vous disiez qu'elle avait écrit quelque chose d'imprudent dans sa rubrique. C'est à cause de cela qu'elle a des ennuis.

Lloyd soupira et repassa le magazine à Roman.

— Reportez-vous de nouveau à la page de *Signaux de fumée*, indiqua-t-il.

Roman s'exécuta. Le regard de Summer Love rencontra le sien.

— Et maintenant ? demanda-t-il en s'éclaircissant la voix.

— Lisez le troisième entrefilet, répondit Lloyd.

Roman repéra le passage en question et commença à le lire tout haut :

— « Un certain personnage appartenant au gotha de San Francisco, et peut-être légèrement déséquilibré, semble aller un peu trop loin dans l'adoration qu'il voue à une femme très connue — et mariée — de sa connaissance. Les signaux de fumée m'informent en effet que les tentatives de ce monsieur pour obtenir les faveurs de cette dame sont passées du harcèlement téléphonique au chantage pur et simple. Mais une cassette audio conservant toute l'histoire est cachée en lieu sûr. Les journaux à sensation ne demanderaient sans doute qu'à s'emparer de l'affaire… Naturellement, si notre ami renonce à son obsession et laisse enfin la dame tranquille, la cassette pourrait ne jamais servir. A lui de décider. »

Roman leva les yeux.

— C'est un peu fort de café pour une rubrique des échos, non ? observa-t-il.

— Quand Summer m'a apporté l'article afin de le soumettre à mon approbation, je n'étais pas très rassuré à l'idée de publier ces lignes, confessa Lloyd. Mais malgré tout, je ne les ai pas censurées. Avec le recul, je me rends compte que c'était une grave erreur.

— Pour quelle raison ?

— Hier — le lendemain de la sortie de ce numéro dans les kiosques — une personnalité mondaine du nom de Carolyn Cox a disparu sans laisser de traces.

— Hm, hm, fit Roman en se frottant le menton.

— Carolyn était — est, se reprit Lloyd — une relation de Summer. J'ai demandé à celle-ci si c'était la femme à laquelle elle se référait dans sa rubrique, et elle me l'a confirmé.

— Et vous pensez que cette Carolyn Cox a été victime d'un acte malveillant de la part de l'homme que Mlle Love visait dans cet article, enchaîna Roman.

— Oui, c'est possible.

— Et que Mlle Love — qui connaît l'identité de cet individu et, vraisemblablement, l'endroit où est dissimulée la cassette — court un danger et a besoin d'une protection.

— C'est à peu près ça.

— Pourquoi Mlle Love n'est-elle pas venue ici elle-même ?

— Ah. Eh bien…

— Non, attendez, laissez-moi deviner, l'interrompit Roman. Elle refuse d'admettre que sa sécurité est menacée et ne voit pas l'utilité d'avoir un garde du corps.

— Décidément, il est doué ! déclara Lloyd à l'adresse de Samantha.

— Je vous l'avais bien dit, claironna-t-elle.

Lloyd se tourna de nouveau vers Roman.

— Effectivement, Summer considère que je dramatise,

reconnut-il. Elle m'a confié qu'elle avait rencontré l'homme en question il y a quelques mois, à l'occasion d'une interview…

— De qui s'agit-il ? s'enquit Roman.

— Elle n'a pas voulu me dévoiler son nom. En revanche, elle affirme que, bien qu'ayant un tempérament un peu bizarre, il est foncièrement inoffensif et n'a pas le profil d'un meurtrier.

Roman se mit à rire d'un ton lugubre.

— Vous savez, des meurtriers, il y en a de toutes les sortes ! souligna-t-il.

— Oui, je sais bien, déclara Lloyd. Mais Summer est… assez jeune et…

— … Très imprudente, acheva Roman.

— Que voulez-vous ? plaida Lloyd. Elle est le produit de son éducation. C'est un esprit libre.

Le regard de Roman vagabonda sur la photo de Summer Love : pose lascive, seins libres sous la robe… Oui, en effet. D'un geste brusque, il referma le magazine.

— Et qu'est-il arrivé à Mme Cox, d'après Mlle Love ? demanda-t-il.

— Elle pense qu'elle a simplement quitté la ville afin d'échapper à cet homme. Mais Summer refuse de fournir d'autres détails par peur de répandre de fausses allégations. En outre, elle dit que si l'affaire s'ébruite, certaines informations susceptibles de nuire gravement à Carolyn pourraient éclater au grand jour.

— Des informations concernant une liaison extra-conjugale, par exemple ? suggéra Roman.

— Peut-être, convint Lloyd en haussant les épaules. En tout cas, Summer soutient que Carolyn va bientôt revenir et qu'il n'y a pas lieu de s'alarmer. Je lui ai proposé de lui fournir un garde du corps, mais son indépendance compte plus que tout pour elle. Elle m'a répondu qu'elle n'avait aucune intention de laisser un…

Il s'interrompit d'un air penaud.

— Un gorille ? lança Roman.

Lloyd s'éclaircit la voix.

— … lui coller aux basques et lui casser la baraque, acheva-t-il.

— Hm, hm. Ça tombe bien ! Le gorille n'a absolument aucune envie de coller aux basques de Mlle Love, rétorqua Roman, songeant qu'il était préférable de se tenir à l'écart d'une femme qui exerçait tant d'attraits sur lui. Il est hors de question que je joue les baby-sitters auprès d'une journaliste excentrique qui ne veut pas de mes services !

— A votre place, je ne serais pas aussi catégorique, insinua Samantha de cette voix affûtée comme une lame que Roman ne connaissait que trop bien.

— Ce qui signifie ?

— Vous aimez travailler pour mon agence, Roman ?

Il serra les dents devant la menace implicite de Samantha. Non qu'il raffolât du métier de garde du corps — ni qu'il le détestât, d'ailleurs —, mais en tout cas, ça valait mille fois mieux que d'être au chômage. Et Samantha le savait. Elle savait aussi qu'avec les états de service qu'il traînait derrière lui, il lui serait pratiquement impossible de retrouver un emploi — du moins, un poste aussi lucratif que celui que l'agence lui fournissait. De toute évidence, Samantha le tenait.

— Vous êtes vraiment cynique, maugréa-t-il.

Samantha gloussa.

— Alors ? Vous acceptez la mission ?

— Je n'ai pas tellement le choix, il me semble.

— Vous êtes un ange, Roman.

— Bon, me voilà soulagé, déclara Lloyd. Vous me faites l'effet d'un type compétent. Summer sera entre de bonnes mains, avec vous.

— Puisque cette jeune femme ne veut pas d'un gorille à ses basques, comment suis-je censé m'y prendre ? s'informa Roman. Quelle stratégie suggérez-vous ?

— J'ai bien réfléchi au problème, affirma Lloyd. Je me disais que vous pourriez peut-être vous contenter de... la suivre discrètement. A son insu.

Roman ronchonna.

— On prétend que vous savez vous montrer « caméléonesque », poursuivit Lloyd. Ça va être le moment de nous en faire la démonstration, croyez-moi, car Summer est une maligne, très observatrice. Rien ne lui échappe... Tout à l'heure, je vous donnerai son emploi du temps, son adresse et les endroits qu'elle fréquente habituellement. Tout ce que vous aurez à faire, c'est de rester à distance.

— Autrement dit de la surveiller. Sauf que surveiller n'est pas *protéger*, souligna Roman. Je ne peux pas garantir la sécurité d'une cible exposée et éloignée de moi.

— Une cible exposée ? Qu'entendez-vous par là ? demanda Lloyd.

— C'est le terme qu'on utilise pour désigner une personne sans défenses, expliqua Roman. Normalement, la première étape de mon travail consiste à créer un rempart autour de la cible, autrement dit d'établir certains dispositifs de prévention — par exemple l'installation d'un système d'alarme électronique à son domicile. Par ailleurs, j'aurais besoin que Mlle Love prenne différentes précautions.

Mark l'observa tout en faisant des ronds avec la fumée de son cigare.

— Bref, sans la participation de l'intéressée, je ne peux ni évaluer ni écarter les menaces qui pèsent sur elle, ajouta Roman.

— Là, je dois reconnaître que Roman a raison, concéda Samantha. Assurer la sécurité d'une personne est une tâche bien plus compliquée que tu ne sembles l'imaginer, Lloyd. Mes hommes sont spécialisés dans la protection rapprochée de haut niveau, et pour que leur action soit d'une efficacité optimale, il faut que la cible bénéficie d'un large arsenal de défense et que l'agent chargé de veiller sur elle demeure à son côté en permanence.

— Je suis conscient que ma requête est un peu hors sujet, admit Lloyd. Hélas, je connais Summer : jamais elle n'acceptera les contraintes que suppose une protection intensive.

— Que les choses soient claires entre nous, Lloyd. Moi aussi, je connais Summer, lui rappela Samantha. J'ai de l'affection pour elle, et je tiens à ce qu'elle soit parfaitement protégée. Cependant, cette mission comporte des difficultés qui risquent d'affecter sérieusement la qualité du service fourni.

— Vous savez, je ne pourrai pas la surveiller vingt-quatre heures sur vingt-quatre, souligna Roman.

— J'en suis conscient, déclara Lloyd. De toute façon, elle n'est pas vulnérable tout le temps. En général, elle passe la matinée à son bureau dans les locaux du magazine. C'est là qu'elle se trouve en ce moment. J'ai une confiance absolue en ses collègues de travail. Summer n'a rien à craindre d'aucun d'eux.

— Et son appartement ? s'enquit Roman. Est-ce qu'il y a un gardien dans l'immeuble ?

— Non, elle habite une ancienne boutique de cigares à Oakland. Je présume qu'elle a des serrures convenables, mais je n'en suis pas sûr à cent pour cent.

— Génial ! grommela Roman.

— Faites de votre mieux, le pria Lloyd. C'est tout ce que je vous demande.

— Il me faudrait une photo de Mme Cox, précisa Roman.

— Rassure-toi, Lloyd a tout prévu, déclara Mark.

Du fourbi entassé sur son secrétaire, il sortit un deuxième numéro de *Gold Rush* et le tendit à Roman.

— Page soixante-deux…

Sur la page en question, Roman découvrit une série de clichés pris lors d'un gala de charité.

— Vous voyez la photo en bas à droite ? demanda Lloyd. Eh bien, la femme au centre, c'est Carolyn. Et l'homme à sa gauche, c'est son mari.

Roman examina la scène. Le photographe avait capturé l'image d'une rouquine menue, vêtue d'un fourreau à paillettes. Juste au-dessus de la lanière de son escarpin, elle portait un tatouage en forme de cœur. Le mari — un homme au visage bouffi — tournait la tête de côté, sirotant une coupe de champagne d'un air blasé. A la droite de Carolyn Cox se tenait un quadragénaire en smoking. Il se penchait légèrement vers elle afin de lui murmurer quelque chose à l'oreille. Avec sa silhouette mince, son front dégarni et ses petits yeux enfoncés, il ressemblait vaguement à un furet.

— Puis-je garder ces magazines ? s'enquit Roman.

— Naturellement, répondit Lloyd.

Il tira une carte de visite de sa poche et la remit à Roman.

— Voici l'endroit où vous pourrez me joindre, précisa-t-il.

— Affaire conclue, donc, déclara Samantha. Mark, si vous voulez bien rédiger le contrat…

— Ce sera fait.

Lloyd serra la main de Roman.

— Merci, dit-il. Je suis sûr que tout se passera bien.

« Ça, songea Roman, je n'en mettrais pas ma tête à couper. »

1

De son téléobjectif, Roman balaya lentement les bateaux à quai et les touristes déambulant sur le port, jusqu'à ce qu'il capture Summer Love dans son viseur. Il l'avait ainsi « suivie » tout l'après-midi. Elle était encore en train d'éclater de rire — décidément, ça lui arrivait souvent — en écoutant l'amie qui l'accompagnait : une jeune femme à la peau caramel, avec une abondante chevelure noire et frisée.

Le rire de Summer devait être délicieusement rauque et aussi spontané que celui d'un enfant, songea Roman. Quant à son sourire, il était éclatant, radieux.

Roman appuya sur le déclencheur tout en sachant qu'il avait déjà consacré trop de pellicules à la jeune femme. La logique aurait dicté qu'il se concentre en priorité sur les passants afin de repérer un éventuel suspect — un visage qui reviendrait anormalement souvent et dans plusieurs endroits différents, par exemple. Mais son objectif était attiré vers Summer.

Usant de diverses astuces pour éviter qu'elle ne le repère, Roman filait la jeune femme depuis la veille. En fait, depuis l'issue de la réunion où il avait accepté la mission. Aussitôt, il s'était rendu au siège de *Gold Rush* et avait attendu dehors jusqu'à ce que Summer quitte son travail, en fin de matinée. Puis, il l'avait suivie à pied et en bus dans toute la ville, et enfin jusqu'à Oakland, via le métro aérien qui traversait la baie.

Au départ, sachant qu'on attaque très souvent les gens devant leur domicile plutôt que n'importe où ailleurs, il voulait simplement s'assurer qu'elle regagnerait son appartement sans encombre — après, il comptait rentrer chez lui. Mais en découvrant le quartier délabré dans lequel elle vivait et la ridicule échoppe qui lui servait de maison, avec sa porte de verre munie d'une serrure archaïque, il avait compris qu'il ne pouvait pas laisser la jeune femme la nuit sans protection. Reprenant alors le métro jusqu'à son propre appartement, il avait rassemblé dans un sac son matériel de surveillance — jumelles, lampe de poche, équipement infra-rouge, téléphone portable, sandwichs et café — et était retourné à Oakland au volant de sa Corvette noire.

Il avait passé la nuit garé dans la rue où elle habitait, à bonne distance de sa porte… mais sans rien remarquer de louche, mis à part deux motards en blouson clouté qui, vers 2 h 30, avaient arrêté leur engin devant l'immeuble voisin et y étaient entrés.

Ce matin, une fois la jeune femme en sécurité à son travail, Roman était reparti chez lui dormir une heure ou deux, puis avait répété le schéma de la veille, filant Summer Love depuis les bureaux de *Gold Rush* jusqu'à l'école des beaux-arts de San Francisco, où, d'après Lloyd, elle étudiait la photographie. Là, dans un amphi plongé dans l'obscurité, elle avait assisté à un cours magistral accompagné d'une projection de diapositives. Se glissant discrètement dans la salle, Roman s'était assis au dernier rang. Au fond de lui, il éprouvait une certaine inquiétude à l'idée de veiller sur une cible aussi vulnérable. Summer faisait tout le contraire de ce qu'aurait dicté la prudence : elle ne variait jamais son emploi du temps, elle était constamment entourée d'inconnus et se déplaçait toujours à pied ou en transport en commun — ce qui augmentait considérablement les risques qu'elle encourait. Aux dires de Lloyd, elle ne possédait même pas de voiture. Aussi, lorsqu'elle devait assurer la couverture de certains événements pour le magazine, il louait une limousine avec chauffeur.

A la fin du cours, Summer était allée retrouver la fille aux cheveux frisés devant la fontaine située dans le patio de l'école. Puis, elles s'étaient dirigées vers le port, où elles avaient déjeuné de crevettes tout en flânant sur le front de mer.

Ce travail de surveillance déplaisait à Roman. Il avait toujours trouvé le job à la fois ennuyeux et stressant, parce qu'il exigeait une attention soutenue sans offrir pour autant de distractions en contrepartie. Un élément, cependant, rendait sa mission auprès de Summer Love plus que supportable : celui d'avoir à sa charge un sujet aussi ravissant.

Car il fallait bien le reconnaître : Summer lui paraissait tout aussi irrésistible en chair et en os que sur la photo du magazine. Pourtant, elle ne correspondait guère au type de femme pour lequel il éprouvait habituellement de l'attirance, dans la vie. Il avait toujours aimé les femmes sexy mais strictes — avec une préférence pour les filles en uniforme, genre hôtesses de l'air, ou même flics, du moment qu'elles n'appartenaient pas à sa brigade. Car vu le caractère bref et purement physique de ses aventures amoureuses, il était hors de question de coucher avec des collègues de travail !

Summer, elle, était l'antithèse d'une fille stricte. Elle respirait la santé, et semblait tout droit sortie de la période Peace and Love. Vraiment, elle ne passait pas inaperçue dans la foule : grande, jolie, rayonnante, les cheveux attachés à la diable, vêtue d'une robe couleur soleil qui soulignait ses longues jambes et suffisamment transparente pour qu'on devine tout le reste lorsqu'elle se tenait à contre-jour, dans la lumière déclinante…

Soudain, relevant ses lunettes de soleil sur sa tête, la jeune femme sortit son appareil photo de la sacoche qu'elle transportait. Et Roman la vit braquer son objectif… sur lui !

Dans sa direction, en tout cas.

Il se tourna aussitôt et s'éloigna de quelques mètres. Sa cliente l'avait-elle remarqué en train de la photographier, par hasard ? L'avait-elle tout simplement *remarqué*, repéré ? Pourtant, il s'était changé trois fois au cours de la journée.

Il risqua un œil derrière lui et trouva les deux jeunes femmes en train de rire, une fois de plus. Peu après, Summer remit l'appareil photo dans la sacoche, embrassa son amie et la quitta.

Roman compta jusqu'à dix, puis lui emboîta le pas tout en se maintenant à une distance prudente et en fouillant dans son sac afin d'opérer un rapide changement de vêtements. Il rangea son téléobjectif, enfila une chemise en chambray par-dessus son T-shirt et troqua les lunettes à monture d'écaille contre des lunettes de soleil réfléchissantes. Puis il vissa une casquette de base-ball sur sa tête…

… Entretemps, Summer avait disparu.

Mais où était-elle passée ?

Soudain, il la localisa grâce à sa robe jaune soleil. Elle était en train de grimper dans un tramway qui descendait Hyde Street en carillonnant. A peine était-elle montée à bord que le trolley commença à prendre de la vitesse. Roman dut piquer un sprint pour le rattraper, et lorsque, enfin, il parvint à sauter sur la plate-forme, il était hors d'haleine et passablement irrité.

Bon sang, c'était vraiment la prestation la plus bidon qu'il ait jamais eue à effectuer ! Tu parles d'une mission ! Rien qu'aujourd'hui, Summer Love aurait pu être kidnappée ou assassinée une douzaine de fois sans qu'il puisse faire quoi que ce soit, mis à part assister à la scène, impuissant !

Il paya son ticket et resta sur la plate-forme extérieure pendant tout le trajet, s'efforçant de ne pas perdre la jeune femme des yeux malgré l'affluence. Elle descendit au terminus et entra dans le métro aérien qui assurait la liaison jusqu'à Oakland. Roman fit le voyage dans le wagon voisin, puis la suivit discrètement tandis qu'elle se dirigeait vers son domicile, et s'arrêtait au passage chez un marchand de primeurs et chez le boulanger.

Au moment où la jeune femme arrivait devant sa porte, un sifflement admiratif retentit et Roman sentit ses cheveux se hérisser : une demi-douzaine de motards bâtis comme des armoires à glace émergèrent d'un pas nonchalant de l'allée qui séparait l'appartement de Summer de l'immeuble voisin. Ils portaient tous un blouson de cuir noir avec, inscrit au dos en lettres jaunes, « Les Démoniaques ».

Le malabar qui ouvrait la marche — l'un des deux hommes que Roman avait aperçus la nuit précédente — arborait une longue barbe rousse et druc, un bandana noué autour de la tête et une paire de Ray Ban. Il faisait des bruits obscènes avec sa bouche en s'adressant à Summer tandis que lui et ses acolytes encerclaient la jeune femme.

— Hé, salut, poupée ! lança Barberousse, qui semblait être le chef de la bande.

Tout en se débattant d'une main avec ses sacs de provisions et en fouillant, de l'autre, dans sa sacoche, visiblement à la recherche de ses clés, Summer jeta un coup d'œil derrière elle.

— Alors, les garçons ? Vous n'avez pas trouvé d'épicerie à dévaliser ce soir ? demanda-t-elle.

Les motards se mirent à rire.

— Non, aujourd'hui, on a envie de s'éclater un peu, répondit le leader. Qu'est-ce que vous en pensez, miss Love ? Ça vous dirait une petite fête ?

— Tu n'abandonnes donc jamais, Félix ? répliqua-t-elle. Pourtant, tu sais bien que toi et moi on ne partage pas les mêmes…

L'homme s'approchait dangereusement de Summer. Alors, Roman décida d'intervenir. Il bondit, matraque à la main et fit irruption au milieu du gang avant de s'interposer entre Félix et Summer. De surprise, elle laissa tomber ses sacs.

— Vous avez entendu la demoiselle ? fit Roman en brandissant la matraque. Fichez-lui la paix !

— Qui êtes-vous ? protesta-t-elle en essayant de l'écarter. Je suis tout à fait capable de me débrouiller seule !

Roman l'agrippa par le bras et la repoussa brutalement derrière lui.

— Restez tranquille ! ordonna-t-il.

Les motards le contemplèrent bouche bée.

— Bon sang, qu'est-ce que c'est que ce machin ? ricana Félix en regardant la matraque.

— Avec ça, je peux te démolir le portrait en deux secondes, assura Roman.

Glissant la main à l'intérieur de son blouson, Félix en sortit un fusil à canon scié et le pointa sur le visage de Roman.

— Et moi, avec ça, je peux t'exploser la tronche, riposta-t-il.

D'un geste fulgurant, Roman abattit sa matraque sur la main de Félix et le fusil alla atterrir sur le trottoir. Il repoussa alors l'arme du pied, puis, d'un revers, il assena un coup rapide à son agresseur, qui tomba à genoux en hurlant et en se tenant le ventre.

Aussitôt, les autres motards dégainèrent leurs propres fusils et armèrent.

Acculé, Roman lâcha alors la matraque, sortit son Beretta et l'appliqua contre la tempe de Félix, toujours agenouillé.

— Si je meurs, il meurt aussi, déclara-t-il.

A cet instant, Summer croisa les bras et soupira avec une lassitude amusée.

— Allez, le spectacle est terminé, les gars. Vous, là, dit-elle à l'intention de Roman, je vous présente mon voisin Félix et ses copains — des connaissances de longue date qui ne veulent que mon bien. Félix, poursuivit-elle en s'adressant au motard, fais-moi l'honneur de saluer l'imbécile qui me suit depuis des heures en s'imaginant que je ne m'en suis pas aperçue… mais qui, lui aussi, ne me veut que du bien.

2

Tandis qu'il finissait de préparer une salade, Roman épia sans aucun scrupule la conversation qui se déroulait entre Summer et Lloyd.

— Lloyd, c'est moi, dit-elle.

Elle cala le combiné contre son menton, agita un bocal rempli de liquide et dévissa le couvercle. Une bonne odeur d'ail et de citron se répandit dans la pièce, faisant saliver Roman.

— Je suis dans ma cuisine avec le gorille que tu as engagé contre mon gré, poursuivit-elle en lui lançant un regard malicieux tandis qu'elle versait la vinaigrette sur la salade.

Roman ne broncha pas. Elle aurait été trop contente qu'il relève le terme ironique de « gorille ».

— Je vais lui donner à manger, et ensuite, je le renverrai chez lui, dans son zoo, déclara-t-elle. D'ailleurs, si ce n'est pas trop te demander, pourrais-tu, s'il te plaît, lui expliquer que son contrat est terminé et que…

Elle s'interrompit et fronça les sourcils ; Roman entendit la voix de Lloyd grésiller indistinctement à travers l'écouteur.

— Compétent ! Tu parles ! s'exclama-t-elle en attrapant deux grandes cuillers et en mélangeant furieusement la salade. Il a menacé mon voisin avec un revolver !

— Donnez-moi ce téléphone, protesta Roman.

Il essaya de s'emparer du combiné, mais la jeune femme se déroba.

— Si, je te promets, continua-t-elle. Mon voisin Félix — un type adorable — s'arrête pour faire un brin de causette avec moi, et soudain, voilà que ton Rambo de service dégaine son pistolet…

— Summer…, grommela Roman.

— S'il y a eu provocation ? Non, absolument pas, assura-t-elle avec un petit sourire en coin. Félix est la bonté même.

— Summer, donnez-moi ce téléphone.

— Allez, Lloyd, sois gentil, annule le contrat. Je te l'ai déjà dit, je n'ai pas besoin d'un garde du corps. C'est du temps et de l'argent gâchés… Mais non, je ne suis pas en danger ! Je me tue à te le répéter. En plus, au cas où tu l'aurais oublié, je te rappelle que j'ai une rubrique hebdomadaire à tenir. Je ne vais tout de même pas aller de réception en réception avec une espèce de Robocop planté derrière moi alors que j'essaye de recueillir des informations pour mes articles. Comment veux-tu que les gens se confient à moi en sa présence ? Et puis, après ce qui s'est passé aujourd'hui, qui sait de quoi il est capable ? A l'instant où je te parle, il a un couteau pointé sur moi, déclara-t-elle en souriant à Roman d'un air goguenard.

N'y tenant plus, Roman posa brutalement le couteau sur le comptoir et arracha le combiné de la main de Summer.

— Lloyd, ici Roman. Je tiens absolument à vous préciser…

— Ne vous tracassez pas, Roman. Je suis persuadé que vous avez agi comme il le fallait, déclara Lloyd.

La jeune femme revint dans la cuisine et sortit deux verres du placard.

— Elle ne veut pas de protection, Lloyd, je ne peux pas honorer cette mission.

Elle lui jeta un regard en biais tandis qu'elle remplissait d'eau les verres.

— Et moi, je maintiens votre contrat, déclara Lloyd. Que Summer le veuille ou non, elle va devoir s'habituer à votre présence.

— Auriez-vous un moyen de la convaincre ?

— Oui, et simple ! Je vais lui faire du chantage.

— Du chantage ? répéta Roman.

— Comment ça, du chantage ? s'écria Summer en regardant Roman d'un air suspicieux.

— Oui, maintenant qu'elle vous a démasqué, je n'ai plus le choix, plaida Lloyd. Je vais lui expliquer qu'elle est libre de refuser vos services, mais que dans ce cas-là, j'arrête de publier sa rubrique. Pas de garde du corps, pas de travail. Et sans travail, pas de salaire.

— Est-ce qu'elle dispose d'une autre source de revenus ? s'enquit Roman, un peu alarmé par ce stratagème.

A ces mots, Summer écarquilla les yeux.

— Donnez-moi ce téléphone ! s'écria-t-elle.

Elle essaya d'atteindre le combiné, mais Roman cala l'appareil sous son menton et lui attrapa les poignets. Malgré les efforts de la jeune femme pour se dégager, il résista fermement tout en écoutant Lloyd lui confier qu'elle n'avait pas d'autres revenus et qu'elle serait donc obligée de coopérer.

— Lâchez-moi ! protesta Summer en se débattant, la mine furieuse et passablement angoissée.

A cet instant, Roman ne put s'empêcher d'avoir pitié d'elle. Au fond, sous ses dehors excentriques et sophistiqués, elle avait un côté enfantin qui la rendait attendrissante. L'idée de lui forcer la main pour qu'elle accepte sa présence ne le séduisait guère, mais en même temps, il ne voyait pas d'autre solution pour assurer la sécurité de la jeune femme.

— Passez-la-moi, dit Lloyd.

Roman rendit sa liberté à Summer et lui tendit le téléphone.

— Lloyd ? Qu'est-ce que c'est que cette histoire à propos de mes revenus ? s'enquit-elle.

Roman s'empressa de quitter la cuisine tout en se demandant pourquoi il se sentait si honteux alors qu'il n'avait rien à se reprocher. En arrivant dans le séjour, il trouva la table mise, mais il était trop tendu pour s'asseoir. Afin de tromper sa nervosité, il jeta un œil sur les portraits accrochés au mur. Au fond de la pièce, posées sur une bibliothèque faite de parpaings et de planches, il remarqua au passage un petit groupe de photos encadrées, disposées en quinconce et séparées par des bougies. Mû par la curiosité, il s'approcha. Un couple de hippies blonds, qui ne pouvaient être que les parents de Summer, figurait sur la plupart des clichés. Il y avait également une photo de Lloyd où on le voyait arborant un large sourire, le cigare à la main, et une autre où l'on apercevait Summer, son amie Lily et trois jeunes gens chevelus en train de se prélasser sur le rebord de la fontaine, à la faculté des arts. Summer était assise sur les genoux de l'un des garçons ; il avait les pieds nus et un anneau à l'oreille.

Aussitôt, le commentaire de la jeune femme lui revint à l'esprit : vous n'avez pas idée à quel point vous seriez craquant si vous vous laissiez pousser les cheveux…

Poursuivant son exploration, Roman repéra un instantané représentant trois adolescentes en blazer d'écolière bleu marine, jupe écossaise et mi-bas, prises devant un portail en pierre d'architecture gothique. Elles se donnaient le bras et riaient tandis qu'elles levaient la jambe toutes les trois en même temps. Parmi le trio, Roman reconnut Summer. C'était celle qui se tenait au centre. Elle devait avoir une quinzaine d'années. Sa veste était déboutonnée et, par endroits, on voyait les pans de son corsage blanc dépasser de sa jupe. Par contraste avec la sévérité de son uniforme, elle portait du rouge à lèvres vermeil et des pendants d'oreilles en forme de symbole de la paix. Comment des hippies avaient-ils pu envoyer leur fille dans un collège aussi conservateur ?

— Alors, il paraît que vous avez démissionné de la police ?

Roman se retourna et trouva Summer derrière lui, le visage de marbre. Manifestement, la conversation avec Lloyd était terminée.

L'expression austère de la jeune femme le rendait nerveux.

— Lloyd dit que vous étiez une sorte d'agent d'élite affecté aux stups, là-bas, à Los Angeles, déclara-t-elle. Ça ne vous manque pas, les enquêtes ?

— Non.

Summer retira les épingles de sa chevelure en désordre, et ses mèches soyeuses retombèrent lentement sur ses épaules nues.

— Avec un tel bagage, vous auriez pu travailler en tant que détective privé au lieu de devenir garde du corps, poursuivit-elle.

— La profession de privé ne m'attirait pas du tout.

— Ah bon ? Pourquoi donc ? Pourtant, ça doit être génial de pouvoir gagner sa vie en menant des enquêtes. Personnellement, c'est la partie que je préfère dans mon métier — creuser pour découvrir la vérité.

— Moi, ça ne m'intéresse pas, déclara-t-il en s'efforçant

de rester concentré sur la conversation, qui, une fois de plus, s'orientait vers un domaine qu'il n'avait aucune envie d'aborder.

— C'est pour cette raison que vous avez démissionné ? s'enquit-elle. A moins qu'on ne vous ait… renvoyé ?

— Et vous, c'est comme ça que vous vous y prenez pour tirer les vers du nez à vos interlocuteurs ? contra-t-il. En les harcelant ? J'aurais cru que vous étiez plus fine.

— Je sais me montrer fine quand il le faut, rétorqua-t-elle en le fixant d'un œil froid et hautain. Simplement, je pensais qu'avec vous, ce n'était pas nécessaire. Il semblerait que je me sois trompée.

Elle tendit la main pour attraper une chaise, mais Roman la devança et écarta le siège pour elle. Manifestement peu habituée à ce genre de politesses, elle hésita un instant avant de s'asseoir.

— Oh ! j'allais oublier. J'ai de la bière au frais et une bouteille de vin. Vous en voulez ? proposa-t-elle.

— Non, merci, répondit-il en s'installant en face d'elle. Je ne bois jamais pendant le service. Mais ne vous gênez pas, allez-y.

— Non, c'est pour vous que je disais ça. Moi, j'ai horreur de l'alcool, grimaça-t-elle. Sauf le champagne. Et encore.

— Vous savez, il faut du temps pour apprendre à apprécier l'alcool, observa Roman en se remémorant la nausée dont il avait été victime la première fois où il avait goûté à la tequila, à l'âge de treize ans.

— Peut-être, mais je ne vois pas l'utilité d'apprendre à apprécier ce qui nuit à la santé.

— Pourtant, je suis sûr qu'il vous arrive de vous allumer un joint ou de sniffer une ligne de coke à l'occasion.

Avec le genre de vie qu'elle menait, ça devait même lui arriver assez souvent, songea-t-il tout haut.

— Quel « genre de vie » ? Vous ne me connaissez même pas !

— Ecoutez, Summer. Je suis resté suffisamment de temps à la brigade des stups pour reconnaître le type de personne qui s'adonne aux drogues récréatives. Et je peux vous assurer que vous correspondez parfaitement au profil !

— Type ! Profil ! Vous n'avez que ces mots-là à la bouche. Hé, oh, réveillez-vous, Fitzpatrick ! C'est un être humain en chair et en os qui vous parle. Et contrairement à ce que vous imaginez, je ne touche pas à la drogue.

Elle prit le saladier et se servit d'un air pensif, puis tendit le plat à Roman.

— Alors, enchaîna-t-elle sur le ton de la conversation, votre expérience dans la police a dû être une bonne préparation au métier de garde du corps, non ?

Roman la soupçonna d'avoir simplement changé de tactique pour mieux le cuisiner au sujet des raisons de sa démission. Oui, c'était clair. Elle espérait lui soutirer l'information en douceur.

De fait, il fallait reconnaître qu'elle disposait d'excellents atouts pour mettre les gens dans sa poche. Outre son incroyable beauté, elle avait un côté désarmant auquel il était difficile de résister, et ces deux ingrédients réunis lui avaient sans doute permis d'accéder au jardin secret de bon nombre de personnes — surtout des hommes.

— Il est vrai que, au cours de ma formation d'officier, j'ai appris à maîtriser certaines techniques très utiles telles que le tir, le combat à mains nues, le secourisme ou la manière de semer ses assaillants lors d'une poursuite en voiture. Et j'ai pu affiner mon sens de l'observation. Néanmoins, j'ai aussi acquis des réflexes conditionnés dont il m'a fallu me défaire afin de devenir un bon garde du corps.

— Quel genre de réflexes ? demanda Summer en se coupant du pain.

— Eh bien, par exemple, à l'école de police, on vous entraîne à vous mettre à couvert dès que vous entendez les premiers coups de feu. Mais le garde du corps, lui, doit faire exactement l'inverse. Il faut qu'il reste debout et protège son client avec son propre corps.

A ces mots, Summer parut soudain plus attentive. Son expression renfrognée avait disparu, et elle dévisageait maintenant son hôte avec intérêt.

— Sérieusement ? Vous seriez capable d'un tel geste ? s'enquit-elle.

— Bien sûr. D'ailleurs, ça m'est déjà arrivé. Vous voulez bien me passer le pain, s'il vous plaît ?

Elle poussa la miche vers lui, qu'il rompit.

— Quand ça ? demanda-t-elle en appuyant les coudes sur la table et en se penchant en avant, délaissant sa salade.

— Il y a deux ou trois mois. Entre parenthèses, je ne voudrais pas critiquer vos habitudes alimentaires, mais c'est tout ce qu'il y a au menu ? De la salade et du pain ? Vous êtes végétarienne ou quoi ?

— Par principe, je ne mange jamais de viande ni de poisson.

— Pas très gai…

— Qui était ce client pour lequel vous avez failli prendre une balle ? insista-t-elle.

— Je n'ai pas failli, rectifia-t-il. J'ai réellement pris une balle.

— On vous a tiré dessus ?

— Oh ! rien de grave. Juste une blessure superficielle au bras gauche. Les tueurs n'ont pas eu le temps d'aller plus loin. Je les ai descendus tous les deux.

Summer resta bouche bée.

— Vous les avez abattus ? murmura-t-elle.

— Sans scrupule, répliqua-t-il sèchement. De toute façon, c'étaient des crapules.

— Ils ont eu le châtiment qu'ils méritaient, alors.

— Absolument.

— Qui était votre client ? répéta-t-elle.

— Le directeur d'un journal de Bogotá qui avait publié un article dénonçant les activités d'un cartel de la drogue installé dans la région.

— On vous a envoyé jusqu'en Colombie ?

— Je suis spécialisé dans la protection des cadres d'entreprise américains travaillant en Amérique latine. On m'a affecté à ce type de mission parce que je parle couramment l'espagnol.

— L'héritage de votre mère mexicaine, je suppose ?

— Exact.

— Moi, j'ai étudié le latin. Pas très utile dans la vie pratique…

— Le latin ?

— Je n'avais pas le choix. C'était obligatoire à Notre-Dame-des-Martyres.

Tout en mangeant, Roman jeta un coup d'œil vers la photo des trois adolescentes en blazer.

— J'ai vu ce cliché, tout à l'heure, confia-t-il. Franchement, je n'ai pas pu m'empêcher de me demander ce qu'une fille d'allure aussi libre que vous fabriquait dans un établissement pareil.

— Eh bien, en général, je passais mon temps à essayer de trouver un moyen de faire le mur... Dites-moi quelque chose en espagnol, reprit-elle en lui souriant tandis qu'elle portait son verre à ses lèvres, apparemment débarrassée de sa mauvaise humeur.

Roman contempla les yeux de la jeune femme, frappé par leur expression à la fois languide et acérée. Il avait l'impression qu'elle l'hypnotisait pour voir à travers lui.

Alors, sur un coup de tête, il lança, en espagnol :

— Vous me troublez.

Un léger rose colora les joues de la jeune femme.

— Merci, murmura-t-elle avec un sourire presque confus.

— J'ai dit ça comme ça m'est venu. N'allez pas imaginer que j'essaye de...

— ... Me faire des avances ? Non, honnêtement, c'est la dernière chose à laquelle je m'attendrais de la part d'un type dans votre genre, déclara-t-elle en souriant.

— Un type dans mon genre ? Qu'entendez-vous par là ? s'enquit Roman en se demandant s'il avait vraiment envie de connaître la réponse.

— Eh bien, ce que j'entends par là, expliqua-t-elle en haussant les épaules, c'est que j'imagine que vous ne vous asseyez pas facilement sur vos principes. Vous me rappelez ce personnage qu'interprétait Kevin Costner dans...

Elle fronça les sourcils comme si elle cherchait le nom du film.

— Oui, je sais, *Bodyguard*, glissa Roman. On me le sort souvent.

— Non, pas *Bodyguard*. Ah, ça y est, j'y suis ! s'exclama-t-elle en claquant des doigts. *Les Incorruptibles*. Costner y jouait le rôle d'Elliot Ness — le gars super sérieux, discipliné, rigoureux, dévoué à la loi. Je trouve que vous lui ressemblez.

— Hm, hm, marmonna Roman.

Le pire dans tout ça, c'est qu'elle avait raison, songea-t-il, irrité.

— Cela dit, je me souviens aussi de *Bodyguard*, poursuivit-elle. C'est ce fameux film où Kevin Costner s'interdit de faire l'amour avec Whitney Houston parce qu'elle est sa cliente. Vous n'avez pas le droit de coucher avec vos clientes ?

— Eh bien… Certaines agences essayent de limiter ce genre de relations. Samantha Spade, par exemple, le défend dans son règlement.

— Et vous respectez le règlement…

— Hm ? fit Roman.

— Vous ne couchez pas avec vos clientes.

— Summer… La vie n'est pas le cinéma. Quant aux agences, elles ne peuvent pas tout empêcher. En fait, chacun agit selon son tempérament : certains gardes du corps préfèrent s'abstenir ; d'autres ont très souvent des aventures. La promiscuité les y encourage.

— A quelle catégorie appartenez-vous ?

Roman haussa les épaules.

— Vous avez déjà couché avec une de vos clientes ? insista Summer.

Roman la regarda.

— Non, jamais, répondit-il en souriant. Je ne suis dans le métier que depuis huit mois et je n'ai eu à protéger que des hommes.

— Oui, jusqu'à présent, souligna Summer en portant son verre à ses lèvres et en fixant son hôte tandis qu'elle buvait.

Roman était hypnotisé par les yeux de la jeune femme. Il ne parvenait pas à s'en détacher.

Finalement, elle détourna la conversation.

— Bon, eh bien, je crois que je vais devoir céder au chantage de Lloyd puisqu'il me coupe les vivres, déclara-t-elle.

— Vous devriez vous sentir touchée qu'il se soucie de vous au point d'engager un garde du corps. Mes services ne sont pas donnés.

— Non, je m'en doute. Et d'ailleurs, le geste de Lloyd me touche beaucoup, en effet. Cela dit, ça ne m'amuse pas de vous avoir dans les pattes. C'est incompatible avec mon mode de vie.

— Dans ce cas, il va falloir adapter votre mode de vie.

— Voyez-vous, j'attache une grande importance à ma liberté et à mon indépendance. Je dirais même plus, j'en ai besoin. Et vous me demandez de renoncer à ce que j'ai de plus cher juste pour me protéger d'une menace imaginaire. Je risque quoi ? Quelqu'un s'est-il seulement donné la peine d'analyser le prétendu danger qui pèse sur moi ?

— Bon, O.K., analysons les faits, proposa Roman en se resservant un morceau de pain. Donc, il y a quelques jours, vous menacez un homme dans un de vos articles parce qu'il a essayé de faire chanter l'objet de ses désirs, une certaine Carolyn Cox, et le lendemain, Mme Cox disparaît. D'après vous, elle aurait entrepris un voyage afin d'échapper à son maître chanteur…

— Oui, je parie qu'elle est dans une station thermale. Ou peut-être à Hawaii ou Las Vegas. A mon avis, on a beaucoup dramatisé sa « disparition ».

— Possible, mais partons de l'hypothèse que ce type est parvenu jusqu'à Mme Cox…

— Parvenu jusqu'à elle ? Qu'entendez-vous par là ?

Roman mâcha lentement son pain.

— Peut-être l'a-t-il enlevée. Ou pire.

— Non, jamais il n'aurait agi ainsi. Il en est incapable.

— Et peut-être vous a-t-il choisie comme prochaine victime du fait que vous connaissez son identité, poursuivit-il. Qui est cet homme ?

— Laissez tomber. Je suis persuadée qu'il est inoffensif. Je ne vais tout de même pas le désigner du doigt et le faire inculper de Dieu sait quoi simplement parce qu'il est excessif.

— Allons, Summer, dites-moi son nom. Ce sera plus facile pour moi de vous protéger si je sais contre qui.

— Ecoutez, je vous propose un marché. Si par hasard je l'aperçois rôdant dans les parages, je vous montre de qui il s'agit.

— Non, ça ne suffit pas. Il pourrait très bien engager des sbires pour exécuter le sale boulot à sa place. D'ailleurs, c'est probablement ce qu'il est en train de comploter.

Summer se mit à rire avec désinvolture.

— On voit bien que vous ne l'avez jamais rencontré ! déclara-t-elle. Si seulement vous saviez à quel point il est inoffensif.

— Encore ? Décidément, vous et moi, nous n'avons pas du tout la même définition du mot « inoffensif », observa Roman en repensant à la bande de motards. Alors ? son nom ?… Il faut que je vous l'arrache de force ?

Summer leva un sourcil.

— Pourquoi pas la torture ? répliqua-t-elle.

— J'ai laissé mes instruments à la maison.

— Dommage, fit-elle en souriant d'un air espiègle. Puis elle éclata de rire et vida son verre.

— Bon, passons aux règles de base, dit-il. Pendant la journée, ne vous avisez pas d'aller où que ce soit sans moi. Je ne dois pas vous quitter d'une semelle — mettez-vous ça dans la tête. Le soir, vous dormirez à l'hôtel. Vous ne pouvez pas rester ici la nuit. C'est trop dangereux.

— Il est hors de question que je loge à l'hôtel !

— Summer…

— Cet endroit est ma maison, plaida-t-elle avec conviction. J'ai mon studio de photo et ma chambre noire ici. Et mes plantes, et toutes mes affaires.

— Allons, Summer, soyez raisonnable.

— Non, je ne bougerai pas de là ! s'exclama-t-elle. Débrouillez-vous !

Roman serra les dents.

— Bon, d'accord, maugréa-t-il. Dans ce cas, je vais devoir vous installer un système de sécurité au plus vite. Tout d'abord, il va falloir remplacer la porte d'entrée par une porte blindée. Les deux issues seront équipées d'un digicode dont seuls vous et moi connaîtrons la combinaison. Je vais aussi faire poser des détecteurs de bris de verre sur toutes les fenêtres et aménager des capteurs de vibrations. Je resterai dormir ici en attendant que tout soit en place. A propos, votre banquette, là, est un convertible ?

Tout en parlant, il désigna le futon du menton.

— Oui, répondit Summer.

— Une fois que le système de sécurité sera opérationnel, vous pourrez de nouveau dormir seule ici. Mais il faudra que vous m'appeliez à intervalles réguliers pour me dire si tout va bien. Et puis, vous aurez aussi besoin d'un bouton de secours.

— Un bouton de secours ? fit la jeune femme, perplexe.

— Oui, c'est un dispositif d'alarme à distance que vous porterez sur vous en permanence. En cas d'urgence, vous appuyez sur la touche et ça déclenche un signal radio dans mon récepteur.

— Tu parles d'un cinéma ! commenta-t-elle tandis qu'elle secouait la tête en riant.

— En outre, je vais vous donner un mot de passe dont vous vous servirez chaque fois que vous me contacterez. Comme ça, si jamais vous ne l'utilisez pas, je saurai qu'il y a un problème.

— A mon avis, vous en faites trop, lança-t-elle en se levant et en commençant à débarrasser.

Roman attrapa le pain et le saladier et suivit la jeune femme jusque dans la cuisine.

— « Absolument », dit-il. Ce sera notre mot de passe. Vous réussirez à vous en souvenir ?

— Absolument, absolument, absolument, répéta Summer en posant les assiettes dans l'évier. Je m'entraîne pour la prochaine fois.

— Autre chose. Quand vous discutez avec quelqu'un au téléphone, ne mentionnez jamais vos projets ni l'endroit où vous êtes. Je vais inspecter votre appartement pour voir s'il y a des micros cachés, mais rien ne garantit que certaines choses ne m'échappent pas. Quant à votre courrier, n'y touchez pas. C'est moi qui me chargerai de l'ouvrir.

Summer posa les mains sur les hanches.

— Et le droit à l'intimité, alors ? s'insurgea-t-elle.

— Et les lettres piégées ? Vous savez ce que c'est ? répondit-il du tac au tac.

— Si vous voulez mon avis, vous avez regardé beaucoup trop de films à la télé.

— Oui, et j'ai aussi désamorcé pas mal de lettres piégées, contra-t-il.

Summer écarta le rideau en perles et sortit de la cuisine en marmonnant à voix basse tandis que Roman rangeait les restes de nourriture.

— Ah, encore une chose, lui cria-t-il au loin. Pendant la journée, il faudra varier votre emploi du temps et vos habitudes. Au moment de quitter votre appartement, veillez à passer par la porte de derrière au moins une fois sur deux. Et n'allez pas au travail tous les matins. Contentez-vous d'y faire un saut un jour par-ci par-là. Plus question non plus de prendre les transports en commun. Quant aux déplacements à pied, essayez de les éviter au maximum. Je vous emmènerai en voiture lorsque vous aurez besoin d'aller quelque part.

— En général, Lloyd me commande une limousine. Vous n'allez pas aussi me priver de ça, j'espère ? C'est un truc que j'adore.

— O.K., va pour la limousine, concéda-t-il. Mais il faudra que je vienne avec vous. Ah, une dernière recommandation : restez à l'écart des foules. Fini les promenades sur le port. Et vous pouvez aussi faire une croix sur ces séances de diapos en amphi.

Soudain, juste au moment où Roman s'apprêtait à sortir de la cuisine, il heurta Summer qui revenait du séjour. Sous le choc, les verres qu'elle tenait à la main tombèrent sur le carrelage et volèrent en éclats.

Ensemble, Roman et la jeune femme s'agenouillèrent afin de ramasser les morceaux, leurs doigts se frôlèrent. Les cheveux et la peau de Summer exhalaient un léger parfum musqué et vaguement oriental, dont la senteur provocante éveilla aussitôt chez Roman des pulsions sur lesquelles l'intellect n'avait aucune prise. Brusquement, ses sens s'électrisèrent.

Summer croisa son regard et il vit une lueur briller dans ses prunelles — une sorte de reconnaissance implicite de l'indéniable alchimie qui s'opérait entre eux. Oh ! bien sûr, il s'agissait là d'une attraction purement physique, songea-t-il. Summer ne voyait en lui qu'un empêcheur de tourner en rond, et lui-même ne tenait pas en estime les échotières. La presse — dont cette femme incarnait le pire des aspects — avait démoli sa carrière de policier et lui avait ravi sa famille. Et ça, il n'était pas près de l'oublier. Mais son instinct de mâle, beaucoup moins regardant, se fichait pas mal de savoir qui était Summer et quel métier elle exerçait. Quelque chose en elle excitait l'animal qui sommeillait en lui — c'était aussi simple que cela.

— Laissez, je m'en occupe, déclara-t-elle avec une nonchalance troublante.

— Non, c'est à moi de réparer les dégâts, protesta-t-il en lui saisissant le poignet.

Constatant que le pouls de la jeune femme battait à toute allure, il resserra son étreinte malgré lui et s'approcha imperceptiblement. Summer leva de nouveau les yeux vers lui et soutint son regard. S'il cédait à l'envie de l'embrasser, à cet instant, comment réagirait-elle ?…

Il repensa à la conversation qu'ils avaient eue peu de temps auparavant : « vous avez déjà couché avec une de vos clientes ?… » Jusqu'à présent, l'occasion ne s'était jamais présentée à lui. Serait-ce une faute professionnelle de succomber ? Non, tant que cela n'interférerait pas avec son travail. Mais faire l'amour à Summer serait-il une bonne idée ?… Summer Love n'avait rien d'une conquête d'un soir, elle était beaucoup trop belle et charmeuse pour qu'un homme n'ait pas envie d'y revenir. Or, personnellement, Roman avait une préférence pour les aventures sans lendemains… ni complications. Alors, bas les pattes.

Parvenant, non sans effort, à refréner ses ardeurs, il lâcha le poignet de Summer et recula.

— Vous allez vous couper, déclara-t-il. Laissez donc, je m'en charge.

La jeune femme haussa les épaules et se releva d'un mouvement gracieux, offrant au passage à Roman un magnifique gros plan sur ses longues jambes nues. Instantanément, il se remémora la paire de bas et le porte-jarretelles qu'il avait aperçus sur le rebord de la mezzanine et imagina Summer ainsi vêtue — ou plutôt, dévêtue.

« Décidément, tu ferais bien de te ressaisir, mon vieux ! songea-t-il. Sinon, c'est de toi qu'il va falloir la protéger. »

Il rassembla les plus gros fragments de verre et les entassa dans la poubelle. Pendant ce temps, Summer fouilla dans un placard et en sortit un balai et une pelle à poussière. Tout en balayant les plus petits éclats, elle poursuivit la conversation.

— Alors, Fitzpatrick ? C'est tout pour la séance de briefing ou vous avez encore des consignes à ajouter ? s'enquit-elle.

Il s'appuya contre le comptoir et croisa les bras.

— Juste une dernière chose, répondit-il. Quand je dis : couchez-vous !, faites-le. Jetez-vous à terre immédiatement.

— L'obéissance totale ? C'est ce que vous voulez ? demanda-t-elle en souriant tandis qu'elle vidait le contenu de la pelle dans la poubelle.

— Si ça peut vous sauver la vie, oui.

— Sauver la vie d'un chien en laisse, je ne vois pas l'intérêt, objecta-t-elle.

— Vous savez, cette situation ne durera pas éternellement, plaida-t-il. C'est juste en attendant que les choses s'arrangent.

Summer s'adossa au réfrigérateur, les bras croisés.

— Je suppose que vous allez entreprendre des recherches pour essayer de découvrir qui est l'admirateur de Carolyn ? déclara-t-elle.

— Non. Evidemment, connaître l'identité de cet homme me faciliterait la vie, mais on m'a engagé pour être votre garde du corps, pas pour mener une enquête — et je compte bien me limiter à cette tâche.

— Qu'est-ce qui vous rebute tant, dans les enquêtes ? murmura-t-elle comme si elle réfléchissait à voix haute. Qu'est-ce qui vous a traumatisé ?

— Qui a parlé de traumatisme ?

— Personne. Mais je suis très perspicace.

— Oui, eh bien, ouvrez grands vos chakras et écoutez-moi attentivement, maugréa-t-il en s'avançant vers elle et en plaquant les mains sur le réfrigérateur de chaque côté de la jeune femme, à hauteur de sa tête. Les circonstances qui m'ont poussé à quitter la police ne vous concernent pas, et je n'ai aucune intention d'en discuter. Alors, cessez de ramener la conversation là-dessus. Vous perdez votre temps.

Summer soutint fermement son regard, mais, pour la première fois, Roman perçut une légère faiblesse dans sa voix.

— Je croyais que les gardes du corps évitaient les affrontements avec le client…, murmura-t-elle.

Roman se pencha encore un peu plus vers elle.

— Méfiez-vous, lança-t-il. Je peux supporter beaucoup de provocations, mais quand la limite est atteinte, mon instinct prend le dessus et je passe aux actes.

— Eh bien ! dit-elle sans se départir de cet air alangui qui avait le don de mettre Roman dans tous ses états, on pense tomber sur Elliot Ness, et on découvre un homme des cavernes !

— A mon avis, vous devriez arrêter ce petit jeu, suggéra-t-il d'un ton bas et presque menaçant.

— Peut-être, convint-elle en continuant à sourire.

Elle décroisa les bras et posa les mains sur la poitrine de Roman. Aussitôt, une sensation de vertige s'empara de lui à la pensée de ce qui risquait de se passer ensuite, mais la jeune femme se contenta de le repousser et, baissant la tête, elle se faufila sous son bras.

— O.K., Fitzpatrick, déclara-t-elle sans transition. Dorénavant, je serai le toutou à son maître. Assis, au pied, pas bouger — il vous suffira de donner l'ordre.

— C'est votre façon à vous de me faire comprendre que vous consentez à coopérer ?

Elle soupira et se passa la main dans les cheveux.

— Je n'ai pas vraiment le choix, il me semble, répondit-elle. Les articles que j'écris pour *Gold Rush* me font vivre.

— Ecoutez, plaida Roman d'une voix plus affable, je ne suis pas là pour vous gâcher l'existence. Néanmoins, comme je vous le disais tout à l'heure, il est impératif que vous révisiez votre mode de vie et que vous restiez discrète. Essayez de ne pas attirer l'attention sur vous et évitez les grands rassemblements, surtout ceux qui sont très médiatisés.

— Impossible ! déclara-t-elle. Je ne suis pas de mauvaise volonté, mais ce que vous me demandez là, c'est tout simplement impossible ! Les mondanités sont le fondement de mon job, ma source d'information. On va être obligés de trouver un compromis.

Roman se frotta le menton.

— O.K., concéda-t-il, je vous autorise à assister à certaines réceptions à condition que vous ne paraissiez pas à d'autres. Par ailleurs, jouez la surprise : ne répondez pas aux cartons d'invitation, et ne dites à personne, pas même à vos amis les plus proches, où vous comptez vous rendre ou pas. Présentez-vous sur place sans qu'on puisse s'y attendre. Et surtout, ne vous déplacez jamais sans moi.

— Eh bien, justement, ça aussi, ça pose problème. Demain soir, par exemple, j'ai un vernissage dans une galerie du centre-ville. Je vous vois mal vous intégrer dans la faune artistique de San Francisco. Comment suis-je censée vous présenter ?

— Ne vous inquiétez pas pour ça. Je ferai en sorte de me fondre parmi la foule.

— En vous déguisant ?

— Vous avez autre chose à me suggérer ?

Summer pencha la tête de côté et examina Roman de haut en bas d'un air si attentif qu'il fut pris d'un frisson de volupté.

— Et si je vous faisais passer pour mon petit ami ? lança-t-elle.

Roman la contempla un moment en silence.

— Vous croyez que les gens marcheraient ? demanda-t-il.

Elle continua à détailler Roman du regard.

— Pourquoi pas ? Il m'arrive d'amener des petits copains à ce genre de cocktails, expliqua-t-elle. On s'imaginera que, cette fois, je me suis fixée à un compagnon attitré.

— Désolé de ne pas avoir un bouquet de roses à vous offrir pour marquer le coup.

— C'est du théâtre, Fitzpatrick ! Dans la vie, vous n'êtes pas du tout mon type d'homme.

— Je parie que vous craquez pour les artistes fauchés.

— Pas seulement. Les comédiens et les musiciens fauchés occupent tout autant de place dans ma vie.

Soudain, elle lui prit la main et il sentit son cœur battre plus vite. Elle promena le pouce sur sa paume, puis effleura l'extrémité de ses doigts. Comme elle était douce, caressante…

— Avec des mains pareilles, vous pourriez jouer de la guitare, observa-t-elle. On dira que vous êtes guitariste dans un groupe de rock. Ça ne surprendra personne ; tout le monde dans mon entourage sait que j'ai le béguin pour les guitaristes.

— Vous avez une vie sentimentale agitée ?

Elle haussa les épaules et lui lâcha la main.

— Je prends ce qui s'offre de bon et d'agréable. On m'a élevée dans cet esprit.

— Décidément, les bonnes sœurs de Notre-Dame-des-Martyres avaient les idées beaucoup plus larges dans votre école que dans la mienne !

Summer éclata de rire avec cette fraîcheur enfantine dont elle avait le secret.

— Non, ma liberté date du temps où les bonnes sœurs ne m'avaient pas encore emprisonnée dans leur carcan. Quand j'étais petite, mes parents m'ont toujours répété que l'amour ne doit pas rimer avec esclavage.

— Ils s'étaient mariés ?

— Oui, mais très jeunes, sous la pression de leurs familles. Ensuite, ils ont considéré que, dans un couple, la liberté est vitale.

— Et vous, sur cette lancée, vous passez d'un homme à un autre selon ce que vous dicte votre désir, je me trompe ?

— Non, on risque trop à se disperser ainsi. En revanche, j'aime avoir un amant dans ma vie.

— Un seul ?

— Un seul. Et vous venez juste de remporter le titre pour septembre. Vous pensez être à la hauteur du rôle ? s'enquit-elle en levant un sourcil.

— Non, répondit-il avec un sourire canaille. Je ne le *pense* pas : j'en suis *certain*.

3

— Qui est donc ce beau gosse ? s'enquit Lily tandis que, le soir suivant, Summer pénétrait dans l'enceinte bondée de la galerie Livingstone, escortée par Roman Fitzpatrick.

Voyant que le garde du corps se retournait pour regarder derrière lui, Summer se mit à rire.

— C'est de vous qu'elle parle, Roman, signala-t-elle.

En fait, elle n'était guère surprise que Lily n'ait pas reconnu Roman malgré tout le temps qu'elles avaient passé à se moquer de lui, la veille, pendant qu'il les suivait le long du port avec ses déguisements pitoyables. Car contrairement à ce qu'elle craignait, le look de rocker qu'il s'était concocté pour l'occasion était des plus réussis. Entièrement vêtu de noir, il arborait un blazer de cuir, un T-shirt, un jean et des santiags. Mais c'étaient surtout les petits détails qui faisaient la différence : sa barbe naissante, ses cheveux mal peignés, ses lunettes de soleil un tant soit peu graisseuses, et, par-dessus tout, l'anneau en or qu'il portait à l'oreille.

— Roman ? Chouette prénom, commenta Lily.

— Lily Blumberg, voici Roman Fitzpatrick, déclara Summer. C'est mon garde du corps.

— Summer ! maugréa Roman en jetant un coup d'œil autour de lui pour voir si quelqu'un avait entendu. A quoi sert que je m'habille ainsi si vous dites à tout le monde qui je suis ?

— Lily n'est pas tout le monde, plaida Summer. C'est ma meilleure amie. Je ne vais tout de même pas lui mentir.

— Oui, eh bien, la prochaine fois, tâchez de mentir comme il faut, grommela Roman en scrutant la cohorte d'artistes, de collectionneurs d'objets d'art et de parasites en tous genres qui se pressaient dans la galerie abondamment éclairée, où étaient rassemblées les toiles d'une vingtaine de peintres.

Un serveur en smoking blanc portant un plateau avec des verres de champagne s'approcha d'eux. Les deux jeunes femmes prirent chacune une coupe, mais Roman déclina l'invitation.

Summer se pencha vers lui tout en sirotant son champagne.

— Lily participe à cette exposition, expliqua-t-elle. En fait, il s'agit d'un salon consacré aux artistes les plus prometteurs de San Francisco. Sachant qu'elle n'est pas encore diplômée des beaux-arts, c'est un honneur pour elle d'avoir été choisie. Et pour couronner le tout, le tableau qu'elle expose s'est vendu avant même que le vernissage commence.

— Félicitations ! glissa Roman à Lily.

— Merci.

Il détourna le regard afin d'inspecter la foule.

— Ah… Voilà quelqu'un qui se dirige par ici, murmura-t-il. Pour l'amour du ciel, ne me présentez pas comme votre garde du corps.

— Oh ! mais c'est la ravissante et talentueuse Summer Love ! s'exclama Colin Livingstone, le propriétaire de la galerie — un petit homme joufflu qui ressemblait comme deux gouttes d'eau à Truman Capote.

Il accueillit Summer et Lily d'une bise sur chaque joue, puis s'adressa à Roman.

— Je présume que vous êtes le nouveau guitariste de Summer, déclara-t-il.

— Non, en fait, je suis batteur, répondit le garde du corps.

Batteur ?

Summer le fusilla du regard mais il se contenta de sourire.

Elle s'éclaircit la voix.

— Colin Livingstone, commença-t-elle, je te présente…

Bon sang ! songea-t-elle en s'interrompant. Ils avaient oublié d'inventer un nom d'emprunt pour Roman !

— … Kevin, improvisa-t-elle. Ness, ajouta-t-elle. Kevin Ness.

Colin serra la main de Roman, puis se pencha vers Lily.

— J'ai une grande nouvelle à t'annoncer, déclara-t-il. Le conservateur du musée d'art moderne est passé ici cet après-midi et m'a fait une offre pour ton tableau.

— Le musée d'art moderne ? ! s'exclama-t-elle. Mais… tu as déjà cédé la toile à quelqu'un d'autre.

— Oui, c'est ce que je lui ai expliqué, mais en bon vendeur que je suis, je lui ai aussi dit que tu avais entamé un nouveau portrait avec le même modèle, inspiré de la Grande Odalisque d'Ingres.

— Enfin, Colin, tu sais bien que ce projet est encore à l'état d'ébauche. Je n'ai même pas démarré !

— Oui, eh bien, dépêche-toi parce je te signale qu'il a demandé à en avoir la primeur. Il veut le montrer dans une grande exposition de peinture figurative qui va avoir lieu d'ici à deux mois, et je lui ai promis que ce serait prêt à temps.

— Tu plaisantes ! fit Lily, au comble de l'excitation.

Puis, laissant exploser sa joie, elle lui sauta au cou.

— Colin, je t'adore ! lança-t-elle.

— Tu peux ! répliqua-t-il. En tout cas, je compte sur toi pour te mettre au travail le plus vite possible.

— J'y veillerai, assura-t-elle.

Colin jeta un coup d'œil de l'autre côté de la galerie.

— Ah, parfait, déclara-t-il. Il commence à y avoir un peu moins de monde autour de ton tableau. Viens, j'aimerais que tu voies ce que ça donne avec le cadre.

Summer suivit Lily et Colin à travers le hall, accompagnée de près par Roman, qui, une main posée dans le dos de la jeune femme, promenait le regard à la ronde, observant attentivement la foule. Au moment où ils arrivèrent devant le tableau de Lily — une gigantesque toile rehaussée d'un cadre ornementé et doré à l'or fin — le garde du corps était toujours occupé à surveiller les alentours.

— Sensass, ce cadre, Colin ! commenta Summer. Vraiment trop cool !

— Il est magnifique, tu veux dire ! rectifia Colin.

Roman se tourna afin de contempler le tableau, et en découvrant la scène, il resta soudain figé sur place. Lentement, il ôta ses lunettes de soleil et les glissa dans la poche de sa veste, les yeux rivés à la toile.

— Lily l'a intitulé *La Vénus au rétroviseur*, lui expliqua

Colin. C'est un hommage à *La Vénus au miroir* de Titien. Qu'en pensez-vous ?

Mais Roman ne semblait pas l'entendre tant il était absorbé dans la contemplation de ce portrait, dont la Vénus — revisitée par les soins de Lily — n'était autre que Summer elle-même. Juchée en amazone sur le siège avant d'une Harley-Davidson noire, elle avait le corps entièrement nu, à l'exception de ses cuisses et d'un bras, drapés d'une étoffe en velours pourpre. Dans la pose où l'avait immortalisée Lily, la jeune femme appuyait légèrement la main contre le haut de sa poitrine dénudée, le visage de profil, en train de se mirer dans le rétroviseur de la moto. La toge de velours et les deux chérubins qui s'agitaient dans les airs — l'un ajustant le rétroviseur et l'autre coiffant la Vénus d'une couronne de fleurs — étaient les seuls éléments directement empruntés à l'original. Avec une maîtrise de la peinture classique peu commune pour quelqu'un de sa génération, Lily avait réussi à capturer tout à la fois le reflet satiné que produisait le corps de son modèle sur le fond obscur, la texture sensuelle du velours qui l'enveloppait et l'éclat menaçant de l'engin sur lequel était assise la jeune femme.

— Kevin ? le pressa Colin. Qu'en pensez-vous ?

— Superbe, répondit Roman dans un murmure en lançant un regard à Summer. Vraiment superbe.

A la demande de Colin, Summer sortit son appareil photo de son sac et photographia Lily, debout près de son chef-d'œuvre, puis le galeriste et elle, chacun d'un côté du tableau. Ensuite, elle passa l'appareil à Colin, qui la fit poser avec Lily.

— O.K., maintenant, je vais vous prendre ensemble Kevin et toi, décréta-t-il.

Malgré les protestations de Roman, Colin insista. Confiant son verre à Lily, Summer attrapa le garde du corps par la manche et le traîna devant la toile.

— Allons, Kevin, ne sois pas timide, l'exhorta-t-elle.

— Ce serait sympa une photo de vous deux en train de vous embrasser, suggéra Colin en portant l'appareil à son visage.

— Oh ! oui ! s'exclama Lily. Excellente idée !

Roman regarda Summer en coin, l'air mal à l'aise.

— Ecoutez, objecta-t-elle en s'éclaircissant la voix, je ne crois pas que ce soit vraiment…

— Oh ! s'il te plaît, plaida Lily. Après tout, c'est un peu mon jour de fête, aujourd'hui.

— Allez, renchérit Colin. Ce sera une charmante photo — Vénus recevant un baiser devant son propre portrait.

Summer scruta Roman, lequel répondit par un léger haussement d'épaules.

— Bon, d'accord, concéda-t-elle.

— Bravo ! exulta Lily.

Se tournant vers Summer, Roman inclina la tête vers elle et ferma les paupières, tandis qu'elle-même en faisait autant.

4

— J'en ai pour une seconde, déclara Colin. Juste le temps de régler la mise au point.

Summer frissonna. Les lèvres de Roman étaient incroyablement chaudes et absolument délicieuses. Devinant qu'elle devait avoir l'air d'une idiote à rester les bras ballants alors qu'un homme l'embrassait, elle enlaça le garde du corps par la taille. A son tour, Roman enroula ses bras autour d'elle et peu à peu, la pression de sa bouche devint plus ferme, plus insistante, comme s'il l'embrassait pour de vrai.

— Oh ! c'est parfait ! approuva Colin.

Summer entendit le déclic de l'appareil photo, mais apparemment, Roman ne s'était aperçu de rien car il attira la jeune femme plus près de lui et accentua son baiser. Summer le lui rendit avec une ferveur égale. Le cœur battant, elle se cramponna à lui, pressant son corps contre le sien, les seins collés à son torse. Ce n'était plus de la comédie, à présent, songea-t-elle. Il s'agissait d'un authentique baiser, plein de passion et de désir, fruit de l'irrésistible attirance qui, la veille, avait jailli entre eux.

— Hé oh, les amis ? intervint Lily en tirant sur la manche de Summer. Ça y est, vous pouvez arrêter la pose. La photo est faite.

Tandis que Roman et elle s'écartaient l'un de l'autre, Summer se rendit compte qu'elle était à bout de souffle. Le garde du corps l'évita du regard, l'air manifestement décontenancé, voire un peu ébranlé. Hmm, voilà qui était intéressant.

Summer esquissa un sourire. Finalement, la présence de ce gorille allait peut-être se révéler moins contraignante que prévu...

*
* *

Il était presque minuit lorsque la limousine s'arrêta devant le studio de Summer. Roman descendit le premier, ouvrit la portière de la jeune femme et s'effaça pour la laisser passer. Sortant son trousseau de son sac à dos, Summer introduisit la clé dans la serrure.

Soudain, au moment où elle entrait dans l'appartement plongé dans l'obscurité, son pied heurta quelque chose de dur et elle perdit l'équilibre.

En un éclair, Roman l'attrapa par la taille afin de la retenir.

— Vous n'avez rien ? s'enquit-il.

— Non, juste le doigt de pied un peu endolori. Sur quoi est-ce que j'ai trébuché ?

Elle chercha l'interrupteur à tâtons et alluma. Lorsqu'elle découvrit le spectacle qui s'offrait à elle, elle retint sa respiration. Son matériel de photo gisait pêle-mêle et sa toile de fond en papier était déchirée en petits morceaux.

— Reculez, ordonna Roman en dégainant son revolver d'une main tandis que, de l'autre, il refoulait la jeune femme derrière lui.

— Vous pensez que celui qui a fait ça est encore là ?

— Non, mais je préfère ne pas prendre de risques.

Tout en tenant fermement la jeune femme par le poignet afin qu'elle reste derrière lui, Roman explora l'appartement pas à pas. Devant l'ampleur des dégâts, Summer sentit son cœur se serrer. Le futon avait été éventré et vidé de son rembourrage, les meubles étaient renversés, sa bibliothèque de fortune démolie et ses livres et magazines éparpillés sur le sol. Par chance, les photos encadrées qui recouvraient les murs avaient été épargnées.

Arrivés devant le rideau de perles, Roman demanda à la jeune femme d'attendre là pendant qu'il inspectait la cuisine, la chambre noire et le loft. Quelques instants plus tard, il vint la rejoindre.

— Tout a été mis sens dessus dessous excepté la chambre noire, annonça-t-il.

— Bon, c'est toujours ça de sauvé. Avec le peu de moyens financiers que j'ai en ce moment, je me voyais mal racheter un équipement complet.

— Visiblement, notre visiteur cherchait quelque chose et je

crois deviner qu'il s'agit de cette fameuse cassette audio — celle qui est censée compromettre ce maître chanteur détraqué que vous semblez considérer comme un homme totalement inoffensif.

— Le moment est vraiment mal choisi pour vous moquer de moi, je vous assure, déclara Summer d'une voix frêle.

Une expression de tristesse se peignit sur le visage de Roman.

— Je sais, murmura-t-il en rengainant son arme et en secouant la tête avec un air de dépit évident. C'est juste que… je me fais du souci pour vous. Imaginez un peu ce qui se serait passé si vous aviez été là, seule, face à ce maniaque. Vous comprenez maintenant pourquoi Lloyd m'a engagé ?

— Oui, bredouilla-t-elle, penaude.

— Où est la cassette, Summer ?

Elle leva les yeux au plafond.

— En haut, répondit-elle. Du moins, c'est là qu'elle était.

— Venez avec moi, dit-il en la prenant par la main et en l'entraînant à travers le rideau de perles.

Lorsqu'elle vit l'état de sa cuisine, Summer étouffa un gémissement ; tous les tiroirs avaient été démontés et vidés sur le carrelage. En passant devant la porte ouverte de la salle de bains, elle constata également que le contenu de son armoire à pharmacie était répandu dans le lavabo.

— Ne regardez pas, lui conseilla Roman tandis qu'ils gravissaient le petit escalier conduisant à la chambre à coucher.

Là-haut aussi, il y avait du grabuge, mais pas autant que dans les autres pièces.

— Ma machine à écrire a l'air intacte, se réjouit-elle en examinant les touches.

Hélas, elle déchanta rapidement lorsqu'elle s'aperçut que le contenu de l'un des tiroirs de son bureau — celui du milieu — était étalé sur le matelas. S'agenouillant, elle fouilla l'amas de papiers, de stylos et de crayons, mais elle savait d'avance qu'elle ne trouverait pas la cassette et, effectivement, elle ne s'était pas trompée.

— La bande n'est plus là, déclara-t-elle.

Roman décrocha le téléphone posé sur la table de chevet et composa un numéro.

— Qui appelez-vous ? demanda-t-elle en rassemblant les papiers afin de les remettre en place.

— La police. Non, laissez ça. Ne touchez à rien jusqu'à ce que les flics aient inspecté les lieux. Ensuite, je vous aiderai à tout ranger. Oui, allô, ici Roman Fitzpatrick de l'Agence Spade. J'aimerais signaler un cambriolage. Non, je ne quitte pas.

Il mit sa paume devant le combiné et s'adressa de nouveau à Summer.

— Qui parmi vos relations était au courant que vous seriez absente de chez vous ce soir ? s'enquit-il.

Elle se passa la main à travers les cheveux.

— Eh bien, euh… tout le monde, répondit-elle. Les gens de la galerie, mes collègues de travail, mes amis…

— Bon, à partir de maintenant, je vous interdis de donner votre emploi du temps à qui que ce soit.

— Oui, je sais. Vous me l'avez déjà dit.

— Je parle sérieusement.

— Ça va, j'ai compris, nom d'un chien !

Sentant qu'elle était au bord des larmes, Summer se retourna et dévala l'escalier. Roman l'appela, puis elle l'entendit poursuivre sa conversation au téléphone. Puisqu'elle était censée ne toucher à rien, elle dut se résigner à arpenter nerveusement son appartement dévasté en attendant que le garde du corps redescende.

— Vous souhaitez vous asseoir un moment ? proposa-t-il, une fois revenu.

— Non, répondit-elle en se frictionnant les bras, frigorifiée malgré la chaleur.

— Vous aimeriez boire un verre d'eau ou autre chose ?

— Je croyais qu'il ne fallait rien déranger pour l'instant.

— On gardera ça pour nous.

— Alors, oui, je voudrais bien un peu d'eau.

Les policiers arrivèrent au bout d'une demi-heure. Ils firent rapidement le tour des lieux, prenant des photos et relevant les empreintes avec une hâte et un manque de rigueur qui frappèrent Summer. Elle offrit de leur révéler tout ce qu'elle savait, notamment l'identité du maître chanteur de Carolyn, mais l'inspecteur chargé de l'enquête se contenta de bâiller et lui annonça qu'elle pouvait venir remplir une déposition au commissariat le lendemain après-midi. A la suite de quoi, il se retira avec ses hommes.

— Regardez-moi cette pagaille, se lamenta Summer en contemplant le carnage.

— Je vais vous emmener à l'hôtel, déclara Roman.

Elle considéra la question un moment.

— Vous croyez que ce type va revenir ? demanda-t-elle.

— Non, maintenant qu'il a trouvé ce qu'il cherchait, ça n'aurait aucun sens.

— Dans ce cas, je préfère rester ici. Si toutefois, j'ai le droit de toucher à mes affaires.

— Oui, mais n'essayez pas de déblayer tout ça ce soir. On s'en occupera demain, quand vous serez moins secouée.

— Rassurez-vous, je suis remise à présent.

Il lui prit les mains et les frotta.

— Vous tremblez, observa-t-il doucement.

— Ça ira, ne vous inquiétez pas. J'aimerais simplement arranger le loft afin de pouvoir y dormir.

— D'accord. Je vais vous aider.

A eux deux, il ne leur fallut que cinq minutes environ pour remettre la mezzanine en ordre. De toute évidence, une fois en possession de la cassette, le cambrioleur avait interrompu ses recherches, laissant intact le reste de la pièce.

— Quelle idiote… J'aurais mieux fait de tout vous raconter dès le début, déclara Summer, la mort dans l'âme, en s'affalant sur le vaste matelas. D'ailleurs, je n'aurais jamais dû publier cet article dans ma rubrique. J'ai vraiment mis les pieds dans le plat, n'est-ce pas ?

Roman vint s'asseoir à côté d'elle et lui posa la main sur l'épaule en guise de réconfort.

— Ne vous jetez pas la pierre, Summer. Ça peut arriver à tout le monde de commettre une erreur. Vous avez cru bien faire.

— Dire que vous étiez là pour me protéger de cet homme et que je n'ai même pas eu le bon sens de vous révéler de qui il s'agissait, s'indigna-t-elle en ramenant ses genoux contre sa poitrine et en enroulant les bras autour de ses jambes. En tout cas, maintenant, fini les cachotteries. Je vais tout vous raconter.

— Non, vous êtes à bout de nerfs pour l'instant. Reposez-vous. Vous me raconterez ça demain matin.

— Je ne crois pas que j'arriverai à dormir, déclara-t-elle.

Cette fois, elle tremblait pour de bon.

— Bien sûr que si, assura-t-il en l'étreignant. Vous n'avez plus rien à craindre désormais. Ce type ne remettra pas les pieds ici. Pas tant que je serai là.

Summer se pelotonna dans la chaleur de Roman. Il avait le corps aussi robuste que celui d'une statue grecque et son torse était dur comme un mur de roc sous son T-shirt. Il frictionna le dos et les bras de la jeune femme tout en lui murmurant des paroles apaisantes à l'oreille. Soudain, elle sentit quelque chose frôler le sommet de son crâne et se rendit compte qu'il l'avait embrassée sur la tête.

Elle leva les yeux ; les lèvres de Roman effleurèrent son front. Fermant les paupières, elle enfouit son visage au creux de sa gorge et il resserra son étreinte. Le courant qui circulait entre eux s'établit de nouveau. Ce qu'ils partageaient à cet instant dépassait le stade du simple réconfort, et ils en étaient conscients tous les deux.

Elle pressa les lèvres contre le menton de Roman, que sa barbe avait rendu rugueux. Tout en laissant courir ses doigts à travers la chevelure de la jeune femme, le garde du corps frotta sa joue contre la sienne.

Summer avait le cœur qui cognait comme un tambour et ses battements cadencés résonnaient jusqu'au plus profond d'elle-même. Il lui sembla entendre Roman chuchoter son prénom, mais les mots étaient noyés par le bruissement de leur souffle rauque.

Les lèvres de Roman glissèrent le long de son visage, traçant des sillons brûlants sur sa joue, son menton, sa gorge… Ce n'étaient pas des baisers ; plutôt une caresse prolongée. Au moment où il l'embrassa dans le cou, Summer laissa échapper un faible gémissement.

Bientôt, leurs corps basculèrent et elle se retrouva allongée sur Roman sans bien savoir si c'était lui qui l'avait entraînée ou le contraire. N'y tenant plus, elle approcha sa bouche de la sienne.

— Summer, dit-il d'une voix âpre. Ce n'est pas très malin de…

— Chhut, l'interrompit-elle doucement.

Elle l'embrassa et il referma les bras sur elle, lui rendant son baiser avec avidité. De ses mains fébriles, il épousa les courbes de la jeune femme à travers le tissu de sa robe, et tandis qu'il lui caressait le dos, les hanches, le bas des reins, il la serra étroitement contre lui. Au contact de sa dure virilité, Summer sentit jaillir en elle un désir plus violent qu'elle n'en avait jamais éprouvé jusque-là et se mit à onduler.

Soudain, un murmure étranglé monta de la gorge de Roman.

— Summer, arrêtez-vous.

— Vous n'en avez pas envie ?

— Si, mais il faut que vous arrêtiez quand même.

— Pourquoi ?

Il la saisit à bras-le-corps et la renversa sur le dos, la plaquant contre le matelas.

— Parce que je ne peux pas faire ça, répondit-il. Nous ne pouvons pas coucher ensemble.

— Pourtant, vous n'aviez pas l'air réticent il y a une minute.

— Oui, mais c'était… c'était une faiblesse de ma part et un manque de loyauté à votre égard, déclara-t-il en se redressant et en secouant la tête. Je ne peux pas me permettre de laisser ce genre de choses se reproduire.

Summer se redressa à son tour et croisa les bras autour de ses jambes.

— Je ne comprends pas votre réaction, dit-elle. Attention, ne vous méprenez pas. Je ne suis pas en train d'essayer de vous forcer la main ou quoi que ce soit. Je vous ai fait une offre et vous l'avez rejetée — O.K., tant pis, ce n'est pas grave.

Naturellement, c'était un mensonge éhonté. En réalité, Summer prenait la chose beaucoup plus à cœur qu'elle ne le prétendait, mais bien qu'il lui en coûtât de mentir, pour rien au monde elle n'aurait voulu montrer à Roman à quel point elle s'était attachée à lui du jour au lendemain et combien son refus la blessait.

— Cependant, ajouta-t-elle, je dois admettre que je suis un peu décontenancée.

— Oui, je m'en doute. C'est ma faute. J'aurais dû garder mes distances au lieu de laisser les choses en arriver là.

— Mais enfin, pourquoi ? Il est évident qu'il y a un certain magnétisme entre vous et moi.

Roman se mit à rire.

— C'est vrai, reconnut-il.

— Alors, où est le problème ?

— « Si ça t'apporte du plaisir, fais-le », c'est ça ?

— En l'occurrence, oui, absolument !

Roman écarta quelques mèches de cheveux qui barraient le visage de Summer.

— Vous n'avez même pas la moindre sympathie pour moi, objecta-t-il.

— Ça commence à venir.

— Nous n'avons rien en commun.

— Mis à part un intense et irrésistible désir l'un pour l'autre.

Le garde du corps se leva et s'accouda au rebord de la mezzanine, le dos tourné.

— Et vous croyez que ça suffit ? demanda-t-il.

— Pas vous ? Si c'est la peur que je m'accroche à vous qui vous retient, soyez tranquille, je n'ai aucune intention de me mettre en couple, assura-t-elle en se levant à son tour et en se postant à côté de Roman. Je tiens à mon indépendance et je préfère me contenter d'aventures passagères.

— Vous savez, les aventures passagères, c'est bien quand les deux partenaires reprennent chacun leur chemin tout de suite après, observa-t-il en contemplant le capharnaüm qui, jadis, était l'appartement de Summer. Mais pas quand ils sont obligés de rester ensemble. Or, je vous rappelle que, dans l'immédiat, c'est exactement la situation dans laquelle nous nous trouvons vous et moi. Par conséquent, quoi qu'il se passe entre nous, ça finirait automatiquement par devenir une vraie relation, que ça nous plaise ou non. Et… disons simplement que je ne suis pas partant pour ce genre de choses.

Soudain, Summer eut une révélation.

— Ça y est, j'ai compris ! s'exclama-t-elle. Vous êtes marié, c'est ça ?

— Enfin, Summer, s'indigna-t-il, l'air atterré. Si j'étais marié, vous pensez que j'aurais été capable de…

Il s'interrompit et désigna les draps en satin froissés d'un geste du bras.

— Certains n'auraient pas hésité, souligna-t-elle.

— Pas moi, déclara-t-il avec ferveur.

« Tiens, tiens, intéressant... », songea-t-elle.

— Vous avez déjà été marié ?

— Non.

Quelque chose dans la fermeté de sa réponse éveilla la curiosité de Summer.

— Pourquoi ? s'enquit-elle. Vous ne croyez pas au mariage ?

— Eh bien, en fait, contrairement à vous, je suis un farouche défenseur du mariage. Ce que je n'approuve pas, en revanche, c'est le divorce.

— Vous parlez sérieusement ?

— Bien sûr. Je suis catholique.

— Oui, d'accord, moi aussi, mais...

— Non, je veux dire, je suis réellement catholique.

— C'est vrai ?

— Absolument. Et j'ai été élevé dans l'idée que le mariage est un lien sacré. Mais le problème, c'est que le métier de policier ne pardonne guère, quand on est marié. La plupart des flics que je connais ont divorcé au moins une fois dans leur vie, et je ne tiens pas du tout à entrer dans ce club.

— D'où votre aversion pour le mariage.

— Non, je n'ai rien contre le mariage, rectifia-t-il. Je ne veux pas me marier. C'est différent.

Summer appuya sa hanche sur le rebord de la mezzanine.

— Donc, vous n'êtes pas marié, mais vous ne souhaitez pas vous engager dans une relation. C'est valable en général ou... juste avec moi ? demanda-t-elle en s'armant de courage.

Roman la regarda un instant et elle lut la vérité au fond de ses yeux. Puis, détournant brusquement la tête, il répondit :

— En général.

— Menteur.

— Summer...

— Ça va, déclara-t-elle en forçant un sourire. Je sais que vous essayez simplement de me ménager, mais ce n'est pas la peine de vous fatiguer. Je ne suis pas aussi sensible que ça.

Non, d'ordinaire, elle ne se formalisait pas pour si peu, mais là, en l'occurrence, elle se sentait comme écorchée à vif ; elle n'en revenait pas que la désaffection de Roman la fasse autant souffrir.

— Et de toute façon, comme je vous l'ai expliqué tout à l'heure, continua-t-elle, je ne souhaite pas m'engager dans une relation, moi non plus. Alors, que vous vous intéressiez à moi ou non, ça n'a pas grande importance. Par contre, s'il y a bien une chose qui m'horripile, c'est que les gens tournent autour du pot au lieu de se regarder en face et de dire ce qu'ils pensent. C'est une sorte de bête noire chez moi. J'ai du mal à supporter les faux-fuyants et la dissimulation. Je suis plutôt du genre à pratiquer la transparence.

— Drôle d'attitude pour une échotière.

— Ah, c'est donc ça qui vous gêne, n'est-ce pas ? Vous m'avez mise à l'index à cause de ma profession. Mais vous savez, Roman, cette rubrique, c'est mon travail, ce n'est pas ce que je suis, plaida-t-elle.

— On ne peut pas séparer l'un de l'autre, Summer. Vous êtes ce que vous êtes et je suis ce que je suis, point final. Alors, pour l'heure, le mieux, c'est qu'on fasse marche arrière à la vitesse grand V et qu'on reprenne nos distances. Inutile de rendre la situation plus compliquée qu'elle ne l'est déjà.

— Bon, si tel est votre souhait, qu'à cela ne tienne, concéda-t-elle avec un haussement d'épaules qui se voulait indifférent.

— Parfait, conclut-il.

Mais le ton de sa voix trahissait son insatisfaction, et à l'expression de son regard, Summer devina qu'il était quelque peu déçu de la facilité avec laquelle elle avait capitulé.

— Cependant, il y a un petit problème, déclara-t-elle.

— Lequel ?

— Ce soir, vous allez devoir passer la nuit dans mon lit.

Roman pencha la tête comme s'il avait mal entendu.

— Oui, le futon est déchiqueté, et je n'ai pas d'autre endroit à vous proposer pour dormir, expliqua-t-elle.

Le garde du corps fronça les sourcils.

— Oh ! vous savez, je n'ai pas besoin d'un matelas, invoqua-t-il. Je peux très bien dormir par terre.

— Non, pas question. Je ne vous laisserai pas dormir par terre alors qu'il y a largement assez de place pour deux dans ce lit. Vraiment, Roman, ne soyons pas puérils. Je vous promets de ne pas vous importuner — à moins, bien sûr, que vous ne me le demandiez, ajouta-t-elle avec un sourire malicieux. Je mettrai même un pyjama afin que vous ne vous sentiez pas menacé.

La bouche de Roman s'incurva.

— C'est très gentil à vous, dit-il, mais je préfère quand même m'abstenir.

— Je vous en prie, Roman, insista-t-elle en recouvrant son sérieux. Je serai plus rassurée si vous dormez à côté de moi. Croyez-moi, c'est la vérité.

Et elle ne mentait pas.

Roman hocha lentement la tête.

— Bon, d'accord, je dormirai dans votre chambre. Après le choc que vous avez vécu ce soir, je comprends que vous n'ayez pas envie de rester seule. Mais cependant, je ne vais pas me coucher tout de suite. Je comptais commencer à ranger l'appartement avant. Allez-y, ne m'attendez pas, dit-il en se dirigeant vers l'escalier. Je vous rejoindrai plus tard.

— Vous voulez que je suspende une couverture entre nous par mesure de précaution ?

— Non, merci, répondit-il en riant tandis qu'il descendait les marches. Le pyjama devrait suffire.

« Attends un peu de l'avoir vu ! » songea Summer en souriant intérieurement.

Roman passa environ une heure à réparer les plus gros dégâts, remettant le studio de photo en état, repositionnant les meubles et évacuant les débris, avant de s'atteler à la petite besogne. Après avoir remonté la bibliothèque, il replaça les livres et les magazines de Summer sur les étagères, ainsi que les cadres contenant ses photos de famille.

Une fois que la pièce principale fut de nouveau habitable, il s'attaqua dans la cuisine tout en sachant pertinemment qu'il ne restait plus qu'une heure ou deux avant l'aurore et qu'il cherchait juste un prétexte pour ne pas aller là-haut rejoindre la jeune femme. En rangeant les couverts et les ustensiles éparpillés sur le sol, il fit une découverte intéressante dans l'un des tiroirs où étaient entassées diverses paperasses — un certificat portant une date récente et déclarant que le test HIV de Mlle Summer Love s'était révélé négatif.

« Voilà une fille intelligente », songea-t-il. Lui-même, il se soumettait de temps à autre à cet examen, bien qu'il n'ait jamais eu de rapports sans protection.

Au fil des années, il avait appris à maîtriser son érotisme survolté — témoin son refus de coucher avec la très désirable Mlle Love, qui, pourtant, ne se faisait pas prier. La vitalité sexuelle dont il était animé semblait jaillir du même instinct agressif et prédateur qui, lorsqu'il travaillait aux Stups, lui donnait la hargne nécessaire pour s'introduire chez les dealers en défonçant la porte, et leur braquer un revolver sur la tempe. Summer avait raison : il y avait bel et bien un « homme des cavernes » en lui, une force brutale qui sommeillait dans les profondeurs de son être et qui, à l'occasion, refaisait surface. Certaines femmes avaient peur des bêtes sauvages ; d'autres, au contraire, osaient les réveiller. Visiblement, Summer Love appartenait à la seconde catégorie.

Passant dans la salle de bains, Roman ramassa les produits qui avaient été jetés dans le lavabo et les remit un par un dans l'armoire à pharmacie. Parmi les divers articles de toilette, il tomba sur une boîte de préservatifs.

« Jeune femme avisée, décidément… », songea-t-il. Cependant, malgré lui, il ne put s'empêcher d'éprouver un soupçon de jalousie tandis qu'il imaginait Summer glissant ces préservatifs dans son sac à dos avant un rendez-vous avec un de ses soupirants aux cheveux longs.

« Laisse tomber, mon vieux, se dit-il. Si tu as repoussé cette femme, ce n'est pas pour rien. Alors, maintenant, assume. »

Tandis qu'il continuait à ranger les affaires, une petite bouteille de verre portant l'inscription *Essence de parfum au pavot* attira son attention. Il l'ouvrit et inspira ; un mélange d'épices et de musc teinté d'exotisme et de mystère l'enveloppa. Cette senteur lui rappelait tellement Summer que son corps se mit à réagir.

« Allons, calme-toi. »

Il revissa le capuchon et posa le flacon dans le placard, mais l'odeur persistait sur ses doigts.

« Génial, maugréa-t-il en lui-même. A présent, je vais rêver d'elle toute la nuit ! »

Poursuivant son inventaire, il découvrit aussi une plaquette de pilules contraceptives. Manifestement, Summer les prenait car il en manquait la moitié. Et en plus, elle utilisait des préservatifs.

Décidément, cette fille était pleine de bon sens.

Avec un soupir mêlé d'impuissance, Roman ramassa les produits qui restaient, les entassa en vrac dans l'armoire et se dépêcha de rabattre la porte afin de tout faire tenir à l'intérieur. Lorsqu'il aperçut son reflet dans la glace, il eut un mouvement de recul. Sa barbe hirsute, son teint cadavérique, ses cernes sombres sous les yeux, et ses cheveux graisseux et ébouriffés lui donnaient tout à fait l'air d'un junkie. D'ailleurs, avec la boucle d'oreille et la mine qu'il avait, son visage lui rappelait étrangement celui de Gustavo Ruiz, l'indic qui travaillait autrefois pour lui. Gus adorait cette boucle d'oreille ; lorsqu'il était en manque d'héroïne, il aurait vendu jusqu'à sa chemise pour se procurer une dose, mais jamais il ne se serait séparé de la boucle d'oreille. La seule fois où Roman l'avait vu sans, c'est le jour où on avait retrouvé l'indic ligoté et bâillonné dans le coffre de la voiture de Roman, victime d'un meurtre sanglant.

« N'y pense plus, se dit-il. Ce qui est fait est fait. »

Il grimpa l'escalier qui menait au loft et s'arrêta quelques instants devant le lit, le temps de s'accoutumer à l'obscurité et au pyjama de Summer. Enfin, si on pouvait appeler ça un pyjama… Au début, Roman crut qu'elle était nue, avec juste un coin du drap entortillé autour d'elle, mais à mesure que sa vision s'affina, il s'aperçut que le drap était roulé en boule au pied du lit et que l'étoffe de satin blanc que la jeune femme avait sur elle était en fait la tenue qu'elle portait pour dormir, mais une tenue vraiment minimaliste.

Summer était étendue sur le côté au milieu du lit, plongée dans un lourd sommeil, le corps vêtu d'un caraco à fines bretelles et d'un short assorti. Le caraco était si échancré que ses seins dépassaient presque du décolleté. Quant au short, il lui arrivait à peine en haut des cuisses, et dans la position où elle se tenait, ses rondeurs s'offraient généreusement à la vue.

« Dios mío. Pourquoi moi ? » se lamenta Roman intérieurement.

Sans bruit, il se déshabilla en gardant son caleçon, posa son Beretta sur le sol à portée de main, et glissa son couteau sous son oreiller. Après quoi, il s'allongea doucement pour ne pas déranger sa compagne et ramena le drap sur lui.

Soudain, tandis qu'il se tournait de côté vers Summer, son genou frôla accidentellement celui de la jeune femme. Elle remua en ronronnant comme un petit chat, ses paupières se soulevèrent légèrement et, approchant sa main de Roman, elle lui tapota le bras. Puis, elle marmonna quelque chose qui ressemblait à un signe de satisfaction, avant de se rendormir aussitôt, la bouche entrouverte. Dans son sommeil, elle avait les traits aussi doux et angéliques que ceux d'un enfant.

Roman repensa au danger auquel elle avait échappé ce soir. Dire que si Lloyd n'avait pas eu la présence d'esprit d'engager un garde du corps, elle serait rentrée chez elle toute seule au milieu de ce carnage… Et si jamais elle était tombée nez à nez avec le vandale ? Rien qu'à l'idée que ce malade pose ses sales pattes sur elle, Roman en avait des sueurs froides.

En tout cas, se jura-t-il, personne ne toucherait à un seul des cheveux de Summer tant qu'il serait là pour veiller sur elle. Tout en s'assoupissant peu à peu, il passa en revue ses différentes stratégies de protection, dressant un bilan critique pour chacune d'elles et analysant les alternatives dont il disposait. Il ne fallait pas qu'il y ait la moindre faille. En aucun moment, Summer ne devait se trouver à découvert.

Finalement, songea-t-il tandis que le sommeil le gagnait, la sécurité de cette jeune femme était devenue bien plus pour lui qu'une simple préoccupation professionnelle. Mais depuis quand ses sentiments personnels avaient-ils pris le pas sur son travail, ça, il l'ignorait.

5

Le lendemain matin, lorsque Summer ouvrit les yeux, un dos d'homme occupait entièrement son champ de vision…

« Roman Fitzpatrick, se rappela-t-elle avec un sourire groggy. Il a dormi dans mon lit. »

Puis, elle se souvint qu'ils n'avaient rien fait d'autre que dormir, Monsieur ayant décrété qu'elle n'était pas digne de devenir sa petite amie en raison de ses activités professionnelles.

« Dommage pour lui, songea-t-elle. »

Pour elle aussi, du reste, à en juger par l'allure prometteuse de ce dos ; il était purement et simplement majestueux : robuste et élégant à la fois, avec une musculature onduleuse courant sous sa peau lisse et hâlée.

Summer n'aurait pas cru Roman du genre à porter des bijoux, et pourtant, elle constata qu'il avait une fine chaîne en or autour du cou. Cependant, en voyant la petite croix, également en or, qui s'était emmêlée dans les maillons durant la nuit et reposait maintenant sur l'épaule droite du garde du corps, elle comprit aussitôt. D'un geste délicat, elle souleva la croix et la retourna. C'était un crucifix.

Roman ronchonna légèrement et roula sur le dos, encore plongé dans un profond sommeil. Summer se poussa afin de lui faire de la place. Il tourna la tête vers la jeune femme et elle contempla longuement son visage. Bon, d'accord, il avait un physique de rêve, reconnut-elle, mais il n'était pas le seul homme dans ce cas. Qu'avait donc ce Roman Fitzpatrick de si irrésistible au point que non seulement elle se soit jetée sur lui la veille au soir — ce qui ne lui ressemblait guère —, mais ait poussé l'audace jusqu'à lui demander des explications au moment où il l'avait envoyée sur les roses ?

C'était un mystère pour elle. Elle n'avait jamais été attirée par les hommes dans son genre, préférant de loin les musiciens de rock, les artistes sans le sou et les acteurs en panne de rôle, en grande partie parce qu'ils n'étaient pas désireux de fonder un foyer. Pour quelle raison exactement cet ex-policier en acier trempé, flanqué d'un semi-automatique et d'un crucifix, déclenchait-il en elle une envie furieuse de le plaquer au sol et de jouer avec lui à des jeux interdits ?

Sur le bras gauche de Roman, elle remarqua une petite cicatrice qui paraissait assez récente — vraisemblablement la blessure par balle dont il avait parlé l'autre jour.

Summer se redressa afin d'admirer les magnifiques pectoraux de son hôte, mais un tatouage formant une double rangée de fils barbelés autour de son biceps droit capta l'attention de la jeune femme. Frottant ses yeux encore ensommeillés, elle se pencha par-dessus son épaule pour examiner le motif de plus près.

Soudain, en un éclair, elle se retrouva allongée sur le dos en dessous de Roman, les mains du garde du corps lui enserrant les bras comme des étaux et la pressant contre le matelas.

— Roman ? bredouilla-t-elle, haletante.

Il la fixa tout d'abord en clignant des yeux avec une expression hagarde qui ne devait pas être très différente de celle qu'elle arborait elle-même. Puis, à la vue de son visage et de ses cheveux en désordre, son regard s'éclaira et descendit le long du buste de la jeune femme, blotti sous le sien. Roman pesait lourd, mais Summer n'avait pas envie qu'il bouge. Elle se demanda si, à cette minute, il pensait la même chose qu'elle, à savoir qu'ils allaient bien ensemble ; leurs deux corps s'épousaient parfaitement, comme s'ils étaient faits l'un pour l'autre.

Lorsque les yeux de Roman croisèrent de nouveau les siens, Summer soutint son regard sans broncher. Elle eut l'impression qu'il s'était légèrement rapproché d'elle, mais peut-être prenait-elle ses désirs pour la réalité. L'espace d'un instant, il resserra son étreinte autour d'elle, ferma les paupières. Puis, il les rouvrit et s'écarta, s'asseyant sur le lit.

— Je suis désolé, s'excusa-t-il. Je ne voulais pas. C'était juste un réflexe.

— Il n'y a pas de mal, déclara-t-elle en s'allongeant de côté derrière lui, la tête appuyée sur la main. J'ai trouvé ça assez plaisant.

Il soupira et se frotta le visage, faisant crisser sa barbe.

— Pardon de vous avoir réveillé, poursuivit-elle. J'essayais simplement de mieux voir votre tatouage.

Il se retourna et lui présenta son bras. Le tatouage était gravé à l'encre noire et entourait complètement son biceps. Il y avait quelque chose de résolument malveillant dans cet entrelacement de fils barbelés aux pointes acérées. L'image évoquait la fureur aveugle d'un animal en cage.

— C'est mon chef de brigade qui m'a convaincu de me faire faire ce tatouage en vue d'une opération secrète de longue durée, il y a environ un an et demi, expliqua-t-il. Je devais infiltrer une bande de trafiquants d'héroïne en la personne d'un ancien taulard et il pensait que j'aurais l'air plus crédible comme ça.

Summer désigna le crucifix qui pendait sur son torse.

— Vous ne portiez quand même pas ça lors de vos missions ? s'enquit-elle.

— Bien sûr que si. C'est un cadeau de ma grand-mère. Je ne l'ai pas enlevé depuis que je suis gosse.

— Comment est-il possible qu'un type intelligent comme vous n'ait jamais assimilé le fait que la religion est l'opium du peuple ?

— Eh bien ! Vous avez reçu une éducation vraiment libérale, chez les bonnes sœurs !

Summer leva les yeux au ciel en signe de consternation.

— Ça ne vous dérange pas qu'on continue cette conversation plus tard ? demanda-t-il à brûle-pourpoint en se levant et en étirant ses muscles tel un superbe animal tandis que Summer fondait littéralement sur place. Tant que je n'ai pas pris ma douche et mon café, je ne suis pas très bon pour les discussions théologiques de haut niveau.

— O.K., acquiesça-t-elle en se levant à son tour. Allez vous doucher. Moi, je m'occupe du café.

— Marché conclu !

*
* *

La première chose que fit Summer en arrivant en bas fut de prendre son courage à deux mains et de s'aventurer dans le living-room afin de vérifier, à la lumière du jour, les dégâts de son appartement. Mais à sa surprise, la pièce n'avait pas l'air en si mauvais état. Certes, son futon n'avait plus de matelas, et certains de ses biens étaient endommagés, mais dans l'ensemble, tout était propre et net, et chaque chose occupait sa place habituelle. Décidément, Roman n'avait pas chômé cette nuit. Pourtant, ce genre de tâche n'entrait pas dans ses obligations professionnelles ; il s'en était acquitté par pure gentillesse. Summer ne s'attendait pas à autant d'égards de sa part, et ce geste lui allait droit au cour.

Lorsqu'elle retourna dans la cuisine, elle entendit l'eau couler dans la douche. Tout en s'efforçant d'oublier que Roman était complètement nu de l'autre côté de la porte de la salle de bains, elle sortit son vieux moulin à café du placard, remplit le réservoir de grains et mit l'appareil en marche. Puis, une fois la mouture prête, elle commença à verser la dose nécessaire dans la cafetière.

— Vous vous rendez compte que vous êtes la seule personne sur cette terre qui sache encore utiliser un moulin à café ! l'interpella soudain Roman.

Il se tenait debout sur le seuil de la salle de bains embuée, rasé de près, ses cheveux mouillés soigneusement peignés, et avec pour tout effet une serviette de toilette enroulée autour des hanches.

« Pour l'amour du ciel, ne reste pas là bouche bée ! » s'exhorta Summer en se forçant à détacher son regard de Roman et en essayant de se rappeler si elle avait mis quatre cuillerées de café ou cinq.

— C'est malin ! marmonna-t-elle. Vous m'avez fait perdre le fil.

— Désolé. Je peux monter m'habiller en premier ou vous préférez que je vous laisse la place ?

— Non, allez-y. J'aime bien avoir l'estomac plein avant de me doucher et de me préparer.

Roman s'engouffra dans l'escalier et revint dix minutes plus tard, vêtu d'un costume et d'une cravate.

— Ouaouh ! Ça, c'est du rapide ! s'exclama-t-elle.

Summer n'arrivait pas à en croire ses yeux. En un éclair, il était passé de Capitaine Caverne à Elliot Ness.

Elle lui fit signe de s'asseoir à la petite table de cuisine sur laquelle elle avait disposé le café ainsi qu'une assiette de muffins.

— Après vous, insista-t-il en lui avançant une chaise.

Puis, il s'installa à son tour et leur servit à chacun une tasse de café.

— Merci d'avoir rangé l'appartement, Roman, dit-elle en poussant le plat de muffins vers lui. Vous vous êtes vraiment donné du mal et je vous en suis reconnaissante.

— Il n'y a pas de quoi.

Il souffla sur sa tasse et avala prudemment une gorgée.

— Alors, qu'est-ce qui nous vaut l'honneur de ce costume ? s'enquit-elle en versant du lait dans son café.

— J'ai pensé que ce serait une bonne idée de m'habiller en adulte pour aller faire la déposition au commissariat. D'ailleurs, en parlant de ça, je ne serais pas mécontent que vous me donniez dès maintenant un aperçu de ce que vous allez leur raconter.

— O.K. Par où voulez-vous que je commence ?

— Vous pourriez d'abord me révéler l'identité du mystérieux maître chanteur de Carolyn Cox.

Summer inspira profondément en espérant qu'elle ne commettait pas une terrible erreur.

— Il s'agit de Cecil Thayer, déclara-t-elle.

— Vous parlez de lui comme de quelqu'un de connu, observa-t-il en saisissant un muffin.

— Il est propriétaire d'un célèbre vignoble à Napa Valley. Sa fortune se chiffre en millions — si ce n'est pas en milliards —, et il est réputé pour son excentricité. La rumeur prétend qu'il ne sort pratiquement plus de chez lui. C'est vous dire à quel point il s'est replié sur lui-même. Il y a quelques semaines, Carolyn et moi étions dans un restaurant en train de prendre un brunch. Ce jour-là, elle avait bu quelques margaritas de trop, et elle a commencé à me faire des confidences au sujet de cette liaison qu'elle entretenait depuis environ un an avec Cecil Thayer.

— Il est marié ?

— Lui, non, mais Carolyn, oui. Elle est l'épouse du Dr Reginald Cox.

— Là encore, j'ai le sentiment que je devrais connaître ce nom, mais il ne m'est que vaguement familier.

— C'est un psychiatre. Il y a quatre ou cinq ans, il a écrit un livre à succès sur les moyens de vaincre la dépression par les médicaments. Les ventes de son ouvrage lui ont rapporté un sacré paquet, mais il a gardé son cabinet.

— Il était au courant que sa femme avait un amant ?

— Non. D'ailleurs, Carolyn avait une peur bleue qu'il le découvre. Elle disait qu'elle ne savait pas ce qui lui avait pris de s'engager dans une relation avec Cecil, qu'il était cinglé, que, de toute façon, ce n'était pas bien vis-à-vis de son mari et qu'elle avait terriblement honte. Arrivée à ce stade de la conversation, elle était en larmes.

— Je ne comprends pas. Si elle était si repentante, pourquoi n'a-t-elle pas tout simplement rompu avec Thayer ?

— Justement, c'est ça le problème. Elle avait tenté à plusieurs reprises de couper court à leur liaison, mais Cecil ne voulait pas la laisser partir. Il lui téléphonait constamment en la suppliant de lui accorder un dernier rendez-vous. Jusqu'au moment où, il y a un ou deux mois, il a commencé à dérailler sérieusement. Il s'est mis à l'appeler en utilisant un appareil qui se branche sur le combiné et qui permet de transformer la voix.

— Excusez-moi de vous interrompre, mais vous n'auriez pas une photo de ce Thayer par hasard ?

Summer réfléchit un instant, puis alla dans le séjour fouiller parmi les anciens numéros de *Gold Rush* qu'elle conservait dans sa bibliothèque. Elle trouva l'exemplaire qu'elle cherchait, l'ouvrit à la page où figurait Cecil et apporta le magazine à Roman.

— Ce cliché a été pris l'an dernier, expliqua-t-elle, à l'époque où Cecil fréquentait encore les soirées chic et ainsi de suite. Là, au centre, c'est Carolyn ; elle raffole des robes à paillettes. Le type trapu sur la droite, c'est Reggie, son mari. Cecil, c'est l'homme mince avec le front dégarni qui se tient à gauche.

— Je me souviens de cette photo. Lloyd me l'a montrée afin que je sache à quoi ressemblait Mme Cox. Quand j'ai vu Thayer, j'ai tout de suite pensé à un furet. Enfin, bref, dit-il en posant le magazine de côté et en soulevant sa tasse. Donc, pour en revenir aux faits, Thayer a disjoncté et s'est mis à appeler chez elle.

— Oui, en déguisant sa voix afin que Carolyn ne le reconnaisse pas. Et au début, effectivement, la ruse a marché. Il se faisait passer pour un inconnu qui savait tout de la liaison qu'elle avait avec Cecil. Il l'insultait, la traitait de dépravée — le coup classique. Au bout d'un certain temps, elle a commencé à enregistrer les appels sur son répondeur, et c'est comme ça qu'elle a réussi à avoir cette fameuse cassette sur laquelle il se rendait coupable de chantage. Il disait qu'il allait vendre la mèche à son mari si elle ne lui versait pas cent mille dollars en petites coupures. Suivant ses instructions, elle devait déposer l'argent le 1er septembre sur un voilier appelé *Le fumé blanc II*, amarré dans le port de San Francisco. C'est là que Carolyn a deviné qu'il s'agissait de Cecil. Il ne pratiquait plus la voile, mais une fois, en allant chez lui, elle avait aperçu une photo du bateau dans son bureau.

Roman fronça les sourcils tout en mâchant une bouchée de muffin.

— Pourquoi un homme aussi riche que Cecil Thayer se serait-il donné tant de peine pour un malheureux butin de cent mille dollars ? s'étonna-t-il.

— C'est bien ce que se demandait Carolyn, mais à mon avis, ce n'est pas vraiment après l'argent qu'il en avait. Au fond, Cecil est juste un type un peu fêlé qui a perdu le sens des réalités parce que sa maîtresse l'a quitté. Selon moi, il voulait simplement trouver un moyen de la punir — peut-être même lui causer une petite frayeur —, et il a choisi le chantage comme il aurait pu choisir autre chose.

— Qu'a fait Mme Cox lorsqu'elle s'est aperçue que ce maître chanteur n'était autre que Thayer lui-même ?

— Sur le moment, rien. Elle ne pouvait pas le dénoncer à la police, sinon Reggie aurait tout découvert. Ce matin-là, au restaurant, elle m'a confié qu'elle était partagée entre l'envie de s'enfuir loin d'ici et de payer la somme que lui réclamait Cecil — quoique, à bien y réfléchir, elle ne voyait pas comment elle allait arriver à réunir cent mille dollars sans éveiller les soupçons de Reggie. Je lui ai dit que ce serait de la folie de sa part de céder aux exigences de Cecil, d'autant plus que ce n'était pas l'argent qui le motivait, mais le désir de vengeance, et que, d'après moi, cela n'aurait pour effet que de l'encourager dans sa démarche.

— Et c'est là que, d'un commun accord, vous avez décidé d'insérer cet article dans la rubrique.

Summer se passa la main dans les cheveux.

— Oui, acquiesça-t-elle. C'était une trouvaille de Carolyn — une façon de flanquer la frousse à Cecil une bonne fois pour toutes, sans alerter Reggie ni la police. Et moi, j'ai marché dans la combine parce que l'idée me paraissait sensée.

Roman la regarda d'un air affligé.

— Du moins, c'est ce qu'il m'a semblé sur le coup, rectifia-t-elle. Il s'agissait simplement de faire savoir à Cecil que s'il consentait à laisser Carolyn en paix, il n'y aurait pas de suites, mais que s'il persistait, on utiliserait la cassette à des fins répressives — et, bien entendu, comme pièce à conviction au cas où l'affaire viendrait à être portée devant les tribunaux.

— Et Carolyn vous a donné l'enregistrement ?

— Oui, elle craignait que Reggie tombe dessus. Alors, j'ai caché la cassette chez moi, dans mon bureau. Manifestement, j'aurais dû la mettre dans un endroit plus sûr, mais je ne m'attendais pas que Cecil vienne la chercher. Enfin, si tant est que ce soit lui le coupable.

— Futée comme vous êtes, je suppose que vous avez gardé une copie de cette cassette.

Malgré son anxiété, Summer ne put s'empêcher de sourire devant le compliment.

— En effet, déclara-t-elle.

Cependant, lorsqu'elle se rappela où était la copie en question, son sourire se fana.

— Seulement… il y a un petit problème, ajouta-t-elle.

— Lequel ?

— Eh bien… comme je n'ai pas de coffre-fort, j'ai demandé à un ami de déposer le double de la cassette dans le sien, mais quand j'ai essayé de le contacter il y a quelques jours, sa colocataire m'a répondu qu'il était parti faire une sorte de voyage spirituel. Au Tibet, je crois. A moins que ce ne soit en Inde.

— Ah… Autrement dit, les deux cassettes sont indisponibles pour l'instant. Par conséquent, il n'existe aucune preuve matérielle permettant d'inculper Cecil Thayer pour tentative de chantage à l'encontre de Carolyn Cox.

Summer soupira et engloutit une large bouchée de muffin.

— Ce numéro de *Gold Rush* dans lequel vous avez menacé Thayer…, commença Roman.

— Pas menacé, mis en garde, corrigea Summer.

— Bon, si vous voulez. Donc, ce numéro est sorti en kiosque il y a maintenant… — il compta rapidement sur ses doigts — … cinq jours. Et le lendemain, Mme Cox s'est volatilisée.

Il s'interrompit et but lentement une gorgée de café, l'air songeur.

— Je vous signale que ça tombait pile le 1er septembre, souligna-t-il. Juste le jour où elle était censée lui remettre l'argent.

— Oui, au début, j'ai pensé qu'il s'agissait d'une coïncidence.

— Et maintenant ?

— Maintenant… j'avoue que toute cette histoire me dépasse. Quelque part, je n'arrive toujours pas à croire que Cecil Thayer ait pu réellement faire du mal à Carolyn. Si vous le connaissiez, vous comprendriez. Il est givré, mais pas à ce point.

— Vous savez, parfois, on est surpris de voir de quoi les gens sont capables sous l'emprise de la passion — même les personnes les plus inoffensives.

Il se caressa le menton.

— Et le Dr Cox ? demanda-t-il. Comment interprète-t-il la disparition de sa femme ?

— Eh bien, quand je l'ai eu au téléphone, il m'a dit qu'il se doutait depuis un certain temps que Carolyn ne trouvait pas son bonheur dans leur ménage et qu'elle lui avait semblé particulièrement préoccupée ces jours derniers. Il est convaincu qu'elle l'a quitté. Naturellement, je lui ai affirmé que j'étais certaine du contraire. Autant que je puisse en juger, Carolyn et lui semblaient avoir une vie de couple assez équilibrée.

Roman s'étrangla en avalant son café.

— Quoi ? Son épouse était là, à commettre l'adultère depuis un an, et vous appelez ça équilibré ? ! s'exclama-t-il.

— Fichtre, Roman ! Ce ton sur lequel vous dites ça — « commettre l'adultère ». Pour l'amour du ciel, on jurerait le Grand Inquisiteur !

Le regard de Roman s'assombrit.

— Oh ! je vois. Vous êtes pour les mariages libres où l'infidélité est reconnue comme un droit à part entière par les deux conjoints, lança-t-il.

— Non. D'ailleurs, si vous aviez pris des notes, vous sauriez que je ne suis pas pour le mariage du tout, rétorqua-t-elle sèchement.

— Ah, oui, j'oubliais. C'est un contrat d'esclavage, c'est ça ?

— Pour les femmes, oui. Surtout si leur seule fonction consiste à s'occuper de la maison et des enfants.

— Vous ne considérez pas ce genre de travail comme ayant de la valeur en soi ? objecta-t-il.

— Eh bien…

— Attendez, vous ne seriez pas en train de dénigrer les tâches domestiques simplement parce que c'est un domaine traditionnellement réservé aux femmes ? Pour ma part, je trouve ça assez sexiste comme attitude.

— C'est vous qui me traitez de sexiste ! Non, mais je rêve.

— Voyez-vous, poursuivit-il comme si de rien n'était en remplissant de nouveau leurs tasses de café, j'estime que si on respecte vraiment les femmes, on doit aussi respecter le rôle que la nature leur a assigné.

— Le rôle que la nature leur a assigné ? Attention, Elliot, vous vous aventurez en terrain glissant, là.

— Non pas que je désapprouve les femmes qui exercent une activité traditionnellement masculine — j'ai même connu des femmes policiers qui se débrouillaient rudement bien —, mais je vais être honnête avec vous, je n'ai jamais pu m'habituer à ce qu'elles prennent les mêmes risques que les hommes. Mon père m'a toujours enseigné que c'était à l'homme de protéger les femmes et les enfants.

— Ça, par exemple ! C'est le discours le plus primitif, le plus paternaliste et le plus archaïque…

— Pas du tout, l'interrompit-il en portant sa tasse à ses lèvres. C'est simplement un impératif lié à l'évolution de notre espèce. Les femmes et les enfants sont l'avenir de l'humanité, alors que les hommes, eux, sont juste là pour assurer le renouvellement des gènes… et, bien sûr, pour tuer les mammouths.

— Les mammouths n'existent plus, observa-t-elle avec un sourire. Quant aux gènes, il paraît que les techniques de clonage progressent à pas de géant. Manifestement, vous n'êtes pas irremplaçables.

Roman se renversa sur son siège et croisa les mains derrière la nuque d'un air amusé.

— J'en tremble de peur, ironisa-t-il.

— Bon sang ! grommela Roman tandis que Summer et lui sortaient du commissariat.

Tout en entraînant la jeune femme par le coude, il se dirigea rondement vers sa voiture, bouillonnant de colère.

Non, ça c'était trop fort ! Ils venaient de passer une heure à exposer l'affaire dans ses moindres détails à un inspecteur bedonnant et presque chauve, boudiné dans son costume trop étroit — et tout ça pour des clous ! Daniels, l'officier en question, jugeait saugrenu d'interroger Cecil Thayer. Farfelu ou pas, avait-il expliqué, Thayer était une figure importante de l'industrie du vin en Californie et contribuait généreusement aux bonnes œuvres de la police. L'idée qu'il ait pu faire chanter une ancienne maîtresse — ou pire — était complètement ridicule. Et puis d'ailleurs, avait-il ajouté, rien ne prouvait qu'il soit arrivé quoi que ce soit à Mme Cox. Si elle avait été assassinée, on aurait retrouvé son corps, non ? Quant à l'hypothèse d'un enlèvement, elle ne reposait sur aucun élément précis — conclusions en vertu desquelles l'inspecteur Daniels n'avait pas daigné donner suite à cette affaire.

— Je ne comprends pas pourquoi vous êtes si surpris, déclara Summer, en s'installant gracieusement sur le siège passager, tandis que Roman lui tenait la portière et s'efforçait de garder sa contenance devant les jambes de la jeune femme. Cecil Thayer est un homme riche et influent. Je me doutais que les choses se passeraient ainsi.

Elle sortit ses lunettes de soleil de son sac à dos et les chaussa.

— En tout cas, ça ne se serait pas passé ainsi si on étaient tombés sur un policier consciencieux, bougonna Roman, furieux, en se glissant au volant et en démarrant. Ce type-là, Daniels — je connais le genre. Il n'a plus qu'un an à tirer avant la retraite, et en attendant, il se contente de faire de la présence. Des flics comme ça… — il secoua la tête avec sévérité tout en négociant un virage —, ça ne sert qu'à déshonorer la profession.

Tout en conduisant à travers les rues d'Oakland, Roman remarqua du coin de l'œil que Summer l'observait attentivement. Il se demanda ce qu'elle allait encore inventer pour le taquiner, mais elle se contenta de garder un silence pensif, puis déclara d'une voix douce :

— Le métier de policier vous manque.

C'était une affirmation, pas une interrogation.

Roman resserra les doigts sur le volant, le regard rivé à la route.

— Vous regrettez l'époque où vous étiez à la brigade, poursuivit-elle.

— Non, je vous l'ai déjà dit, les enquêtes, c'est terminé. J'ai tourné la page.

— Oui, mais ça vous manque. Vous étiez doué pour ce travail.

— Summer, maugréa-t-il, combien de temps va-t-il falloir avant que vous arrêtiez de m'amadouer pour que je vous raconte pourquoi j'ai démissionné de la police ?

— Vous vous trompez, Roman, protesta-t-elle en retirant ses lunettes de soleil. Je ne cherche pas à vous amadouer.

— Parce que je vous préviens, cette histoire ne vous regarde pas.

— Je sais. Vous avez été suffisamment clair sur ce point.

Roman fixa l'horizon droit devant lui en grinçant des dents. Plusieurs excellentes raisons le commandaient de ne pas révéler à Summer les événements qui avaient marqué ce funeste jour de novembre dernier. Mais celle qui l'en dissuadait par-dessus tout, c'était la perspective de passer pour un meurtrier sans scrupule aux yeux de la jeune femme, comme il l'était aux yeux de sa propre famille. Car aussi idiot que cela puisse paraître, il fallait bien admettre qu'il était terrifié — oui, terrifié — à l'idée que Summer le condamne.

— Peu importent les motifs pour lesquels vous avez quitté la police, déclara-t-elle.

Au contraire, songea Roman avec amertume, rien n'avait plus d'importance !

— Ce qui me touche surtout, c'est le fait que votre ancien métier vous manque tant, insista-t-elle. Vous avez gardé la nostalgie du temps où vous étiez à Los Angeles.

La phrase n'étant pas posée comme une question, Roman ne se donna pas la peine de répondre.

— Personnellement, reprit-elle avec un frisson de dégoût, j'ai du mal à imaginer qu'on puisse se plaire dans un horrible nid de pollution tel que Los Angeles, mais en revanche, je conçois tout à fait que la police vous manque. Moi-même, à une époque, j'avais pensé m'engager à la P.J.

— Vous plaisantez !

— Pas du tout. Mais comme j'ai abandonné mes études et que je n'ai pas de diplôme, la police n'aurait sans doute pas voulu de moi.

Roman essaya de se représenter Summer en uniforme de policier et faillit heurter un trottoir.

— Lloyd vous décrit comme une sorte de super flic, continua la jeune femme, que ce dialogue quasiment à sens unique ne semblait pas décourager. A l'entendre, vous étiez l'enfant chéri de vos supérieurs. Vous êtes resté longtemps à la brigade ?

Ah, zut, une question directe, pesta-t-il intérieurement. Néanmoins, en comparaison des précédentes, elle était relativement anodine.

— Douze ans, déclara-t-il.

— Qu'est-ce qui vous a poussé à choisir cette branche ?

— Vous savez quoi ? J'ai l'impression de subir un interrogatoire.

— En langage normal, ça s'appelle une conversation, Roman — ou du moins une tentative de conversation. Est-ce que vous seriez plus à l'aise dans un silence de mort ?

« Non », songea-t-il. Mais, emporté par son orgueil, il répondit :

— Peut-être.

— Très bien, acquiesça-t-elle en haussant les épaules et en remettant ses lunettes de soleil.

Au bout de dix minutes sans une seule parole de Summer, Roman jura dans un espagnol particulièrement coloré.

— Bon, d'accord, marmonna-t-il, je vais vous dire pourquoi j'ai choisi cette branche. Mon père était flic.

La jeune femme se tourna vers lui.

— Son père l'était également, poursuivit-il, ainsi que la plupart de mes oncles paternels. Et tous mes frères sauf un appartiennent eux aussi à la police.

— Ils ont suivi la même voie que vous ou bien… ?

— Non, ils sont agents de la sécurité routière. Et parmi les meilleurs qui soient, je peux vous l'assurer.

— Ils doivent être fiers de vous.

— Autrefois, oui.

Soudain impatient de changer de sujet, Roman inspira à fond et se lança.

— Ecoutez, dit-il, il y a une chose dont il faut que je vous parle. Je sais que ça ne va pas vous plaire étant donné l'attachement que vous portez à votre liberté et à votre indépendance… — il soupira. Croyez-le, je n'agirais pas de la sorte si je pouvais faire autrement, mais…

— Vous m'inquiétez, Roman. Allez-y, venez-en au fait.

— Eh bien, avec le cambriolage dont vous avez été victime hier soir, il y avait déjà suffisamment de quoi s'alarmer, mais vu l'indifférence de la police, la situation devient d'autant plus dangereuse. A l'évidence, un maniaque — probablement ce Cecil Thayer — vous a dans son collimateur. Pour l'instant, il n'a pas essayé de s'attaquer à vous — sa priorité était de s'emparer de cette cassette —, mais si réellement il vous considère comme une menace, tôt ou tard…

— Il s'en prendra à moi.

— Il pourrait, corrigea Roman, désireux de ne pas affoler la jeune femme et ne sachant pas vraiment lui-même si ses soupçons étaient fondés. Pour le moment, nous ne connaissons pas exactement l'étendue du danger qui pèse sur vous, mais il est clair que ce type vous a à l'œil. Il va donc falloir que vous vous fassiez encore plus discrète que prévu.

— C'est-à-dire ?

— C'est-à-dire que vous réduisiez considérablement votre calendrier de sorties mondaines et, d'une façon générale, que vous limitiez vos déplacements au strict nécessaire. Plus question d'aller au magazine.

— Quoi ? !

— De toute façon, ce n'est pas indispensable ; vous m'avez confié vous-même que vous rédigiez vos articles chez vous. D'autre part, vous allez devoir délaisser temporairement vos cours à la fac.

— Hein ? Oh ! non ! Lily a besoin de moi comme modèle pour son nouveau tableau et elle se sert de l'un des ateliers de l'école pour peindre. Elle comptait commencer demain.

— Dans ce cas, elle va être obligée de reporter à plus tard. Je ne veux pas que vous preniez de risques inutiles.

— Vous essayez de me rendre agoraphobe, ou quoi ?

— C'est juste en attendant que le danger se dissipe.

— Vous êtes marrant, vous ! Comment le danger est-il censé se dissiper puisque la police a refusé de s'occuper de cette affaire et que Cecil est libre d'aller et venir à sa guise ?

« Bonne question… », songea Roman.

Tandis qu'il cherchait une réponse, il repéra, de l'autre côté de la rue, un magasin qui vendait des lits. Désignant la boutique du doigt, il se tourna vers Summer.

— Vous croyez qu'ils ont des futons ? s'enquit-il.

— Oui, sûrement.

Dans un crissement de pneus, Roman exécuta un demi-tour sans bavure et s'engagea sur le parking du magasin.

— Vous savez, je n'ai pas les moyens d'investir dans ce genre de choses en ce moment, protesta la jeune femme en descendant de la voiture.

— Ne vous tracassez pas. J'enverrai la facture à Lloyd.

— Vous allez demander à Lloyd de payer le matelas de mon futon ?

— Oui, mon contrat couvre tous mes frais, expliqua Roman tandis qu'il poussait la porte de la boutique et faisait signe à Summer d'entrer. Il faut bien que je dorme quelque part, non ?

— Et mon lit, alors ? objecta la jeune femme en s'arrêtant sur le seuil, les mains sur les hanches. Ça ne vous suffit pas ?

— Non, je ne peux pas continuer à dormir avec vous, Summer.

— Mais enfin, c'est simplement pour une nuit ou deux, le temps que le système de sécurité soit installé.

Roman se frotta la nuque.

— Ecoutez, commença-t-il, j'ai bien réfléchi. Je ne peux pas vous laisser seule dans cet appartement, même avec le système de sécurité. Après ce qui s'est passé hier soir, ce serait de la folie. Mais dorénavant, mieux vaut qu'on fasse lit à part, Summer, parce qu'un jour ou l'autre…

Il secoua la tête.

Summer ouvrit la bouche comme pour prendre la parole, mais à la place, elle se contenta de relever ses lunettes de soleil sur sa tête et le regarda avec ses yeux de sirène au charisme enivrant. Pour finir, tout en lui adressant un sourire nonchalant qui ne le laissa pas dupe une seule seconde, elle déclara :

— Tant pis pour vous, Kevin.

Puis, elle se retourna et entra dans le magasin.

— A qui le dis-tu ! marmonna Roman en lui emboîtant le pas.

6

Soudain, on frappa trois coups à la porte de la chambre noire.

— Summer ? retentit la voix de Roman. Vous êtes là ?

— Si je ne suis pas dans les autres pièces, à part ici, où voulez-vous que je sois ? rétorqua-t-elle à travers la cloison tandis qu'elle se tenait au-dessus de la paillasse, en train de rincer la dernière épreuve de la pellicule qu'elle venait de développer.

Puis, marmonnant tout bas, elle ajouta : « Puisque vous m'avez assignée à résidence. »

— Je peux entrer ? Ça ne craint rien ? s'enquit-il.

Quelques jours auparavant, il avait fait irruption dans le labo au moment où Summer procédait au fixage de ses tirages sous la lumière rouge, et avait fichu en l'air tout un après-midi de travail. Alors depuis, il montrait patte blanche.

— Non, c'est bon, répondit-elle. Je termine juste.

La porte s'ouvrit et le garde du corps s'avança, vêtu exactement de la même façon que la fois où ils étaient allés au commissariat, il y a une semaine. En général, Summer avait toujours trouvé que les hommes paraissaient quelque peu insipides en costume cravate, mais, curieusement, Roman faisait de loin exception à la règle. Peut-être était-ce dû à l'aisance avec laquelle il portait ce complet — cette élégance naturelle qui donnait l'impression qu'il s'habillait ainsi depuis son premier âge. Ou peut-être était-ce à cause de ce tatouage incongru que Summer savait caché sous sa manche droite. A moins que ce ne soit à cause de son revolver. Ou de son couteau. Ou encore de son crucifix. C'est fou le nombre de petites surprises fascinantes qu'on pouvait découvrir en creusant sous la carapace de ce Roman Fitzpatrick.

— Je vois que vous avez remis votre déguisement d'adulte, observa-t-elle en se séchant les mains. Vous ne retournez pas en visite chez ces charmants messieurs de la police, j'espère.

— Non, je suis attendu à l'agence pour une réunion impérative qui doit avoir lieu cet après-midi dans une heure environ. Et il faut aussi que je passe chez moi prendre des affaires propres et ramasser mon courrier. Vous ne resterez seule que deux petites heures, trois maximum, mais je vous appellerai quand même une fois ou deux par mesure de précaution. Et ce coup-ci, pensez bien à utiliser le mot de passe, d'accord ?

Elle leva les yeux au ciel.

— Allons, détendez-vous, Elliot, dit-elle en lui desserrant sa cravate et en lui déboutonnant son col de chemise pour faire bonne mesure. Inutile de vous inquiéter à mon sujet. Avec toute la quincaillerie que vous avez installée ici, même les cafards ont peur d'entrer !

— Certes, mais j'aimerais néanmoins que vous gardiez cet ustensile sur vous durant tout le temps où je serai absent, précisa-t-il en sortant de sa veste le petit dispositif d'alarme à distance.

— Où ça sur moi ? demanda-t-elle en baissant les yeux vers sa robe.

Roman examina la jeune femme de haut en bas.

— Vous n'avez pas de poches ? s'enquit-il.

— Vous voyez bien que non, répliqua-t-elle en levant les bras et en tournant lentement sur elle-même.

— Il y a forcément un endroit où vous pouvez mettre cet appareil.

— Je pourrais le glisser dans…

— Sans doute, convint-il d'un ton sceptique.

— … Si seulement j'en portais un, ajouta-t-elle.

Après un silence plutôt lourd, Roman s'éclaircit la voix.

— Vous… Vous ne portez pas de… ?

— Non.

Le garde du corps desserra un peu plus sa cravate.

— Mais il y a une autre solution, reprit-elle.

— Laquelle ?

Summer introduisit le petit boîtier dans le décolleté de sa robe et le cala au creux de sa poitrine.

— Et voilà ! dit-elle.

Roman toussota de nouveau.

— Vous… vous êtes sûre que vous arriverez à le sortir rapidement en cas d'urgence ? demanda-t-il.

— Vous voulez essayer ? suggéra-t-elle en s'avançant vers lui.

— Non, ce ne sera pas nécessaire.

— Vous transpirez, observa-t-elle. Vous devez avoir chaud, dans ce costume.

— Et comment !

— Bon, je vais garder ce bidule avec moi pour vous faire plaisir, concéda-t-elle. Mais vous savez, je n'en ai vraiment pas besoin. J'ai suivi un cours d'autodéfense pour les femmes.

Roman grommela.

— Summer, je me réjouis que vous soyez capable de vous défendre, mais il faut me promettre que, s'il arrive quoi que ce soit, vous utiliserez cette alarme en premier. Sinon, je ne pourrai pas vous laisser seule une seconde.

La jeune femme soupira et leva la main droite.

— Je jure solennellement d'utiliser l'alarme, rien que l'alarme et exclusivement l'alarme, parodia-t-elle.

— Parfait, conclut Roman en tournant les talons et en quittant la chambre noire. Je serai de retour à l'heure du dîner.

Tandis qu'il refermait la porte d'entrée derrière lui, le téléphone sonna. Summer décrocha.

— Je suis absente pour le moment. Laissez-moi un…

— Summer, c'est Lily. Je t'en prie, dis-moi que tu peux venir poser pour moi aujourd'hui.

— Non, Lily, désolée, déclara Summer en portant le téléphone jusqu'à la table de la cuisine et en s'affalant sur une chaise. *Mein Führer* me retient toujours prisonnière.

— Je commence à paniquer, tu sais !

— Oui, ça s'entend dans ta voix.

— Colin a promis au type du musée que mon Odalisque serait prête pour cette fameuse expo en novembre, et si je ne m'y mets pas sur-le-champ, je n'aurai jamais terminé à temps. Tu es consciente de ce que représenterait pour ma carrière le fait de participer à cette exposition ?

— Evidemment que j'en suis consciente. Et crois-moi, je

voudrais bien poser pour toi — ne serait-ce que pour m'évader un peu de cet appartement. Tu n'as pas idée à quel point j'étouffe à force de rester enfermée. Roman m'a obligée à rayer de mon agenda pratiquement tous les grands événements que je devais couvrir, si bien que maintenant, j'en suis réduite à travailler à partir d'interviews téléphoniques, et ce n'est vraiment pas la même chose. Je donnerais n'importe quoi pour sortir d'ici un moment.

— Passe-le-moi, proposa Lily. Je vais lui demander de t'autoriser à venir à l'atelier. Ou plutôt non, je vais le supplier.

— Impossible, déclara Summer en retirant d'un coup sec le dispositif d'alarme de son décolleté et en l'abandonnant négligemment sur la table. Il n'est pas là.

Il y eut un silence.

— Ah bon, il n'est pas là ? fit Lily.

— Non, il est allé en ville pour... Lily, tu ne penses tout de même pas ce que je pense ?

— Quand rentre-t-il ?

— Pour le dîner.

— Impeccable ! Tu n'aurais même pas à lui avouer que tu t'es absentée, plaida Lily, tout excitée. Je te demande simplement de me consacrer une heure, le temps de démarrer. La toile est déjà montée. Il n'y a plus qu'à attaquer. Je pourrais tracer une première esquisse de toi et passer les deux semaines suivantes à peindre le fond. Je n'aurai pas besoin de ta présence pour ça. Une heure, Summer, s'il te plaît.

— Et si jamais Roman revient plus tôt que prévu ?

— Laisse-lui un mot juste pour le rassurer.

— Il a prévu de m'appeler.

— Tu n'auras qu'à prétendre que tu étais sous la douche et que tu n'as pas entendu le téléphone.

Summer entortilla le fil du combiné autour de son doigt.

— Oui, mais le problème, c'est que... je lui ai plus ou moins promis que je resterais là et...

— Enfin, Summer, tu n'es pas tenue de lui obéir comme une esclave ! Ce n'est pas toi qui disais qu'il te rendait la vie infernale, qu'il te privait de ta liberté ?

— Oui, et le pire de tout, c'est qu'il ne partage même pas mon lit.

— Quelle peau de vache !

Summer s'affaissa lentement sur ses coudes, appuyant sa joue contre la table.

— Tu sais, confia-t-elle, parfois, la nuit, je me lève et je le regarde…

— Oh ! oh.

— Il est si beau quand il dort.

— Summer, tu te souviens de la fois où tu m'as demandé de t'avertir si jamais j'avais l'impression que tu commençais à en pincer pour un type ?

— Tu crois que c'est ce qui est en train de m'arriver ?

— Et comment ! Alerte rouge !

— Non, tu te trompes, je t'assure. Ce n'est pas du tout ça.

— Summer, je ne te reconnais plus. D'habitude, tu n'es pas du genre à te languir pour un homme. Je t'en prie, ne te laisse pas embarquer là-dedans.

— Oui, tu as raison. Je me suis beaucoup trop attachée à ce type. Et lui, tout ce qu'il trouve à faire, c'est de me repousser. Il faut que je me ressaisisse ! proclama-t-elle en se redressant et en frappant du poing sur la table.

— Bien parlé !

— Je te rejoins à la fac dans quarante minutes. A tout à l'heure.

Après avoir raccroché, Summer prit une enveloppe d'une pile de courrier qui traînait sur la table, déchira le rabat et inscrivit dessus : « Roman, j'ai dû m'absenter. Je reviens sans tarder. Ne vous inquiétez pas pour moi. Summer. » Elle voulut l'afficher bien en évidence sur le réfrigérateur, mais elle n'avait ni aimants ni Scotch. Soudain, il lui vint une idée de génie. S'emparant du paquet de chewing-gums qu'elle conservait pour les voyages en avion, elle mâcha une tablette pendant une trentaine de secondes, colla la boule gluante sur le Frigidaire et pressa le message dessus. Il ne lui fallut pas plus de cinq minutes pour se préparer à partir.

Se souvenant du conseil de Roman, elle sortit par l'arrière de l'appartement, et lorsqu'elle claqua la porte derrière elle, le chewing-gum se détacha du réfrigérateur, emportant la note avec lui.

— *Willkommen !* s'écria Mark Spenser tandis que Roman pénétrait dans la salle de conférences de l'Agence Spade.

Le jeune directeur siégeait tout au bout de la longue table avec Samantha, sous la forme d'un haut-parleur de téléphone posé devant lui. Trois ou quatre gardes du corps de l'agence étaient déjà arrivés.

Après un bref échange de poignées de main, Roman s'excusa :

— Il faut que j'aille appeler ma cliente, expliqua-t-il. Commencez sans moi.

Il longea le couloir jusqu'à son bureau, composa rapidement le numéro de Summer sur son poste sans se donner la peine de s'asseoir, et laissa sonner sept fois. En vain. Songeant qu'il avait peut-être fait un faux numéro, il s'installa dans son fauteuil et retapa calmement les dix chiffres. Toujours pas de réponse.

Malgré son angoisse, il se força à rester assis un moment sans s'énerver et à envisager toutes les hypothèses.

Première possibilité : Summer était en ligne avec quelqu'un d'autre et n'avait pas envie de prendre le signal d'appel. Mais... était-elle seulement abonnée à ce service ? Comment pouvait-on même soupçonner l'existence d'un tel système quand, comme elle, on possédait encore un vieux téléphone à cadran rotatif ? Et puis, sachant qu'il comptait la joindre, elle aurait forcément répondu, non ?

Deuxième possibilité : elle était sous la douche. Mais pourquoi irait-elle se doucher une deuxième fois alors qu'elle s'était déjà lavée ce matin ?

Troisième possibilité : elle se trouvait dans la chambre noire, en plein dans les bains chimiques, et ne pouvait pas s'interrompre. Oui, elle avait souvent l'habitude de développer des photos l'après-midi. Seulement... elle avait déjà passé deux heures dans son labo après le déjeuner et tout semblait indiquer qu'elle avait terminé son travail.

En grimaçant, Roman regagna la salle de conférences à

grandes enjambées et annonça à Mark qu'il ne pouvait pas assister à la réunion en raison d'un imprévu.

— *Auf Wiedersehen !* lui cria le directeur au loin tandis que Roman sortait du bâtiment en trombe et dévalait les marches du perron.

« Mon Dieu, pria-t-il en silence cependant qu'il roulait vers Oakland et que des gouttes de pluie commençaient à mouiller le pare-brise, faites qu'elle soit là. Faites qu'il ne lui soit rien arrivé. »

Au moment où il arrêta sa voiture devant le domicile de Summer, il pleuvait à verse. Se ruant vers la porte d'entrée, il composa le code sur le clavier et poussa précipitamment le battant.

— Summer ?

D'un pas rapide, il traversa l'appartement en continuant à appeler la jeune femme tandis que son inquiétude allait croissant. Ecartant le rideau de perles d'un mouvement d'épaule, il s'engouffra dans la cuisine et tambourina à la porte du labo.

— Summer, vous êtes là ?

Il tira la poignée d'un coup sec et trouva la pièce vide. La porte de la salle de bains était ouverte ; il n'y avait personne à l'intérieur. En deux foulées, il gagna l'escalier menant au loft et grimpa les marches en courant. Aucun signe de la jeune femme.

— Summer ! hurla-t-il en frappant ses mains sur la rampe.

« Allons, calme-toi, se ressaisit-il. Sers-toi de ta cervelle. »

Il parcourut la chambre du regard à la recherche de traces de lutte. Les draps étaient sens dessus dessous, comme toujours, mais à part ça, rien à signaler. Redescendant au rez-de-chaussée, il inspecta la cuisine. Là non plus, rien d'anormal… si ce n'est que le téléphone se trouvait sur la table et non sur le comptoir, ce qui tendait à démontrer que Summer avait passé un coup de fil — ou en avait reçu un. Roman poussa un juron en voyant le petit boîtier d'alarme posé à côté de l'appareil. Summer lui avait pourtant certifié qu'elle le garderait sur elle. Peut-être l'avait-on kidnappée, l'obligeant à laisser l'alarme sur place ?

Roman fit rapidement le tour de l'appartement afin de repérer des indices consécutifs à un enlèvement forcé. La sacoche dont la jeune femme se servait pour transporter son matériel de photo était toujours là ; en revanche, son sac à dos couleur argent ne figurait nulle part, ce qui semblait indiquer qu'elle avait quitté les lieux de son plein gré. Certes, ce constat le rassurait quelque peu, mais n'expliquait pas, pour autant, pourquoi Summer était partie après lui avoir assuré qu'elle ne bougerait pas d'ici.

Retournant dans la cuisine, Roman sortit la carte de visite de Lloyd de son portefeuille et appela l'éditeur à son bureau.

— Lloyd Rush. Je vous écoute.

— Lloyd, c'est Roman Fitzpatrick. Summer est dans le coin ?

— Ici ? Non. Elle n'est pas avec vous ?

Roman maugréa.

— Hélas, répondit-il. Elle a disparu de l'appartement pendant mon absence. Je me disais qu'elle en avait peut-être eu marre d'attendre et avait décidé d'aller se promener, mais comme il pleut…

— Ouh, je n'aime pas ça.

— Moi non plus. Même s'il est possible qu'elle ait quitté les lieux de son propre chef, elle n'en court pas moins un grave danger en agissant ainsi. Je crois qu'elle ne s'en rend pas compte.

— Trouvez-la, Roman.

— J'y veillerai. En tout cas, si jamais elle se présente à vous, retenez-la et contactez-moi sur mon portable.

— Entendu.

Roman raccrocha vivement le combiné et s'appuya des deux bras sur la table en fermant les yeux. Voyons voir, réfléchit-il, où donc aurait-elle pu aller en dehors de son bureau… ?

Soudain, il rouvrit brusquement les paupières tandis que la réponse jaillissait en lui. Mais oui ! Bien sûr !

Après plusieurs minutes exaspérantes passées à chercher un endroit pour se garer, Roman repéra enfin un emplacement juste en bas de la rue où était située l'école des beaux-arts.

Il monta le trottoir en courant sous la pluie battante et fonça à travers la cour de l'établissement.

— Seigneur, je vous en supplie, faites qu'elle soit là, murmura-t-il. Faites qu'elle soit là afin que je puisse lui tordre le cou pour m'avoir joué un tour pareil !

Il jeta un coup d'œil dans l'amphithéâtre, mais les bancs étaient vides. De même que la cafétéria.

Filant vers le bâtiment dédié à la photographie, il arpenta les couloirs, faisant irruption dans les salles de classe et interrogeant les élèves et les professeurs, sans aucun résultat. Il demanda alors où se situaient les ateliers de peinture et on l'orienta vers une rampe d'accès conduisant au rez-de-chaussée. Là, il tomba sur une galerie avec des portes tout du long et les ouvrit une à une, interrompant les cours afin de savoir si quelqu'un avait vu Summer. Ses efforts demeurèrent sans succès, mais une jeune fille lui indiqua le chemin qui menait aux ateliers annexes, installés à l'étage.

« Et si jamais elle n'y est pas ? » songea-t-il tandis qu'il parcourait les locaux en question — déserts pour la plupart — et que la panique l'envahissait au fil des secondes. Imaginons qu'un détraqué se soit emparé d'elle pendant que lui était là, à brasser de l'air comme un idiot ?

Il en serait malade s'il arrivait quelque chose à Summer — et pas simplement à cause de la honte d'avoir échoué dans sa mission de garde du corps. En fait, il était bel et bien prêt à mourir pour cette femme, non pas uniquement par devoir, mais parce qu'il ne supportait pas l'idée qu'un malheur s'abatte sur elle s'il pouvait l'éviter. Avec son mélange unique de candeur et de mondanité, elle était devenue pour lui bien plus qu'une simple cliente, établissant entre eux une complicité que rien ne laissait présager étant donné le tempérament indépendant dont elle était pourvue et le caractère douteux de sa profession.

« Pourvu qu'elle soit là, se répéta-t-il en ouvrant brutalement la dernière porte du couloir d'une main fébrile. Mon Dieu, faites qu'elle soit… »

Soudain, il s'immobilisa sur le seuil, les doigts agrippés à la poignée. Debout devant un gigantesque chevalet, Lily se tourna vers lui, un pinceau à la main.

— Roman, murmura-t-elle.

L'immense toile sur laquelle elle travaillait était vierge, à l'exception d'un trait de pinceau couleur sépia dont la forme délicate et sensuelle évoquait une hanche féminine.

— Roman ? résonna la voix de Summer derrière le chevalet.

Le garde du corps contourna le tableau et resta cloué sur place, les yeux écarquillés.

Allongée au fond de la pièce, sur une large estrade de bois, drapée de velours et recouverte d'énormes coussins, Summer regardait par-dessus son épaule, le visage tourné vers l'écran d'un poste de télévision. Sa main droite reposait gracieusement sur sa hanche, tenant une télécommande.

Roman ne parvenait pas à détacher son regard de la jeune femme. Et pour cause. Elle était complètement… et superbement… nue.

7

Summer contempla Roman bouche bée tandis qu'il la fixait, lui aussi, d'un air stupéfait. Il était trempé de la tête aux pieds, son veston et sa cravate desserrée pendaient misérablement le long de son torse haletant et des boucles de cheveux mouillés lui collaient au front ; il était livide.

— Oh ! mon Dieu, Roman ! s'exclama-t-elle en se redressant et en ramenant un bout de l'étoffe en velours sur ses seins. Je suis désolée.

— C'est ma faute, Roman, plaida Lily. J'ai insisté pour qu'elle…

Le garde du corps se retourna et décocha à Lily un regard si impitoyable qu'elle tressaillit.

— Bon, je… je crois que je vais aller chercher du café, bredouilla-t-elle. Quelqu'un en veut ? Non ?

Elle flanqua son pinceau dans un pot rempli de térébenthine et fila à travers la porte restée ouverte.

Roman s'adossa au mur, comme si ses jambes ne pouvaient plus le porter.

— Je ne savais pas où vous étiez, lança-t-il, la voix tremblante.

— Je vous avais laissé un mot.

— Où ça ? Je n'ai rien vu.

— Sur le réfrigérateur, collé avec du chewing-gum.

Roman la considéra d'un œil torve.

— Du chewing-gum ? marmonna-t-il.

Summer fut assaillie par un remords si violent que son cœur se souleva.

— J'ai été stupide, déclara-t-elle.

— Je pensais…

S'interrompant, il se pencha et posa les mains sur ses genoux, puis reprit :

— J'étais terriblement perplexe.

— Je suis navrée, Roman, confessa-t-elle avec sincérité en refoulant les larmes qui lui nouaient la gorge.

— Il y a de quoi ! grommela-t-il en se relevant et en se dirigeant brusquement vers la porte.

Summer crut qu'il allait sortir en flèche, mais il s'arrêta, le dos tourné, en se passant les mains dans les cheveux d'un geste fébrile. La jeune femme retint sa respiration, se demandant ce qu'il allait faire.

D'un coup de pied, il referma la porte. Summer sentit son cœur tressauter dans sa poitrine.

Il attrapa une table qui se trouvait à proximité et la poussa contre le battant, la calant sous la poignée afin de bloquer l'entrée.

Puis, il se retourna et s'avança à grands pas vers la jeune femme en ôtant vivement sa veste et en l'envoyant balader par terre. L'estrade grinça tandis qu'il grimpait dessus, et l'instant d'après, il était allongé sur sa compagne et l'entraînait à la renverse. Saisissant le morceau de velours qu'elle tenait encore devant son buste, il le jeta de côté.

Sa bouche fondit sur celle de Summer avec une ardeur si impérieuse que la jeune femme avait presque les lèvres endolories. Il lui ouvrit les jambes et se mit à bouger contre elle tandis que ses vêtements humides la transperçaient de froid et que son holster lui griffait l'intérieur de la cuisse.

Mais ses mains… ! Une flambée de désir parcourut Summer au contact de ses caresses, si pleines d'avidité, d'impatience, qu'elle avait peine à respirer.

Brusquement, glissant le bras entre eux deux, Roman déboutonna son pantalon et la jeune femme sentit le corps chaud et lisse de son compagnon s'enfoncer dans le sien, déjà moite de passion.

Roman se dressa au-dessus d'elle en la prenant par les reins afin de la soulever et entra puissamment en elle. Summer répondit à son assaut avec une ferveur égale et écarta brutalement les pans de sa chemise, plantant ses doigts dans le dos de son amant.

Soudain, il laissa échapper un gémissement rauque cependant

qu'il allait et venait en elle, faisant craquer le plancher du podium à chacune de ses poussées. Summer s'arqua contre son compagnon, lui lacérant les épaules avec ses ongles et criant désespérément à mesure que le plaisir montait en elle.

Le cri de volupté de Roman résonna dans toute la pièce tandis qu'il se cambrait au-dessus de la jeune femme, le corps tremblant, le visage en sueur. Au même instant, Summer explosa.

Finalement, dans un profond soupir de satisfaction, Roman s'effondra sur elle.

Enveloppé dans l'étoffe de velours et soutenu par les énormes coussins, le corps chaud et nu de Summer replié contre le sien, Roman écoutait le crépitement étouffé de la pluie sur le toit de l'école. Ses vêtements mouillés gisaient éparpillés autour d'eux sur l'estrade, la jeune femme n'ayant eu de cesse de les lui enlever après leur étreinte. Une dizaine de minutes auparavant, Lily était revenue et avait vaguement essayé d'ouvrir la porte, mais ils l'avaient priée de s'en aller.

Roman enfouit son visage dans les cheveux de Summer, respirant son parfum mystérieux et provocant, et nageant dans un tel bonheur qu'il en était presque bouleversé.

— C'était…, commença-t-il.

Mais il n'y avait pas de mot pour décrire ce qu'il venait de vivre.

— … Sensationnel, ronronna Summer.

— Non, bien plus que sensationnel.

— Transcendant, alors, murmura-t-elle en se blottissant plus étroitement contre lui. A la façon d'un voyage extracorporel.

Roman sourit.

— En fait, confia-t-il, je crois que je n'ai jamais eu autant la sensation d'être dans mon corps. C'est comme s'il avait pris les commandes et que mon cerveau s'était débranché. Vous voyez ce que je veux dire ?

Summer hocha la tête.

— Oui, répondit-elle, j'ai l'impression qu'il s'est produit la même chose en moi. Désolée de vous avoir griffé le dos. C'est la première fois que ça m'arrive.

— Et moi, c'est la première fois qu'une femme me griffe.

— J'espère que vous ne garderez pas de cicatrices.

— J'espère que si.

— Vous êtes heureux ? s'enquit-elle en enlaçant leurs doigts.

— Trop.

Elle se mit à rire.

— Comment peut-on être trop heureux ? s'étonna-t-elle.

Il retourna la question dans son esprit tandis qu'une appréhension venait peu à peu jeter un voile sur son allégresse.

— Vous savez, le bonheur ne dure jamais. Et quand il s'évanouit, on a d'autant plus de mal à s'en remettre si l'expérience a été… transcendante.

— Vous aimeriez qu'on ait une discussion sérieuse, n'est-ce pas ?

Roman poussa un long soupir et plongea de nouveau son visage dans la chevelure odorante de la jeune femme.

— J'estime que ce serait une bonne chose. Pas vous ?

— Pas vraiment. Je ne comprends pas pour quelle raison les gens se croient toujours obligés d'analyser tout ce qui leur arrive — a fortiori lorsqu'il s'agit de bons moments. Pourquoi ne se contentent-ils pas d'apprécier le bonheur pendant qu'il est là ?

— Peut-être parce qu'ils s'interrogent sur l'avenir de ce bonheur.

— Et vous ? s'enquit-elle d'un ton hésitant. Ça vous inquiète ?

— Disons que… j'y pense. Je ne veux pas que cette histoire nous fasse souffrir ni l'un ni l'autre. Evidemment, ce serait plus facile si on pouvait se quitter tout de suite…

Summer se raidit l'espace d'un instant.

— Vous le souhaitez réellement ? demanda-t-elle.

— Non, reconnut-il. Et de toute façon, même si je le souhaitais, je n'en aurais pas les moyens.

— Oui, bien sûr, votre contrat vous oblige à rester avec moi.

Roman crut déceler une note d'amertume dans la voix de la jeune femme. Summer Love, amère ? Ça ne lui ressemblait pas.

— En fait, si je craignais qu'on couche ensemble, expliqua-t-il en la serrant plus étroitement contre lui, c'est avant tout parce que ça me gêne un peu d'avoir une relation suivie avec une femme dont je ne suis pas…

Bon sang ! songea-t-il. Comment pouvait-il lui dire ça sans avoir l'air d'un mufle de première, surtout après les moments qu'ils venaient de partager ?

— Enfin, ce serait différent si on... avait des points communs, mais...

— Ne vous fatiguez pas, Roman. Je vais aller droit au but à votre place. Ce qui se passe entre nous est purement physique. Vous haïssez les gens de ma profession et je ne pourrai jamais occuper une place dans votre vie.

— Summer...

— Non, ce n'est pas grave. Il faut qu'on soit clairs là-dessus. Je suis une adepte de la transparence, vous vous souvenez ?

S'il s'en souvenait ? Comment pourrait-il l'oublier ? C'était l'un des aspects qu'il aimait le plus en elle. Non, qu'il *admirait* le plus en elle.

— Et cette relation physique qui existe entre nous se terminera lorsque vous ne serez plus mon garde du corps. Ai-je bien résumé ?

— Oui, je crois, répondit-il, la voix blanche. J'espère que vous comprenez, Summer, je...

— Ne vous inquiétez pas pour ça, l'interrompit-elle en lui tapotant la main. Ce n'est pas parce qu'il y a cette alchimie foudroyante entre nous que nous devons en faire quelque chose de sérieux et de compliqué. Je vous promets de ne pas chercher un sens à notre histoire si vous agissez de même de votre côté. Ça marche ?

— Ça marche, acquiesça doucement Roman, effaré par la facilité avec laquelle la jeune femme acceptait les conditions qu'il imposait — car au fond, c'était ni plus ni moins poser des conditions que de fixer ainsi une échéance et des limites à leur relation.

Cependant, lorsque sa prestation de garde du corps s'achèverait et que Summer et lui reprendraient chacun leur chemin, il avait comme l'impression qu'il aurait plus de mal qu'elle à supporter cette séparation. Ses sentiments pour Summer ne se résumaient plus désormais à une simple attirance charnelle, et il en éprouvait une angoisse terrible.

8

— Vous savez, j'ai grandi pas loin d'ici, déclara Summer.

— C'est vrai ? demanda Roman.

Il se tourna vers la portière afin de contempler le paysage verdoyant qu'ils étaient en train de traverser, mais comme la nuit commençait à tomber et que les vitres de la voiture étaient teintées, on ne voyait pas grand-chose.

— Oui, dans une communauté, précisa-t-elle.

— Une communauté !

La jeune femme pivota et s'allongea sur la banquette spacieuse de la limousine qui les conduisait vers la réception organisée en l'honneur du mariage de Tommy Burden, le célèbre rocker, avec le top model Lauren Ash. Au cours de cette semaine, Summer avait passé son temps — ou plutôt les rares moments pendant lesquels Roman et elle ne s'enivraient pas de plaisir dans les bras l'un de l'autre — à essayer de convaincre le garde du corps qu'elle compromettrait irrémédiablement sa carrière si elle manquait cet événement, considéré comme le mariage de l'année, moyennant quoi Roman avait fini par céder. Cet après-midi, ils s'étaient rendus à la cérémonie religieuse, et devaient maintenant assister à une somptueuse fête se déroulant dans la propriété des parents de la mariée, située au nord de San Francisco, à environ deux heures de route.

Tout en s'étirant comme un chat, Summer examina Roman d'un œil complaisant à travers ses paupières mi-closes. La réception, à laquelle ils allaient, exigeait une tenue de soirée, et naturellement, il avait voulu mettre un complet noir tout simple. Certes, il n'en aurait pas fallu davantage pour lui donner une allure incomparable, mais, prétextant que le batteur Kevin

Ness ne daignerait jamais porter, pour l'occasion, un costume qui semblait tout droit sorti de la boutique de location du coin, Summer avait convaincu Roman de la laisser le vêtir d'un smoking, d'une chemise de soie noire et d'une cravate — le tout assorti, bien entendu, à la boucle d'oreille. En se regardant dans le miroir, Roman avait trouvé le résultat d'une prétention ridicule, mais à cet instant, assis nonchalamment sur le siège de cuir de la limousine et baignant dans le clair de lune qui filtrait par le toit ouvert, il avait un air plus ravageur que jamais.

— Parlez-moi de cette communauté, enchaîna-t-il.

— Oh ! il n'y a pas grand-chose à raconter, dit-elle en enlevant ses chaussures et en posant ses pieds sur les genoux de son compagnon. C'était une communauté ordinaire où l'on mangeait des légumes bio et où l'on prônait l'amour libre.

— Et de la drogue ? Il y en avait ?

— En tout cas, je n'en ai jamais vu circuler. Mais bon, j'étais toute jeune à l'époque. Je suppose qu'ils ne se seraient pas permis d'en prendre devant moi.

Summer n'aimait pas que Roman aborde ce sujet. Ils n'avaient pas évoqué la question depuis leur discussion houleuse du premier jour, et elle n'avait aucune envie d'en débattre maintenant, étant donné qu'ils n'avaient qu'un temps limité à passer ensemble et qu'ils s'étaient mis d'accord pour rester dans la légèreté. Après tout, quelle importance cela pouvait-il avoir qu'il s'imagine qu'elle absorbait des cachets en secret et fumait du haschich puisque d'ici peu, Roman ne ferait plus partie de son existence ?

« Allons, n'y pense pas, se rappela-t-elle à l'ordre tandis qu'une vague de mélancolie absurde s'emparait d'elle, menaçant de gâcher sa bonne humeur. Aie le courage de tes opinions. Contente-toi d'apprécier le moment présent. »

— Vous êtes née dans cette communauté ? s'enquit Roman.

— Non, mes parents m'ont eue quand ils habitaient encore en ville, à Haight-Ashbury. Je devais avoir à peu près quatre ans lorsqu'ils ont décidé de fonder la communauté avec des amis. Ici, juste au bord de la mer.

— Au bord de la mer ? Le terrain a dû leur coûter une fortune.

— Mes parents avaient gagné pas mal d'argent avec leurs

œuvres d'art. Et comme ils avaient tous deux été habitués à pratiquer la voile étant enfants, ils voulaient s'y remettre.

— Lloyd m'a dit que…

Roman s'interrompit en fronçant les sourcils.

— … Que mes parents se sont noyés ?

Il hocha la tête.

— Oui, j'avais onze ans quand c'est arrivé, expliqua-t-elle. Un jour, ils sont partis en mer, une tempête s'est levée et…

Elle inspira profondément afin de chasser le nœud qui lui serrait la poitrine.

— … Ils ne sont jamais revenus.

Roman lui caressa les jambes d'un geste apaisant.

— Ça a dû être dur pour vous, déclara-t-il.

— Oui, mais le plus dur est venu ensuite. Après l'accident, les parents de ma mère m'ont ramenée sur la côte Est, et la première fois que j'ai mis mes coudes sur la table, ils ont piqué une crise et m'ont envoyée en pensionnat dans le Connecticut.

— Ce fameux pensionnat où vous consacriez votre temps à essayer de faire le mur.

— C'est ça.

— Vous y êtes restée quoi ? Six, sept ans ?

— Cinq, rectifia-t-elle. Mais comparé à la vie que j'avais connue avant, ça m'a paru des siècles. Du jour au lendemain, je suis passée du rêve hippie à l'Inquisition espagnole. C'était l'enfer. On ne pouvait pas faire un pas sans tomber sur une bonne sœur avec un visage en lame de couteau et une règle à la main. Elles nous surveillaient jour et nuit, nous dictaient notre façon d'agir et surtout notre façon de penser. Toute la liberté dont j'avais joui au sein de la communauté, toute l'indépendance que j'avais acquise sont parties en fumée. Finalement, le jour de mes seize ans, j'ai fait mon baluchon et je me suis sauvée. Et à compter de cette date, je me suis juré que plus jamais personne ne me mènerait à la baguette.

— C'est pour cette raison que vous refusiez catégoriquement d'avoir un garde du corps, n'est-ce pas ? Et que ça vous agaçait tant d'être sous ma protection.

… Et qu'elle ne pouvait pas supporter l'idée d'occuper un

emploi à horaires fixes ni de se laisser embarquer dans une relation durable avec un homme, ajouta-t-elle en elle-même.

— Oui.

— Comment vos grands-parents ont-ils réagi devant votre escapade ?

— Ils m'ont déshéritée. J'avais environ quatorze dollars sur moi quand j'ai commencé à faire du stop pour rentrer en Californie.

— Comment ? Vous avez fait de l'auto-stop en pleine campagne ? Pas avec votre uniforme d'écolière, j'espère ?

— Non, répondit-elle en riant. Ma tenue, c'était plutôt du genre six ou sept épaisseurs de vêtements trois tailles au-dessus, avec au fond de ma poche un couteau à steak que j'avais fauché dans un restaurant. Par chance, je n'ai pas eu à m'en servir, sauf à deux reprises où j'ai dû le sortir en guise de menace. Ensuite, à mon arrivée à San Francisco, j'ai décroché un job dans un cabaret de danseuses nues…

— Quoi ? !

— Rassurez-vous, j'étais tout habillée. Mon rôle consistait uniquement à servir les clients. Mais au bout d'un certain temps, le patron du club a commencé à me talonner pour que je fasse moi aussi du strip-tease, alors j'ai démissionné. Après ça, j'ai enchaîné petit boulot sur petit boulot, jusqu'au moment où Lloyd a appris que j'étais de retour et m'a engagée pour écrire dans sa revue. Voilà mon parcours. A vous maintenant.

— Je vous ai tout raconté. Avant, j'étais flic et je suis devenu garde du corps.

— Non, vous ne m'avez pas tout raconté, objecta-t-elle doucement. Pourquoi n'êtes-vous pas resté dans la police, Roman ?

Il y avait longtemps qu'elle ne l'avait pas questionné à ce sujet. Voyant qu'il se montrait plus enjoué de jour en jour, elle n'avait pas voulu lui couper ses effets ; mais une part d'elle-même brûlait d'envie qu'il se confie à elle.

Roman la regarda longuement en silence, l'air sombre. Puis, soudain, il se lança :

— Vous est-il déjà arrivé de commettre… une telle faute que, quoi que vous fassiez, rien ne rachèterait votre conduite ?

Une faute que vous ne pourrez jamais effacer ni vous pardonner à vous-même ?

Summer réfléchit un instant, mais dut finalement se contenter de secouer la tête.

— Eh bien, moi, oui, lâcha-t-il, le visage figé. J'ai commis une faute monumentale. Et j'étais seul responsable. Mais comme si cette tragédie ne se suffisait pas à elle-même, la presse s'en est mêlée et c'était dix fois pire.

— La presse ? s'exclama-t-elle en se redressant tandis que les pièces du puzzle s'emboîtaient peu à peu dans son esprit.

— Non, oubliez ça. Je n'aurais pas dû vous en parler.

— Si, au contraire. Je veux tout savoir de vous.

— Il y a certaines choses que je ne tiens pas à vous révéler à mon sujet. Si je vous disais lesquelles, vous me mépriseriez.

— Non, jamais je ne pourrais vous mépriser.

C'est ce que vous croyez.

— Roman…

— Mademoiselle Love, quels moyens va-t-il falloir que j'emploie pour que vous me laissiez tranquille avec cette histoire ? lança-t-il en souriant d'un air forcé et en glissant sa main le long de la jambe de la jeune femme jusqu'à ce qu'il atteigne le haut de son bas.

— C'est un bon début, concéda-t-elle tandis qu'il lui caressait délicatement l'intérieur de la cuisse.

Elle jeta un coup d'œil vers l'écran en Plexiglas qui séparait le siège du conducteur de l'arrière du véhicule ; le chauffeur ne pouvait pas les entendre à moins qu'ils n'élèvent la voix.

— Mais je doute que vous parveniez aussi facilement à vos fins, ajouta-t-elle.

— Ça reste à voir, répliqua-t-il d'un ton plus entreprenant.

9

— Tu parles d'une aubaine pour faire de bonnes photos ! se réjouit Summer tandis qu'ils arrivaient à la propriété des Ash, environ une heure après le début de la réception.

Longeant dans l'obscurité une haie de lanternes vénitiennes qui menait à l'arrière de la villa, ils débouchèrent sur une gigantesque tente ouverte ornée de fleurs et bordée d'une piscine démesurée. L'orchestre installé sous le chapiteau jouait le célèbre Sing, Sing, Sing, dont le tempo endiablé parut à Summer tout à fait de mise avec les festivités bachiques qui se déroulaient tant à l'intérieur qu'à l'extérieur de la tente. C'était une véritable cohue où se mêlaient des top models éblouissants, des rockers braillant à tue-tête, ainsi que des personnalités du gratin quelque peu hébétées par tout ce chahut, et parmi lesquelles Summer reconnut de nombreux visages. Des serveurs et serveuses en habit noir trébuchaient sur un parterre de photographes et de reporters tandis qu'ils s'élançaient à corps perdu à travers la foule hétéroclite des invités, qui semblaient se compter par centaines.

Au brouhaha de la musique et des voix venait s'ajouter le vrombissement incessant d'un hélicoptère de la presse qui tournoyait au-dessus du public tandis que son projecteur balayait la zone à la recherche des mariés. Lauren Ash était introuvable, mais Summer réussit à photographier Tommy Burden et les membres de son groupe alors qu'ils se rassemblaient sur la pelouse, baissant leur pantalon afin d'exhiber leur postérieur en direction de l'hélico. En entendant tout à coup des bruits de plongeons suivis de rires, la jeune femme se retourna et régla son objectif sur deux mannequins qui batifolaient nues dans la piscine, pendant qu'une demi-douzaine de rockers soûls tentaient de se dévêtir afin d'aller les rejoindre.

A cet instant, Roman posa sa main dans le dos de Summer.

— Il faut que je vous ramène chez vous, déclara-t-il.

— Quoi ? !

— Vous n'êtes pas en sûreté ici. Cet endroit est un vrai zoo !

— Non, mais vous plaisantez ! Je ne peux pas partir. C'est l'événement de la saison !

— Summer, il règne une pagaille monstre ici. Il y a des centaines de gens, il fait noir et on ne s'entend même pas parler. En plus, il n'y a aucun cordon de sécurité.

— Et tous ces gros malabars en T-shirt orange avec des talkies-walkies ? Ce ne sont pas des agents de sécurité ?

— Non, ce sont des videurs. Ils interviendraient probablement si quelqu'un commençait à casser le matériel, mais en dehors de ça, n'importe qui serait capable d'entrer ici comme dans un moulin. Je ne peux pas vous autoriser à rester.

— Roman, vous n'espérez pas sérieusement que je vais m'en aller ? Je dois couvrir ce mariage. C'est vital pour moi.

— Summer…

— Donnez-moi une heure, juste le temps de faire quelques photos et d'interviewer une partie des…

— Une demi-heure.

— Quarante-cinq minutes.

— O.K., mais ne vous avisez pas de me fausser compagnie.

— Promis.

Summer était parvenue à prendre trois rouleaux de pellicule et à interviewer six personnes — y compris la mariée elle-même — quand le garde du corps tapota sa montre d'un air bougon.

— Accordez-moi juste une minute, Roman, implora-t-elle en s'installant à une table vide, aux abords de la tente, afin de sortir sa dernière pellicule de son appareil et de griffonner quelques notes pour sa rubrique.

— Je vous laisse soixante secondes, pas une de plus, déclara Roman d'un ton bourru, en s'asseyant à côté d'elle. Ne m'obligez pas à vous emmener de force.

Summer se dépêcha de terminer et commença à remballer

son équipement, quand soudain, son attention fut attirée par un mouvement confus en provenance de la pelouse presque déserte, située derrière la tente. Plissant les yeux à travers l'obscurité, elle aperçut à une cinquantaine de mètres, venant du jardin en labyrinthe situé au fond de la propriété, un couple qui marchait vers eux d'un pas titubant. La jeune femme — une beauté sculpturale, qui, à en juger par son fourreau bleu-vert, était l'une des demoiselles d'honneur — remettait d'une main ses cheveux en ordre tandis que, de l'autre, elle tenait ses chaussures à hauts talons. Quant à son compagnon, il affichait un sérieux embonpoint et était la preuve vivante que tous les hommes ne sont pas forcément à leur avantage en smoking.

— Vous savez de qui il s'agit ? demanda Summer à Roman en désignant le couple du menton.

— Oui, c'est Tiffany Jones, le mannequin.

— Non, je parle du type qui est avec elle.

— Sa tête me dit vaguement quelque chose.

— C'est Reggie Cox.

— Le mari de Carolyn Cox ?

— Oui. Il est toujours invité d'office à ce genre d'événements. C'est le psy attitré des stars. Non seulement il connaît tous les gens importants, mais en plus, il a accès à leurs secrets les plus intimes. Cependant, c'est la première fois que je le vois dans une soirée sans Carolyn.

— Apparemment, il n'a pas perdu de temps à lui trouver une remplaçante, observa Roman, tandis que Tiffany Jones donnait à Reggie un baiser d'au revoir et se dirigeait vers la villa en chancelant.

— En effet, convint Summer.

Elle était en train de se demander si elle devait saluer Reggie ou feindre de ne pas l'avoir vu quand soudain, il la remarqua, sembla hésiter un instant, puis se dirigea vers elle.

— Il vient par ici, murmura-t-elle.

Roman soupira.

— Débarrassez-vous de lui en vitesse qu'on puisse s'en aller, grommela-t-il.

— Je vais faire de mon mieux.

— Summer Love, lança Reggie d'une voix pâteuse en

s'approchant de la table, la démarche chavirante, j'aurais dû me douter que je te rencontrerais au mariage de l'année.

— Salut, Reggie.

— On s'apprêtait à partir, annonça Roman en se levant tandis que Summer prenait exemple sur lui.

Reggie jeta un coup d'œil vers le garde du corps en tanguant.

— Vous êtes le nouveau guitariste de Summer ? s'enquit-il.

— Non, il est batteur, rectifia-t-elle.

— Je m'appelle Ness, se présenta Roman. Kevin Ness.

— Moi, c'est Reginald Cox.

Reggie serra la main du garde du corps d'une façon un peu trop enthousiaste, puis désigna les deux flûtes de champagne qu'un membre du personnel avait déposées entretemps sur la table.

— Vous ne buvez pas ? demanda-t-il.

— Non, allez-y, offrit Roman en lui tendant la flûte qui se trouvait devant lui.

Reggie leva son verre.

— Au champagne à volonté ! entonna-t-il.

Summer trinqua avec lui et avala une gorgée, grimaçant tellement le breuvage était amer.

Reggie nota la réaction de la jeune femme.

— Ah, ce n'est pas le demi-sec de supermarché que tu aimes tant, Summer, railla-t-il. C'est du Dom Pérignon. Tu devrais apprendre à apprécier les bonnes choses.

— Tu appelles ça bon ? protesta-t-elle en buvant de nouveau une gorgée. Ça a un goût de médicament.

Roman lança un regard insistant à la jeune femme et pointa le doigt sur sa montre.

— Tu verras, une fois qu'on s'y habitue, on ne peut plus revenir en arrière, assura Reggie en vidant son verre. C'est le nectar des dieux.

Summer fronça les sourcils. En quoi les papilles gustatives de Reggie seraient-elles plus sensibles que les siennes ? S'armant de courage, elle ingurgita environ la moitié du verre, avant de déclarer forfait.

— Désolée, Reggie, traite-moi de béotienne si tu veux, mais je préfère de loin le vin mousseux.

— Béotienne ! proféra-t-il en riant aux éclats.

— Euh, dis-moi, Reggie, enchaîna-t-elle en s'éclaircissant la voix. Tu n'as pas de nouvelles de Carolyn, par hasard ?

Roman poussa un soupir et croisa les bras.

— Non, répondit Reggie en secouant la tête. Cette garce n'est… pardon. Cette garce bonne à rien, infidèle, menteuse, hypocrite et débauchée n'est jamais revenue. Qu'elle aille au diable !

Cherchant sa respiration après son brusque accès de colère, il fit signe à un serveur d'apporter à boire.

— Bon, eh bien, ce fut un plaisir, conclut Roman en agrippant Summer par le bras et en esquissant un pas en arrière. Mais à présent, il faut vraiment qu'on…

— Tu savais tout, n'est-ce pas ? accusa soudain Reggie tandis qu'il s'efforçait en vain de fixer Summer de son regard vacillant. Tu savais que Carolyn me trompait.

— Je… Elle…, balbutia la jeune femme.

Elle dégagea brutalement son bras de l'étreinte de Roman, puis reprit :

— Ecoute, Reggie…

— C'est Thayer, son amant. Pas vrai ?

— Summer, allons-nous-en, l'enjoignit Roman.

— Reggie…

— Ouais, c'est Thayer, maugréa Reggie d'un ton hargneux. Et toi, tu étais au courant de toute l'histoire. Tu savais depuis le début que Carolyn couchait avec ce fumier à face de rat et tu as gardé le secret. Je parie que tu rigolais à mes dépens chaque fois que cette p… sortait en douce pour le rejoindre.

— Je t'interdis de manquer de respect à Carolyn ! s'insurgea Summer, en se débattant contre Roman, tandis qu'il essayait de l'emmener de force.

— Comment veux-tu respecter une femme mariée qui fricote dans le dos de son mari ? rétorqua Reggie, rouge d'indignation.

— Toi, tu peux parler avec ta nouvelle conquête.

— Tiffany ? Et alors ? fit-il en redressant le menton. Un homme a bien le droit de chercher un peu de réconfort quand sa femme l'a abandonné.

— Et si elle n'est pas partie avec quelqu'un ? demanda Summer.

— Comment ça ?

— Pour le moment, seule Carolyn a disparu, pas Cecil. Il se pourrait qu'elle ait des ennuis. Tu as pensé à cela ?

— Ouais, je vois, répliqua-t-il en s'esclaffant. Tu es prête à la défendre jusqu'au bout, n'est-ce pas ?

— Reggie…

— Si seulement tu m'avais prévenu au lieu de me cacher la vérité…

— Reggie, écoute-m…

— C'est ta faute, fiche-moi la paix ! s'écria-t-il en poussant Summer contre la table.

A cet instant, tout se mit à tourner autour de la jeune femme ; elle aurait juré que Reggie flottait dans les airs en lévitation, le visage marqué par une expression de stupeur.

En clignant des yeux, elle s'aperçut que Roman l'avait soulevé de terre par-derrière. Avec une simplicité enfantine, le garde du corps s'arc-bouta et projeta Reggie sur l'herbe, à une distance de plusieurs mètres.

— Laisse-la tranquille, Cox ! lança-t-il.

Brusquement, l'orchestre s'arrêta et le brouhaha des conversations se transforma en une rumeur sourde.

Reggie se releva en jetant un regard furieux à Roman et s'avança vers lui d'un pas raide, les poings tremblant de rage.

— Si je veux ! riposta-t-il.

Tout en arborant une mimique du genre « pourquoi moi ? » Roman attendit patiemment que Reggie soit presque arrivé sur lui, puis lui asséna un coup rapide à la tête qui l'envoya au tapis comme une souche.

Sans se presser, deux des videurs — l'un colossal et l'autre carrément titanesque — surgirent alors de l'obscurité au son crachotant de leurs talkies-walkies.

— O.K., qu'est-ce qui s'est passé ? s'enquit le premier.

— J'ai flanqué ce type par terre, déclara Roman.

— Vous l'avez flanqué par terre ? demanda l'autre.

— Oui, acquiesça le garde du corps en empoignant le sac de Summer et en prenant la jeune femme par le bras. Bon, je crois qu'il vaut mieux que j'y aille.

— C'est aussi mon avis, renchérit le colosse alors qu'ils étaient déjà loin.

Cependant que Roman escortait Summer le long de la villa, en direction de la grande allée circulaire où était garée leur limousine, la sensation d'étourdissement qui avait assailli la jeune femme quelques minutes auparavant ne fit qu'empirer. La lueur des lanternes vénitiennes lui donnant mal aux yeux, elle ferma les paupières et se concentra sur le déplacement de ses pieds, de plus en plus engourdis. Gauche, droite, gauche, droite, droite… droite…

— Holà ! s'exclama Roman en l'attrapant par les épaules tandis qu'elle manquait de tomber. Ça va ?

Elle hocha la tête, et le visage du garde du corps lui parut tout flou, comme dans un miroir déformant.

— C'est le champagne qui vous a mise dans cet état ? Pourtant, vous n'en avez pas consommé tant que ça.

— Je suis fatiguée.

Le son de sa propre voix lui parvenait de façon confuse et indistincte. Sa respiration était devenue faible ; son cœur bondissait dans sa poitrine telle une balle en caoutchouc, accentuant cette impression de vertige.

— J'aimerais bien que ça s'arrête, murmura-t-elle.

Roman mit sa main sous le menton de Summer et la regarda avec ses yeux sombres et profonds, les sourcils légèrement froncés.

— Quoi donc ? demanda-t-il.

— Pardon ?

— Vous disiez… Summer, vous êtes sûre que ça va ?

Décidément, elle était vraiment fatiguée, songea-t-elle. Incroyablement fatiguée, même. Le monde qui l'entourait s'évanouissait peu à peu comme lorsqu'elle était sur le point de s'endormir. Elle crut entendre Roman prononcer son prénom, mais elle n'aurait pu l'affirmer avec certitude car la voix de son compagnon lui semblait étrangement grave et distante, de la même façon que si une épaisse porte de bois les séparait l'un de l'autre. Et malgré ses efforts pour répondre, les muscles de sa mâchoire restaient inertes. Bientôt, ses yeux se révulsèrent, puis se fermèrent.

Ce son qui ressemblait vaguement à son prénom alla en

augmentant et devint plus pressant — presque frénétique. A présent, elle avait la tête qui tournait comme une toupie. Elle sentit quelque chose s'enrouler étroitement autour d'elle — peut-être les bras de Roman ? — et le sol qui se dérobait lentement sous son corps tandis qu'elle sombrait dans un sommeil abyssal.

10

Avant même d'ouvrir les yeux, Summer se rendit compte qu'elle n'était pas dans son propre lit, car tandis qu'elle reprenait peu à peu connaissance, elle constata que des draps en coton, et non en satin, lui enveloppaient le corps. En se concentrant, elle parvint à se souvenir du dernier endroit où elle était allée — cette fameuse réception —, mais pas de la suite.

Elle souleva les paupières tout en grimaçant sous l'effet de la lumière qui emplissait la pièce.

C'était une petite pièce — une chambre d'hôpital. Le lit de Summer était muni de barreaux de sécurité, et des rideaux blancs pendaient de chaque côté de l'alcôve, l'un tiré, l'autre non. Par l'ouverture, la jeune femme aperçut une fenêtre qui, malgré le store baissé, laissait entrer la lumière du soleil. Devant cette fenêtre, un homme se tenait assis dans un grand fauteuil, le visage de profil.

C'était Roman Fitzpatrick. Il portait une chemise de soie noire — la même qu'au mariage — ainsi qu'une barbe drue. Il était assis là, regardant dans le vide, le teint gris, les yeux vitreux. Sa main droite reposait sur l'accoudoir du fauteuil et était entourée d'un chapelet.

Summer s'efforça de l'appeler, mais sa tentative se solda par un murmure rauque qui lui déchira la gorge. Roman se tourna vers la jeune femme et son visage s'illumina.

— Summer !

Il s'extirpa du fauteuil avec des gestes laborieux, comme s'il était resté là longtemps, puis dégagea la barrière d'un côté du lit et s'assit sur le matelas près de la jeune femme.

— Salut, vous ! fit-il en lui caressant la joue.

Summer essaya de lever la main vers lui, mais quelque chose la retenait ; baissant les yeux, elle vit qu'on lui avait posé une perfusion.

— Comment vous sentez-vous ? demanda doucement Roman.

— Pas terrible, répondit-elle dans un grincement de voix douloureux. Qu'est-ce que j'ai à la gorge ? Je suis malade ?

— Non, c'est probablement dû à l'intubation que vous avez subie. Les médecins ont dû vous faire un lavage d'estomac…

— Quoi ? !

— Et ensuite, ils vous ont mise sous ventilateur.

— Sous ventilateur ? Vous voulez dire une sorte de respiration artificielle ?

Il hocha la tête.

— Mon Dieu… ? !

Il écarta les mèches qui barraient le visage de Summer.

— Oui, juste une heure ou deux, le temps que vous soyez hors de danger. N'empêche que j'ai eu la peur de ma vie, ajouta-t-il, la voix tremblante.

— De quoi est-ce que je souffrais ? Qu'est-ce qui m'est arrivé ?

Roman inspira profondément.

— Je crois qu'on a tenté de vous empoisonner, déclara-t-il.

Summer le regarda en clignant des yeux, muette de stupeur.

— Manifestement, quelqu'un a versé quelque chose dans votre verre, poursuivit-il. Les médecins sont en train de procéder à des analyses afin de découvrir de quelle substance il s'agit. Vous vous souvenez du moment où vous avez bu du champagne ?

— Oui, acquiesça-t-elle tandis que l'épisode lui revenait peu à peu à la mémoire. Je me rappelle qu'il avait un goût amer. Médicamenteux.

— C'est bien ce que vous avez dit, d'ailleurs, soupira-t-il en fermant les yeux et en secouant la tête. J'aurais dû me douter, à la minute même, que votre champagne était frelaté, mais je… je ne pensais qu'à une chose : quitter cette réception.

Une expression affligée se peignit sur son visage.

— J'ai failli à mon devoir, Summer. Je ne vous ai pas protégée comme il le fallait. Maintenant, je comprends pourquoi certains gardes du corps préfèrent ne pas avoir d'aventure avec leurs clientes. Ça engendre une certaine tendance à la… distraction.

Summer posa la main sur la sienne.

— Je suis contente que vous ayez succombé à la distraction à cause de moi, déclara-t-elle. Je n'échangerais pas… nos moments d'intimité… pour tout l'or du monde.

Roman la regarda dans les yeux en souriant. Il ouvrit la bouche comme pour dire quelque chose, mais l'instant d'après, il sembla se raviser. Se penchant au-dessus de Summer, il l'embrassa sur le front.

— Moi non plus, assura-t-il.

— Vous êtes resté avec moi toute la nuit ?

— Absolument. Etant donné que quelqu'un a attenté à vos jours, je ne pouvais pas vous laisser seule. De toute façon, je n'en aurais pas eu le courage.

Du menton, Summer désigna le chapelet enroulé autour de la main de Roman.

— Vous avez prié pour moi ? demanda-t-elle.

— Bien sûr.

Quelque chose dans le ton d'évidence sur lequel il avait répondu toucha profondément la jeune femme. Elle ne savait pas si elle avait envie de rire ou de pleurer. Depuis quand, s'interrogea-t-elle, la présence de Roman était-elle devenue une source de réconfort plutôt qu'une contrainte ?

— Qu'y a-t-il de si drôle ? s'enquit-il.

— Rien, fit-elle en prenant conscience qu'elle avait dû sourire sans le vouloir. Je…

Je vous aime.

« Je vous aime ? » Etaient-ce bien les mots qu'elle avait failli prononcer ? Non, il ne fallait pas qu'elle s'engage dans cette voie-là. Bon, d'accord, elle se sentait affaiblie, vulnérable et désorientée, mais elle avait intérêt à se ressaisir en vitesse avant de dire une bêtise et de tout gâcher.

Elle s'éclaircit la voix, ou du moins le peu qui subsistait.

— Où avez-vous déniché ce chapelet ? demanda-t-elle à brûle-pourpoint. Vous n'en portez tout de même pas un en permanence sur vous ?

— Non, c'est une infirmière qui l'a emprunté pour moi.

— Je n'ai pas l'habitude de ce genre de choses.

— Quel genre de choses ?

Elle haussa les épaules.

— Eh bien, que quelqu'un soit là à veiller sur moi, répondit-elle. Vous êtes toujours à mon côté, solide comme un roc et fidèle au poste.

— Et envahissant ?

— Non. Au début, je le craignais. Je pensais que votre présence allait m'étouffer. Mais ce n'est pas du tout le cas. En fait, vous…

Elle faillit dire : « vous êtes plein d'attentions pour moi », mais s'abstint par peur que Roman ne l'interprète mal.

— Voyez-vous, reprit-elle, mes amis sont assez… je suppose qu'il faudrait employer le terme individualistes. Sauf Lily. Et encore, elle a ses propres préoccupations, elle aussi. En définitive, comparés à vous, les gens de mon entourage sont complètement égocentriques. Aucun d'entre eux n'aurait passé une nuit blanche à mon chevet, par exemple.

— Ne parlez pas trop, préconisa-t-il. Ça vous fait mal. Je l'entends à votre voix.

— Mais j'ai envie de parler.

— Que diriez-vous de boire un peu d'eau, alors ? Pour apaiser votre gorge.

— Volontiers.

Roman redressa la tête du lit, remplit un gobelet en plastique à l'aide du pichet qui se trouvait sur la petite table roulante et tint le verre aux lèvres de Summer tandis qu'elle buvait.

— Personne n'a jamais pris soin de moi comme vous le faites, déclara-t-elle.

— Vos parents ont bien dû s'occuper de vous ?

— Mes parents ? Non, ils menaient plus ou moins leur vie de leur côté. Ils n'ont jamais cru à la nécessité de m'imposer des barrières. En fait, j'étais en quelque sorte livrée à moi-même au sein de la communauté.

— Une enfant à peine plus haute que trois pommes, livrée à elle-même ? Drôle d'éducation ! sourcilla Roman. Ils vous nourrissaient au moins, n'est-ce pas ?

— Oh ! il y avait toujours de la nourriture dans le coin, argumenta-t-elle, esquivant le sujet. On était entourés de potagers, et mes parents faisaient beaucoup de conserves et autres. J'arrivais à me débrouiller.

— Summer, répondez-moi. Ils vous nourrissaient oui ou non ? demanda-t-il d'un ton un peu irrité.

— Eh bien, euh, pas dans le sens, vous savez — trois repas par jour autour de la table familiale.

— Vous dites ça comme s'il s'agissait d'une coutume étrange venue du fin fond de l'Amazonie.

Summer se mit à rire, et elle eut l'impression qu'on lui frottait les cordes vocales avec du papier de verre.

— Ne me faites pas rigoler, Roman !

— Vous voulez mon avis ?

— Non.

— C'était une question pour la forme, baby, la taquina-t-il en l'embrassant sur le nez. Je vais vous le donner quand même.

— Copieur.

— Je pense que vous avez idéalisé votre enfance. En réalité, cette expérience que vous qualifiez de rêve hippie n'a pas été aussi bucolique que vous le prétendez.

— Comparée à ce pensionnat stalinien où l'on m'a expédiée par la suite, je peux vous assurer que si.

— Oui, bon, d'accord. D'ailleurs, c'est probablement la raison pour laquelle vous ne vous souvenez que des moments agréables passés dans cette communauté. Et tant mieux. Mais personnellement, j'ai l'impression que vos parents vous ont pas mal négligée.

— Ça, je ne peux pas le nier. Avec le recul, j'avoue que jamais je ne laisserais mon propre enfant courir ainsi en liberté. Mais si je devais choisir entre la communauté et ce que j'ai vécu après, je choisirais la communauté sans hésiter.

— Vous savez, le juste milieu, ça existe. Parfois, on arrive à transiger.

— Que vous dites !

Soudain, le rideau situé de l'autre côté du lit s'ouvrit brutalement, faisant sursauter Summer.

Un homme chenu en blouse blanche, avec un stéthoscope et des lunettes pendus autour du cou, se tenait dans l'embrasure.

— Ah, vous êtes réveillée ! Je suis le Dr Gacy. Alors, madame

Ness, comment vous sentez-vous ? s'enquit-il en s'adressant à Summer tandis qu'il chaussait ses lunettes et consultait sa planche.

— Euh…, bredouilla-t-elle tout en se demandant pourquoi il l'appelait madame Ness.

— Wilma se plaint de douleurs à la gorge, enchaîna aussitôt Roman en faisant un clin d'œil à la jeune femme.

— C'est normal, expliqua Gacy en cliquant sur son stylo et en inscrivant quelque chose sur sa planche. Cette irritation est due au lavage d'estomac. Qui plus est, il a fallu vous mettre sous ventilateur pendant un moment afin de vous aider à respirer. Vous avez de la chance d'être encore en vie !

Roman enlaça les mains de Summer et les serra.

— Avez-vous reçu les résultats des tests ? s'enquit-il.

— Oui, en effet, répondit le médecin en lorgnant la jeune femme par-dessus ses lunettes avec une mine sévère. Si je ne m'abuse, vous avez passé la soirée d'hier dans une de ces fêtes psychédéliques où l'on consomme de la drogue à profusion.

— Pardon ?

— Allons, allons. Je suis aussi libéral qu'un autre, et je comprends que, à votre âge, on se croie immortels. Mais sachez, jeune fille, que vous avez pris un gros risque en mélangeant l'alcool et les barbituriques — surtout une telle quantité.

— Attendez une minute, commença Roman.

— Vous pensez que j'ai pris des barbituriques ? demanda Summer, incrédule.

— Oui, du seconal et du nembutal, déclara Gacy en fronçant les sourcils tandis qu'il regardait ses notes. Vous les connaissez probablement sous le nom de « diables rouges » et « abeilles jaunes ». A en juger par l'état dans lequel vous étiez, vous avez dû en avaler des poignées entières.

— Hé, pas si vite, protesta Roman en se levant.

— Je vous signale que vous auriez pu tomber dans le coma et ne jamais en sortir, la houspilla le médecin. Et tout ça pour quoi ? Pour planer quelques heures ?

— Docteur, j'ai déjà tout expliqué à votre collègue de garde quand j'ai amené Wilma ici, hier soir, invoqua Roman. On a glissé ces médicaments dans son champagne. Elle ne les a pas pris volontairement.

Le Dr Gacy leva un sourcil, l'air sceptique.

— Ecoutez, fiston, dit-il, si je touchais une prime de vingt centimes chaque fois que quelqu'un arrive à notre service des urgences avec une overdose et vient nous raconter ensuite qu'on l'a drogué à son insu, eh bien… j'aurais une tirelire sacrément pleine, ça, c'est sûr.

— Je vous répète qu'elle n'a pris ni diables rouges ni abeilles jaunes, insista Roman. Elle ne consomme jamais de drogue — pas même de l'herbe.

— Vous savez, fiston, quand on a pratiqué la médecine aussi longtemps que moi, on arrive à repérer le type de personne qui avale des cachets…

— Je ne suis pas votre fiston ! rétorqua Roman d'un ton véhément. Et ma femme n'est pas un type.

— Kevin, mon chéri, intervint Summer en s'efforçant de garder son sérieux, si tu y réfléchis d'un peu plus près, tu comprendras sans doute pourquoi le Dr Gacy peut éventuellement penser que je… corresponds au profil.

Roman la dévisagea un instant, puis soudain, il se crispa, et elle sut qu'il avait saisi l'allusion, destinée à lui remémorer ses propres propos : « Je suis resté suffisamment de temps à la brigade des stups pour être capable de reconnaître le type de personne qui s'adonne aux drogues récréatives. Et je peux vous assurer que vous correspondez parfaitement au profil ! »

Le garde du corps poussa un juron dans sa barbe tandis que ses pommettes se coloraient.

— En tout cas, conclut le Dr Gacy, quelle que soit la façon dont ces barbituriques ont échoué dans votre organisme, à présent, le pire est passé. A première vue, vous semblez vous rétablir à une vitesse remarquable. — Il mit son stéthoscope à ses oreilles —. Cela dit, par simple précaution, on va vous faire une petite auscultation, d'accord ?

Roman attendit dans un silence pensif pendant que le médecin examinait la jeune femme, déclarant finalement que son état de santé s'était beaucoup amélioré, mais qu'il lui recommandait de rester un jour de plus à l'hôpital, en observation. Summer et Roman rejetèrent tous deux le conseil du docteur, Summer, parce qu'elle détestait les hôpitaux, et Roman, parce qu'il estimait ne pas pouvoir la protéger convenablement dans ces conditions.

— Comme vous voudrez ! s'inclina Gacy.

Sur ce, il signa la feuille de sortie pour le jour même et prit congé d'eux.

Dès que le médecin eut refermé la porte derrière lui, Summer se tourna vers Roman.

— Wilma Ness ? Qu'est-ce que c'est que cette idée farfelue ? s'enquit-elle.

— Règle n° 17 du manuel du garde du corps : ne jamais hospitaliser un ou une cliente sous son vrai nom, cita-t-il.

— Ça se tient, concéda-t-elle. La personne, qui a versé ces sédatifs dans mon champagne, aurait très bien pu me retrouver en appelant l'hôpital.

— Exact. Et j'ai prétexté que nous étions mari et femme afin qu'on m'autorise à rester avec vous toute la nuit.

— Pas bête !

— Hélas, je me crois parfois plus malin que je ne suis, reconnut-il d'un air penaud, en se rasseyant sur le lit et en croisant ses doigts avec ceux de Summer. Ce que j'ai pu être arrogant et vantard quand je vous ai dit que je connaissais les gens de votre espèce et que vous deviez certainement prendre de la drogue…

— Laissez tomber. De toute façon, ça valait le coup rien que pour voir la tête que vous faisiez au moment où je vous ai mis en boîte, déclara-t-elle avec un petit rire rauque.

— Chipie, va !

— Mais vous savez ce qui m'a réjouie par-dessus tout ? demanda-t-elle en portant la main de Roman à sa bouche et en embrassant ses doigts. Le fait de vous entendre défendre mon honneur avec tant d'ardeur. C'était si gratifiant de constater que vous aviez… fini par comprendre que je ne suis pas une personne type, coulée dans un moule.

— Effectivement, maintenant que je vous connais mieux, je dois admettre que vous êtes aussi loin du moule qu'il est possible de l'être. Quant à votre « type », la seule chose qui semble vraiment le définir, ajouta-t-il avec un sourire, c'est qu'il me plaît.

11

Roman se tenait devant la gazinière, en train de verser dans des bols la soupe de piments mexicaine qu'il avait préparée pour le dîner, quand soudain, le téléphone sonna.

— Je m'en occupe, dit-il. Restez assise.

— Non, j'en ai assez de me tourner les pouces, protesta Summer en se levant de table.

Depuis qu'elle était rentrée hier de l'hôpital, elle n'avait rien fait mis à part rester assise. Roman ne la laissait pas bouger le petit doigt — même pas pour user de ses charmes sur lui, jeu auquel elle s'était essayée par deux fois, sans succès. Mais ce repos forcé commençait sérieusement à la barber. En toute honnêteté, hormis un mal de gorge persistant, elle se sentait tout à fait rétablie.

Elle décrocha.

— Je suis absente pour le moment. Laissez-moi un message, débita-t-elle.

Dans l'intervalle qui suivit, elle entendit la personne respirer à l'autre bout du fil, attendant vraisemblablement un bip pour parler. Summer couvrit alors le combiné avec un torchon et imita le bruit d'un signal sonore. Roman lui décocha un regard goguenard et sceptique.

Mais le stratagème fonctionna.

— Euh, Summer ? commença la personne. Bonjour, euh, c'est Cecil Thayer…

— Cecil ?

Roman, qui se dirigeait vers le séjour avec les deux bols de soupe à la main, s'arrêta net et se retourna, revenant sur ses pas.

— Cecil ? chuchota-t-il en dévisageant Summer.

Il y eut un silence au bout de la ligne.

— Vous êtes là, Summer ? s'enquit Thayer. Je pensais que j'étais tombé sur votre répondeur.

— Oui, je filtrais mes appels, improvisa-t-elle.

Roman leva les yeux au ciel et posa les bols sur la table de la cuisine. Comme le téléphone n'avait pas d'écouteur, le garde du corps en fut réduit à se pencher vers Summer et à coller son oreille contre le combiné afin d'écouter la conversation.

Cecil enchaîna :

— Des policiers sont venus chez moi aujourd'hui me poser des questions au sujet de l'attentat dont vous avez été victime au mariage de Lauren Ash, déclara-t-il.

Effectivement, sous les menaces de Roman, la police avait consenti à mener une enquête succincte concernant l'incident, bien que, à l'instar du Dr Gacy, ils soupçonnent Summer d'être à l'origine de son overdose.

— Tout d'abord, poursuivit Cecil, je tiens à vous dire que j'ai été terriblement peiné d'apprendre que quelqu'un avait pu vous faire une chose pareille.

Il s'exprimait d'un ton mesuré et quelque peu flottant, comme s'il était légèrement soûl ou qu'il venait de se réveiller.

— La fois où nous nous sommes rencontrés vous et moi lorsque vous m'avez interviewé pour votre rubrique, continua-t-il, je vous ai trouvée… plutôt charmante. Et je ne supporterais pas l'idée qu'il vous arrive quoi que ce soit.

— C'est gentil à vous, Cecil, le remercia Summer d'une voix égale.

— D'après ce que j'ai cru comprendre, la police semble me considérer comme un suspect, confia-t-il avec incrédulité. Je ne peux pas vous dire à quel point ça m'a bouleversé d'entendre ça. Je leur ai répondu la vérité — que je n'étais même pas chez les Ash cette nuit-là. De toute façon, jamais je n'aurais pu endurer ce genre de soirée, avec tous ces gens du rock et compagnie.

— Oui, c'était assez extravagant comme réception, convint Summer en essayant en vain d'imaginer cet homme à la voix douce versant des barbituriques dans son champagne.

— En fait, j'étais chez moi ce soir-là, expliqua-t-il. Seul, comme d'habitude. Ce n'est pas le meilleur alibi qui soit, mais en tout cas, je ne l'ai pas inventé. D'ailleurs, si vous le voulez bien, j'aimerais beaucoup vous revoir afin de vous prouver mon innocence. Seriez-vous d'accord pour venir me rendre visite à Napa Valley demain après-midi ?

Roman fit signe à Summer et secoua vigoureusement la tête, mais après un moment de réflexion, la jeune femme décida d'accepter l'invitation.

— Oui, pourquoi pas, répondit-elle.

Le garde du corps se frappa le front et arpenta la pièce d'un pas furieux.

— Vers 14 heures, ça vous va ? demanda Cecil.

— Parfait, acquiesça-t-elle.

Elle nota les indications qu'il lui donnait, lui souhaita le bonsoir et raccrocha.

— Vous êtes complètement azimutée ou quoi ? ! s'exclama Roman.

— Azimutée ? répéta Summer en souriant. C'est une expression à moi, ça. Vous me l'avez chipée.

Roman s'avança vers elle et la prit par les épaules en la fixant droit dans les yeux.

— Summer, vous ne pouvez pas aller chez Cecil Thayer.

— J'irai là-bas avec ou sans votre permission, Roman.

Il leva les yeux au plafond d'un air exaspéré.

— Vous faire tuer, c'est ça que vous voulez ? lança-t-il.

— Enfin, vous avez entendu Cecil ! Vous trouvez qu'il a l'étoffe d'un assassin ?

— Vous savez, Summer, on a déjà vu de gentilles petites grands-mères commettre des meurtres. Alors pourquoi ce Thayer n'en serait-il pas capable ?

— J'en doute. Et puis, de toute façon, ça ne peut pas être lui le coupable puisqu'il n'a pas assisté à la réception.

— C'est ce qu'il prétend !

— Je vous signale que les flics ont vérifié ses déclarations et sont arrivés à la conclusion que, effectivement, il n'était pas au mariage.

— Ils ont bâclé l'enquête, oui !

— Allons, Roman. Cecil Thayer n'a pas quitté sa maison depuis des mois !

— Comment le savez-vous ? Parce qu'il vous l'a dit ?

Summer dégagea les mains du garde du corps de ses épaules et le contourna.

— Vous ne m'empêcherez pas d'y aller, clama-t-elle.

Attrapant les deux bols de soupe, elle se faufila à travers le rideau de perles, suivie de près par Roman.

— Bon, O.K., commença-t-il en appuyant sa hanche contre la table du séjour et en croisant les bras. Si ce n'est pas Thayer qui vous a empoisonnée, qui alors ?

Summer haussa les épaules.

— Il se pourrait que ce soit Reggie Cox, suggéra-t-elle.

— Reggie Cox ? fit Roman d'un ton dubitatif.

— Visiblement, il était au courant que Carolyn avait un amant et il soupçonnait Cecil. Peut-être même avait-il découvert leur liaison depuis des mois. Imaginons qu'il ait légèrement perdu la boule en s'apercevant que sa femme le trompait et qu'il ait décidé de lui infliger une petite correction.

Roman se caressa le menton d'un air songeur.

— Vous insinuez que le maître chanteur de Mme Cox ne serait autre que lui ? demanda-t-il.

— Exactement. Et grâce au dispositif de transformation vocale, Carolyn ne pouvait pas deviner qu'il s'agissait de son propre mari. Elle supposait que c'était Cecil parce qu'il lui avait demandé de déposer l'argent sur le *Fumé Blanc II*, mais… Oh ! ça y est, j'y suis ! s'exclama-t-elle en claquant des mains. Reggie essayait de faire porter le chapeau à Cecil en désignant son bateau comme lieu du paiement. Ensuite, lorsque Carolyn est allée là-bas le 1er septembre, Reggie… Enfin, bon, je préfère ne pas y penser… J'espère qu'elle est encore en vie. Peut-être l'a-t-il simplement kidnappée et la retient-il prisonnière quelque part. Mais tout en ayant l'intention d'attribuer les faits à Cecil.

— Hm, hm, marmonna Roman, qui semblait loin d'être convaincu. Et d'après votre théorie, j'imagine que c'est aussi Cox qui s'est introduit ici et a dérobé la cassette.

— Tout juste, déclara Summer en marchant de long en large et en se passant les doigts dans les cheveux. Car même avec la voix déformée, cet enregistrement pourrait permettre de l'identifier. Je me trompe ?

— Non, en effet. Il existe des moyens très efficaces d'analyser une cassette comme celle-ci. Mais… Et les barbituriques ?

— C'est lui qui a fait le coup.

— Pourquoi et comment ? Réfléchissez en termes de mobile et de moyens, Summer. Le mobile, d'abord. Thayer en avait un : vous éliminer afin que vous ne puissiez pas le dénoncer. Naturellement, il ignorait que vous aviez déjà vendu la mèche à la police. A présent, il le sait.

— Raison de plus pour qu'il ne tente rien contre moi, souligna-t-elle. Même s'il est coupable, maintenant que j'ai balancé son nom aux flics, ça ne lui servirait à rien de me tuer.

— N'écartez jamais l'hypothèse d'une vengeance. C'est un mobile aussi valable qu'un autre — surtout si Thayer est réellement dérangé. Mais venons-en à Reginald Cox. En quoi votre mort lui aurait-elle profité ?

— Même motif : la vengeance. Il pense que je connaissais le secret de Carolyn depuis le début et que je me suis tue, alors il a voulu prendre sa revanche sur moi.

Roman hocha lentement la tête en se grattant le menton.

— Finalement, vous vous débrouillez pas mal là-dedans, déclara-t-il.

— En quoi ?

— En raisonnement déductif. Quand vous m'avez confié l'autre fois que vous auriez aimé être inspecteur de police, je me suis un peu moqué de vous intérieurement, mais aujourd'hui, je me rends compte que vous auriez été un sacré bon flic.

Summer sentit ses joues s'enflammer.

— Vous êtes sérieux ? s'enquit-elle.

— Absolument. Je suis convaincu que vous gaspillez vos talents à fouiner pour cette sordide petite rubrique de…

Soudain, il s'interrompit et grimaça.

— Je… je suis désolé…, bredouilla-t-il. Je ne voulais pas…

— Ça ne fait rien, dit-elle.

Elle mentait, évidemment. Le mépris que nourrissait Roman pour la profession qu'elle exerçait — et, par extension, pour elle-même, du moins en partie — avait saboté leur relation, empêchant celle-ci d'évoluer au-delà des rapports charnels et agissant de façon à ce qu'elle se termine lorsqu'il cesserait d'être son garde du corps. Or, malgré son aversion pour les histoires d'amour durables, Summer n'arrivait pas du tout à envisager sereinement la perspective de se séparer de cet homme…

— O.K., enchaîna Roman, cherchant manifestement à changer de sujet. Donc, Reggie Cox aurait pu avoir une raison de vous supprimer. Mais comment s'y serait-il pris ?

— En tant que psychiatre, il a accès aux barbituriques. N'utilise-t-on pas ces médicaments comme calmants ?

— Et comme somnifères, oui. Alors, selon vous, il savait que vous seriez présente à ce mariage.

— Tout le monde le savait.

— Et il est arrivé à la réception les poches pleines de tranquillisants.

— Sans doute. Ça se présente sous quelle forme, ces produits-là ? En comprimés ?

— Non, en général, ce sont des gélules. Il aurait fallu que quelqu'un les ouvre et les verse dans le champagne.

Summer se mordilla la lèvre tandis qu'elle essayait d'imaginer par quel tour de passe-passe Reggie aurait bien pu accomplir cette opération juste devant eux.

— Ah, ce n'est pas aussi facile qu'il n'y paraît à première vue de résoudre une enquête, n'est-ce pas ? observa Roman en souriant.

Summer soupira.

— Vraisemblablement, celui qui a mis ces barbituriques dans mon champagne a procédé à cette manipulation en coulisse, avant qu'on nous apporte les verres, conclut-elle.

— C'est ce que je pense.

— Mais d'après la police, aucun témoin n'a remarqué la personne qui nous a servi.

— Vu la folie qui régnait le soir de la fête, ce n'est pas étonnant.

Il décroisa les bras.

— Bon, et si on mangeait cette soupe au lieu de la laisser refroidir ? enchaîna-t-il.

Sur ce, il avança une chaise à la jeune femme — galanterie à laquelle elle s'était habituée avec plaisir — puis, ils commencèrent à dévorer le potage, que Summer qualifia de « géant de chez géant ».

— Merci, dit-il.

— Euh… A propos de ma visite chez Cecil demain, glissa-t-elle d'un ton hésitant tandis qu'elle repoussait son bol vide, je ne pense vraiment pas que ce soit risqué.

— Ça, je suis plus apte que vous à en juger.

— Attendez, je n'ai pas fini. Même si Cecil a effectivement tenté de m'assassiner — et je suis pratiquement certaine du contraire…

— « Pratiquement certaine », marmonna Roman en découpant un bout de tortilla afin de saucer les restes de sa soupe. Voilà qui est rassurant !

— Même s'il a tenté de me tuer, vous croyez vraiment qu'il serait assez stupide pour récidiver dans sa propre maison ?

L'hostilité qui se lisait dans le regard de Roman céda la place à une expression méditative.

— O.K., concéda-t-il, vous marquez un point.

— Cette visite me donnera l'occasion d'interroger Cecil.

— Nous donnera l'occasion de l'interroger, rectifia-t-il.

— Oui, nous. Qui sait ? Peut-être aura-t-on ainsi la chance de découvrir ce qu'il en est… entre nous ? insinua-t-elle en arborant un petit sourire victorieux.

— Si quelqu'un doit mener un interrogatoire, c'est à moi que revient la tâche, objecta-t-il. Après tout, je suis qualifié pour ça.

— Hé, minute papillon ! Ce n'est pas vous qui affirmiez, il y a à peine dix minutes, que j'aurais fait un brillant policier ?

— Je n'ai pas dit « brillant », j'ai dit « sacrément bon ».

— Non, mais vous l'avez pensé.

Roman esquissa un sourire du bout des lèvres.

— Et alors ? demanda-t-il. Qu'est-ce que ça change ?

Summer se pencha vers lui, les coudes appuyés sur la table.

— On interrogera Cecil tous les deux et puis voilà, déclara-t-elle avec un grand sourire. Je pense qu'on formerait une équipe du tonnerre, vous et moi.

Roman baissa les yeux et contempla le décolleté de la jeune femme.

— Il est vrai qu'on est assez… complémentaires, reconnut-il.

Elle le regarda dans les yeux en souriant.

— Vous savez quoi ? Je me sens beaucoup mieux, confia-t-elle.

Roman fit le geste de desserrer sa cravate, mais comme il n'en portait pas, ses doigts se perdirent dans le col de son polo.

— Vraiment beaucoup mieux ? s'enquit-il.

— Merveilleusement mieux, répondit-elle en se renversant sur son siège et en s'étirant comme un chat. On va dans la chambre ?

Roman se leva et repoussa les restes du dîner d'une main pendant que, de l'autre, il attirait Summer vers lui.

— Pourquoi ? Ce n'est pas bien ici ? demanda-t-il.

— Personnellement, je n'y vois pas la moindre objection.

— Cecil Thayer habite ici ? chuchota Roman à Summer tandis qu'une jeune employée en bleu de travail et en casquette les conduisait à travers l'immense vestibule de l'édifice en pierre qui abritait la fabrique de vin.

Une imposante cheminée voisinait avec une armure en argent, et des torches soutenues par des appliques en fer dépassaient des murs. Roman avait l'impression d'être transporté au Moyen Age.

— La section avant du bâtiment regroupe les différentes salles consacrées à l'élaboration du vin, et M. Thayer occupe la partie du fond, expliqua l'employée, qui, manifestement, avait entendu la question.

Elle les mena le long d'un couloir où flottait l'odeur sucrée du raisin pressé.

— Cet endroit est un ancien monastère, n'est-ce pas ? demanda Summer en contemplant les lieux d'un air impressionné.

— En effet, répondit la jeune femme. Le père de M. Thayer l'a acheté il y a environ quarante ans, et grâce à l'expansion du vignoble déjà existant, il en a fait l'un des domaines viticoles les plus importants de Napa Valley.

Elle s'arrêta devant une porte en chêne garnie de fer forgé, à l'aspect médiéval, et appuya sur le bouton de l'Interphone anachronique encastré dans le mur.

— Mlle Summer Love est là, monsieur Thayer, annonça-t-elle, ainsi qu'un…

Un bourdonnement strident vint l'interrompre. Des deux mains, elle actionna la poignée et tira le battant.

— Allez-y, dit-elle.

Roman retint Summer par l'épaule.

— Laissez-moi passer le premier, insista-t-il doucement.

Ils débouchèrent sur une vaste pièce dépourvue de fenêtres et ornée de tapisseries anciennes, mais meublée à la façon d'un bureau moderne, avec ordinateur, fax et photocopieur.

Les cheveux soigneusement gominés et vêtu d'une ridicule veste d'intérieur de soie bordeaux, Cecil Thayer se tenait debout devant un immense secrétaire, une cigarette à la main. Le sourire de bienvenue qu'il arborait sur ses lèvres fines s'estompa lorsqu'il aperçut Roman. De toute évidence, il s'attendait que Summer vienne seule.

— Cecil, je vous présente Kevin Ness, commença la jeune femme. Kevin, voici Cecil Thayer.

Les deux hommes se serrèrent la main ; la poigne de Thayer était souple et molle.

— C'est votre garde du corps ? s'enquit-il en s'adressant à Summer.

— Euh…

— Non, je plaisantais. J'essayais simplement de rompre la glace, précisa-t-il en riant d'un air bon enfant. C'est un de vos guitaristes, n'est-ce pas ?

— En fait, vous aviez deviné juste du premier coup, lança Roman en relevant un pan de sa veste en jean et en dévoilant le holster qu'il portait à l'épaule. Je suis son garde du corps.

Summer le regarda bouche bée. Cette petite démonstration de force n'était pas prévue au programme, mais Roman se félicita d'en avoir eu l'idée. Au moins, comme ça, cette ordure se tiendrait à carreau, songea-t-il.

Le rire de Thayer s'étiola, en même temps que son visage pâlissait.

— Oui. Bon, balbutia-t-il. Je suppose qu'on ne peut pas en vouloir à Summer de prendre ses précautions. Avec ce qui s'est passé dernièrement.

Remarquant que Thayer parlait d'une voix un peu vaseuse et indistincte, comme au téléphone, Roman jeta un coup d'œil à la ronde, cherchant des éléments qui indiqueraient qu'il avait bu — une bouteille, un verre —, mais il ne trouva rien.

Summer désigna l'une des tapisseries.

— C'est ravissant, déclara-t-elle.

— Pas autant que vous, ma chère, répliqua Thayer. Aussi loin que remonte ma mémoire, vous êtes la plus parfaite beauté que j'aie jamais accueillie dans cette maison.

Les joues de Summer s'empourprèrent, et Roman sentit ses cheveux se hérisser de rage.

— Allons nous installer dans le solarium, voulez-vous ? proposa Thayer.

Leur hôte les conduisit à travers une succession de pièces richement décorées et les fit pénétrer dans une serre de verre remplie de plantes tropicales, où étaient disposés des sièges en osier matelassé. A peine s'étaient-ils assis qu'une domestique en uniforme entra avec une table roulante garnie de boissons.

— Aimeriez-vous du vin ? offrit Thayer. Ce cabernet est notre meilleur cru.

— Non, merci, répondit Summer. Mais je vous en prie, allez-y.

— Moi ? Non, je ne bois pas. Je me contente de le produire. Et un soda, ça vous tente ? Vous n'avez rien à craindre, vous savez, ajouta-t-il avec un sourire. Ils sont tous en bouteilles capsulées.

Etait-ce le fruit de son imagination, se demanda Roman, ou y avait-il bel et bien une connotation presque flirteuse dans la façon dont Thayer s'adressait à Summer ?

— Non, ça ira, merci, lâcha le garde du corps d'un ton brusque.

— Je préférerais qu'on en vienne directement à l'essentiel, Cecil, trancha Summer. Je suis venue parce que vous m'avez dit que vous vouliez que je vous accorde une chance de me convaincre de votre innocence. Alors, allez-y, je vous écoute.

Roman sourit. Ça, c'était bien dans le style de Summer d'annoncer la couleur d'entrée de jeu ! songea-t-il. La transparence avant tout !

D'un geste étrangement lent et gracieux, Thayer fit signe à l'employée de maison de disposer. Tous ses mouvements étaient empreints de cette même inertie, comme s'il les exécutait sous l'eau.

— Lorsque la police est venue me rendre visite, expliqua-t-il, ils ont eu l'air de penser que cette tentative d'empoisonnement aurait pu être en rapport avec… une certaine dame de ma connaissance. J'hésite à vous dévoiler son nom par peur de la compromettre, mais...

— Oui, Carolyn Cox, l'interrompit Summer. Pas la peine de faire des manières, Cecil. Je sais tout. En fait, c'est moi qui ai mis la police au courant de votre liaison.

Thayer la dévisagea en clignant des yeux à travers un nuage de fumée.

— Pourquoi ne pas nous raconter directement votre version, monsieur Thayer ? suggéra Roman.

Tout en prenant son temps, Thayer alluma une deuxième cigarette avec le bout de la première et écrasa le mégot dans un cendrier en albâtre.

— En fait, Carolyn et moi nous nous fréquentions depuis près d'un an, quand les choses ont commencé à se gâter, confia-t-il. Elle s'est mis en tête qu'elle allait divorcer de Reggie et m'épouser, alors que, pour parler franchement, je n'avais aucune envie de passer le restant de ma vie en compagnie d'une telle épouse. Elle avait tendance à être assez... dépendante. Parasite, si vous préférez. Et elle était sujette à des accès de jalousie complètement irrationnels — même vis-à-vis de vous.

— De moi ! s'exclama Summer.

— Oui. Une fois, j'ai commis l'erreur de vous dépeindre comme une beauté iconoclaste, et je peux vous garantir que Carolyn m'en a rebattu les oreilles à n'en plus finir.

Roman grinça des dents.

— Donc, vous affirmez que c'est vous qui l'avez quittée, enchaîna-t-il.

— Du moins, j'ai essayé. Et pourtant, je vous assure que je me suis montré le plus diplomate possible. Mais malgré tout, elle... l'a mal pris. Elle a refusé de me rendre les clés de la maison et elle s'est mise à me harceler de coups de téléphone et à débarquer ici à n'importe quelle heure, dans un état hystérique...

— Alors, vous n'avez pas tenté de la faire chanter ? demanda Summer.

— Doux Jésus ! Pourquoi aurais-je agi de la sorte ? Je ne suis peut-être pas l'homme le mieux intégré socialement, et je sais que les gens jasent parce que je préfère rester chez moi plutôt que de me plonger dans cette faune de plus en plus exécrable qu'est l'humanité, mais je ne suis pas entièrement fou. Et comme je l'ai dit à la police, je vous certifie que je ne me suis livré à aucune tentative d'extorsion sur la personne de Carolyn Cox.

Essoufflé par son interminable plaidoyer, Thayer tira longuement sur sa cigarette d'une main tremblante.

Summer consulta Roman du regard en levant un sourcil. Le garde du corps haussa les épaules et se gratta le front.

— Ça ne vous dérange pas si j'utilise votre salle de bains ? demanda-t-elle à Cecil.

— Non, bien sûr que non, répondit-il en se levant. Je vais vous accompagner.

— Je m'en charge, déclara Roman en se levant à son tour et en tendant la main à Summer. Où est-ce ?

— La plus proche se trouve juste à l'extérieur de mon bureau, par là où vous êtes entrés.

Roman prit Summer par le bras et, tout en la brusquant à moitié, il parcourut le chemin par lequel ils étaient passés en venant.

— Thayer a le béguin pour vous ! grommela-t-il lorsqu'ils furent hors de portée de voix.

— Vous savez, tous les hommes me regardent de cette façon.

— Dans ce cas, tous les hommes doivent avoir le béguin pour vous — ce qui n'est guère surprenant, d'ailleurs.

Elle se mit à rire.

— Si tous les hommes ont le béguin pour moi — ce que j'ai peine à croire…

— Vous plaisantez ! s'esclaffa-t-il. Vous vous êtes regardée dans une glace récemment ?

— … Alors pourquoi, poursuivit-elle sur sa lancée, auriez-vous peur de la concurrence d'un misérable agoraphobe en veste d'intérieur ?

— Ce n'est pas exactement que j'aie peur, mais je ne suis pas obligé pour autant d'apprécier sa façon de vous tourner autour, non ?

Tandis qu'ils franchissaient le seuil du bureau de Cecil, Summer se retourna brutalement vers Roman.

— Corrigez-moi si je me trompe, lança-t-elle, mais ce n'est pas vous qui avez décrété que je n'étais pas assez bien pour prétendre à une vraie relation, que nos rapports seraient purement physiques, et que tout se terminerait lorsque vous ne seriez plus payé pour veiller sur moi ?

La véhémence de la jeune femme le renversa tellement qu'il resta là à la regarder, interdit.

— Vous n'avez aucun droit d'être jaloux, Roman, dit-elle doucement. Et en plus, ça ne vous va pas du tout. Alors, je vous conseille de changer de disque.

Sur ce, elle fit volte-face et se dirigea vers la salle de bains d'un pas abrupt. Roman soupira et se passa les mains sur le visage.

— Une minute ! cria-t-il.

Summer s'arrêta à l'entrée du cabinet de toilette.

— Quoi ? demanda-t-elle.

Il traversa le bureau en serrant les dents.

— Il faut d'abord que j'inspecte les lieux, précisa-t-il.

Quel que soit l'endroit, Roman examinait toujours les sanitaires avant de laisser Summer les utiliser. La jeune femme s'effaça afin de lui permettre de contrôler la petite salle d'eau — laquelle ne présentait aucune particularité, hormis la présence d'un pot de chambre ancien rempli de lys sur le réservoir des toilettes.

— Allez-y. Je vous attends dehors, déclara-t-il.

Roman profita de l'intermède pour jeter un coup d'œil furtif dans le bureau de Thayer, ouvrant les tiroirs de son secrétaire et fouillant rapidement leur contenu.

Heureusement qu'il n'était plus policier, songea-t-il. Sinon, il lui aurait fallu un mandat de perquisition.

Soudain, alors qu'il s'affairait depuis un bon moment et avait presque abandonné tout espoir de dénicher quelque chose d'intéressant, ses doigts effleurèrent un objet rectangulaire en plastique, caché au fond d'un tiroir, et qui s'avéra être une cassette audio rangée dans un boîtier transparent. En regardant à travers le couvercle, Roman distingua une inscription en lettres vertes sur l'étiquette :

« Appel du 9 août — C. Thayer ? »

« Non, c'est trop facile », se dit-il.

— Monsieur Ness ? l'interpella Thayer en entrant dans la pièce.

Calmement, Roman dissimula la cassette au creux de sa paume et la glissa dans la poche arrière de son jean, tout en feignant de poser les mains sur les hanches, tandis qu'il refermait peu à peu le tiroir à l'aide de son genou — manœuvre qui, semble-t-il, passa inaperçue aux yeux de Thayer. De deux choses l'une : soit Cecil était très distrait, soit Roman avait des doigts de fée — ou les deux à la fois.

— Tout va bien ? s'enquit Thayer en regardant vers la salle de bains d'un air inquiet. Voyant que vous tardiez à revenir, je commençais à…

Comme par magie, Summer ouvrit la porte juste à cet instant.

— Ah, vous êtes là ? murmura-t-elle en s'appuyant contre le chambranle. Je ne sais pas ce que j'ai. Je ne me sens pas dans mon assiette.

12

« Oh ! non… », gémit Roman.

En deux enjambées, il se précipita vers la jeune femme et la prit dans ses bras.

— Que se passe-t-il, trésor ? s'enquit-il. Répondez-moi.

Du coin de l'œil, il vit Cecil se figer en entendant le mot « trésor ». Tant mieux, songea-t-il. Ainsi, peut-être ce sale type renoncerait-il à faire la cour à Summer.

— Je n'en sais rien, dit-elle d'une voix fluette. J'ai comme une sorte de faiblesse et de vertige. Je me demande si ce n'est pas un genre d'effet chimique à retardement.

— Non, les barbituriques ne provoquent pas de phénomènes de cet ordre, déclara Roman en asseyant doucement la jeune femme dans un fauteuil qu'avait apporté Cecil. Mais il se pourrait que vous ressentiez encore le contrecoup. Vous avez fourni trop d'efforts. En fin de compte, j'aurais peut-être dû laisser le médecin vous garder un jour de plus à l'hôpital.

— Vous voulez vous allonger un peu ? proposa Cecil. Ma chambre est juste au bout du couloir.

« Mouais, ça te plairait, ça, n'est-ce pas ? maugréa-t-elle en elle-même, espèce d'ignoble. »

— Non, merci, dit-elle en se pressant la main contre la poitrine. Je crois que je vais rentrer chez moi.

— Entendu.

Thayer les accompagna jusqu'à la porte d'entrée, mais n'osa pas s'aventurer dehors pour les escorter jusqu'à la voiture de Roman. Il resta sous le porche à regarder le garde du corps installer Summer sur le siège passager et leur adressa un signe d'au revoir tandis qu'ils démarraient.

Tout en suivant la longue allée sinueuse qui traversait le vignoble et menait à la route principale, Roman lâcha le volant d'une main et tapota le genou de la jeune femme.

— Ça va aller ? demanda-t-il.

— Vous m'avez crue ! s'exclama-t-elle en riant. C'est trop cool !

— Comment ça ?

— J'ai joué la comédie. Je voulais juste partir de chez Cecil. Pour quelqu'un qui ne sait pas mentir, je me débrouille pas mal, non ?

— Vous alors ! Vous m'avez bien eu ! grommela-t-il, vexé et soulagé à la fois. Mais… pourquoi étiez-vous donc si pressée de quitter les lieux ?

— A cause de ça, déclara-t-elle en furetant dans son sac à dos et en sortant deux fioles de comprimés, dont l'une contenait des gélules rouges, et l'autre des jaunes. Je les ai trouvées dans l'armoire à pharmacie de Cecil, rangées à côté d'une douzaine de flacons du même type. Et vous savez ce que c'est ?

— Les rouges, du seconal, et les jaunes, du nembutal. N'oubliez pas que j'ai travaillé aux Stups.

— Oui, c'est vrai.

— Maintenant, je comprends pourquoi Thayer avait l'air tellement dans les vapes. Je me demande combien il en prend à la fois.

Summer agita les fioles et les regarda à la lumière.

— Je ne voulais pas admettre l'idée que Cecil ait quelque chose à voir dans toute cette histoire, confessa-t-elle. Lui qui semblait toujours si inoffensif.

— Peut-être ces pilules ont-elles fini par le rendre dangereux ? suggéra Roman.

— Peut-être. En tout cas, vous ne devinerez jamais qui les lui a prescrites.

— Non, qui ?

— Le Dr Reginald Cox, déclara-t-elle en pointant du doigt l'étiquette de l'un des flacons.

— Cox est le psy de Thayer ?

— Apparemment, oui. Qu'en déduisez-vous, monsieur le Roi de l'Investigation ?

— A première vue, pas grand-chose.

— Là, vous me décevez, Kevin.

— Ah oui ? Eh bien, jetez donc un coup d'œil là-dessus, répliqua-t-il en se contorsionnant sur son siège tandis qu'il conduisait, et en extirpant la cassette de la poche de son jean, avant de la tendre à la jeune femme.

Summer ouvrit le boîtier et lut l'inscription.

— Mais… c'est la cassette qui a été volée à mon appartement ! s'exclama-t-elle.

— Ha, ha, ça vous laisse perplexe, n'est-ce pas ?

— Où l'avez-vous trouvée ?

— Dans le bureau de Thayer.

— Comment se fait-il qu'il ne l'ait pas détruite ? Ces comprimés doivent le rendre idiot.

— Sans doute.

— Alors ? enchaîna Summer en examinant leur butin. On ne forme pas une bonne équipe, vous et moi ?

— Si, en effet, répondit-il, surpris de ce qu'il le pensait sincèrement.

Une demi-heure plus tard, lorsque Roman et Summer poussèrent la porte du commissariat d'Oakland, ayant décidé de s'arrêter en chemin pour remettre la cassette et les fioles aux mains de la police, l'inspecteur Daniels les accueillit en fanfare.

— Tiens, tiens ! s'écria-t-il. Quand on parle du loup ! On était justement en train de bavarder à votre sujet, Fitzpatrick.

— Oui, eh bien, surveillez donc votre langage avant de répéter quoi que ce soit devant cette demoiselle ! rétorqua Roman, qui n'imaginait que trop bien de quoi retournait la conversation.

— Non, ça n'avait rien de désobligeant. On disait simplement que c'était dommage que vous ayez quitté la P.J. parce que vous deviez être un sacré bon limier.

— Attendez, j'ai raté un épisode ou quoi ?

— En fait, il se pourrait que vous soyez effectivement sur une piste en ce qui concerne Cecil Thayer. Figurez-vous qu'une Porsche appartenant à une certaine Carolyn Cox a été retrouvée abandonnée près du port, pas loin de l'endroit où est amarré le voilier de Thayer.

— Récemment ?

— Non, l'affaire remonte à presque trois semaines, mais j'ai appris la nouvelle seulement maintenant.

Roman s'abstint poliment de lui faire remarquer qu'il aurait « appris la nouvelle » plus tôt s'il s'était donné la peine de procéder à une véritable enquête au lieu de prendre la chose de haut et de tirer des conclusions hâtives.

— Trois semaines ? Ça coïncide avec la disparition de Carolyn, souligna Summer. Et c'est aussi la date à laquelle elle était censée déposer l'argent sur le bateau.

— Curieux hasard, convint Daniels. Nous pensons que peut-être — je dis bien peut-être — Thayer a attiré Mme Cox sur son voilier, l'a emmenée au large de la baie, puis l'a envoyée *ad patres*…

— Envoyée *ad patres* ? s'enquit Summer d'une petite voix.

— Oui, refroidie, explicita Daniels.

— Oh ! mon Dieu ! gémit-elle.

— Allons, Summer, la réconforta Roman en passant son bras autour d'elle. Il s'agit juste d'une hypothèse.

— Ensuite, poursuivit Daniels, il l'a lestée pour qu'on ne retrouve pas le corps et l'a jetée par-dessus bord. Ça vous paraît plausible comme théorie, lieutenant ? demanda-t-il à Roman.

— Je ne suis plus lieutenant, rectifia-t-il. Mais pour répondre à votre question, oui, ça me paraît plausible — surtout après ce que nous avons découvert aujourd'hui.

Il donna alors la cassette et les flacons à l'inspecteur, en expliquant où ils les avaient dénichés et ce qu'il en ressortait — en particulier au regard de la Porsche abandonnée —, à savoir que Cecil Thayer, perturbé apparemment par les médicaments et le rejet de Carolyn Cox, avait vraisemblablement assassiné celle-ci et tenté de supprimer Summer.

— Que va-t-il se passer à présent, inspecteur ? s'enquit la jeune femme.

— Tout d'abord, je vais faire analyser cette bande, précisa Daniels. Ça nous aiderait bien si nous avions un échantillon de la vraie voix de Thayer.

— Aucun problème, déclara Summer. Je possède une interview de lui sur cassette.

— Formidable ! Je dépêcherai un officier chez vous cet après-midi afin de récupérer cet enregistrement. Ensuite, il n'y aura plus qu'à comparer les deux grâce à une de ces machines sophistiquées. Nous devrions avoir les résultats demain matin. Et après ça, on coffrera ce fumier.

— Vous allez arrêter Thayer demain ? demanda Roman.

— J'y compte bien ! répondit joyeusement Daniels.

Il se tourna vers Summer.

— Désormais, vous serez hors de danger, mademoiselle Love, déclara-t-il d'un ton rassurant. Vous n'aurez plus besoin d'un garde du corps. Vous pourrez recommencer votre vie habituelle, comme si rien ne s'était passé. J'imagine que vous attendez ça avec impatience.

— Oui, acquiesça doucement Summer.

Mais Roman perçut dans sa voix un soupçon de tristesse, presque une sorte de désolation, qui reflétait exactement ce que lui-même ressentait à cet instant.

— Je vous ai déjà raconté pourquoi j'étais parti de la police ? lâcha Roman à brûle-pourpoint.

Summer ouvrit les yeux et se démancha le cou afin de regarder son compagnon, qui la tenait blottie contre lui dans l'eau chaude et mousseuse de la baignoire. Il souriait, mais avec mélancolie.

Il y a certaines choses que je ne tiens pas à vous révéler à mon sujet, lui avait-il confié une fois. Si je vous disais lesquelles, vous me mépriseriez.

— Vous n'êtes pas obligé, murmura-t-elle.

Elle savait ce qui avait déclenché en lui l'envie soudaine de se livrer à elle. Cette nuit était en effet la dernière qu'ils passaient ensemble. Demain à la même heure, Cecil Thayer serait derrière les barreaux, et Roman et elle auraient repris chacun leur chemin. Il n'avait plus rien à perdre.

— J'y tiens, insista-t-il. Je ne suis pas fier de ce que j'ai fait, mais j'ai besoin de vous en parler, même au risque que vous me haïssiez. Vous avez dû me transmettre le virus de la transparence.

Summer eut un sourire.

Jusqu'au moment où il déclara :

— En novembre dernier, on m'a arrêté pour meurtre.

— Un meurtre ? Vous ? s'exclama-t-elle. C'est absurde !

— J'avais le mobile et les moyens, Summer. Et on disposait contre moi… de preuves assez dures à réfuter. C'est mon propre supérieur qui m'a appréhendé.

— Mais enfin, comment une personne vous connaissant pourrait-elle vous croire capable de meurtre ? Vous êtes l'homme le plus honnête, le plus respectable que j'aie jamais rencontré.

— Attendez d'entendre la suite.

— Peu importe. Je sais que vous n'êtes pas un meurtrier.

Un filet d'eau s'écoula du robinet et résonna dans le silence.

— Vous ne pouvez pas imaginer combien ça me touche que vous ayez une telle confiance en moi, assura-t-il doucement en resserrant ses bras autour d'elle. Cependant, quand je vous aurai raconté l'histoire, vous ne me trouverez peut-être plus si respectable.

— Allez-y, je vous écoute, dit-elle. Mais ça ne changera rien à mon opinion.

— Donc, il y a environ un an et demi, commença-t-il, j'opérais comme taupe dans un vaste réseau de trafic d'héroïne dirigé par un type du nom de Manny Ruiz. Je me faisais passer pour un dealer qui sortait de taule.

— C'est de là que date ce tatouage, observa Summer en dessinant de son doigt mouillé le contour du biceps de Roman.

— Exact. Je suis resté à peu près huit mois dans le gang à recueillir des informations, et ensuite est arrivé le moment de refermer le piège. On a décidé de procéder à une descente dans la maison qui servait de Q.G. à Manny. C'était par là que transitait l'héroïne pure avant d'être coupée pour la vente, et où se traitaient les grosses transactions. Tout cela, dans l'anonymat le plus total, naturellement. Enfin, bref. Parmi les nombreux cousins de Manny, il y avait un gars qui s'appelait Gustavo Ruiz — un jeune toxico qui avait jadis purgé une peine pour deal. Gus avait l'habitude de venir chez Manny couper la poudre, et celui-ci le payait en nature. Mais ce que Manny ignorait, c'est que Gus travaillait pour moi depuis des années.

— Il travaillait pour vous ?

— Oui, il me vendait des renseignements. C'était l'un de mes meilleurs informateurs. En fait, croyez-le ou non, il avait un bon fond. Mais il fallait toujours garder un œil sur lui parce qu'il était constamment à cours de drogue et qu'il aurait fait n'importe quoi pour une poignée de dollars. Néanmoins, chaque année, pour mon anniversaire — ne me demandez pas comment il connaissait la date —, Gus m'offrait un cadeau, un truc qu'il jurait ne pas avoir volé. Une fois, il m'a donné un chiot abandonné qu'il avait trouvé dans la rue et qu'il voulait sauver. Je l'ai confié à ma mère.

— Vous aimiez bien ce garçon.

— Oui. Un peu comme lui aimait ce chiot. Pourtant, je savais que ce n'était pas très malin de devenir trop copain avec un de mes indics. Et malgré tout, je ne pouvais pas m'empêcher d'éprouver de l'affection pour ce gamin. Souvent, j'essayais de le pousser à décrocher, mais il n'a jamais pu.

Summer porta la main de Roman à ses lèvres et l'embrassa.

— Vous êtes quelqu'un de bon, dit-elle.

— Ecoutez d'abord la suite, objecta-t-il d'un air sombre. Après ça, vous serez moins élogieuse. Donc, on a passé des mois à planifier ce coup de filet — dont le but était de confisquer l'héroïne et l'argent comme preuves, et d'arrêter Manny ainsi que ses acolytes — et, naturellement, on devait garder l'opération secrète. Mon chef m'avait expressément recommandé de ne pas mettre Gus au courant car celui-ci était connu pour ses réactions assez imprévisibles. Le problème, c'est que, une fois la porte de cette maison enfoncée, toutes les personnes présentes sur les lieux, y compris Gus, seraient arrêtées, inculpées et envoyées en détention.

— Oui, mais il avait déjà été écroué. Il connaissait le topo.

— Trop bien, même. Un soir, alors qu'il était soûl, il m'avait raconté son séjour en prison. Physiquement, il était beau gosse, et pas très costaud. Je n'ai pas besoin de vous faire un dessin, n'est-ce pas ?

Summer frissonna malgré la chaleur de l'eau.

— A la fin, poursuivit-il, Gus a éclaté en sanglots et a juré qu'il se tuerait plutôt que de retourner là-bas. Je ne pouvais tout de même pas le condamner à revivre un tel enfer.

Il s'interrompit et inspira fébrilement.

— Deux jours avant la descente, continua-t-il, j'ai pris Gus à part en lui disant de ne pas se montrer à telle date. J'ai enfreint délibérément les ordres de mon supérieur, et ce en dépit du bon sens. Et Gus en a payé le prix.

— Il n'était pas là lorsque vous avez investi la maison. Si ?

— Non. Ni l'argent ni l'héroïne, d'ailleurs.

— Quoi ?

— Pourtant, je savais pertinemment que cette maison renfermait soixante mille dollars et une flopée d'héroïne pure, mais au moment où on a défoncé la porte, tout ce qu'on a trouvé, c'est Manny et sa bande, l'air aussi perplexes que nous, et furax. Une fois le calme revenu, il s'est avéré qu'ils avaient été dépouillés.

— Par Gus, murmura Summer.

— Oui. Le matin même, il avait vidé la maison et quitté la ville. On a embarqué Manny et sa clique, mais faute de preuves concrètes, on a dû les relâcher. Le lendemain à la première heure, mon capitaine de brigade et quelques-uns de mes collègues sont arrivés chez moi avec un mandat de perquisition. Ils disaient qu'ils étaient désolés, mais qu'un correspondant anonyme m'avait dénoncé par téléphone et que le règlement les obligeait à vérifier ces accusations, ajoutant qu'ils m'offriraient une bière plus tard pour s'excuser. C'est alors qu'ils m'ont demandé d'ouvrir le coffre de ma voiture.

Summer posa les mains sur les genoux de Roman et attendit.

— Gus était à l'intérieur, déclara-t-il d'une voix tendue et légèrement tremblante. Mort. Ligoté et bâillonné. Il avait été roué de coups, mais l'autopsie a révélé que son décès résultait d'une overdose massive d'héroïne.

— Oh ! Roman…, soupira Summer.

— Et au pied de la banquette arrière, ils ont trouvé un sac de sport contenant des traces d'héroïne. Ils m'ont alors passé les menottes et m'ont lu mes droits — mes propres confrères… !

— Roman, je suis navrée.

— Le correspondant anonyme prétendait que Gus et moi

avions accompli le casse ensemble, et que j'avais tué mon complice afin de ne pas partager les gains avec lui.

— Que s'est-il réellement produit, d'après vous ?

— A mon avis, quand Gus a appris qu'une descente se préparait, il s'est dit que ce serait une occasion idéale pour devenir riche en un rien de temps. Il lui suffirait de dévaliser Manny, lequel ne pourrait rien contre lui puisqu'il serait en prison. Ce que Gus n'avait pas prévu, c'est que Manny serait remis en liberté — et qu'il se lancerait à ses trousses. Quand ils lui sont tombés dessus, Manny et sa bande l'ont forcé à avouer qu'il était mon indic et que je l'avais prévenu qu'il y aurait une rafle. Ensuite, naturellement, ils l'ont tué, mais de façon à me démolir aussi.

— Donc, vous avez été accusé de meurtre. Est-ce qu'il y a eu un procès ?

— Non. En l'absence de charges suffisantes, le procureur a abandonné les poursuites. Et la suspension dont je faisais l'objet a été levée bien que j'aie désobéi à mon chef.

— Super !

— Oui, j'étais soulagé — jusqu'au jour où des articles affirmant que j'avais été relaxé à tort ont commencé à fleurir dans les journaux, avec pour argument principal le fait que la police et les juges me protégeaient par esprit d'équipe, bien que tous sachent que j'étais coupable. Evidemment, ce n'était qu'un ramassis de mensonges, mais présenté comme la vérité vraie.

— Ah.

Pour la première fois, Summer comprit pourquoi Roman détestait tant les gens de sa profession. N'aurait-elle pas réagi de même à sa place ?

— Naturellement, j'ai clamé mon innocence, poursuivit il, mais ma version des faits n'a convaincu personne. Tout en manifestant officiellement leur soutien à mon égard, la plupart des policiers s'accordaient à penser que j'avais commis ce meurtre. Un type m'a même félicité en claironnant que ça faisait toujours un drogué de moins sur le trottoir !

— Mon Dieu…

— J'ai aussi reçu des lettres d'injures, et plusieurs personnes m'ont insulté dans la rue. Mais ce qui m'a achevé, c'est quand ma grand-mère m'a dit qu'elle me pardonnait et qu'elle priait pour moi ainsi que pour le gamin que j'avais tué.

— Oh ! non…

— Quant à mes parents, ils m'ont demandé carrément si j'étais coupable. Je leur ai répondu que je n'arrivais pas à concevoir comment ils pouvaient s'imaginer une chose pareille, et ils ont déclaré, eux aussi, qu'ils prieraient pour moi.

— Quoi ? Vos propres parents ont cru ce que racontait la presse ?

— Vous savez, quand quelque chose est imprimé noir sur blanc dans un journal, ça a l'air si… véridique, si concluant. Et comme, en plus, je leur avais expliqué que je voulais réunir de l'argent pour acheter une maison, ils ont supposé que j'avais trouvé dans cette combine un moyen de me le procurer.

— Je suis vraiment désolée pour vous, Roman.

— Alors là, quand j'ai découvert que ma propre famille avait si peu confiance en moi, ç'a été le coup de grâce.

— Qu'avez-vous fait ?

— D'abord, j'ai cessé de me défendre. A quoi bon ? De toute façon, tous les gens me prenaient pour un menteur. Puis, j'ai rendu mon insigne et je suis venu m'installer à San Francisco, où l'affaire n'avait pas été autant relayée par les médias. Cependant, même encore aujourd'hui, tout le monde à Los Angeles pense que je suis coupable.

Il s'interrompit et soupira profondément.

— En fait, je le suis, ajouta-t-il. Pas dans le sens où ils l'entendent, bien sûr, mais croyez-moi, je suis rongé par le remords.

— Pourquoi ?

— Gus avait vingt-deux ans quand il est mort — et tout ça à cause de mon manque de lucidité…

— Holà, attendez. A mon avis, c'est plutôt son propre manque de lucidité qui l'a tué.

— Non, il ne se serait jamais risqué à tenter ce coup si je ne l'avais pas informé de la descente. Le connaissant, j'aurais dû me douter qu'il ferait des siennes.

— Enfin, Roman, vous vous efforciez de l'aider. Bon, O.K., il se peut que vous ayez commis une erreur, mais en aucune façon vous n'êtes coupable de meurtre.

— Vous savez, Summer, il y a différentes façons de tuer quelqu'un. Je n'ai peut-être pas provoqué les choses directement, mais ce gosse est bel et bien mort par ma faute — aussi sûrement que si je lui avais planté moi-même l'aiguille dans le bras.

— La vie n'est pas aussi simple, Roman. Parfois… Parfois, le malheur frappe une personne sans que nul n'en soit directement responsable. D'après moi, il est grand temps de vous pardonner à vous-même et de tourner la page.

Elle sentit qu'il secouait la tête.

— Je ne crois pas que j'arriverai à me le pardonner un jour, déclara-t-il. Chaque soir, lorsque je ferme les yeux pour m'endormir, je vois ce gamin recroquevillé dans mon coffre…

— Vous vous êtes confessé, n'est-ce pas ? Et je suis sûre que vous avez fait pénitence. Alors…

— Bien essayé, trésor. Mais venant de mademoiselle-la-religion-est-l'opium-du-peuple, cette optique ne me paraît pas très crédible.

— Bon, d'accord. Vous voulez savoir ce que je pense ?

— Non, mais j'imagine que c'est juste une question pour la forme et que vous allez me le dire quand même.

— Je pense que, en réalité, si vous avez renoncé à essayer de vous disculper, c'est parce que vous vous reprochez la mort de Gus et que vous désirez être puni. Au fond de vous, vous estimez que vous méritez l'opprobre de votre famille, les lettres d'injures et les présomptions qui pèsent sur vous. Vous m'avez avoué vous-même une fois que vous étiez fermement convaincu qu'il y avait une justice au ciel et qu'on finissait toujours par récolter ce qu'on avait semé. Vous vous souvenez ?

Roman laissa échapper un petit rire.

— Décidément, vous feriez vraiment une enquêtrice hors pair, vous savez ! observa-t-il. Vous avez un don infaillible pour cerner la psychologie des gens.

— En parlant d'enquêtes, je ne comprends toujours pas pourquoi vous vous êtes retrouvé dans — passez-moi l'expression — l'équipe de gorilles de Samantha, alors que vous auriez pu ouvrir un cabinet et devenir détective privé. Ç'aurait été une façon toute naturelle d'exploiter vos talents.

— Comme je vous l'ai expliqué l'autre jour, ce qui m'est

arrivé à Los Angeles m'a laissé un goût amer dans le domaine de l'investigation. Le métier de garde du corps est… Bon, c'est plus compliqué que la plupart des gens ne l'imaginent, mais c'est quand même un travail assez élémentaire par rapport à celui de détective.

— Personnellement, après vous avoir vu en action, je pense que vous êtes né pour déterrer des indices et résoudre des crimes, Roman. C'est plus fort que vous. Vous ne pouvez pas vous en empêcher.

— Vous savez quoi ? On devrait se laver et sortir d'ici avant de devenir frippés comme des pruneaux, suggéra Roman, s'efforçant vainement de changer de sujet.

Mais sur ces mots, il se savonna les mains et commença à caresser les seins de Summer…

13

Le lendemain matin, Summer était en train de travailler dans son labo, décrochant et empilant les épreuves qu’elle avait développées la veille, quand soudain elle se sentit observée. Se retournant, elle vit Roman appuyé contre l’encadrement de la porte, les cheveux en bataille et les pouces enfoncés dans les poches de son jean déboutonné. Il était torse nu, et son visage encore ensommeillé arborait une expression étrangement méditative.

— Ce sont les photos que vous avez faites au mariage ? demanda-t-il en s’approchant afin de regarder de plus près la série de clichés en noir et blanc.

— Oui, je pensais y jeter un coup d’œil pour voir si Cecil apparaît quelque part.

— Bonne idée, approuva-t-il en souriant. Vous avez un flair inné, inspecteur Love.

— Merci, inspecteur Fitzpatrick, roucoula-t-elle en lui rendant son sourire.

Il l’enlaça par la taille et frotta sa joue chaude et rugueuse contre la sienne.

— Vous m’avez manqué quand je me suis réveillé, murmura-t-il.

— Je n'ai pas réussi à m’endormir, expliqua-t-elle tout en se remémorant les tendres et langoureux ébats qui les avaient tenus en haleine jusqu’à l’aube. Notre nuit a été…

— … Sensationnelle, acheva-t-il en l’embrassant câlinement sur la tempe et en descendant le long de sa pommette, jusqu’au pourtour de sa bouche.

— C’est exactement mon avis, déclara-t-elle en riant.

Elle crut qu’il allait dire quelque chose, mais il demeura songeur et se contenta de se caresser le menton.

— Bon, je vais aller me raser et prendre une douche, annonça-t-il. Ensuite, j'appellerai Daniels pour savoir à quel moment ils ont l'intention d'interpeller Thayer.

Sur ce, il lui donna un baiser et se retira dans la salle de bains.

Détachant le reste des épreuves de la corde, Summer les étala en deux rangées sur le comptoir du séjour. Puis, à l'aide d'une loupe, elle examina les photos une par une, cherchant parmi les silhouettes à l'arrière-plan un visage qui ressemblait à celui de Cecil Thayer.

Il avait probablement dû se déguiser, songea-t-elle. Peut-être en serveur — ce qui lui aurait permis de ne pas attirer l'attention au moment de déposer ces deux verres de champagne devant eux. A moins, bien sûr, qu'il n'ait engagé quelqu'un pour accomplir le sale boulot à sa place, auquel cas elle perdait son temps. Mais de toute façon, elle n'avait rien de mieux à faire pour l'instant — et elle préférait encore se consacrer à une tâche inutile que de rester assise à penser à Roman et à broyer du noir.

Hélas, la plupart des serveurs étaient très jeunes et n'avaient aucun point commun avec Cecil. L'un d'eux portait des lunettes ainsi qu'une moustache et aurait pu correspondre, si ce n'est qu'il était trop corpulent. Summer se concentra alors sur les serveuses dans l'idée que Cecil aurait pu s'habiller en travesti, profitant de sa minceur et de la subtilité de son timbre vocal. Au final, elle ne repéra qu'une seule candidate possible — une femme avec des lunettes de verre teinté, dont les cheveux noirs, coupés au carré, avaient l'aspect d'une perruque ; sa cheville présentait une tache sombre qui semblait vaguement être un tatouage. Cependant, cette serveuse était assez menue et beaucoup plus petite que Cecil. Certes, on pouvait tricher sur beaucoup de choses, mais pas sur la taille.

Soudain, un coup de sonnette strident arracha Summer à ses spéculations. Redressant brusquement la tête, elle aperçut quelqu'un derrière la porte d'entrée. Bizarre, songea-t-elle. D'habitude, personne ne se déplaçait jamais jusqu'à Oakland pour lui rendre visite sans s'annoncer d'abord par téléphone… Elle regarda vers la salle de bains et entendit le robinet de la douche commencer à couler.

Le bruit de la sonnette résonna de nouveau, puis une troisième fois, suivi d'un tambourinement frénétique et d'une voix féminine.

— Summer ? Summer, c'est Carolyn. Ouvre-moi !

Carolyn ?

— Je t'en prie, Summer, laisse-moi entrer !

Le tambourinement redoubla et la voix se fit plus pressante.

Summer alla à la porte et jeta un œil à travers le judas. Elle distingua une masse de cheveux roux cuivré, puis un visage tordu par la peur.

— Oh ! mon Dieu ! s'exclama-t-elle en débloquant le verrou et en tirant précipitamment le battant. Carolyn ! Tu es vivante ! C'est…

— Il y a des motards ! s'écria Carolyn tandis qu'elle se ruait à l'intérieur et s'empressait de refermer la porte. Là, juste à côté ! Environ une douzaine. Ils m'ont sifflée quand je suis descendue de ma voiture.

— Oui, je les connais. Ne t'inquiète pas, ils ne pensent pas à mal. Oh ! je suis si heureuse que tu…

— Deux d'entre eux m'ont suivie presque jusqu'ici en me proposant de… de faire la fête.

— Ce n'est rien, Carolyn. Ils ne sont pas méchants, je t'assure.

Summer serra son amie dans ses bras.

— Je n'en reviens pas que tu sois là, déclara-t-elle. Je me suis tellement inquiétée pour toi.

Carolyn — vêtue comme toujours d'une tenue chic, composée en l'occurrence d'une robe ivoire et d'un sac à main Gucci assorti — s'écarta de la jeune femme d'un air interloqué.

— Pourquoi donc ? s'enquit-elle.

— Tu as disparu depuis trois semaines. Je me demandais ce que tu étais devenue.

— Je suis allée à Acapulco, expliqua Carolyn. Je voulais m'accorder un break par rapport à toute cette histoire avec Cecil et essayer de trouver une solution.

— Hein ? Tu étais à Acapulco ?

— Oui, je suis rentrée hier. Où croyais-tu que j'étais ?

— Oh ! nulle part.

« … Juste au fond de la baie de San Francisco ! » ajouta

Summer en elle-même tout en se passant les mains dans les cheveux.

— Asseyons-nous, enchaîna-t-elle. J'ai plein de choses à te raconter.

— Tu n'auras qu'à me les raconter sur le chemin du port.

— Du port ?

— Oui, finalement, j'ai décidé de prendre mon courage à deux mains et de déposer les cent mille dollars sur le bateau de Cecil.

— Mais… tu n'étais pas censée les lui apporter le 1er septembre ? Je… je pensais que tu l'avais déjà fait, s'étonna Summer en se remémorant les paroles de Daniels au sujet de la Porsche abandonnée.

— Je ne pouvais pas. J'étais à Acapulco le 1er septembre. De toute façon, à mon avis, Cecil n'est pas à ça près. Ce qui l'intéresse surtout, c'est que je me soumette à ses volontés. Peut-être que, si je lui verse l'argent, il considérera ça comme un geste de repentir pour l'avoir plaqué, et me laissera en paix. Cependant, je ne me sens pas très rassurée à l'idée d'aller là-bas toute seule. J'espérais que tu m'accompagnerais pour me soutenir moralement.

Gagnée par une légère sensation de malaise, Summer s'approcha de la fenêtre du séjour.

— C'est ta voiture, çà ? s'enquit-elle en désignant la décapotable blanche qui était garée le long du trottoir, devant la Corvette de Roman.

— Oui, répondit Carolyn.

Puis, après une hésitation presque imperceptible, elle ajouta :

— Je l'ai louée.

Summer se tourna vers elle.

— Qu'as-tu fait de la Porsche ? questionna-t-elle.

— Elle est en réparation depuis avant mon départ.

« Non, c'est faux. Tu l'as laissée au port le 1er septembre. Seulement, tu ignores que je suis au courant », murmura Summer en son for intérieur tandis que son cœur commençait à battre la chamade.

— S'il te plaît, viens avec moi, insista Carolyn.

Summer s'efforça de garder une voix posée.

— Tu sais, je crois que ça ne te servira pas à grand-chose d'aller déposer cet argent maintenant, objecta-t-elle en jetant un coup d'œil vers la salle de bains et en se demandant si elle arriverait à retenir Carolyn jusqu'à temps que Roman sorte de la douche.

Carolyn nota la direction du regard de Summer.

— Ton nouveau petit ami, je suppose, observa-t-elle. C'est à lui qu'appartient la Corvette noire dehors ?

— Exact.

Tout en hochant la tête d'un air pensif, Carolyn se dirigea vers le comptoir où étaient étalées les photos.

— C'est le mariage de Lauren Ash, déclara-t-elle.

— Oui.

Carolyn souleva la loupe du cliché que Summer avait examiné en dernier, écarquillant légèrement les yeux tandis qu'elle contemplait la serveuse à lunettes aux cheveux noirs.

Summer regarda successivement la photo et le petit cœur tatoué sur la cheville de Carolyn. Oui, bien sûr ! songea-t-elle. Carolyn avait dû passer toute la nuit là-bas à les épier, Roman et elle, guettant le moment opportun pour apporter le champagne empoisonné. Mais pour quelle raison ?

Carolyn tourna son regard froid vers Summer.

— Viens avec moi au port, insista-t-elle de nouveau.

— Non, déclina Summer en secouant la tête et en reculant d'un pas tandis que Carolyn s'avançait vers elle. Comme je te l'ai déjà dit, ça ne te servira pas à grand-chose de déposer l'argent maintenant.

— Et pourquoi ça ?

Summer pria pour que Roman sorte de la douche et vole à son secours, mais l'eau continuait à couler.

— Parce que Cecil ne peut plus rien contre toi, répondit-elle. Il va être arrêté aujourd'hui.

Carolyn resta silencieuse un instant, l'œil glacial, les pupilles minuscules.

— C'est vrai ? demanda-t-elle.

— Oui, nous… nous avons trouvé des éléments prouvant que c'était bien lui qui te faisait chanter. Alors, on a pensé… enfin, on craignait qu'il… s'en soit pris à toi. Mais manifestement, ce n'est pas le cas, donc…

— Donc, au pire, il n'écopera que d'une condamnation pour extorsion.

Summer opina, mais malgré l'angoisse et la confusion qui régnaient en elle, elle comprit que jamais Cecil n'avait orchestré ce soi-disant chantage ni cambriolé son appartement, ni tenté de l'empoisonner. Non. Aussi étonnant que cela puisse paraître, c'était Carolyn qui avait tout manigancé depuis le début.

Carolyn secoua la tête avec un petit sourire triste.

— Hélas, j'ai bien peur que ça ne suffise pas, Summer. Le but de la manœuvre, c'était que Cecil plonge pour meurtre. Mais pas pour le mien, déclara-t-elle en sortant un pistolet de son sac et en le pointant sur la jeune femme. Pour le tien.

Summer s'efforça tant bien que mal de garder son calme.

— Alors, c'est pour ça que tu as inventé toute cette histoire ? Dans l'intention de me tuer et de mettre ce crime sur le dos de Cecil ? demanda-t-elle d'une voix frêle, essayant de gagner du temps en attendant que Roman sorte de la douche. En fin de compte, Cecil disait vrai quand il affirmait que c'était lui qui avait rompu, n'est-ce pas ? Ce n'est pas lui qui s'est retrouvé sur le carreau et qui a piqué une crise — c'est toi. Et tu as décidé de le punir en le faisant accuser de meurtre.

Le visage de Carolyn se déforma en un masque de rage.

— Tu ne peux pas comprendre ce que c'est que d'offrir son cœur, son âme, à un homme, et qu'il te… crache ensuite à la figure comme si tu étais une moins-que-rien ! rugit-elle. Personne ne t'a jamais traitée ainsi — non, pas toi ! Tu es le genre de conquête dont les hommes rêvent en secret lorsqu'ils sont avec des femmes telles que moi !

— Carolyn…

— Tu sais ce que Cecil m'a sorti une fois ? lança Carolyn d'un ton hargneux en se rapprochant de Summer et en serrant le pistolet d'une main tremblante. Que tu étais la femme la plus ravissante qu'il ait jamais connue. Tu serais contente que ton compagnon te dise ces choses-là à propos d'une autre ? Ah, mais ce n'est pas à toi que ça risquerait d'arriver ça, hein ? Pas à Summer Love la « beauté iconoclaste » !

— Allons, je suis sûre que Cecil ne pensait pas à mal. Un homme peut très bien remarquer une autre femme sans pour autant avoir envie de…

— C'est à cause de toi qu'il a rompu avec moi ! s'exclama Carolyn, les yeux vitreux et le regard effroyablement impassible. Il s'est avisé de me quitter deux jours seulement après que tu l'as interviewé.

— Carolyn, je suis persuadée que ça n'a rien à…

— Ne me prends pas pour une idiote ! cria-t-elle.

Summer avait espéré que Roman entendrait les éclats de voix de Carolyn, mais il n'en fut rien ; le robinet de la douche continuait toujours à couler.

— En fait, s'il y a une idiote dans l'histoire, ricana Carolyn, c'est plutôt toi. Tu es tombée dans le panneau la tête la première, et tu n'as pas hésité une seconde à publier dans ta rubrique cet avertissement destiné à Cecil.

— Je croyais rendre service à une amie, rétorqua Summer, impavide. Mais en réalité, je ne faisais qu'entériner les prétendues raisons que Cecil avait de me tuer.

— Ça y est, tu commences à comprendre.

— Après m'avoir confié la cassette, tu es venue chez moi la récupérer et tu l'as cachée exprès au domicile de Cecil, poursuivit Summer, l'oreille tendue vers la salle de bains. Et au passage, tu en as profité pour faucher quelques comprimés dans son armoire à pharmacie, dont tu t'es servie afin de m'empoisonner. A l'heure qu'il est, je serais probablement morte si j'avais bu ce verre de champagne en entier.

— Sans aucun doute. Mais vu que ça n'a pas marché, j'ai dû concocter un plan de rechange.

— Oui, m'attirer sur le bateau de Cecil, me descendre et abandonner mon corps là-bas, jusqu'à ce que quelqu'un le découvre.

— Difficile de faire plus compromettant comme mise en scène, non ? Bon, allez, marmonna Carolyn en agitant son pistolet en direction de la porte d'entrée, finissons-en avec ça.

Summer secoua la tête.

— Non, je n'irai nulle part, déclara-t-elle.

— C'est moi qui tiens le revolver, Summer, souligna Carolyn d'un ton humoristique. Tu iras où je te dirai d'aller.

— De toute façon, que je vienne avec toi ou pas, tu me tueras, observa Summer. Alors pourquoi je te laisserais incriminer Cecil en me liquidant là-bas ?

Soudain, la douche s'arrêta de couler. Carolyn dressa l'oreille tandis que son expression de colère cédait la place à un sourire machiavélique.

— Parce que au cas où tu refuserais de coopérer, répondit-elle, ce n'est pas un mais deux cadavres que la police trouverait ici — le tien dans cette pièce, et celui de ton petit ami dans la salle de bains. Il serait bien en peine de se défendre si j'ouvrais cette porte et que je commençais à lui tirer dessus.

Roman avait-il son revolver avec lui ? s'interrogea Summer. Peut-être, mais ça changeait quoi ? Jamais il n'arriverait à s'en emparer à temps.

— Tu serais capable d'une chose pareille ? demanda-t-elle.

— Absolument, assura Carolyn avec dans les yeux une lueur de démence qui montrait de façon claire qu'elle était capable de n'importe quoi. Cependant, si tu acceptes de venir avec moi au port, tu seras la seule à mourir.

Brusquement, le téléphone sonna. Summer tourna la tête vers la cuisine.

— Bon, décide-toi à la prochaine sonnerie ou je mets mes menaces à exécution, s'impatienta Carolyn.

Tandis qu'il enfilait son jean, Roman entendit le téléphone sonner pour la troisième fois.

— Summer ? appela-t-il à travers la cloison de la salle de bains.

Le téléphone sonna de nouveau.

Remontant sa fermeture Eclair, Roman ouvrit la porte.

— Summer ? répéta-t-il.

Il se dirigea vers le téléphone et répondit au bout de la cinquième sonnerie.

— Oui, allô !

— Ah ? Il était moins une que je raccroche, Fitzpatrick. C'est Al Daniels à l'appareil.

— Quelles nouvelles, inspecteur ?

Soulevant le téléphone, Roman alla jeter un œil à travers le rideau de perles, mais Summer n'était pas dans les parages.

Bon sang, où donc avait-elle pu filer durant les quelques minutes où il était resté dans la salle de bains ? Et pourquoi aurait-elle quitté les lieux sans le prévenir ? Ce genre d'incident ne s'était pas reproduit depuis son escapade à la faculté, laquelle, d'ailleurs, l'avait laissée pleine de remords. Elle n'aurait tout de même pas osé lui rejouer un tour pareil ?

— Je viens de recevoir le rapport concernant la cassette, annonça Daniels. Vous êtes bien assis ?

— Euh, si on veut.

— L'analyse a démontré de façon irréfutable que la voix figurant sur la bande ne pouvait pas appartenir à Cecil Thayer.

— Hein ? Comment ça ?

— Il s'agit d'une voix de femme.

— De femme ?

Soudain, un concert de sifflements admiratifs retentit depuis la rue.

— Eloignez-vous de ma voiture ! ordonna une voix féminine perçante.

— Oui, les résultats sont formels, déclara Daniels. C'est une femme qui a passé ce…

— Envoyez-moi une patrouille, inspecteur. J'ai besoin de renforts.

— Quoi ?

— Et tout de suite !

Roman reposa brutalement le combiné et s'élança vers la porte d'entrée. A travers les plantes touffues qui masquaient la fenêtre du séjour, il aperçut deux femmes montant à bord d'une décapotable blanche — Summer et une rouquine dont le visage lui était familier. A cet instant, l'image de la même femme vêtue d'une robe à paillettes et posant au côté de son mari et de Cecil Thayer se forma dans son esprit.

Carolyn Cox !

Aussitôt, il ouvrit la porte et se rua sur le trottoir tandis que la décapotable démarrait en trombe.

— Summer ! cria-t-il.

Assise sur le siège passager, Summer se retourna vers lui, le visage blême, et articula son prénom. Il voulut dégainer son revolver, mais il ne l'avait pas sur lui.

— Summer ! s'égosilla-t-il de nouveau en suivant des yeux la voiture, qui filait à vive allure.

Rassemblés autour de leurs motos, les Démoniaques le contemplèrent en pouffant de rire. Pas étonnant ! Mouillé, pieds nus, à moitié habillé et sans aucune arme, il était le portrait même de la panique doublée d'impuissance. Il vira vers sa Corvette tout en fouillant mécaniquement dans les poches de son jean, mais se souvint que ses clés de voiture étaient restées dans la chambre de Summer.

— Votre petite amie vous a largué pour une femme ? lui lança Félix d'un ton railleur. Voilà qui en dit long !

— Ecoutez, commença Roman en se passant les mains dans les cheveux tandis qu'il regardait la décapotable tourner au coin du pâté de maisons. Je vous promets à chacun cinquante dollars si vous prenez cette voiture en chasse et que vous l'arrêtez.

Son offre désespérée fut accueillie par des ricanements.

— Qu'est-ce que vous croyez ? répliqua Félix. Qu'on est vos larbins ?

— Bon, cent dollars alors, proposa Roman. Mille, même. Summer a des ennuis. Je crains que sa vie soit en…

— Des ennuis ? Pourquoi vous l'avez pas précisé plus tôt ?

Réagissant à une vitesse prodigieuse, les Démoniaques enfourchèrent leurs motos et dévalèrent la rue dans un nuage de poussière. Roman courut derrière eux, et au moment où il atteignit l'angle, les motards encerclaient la décapotable. Tous jusqu'au dernier avaient leurs fusils à canon scié braqués sur Carolyn Cox, laquelle, hystérique, leur criait de déguerpir. Elle tenait dans sa main tremblante un petit automatique pressé sur la tempe de Summer.

— Summer, vous n'avez rien ? s'enquit Roman, haletant, tandis qu'il se frayait un passage à travers les motards.

La jeune femme lui adressa un petit sourire vaillant.

— Allez-vous-en, vous aussi ! le somma Carolyn.

Roman écarta les bras pour lui montrer qu'il n'était pas armé.

— Personne n'ira où que ce soit, déclara-t-il avec un calme exagéré. Posez ce revolver afin qu'on puisse parler de…

— Je n'ai pas envie de parler ! vociféra Carolyn. Ce que je veux, c'est que vous fichiez tous le camp ! Si vous n'obéissez pas, je la descends sur-le-champ.

— Carolyn, écoute-moi, murmura Summer.

— La ferme !

— C'est fini, Carolyn, fit doucement Summer. A présent, tu n'as plus aucun moyen d'imputer mon assassinat à Cecil. Tout le monde t'a vue avec ton revolver pointé sur ma…

— Ça m'est égal ! hurla Carolyn, écarlate, les yeux scintillant de folie. Je jure que je te tuerai quand même ! Tu le mérites. Tu as ruiné ma vie.

Le pistolet vacillait dans sa main et elle flageolait de la tête aux pieds.

— Posez ce revolver, insista Roman, conscient qu'elle pouvait appuyer sur la détente d'une seconde à l'autre, et priant pour que cela ne se produise pas.

— Allez-vous-en ! rugit Carolyn. Tous !

Soudain, des sirènes retentirent tandis que, les unes après les autres, des voitures de police arrivaient sur les lieux. Les officiers ouvrirent leurs portières et s'agenouillèrent derrière, calibre au poing, visiblement décontenancés par la scène que formaient Carolyn et les motards.

— Lâchez vos armes ! cria l'un des policiers. Tout le monde !

Carolyn ne sembla pas entendre.

Cours toujours ! brailla Félix.

Summer inspira profondément.

— Tu dois beaucoup aimer Cecil, glissa-t-elle à Carolyn.

— Non, je le hais !

— Vraiment ? poursuivit Summer sans broncher, sous le regard admiratif de Roman. Alors, j'imagine qu'il se défend sacrément bien au lit s'il vaut une condamnation pour homicide volontaire.

Carolyn la dévisagea en clignant des yeux.

— Il n'est pas mauvais, convint-elle.

— Pas mauvais, c'est tout ? demanda Summer. Et tu es prête à aller à la chambre à gaz pour lui ?

Les yeux hagards, Carolyn baissa lentement le pistolet.

— Je crois que ça a changé, balbutia-t-elle. Maintenant, les exécutions se font par injection.

— C'est du pareil au même, conclut Summer en refermant ses doigts sur le revolver et en le dégageant délicatement de la main de Carolyn.

14

— *Willkommen !* lança le jeune homme blond-roux aux bretelles à pois en faisant signe à Summer d'entrer dans son bureau, somptueusement aménagé.

Elle hésita un instant.

— Je… je cherche Samantha Spade, précisa-t-elle.

— Elle est absente cet après-midi. Mais je serai heureux de pouvoir vous aider. Je suis Mark Spenser, directeur général et bras droit de Samantha.

Summer pénétra dans la pièce.

— Enchantée. Je suis Summer Love.

— Je sais, déclara-t-il en s'avançant vers elle et en lui tendant la main. Je vous ai reconnue d'après la photo de *Signaux de fumée*. Excellente rubrique. C'est ce que je préfère dans le magazine.

— Merci.

— Installez-vous, suggéra-t-il en désignant un fauteuil en velours vert tandis que lui-même s'asseyait sur le bord de son secrétaire. Visiblement, le spectacle était de taille, hier matin dans les rues d'Oakland. Le rapport que nous a remis Roman ressemble à un vrai polar. Il paraît que vous avez accepté de suivre cette déséquilibrée afin qu'elle ne le tue pas, et que vous l'avez ensuite convaincue, à vous seule, de baisser son arme.

— A moi seule, c'est beaucoup dire. S'il n'y avait pas eu tous ces motards et ces policiers, sans compter Roman…

— Pourtant, lui, il affirme que tout le mérite vous revient.

— Où est-il ? s'enquit-elle. J'étais venue pour… m'arranger avec lui au sujet des affaires qu'il doit récupérer à mon domicile, mais il n'est pas dans son bureau.

— Vous… n'avez pas eu de ses nouvelles ? s'étonna Mark en plissant le front.

— Pas depuis hier.

En fait, après l'arrestation de Carolyn, Roman n'était pas revenu chez Summer et ne l'avait pas appelée non plus. Elle n'en revenait pas de constater à quel point ces dernières vingt-quatre heures sans lui lui avaient semblé longues.

Mark soupira et contempla le tapis ornementé qui s'étalait sous ses pieds.

— Eh bien, à vrai dire, il… a quitté l'agence, déclara-t-il.

— Quitté l'agence ? demanda-t-elle d'une petite voix.

— Oui, il est reparti pour Los Angeles ce matin.

A ces mots, une sensation de vertige s'empara de Summer. Heureusement qu'elle était assise.

— Oh ! bredouilla-t-elle.

S'écartant de son bureau, Mark s'approcha d'elle, le regard un peu triste.

— Je suis navré…

— Non, ce n'est rien, assura-t-elle à la hâte.

Puis, se levant, elle se retourna et se dirigea vers la porte.

— Je… j'emballerai ses affaires dans des cartons et… je les mettrai dans un placard, balbutia-t-elle.

Mark l'accompagna jusqu'au seuil.

— Vous savez, plaida-t-il, à mon avis, Los Angeles lui manquait et…

— Oui, c'est sûr, il n'avait rien à gagner en restant ici, convint Summer en s'agrippant au chambranle afin de garder l'équilibre. S'il appelle… dites-lui… que j'ai ses affaires et que… je me ferai un plaisir de les lui expédier. Ou peut-être serait-il préférable que je vous les apporte et que vous les lui transmettiez vous-même ?

Mark lui posa la main sur l'épaule dans un geste de réconfort.

— C'est vraiment trop bête, déclara-t-il. Il aurait dû vous avertir qu'il partait.

Summer haussa les épaules malgré les larmes qui lui brûlaient les yeux.

— Il n'a pas de comptes à me rendre, allégua-t-elle. Il était juste mon garde du corps, et maintenant, il ne l'est plus, point final.

Mark secoua la tête.

— Moi qui avais toujours trouvé que c'était un type assez futé, je commence à avoir des doutes, confia-t-il.

Summer se détourna et essuya ses yeux humides, déterminée à ne pas se laisser abattre. « Allons, ce n'est pas ton genre de te languir pour un homme, se dit-elle. Oublie-le ! »

— Qui sait ? répliqua-t-elle. Peut-être est-il plus futé que vous ne le pensez ?

Tandis qu'elle rentrait chez elle par le métro, Summer médita sur le départ soudain de Roman. De nature franche, elle avait toujours opté pour les ruptures nettes, formulées de vive voix, refusant les dérobades ou les départs en douce. Elle préférait les explications à cœur ouvert, aussi douloureuses soient-elles.

Et pour être douloureux, ça l'était — chaque fois —, même si jamais elle n'avait ressenti pour aucun de ses précédents compagnons de réel attachement. Non, les sentiments qu'elle avait connus jusque-là ne pouvaient en rien se comparer à ceux qu'elle éprouvait pour Roman… Quelle souffrance déchirante, quand on se laissait ainsi aller à tomber amoureuse !… En fin de compte, peut-être Roman avait-il effectivement agi avec bon sens en s'éclipsant ainsi, en lui évitant d'endurer des adieux face à face. De cette façon, il leur épargnait les affres de la confrontation finale et de l'arrachement.

Au moment où elle tourna au coin de sa rue, les Démoniaques se mirent à siffler tandis qu'elle passait devant eux. Souriante, elle leur adressa un signe de la main, mais Félix se contenta de la regarder en fronçant les sourcils.

— Qu'est-ce qui ne va pas ? demanda-t-il.

— Euh… rien. Pourquoi ?

— Vos lèvres sourient, mais vos yeux sont tout mélancoliques. Rien qu'à les voir, j'en ai presque des frissons.

— Tu es un amour, Félix. Mais je vais bien, je t'assure.

Alors qu'elle tapait la combinaison sur le digicode, elle sentit son menton commencer à trembler. Dans sa hâte, elle se trompa de numéro et poussa un juron cinglant qu'elle ne prononçait pratiquement jamais. Tous les Démoniaques, excepté Félix, s'exclamèrent de joie.

— Où est passé le héros ? s'enquit Rusty, le frère de Félix.

— R… Roman ? dit-elle, la gorge étranglée par l'émotion. Il est parti.

— Où ça ? questionna Félix en fronçant de nouveau les sourcils.

— A Los Angeles, répondit-elle d'un ton aussi désinvolte que possible.

Après avoir entré un code erroné pour la deuxième fois, elle jura et frappa du poing sur le clavier.

— Saleté de truc ! s'écria-t-elle. Je hais cette machine !

— Allons, allons, du calme, murmura Félix en l'enveloppant de ses bras.

Et Summer s'effondra en sanglots contre la solide poitrine du motard.

— Pourquoi a-t-il fallu qu'il installe ce maudit appareil ? pleurnicha-t-elle.

— Oui, je sais, répondit Félix en lui tapotant la nuque d'un geste pataud. Ecoutez, j'ai une idée. Et si les gars et moi on allait faire une petite virée à Los Angeles afin de retrouver ce type et de lui passer une raclée en votre honneur ? Qu'est-ce que vous en pensez ?

Summer secoua la tête.

— Non, surtout pas, déclara-t-elle. De toute façon, ça vaut mieux ainsi. Je suis… heureuse qu'il soit parti.

— Vous n'en avez pas l'air pourtant, observa Rusty.

— Si, crois-moi, insista-t-elle en reniflant et en séchant son visage trempé de larmes tandis qu'elle s'écartait de Félix. C'est m… mieux comme ça, vraiment.

Au cours des deux semaines qui suivirent, que ce soit en vaquant à ses activités quotidiennes ou lorsqu'elle était allongée, seule dans son grand lit, essayant de trouver le sommeil, Summer ne cessa de se rabâcher que « ça valait mieux ainsi ».

Un soir, alors qu'elle préparait des tortillas — mets dont elle était devenue une inconditionnelle durant le séjour de Roman —, le téléphone sonna.

— Je suis absente pour le moment. Laissez-moi un message, entonna-t-elle, calant le combiné sous son menton afin de continuer à façonner la galette de maïs qu'elle tenait entre ses mains.

— Summer ?

Mon Dieu, c'était lui ! Le cœur battant, elle lâcha la tortilla sans le vouloir.

— Summer ? Je sais que c'est vous.

— Oui, c'est moi, répondit-elle doucement. Je ne m'attendais pas à avoir de vos nouvelles.

Il y eut un silence pesant, puis Roman prit la parole, la voix basse et un peu bourrue.

— Je suis désolé, Summer… Sincèrement désolé. Ce n'était pas… correct de ma part de filer à l'anglaise comme ça. Vous méritiez mieux.

— En effet, murmura-t-elle.

Un nouveau silence s'ensuivit.

— Oui, surtout si l'on considère que vous m'avez sauvé la vie et que je ne vous ai jamais vraiment remerciée. Vous savez, je comprendrais très bien que vous me détestiez et que vous ne vouliez plus me parler.

Elle ferma les yeux et se passa la main dans les cheveux.

— Summer ? reprit Roman.

— Vous aviez quelque chose à me dire en particulier ? demanda-t-elle. Parce que là, je… je… suis assez occupée.

Cette fois, le silence se creusa tel un gouffre insondable et lugubre. Lorsque Roman sortit enfin de son mutisme, il parlait bas, très bas.

— Je n'ai pas eu le courage de vous dire au revoir, Summer. C'était au-delà de mes forces. Je passais mon temps à décrocher et à raccrocher le téléphone. Le lendemain de notre dernière journée ensemble, j'ai fait la route jusqu'à votre appartement, puis je suis resté assis un moment sur le trottoir, et… n'y tenant plus, je suis parti directement pour Los Angeles… J'avais honte, poursuivit-il de la même voix sourde et tourmentée, mais je n'arrivais pas à me résoudre à vous dire au revoir. Alors, je me suis abstenu. J'ai agi comme un lâche, et je vous ai blessée. Je suis désolé, Summer. Vraiment.

— Peu importe, déclara-t-elle en s'éclaircissant la voix. De toute façon, il fallait bien que ça se termine, non ? Alors, pourquoi épiloguer ?

— Vous m'avez oublié, Summer ?

— Je… je vais devoir vous laisser, Roman, balbutia-t-elle, la gorge nouée, tout en se répétant que les choses étaient mieux ainsi.

— Trésor, écoutez…

— Je vous en prie, ne m'appelez pas trésor. Oh ! Roman, pourquoi a-t-il fallu que vous téléphoniez ? gémit-elle. Pourquoi remuer le couteau dans la plaie ?

Après un long, long soupir, Roman se décida enfin à répondre.

— En premier lieu, je voulais vous remercier de m'avoir, d'une certaine façon, incité à revenir à Los Angeles et à me disculper. Vous vous souvenez ? Le soir où on a discuté dans la baignoire.

— Alors, c'est pour cette raison que vous êtes retourné là-bas ? demanda-t-elle. Pour vous disculper ?

— Oui, j'ai beaucoup réfléchi à tout ce que vous m'avez dit et j'en suis arrivé à la conclusion que je devais faire face et clarifier les choses. Finalement, ce n'était pas aussi difficile que je le croyais. En quelques jours, j'ai réussi à réunir toute une série d'éléments à charge prouvant que Manny était impliqué dans le meurtre de Gus. Il est derrière les barreaux maintenant, ainsi qu'une partie de ses sbires.

— C'est formidable, Roman. Et… et vos parents ? s'enquit-elle, hésitante.

— Ils m'ont présenté leurs excuses et je leur ai pardonné. Je suis de nouveau le bienvenu dans ma famille. La brigade m'a même proposé de réintégrer mes fonctions.

— C'est vrai ? Félicitations ! Je… je suis heureuse pour vous, sincèrement.

— Vous ne semblez pas si heureuse que ça, remarqua-t-il doucement.

Que pouvait-elle lui répondre ? Qu'elle était heureuse pour lui, mais triste pour elle ? Cette conversation allait-elle se transformer en une de ces larmoyantes séances d'adieux à cœur ouvert qu'elle approuvait tant par le passé et qui, en l'occurrence, la rendaient malade rien qu'à y penser ?

— Trésor…, commença-t-il.

— Roman, il faut vraiment que je vous laisse.

— Summer, je vous en prie…

— Je suis contente que les choses se soient arrangées pour vous. Honnêtement. Mais si on continue à se parler une minute de plus, je vais me mettre à pleurer, et ce sera balourd et embarrassant. Je ne vois franchement pas la nécessité de finir sur une note de ce genre.

— Summer, écoutez-m…

— Et puisque vous n'arrivez pas à le dire, c'est moi qui vais le faire : au revoir. Je vous souhaite une vie pleine de bonheur. Visiblement, vous êtes bien parti pour.

— Summer…

— Adieu, Roman.

Sur ce, elle raccrocha et fondit en larmes.

Le lendemain après-midi, lorsque Summer arriva à son domicile, des sacs de provisions plein les bras, elle trouva les Démoniaques en train de se prélasser sous le porche de leur immeuble. Fidèles à leur habitude, ils l'accueillirent avec des sifflets et des cris de matous, auxquels elle répondit, comme à l'ordinaire, par des sourires indulgents.

Soudain, tandis que Félix, Rusty et trois ou quatre de leurs compagnons se groupaient derrière elle, la suivant jusqu'à sa porte tels de gros chiens pataudss, Summer entendit une voiture se garer le long du trottoir.

— Hé, visez-moi ça, les mecs ! annonça l'un des motards. C'est notre héros qui vient se faire démantibuler.

Summer se retourna brusquement et vit Roman. Il descendait de sa Corvette, vêtu d'un jean et d'un polo noir, l'air furibond.

— Vous voulez bien aller jouer ailleurs et laisser ma femme tranquille, les gars ? maugréa-t-il.

Summer lâcha ses sacs, qui heurtèrent le pavé dans un bruit d'œufs cassés.

Les poings serrés, Félix s'avança vers Roman d'un pas lourd.

— Votre femme ? Après la façon dont vous l'avez plantée là ? s'exclama-t-il. Vous alors, vous ne manquez pas d'air !

— Ça, je vous l'accorde, concéda Roman en lançant un regard penaud à Summer.

— Je ne me souviens pas que vous m'ayez jamais demandée en mariage, Roman, observa la jeune femme.

— Je n'en ai pas eu l'occasion. Vous m'avez raccroché au nez avant que je termine. Où croyez-vous que je voulais en venir quand je vous expliquais combien j'avais peiné pour me séparer de vous ?

Summer le dévisagea, bouche bée.

— Mais enfin, vous… vous auriez pu rappeler, bredouilla-t-elle.

— J'ai préféré me déplacer. C'était plus sûr.

Les Démoniaques suivaient les débats en tournant la tête de gauche et de droite, comme s'ils assistaient à un match de tennis.

— Et maintenant, vous êtes là…, conclut Summer, les mains sur les hanches.

— Oui.

— Qu'est-ce que vous vous imaginez ? s'écria-t-elle en s'avançant vers lui. Que je vais accepter votre demande ?

Roman ne bougea pas.

— Vous m'aimez, n'est-ce pas ? plaida-t-il.

— Je n'ai jamais affirmé une chose pareille ! rétorqua-t-elle, les joues en feu.

— Oh ! allez, avouez-le, intervint Félix. Ce n'est pas pour rien que vous vous êtes mise à pleurer sur le pas de votre porte après son départ, non ?

— Oh ! trésor…, murmura Roman, l'air contrit.

Il s'approcha d'elle, mais elle fit volte-face et lui tourna le dos.

— Ça ne signifie rien ! protesta-t-elle.

— Alors, dans ce cas, pourquoi passez-vous votre temps à vous morfondre depuis deux semaines comme si vous veniez de perdre quelqu'un ? insista Félix.

— J'en conviens, reconnut-elle en se retournant vers Roman, l'air farouche. Je vous aime. Vous êtes content ?

— Fou de joie ! s'exclama Roman en la prenant dans ses

bras et en l'embrassant longuement à pleine bouche sous les acclamations enthousiastes des Démoniaques.

— Moi aussi, je vous aime, déclara-t-il, le souffle court, après qu'ils eurent interrompu leur baiser.

— Vous êtes sincère ? demanda-t-elle, transportée.

— Ça ne se voit pas ? Je suis fou de vous, Summer ! Je veux partager votre existence !

— Roman ! Vous me comblez de bonheur ! déclara-t-elle en lui posant la main sur la joue. Mais… on n'est pas obligés de se marier pour autant. On peut se contenter de vivre ensemble. Je ne crois pas au mariage, vous vous souvenez ?

— Peu importe. Moi, j'y crois assez pour deux.

— Soit. Seulement, je refuse d'aller habiter à Los Angeles. Je déteste cette ville.

— Je sais. C'est pourquoi on va monter une affaire à San Francisco.

— Une affaire ?

— Oui, une société de détectives privés. Depuis quelques jours, je fais des démarches et le projet prend forme. J'ai trouvé un local à louer tout près de l'Agence Spade ; Samantha pense qu'elle pourra nous envoyer quelques clients pour nous aider à démarrer.

— *Nous ?*

— Bien sûr. J'aimerais que vous formiez équipe avec moi, chérie. Que vous soyez mon associée.

— En tant que détective privé ?

— Naturellement. Vous êtes intuitive, vous savez mettre les gens dans votre poche et vous vous débrouillez à merveille avec un appareil photo !

Rusty poussa Summer du coude.

— Allez-y, Summer, foncez. Ce type-là, il est béton !

Summer enlaça Roman par le cou.

— Visiblement, mes conseillers estiment que vous êtes un bon plan, déclara-t-elle.

— Un *excellent* plan, renchérit Roman en lui rendant son étreinte. Mais mon offre de partenariat n'est valable que si vous consentez à m'épouser, Summer. A l'église, avec la bénédiction d'un prêtre.

— Eh bien… ! fit Summer en se mordillant la lèvre. Puis-je choisir Lloyd comme demoiselle d'honneur ?

— A la condition que Samantha soit mon garçon d'honneur.

Félix toussota.

— Euh… Et des assistants ? Ça vous intéresse ? s'enquit-il.

Les motards sourirent, emballés.

— Si vous êtes d'accord, moi aussi, chuchota Roman à l'oreille de Summer.

— Ce sera un mariage sensationnel, se réjouit-elle.

Roman pencha la tête vers elle.

— Tout comme notre vie, murmura-t-il, les lèvres contre les siennes.

LORI FOSTER

Le secret de Misty Malone

BLACK *ROSE*

éditions HARLEQUIN

Titre original : MORGAN

Traduction française de MICHEL MAUSSIERE

Ce roman a déjà été publié en février 2002

83-85, boulevard Vincent-Auriol, 75646 PARIS CEDEX 13.
Service Lectrices — Tél. : 01 45 82 47 47
www.harlequin.fr

Prologue

Morgan Buckhorn inclina sa chaise en arrière et ferma les yeux en poussant un soupir de contentement. Bien que la chaleur fût déjà accablante, il adorait ces matins d'été où il n'y avait rien de mieux à faire que s'asseoir sous la véranda, dans l'attente d'une brise qui ne viendrait jamais.

Une déconcertante sensation de vide lui fit rouvrir à demi les paupières. On était aujourd'hui samedi — samedi matin ; il était seul, et le silence lui paraissait presque insolite dans cette grande maison où il avait l'habitude de vivre avec ses trois frères et son neveu. D'autant que la vie de ses frères était pour le moins mouvementée.

Sawyer, l'aîné, était le seul médecin généraliste à des kilomètres à la ronde, si bien que les patients défilaient à longueur de journée dans son cabinet situé à l'arrière de la maison. Il avait mis tous ses frères à contribution pour s'occuper de Casey, son premier enfant, et c'était grâce à cette collaboration efficace qu'il avait pu terminer ses études. Une période dont Morgan se souvenait avec une vive émotion.

Jordan, son cadet, exerçait le métier de vétérinaire. C'était à lui que la maison et ses alentours devaient de ressembler parfois à l'arche de Noé, car il ne pouvait s'empêcher de recueillir toutes les bêtes abandonnées qu'il croisait sur son chemin. La plupart du temps, Morgan s'attachait à ces animaux maléfiques, mais il ne l'aurait avoué pour rien au monde.

Gabe, le plus jeune des frères Buckhorn, avait une passion pour les femmes. Qu'elles fussent jeunes ou plus âgées, timides ou effrontées, blondes ou brunes, il les aimait toutes, et elles le lui rendaient bien : il était la coqueluche d'une bonne moitié de la population féminine de Buckhorn. C'était dans cette bourgade du Kentucky, fondée par un ancêtre de la famille, que Gabe exerçait ses talents d'homme à tout faire. Il était très doué de ses mains, et excellait en menuiserie aussi bien qu'en plomberie ou en maçonnerie, si bien qu'il était submergé de travail.

Casey, le fils de Sawyer, avait toujours son mot à dire, quel que fût le sujet de la conversation. Il avait seize ans, cet âge étrange où l'on sort de l'enfance sans être adulte pour autant. Les filles le fascinaient, ainsi que les voitures, et ces deux centres d'intérêt lui permettaient d'exprimer sa soif d'indépendance.

A l'instar de ses oncles, Casey s'était montré ravi lorsque son père avait pris la décision de se remarier. Enfin une présence féminine dans cet univers d'hommes ! Bien sûr, Honey Malone n'était pas n'importe quelle femme, c'est pourquoi elle s'était intégrée sans le moindre problème…

Morgan sourit. Lui aussi adorait Honey. Cette façon qu'elle avait eue d'épingler Sawyer d'un simple regard l'épatait encore. Sawyer s'était débattu comme un beau diable pour ne pas tomber amoureux, mais la partie était jouée d'avance. Et la profonde affection que Casey portait à la jeune femme avait mis un terme définitif aux tergiversations de son père, pour le plus grand bonheur de chacun des membres de la famille.

Quand Morgan aurait un fils, il ressemblerait à Casey. Il serait beau, solide, intelligent, ouvert aux autres… Mais, bien sûr, pour ça, il fallait d'abord rencontrer une femme ! A trente-quatre ans, il estimait qu'il était temps de se ranger. La maison qu'il construisait au bord du lac serait terminée d'ici à la fin de l'été et, n'en déplaise à ses frères, il était maintenant assez sérieux pour se marier. D'abord, il était le shérif du comté ; ensuite, il avait mis de côté suffisamment d'argent pour assurer l'essentiel en cas de pépin. Bon sang, oui, avec un peu de chance, il ne tarderait pas à enterrer sa vie de coureur de jupons.

Un oiseau vint soudain se poser sur la balustrade, à quelques centimètres de ses pieds croisés. Il ouvrit un œil, salua ce compagnon inattendu, et le suivit du regard tandis qu'il s'envolait. L'oiseau n'avait manifestement pas remarqué qu'il avait atterri à côté d'un humain — à moins qu'il n'eût pensé que l'humain en question était mort ! Morgan referma les yeux avec un sourire satisfait. C'était bien lui, ça ! Il pouvait parvenir à un tel degré d'immobilité qu'il lui arrivait de flanquer la trouille à ceux qui le connaissaient mal. Simple question de maîtrise de soi ; simple question de maîtrise de sa propre existence. Il s'agissait de faire en sorte que chaque pensée et chaque chose occupent la place qu'elles devaient occuper. Pour Morgan, l'avenir était clairement tracé et, de toute évidence, il se déroulerait exactement comme il le désirait.

Quand Misty descendit de voiture, elle ne perçut d'autre présence que celle de l'homme qui dormait sous la véranda de l'impressionnante bâtisse. Les vestiges du ranch s'étendaient en face d'un vaste lac, dans un paysage de champs fleuris et de forêts, semblable à celui que la jeune femme avait traversé pour parvenir jusqu'ici. En approchant, elle avait aperçu une énorme grange et plusieurs dépendances moins vastes. Plus près de la nappe d'eau, au sommet d'une éminence, se découpait une maison en construction. L'endroit était superbe et complètement isolé.

Honey, sa sœur, lui avait succinctement décrit la propriété, mais elle ne lui avait pas dit qu'elle était aussi isolée. En fait, elle lui avait surtout parlé de son prochain mariage et de l'homme qui allait devenir son mari. Sawyer, apparemment, était pressé de l'épouser, et la cérémonie devait avoir lieu dans moins de trois semaines. Misty avait donc quitté la ville pour venir aider sa grande sœur. Et, comme elle n'avait plus d'appartement, ce séjour inopiné à la campagne ne pouvait pas mieux tomber. Il allait lui donner le temps de réfléchir à la situation dans laquelle elle se trouvait et, surtout, de prendre les mesures nécessaires.

Honey l'avait aussi prévenue que, chez les Buckhorn, le niveau de testostérone était particulièrement élevé. Cependant, rien n'avait préparé Misty au spectacle qui l'attendait sous la véranda. L'homme à la peau tannée endormi sur sa chaise ne portait rien d'autre qu'un jean délavé dont la ceinture était défaite. Elle jeta un coup d'œil négligent sur ses abdominaux, puis son regard remonta vers son visage. Elle retint alors un cri d'admiration. En plus d'être bâti comme un colosse, l'homme était beau comme un dieu !

La jeune femme s'approcha à pas de loup. Ses deux dernières expériences amoureuses l'avaient guérie des hommes pour un bon bout de temps, mais elle pouvait toujours regarder. Et apprécier le tableau à sa juste valeur.

Elle était presque parvenue à la hauteur de l'inconnu quand il ouvrit brusquement les yeux.

Seigneur ! Misty se sentit hypnotisée par ses prunelles vert jade.

Par bonheur, la scène fut aussi brève qu'intense car, manifestement surpris, l'homme voulut se relever d'un bond. Malheureusement pour lui, il perdit le fragile équilibre qui maintenait la chaise penchée, et se retrouva les quatre fers en l'air, tempêtant et jurant comme un charretier.

Misty faillit éclater de rire.

— Comment ça va ? lui demanda-t-elle en se penchant sur lui.

L'homme s'immobilisa, prit une profonde inspiration, et passa la main dans ses cheveux bruns et ondulés.

— Puis-je savoir pour quelle raison vous m'espionniez ?

Cette fois, Misty ne put s'empêcher de rire. Elle était sur les nerfs, et la scène était trop cocasse pour qu'elle pût garder son sérieux.

— Mais je ne vous espionnais pas ! répliqua-t-elle innocemment. Est-ce ma faute si vos ronflements vous ont empêché de m'entendre arriver ?

Le regard vert de l'homme s'assombrit.

— Je ne ronfle jamais. Les femmes de ce comté pourraient en témoigner.

Oh ! oh ! Le terrain était miné. Avec ce genre de type, il valait mieux ne pas pousser la plaisanterie trop loin. Apparemment, il n'était pas du genre à se conduire en gentleman.

— Si vous le dites… C'est le tonnerre que j'ai dû entendre.

Elle leva les yeux vers le ciel sans nuages, et s'empressa de les reporter sur le beau ténébreux.

— Vous n'avez rien de cassé ?

Sans le vouloir, elle posa le regard sur son corps d'athlète, et sentit aussitôt son pouls s'accélérer. L'homme se redressa sur les coudes et parut la jauger. Au bout d'un court instant, un petit sourire — sensuel en diable — apparut au coin de ses lèvres.

— Si ça vous tente, je vous permets de m'ausculter pour vérifier, proposa-t-il d'une voix un peu rauque.

Le pouls de Misty se mit à galoper. La simple idée de promener ses mains sur cette poitrine musclée provoquait des démangeaisons au bout de ses doigts. Si elle voulait conserver un peu de son sang-froid, elle devait absolument s'écarter de cette bombe sexuelle.

Elle fit un pas en arrière. Son T-shirt mouillé de sueur lui collait à la poitrine. Il devait faire plus de trente degrés, et le taux d'humidité était effrayant. Le temps qu'il faisait... voilà un sujet de conversation capable de détendre un peu l'atmosphère.

— Comment faites-vous pour dormir par cette chaleur ?

Il la regarda quelques secondes sans répondre, puis se remit debout et releva la chaise. Il ne dépassait Misty que d'une tête, mais ses épaules étaient deux fois plus larges que celles de la jeune femme. Elle se sentait à la fois fascinée et intimidée par ce colosse, et elle n'aimait pas ça. Il n'était pas question, en effet, qu'elle retombât sous la domination d'un homme. Aussi, lorsqu'il se mit à la considérer d'un regard pensif, elle lui adressa son sourire le plus candide.

— Voilà ce que c'est que de faire la fête jusqu'à l'aube ! Le matin, on s'écroule sous la véranda.

Il s'approcha d'elle en plissant les yeux. Elle fit un pas en arrière, puis un autre, jusqu'à se retrouver adossée à la balustrade. Il s'arrêta alors à quelques centimètres d'elle. Il la dominait de sa formidable présence, et la contemplait tranquillement, de la tête aux pieds. Honey lui avait bien affirmé que les frères Buckhorn étaient des hommes d'honneur, mais Misty n'en menait pas large.

— Euh... il n'y a que vous, ici ?

— Oui.

— Ah bon ? dit-elle en jetant un regard inquiet à gauche et à droite. Vos frères ne sont pas là ? Et votre mère ? Je croyais qu'elle devait vous rendre visite !

L'homme haussa les sourcils. Il était si près d'elle que Misty pouvait sentir le parfum épicé de sa peau chauffée par le soleil.

— Ma mère ne viendra pas à cause d'un petit ennui de

dernière minute. Quant à mes frères et à mon neveu, ils ont profité de leur samedi pour se rendre en ville.

La jeune femme l'observait avec une angoisse grandissante.

— Et Honey ?

Il plissa de nouveau les yeux. Misty se dit en frissonnant qu'il avait l'air féroce et qu'il devait le faire exprès.

— Elle les a accompagnés, répondit-il enfin. Mais, bon sang, je voudrais bien savoir qui vous êtes !

Il y avait quelque chose de particulier dans son ton, une curiosité un peu fébrile. Misty se mordilla la lèvre un instant, puis, tout à coup, elle lui tendit la main.

— Je m'appelle Misty Malone. Je suis la sœur de Honey.

Les traits de l'homme se figèrent. Il s'écarta brusquement sans lui serrer la main.

— Nom de nom ! grogna-t-il en lui lançant un regard accusateur. C'est bien là dernière chose que je souhaitais entendre.

1

Morgan desserra sa cravate et défit le bouton de son col de chemise. Rien à faire. Il continuait d'étouffer dans son smoking, et même la climatisation du grand hall de la mairie était impuissante à le soulager. Le simple fait de contempler Misty le mettait en nage.

Il essaya de détourner les yeux, mais n'y parvint pas plus que les fois précédentes. Cette façon sensuelle qu'elle avait de bouger, ces cheveux de jais qui oscillaient au rythme de la musique — si soyeux qu'ils paraissaient liquides —, son rire un peu rauque… tout en elle le fascinait et l'excitait comme un adolescent. Bon sang, cette femme lui faisait un tel effet que c'était son pantalon qu'il aurait dû déboutonner, pas son col ! Mais ça, il ne risquait pas de le faire : sa belle-sœur ne lui pardonnerait pas un tel manquement aux bonnes mœurs, surtout pendant sa réception de mariage. Et il n'avait aucunement l'intention de déplaire à Honey.

Dire qu'il avait failli draguer sa sœur, quelques jours auparavant ! Il en frissonnait rétrospectivement. Elle avait tout fait pour l'allumer, d'ailleurs. Drôle de conduite… En tout cas, depuis l'épisode de la véranda, il avait fait de son mieux pour l'éviter.

Quand il se remémorait cette scène, il ne pouvait s'empêcher de s'énerver. La maîtrise de soi dont il était si fier semblait l'avoir abandonné, et la vénération dont Jordan et Gabe faisaient preuve vis-à-vis de Misty n'arrangeait pas les choses. Ils restaient béats devant elle, aussi fascinés par ses airs sensuels et son sourire en accroche-cœur que Morgan l'avait été le premier jour. La différence, c'était que ses frères, eux, n'hésitaient pas à l'aborder, et cela le rendait morose.

Morgan eut un soupir exaspéré. Que lui arrivait-il ? En plus, elle ne lui plaisait pas vraiment. Bien sûr, elle jouait tellement de ses charmes qu'il était tout bonnement impossible de ne pas être attiré par elle sur le plan sexuel. Mais, justement, là où sa sœur était humble et discrète, Misty était sans gêne, et même effrontée. Son absence d'inhibition ressemblait fort à de la provocation.

Or, ce n'était pas ce type de créature qui l'intéressait, désormais. Il cherchait une femme qui ressemblât à Honey. Une femme prête à mener une vie de couple. A se mettre en ménage avec lui, selon l'expression qu'affectionnait sa mère. Bien sûr, avant de trouver cette perle rare, il avait bien l'intention de continuer à mener sa vie de garçon. Pourtant, il ne toucherait pas à Misty. Question famille, il y avait une ligne à ne pas franchir.

Morgan s'adressa à Sawyer avec un air d'indifférence affectée.

— Je suis surpris que Jordan ait accepté de s'arracher à la contemplation de Misty. Lui et Gabe ne l'ont pas lâchée de toute la soirée.

Il secoua tristement la tête.

— Et quand je dis « toute la soirée »… En réalité, ils sont restés à ses pieds toute la semaine.

— Ça t'embête, n'est-ce pas ?

Morgan ricana.

— Tu plaisantes ! Seulement, elle est très… différente de Honey, et je ne voudrais pas qu'ils se fourrent dans des situations impossibles.

Sawyer éclata d'un rire sonore.

— C'est bien de Jordan et de Gabe que tu parles ? Au cas où tu ne t'en serais pas aperçu, je te signale qu'ils sont majeurs et vaccinés depuis déjà pas mal de temps, et qu'ils ne t'ont pas attendu pour aller courir les filles. Gabe a même été plus précoce que toi.

— Si c'est ce qu'il t'a dit, alors il a menti.

— Mais non ! Je l'ai surpris dans la grange, la première fois qu'il a fait ça. Je sais donc parfaitement quel âge il avait.

Morgan se tourna vers Sawyer avec un grand sourire aux lèvres.

— Tu es sérieux ?

— On ne peut plus sérieux. Je pense, d'ailleurs, que cette première aventure a eu une grande influence sur la suite de sa vie sexuelle : c'est à partir de là qu'il s'est précipité dans la débauche.

Morgan eut un regard entendu. Leur cadet était un vrai don Juan.

— La fille avait quatre ans de plus que lui, précisa Sawyer. J'ignore ce qu'elle lui a appris, mais, depuis, les femmes le trouvent irrésistible.

— Pourtant, Honey lui a résisté.

— C'est vrai, répondit Sawyer d'un ton satisfait. Ça a dû remettre son ego en place.

— Il faut dire qu'il n'a pas insisté quand il a vu qu'il piétinait tes plates-bandes.

Sans se soucier de la réponse de Sawyer, Morgan reporta son attention sur Misty.

— C'est tout de même incroyable que deux sœurs puissent être tellement différentes. Honey est si pure, si candide…

Honey, candide ! Sawyer faillit en avaler son champagne de travers. Mais quand Morgan lui jeta un regard suspicieux, il haussa les sourcils pour l'inciter à poursuivre.

— Misty, elle, est…

— Sexy ?

— Bon sang, oui. Pour être sexy, elle est sexy ! Cela dit…

Il s'interrompit, car Gabe venait d'entraîner Misty sur la piste. Comme elle se plaignait d'avoir mal aux pieds, son vaurien de frangin se mit à genoux et lui retira ses chaussures. Manifestement charmée par cette initiative, Misty prit la main que Gabe lui tendait, et tous deux se lancèrent dans un rock effréné.

Morgan serra les mâchoires.

— Tu as vu comme elle se trémousse ?

— Je préfère te regarder, rétorqua Sawyer. C'est plus marrant.

— Explique-moi ce qu'elle a, cette fille. Pourquoi se croit-elle obligée d'allumer tous les types qui l'entourent ?

— Elle ne les allume pas : elle danse.

Morgan grogna.

— Etant donné sa façon de danser, c'est du pareil au même.

— Ça, c'est ton avis !

A cet instant, Jordan arrêta Gabe pour lui voler Misty. La jeune femme éclata de rire et se mit aussitôt à danser avec son nouveau cavalier.

— Mais regarde-la ! reprit Morgan. Elle est en train de se moquer de ces deux idiots.

— En plus, ils ont l'air d'aimer ça, nota Sawyer.

Puis il prit Morgan par l'épaule.

— Allons, calme-toi un peu, d'accord ? Elle ne fait que danser. Oh ! oh ! Voilà Honey qui arrive. Elle se demande pourquoi tu évites sa sœur. J'étais chargé de te demander d'aller danser avec Misty.

— Hors de question !

La simple idée de danser avec elle faisait transpirer Morgan. Il ne voulait même pas s'approcher de Misty, de peur d'exploser. Jamais au grand jamais il n'avait désiré une femme aussi intensément.

Comme elle séjournait chez eux, il la voyait arriver, le matin, l'air ensommeillé mais déjà tout sourire pour ses frères. Il la voyait en fin de soirée souhaiter bonne nuit à tout le monde, sauf à lui. Il lui arrivait même de la croiser l'après-midi, bien qu'il fît son possible pour l'éviter. Elle se peignait les ongles des pieds sous la véranda, ou bien elle traînait dans la cuisine pour leur faire croire qu'elle était une femme d'intérieur. Mais ces simagrées ne marchaient pas avec Morgan. Il savait bien qu'elle consacrait à tout autre chose qu'au ménage ce petit corps qui le fascinait.

Oui, le corps de Misty le fascinait, l'ensorcelait, même. Il aimait la voir bouger — beaucoup trop pour sa santé mentale —, et la petite demoiselle le savait pertinemment. C'était la raison pour laquelle elle cherchait, elle aussi, à l'éviter. Ils étaient bien trop attirés l'un vers l'autre pour prendre le moindre risque.

Car une liaison physique, éphémère par définition, n'était pas envisageable entre eux. En épousant Honey, ce maudit Sawyer avait fait de Misty un membre à part entière de la famille, ce qui la rendait inaccessible.

Morgan parvint à grand-peine à retenir un grognement de frustration. Il voyait défiler devant ses yeux des images de lui et de Misty, à la limite de la pornographie. Pourtant, il avait le sentiment qu'elles ne choqueraient pas la jeune femme. Au contraire, Misty l'accompagnerait certainement jusqu'au bout de ses fantasmes.

— Bon sang ! grommela-t-il.

Comme il craignait que son excitation ne fût par trop visible, il s'évertua à penser à autre chose pour se calmer. Pas facile, alors que l'objet de son désir débordait d'érotisme.

— Morgan ?

La voix de Honey le fit se retourner. Dans sa robe blanche de mariée, son merveilleux visage cerné d'un halo de cheveux d'or, elle était d'une beauté extraordinaire. Morgan lui sourit affectueusement.

— Je ne suis pas sûr d'avoir embrassé la mariée.

Elle lui rendit son sourire, et deux charmantes fossettes vinrent orner ses joues.

— Tu as dû m'embrasser une bonne douzaine de fois, mon tendre beau-frère.

— Qu'est-ce que j'entends ? rugit Sawyer.

Morgan ne se formalisa pas le moins du monde du ton menaçant de son aîné : ils plaisantaient souvent entre eux. Par contre, la suite lui ôta toute envie de rire.

— Je veux que tu invites Misty à danser, déclara Honey d'une voix douce et charmante.

— Ah !

— Morgan, on dirait que tu l'évites. Ce matin encore, elle me disait que tu ne l'aimais pas.

— Euh… Ce n'est pas que je ne l'aime pas…

— Bien sûr que non ! Mais elle a cette impression parce qu'on ne t'a pas beaucoup vu, ces derniers jours, et aussi, parce que tu ne lui as pratiquement pas adressé la parole.

Morgan se passa la main dans les cheveux d'un air embarrassé. Sawyer, qui se tenait aux côtés de Honey, arborait un sourire satisfait qu'il jugea particulièrement horripilant.

— Il y a eu pas mal de boulot, cette semaine, répliqua-t-il. Et, en tant que shérif, il m'est difficile de…

— D'accord, mais, ce soir, tu ne travailles pas. L'occasion me paraît propice pour que vous appreniez à mieux vous connaître, Misty et toi. Regarde : elle vient justement de terminer une danse.

Comme Morgan pouvait s'y attendre, Sawyer insista lourdement.

— C'est vrai, l'occasion est parfaite. D'autant qu'avec ton… euh… charme irrésistible, tu sauras la mettre tout de suite en confiance.

Le regard complice qu'il échangea avec sa femme n'échappa pas à Morgan. Mais comment aurait-il pu refuser sans vexer Honey ? D'ailleurs, s'il voulait être honnête avec lui-même, le fait qu'on le forçât à danser avec Misty ne lui déplaisait pas tant que cela…

Il se dirigea donc vers la jeune femme d'un pas faussement résigné. A l'autre bout de la salle, Misty leva la tête, comme si elle l'avait senti approcher, et posa sur lui ses grands yeux d'un bleu sombre, si lumineux qu'il en eut un pincement de cœur. Il vit ses lèvres s'entrouvrir et son visage s'empourprer légèrement. Ainsi qu'il l'avait prévu, elle se retourna dans l'intention de s'esquiver, mais le groupe de ses admirateurs — tous les célibataires de Buckhorn ! — lui bloquait le passage.

Morgan s'arrêta juste derrière elle. Misty ne se retourna pas, mais elle savait qu'il était là. Ses épaules se raidirent, et sa voix naturellement rauque prit un ton plus aigu lorsqu'elle demanda lequel de ses prétendants voulait danser avec elle. Morgan garda le silence. Il se contenta de toiser les hommes qui lui faisaient face avec un sourire féroce. Plusieurs baissèrent aussitôt les yeux, d'autres préférèrent s'éloigner. Pas un n'eut le cran d'inviter la jeune femme.

— Je crois qu'il ne reste que moi, Malone.

Morgan s'était rendu compte, le jour de leur rencontre, qu'elle ne supportait pas qu'il l'appelât par son nom. Il le faisait donc chaque fois qu'il le pouvait, car cela l'aidait à maintenir une distance prudente.

— Je n'en suis pas convaincue, Buckhorn.

Sur ces mots, elle tendit la main à Gabe, l'un des rares à ne jamais être intimidé par le regard de Morgan. En bon gentleman qu'il était, Gabe n'aurait pas refusé de rendre service à la jeune femme si son frère ne l'avait pas devancé. Morgan prit tout simplement la main de Misty avant lui. Comme il se rapprochait d'elle, il respira son odeur, mélange de chaleur intime et de féminité exacerbée qui ne fit qu'exalter ses instincts primaires. Quand il effleura du menton les cheveux soyeux de la jeune femme, une décharge brûlante lui parcourut les reins. Abasourdi, il se figea et retint son souffle.

Contre lui, Misty ne bougeait pas, elle non plus.

— Eh, vous deux, s'écria Gabe, vous jouez aux statues ou vous allez danser ?

Brutalement ramené à la réalité, Morgan foudroya son frère du regard. Puis, sans lâcher la jeune femme, il recula d'un pas.

— Votre sœur m'a prié de vous inviter à danser.

Misty se passa nerveusement la langue sur les lèvres. Morgan faillit alors se mettre à hurler comme un loup. Décidément, cette fille le rendait fou ! Il l'entraîna à reculons vers le centre de la piste. Tout le monde pouvait se rendre compte qu'elle le suivait avec une certaine réticence, et Morgan se sentit offusqué.

— Allons, Malone, murmura-t-il, un petit effort. Je ne vais pas vous manger, bon sang !

— Vous pouvez mettre ça par écrit ? répliqua-t-elle en essayant vainement de libérer sa main.

Pour toute réponse, Morgan lui décocha un regard belliqueux. La jeune femme poussa un profond soupir.

— Ecoutez, Morgan, je ne crois pas que ce soit une bonne idée.

Il plissa les yeux et la regarda d'un œil suspicieux.

— Pourquoi ?

— Parce que vous ne pouvez pas me supporter ! Je l'ai remarqué dès l'instant de notre rencontre.

Elle était tellement… délicieuse qu'il ne put s'empêcher d'étudier ses traits : nez fin, pommettes hautes, petit menton rond… S'il se mettait à étudier le reste de sa personne, il serait incapable de danser ! Il garda donc les yeux dans les siens.

— Ce que vous affirmez n'est pas tout à fait vrai. Au tout début, vous me plaisiez bien.

— Alors, disons que j'ai cessé de vous plaire au moment où je me suis présentée. Mais ça ne change rien. Je n'ai pas la moindre idée de ce que vous me reprochez et, si vous voulez tout savoir, je m'en contrefiche.

— Vraiment ?

Cette fille était d'une franchise incroyable. Et d'une audace rare. Morgan se demanda fugitivement si elle était aussi audacieuse au lit.

— Vraiment, rétorqua-t-elle. En fait, vous ne me plaisez pas beaucoup, vous non plus.

Le sourire de Misty le prit par surprise. Il se rendit compte alors avec stupeur qu'il savourait cette conversation. Au-delà de son excitation, il se sentait remis en question, ce qui ne lui arrivait jamais avec les femmes.

— Qu'est-ce qui vous déplaît en moi ?

Avant qu'elle eût pu répondre, quelqu'un mit un slow sur la platine. Misty eut un soupir désespéré et tenta de nouveau de s'échapper. Morgan l'en empêcha en lui passant un bras autour de la taille et en l'attirant contre lui.

— Cessez de vous débattre, Malone, murmura-t-il à son oreille. Nous ne faisons que danser.

Mais, en fait de danse, il avait l'impression de s'adonner à des préliminaires amoureux. Le simple fait de tenir Misty dans ses bras le rendait fou, d'autant que la jeune femme dégageait une chaleur lascive et que sa peau luisait de transpiration. Conséquence, sans doute, des rocks endiablés qu'elle venait de danser. Il se pencha légèrement sur elle pour respirer son parfum. L'idée que d'autres hommes dans la salle eussent éprouvé les mêmes sensations que lui en dansant avec Misty le plongeait dans un état de colère inextinguible.

Elle l'observa d'un regard moqueur.

— Qu'est-ce qui vous arrive ? Vous m'avez l'air bien sombre, tout à coup.

Elle s'écarta légèrement de lui, mais il ne fut pas dupe. Il sentait bien qu'elle était aussi troublée que lui par leur soudaine intimité.

Comme il continuait à la dévisager sans répondre, Misty soupira.

— Ne me dites pas que ma franchise vous a blessé, Morgan. Je ne vous croirais pas.

Il lui sourit.

— Non, il en faut plus pour me blesser. Mais, à propos de franchise, vous voulez savoir ce que je n'aime pas en vous, Malone ?

— Surtout pas !

Son irritation naissante avait fait baisser sa voix d'une octave, ajoutant encore à sa sensualité. Morgan sentait, à travers le satin de sa robe, toute la souplesse de ses muscles. Misty était mince, mais cela ne l'empêchait pas d'être faite comme une poupée Barbie : poitrine généreuse et taille fine. Quant à ses jambes, elles étaient longues, galbées et infiniment sexy. Morgan ne doutait pas non plus de la fermeté de ses fesses, petites mais rondes à souhait. Combien d'heures n'avait-il pas passé à fantasmer sur elles ?

Et ses seins ! A en juger par ce que son décolleté révélait, ils avaient la forme et la fermeté d'une moitié d'orange. Morgan était en train de rêver secrètement que Misty dénudait ses seins pour qu'il pût les voir, les toucher, les embrasser… Mmm ! De toute évidence, elle ne portait pas de soutien-gorge. Ou alors, il était minuscule.

Morgan eut bien du mal à redescendre sur terre. Ouais, il y avait des tas de choses qu'il aimait en Misty. Par malheur, elles lui étaient inaccessibles.

— Vous êtes la sœur de Honey, maugréa-t-il.

La jeune femme ouvrit de grands yeux étonnés.

— Et alors ?

— Alors, je n'ai pas le droit de vous toucher. Et ça me rend fou.

Il lut alors la plus profonde incrédulité sur le visage de Misty.

— A vous entendre, on dirait que vous avez envisagé de… de…

— Ouais. Tout ça et même davantage.

— Et vous croyez que je vous aurais laissé faire ? Mon cher Morgan, permettez-moi de vous délivrer d'un dilemme. J'aurais refusé tout net.

Elle mentait, il le savait. Et son attitude l'énervait.

— Vous bluffez, Malone. En fait, vous passez votre temps à essayer de plaire aux hommes. Pas seulement quand vous parlez, mais aussi quand vous bougez, quand vous mangez.

Son regard s'attarda de nouveau sur la poitrine de la jeune femme.

— Seigneur, regardez-vous ! Même quand vous respirez, vous ne pouvez vous empêcher de dégouliner de sensualité.

A ces mots, Misty s'étrangla littéralement de fureur.

— Vous... vous êtes dégoûtant !

— Ce n'est pas moi qui exhibe mes seins.

— Je n'exhibe rien du tout, pauvre crétin ! Toutes les femmes, ici, sont en décolleté. Allez donc faire la morale à une autre !

Morgan eut un demi-sourire. Pour l'heure, les autres ne l'intéressaient pas.

— Aucune ne vous ressemble, déclara-t-il en la serrant plus fort malgré une légère résistance. Il n'y a que vous qui me donniez envie de faire l'amour.

Son langage direct la désarçonna visiblement.

— Que... Mais... Vous n'êtes qu'un vulgaire sa...

— Chut ! On pourrait vous entendre. Vous n'allez pas me faire une scène le jour du mariage de votre sœur !

En réalité, Morgan s'attendait presque à ce qu'elle le frappât, là, au beau milieu de la piste de danse. Et, pour être honnête, il devait avouer qu'il le méritait largement.

Misty inspira profondément et tenta de se dégager de ses bras.

— Si vous voulez vraiment éviter une scène, retirez vos sales pattes et laissez-moi en paix.

— Impossible ! affirma-t-il d'un air faussement désolé. Honey tient beaucoup à ce que nous nous connaissions mieux.

— Mais, bon sang, de quoi se mêle-t-elle ? Je vais aller lui parler.

— Quelle importance ?

Il planta le regard dans ses prunelles bleues comme l'océan en furie, et sentit comme un étau le broyer tout entier.

— De toute façon, poursuivit-il, vous allez bientôt repartir.

Il la vit baisser brusquement les yeux. Alors, un soupçon s'insinua dans son esprit.

— Misty...

Elle releva vivement la tête. Morgan se rendit compte qu'il venait de l'appeler par son prénom.

— Vous partez bientôt, n'est-ce pas ?

La jeune femme déglutit péniblement.

— Euh... à vrai dire, je n'y ai pas encore réfléchi.

Il l'observa d'un œil dubitatif. Cette fille lui cachait la vérité, il en aurait juré. Une petite discussion s'imposait, mais dans un endroit plus discret.

Sans cesser de danser, Morgan se rapprocha peu à peu de la porte. Misty ne paraissait pas l'avoir remarqué, et se contentait de s'agripper à lui pour ne pas perdre l'équilibre tandis qu'ils zigzaguaient autour des autres couples. Lorsqu'il ouvrit la porte et l'entraîna dehors, elle hésita quelques secondes, puis le suivit.

Morgan referma la porte et lui tendit la main.

— Venez.

Dans la chaleur moite de cette nuit d'été, la lueur du croissant de lune formait comme une aura autour de son beau visage.

— Où comptez-vous m'emmener ?

— Dans un coin plus discret. Je connais suffisamment mes frères pour savoir qu'ils trépignent déjà de curiosité. Ils seront sur nos traces dans quelques minutes.

Misty le sonda longuement du regard. Enfin, sur un haussement d'épaules, elle lui prit la main et fit un pas en avant. Il s'aperçut alors qu'elle était toujours pieds nus. Heureusement, l'hôtel de ville était entouré de gazon.

Il la conduisit jusqu'à une tonnelle couverte de rosiers grimpants. La jeune femme respira longuement l'odeur des fleurs qui couvraient le treillis de lattes blanches. Dans cet espace sombre et clos de verdure, l'atmosphère se chargea soudain de tension. Morgan aurait juré qu'il n'était pas le seul à la ressentir.

Un rayon de lune filtrait à travers le feuillage, éclairant faiblement le banc de bois installé contre l'enceinte intérieure.

— Aimeriez-vous vous asseoir ? murmura-t-il.

— J'aimerais surtout que vous me disiez ce que vous me voulez.

Ce qu'il lui voulait ? La question ne manquait pas de piquant. Depuis qu'elle lui avait pris la main, sur le perron, il avait une érection tenace... Il s'assit en face d'elle et étendit les jambes de chaque côté des siennes. Dans la pénombre, sa peau très blanche et sa robe claire ressortaient curieusement. Elle se tenait parfaitement immobile.

Morgan croisa les bras et l'observa un instant.

— Vous êtes très différente de Honey.

— Le jour et la nuit, reconnut-elle. Ce qui ne nous empêche pas d'être très proches. Et alors ? Où voulez-vous en venir ?

— Je ne voudrais pas lui faire de peine.

Misty se raidit, et ce geste tendit un peu plus son corsage.

— Si quelqu'un s'avise de blesser ma sœur, il aura affaire à moi.

— Pourtant, vous n'hésitez pas à ternir sa soirée de mariage en flirtant avec mes deux frères.

— Quoi ? Je n'ai flirté avec personne. Je me suis contentée de danser, comme la plupart des invités. Si vous sortiez un peu, vous sauriez que cette activité se pratique couramment dans les fêtes.

Morgan se pencha en avant et la saisit par les épaules. Sous ses doigts, la peau de la jeune femme était tiède et soyeuse.

— Vous marchez pieds nus, lui dit-il d'un ton accusateur. Et vous ne portez pas de soutien-gorge.

Sous l'effet de sa hargne, Misty plissa les yeux.

— Nous sommes en été. Il fait trop chaud pour mettre un soutien-gorge. Vous devriez essayer d'en porter un, juste pour vous rendre compte. Quant à mes pieds, je ne vois pas en quoi le fait qu'ils soient nus vous dérange. A moins que vous ne soyez fétichiste ?

Elle n'était pas loin de la vérité. Avant de la connaître, Morgan n'aurait jamais pensé que l'on pût être excité par cette partie du corps féminin. Mais Misty était dotée de petits pieds délicats, dont elle peignait les ongles d'un beau rouge cerise. Les pieds de Misty étaient aussi sexy que le reste de sa personne et, chaque fois qu'il les apercevait, Morgan les imaginait plantés dans le bas de son dos pendant qu'il la chevauchait et la faisait hurler de plaisir.

Mais s'il les avait remarqués, ces petits pieds érotiques, il était fort probable qu'il ne fût pas le seul, et cette idée le plongeait dans une angoisse diffuse. Jordan et Gabe, entre autres, avaient dû fantasmer à leur sujet.

— Quoi que vous en pensiez, reprit-il, je vous trouve trop libre avec mes frères.

— Ne me faites pas rire ! Vos frères n'ont rien à voir dans cette histoire.

La sentant si proche de la vérité, Morgan se leva lentement. Misty chercha à reculer, mais il n'avait pas lâché ses épaules.

— En êtes-vous sûre ?

Elle hésita à répondre. A présent, elle devait lever les yeux pour s'adresser à lui. Mais, finalement, sa témérité naturelle reprit le dessus.

— Oui, j'en suis sûre. C'est vous qui vous inventez des problèmes.

— Je n'invente rien, et vous le savez bien.

— Pas du tout ! Je…

Il fit un pas en avant. Le dos contre les lattes de la tonnelle, Misty ne pouvait plus reculer.

Le désir de Morgan devint brusquement si intense qu'il ne résista plus à l'envie de la toucher. Il effleura sa joue des doigts, puis ses lèvres, les faisant frémir sous sa caresse. Le souffle suspendu, Misty restait figée sur place.

Morgan se pencha sur elle, et murmura d'une voix rauque :

— Ce désir insensé que j'ai de toi, je sais que tu le partages.

La jeune femme ferma les yeux et ne répondit pas.

— Seigneur, Misty, est-ce que tu sens comme je suis dur ?

Et, renonçant à lutter, il l'embrassa avant qu'elle eût pu dire le moindre mot.

2

Misty entrouvrit les lèvres avec un soupir plaintif, et noua les bras autour du cou de Morgan. La langue de son compagnon envahit aussitôt sa bouche et se mit à l'explorer savamment. En même temps, il lui caressait le dos jusqu'aux fesses, ce qui suscitait en elle des frissons de plaisir. C'était incroyablement bon ! Jamais elle n'avait éprouvé une telle sensation. Non seulement ce maudit Morgan savait embrasser une femme mais il savait aussi jouer des jambes et des hanches. Le moindre de ses gestes l'enflammait un peu plus et augmentait son désir. Et pourtant, ses caresses étaient encore sages…

Au moment où cette pensée traversait les brumes de sa volupté, Morgan insinua la main dans son décolleté et la referma sur un sein. Les mamelons déjà dressés durcirent encore, et Misty gémit de délice. Eperdue, déconcertée par l'intensité de ses sensations, elle murmura : « Non… »

A ce mot, proféré sans aucune conviction, Morgan se figea. Il ouvrit lentement la main, comme si ses doigts résistaient à sa volonté, et elle le sentit se raidir contre elle. Puis il expira bruyamment, et s'écarta d'un seul coup.

De son côté, Misty essayait de reprendre son souffle. Malgré son état, elle mesurait parfaitement l'importance de ce qui venait de se passer. Morgan était un homme hors du commun. Il s'était arrêté à la seconde même où elle le lui avait demandé, ce qui supposait une maîtrise de soi exceptionnelle. Elle le dévisageait dans la pénombre. Et, soudain, elle baissa les yeux. Elle aurait dû déguerpir, mais ses pieds semblaient cloués au sol.

— Nous voilà face à un problème.

Misty sursauta. Elle avait encore les nerfs à vif, et le ton qu'avait employé Morgan traduisait bien sa frustration et sa colère. Elle s'efforça de calmer les battements de son cœur, et déglutit péniblement. Qu'entendait-il par là ? Faisait-il allusion à l'incroyable élan de passion sexuelle qui les avait poussés l'un vers l'autre ?

— Si tu veux dire que…

— Ce que je veux dire, coupa-t-il d'une voix hostile, c'est que, si nous restons tous les deux sous cette tonnelle, elle ne va pas tarder à s'enflammer spontanément. Voyons les choses en face, bon sang : je te touche à peine, et tu te transformes en brasier. Je t'embrasse : tu te frottes contre moi. Et c'est comme si tu jetais une allumette sur une nappe d'essence.

Les mots choquaient Misty, mais elle devait reconnaître qu'ils décrivaient parfaitement la situation. Car elle se voulait désormais lucide vis-à-vis de ses relations avec les hommes. Sa naïveté et son refus d'affronter la réalité étaient, en effet, responsables d'une bonne partie des problèmes dans lesquels elle se débattait.

— Tu as raison, convint-elle. Pardonne-moi de m'être laissée aller, mais tu m'as prise par surprise.

— A d'autres ! Je suis sûr que tu as senti ce truc entre nous dès le début, tout comme moi. C'est d'ailleurs à cause de ça que je t'ai soigneusement évitée.

— Eh bien ! Voilà qui répond aux questions que je me posais. Cela dit, Morgan, je ne suis pas aussi perspicace que toi. Je pensais simplement que tu étais un drôle de type et, pour être honnête, j'étais ravie que tu m'ignores. Je ne me doutais pas qu'il y avait ce truc, comme tu dis, entre nous. Je ne savais même pas qu'il pouvait exister des sensations aussi fortes.

Il jura entre ses dents, mais Misty ne le laissa pas l'interrompre.

— En tout cas, maintenant que je suis au courant, ça ne se reproduira plus.

Pendant un bref moment, Morgan parut jauger sa détermination. Puis, sans desserrer les dents, il tendit la main et prit un mamelon entre ses doigts, à travers le tissu de la robe. Misty trembla de tout son être, tandis qu'une vague de volupté la parcourait.

— Cela se reproduira tant que tu traîneras dans le coin, ma

belle. Voilà pourquoi tu dois retourner d'où tu viens le plus vite possible. Je peux me contrôler dans une certaine limite, mais toi, tu manques totalement de maîtrise.

Misty eut l'impression qu'il venait de la gifler. Morgan ignorait dans quel pétrin elle était, mais sa petite phrase avait fait mouche. Ces derniers temps, en effet, elle avait davantage fait preuve de bêtise que de maîtrise d'elle-même.

La jeune femme détourna la tête et se mordit la lèvre pour ne pas éclater en sanglots. Il était hors de question qu'elle lui fît ce plaisir… Elle avait espéré pouvoir passer quelque temps à Buckhorn, mais elle voyait bien que c'était impossible. Morgan avait raison : elle devait s'en aller, même si elle ne savait pas où aller. Elle ne resterait pas un jour de plus sous le même toit que ce sale type qui la méprisait.

— Je partirai demain matin, déclara-t-elle.

Elle sortit de la tonnelle. Ici, elle ne pouvait avoir confiance qu'en sa sœur, Honey, mais elle ne voulait surtout pas jeter une ombre sur sa lune de miel. Elle reviendrait plus tard lui conter ses malheurs, quand elle aurait mis un peu d'ordre dans sa vie.

Au moment où Misty foulait le gazon humide de rosée, la main de Morgan se posa sur son épaule.

— Attends…

Elle se figea sur place. Ce simple contact lui coupait le souffle.

— Qu'y a-t-il, encore ? murmura-t-elle en se retournant.

Morgan la regardait au fond des yeux, sans répondre. A la lumière de la lune, ses traits paraissaient avoir été taillés à la serpe. Jamais Misty n'avait rencontré un homme à la virilité aussi exacerbée.

Morgan secoua la tête. Il ouvrait la bouche pour parler quand une autre voix le prit de vitesse.

— Ah, vous voilà !

Il tourna vivement la tête.

— Casey ! Qu'est-ce que tu fiches ici, nom d'un chien ?

La silhouette du fils de Sawyer se découpait dans la pénombre. Il n'avait que seize ans, mais Misty pouvait voir en lui un digne représentant de la lignée des Buckhorn.

— Papa m'a chargé de venir vous chercher. Il a dit que moi, au moins, tu n'oserais pas me malmener.

Morgan saisit le bras de Casey, lui fit une clé, puis le relâcha pour le prendre affectueusement par l'épaule.

— A ta place, je me méfierais. Les sentiments que je te porte sont plutôt ambivalents, à cette heure et en ce lieu.

Casey éclata de rire.

— Tu ne me fais pas peur. Je cours plus vite que toi.

D'un mouvement vif, il se dégagea du bras de son oncle et alla se réfugier derrière la jeune femme.

— Papa veut que je rentre avec Misty et que toi, tu attendes quelques minutes avant de nous suivre.

— Et il s'imagine que je vais lui obéir ?

— Oui. Il pense que tu n'auras pas le cœur de détruire les illusions que Honey se fait encore à ton sujet.

Casey prenait un plaisir manifeste à asticoter son oncle. Touchée par leur complicité, Misty sourit, mais d'un triste sourire. Depuis la mort de sa mère, des années auparavant, sa propre famille se limitait à sa sœur et à son père, un homme autoritaire et froid qui les avait élevées sans amour. A l'inverse, le fils de Sawyer avait une famille fantastique. Rien d'étonnant à ce que Honey fût tombée amoureuse du clan tout entier.

— Va dire à ton père qu'il s'occupe de ses affaires, reprit Morgan. Dis-lui aussi que nous serons là dans un instant.

Casey partit aussitôt délivrer le message.

— Vous êtes très proches, tous les deux, constata Misty en suivant le garçon des yeux jusqu'à l'angle du bâtiment.

— Oui, parce qu'il me considère un peu comme son père. Et à juste titre, d'ailleurs ! Vois-tu, quand Sawyer a obtenu la garde de son fils, Casey était tout bébé. C'est grâce à ses frères — moi y compris — qu'il a pu poursuivre ses études et devenir médecin. Cela dit, c'était un plaisir de s'occuper d'un enfant comme Casey. Mis à part un sens de l'humour discutable, ce garçon n'a que des qualités.

Misty avait du mal à en croire ses oreilles.

— Tu t'es vraiment occupé de Casey ?

— Oui. Avec ma mère et les autres. Pourquoi ? Tu me trouves trop macho pour ça ?

C'était à peu près ce qu'elle pensait, mais elle le garda pour elle.

— Non, mais… je suis surprise. L'idée de quatre hommes élevant un bébé…

— Ma mère nous a appris ce que nous devions savoir. J'avais dix-neuf ans, à l'époque. J'avoue que changer les couches n'était pas ma tasse de thé, mais les filles adorent les bébés. Chaque fois que j'emmenais Casey en ville, j'avais un succès fou.

Morgan partit d'un petit rire, qui mourut aussitôt.

— Ecoute, à propos de ce qui s'est passé entre nous, je…

— Tu as été très clair, Morgan. Inutile de revenir là-dessus. Je te promets de partir demain matin.

Il poussa un profond soupir.

— J'aime beaucoup ta sœur, Malone. Elle voulait que nous soyons amis.

— Seigneur ! Tu as peur que je te dénonce ? Tranquillise-toi : moi non plus, je ne veux pas faire de peine à ma sœur. Alors, si elle préfère croire que nous nous entendons comme larrons en foire, ce n'est pas moi qui vais la détromper. Cela dit, jusqu'à ce que je parte, ne t'avise pas de me tourner autour.

Sur ces mots, Misty se détourna et partit d'un pas décidé. Toutefois, lorsqu'elle fut parvenue à l'angle du bâtiment, elle ne put s'empêcher de jeter un coup d'œil en arrière. Eclairé par un rayon de lune, Morgan, regardait les étoiles, les poings serrés, l'air d'un fauve. Bien que la chaleur fût oppressante, la jeune femme fut parcourue d'un frisson.

Oui, demain matin, elle quitterait Buckhorn. Elle ne savait pas où elle irait, mais elle partirait. Quel malheur qu'elle eût perdu toutes ses économies dans ce procès ! Si encore elle l'avait gagné, si elle avait pu se débarrasser des charges qui pesaient contre elle… Mais, aujourd'hui, elle n'avait plus de maison, plus de travail et plus de projets.

Et, en plus, elle avait un sérieux problème.

Immobile dans son lit, frustré, la tête pleine d'images érotiques, Morgan se remémorait pour la centième fois la scène qu'il avait vécue quelques heures auparavant. Le goût sucré de Misty. La façon dont elle s'était plaquée contre lui, chaude et consentante… C'était sûr : cette fille aurait fait une maîtresse parfaite.

Il imagina pour la centième fois une fin différente à l'histoire, et l'érection qui ne l'avait pas quitté de la nuit se fit de nouveau douloureuse. Il laissa échapper un chapelet de jurons. Par la faute de Misty Malone, il avait l'impression de revivre son adolescence.

Morgan dressa soudain l'oreille. Un bruit provenant de l'extérieur avait attiré son attention. Le bruit se reproduisit, et il reconnut, cette fois, le grincement de la balancelle installée près du grand chêne, entre la maison et le lac. Bon sang !... Il se leva d'un bond et s'approcha de la fenêtre ouverte. Sa chambre, comme celle de Sawyer, à l'autre bout de la maison, faisait face au lac. Là-bas, quelqu'un était en train de se balancer, et son instinct lui disait qu'il s'agissait de Misty.

L'horizon commençait à peine à blanchir à l'est. Morgan jeta un coup d'œil au réveil. 5 h 30. Pourquoi s'était-elle levée si tôt ? Cherchait-elle un nouveau moyen de le torturer ?

Il ne lui fallut que deux secondes pour se décider. Comment rester bien sagement dans sa chambre quand l'objet de ses fantasmes nocturnes n'était qu'à quelques pas ? Et, de toute manière, elle quittait Buckhorn dans quelques heures. Il n'était donc pas dangereux de lui parler.

Morgan sortit de sa chambre torse nu, en finissant de boutonner la braguette de son jean. Il avait pris le temps de se laver les dents, mais il ne s'était pas rasé car il était trop impatient de rejoindre la jeune femme. Cependant, il s'arrêta dans la cuisine : une tasse de café s'imposait.

Misty ne quittait plus ses pensées. Tout en préparant le café, il l'imagina sur la balancelle, les yeux encore ensommeillés, les cheveux sans doute en désordre, belle et sensuelle dans une chemise de nuit arachnéenne. L'image l'excitait tant qu'il faillit en lâcher la cafetière. Cette histoire commençait à tourner à l'obsession.

En tout cas, pendant les quelques heures à venir, il allait avoir Misty pour lui tout seul. Ses frères ne viendraient pas lui casser les pieds.

L'appartement de Jordan se trouvait au-dessus du garage. Le week-end, il n'émergerait pas avant au moins 10 heures.

Gabe, lui, n'était peut-être même pas encore rentré. La dernière fois que Morgan l'avait vu, il était entouré d'une cour de jeunes femmes. Et puis, comme il habitait au sous-sol, il n'entendait jamais les bruits de la maison.

Quant à Sawyer, sa nuit de noces se prolongerait probablement jusqu'à la fin de la journée. A cette idée, Morgan eut un grand sourire. Le veinard ! Il avait tiré le gros lot.

Son sourire ne l'avait pas quitté lorsqu'il sortit de la maison, pieds nus, deux tasses de café à la main. Un brouillard épais s'accrochait aux buissons et aux arbres. Sans faire aucun bruit sur l'herbe humide de rosée, il s'approcha de la balancelle. Pelotonnée sur le siège, Misty lui tournait aux trois-quarts le dos, fragile et irréelle dans ce décor de conte de fées.

Il n'était plus qu'à deux pas d'elle quand il l'entendit renifler.

Seigneur !... Morgan se figea, et sa belle assurance vola en éclats. Il était saisi de cette incomparable terreur qu'éprouvent les hommes devant une femme qui pleure. Encombré de ses tasses, il ne sut plus quoi faire. Contre toute évidence, il se prit à espérer que Misty fût seulement enrhumée.

La jeune femme renifla de plus belle, puis se tamponna les yeux avec un mouchoir. Nom d'un chien ! Morgan sentit une main de fer lui broyer le cœur, et il serra les paupières pour lutter contre l'angoisse. Il essaya de se raisonner, mais le fait que quelques larmes pussent l'émouvoir à ce point montrait bien qu'il ne se contrôlait plus. Pourtant, il n'y avait rien entre Misty et lui. En tout cas, rien d'autre qu'une attirance purement physique.

Gêné de sa propre indiscrétion, il toussota pour signaler sa présence.

Misty se retourna si vivement qu'elle faillit tomber à la renverse. Elle portait des lunettes de vue que Morgan ne lui connaissait pas, et ses cheveux étaient retenus en arrière par un élastique qui laissait échapper quelques longues mèches. Son nez était rouge, et un reflet sur les verres de ses lunettes lui cachait les yeux. Dans la grise lueur de l'aube, il la vit s'empourprer.

L'excitation que Morgan avait ressentie toute la nuit disparut subitement. Pas parce que la jeune femme avait l'air défait, mais parce qu'il craignait d'être responsable de ses larmes.

Ne sachant quoi faire d'autre, il lui tendit gauchement une tasse.

— Euh… j'ai entendu la balancelle grincer. Je me suis dit qu'une tasse de café te ferait du bien.

Misty regarda la tasse d'un œil morne, puis elle la prit, marmonna un remerciement, et but une gorgée de café. Après quoi elle tourna les yeux vers le lac, que l'on discernait à peine à travers le brouillard, et ne bougea plus. Comme pour prier Morgan d'aller voir ailleurs si elle s'y trouvait.

Il affecta de ne rien remarquer, et vint s'asseoir à côté d'elle sur la balancelle. Comme si elle avait peur qu'il la frôlât, la jeune femme se recroquevilla sur elle-même, et il remarqua alors qu'elle portait une vieille robe de chambre sans ceinture, avec de gros boutons sur le devant, comme celles que sa mère affectionnait quand elle n'était pas dans son assiette.

Il donna une petite poussée pour que le siège se balançât légèrement.

— Tu portes des lunettes, dit-il en observant son profil.

Elle ne répondit pas.

— Voilà qui met fin au mystère de tes grands yeux bleus. J'ai toujours pensé que leur teinte était un peu trop parfaite pour être réelle. La magie des lentilles colorées, n'est-ce pas ?

Misty se raidit et se tourna vers lui en le foudroyant du regard. Ses yeux étaient indéniablement bleu sombre, superbes.

— Je me suis trompé, murmura-t-il d'un ton penaud.

— Ce n'est pas la première fois.

Il préféra ignorer la remarque de la jeune femme, et se contenta de la regarder intensément.

— On dirait que la nuit a été rude, Malone.

Misty marqua un temps.

— Ce que tu penses m'indiffère, affirma-t-elle enfin. D'ailleurs, tu as quitté la réception avant moi : rien ne te dit que je n'ai pas organisé une petite orgie dans cette délicieuse tonnelle que tu m'as fait connaître.

Sur ce, elle voulut se lever, mais Morgan la retint par le bras.

— Ne pars pas, bon sang ! Je ne suis pas venu avec l'intention de te harceler.

— Je sais. Tu es venu vérifier que je m'en allais bien ce matin. Si ça peut te rassurer, j'ai déjà fait mes bagages. Je voulais juste assister au lever du soleil avant de décamper.

Morgan ne se sentait pas fier de lui.

— Ça vaut mieux pour tout le monde, et tu le sais, marmonna-t-il.

Misty poussa un long soupir.

— J'ai l'impression que tu es le seul à le penser. Gabe a passé la moitié de la soirée à essayer de me convaincre que j'avais tout intérêt à m'installer ici, et Jordan m'a même offert du travail.

Morgan n'avait jamais été jaloux de ses frères, mais l'idée qu'ils pussent se préoccuper du sort de Misty lui était insupportable. Et puis, si elle restait, ils finiraient sûrement par l'entortiller avec leurs belles phrases, et cette simple perspective lui répugnait.

— Laisse tomber cette histoire de travail. S'il le faut, je te paierai pour que tu t'en ailles.

Misty le regarda, bouche bée.

— Tu veux combien ? grogna-t-il.

— C'est une plaisanterie ?

— Non.

Il se sentait englué dans une situation qu'il ne maîtrisait pas, et cela lui faisait horreur.

— Je sais que tu plais à Jordan, reprit-il. Et je me doute que tu comptes en profiter pour lui soutirer du boulot. Alors, sers-toi plutôt de moi. Moi, au moins, je sais où je mets les pieds. Vas-y, dis-moi quel est ton prix.

La réaction de Misty ne manqua pas de le surprendre. Il la vit pâlir, puis bondir sur ses pieds en poussant un petit cri qui ressemblait à un gémissement. Elle lâcha sa tasse qui roula sur le sol sans se briser, et se couvrit la bouche des deux mains. Enfin, elle lui jeta un regard horrifié, tourna le dos, et courut loin de lui. Mais à peine avait-elle fait quelques pas qu'elle tomba à genoux.

Morgan se précipita vers elle. Il était complètement abasourdi.

— Malone ? Qu'est-ce qui ne va pas ?… Réponds-moi, que se passe-t-il ?

Pliée en deux, Misty était en train de vomir.

Morgan se sentit alors honteux. Il avait agi comme le dernier des mufles. Dépassé par ses sentiments, il avait encore harcelé Misty, jusqu'à la rendre malade. Il n'était qu'un sombre crétin.

Il fit un pas hésitant vers la jeune femme, puis recula, indécis sur l'attitude à tenir. Bon sang de bon sang, pourquoi se sentait-il aussi gauche ? Il avait l'impression de revivre ses premiers émois, et il détestait cela.

Misty avait trop bu, se dit-il en détournant les yeux de la jeune femme. C'était l'explication la plus plausible. Il ne l'avait pas vue boire pendant qu'il était à la fête, mais elle avait dû se rattraper après son départ. Et, visiblement, elle ne supportait pas l'alcool.

Quand elle eut fini de vomir, elle resta agenouillée sur la terre humide, les bras serrés autour de son corps. Elle tournait le dos à Morgan. Sans doute était-elle humiliée de lui avoir offert ce triste spectacle. Lui sentait qu'il devait faire quelque chose, mais il ne savait pas trop quoi. Il n'était pas du tout dans son élément. Enfin, il s'approcha de la jeune femme et s'accroupit derrière elle.

— Veux-tu que j'aille te chercher un verre d'eau ?

Misty poussa un gémissement exaspéré.

— Je… t'en… supplie, laisse-moi.

Morgan marqua un temps, puis il posa doucement la main sur son épaule, et se mit à la caresser. Le fait de la toucher lui faisait du bien, même s'il l'avait sentie se raidir à son contact.

— Je vais aller trouver Sawyer. Il a un médicament miracle contre la gueule de bois.

Misty eut une sorte de ricanement.

— La gueule de bois ? Je n'ai pas bu une goutte d'alcool de la soirée ! Décidément, Morgan, tu me soupçonnes toujours du pire.

Cette remarque le laissa sans voix.

— Remarque, reprit la jeune femme d'un ton las, je devrais y être habituée. Dieu sait si les hommes… Oh ! et puis va-t'en, je t'en prie !

Mais Morgan n'entendait pas la laisser seule.

— Si tu es malade, je dois…

Elle serra les poings et le coupa d'une voix sifflante.

— Pour l'amour de Dieu, laisse-moi tranquille !

— Ecoute, Malone, il n'est pas question que j'abandonne une personne malade qui…

— Je ne suis pas malade !

Son entêtement stupide commençait à énerver Morgan.

— Tu as raison, rétorqua-t-il, j'ai dû avoir unc hallucination. Ce n'est pas toi qui viens de vomir tripes et boyaux sur mon gazon. Ecoute-moi bien, Malone : si tu espères m'attendrir en jouant les martyres, tu fais fausse route. Bon sang, j'ai déjà…

Le rugissement que poussa Misty en se tournant vers lui le fit taire.

— Je ne suis pas malade, espèce de crétin ! s'écria-t-elle. Je suis enceinte.

3

Misty se mordit la lèvre, mais il était trop tard : elle avait avoué son secret à Morgan. Elle lui jeta un regard meurtrier.

— De toute façon, ça ne te regarde pas. Et si tu en parles à ma sœur, je te promets que tu me le paieras.

Morgan était trop ahuri pour répondre. Il affichait une expression plutôt comique : mélange de surprise, de contrariété et d'impuissance.

— Désolée pour ta pelouse, lui dit la jeune femme, mais, après tout, c'est ta faute. Si tu ne m'avais pas persécutée, ça ne serait pas arrivé. En tout cas, pas à ce moment-là… Enfin, ça n'a plus d'importance. Je me sens beaucoup mieux. Je vais aller m'habiller et, ensuite, je m'en irai. Remercie tes frères pour moi. Et dis à Honey que je l'appellerai.

Morgan s'était relevé à son tour. Quand elle fit mine de partir, il lui barra la route.

— Je ne suis pas d'accord, Malone. Tu ne vas pas t'en tirer comme ça.

Misty était trop lasse pour argumenter. Elle allait prendre un bain et filer avant que les autres fussent réveillés. Mais quand elle voulut contourner Morgan, il la ceintura et l'enleva dans ses bras avec une facilité déconcertante. Elle se débattit à peine. Que pouvait-elle faire contre cette montagne de muscles ? Quant à hurler, il valait mieux ne pas y penser. S'ils la voyaient dans cette position, les frères Buckhorn ne manqueraient pas de se moquer d'elle.

Alors, au lieu de s'égosiller, la jeune femme s'agrippa à Morgan en tentant d'ignorer son torse nu, sa force peu commune, son parfum de mâle… et le ridicule pincement de regret qu'elle ressentit lorsqu'il la déposa sur la balancelle. En fait, il y avait si longtemps qu'on ne s'était pas occupé d'elle que Misty se sentait étrangement émue. Même l'intérêt exigeant et agressif que Morgan lui témoignait était le bienvenu. Néanmoins, elle n'était pas naïve au point d'espérer trouver un quelconque réconfort auprès de ce barbare.

Il se pencha vers elle jusqu'à ce que leurs nez se touchent presque.

— Je vais te chercher du jus d'orange. Si tu bouges, tu le regretteras amèrement.

Elle ne l'avait jamais vu aussi sérieux. Ses menaces ne lui faisaient pas peur, mais elle tenait à éviter toute scène bruyante.

— Tu n'es qu'une brute, murmura-t-elle en détournant les yeux.

— Exactement.

Il partit en trombe. Manifestement, il ne lui faisait pas confiance, et il avait raison. Seule la lassitude empêcha Misty de déguerpir. Lassitude, épuisement moral… Depuis des semaines, elle se creusait la tête pour résoudre les problèmes qui ne cesaient de s'accumuler dans sa vie. Si elle voulait s'en sortir, elle devait d'abord trouver du travail. Ensuite, elle chercherait un studio, et elle vendrait sa voiture pour payer un loyer d'avance, plus un mois de caution. Mais, quoi qu'il en fût, il était hors de question qu'elle empruntât de l'argent à son père. Elle ne lui demanderait rien. Pas un sou. S'il avait vent de ses récents déboires, sa déception serait encore pire que celle qu'il avait éprouvée lorsqu'elle lui avait appris sa grossesse. Il lui donnerait de l'argent, mais rien de plus : ni amour ni compassion. Et elle avait assez de poids sur les épaules sans y ajouter celui, énorme, de son mépris.

Le retour de Morgan tira Misty de ses pensées. Elle prit le verre de jus d'orange avec empressement, et avala son contenu avec délice.

— Je te remercie, dit-elle. Au moins pour le jus d'orange.

Morgan s'assit à côté d'elle et croisa les bras. Il arborait une mine renfrognée, presque hostile, qui déplut souverainement à la jeune femme. Comme tous les autres, il la condamnait sans doute parce qu'elle était enceinte. Mais pour qui se prenait donc ce type ? S'il n'était pas content, il n'avait qu'à la laisser seule avec son malheur !

Pour ne pas être prise de court, Misty décida d'attaquer la première.

— A ta place, je ferais preuve d'un peu plus de tenue, Morgan. Il n'y a que les sauvages pour se promener comme toi, à moitié nu. A moins que ce ne soit une méthode pour séduire les femmes ? Si c'est le cas, dis-toi bien qu'avec moi, tu perds ton temps. Car si j'apprécie la beauté du spectacle, toi, tu ne m'intéresses pas le moins du monde.

Morgan plissa les yeux d'agacement.

— Tu dis n'importe quoi. S'il y a une chose dont je suis sûr, c'est que je t'intéresse, au contraire.

Il la parcourut lentement du regard, et elle se sentit fondre.

— Tu me l'as prouvé sous la tonnelle, conclut-il d'une voix troublée, comme altérée par l'émotion.

Il se reprit avant que la jeune femme eût échafaudé une riposte.

— Mais, dis-moi, Malone, vu ton état, tu devrais plutôt t'occuper de ton avenir au lieu de flirter à tout va !

— Mon état ?

Misty détestait la façon dont Morgan avait prononcé ce mot. Il y avait mis exactement le même sarcasme que son père et son ex-fiancé. Mais elle, elle voulait ce bébé, et elle ne s'aplatirait devant personne, pas même devant cette brute épaisse qui la considérait maintenant d'un regard provocateur.

— La grossesse n'est pas une maladie, rétorqua-t-elle.

Le regard du colosse se fit plus dur.

— Et tu te maries quand ?

Une question ordinaire, posée sur un ton normal, mais dont l'impact était celui d'une balle. Misty ferma les yeux et inspira profondément pour retrouver son calme.

— Tu adores ça, n'est-ce pas, te mêler des affaires des autres ? C'est sans doute la raison pour laquelle tu as choisi d'être shérif. Ça te donne l'occasion de satisfaire légalement ta curiosité malsaine.

Le regard de Morgan se perdit au loin, vers l'énorme orange qui commençait sa lente ascension de la voûte céleste. Le lac était un immense miroir où se reflétait la teinte chaude du soleil. Tableau apaisant s'il en était, qui remonta un peu le moral de Misty. Elle soupira, consciente qu'elle n'oublierait jamais la perfection de ce coin perdu. Morgan se tourna de nouveau vers elle.

— Depuis que ta sœur a épousé mon frère, tu fais partie de la famille. Et ça me donne le droit de me mêler de tes affaires.

Misty n'en crut pas ses oreilles.

— Et si, moi, je refuse de faire partie de la famille ?

— Tu ne peux pas, Malone. Sinon, je ne t'aurais pas laissée sortir de la tonnelle. En tout cas, pas avant de t'avoir fait l'amour.

A cette simple perspective, Misty sentit monter en elle un désir incontrôlable. Le salaud ! Comment s'y prenait-il pour provoquer cette sensation au plus profond de son corps alors qu'elle venait de vomir, qu'elle le détestait, qu'il n'avait aucun sentiment pour elle ? Et pourquoi fallait-il que, parmi tous les hommes de la planète, ce fût Morgan Buckhorn qui lui fît cet effet-là ?

Elle secoua la tête d'un air las.

— Tes arguments n'ont ni queue ni tête.

— Ce ne sont pas des arguments mais des faits.

— Le seul fait que je connaisse, c'est que tu veux me voir partir le plus loin possible.

Morgan haussa négligemment les épaules, mais son regard était dur.

— Comme tu me l'as fait remarquer, les autres veulent que tu restes. Jordan t'a même proposé du travail.

— Oui, mais j'ai refusé.

Il haussa les sourcils d'un air étonné.

— Pour quelle raison ?

Son ton suspicieux exaspéra Misty.

— Que tu me croies ou non, Morgan, je ne suis pas la fille facile que tu imagines. Je ne souhaite pas me lancer dans une affaire sérieuse, et les aventures ne m'intéressent pas davantage. Je n'ai donc pas voulu donner l'impression à tes frères que je les encourageais. Voilà pourquoi j'ai refusé la proposition de Jordan et j'ai raconté à Gabe que mes activités m'appelaient ailleurs. Tu vois, tu as tort de t'inquiéter : je ne poserai pas mes sales pattes sur tes frères.

La réplique de Misty ne parut pas impressionner Morgan. Il se contenta de hocher la tête, puis de répéter sa question précédente d'une voix sèche.

— Quand comptes-tu te marier ?

A son air déterminé, la jeune femme comprit qu'il n'abandonnerait pas avant d'avoir obtenu une réponse. Et Dieu sait à quel point elle en avait assez de se débattre contre les hommes : son ex-fiancé, son ex-patron, sans oublier ces maudits avocats ni le juge. Peut-être que, si elle racontait tout à Morgan, il la laisserait enfin tranquille.

— D'accord, murmura-t-elle. Tu as gagné.

Il ne bondit pas de joie et parut même plutôt penaud. Mais ce fut d'un ton prosaïque qu'il rétorqua :

— Je gagne toujours. Dis-moi quand tu comptes te marier.

— Mais, bon sang, je ne vais pas me marier ! Pas de témoins, pas de demoiselles d'honneur, pas de « Ils vécurent heureux jusqu'à la fin des temps », pas de lune de miel, rien de rien. Tu es content, maintenant ?

Morgan, qui ne l'avait pas quittée des yeux, se détendit visiblement. Il perdit son air maussade et se mit à respirer plus librement. Il posa même négligemment le bras sur le dossier de la balancelle, tout près de l'épaule de Misty.

— Tu ne vas pas te marier ? répéta-t-il comme s'il avait encore besoin d'être rassuré.

— Qu'est-ce que tu veux ? Que je te l'écrive en lettres de sang ? Non, je ne vais pas me marier. D'ailleurs, le simple fait d'en parler me dégoûte. Le mariage est une institution répugnante.

Dans le regard de Morgan, l'hostilité avait fait place à quelque chose qui ressemblait à de la compassion. Misty se dit que c'était encore pire.

— Et le père du bébé ? demanda-t-il.

— Quand je lui ai appris que j'étais enceinte, il m'a proposé de payer l'avortement.

La jeune femme parlait maintenant en baissant les yeux. L'humiliation et la douleur étaient encore trop fortes.

— J'ai refusé, alors il m'a laissée tomber, tout simplement.

La balancelle oscillait mollement. Morgan se taisait, mais

son silence paraissait plus pensif que réprobateur. Quand elle leva les yeux sur lui, elle le surprit en train de l'observer.

— Est-ce que le bébé va poser des problèmes ? demanda-t-il.

Misty se sentit carrément offensée.

— Je ferai de mon mieux pour être une bonne mère. Je n'ai pas d'expérience dans ce domaine, mais je compte sur l'instinct maternel.

Sa véhémence sembla plaire à Morgan. En tout cas, un léger sourire joua sur ses lèvres.

— Loin de moi l'idée de le mettre en doute. Je me demande simplement si tu sais où tu mets les pieds. Il faut être très disponible pour s'occuper d'un bébé, surtout quand on est seul. Penses-tu pouvoir prolonger ton congé de maternité ?

Dans la mesure où on l'avait flanquée à la porte, la question ne manquait pas d'ironie. Cependant, elle n'avait pas envie de rire, bien au contraire. Désemparée, elle détourna de nouveau les yeux.

Morgan lui effleura la joue.

— Malone ?

— Tu vas bientôt me lâcher avec ton interrogatoire ?

— Non. Je ne veux pas te persécuter, mais je tiens à ce que tu répondes à mes questions.

Il posa la main sur sa nuque et se mit à la caresser doucement. Après son attitude hostile, la tendresse dont il faisait preuve était pour le moins surprenante.

— Tout le monde a droit à l'erreur, murmura-t-il.

— A quoi fais-tu allusion ? A ma grossesse ou à notre baiser d'hier soir ?

Morgan garda le silence.

Misty décida alors d'en finir avec sa confession. Elle voulait se débarrasser de ses secrets avant de retomber dans la morosité. Puisqu'elle avait choisi de ne rien dire à sa sœur pour l'instant, afin de ne pas gâcher sa lune de miel, ce serait le shérif qui recueillerait ses confidences.

— O.K. ! lança-t-elle d'un air décidé. Tu es venu à bout de ma résistance. En plus de ça, le soleil commence à monter, et tout le monde sera bientôt debout. Si je veux éviter les adieux larmoyants, je dois partir avant. Alors, shérif, quelle autre question indiscrète as-tu à me poser ?

Cette fois encore, Morgan ignora son ton sarcastique.

— Où en es-tu de ta grossesse ? Pour l'instant, une chose est sûre : on ne dirait pas que tu es enceinte.

— Je porte mon bébé depuis trois mois. Si j'ai bien retenu ce que m'a dit la gynéco, ça ne se verra pas avant le cinquième mois, peut-être même le sixième. A ce moment-là, shérif, je ne serai plus pour toi qu'un lointain souvenir.

— Et ton boulot ? Je viens de me rendre compte que je ne sais même pas ce que tu fais !

Misty eut un sourire amer.

— Tu vois, tu ne me connais pas aussi bien que tu le prétends. Mais ça ne t'a pas empêché de faire des hypothèses.

Il effleura de nouveau sa joue, le regard empli de remords.

— Je me suis sans doute livré à quelques suppositions hâtives. Mais avoue que tu m'y as aidé.

— Que veux-tu dire ?

Morgan eut un petit sourire qui provoqua chez la jeune femme un petit pincement au cœur.

— Tu as flirté avec tout le monde.

— Bon, c'est vrai, reconnut-elle en soupirant. J'avais décidé de feindre l'insouciance pour ne pas alarmer Honey. J'ai peut-être exagéré un peu.

— J'ai peut-être aussi ma part de responsabilités. J'ai tellement envie de toi qu'il suffit que tu respires pour que je te trouve provocante.

Misty le regarda, bouche bée.

— Je ne mens pas. Je ne me souviens pas d'avoir désiré une femme autant que je te désire. Même avec la tête que tu as ce matin, même enceinte d'un autre, j'ai envie de te faire l'amour.

Prise d'une crainte irrépressible, Misty frissonna.

— Par bonheur, déclara-t-elle, je m'en vais ce matin même. D'ailleurs, si tu veux bien arrêter de me questionner, je file immédiatement.

— Bon sang, Malone, ne me demande pas l'impossible ! Surtout après m'avoir confié tes ennuis.

— Mais quel ringard tu fais ! De nos jours, on ne dit plus

qu'une femme a des « ennuis » parce qu'elle est enceinte. On dit juste qu'elle est… enceinte.

— Si tu veux, concéda-t-il avec un geste apaisant de la main. Alors, arrête de détourner la conversation et dis-moi où tu travailles.

En tant que shérif, il lui serait facile de vérifier ses allégations. Et Misty était sûre qu'il le ferait. Elle haussa donc les épaules dans un geste d'impuissance, et se jeta à l'eau.

— Mon dernier employeur était Vidéos Vision. Comme son nom l'indique, il s'agit d'une boutique spécialisée dans la vente et la location de cassettes vidéo. En dehors du patron, M. Collins, il n'y a que trois employés, mais les affaires étaient excellentes. D'ailleurs, il devait ouvrir une deuxième boutique en septembre, dont il m'aurait confié la gestion.

— Il a changé d'idée ?

— Euh… je ne sais pas. C'est moi qui ai dû réviser mes plans.

Morgan la regarda d'un air incrédule.

— Tu veux dire que tu n'as plus de travail ?

— Provisoirement, oui.

— Par choix ? demanda-t-il en plissant les yeux. Parce que, si ton boss t'a virée à cause du bébé, laisse-moi te dire que c'est illégal.

— Non, ce n'est pas pour ça.

— Mais il t'a bel et bien virée ?

— Euh… en fait, oui.

— Pour quel motif ?

— Eh bien, euh… il m'a accusée d'une chose dont j'étais innocente.

Morgan, qui était visiblement à bout de patience, s'emporta soudain.

— Bon sang, Malone, faut-il donc te tirer les vers du nez à chaque question ?

— D'accord, d'accord ! lança-t-elle en bondissant sur ses pieds. Il a prétendu que je lui avais volé trois cents dollars. Et les autres l'ont cru.

Morgan se leva à son tour. Il avait pâli.

— Quels autres ?

Elle eut un geste vague.

— L'avocat que j'ai dû prendre, le soi-disant juge… Tous, quoi.

Morgan la prit fermement par les épaules. Son visage était fermé. Etait-il en colère contre elle ou contre la situation ? Quoi qu'il en fût, elle n'était pas d'humeur à tolérer son attitude. D'un mouvement sec, elle se débarrassa de ses mains et alla se rasseoir sur la balancelle.

Il y eut un long silence, puis Morgan demanda :

— Raconte-moi ton histoire.

Elle croisa les bras. Avec lui, elle était toujours sur la défensive, même quand il n'y avait pas de raison apparente.

— La disparition des trois cents dollars s'est produite un matin où je tenais la boutique, peu de temps après ma rupture avec Kent. J'avais profité d'un moment où il n'y avait pas de client pour me rendre aux toilettes et, quand je suis revenue, M. Collins et sa petite amie entraient dans le magasin. J'ai eu beau lui expliquer qu'il n'y avait personne et que je n'avais fait qu'un aller et retour, mon boss était en pétard. Il soutenait que j'avais abandonné mon poste, et nous nous sommes disputés parce qu'il m'accusait, en outre, d'être toujours en retard. En fait, cela m'était arrivé deux fois en quinze jours à cause des nausées du matin, mais je n'avais pas manqué une minute au cours des deux années précédentes. C'était, d'ailleurs, parce qu'on pouvait compter sur moi qu'il s'apprêtait à me nommer gérante de sa nouvelle boutique.

— Venons-en au fait, Malone.

Bien qu'il le méritât, Misty s'abstint de le gifler.

— Après notre dispute, il a vérifié la caisse et s'est aperçu qu'il manquait de l'argent. J'ai encore du mal à croire qu'il m'ait accusée de l'avoir volé.

— Il a appelé les flics ?

— Oui.

Elle frissonna à ce souvenir, mais elle n'avait pas l'intention d'en partager l'horreur avec Morgan.

— Pour en finir, mon avocat m'a fait comprendre que mon cas était perdu d'avance. J'étais seule dans la boutique au moment du vol, et l'enquête avait montré que j'étais enceinte et abandonnée. Bref, j'avais de sérieux motifs pour commettre un vol. Il m'a donc suggéré de plaider coupable pour que les choses aillent vite et que les frais soient moins élevés. Je… j'ai refusé. Alors, mon avocat m'a conseillé de passer directement devant le juge pour gagner du temps.

— Ce n'était pas un bon conseil, n'est-ce pas ?

— Non. Je pense qu'un jury aurait fait preuve de moins de sexisme.

— De sexisme ?

— Oui. Le juge était un vieillard sénile qui m'a considérée dès le départ comme une femme légère, simplement parce que je suis jeune et que je n'ai pas précisément l'allure d'une bigote.

L'attitude du juge l'avait atterrée. Elle se souvenait du regard méprisant qu'il lui avait jeté avant de prononcer la sanction.

— Il m'a condamnée à six mois de prison avec sursis, et j'ai dû rembourser à Collins les trois cents dollars que je ne lui avais jamais pris. Pour couronner le tout, il a cru bon de me faire un sermon.

Elle eut un rire amer.

— En fait, cette histoire m'a enseigné deux grandes vérités. La première, c'est que les hommes ont leur façon à eux de voir les choses et que cette façon est rarement la plus juste. La seconde — et la plus importante — c'est qu'il ne faut jamais, mais alors jamais, leur faire confiance.

— Misty…

— Laisse tomber ce ton doucereux, Morgan Buckhorn ! rugit la jeune femme en se levant. Tu es satisfait, j'espère ? Je t'ai donné tous les détails que tu réclamais, n'est-ce pas ? A présent, j'en ai plus qu'assez. Je vais prendre mes cliques et mes claques et lever le camp. Il faut que je trouve du travail, et je n'ai vraiment plus envie de me battre avec toi. Alors, si tu veux bien m'excuser…

— Pas question.

Elle se retourna pour le regarder d'un air incrédule.

— Comment ça, pas question ?

Il lui prit le bras et plongea les yeux dans les siens.

— Tu n'iras nulle part, Malone. Je veux que tu restes ici.

4

L'air outré de Misty n'y changerait rien. Maintenant qu'il la savait enceinte et sans travail, Morgan ne pouvait décemment pas la laisser partir. En plus de ça, elle était seule, mais le fait que son fiancé l'eût laissée tomber n'était pas forcément une mauvaise chose. Au moins, elle ne se marierait pas avec ce sale type.

Mais, bon sang, ce n'étaient pas ses affaires, mais comment pouvait-on pousser la lâcheté jusqu'à abandonner l'enfant qu'on avait fait ? Il fallait être un monstre pour faire ça, et cette simple pensée le mettait en rage. C'était la seule et unique raison qui l'aurait incité à dire deux mots à ce salaud. Le fait qu'il eût couché avec Misty n'entrait certainement pas en ligne de compte : Morgan n'avait jamais été jaloux, et ce n'était pas à son âge qu'il allait commencer.

Il s'éclaircit la voix et prit Misty par les épaules.

— Tu as besoin qu'on t'aide. Malade et sans travail, tu n'iras pas loin.

Au regard qu'elle lui jeta, il comprit qu'il l'exaspérait.

— Je crois que tu es dingue, mon pauvre Morgan. Je te répète que je ne suis pas malade. Toutes les femmes enceintes connaissent ces nausées du matin. Ça ne les empêche pas de se sentir bien le reste du temps et de travailler comme tout le monde.

Morgan l'écoutait à peine. Il passait en revue toutes les solutions possibles. Si Misty décidait de rester, il pouvait lui offrir un job. En effet, il allait avoir besoin de quelqu'un, au bureau, pour répondre au téléphone, prendre note des appels ou les faire suivre, lui rappeler son emploi du temps… Une secrétaire particulière, en quelque sorte. Il y pensait depuis déjà plusieurs mois, mais il avait toujours remis le projet à plus tard parce que, en réalité, l'idée d'installer quelqu'un sur son territoire ne l'emballait pas. Mais aujourd'hui…

Il considéra l'expression hostile de Misty et se promit de lui parler du job plus tard, quand elle serait calmée. En attendant, il devait la ménager.

— Alors, lui demanda-t-il avec la plus grande douceur, qu'as-tu l'intention de faire ?

Elle le toisa des pieds à la tête, puis, sans un mot, pivota sur les talons et commença à s'éloigner d'un pas décidé. Il dut la rattraper et la saisir par le bras pour l'arrêter.

— Hé ! Où vas-tu comme ça, nom d'un chien ? Nous n'avons pas fini de discuter.

Misty lui décocha un regard assassin.

— Si, nous avons fini. Je vais prendre une douche et m'en aller. Comme ça, je ne t'embêterai plus, et tes frères chéris n'auront plus rien à craindre de mes tendances nymphomanes.

Bon sang, voilà qu'elle cherchait à le culpabiliser !

— Malone ! C'est ta propre attitude que tu es en train de juger.

— Non, c'est la tienne. Tu penses les pires choses de moi. Je ne suis quand même pas responsable du fonctionnement pervers de ton cerveau !

— Ça, c'est toi qui le dis.

La voyant prête à s'étouffer, Morgan s'empressa d'ajouter :

— C'est toujours la même chose, Malone : quand je suis avec toi, j'ai du mal à former une pensée cohérente. Au cas où tu ne l'aurais pas remarqué, tu me fais craquer comme personne.

Misty le regarda d'un air indécis, comme si elle ne savait que penser de ses paroles.

— Je suppose que c'est ta manière à toi de me présenter des excuses ? lui dit-elle.

— Tu penses vraiment que je t'en dois ?

— Absolument pas.

Les lunettes avaient glissé sur son nez, et de longues mèches brunes s'échappaient de l'élastique qui était censé retenir ses cheveux. Elle avait l'air défait et vulnérable, mais cette apparente fragilité exacerbait encore sa féminité.

— Tu ne me dois rien du tout, reprit-elle. Je te demande seulement de me laisser tranquille.

Morgan la suivit des yeux tandis qu'elle repartait vers la maison à grandes enjambées. Avec ou sans son consentement, il l'aiderait à s'en sortir. Il n'était pas du genre à abandonner une femme dans le malheur, surtout quand cette femme était un membre de la famille.

Il ramassa les tasses et le verre vides, et se dirigea vers la cuisine en passant en revue tout ce qu'il avait à faire avant que la jeune femme sortît de la douche. D'abord, immobiliser sa voiture. Une paire de bougies en moins devrait faire l'affaire. Ensuite, réveiller ses frères. Ce ne serait pas facile, après la soirée qu'ils avaient passée, mais quand ils connaîtraient les projets de Misty, ils se lèveraient à coup sûr.

Un bon moment plus tard, quand Misty entra dans la cuisine, Morgan était assis en compagnie de Casey. Les autres n'étaient pas encore là, mais ce n'était certainement qu'une question de minutes.

— Salut, Misty. Déjà debout ? lança l'adolescent en étouffant un bâillement.

La jeune femme se figea sur place. Le chignon souple qu'elle s'était fait lui donnait un air romantique, et même prodigieusement innocent, d'après Morgan. Avec son débardeur jaune et son short en denim effrangé, elle était jolie à croquer.

— C'est quoi, ce sac de voyage, Malone ? lui demanda-t-il avec un brin d'ironie.

Pendant que Misty le foudroyait du regard, Casey, qui n'avait encore rien remarqué, se leva brusquement. Il considéra alternativement le bagage et la jeune femme, et son expression se troubla.

— Tu ne vas pas t'en aller, hein ?

Misty s'éclaircit la voix. Puis elle s'adressa à Casey avec une feinte insouciance.

— Mais si, mon grand ! J'ai des tas de choses à faire, chez moi... En tout cas, je viens de passer quelques jours mémorables. Tu remercieras ton père de ma part, d'accord ?

Elle voulut poursuivre son chemin, mais Casey, enfin réveillé, bondit de sa chaise et lui bloqua le passage.

— Papa me tuera s'il apprend que je t'ai laissée partir sans dire au revoir à Honey. D'ailleurs…

Il fut interrompu par l'arrivée de Jordan, qui n'avait pas fini de boutonner son jean et qui bâillait à fendre l'âme. La dernière fois que Morgan l'avait aperçu, il était en compagnie de trois beautés qui se disputaient pour savoir laquelle passerait la nuit avec lui. A l'évidence, il manquait cruellement de sommeil, mais Morgan ne put se résoudre à le plaindre.

Jordan jeta un coup d'œil surpris sur le sac que tenait Misty.

— Que se passe-t-il donc dans cette cuisine ? demanda-t-il de sa voix chaude.

Morgan haussa les épaules d'un air faussement détaché.

— Il paraît que Misty nous quitte.

— Et elle ne veut même pas dire au revoir à sa sœur ! ajouta Casey.

Jordan examina pensivement le visage outré de son neveu, les pommettes rouges de la jeune femme, la mine désinvolte de son frère, tout en finissant de boutonner son pantalon. Puis, il s'avança vers Misty et la prit affectueusement par les épaules.

— Mais enfin, ma chérie, qu'est-ce qui ne va pas ? Tu n'es pas bien, chez nous ?

Morgan s'efforça de rester calme. Depuis quand, bon sang de bon sang, Misty était-elle la chérie de Jordan ?

La jeune femme soupira de lassitude et laissa tomber son sac.

— Je ne vois pas ce que vous me reprochez, les uns et les autres. Vous saviez parfaitement que je partais aujourd'hui.

La voix de Gabe s'éleva soudain, depuis le seuil.

— C'est faux.

Il pénétra dans la cuisine et se laissa glisser sur une chaise. Lui aussi était torse nu, mais il portait un pantalon de jogging.

— Tu nous as bien avertis, en effet, que tu ne pourrais pas rester, mais tu n'as jamais précisé que tu partirais aujourd'hui. Et encore moins à l'aube.

Cette fois, Misty avait l'air excédé.

— Je m'en vais, un point c'est tout. J'aime rouler tôt le matin, et je déteste les scènes d'adieu qui s'éternisent. Alors, si vous voulez bien m'excuser…

La jeune femme saisit son sac de voyage et sortit de la maison d'un pas furieux, ignorant superbement les protestations des hommes qui se bousculaient derrière elle. Morgan les avait tirés de leur lit douillet pour rien : leurs arguments semblaient n'avoir aucun poids.

Heureusement qu'il s'était occupé de sa voiture !

La jeune femme jeta son sac sur le siège arrière, puis se tourna vers les Buckhorn pour leur dire adieu. Lorsque Jordan la serra contre son torse nu, Morgan plissa les yeux de colère. Par bonheur, son frère s'écarta rapidement.

— Pendant que j'y pense, Misty, y a-t-il un numéro où l'on puisse te joindre ? lui demanda-t-il.

Sous l'œil soudain suspicieux de Morgan, Misty hésita visiblement.

— Euh… C'est-à-dire… Je bouge beaucoup, ces temps-ci. Mais, euh… dès que je serai installée quelque part, je vous passerai un coup de fil, d'accord ?

Morgan étudia les traits de la jeune femme, et il sut de façon certaine qu'elle ne savait pas où elle allait.

Gabe s'approcha à son tour et se permit d'embrasser Misty sur la joue. Un instant, Morgan fut tenté de lui faire réintégrer son sous-sol à coups de pied au derrière.

— Si tu changes d'avis, suggéra le plus jeune des frères, tu seras toujours la bienvenue chez nous.

— Merci, Gabe. Je ne l'oublierai pas.

Casey secoua la tête d'un air impuissant.

— Tu auras ma mort sur la conscience, Misty. Mon père va me tuer.

L'adolescent eut droit à un sourire.

— Pas la peine de me raconter des histoires. Ton père t'aime trop pour te frapper. Viens plutôt m'embrasser.

Casey s'exécuta avec un sourire contrit. Sans daigner accorder un regard à Morgan, Misty grimpa ensuite dans la voiture et claqua la portière.

— C'est pour ça que tu m'as tiré du lit ? grogna alors Jordan en s'approchant de son frère aîné. Je croyais que tu allais l'empêcher de partir. Honey va nous dire deux mots quand elle apprendra qu'on n'a pas été capable de la retenir.

— Un peu de patience, bon sang !

Sur un dernier signe de la main, Misty mit le contact. Le moteur toussa péniblement et refusa de démarrer. Avec une grimace, la jeune femme essaya de nouveau, sans plus de succès.

Morgan croisa les bras et s'adossa à un arbre, en s'efforçant de cacher sa satisfaction.

— Tu as trafiqué sa voiture ? lui demanda Gabe sur un ton de vague approbation.

Morgan prit un air indigné.

— C'est à moi que tu parles ? Enfin, Gabe, je suis le shérif de ce comté. Comment aurais-je pu faire une chose pareille ?

Il fit un clin d'œil à son frère avant de poursuivre :

— Je suis incapable d'enfreindre la loi, tu le sais très bien.

Le sourire aux lèvres, Gabe alla rejoindre la voiture.

— Au bruit qu'elle fait, déclara-t-il en se penchant à la portière, je peux t'assurer qu'elle n'est pas près de démarrer.

Misty laissa tomber son front sur le volant. Elle paraissait tellement désespérée que Morgan dut se retenir pour ne pas la cajoler, lui murmurer à l'oreille que tout allait bien. Il mourait d'envie de la consoler. De prendre soin d'elle.

Non pas qu'il s'intéressât à elle sur le plan personnel. Certes, il la trouvait craquante — et même chaque jour davantage —, mais là n'était pas la question. Misty faisait partie de la famille et, ce qu'il ne supportait pas, c'était l'idée qu'elle partît pour nulle part et qu'elle se retrouvât seule au moment où elle avait le plus besoin d'affection.

Quant à cette histoire de vol… L'idée qu'une mère célibataire se laissât aller à piquer dans la caisse ne le scandalisait pas, même s'il n'approuvait pas le principe. Après tout, Misty n'avait que vingt-quatre ans, et elle ne possédait sans doute pas la force morale d'une femme plus mûre. D'ailleurs, il y avait de fortes chances qu'elle fût innocente, comme elle le prétendait.

S'arrachant à sa méditation, Morgan se dirigea d'un pas ferme vers la voiture. Il ouvrit la portière arrière pour s'emparer du sac de voyage, puis la portière avant pour tirer Misty par le bras.

— Allons, Malone, ça ne sert à rien de rester ici.

Elle lui jeta un regard maussade.

— Je ne peux pas croire à une telle guigne.

Morgan marqua un temps, puis il se dit qu'il avait mille fois bien fait de l'empêcher de partir. Un jour, elle le remercierait d'avoir trafiqué son moteur.

— Que tu y croies ou non, ça ne changera rien, j'en ai bien peur. Rentrons. Nous allons chercher une solution.

La jeune femme le regardait d'un air désabusé.

— Tu jubiles, n'est-ce pas ?

Morgan effaça aussitôt le sourire qui jouait sur ses lèvres.

— Disons que je suis plutôt satisfait.

Sur le chemin de la maison, il eut encore d'autres raisons de se réjouir : Misty lui laissait tenir son bras sans se révolter, signe indubitable d'une certaine confiance.

Il ne l'avait toujours pas lâchée lorsqu'ils entrèrent dans la cuisine. Mais là, une surprise les attendait, et d'une telle taille qu'ils s'arrêtèrent net, provoquant un embouteillage sur le seuil. Debout au beau milieu de la pièce, Sawyer et Honey, enveloppés dans le même drap, étaient en train de s'embrasser sans vergogne.

Devant ce spectacle, Misty poussa un juron et se cacha le visage dans les mains.

— C'est sûr, je suis maudite ! gémit-elle.

Alertée par le bruit, Honey se sépara brusquement de son mari. Elle jeta un regard effaré vers les cinq paires d'yeux qui la dévisageaient, et devint rouge comme une pivoine.

— Seigneur ! gémit-elle en tirant le drap à elle, si bien que son époux se retrouva pratiquement nu. Et nous qui pensions que tout le monde dormait !

Sawyer s'empressa de lui reprendre un bout de drap pour dissimuler son corps aux yeux de Misty.

— Mais, nom de nom, que se passe-t-il dans cette maison ? grogna-t-il.

Tandis qu'il prononçait ces mots, son regard tomba sur le sac que tenait son frère.

— Tu pars en voyage, Morgan ? lui demanda-t-il d'un air surpris.

— Ce n'est pas lui, répondit Casey : c'est Misty qui voulait partir.

Sawyer jeta un coup d'œil ahuri à sa femme, puis reporta son attention vers Casey.

— Partir où ?

— J'en sais rien. J'ai essayé de la retenir, p'pa, mais il n'y a rien eu à faire, et…

Morgan sentait Misty trembler près de lui. Il fallait couper court à cette conversation.

— Ça suffit, Casey.

Puis il se tourna vers Sawyer.

— Il s'agissait juste d'un malentendu, que nous avons déjà réglé. Mais qu'est-ce que vous faites ici, tous les deux ? Nous pensions que vous… dormiriez au moins jusqu'à midi.

Sawyer eut un sourire de pirate.

— Nous voulions refaire le plein d'énergie pour…

Honey le fit taire d'un coup de coude dans les côtes. Sans crier gare, il lui saisit alors la nuque et l'embrassa fougueusement sur la bouche. Morgan eut un sourire béat. Aucun doute, son frère était amoureux fou de sa dulcinée. Et lui, c'était exactement ce genre de relation qu'il voulait. L'image de Misty lui vint à l'esprit… et il se sentit brusquement désespéré. Pourquoi fallait-il que cette maudite Malone fût tout le contraire de sa sœur ?

Jordan se fraya soudain un chemin à travers le petit groupe qui bloquait l'entrée de la cuisine.

— Vous, les amoureux, retournez vous coucher. Je me charge de votre petit déjeuner. Café et œufs frits, ça vous ira ?

— Ce sera parfait !

Sawyer voulut alors retourner dans la chambre, mais Honey le retint. Elle tenait manifestement à clarifier la situation.

— Misty ? Avais-tu vraiment l'intention de partir sans me dire au revoir ?

Elle était profondément blessée, ça ne faisait aucun doute. Et, bien que Morgan répugnât à trahir Misty, il sut qu'il valait mieux jouer franc jeu avant que la situation ne devînt intenable. Pour la jeune femme, ce ne serait qu'un mauvais moment à passer. Et elle comprendrait ensuite qu'elle n'avait plus aucune raison de partir.

Au moment où Morgan s'apprêtait à parler, Misty glissa sa petite main dans la sienne. Surpris et ému, il répondit pour elle :

— Bon. De toute façon, elle ne va plus nulle part. Sa voiture refuse de démarrer.

— Ouais, lança maladroitement Casey. Oncle Morgan s'en est occupé.

Il y eut un silence. Puis, brusquement, Misty retira sa main et fit face à Morgan, le regard brillant de colère.

— Réponds. As-tu touché à ma voiture ?

Il haussa les épaules d'un air embarrassé.

— Tu ne m'as guère laissé le choix. Tu as refusé de m'écouter.

Mais enfin, que s'imaginait-elle ? Qu'il l'aurait laissée s'en aller comme ça, sans travail, sans un sou…

La colère de Misty était si évidente que Morgan se figea, tout comme les autres. Elle hésitait visiblement à le frapper, et l'effort qu'elle déploya pour se retenir fit battre une veine à sa tempe. Quand elle parla, elle avait l'air furieux mais résolu.

— Très bien. Je vais appeler un taxi. Il me conduira à la gare routière.

Morgan la menaça du regard.

— Ne me provoque pas, Malone !

— Quoi ? Mais c'est toi qui n'arrêtes pas de me provoquer, espèce de… de…

— Salaud ? proposa-t-il aimablement.

Elle le toisa avec férocité.

— Va réparer ma voiture immédiatement !

— Non ! répondit-il en croisant les bras d'un geste décidé.

Sawyer voulut jouer au diplomate.

— Euh… Morgan, je ne vois pas pour quelle raison…

Sans quitter Misty des yeux, Morgan secoua la tête.

— Sawyer, il faut qu'elle reste ici, d'accord ?

— Mais pourquoi donc ?

Morgan eut un soupir d'impuissance. Quelle raison pourrait-il bien invoquer sinon la vraie ?… Devant l'expression de Misty, il sut qu'elle avait suivi le cheminement de sa pensée.

— Attention à ce que tu vas dire ! murmura-t-elle d'une voix sifflante.

Morgan lui caressa la joue du revers de la main, et s'excusa avec un sourire contrit.

— Pardonne-moi, ma belle.

Il se tourna alors vers les autres.

— Je ne veux pas qu'elle parte parce qu'elle est enceinte.

Pendant que le petit groupe paraissait frappé de stupeur, Misty le frappa si fort à l'estomac qu'elle se fit mal au poing. Il dut la saisir par les poignets pour l'empêcher de recommencer.

Ce fut alors que Morgan remarqua un détail délirant : les regards étaient fixés non pas sur la jeune femme mais sur lui !

— Quoi que vous puissiez en penser, précisa-t-il prudemment, je ne suis pas le père.

L'ambiance se détendit sensiblement.

— Tu as raison, déclara alors Honey. Misty doit rester avec nous… Ne bougez pas d'ici, nous revenons dans deux minutes.

Sur ce, elle partit comme une fusée, entraînant dans son sillage un Sawyer aux fesses nues.

Gabe s'assit et posa négligemment les coudes sur la table.

— Toute cette excitation m'a ouvert l'appétit, dit-il. Quand est-ce qu'on mange ?

Jordan sortit une poêle d'un placard.

— Tout de suite, mon gros. Mais je vais faire des crêpes plutôt que des œufs. Casey, Misty, est-ce que ça vous intéresse ?

— Tu sais bien que j'ai toujours un petit creux, rétorqua Casey.

Misty suivait cet échange d'un air incrédule, comme si elle s'était attendue à une tout autre réaction à l'annonce de sa grossesse. Morgan réprima un sourire. Elle avait cru, sans doute, que ses frères la lyncheraient. Ou, en tout cas, qu'elle aurait droit à un sermon bien senti. Il lui releva le menton de l'index, avec l'intention de faire la paix.

— Si je te dis que je n'avais rien prévu de tout ça, est-ce que tu me croiras ?

Le bleu de ses yeux s'assombrit, mais elle resta muette.

— Bon, d'accord, j'ai trafiqué la voiture, avoua-t-il. Et j'ai réveillé Jordan, Gabe et Casey. Mais c'était pour t'empêcher de partir, pas pour leur parler de ta grossesse. Quant à ta sœur, j'ignorais qu'elle se lèverait si tôt.

Le mutisme persistant de la jeune femme commençait à énerver Morgan. Il s'approcha d'elle et l'entraîna dans l'angle de la pièce pour s'isoler un peu de ses frères.

— Si ça peut te rassurer, murmura-t-il en se penchant sur elle, je n'ai pas l'intention de divulguer tes autres secrets.

Le parfum de Misty le grisait. Elle glissa les mains entre

leurs deux corps, comme pour le repousser, mais elle ne le fit pas. Au contraire, il vit ses lèvres s'écarter légèrement, et il s'émerveilla une nouvelle fois de l'attirance qu'ils éprouvaient l'un pour l'autre. Bon sang, même quand elle avait envie de le tuer, elle le désirait éperdument !

— Hé ! Morgan, lâche ma sœur, O.K. ?

La voix de Honey le tétanisa.

— Je dois lui parler hors de ton intimidante présence, poursuivit-elle.

Il se retourna et haussa les épaules.

— Comme tu veux, Honey. Je vais en profiter pour rapporter ce truc dans sa chambre, déclara-t-il en s'emparant du sac de voyage.

Misty voulut refuser, mais Honey prit la parole avant elle, et dit à Morgan avec son plus doux sourire :

— Merci, cher beau-frère. Misty et moi, nous allons discuter dans le salon.

— Je vous appellerai quand le petit déjeuner sera prêt, assura Jordan.

Quand Morgan entra dans la chambre de Misty, il remarqua que la jeune femme avait fait le lit avant de partir. Mais s'était-elle seulement couchée, la nuit précédente ? Il l'avait trouvée en train de pleurer au petit matin. Et, entre-temps, il ne doutait pas qu'elle se fût rongé les sangs par sa faute.

Il ressentit brusquement une crampe douloureuse au niveau de l'estomac. Il se massa le ventre, mais la douleur persista, peut-être parce qu'il imaginait trop bien l'enfer que Misty avait vécu pendant la nuit. A cause de lui. Elle s'était demandé ce qu'elle allait faire, évidemment.

D'ailleurs, avec le casier qu'elle avait, elle aurait du mal à trouver un job convenable, et le fait qu'elle fût ou non coupable n'y changerait rien. Il allait se livrer à une petite enquête pour se faire sa propre opinion. En tant que shérif, il lui serait facile d'obtenir des détails concernant cette affaire.

Quand il reprit le chemin de la cuisine, il se sentait plutôt confiant dans l'avenir. En définitive, Misty était toujours là, et il saurait trouver un moyen de lui venir en aide. Il y avait, par exemple, ce boulot auquel il avait déjà réfléchi, et…

— Je te dis qu'il me déteste.

Alors qu'il passait à hauteur du salon, la voix maussade de Misty l'arrêta net. Il tendit l'oreille, anxieux d'entendre ce que Honey allait répondre.

La voix de sa belle-sœur l'apaisa déjà par sa douceur.

— Non, ma chérie, Morgan ne te déteste pas. Lui et ses frères possèdent un esprit chevaleresque. Au bout du compte, Morgan ne cherche qu'à te protéger.

Misty eut un petit rire amer.

— Bon, bon ! Si tu le dis…

Son incrédulité était évidente. Morgan serra les poings. Il était tenté d'aller se justifier auprès de la jeune femme. Il ne la détestait pas, nom d'un chien ! Au contraire, il avait une envie dingue de la dévorer, de lui faire l'amour pendant une semaine entière, de réaliser ses fantasmes pour que son image cessât enfin de l'obséder.

Ce n'était pas elle qu'il détestait. C'était l'effet qu'elle lui faisait.

— De toute façon, reprit Misty, ce que Morgan pense de moi est sans intérêt. Ce qui compte, c'est le bonheur que tu vis aujourd'hui. Je ne veux pas que tu t'inquiètes pour moi.

— Eh bien, justement, je ne m'inquiéterai pas tant que tu resteras près de moi et que je pourrai constater de mes propres yeux que tu vas bien.

Morgan faillit applaudir. Très bien, Honey, très bien ! Restait à savoir ce qu'en pensait Misty.

— C'est-à-dire que…

Elle hésitait manifestement. C'était bon signe.

— … je dois reprendre mon travail. Je ne peux pas rester ici indéfiniment.

Morgan en avait assez entendu. Il pénétra dans le salon avant que Misty n'eût réussi à convaincre Honey qu'elle était obligée de partir. Assises sur le canapé, les deux sœurs le regardèrent avec des expressions différentes — surprise pour l'aînée, inquiétude pour la cadette.

Il alla droit au but.

— Je t'ai entendu parler boulot…

— Morgan !

Il comprit qu'elle le tuerait s'il dévoilait ce qu'il savait.

— J'ai une solution.

La jeune femme gémit. Morgan se dit qu'elle gémissait beaucoup, ces temps-ci… Pourtant, là, il n'y avait vraiment pas de raison.

— Tu vas travailler pour moi.

Misty fixait sur lui un regard perçant, en se demandant ce qu'il avait encore inventé. Au cours des dernières heures, il l'avait poussée à partir, puis il avait trafiqué sa voiture de façon à ce qu'elle ne démarre pas. Il s'était rasé, aussi, et, Dieu merci, il avait enfilé un T-shirt.

Comme c'était curieux… Même lorsqu'il la poussait à bout — au point qu'elle l'aurait volontiers assommé d'un coup de batte de base-ball —, il continuait à la fasciner. Son corps était magnifique ; il respirait la force et la puissance… et il lui arrivait même d'être prévenant.

Elle poussa un petit soupir à la fois frustré et résigné. Elle ne devait surtout pas se laisser aller au romantisme. Après tout, c'était à cause de Morgan que tout le monde était au courant de sa grossesse. Honey, en particulier, qui avait déjà une fâcheuse tendance à la materner. Elle avait pris cette habitude à la mort de leur mère, et elle n'y avait jamais renoncé.

Debout sur le seuil, Morgan ne la quittait pas des yeux. Voilà qu'il lui offrait un poste, maintenant ! Mais elle ne pouvait pas accepter car, tôt ou tard, son histoire finirait par resurgir, et ça, elle ne le voulait à aucun prix. Honey croirait à son innocence, bien entendu. Mais les autres ne voudraient pas, chez eux, d'un gibier de potence. Et la simple idée qu'ils découvrent l'histoire du vol la rendait malade.

— J'ai déjà du travail, répondit-elle.

Morgan haussa les sourcils, et vint s'installer dans le fauteuil qui faisait face au canapé. A l'inverse de Misty, il semblait très à l'aise. Son regard était franc et ses yeux verts ne cillaient pas.

— Mais enfin, Malone, dit-il posément, tu m'as dit ce matin que tu détestais ton boulot et que tu cherchais autre chose. Alors, autant chercher ici, près de ta… famille.

— Je n'ai jamais…

Misty se mordit la lèvre pour s'empêcher de poursuivre. Comment protester contre cet énorme mensonge sans être amenée à dévoiler la vérité ? Ce maudit Morgan l'avait bel et bien coincée.

Elle lui adressa son plus charmant sourire.

— Je n'ai jamais dit que c'était toi qui devais me fournir un job.

Morgan eut un geste évasif de la main.

— Bien sûr que non. Tu as trop d'orgueil pour ça. Il n'en reste pas moins que j'ai un job pour toi et que tu vas l'accepter.

Misty jeta un regard suppliant à sa sœur et, lorsqu'elle comprit qu'elle n'obtiendrait pas son appui, elle répondit d'un ton sec :

— Non.

— Mais… comment peux-tu refuser alors que tu ne sais même pas de quoi il s'agit ?

— De quoi s'agit-il ? demanda-t-elle d'un air passablement énervé.

Morgan lui sourit, ce qui l'exaspéra encore davantage.

— J'ai besoin d'une assistante. Une secrétaire, en quelque sorte, qui s'occuperait des affaires courantes. Et pas la peine de me regarder comme ça : tu n'auras pas à suivre de formation particulière. Buckhorn est un petit comté où nous faisons les choses à notre manière. Il faudra que tu prennes les appels et que tu me les passes ou que tu les notes, selon leur urgence. Tu auras pas mal de temps libre, ce qui te permettra d'être souvent avec ta sœur.

Honey, qui était déjà tout excitée, se tourna vers Misty.

— C'est une super idée ! Je t'avais bien dit que ce garçon était merveilleux.

— Moi, je trouve que c'est un insupportable macho, murmura-t-elle pour elle-même.

Puis elle ajouta à voix haute :

— Je vais réfléchir à ta proposition, Morgan.

— D'accord, mais fais vite. Tu commences demain.

A ces mots, Misty bondit littéralement. Elle n'en revenait pas. Ce type était tout bonnement persuadé qu'elle allait accepter de travailler pour lui. Or, il n'en était pas question. Elle ne commencerait ni demain ni… jamais !

Mais, avant qu'elle pût placer un mot, sa sœur se leva pour la serrer contre son cœur.

— Je t'en prie, ma chérie, accepte !

Par-dessus l'épaule de Honey, la jeune femme jeta à Morgan un regard meurtrier. La brute épaisse lui répondit par un clin d'œil.

Misty repoussa doucement sa sœur et lui adressa un sourire rassurant.

— Va donc prendre le petit déjeuner avec ton mari, lui dit-elle. Je veux discuter de ce boulot avec Morgan.

Honey lui jeta un regard perçant, puis sortit de la pièce à contrecœur. Visiblement, elle aurait aimé assister à la suite de l'entretien.

Morgan attendit à peine qu'elle fût sortie pour s'adresser à Misty d'un ton véhément.

— Je t'ai déjà promis de me taire au sujet du vol. Tu peux compter sur ma discrétion.

Sa discrétion !… Il tentait de l'amadouer, mais Misty n'était pas prête à avaler n'importe quoi.

— Pourquoi devrais-je te croire ?

Morgan marqua un temps, puis lui caressa tendrement la joue. Son expression à la fois douce et ardente cloua la jeune femme sur place.

— Il faut que tu saches une chose, Malone. Quand j'ai révélé ta grossesse aux autres, je n'avais pas l'intention de te blesser, bien au contraire.

Elle eut un petit rire amer.

— Me blesser ? Tu n'y parviendrais jamais, mon pauvre ami.

Mais il ne se laissa pas abuser par son ton dédaigneux.

— Tu te trompes, Malone. Ce que tu as subi, ces derniers temps, t'a rendue très vulnérable.

Parce qu'il avait raison, Misty nia encore plus farouchement.

— Inutile de te lamenter sur mon sort, Morgan. Je déteste la sensiblerie.

Il posa les mains sur son visage, et elle n'eut pas la force de protester.

— Tu es vraiment remontée contre moi, n'est-ce pas ?

— Remontée ? Le mot est faible ! Je te hais pour ce que tu as fait.

— Je n'ai rien fait d'autre que t'empêcher de partir, affirma-t-il en caressant doucement ses lèvres, puis son cou. C'est logique, puisque c'est à cause de moi que tu voulais partir.

Misty l'observa avec curiosité. Est-ce que, par hasard, il se sentait coupable ?… Cette idée la déroutait, et elle s'efforça de retrouver un peu de sa colère. Ce n'était pas elle qui avait étalé sa vie privée devant toute la famille. Comment allait-elle bien pouvoir se comporter face aux Buckhorn, à présent ? Ils allaient lui poser des tas de questions auxquelles elle n'avait pas envie de répondre. En particulier sur le père du bébé.

Comme s'il avait lu ses pensées, Morgan haussa les épaules.

— Tu te fais du mouron pour rien, Malone : mes frères ne te jugeront pas. A la rigueur, ils critiqueront le type qui s'est éclipsé après t'avoir mise enceinte. Mais ça, c'est normal : un homme doit prendre ses responsabilités.

Voilà au moins un principe que Misty appréciait.

— Oui, bien sûr. Mais le type en question n'avait pas les mêmes idées. Et, dans le fond, il vaut mieux qu'il ait décampé.

Morgan éclata de rire.

— Tu as sans doute raison. S'il traînait dans le coin, j'aurais trop envie de l'assommer.

— Vraiment ?

L'idée était loin de déplaire à la jeune femme. Depuis que Kent l'avait abandonnée, elle avait rêvé plusieurs fois de le tuer.

— Vraiment, répondit le colosse d'un air méchant. Ce vaurien t'a fait souffrir. Il mérite au moins une bonne raclée.

Ces mots laissèrent Misty sans voix. Morgan avait parlé comme s'il se souciait de ses problèmes, comme si, en définitive, il avait de l'affection pour elle.

— J'ai l'impression, reprit-il en l'attirant à lui, que tu n'as pas rencontré les hommes qu'il fallait.

— C'est le moins qu'on puisse dire ! rétorqua la jeune femme avec un regard appuyé.

Il ne releva pas son insinuation mais se pencha sur elle jusqu'à ce que leurs fronts se touchent. Elle sentait la chaleur de son souffle sur ses lèvres, son corps musclé contre le sien…

— Le moins qu'on puisse dire, murmura-t-il d'un ton très doux, c'est que Honey t'aime profondément. Et ça, ça ne changera jamais.

— Je sais que ma sœur m'aime, Morgan. Mais ce n'était pas à toi de lui apprendre que j'étais enceinte.

— Tu ne m'as pas laissé le choix. Tu t'entêtais à vouloir partir.

— Moi ? Tu plaisantes !

Le rire puissant de Morgan envahit alors la pièce.

— Au moins, grâce à moi, tu vas rester dans ta famille, Malone. Car nous sommes ta famille, maintenant, que cela te plaise ou non. Je me permets, d'ailleurs, de te rappeler qu'en dehors d'ici, tu n'as ni travail ni maison.

Piquée au vif, Misty s'écarta brusquement de Morgan.

— Ne sois pas idiot ! lança-t-elle.

Il plissa les yeux d'un air entendu.

— Alors, dis-moi où tu comptais aller.

Misty ne put que hausser les épaules.

— C'est bien ce que je pensais. Dans ce cas, pourquoi refusais-tu de rester ?

La jeune femme faillit hurler de frustration.

— Mais, bon sang, Morgan, c'est toi qui as exigé que je parte !

— Peut-être. Mais ça, c'était avant.

— Oh ! je vois ! Enceinte, j'ai moins de chances de séduire tes frères. Car c'était bien ça, ton souci majeur, n'est-ce pas ?

L'air soudain maussade, Morgan s'adossa au mur, croisa les bras et observa la jeune femme un instant.

— Mon souci majeur, lâcha-t-il enfin, c'est cette alchimie qui nous pousse l'un vers l'autre. Enceinte ou pas, tu es trop sexy pour être laissée en liberté. Bon sang, la sensualité que tu dégages réveillerait un mort !

Misty détourna les yeux.

— C'est ridicule.

Il secoua lentement la tête.

— Non, il n'y a rien de plus vrai. Par bonheur, je pense avoir trouvé la solution.

Morgan avait prononcé ces mots d'une voix un peu rauque. Et la façon dont il la contemplait à présent fit frissonner la jeune femme.

Pourtant, elle refusait d'être attirée par cet homme. Il était macho, arrogant, têtu — et elle aurait facilement aligné une dizaines d'autres épithètes du même genre. Le problème, c'est qu'il était également prêt à aider ceux qui se trouvaient dans le malheur. Quant à son charme… inutile d'en parler : c'était un véritable scandale.

Elle feignit de bâiller d'ennui pour dissimuler son trouble.

— Alors, c'est quoi, ta solution ? Tu comptes m'enfermer dans un coffre ? Ou m'accrocher un écriteau autour du cou pour éloigner mes victimes potentielles ?

— Non, rien d'aussi extrême.

Il plongea les yeux dans les siens et, quand il reprit la parole, ce fut d'un ton sans réplique.

— Tu vas travailler pour moi, et je vais faire courir le bruit que nous sortons ensemble. Ça suffira à te rendre inaccessible.

— Quoi ?

Sa mine ahurie le fit sourire.

— Crois-moi, Malone, si l'on pense que tu es ma petite amie, aucun homme ne t'approchera. C'est bien ce que tu voulais, n'est-ce pas ?

5

Morgan pouvait lire dans le regard de Misty un curieux mélange de colère, de gêne et d'excitation. La colère, il la comprenait, et la gêne ne durerait pas. Quant à l'excitation… il la partageait totalement.

— C'est un bon plan, Malone, lui dit-il d'un air convaincant. Ecoute, tu auras du mal à trouver du boulot avec cette condamnation pour vol. Et puis, je présume que tu es en liberté surveillée ?

La jeune femme l'admit de mauvaise grâce.

— Oui. Pour quelques mois encore.

— C'est bien ce que je pensais.

Elle serra les poings. De honte ? De regret ?… Morgan l'ignorait. En tout cas, il supportait mal de la voir dans cet état. Il verrait ce qu'il pourrait faire au sujet de sa condamnation, mais il devait d'abord la persuader d'accepter sa proposition.

— Tu seras payée par le comté. Le salaire n'est pas énorme mais il est correct. Et le fait de travailler pour un représentant de la loi constituera un point positif pour ton casier.

Le regard de Misty se perdit dans le vide. Elle réfléchissait manifestement à ce qu'il venait de dire, et n'avait pas l'air très convaincue. Morgan sentit une sourde panique l'envahir. Et si elle ne voulait pas jouer le jeu ? Si elle refusait de se faire passer pour sa petite amie ? Elle avait bien dit qu'elle ne désirait pas de nouvelle aventure sentimentale… Pourtant, c'était le seul moyen qu'il avait trouvé pour veiller sur elle. Pour faire en sorte qu'elle restât à Buckhorn, et avoir l'occasion de lui montrer qu'elle pouvait avoir confiance en lui. Cette idée lui était venue à l'instant où elle lui avait avoué qu'elle était enceinte. C'est-à-dire à l'instant où il avait cessé de lutter contre le désir qu'il avait de la garder près de lui.

— Comme je te l'ai déjà dit, reprit-il, tes qualifications suffisent amplement. Pas besoin de formation supplémentaire. Si tu acceptes, tu pourras vivre dans cette maison aussi longtemps que tu voudras. Tu auras le gîte et le couvert assurés.

Elle s'était mise à secouer la tête avant même qu'il eût fini sa phrase.

— Pas question que je reste ici sans débourser un sou.

Morgan se raidit. Il n'avait pas l'habitude qu'on contestât ses décisions. En règle générale, il s'occupait des problèmes des autres, et la plupart des gens s'en trouvaient fort satisfaits. Mais cette maudite Malone était différente ; elle avait trop de fierté pour ne pas discuter la moindre de ses suggestions. C'était une qualité qu'il admirait, bien sûr. Mais, dans le cas présent, il aurait préféré qu'elle ne fût pas aussi fière.

— Eh bien, tu participeras aux frais, si ça te chante ! Mais, quoi qu'il en soit, n'oublie pas que ta sœur souhaite te voir rester.

Pour Morgan, c'était un argument décisif. En tout cas, il n'en voyait pas de meilleur pour convaincre Misty.

— Peut-être. Mais Honey vient à peine de s'installer. La maison appartient à Sawyer, et…

— Elle vient à peine de s'installer, mais c'est à titre définitif. Elle peut donc inviter qui elle veut.

— Sawyer ne verrait peut-être pas d'un bon œil…

— Il serait ravi que tu restes, ma belle. D'ailleurs, la maison nous appartient à tous. Mon père l'a construite avant ma naissance et, quand ma mère et le père de Gabe ont choisi d'aller passer leur retraite en Floride, mes frères et moi avons décidé de continuer à vivre ici. Gabe a converti le sous-sol en appartement pour avoir un minimum d'intimité, et Jordan a fait la même chose au rez-de-chaussée.

Misty l'étudia un instant.

— Mais toi, tu vis toujours dans la chambre de ton enfance ?

— J'y ai fait quelques transformations, bien entendu, mais c'est la même. Cela dit, la maison que je construis au bord du lac est pratiquement terminée.

— Et, euh... je suppose que vous amenez tous vos... conquêtes ici ?

Son ton de feinte indifférence fit sourire Morgan.

— Non. Nos petites amies occasionnelles ne passent jamais la nuit chez nous : c'est la règle. Casey aura bientôt seize ans, et je ne veux pas m'afficher devant lui avec mes copines.

Misty parut surprise de sa réponse, mais elle se borna à un commentaire lapidaire.

— Cela ne doit pas être l'idéal pour un garçon de cet âge de ne vivre qu'avec des hommes.

— Nous faisons de notre mieux, rétorqua Morgan en haussant les épaules. Mais je sais que la présence de Honey fait le plus grand bien à Casey, et je suis sûr qu'il sera également ravi que tu restes avec nous.

— Je ne sais pas, Morgan. Il y a aussi les autres...

— Les autres m'en voudront si je n'arrive pas à te convaincre.

La jeune femme retourna à ses pensées. Morgan se tut en attendant fébrilement une réponse. Mais quand Misty reprit la parole, ce fut pour l'interroger sur ce qu'il avait dit plus tôt.

— Gabe est ton demi-frère ?

Il se détendit sensiblement, et alla s'asseoir sur le canapé. Puis il tendit la main à Misty pour qu'elle vînt le rejoindre. Elle marqua un temps, puis, au lieu de lui obéir, elle se dirigea vers le fauteuil et s'y laissa tomber.

Morgan eut un large sourire. Bon sang, cette Malone et ses tergiversations incessantes l'amusaient de plus en plus. Audace et prudence semblaient être ses maîtres mots, et elle jouait avec raffinement de ces attitudes paradoxales. Si bien, même, qu'elle allait sans doute parvenir à le faire tourner en bourrique.

— Avant de répondre à ta question, dit-il, je dois te parler de ma mère. Mon père est mort au Viêt-nam quand je n'avais que quelques mois. Ma mère l'aimait de tout son cœur, et sa disparition lui a causé un immense chagrin. Mais, l'année suivante, elle a rencontré celui qui allait devenir le père de Jordan. Elle était seule avec deux enfants en bas âge — Sawyer et moi —, et elle se croyait amoureuse. Elle s'est donc remariée, et elle a eu Jordan. Par malheur, peu de temps après, son mari a perdu son emploi et s'est mis à boire. Quand elle a compris que son couple était fichu, elle a divorcé. Le moins que l'on puisse dire de ces années-là, c'est que sa situation n'était pas brillante. Elle devait à la fois travailler, élever trois enfants et faire face au manque de considération qu'entraînait le fait d'être à la fois veuve, mère et divorcée.

— Pauvre femme ! dit Misty. Même aujourd'hui, ce n'est pas facile d'être mère célibataire. Alors, à l'époque, ça devait être terrible, surtout avec trois enfants. Ta mère a dû faire preuve d'un sacré courage !

— Mais toi aussi, tu fais preuve de courage, Malone chérie. Il le faut pour décider d'avoir un bébé lorsqu'on a été blessée dans ses sentiments et que l'on se retrouve seule.

Misty lui décocha un regard noir.

— Je t'ai déjà dit que je n'étais pas blessée. Quant aux hommes, je n'ai pas besoin d'eux pour élever mon bébé.

De quels « hommes » parlait-elle donc ? se demanda Morgan. De ceux qui s'enfuient à la première épreuve ? Mais lui ne faisait pas partie de ceux-là, nom d'un chien, et il allait bien falloir qu'elle s'en rendît compte.

— Ne mets pas tous les hommes dans le même panier, ma belle. Regarde Sawyer, par exemple. Il a élevé son bébé tout en terminant ses études. Et, même avec notre aide, je peux t'affirmer qu'il n'avait pas un instant de répit.

La jeune femme soupira.

— Sawyer est une exception. En règle générale, les hommes fuient ce genre de responsabilité.

Sans véritable raison, Morgan se sentit visé personnellement.

— Tu n'as pas encore suffisamment vécu pour porter ce genre de jugement ! lança-t-il d'un ton irrité.

Misty eut un rire un peu triste.

— Je suppose que tu as raison.

Puis elle lui offrit un vrai sourire qui le toucha comme une caresse.

— C'est merveilleux que vous vous aimiez tous autant. Mon père n'est pas du tout comme ça. Si je n'avais pas Honey…

— Je sais. Ta sœur nous a beaucoup parlé de lui et du peu d'affection qu'il vous a témoignée. Elle nous a dit aussi que ce manque d'amour avait contribué à vous rapprocher l'une de l'autre.

Morgan espéra un instant que Misty allait se confier à lui, mais elle s'était déjà renfrognée.

— Puisque vous êtes si proches l'une de l'autre, reprit-il d'un ton prudent, cela devrait te faire plutôt plaisir de vivre sous le même toit qu'elle ?

La jeune femme éluda sa question et en posa une autre.

— Et Gabe, au fait ? Tu ne m'as pas encore parlé de lui. Pourtant, je présume qu'il n'est pas né du Saint-Esprit ?

— Parfois, je me le demande… Non, je plaisante. Le père de Gabe, Brett Kasper, est toujours le mari de ma mère.

— Incroyable ! C'est vrai que vous êtes assez différents, mais je n'aurais jamais pensé… Bon, Sawyer et toi, vous vous ressemblez pas mal. Tu es plus carré que lui, mais vous avez les mêmes cheveux noirs, et vos mâchoires ont la même forme. La forme têtue, si tu vois ce que je veux dire.

— Je vois très bien, oui.

— Mais Gabe, avec ses cheveux blonds et ses yeux bleus superbes… et Jordan, qui est châtain aux yeux verts… Et cette voix qu'il a ! Mmm ! Tellement séduisante…

Il fallut que Misty éclatât de rire pour que Morgan comprît qu'elle ne faisait que l'asticoter. Il lui rendit son sourire.

— Est-ce que je dois me remettre à trembler pour la vertu de mes frères ?

— Tu plaisantes ! Vous avez tous perdu votre vertu depuis longtemps.

— C'est faux. Tu confonds vertu et chasteté.

La jeune femme pouffa de rire, et secoua la tête avec incrédulité. Elle ne s'en rendait peut-être pas compte, mais Morgan savait qu'il lui plaisait, qu'elle appréciait sa présence.

— Je préfère t'entendre rire que pleurer, murmura-t-il, ravi de la voir se détendre.

Misty se raidit aussitôt.

— Si tu n'étais pas venu m'espionner, ce matin, tu ne m'aurais pas surprise en train de pleurer.

Il fit un geste apaisant de la main.

— Je ne me plaignais pas, Malone. C'est juste que je n'aime pas te sentir malheureuse.

Elle se redressa brusquement sur son siège avec un air de feinte surprise.

— Oh ! vraiment ? C'est sans doute pour cela que tu as annoncé à tout le monde que j'étais enceinte. Tu pensais me rendre heureuse, n'est-ce pas ?

— Non. Mais le fait de filer à l'anglaise n'était pas une bonne solution. Tu te serais sentie encore plus malheureuse.

— Je ne me sens absolument pas malheureuse !

— D'accord, d'accord ! Je retire ce que j'ai dit. Laisse-moi plutôt te raconter la fin de mon histoire.

— Je suis tout ouïe, Morgan.

— Eh bien, voilà. Après avoir perdu un mari et divorcé d'un autre, ma mère avait décidé de se passer définitivement des hommes. Il a donc fallu beaucoup de temps à Brett Kasper pour faire sa conquête. Heureusement, il était très amoureux et… très patient. Quand ma mère lui disait qu'elle en avait assez de le voir tourner autour d'elle, il reportait son affection sur nous. M'man avait perdu d'avance.

— Tu veux dire qu'il la manipulait comme tu tentes de le faire avec moi ?

— Qu'importe, Malone ? L'essentiel, c'est de parvenir à ses fins.

Il sourit pour atténuer l'impact de ses paroles, mais il était sûr d'avoir raison. Brett Kasper avait insisté à juste titre : il avait prouvé à sa mère qu'il était l'homme qu'il lui fallait. Et il ne lui déplaisait pas de penser qu'il en irait de même pour lui et Misty.

— Grâce à sa stratégie, Brett a épousé ma mère, et ils sont très heureux ensemble depuis pas mal de temps. D'ailleurs, tu aurais pu en juger par toi-même si Brett n'avait pas eu un petit problème de santé. Pas grave, mais suffisamment sérieux pour qu'il ait renoncé à assister au mariage. Et, bien sûr, m'man est restée avec lui.

— Ta mère a l'air formidable !

Morgan se pencha en avant pour lui prendre la main.

— Elle l'est, Malone. Et j'espère que tu as compris à quel point tu lui ressembles. Tu as tendance à te tromper, mais, avec un peu de temps, tu oublieras tes réserves à propos des hommes.

Elle voulut répliquer, mais il lui coupa la parole. Il en avait assez de l'entendre affirmer qu'elle avait décidé de se passer des hommes à tout jamais.

— Alors, Malone, quelle est ta réponse pour ce job ?

Misty hésitait encore.

— Je ne sais pas… Je trouve curieux qu'il se soit présenté tout à coup, comme par magie.

Morgan n'avait pas lâché sa main et, à présent, il la caressait doucement.

— En réalité, le poste est vacant depuis quelque temps…

— Il est donc si difficile de trouver du personnel dans la région ?

— Au contraire. Il y avait un nombre incalculable de jeunes femmes qui postulaient dans le seul but de me mettre le grappin dessus.

Cette affirmation provoqua l'hilarité de Misty. Morgan, quelque peu vexé, attendit qu'elle se fût calmée pour reprendre la parole.

— Je ne mens pas. On me considère comme un excellent parti, dans le coin. Le problème, c'est que je préfère choisir ma femme moi-même.

— Ah, oui, c'est vrai : tu cherches une femme !

L'idée ne paraissait pas la chagriner outre mesure.

— Euh… enfin, si on veut, marmonna-t-il. Disons qu'il m'est arrivé d'y penser.

C'était un sujet qu'il n'avait pas envie d'aborder avec Misty. D'ailleurs, depuis quelques jours, il n'y pensait plus du tout.

— De toute façon, j'ai autre chose à faire, au bureau, que repousser les avances de mon assistante.

— Et je suppose que le simple fait qu'elle respire passerait à tes yeux pour une invitation ?

— Ah ! Malone, femme de peu de foi ! Je t'ai dit qu'il n'y avait que toi pour me faire cet effet-là. Contrairement à ce que ta perversité t'amène à imaginer, je ne me consacre pas à la fornication. Je vis ici, nom d'un chien ! Et, de plus, je suis le shérif. C'est un poste stratégique. On attend de moi une conduite exemplaire.

Il pressa la main de Misty avec un sourire contrit.

— Il n'y a qu'en ta présence que je manque de retenue.

La jeune femme rougit brusquement. Morgan adorait ça. Le bleu de ses yeux en paraissait encore plus sombre.

— Mais si je te fais l'effet que tu prétends, Morgan, pourquoi diable veux-tu que je vienne travailler avec toi ?

— Parce que ça nous permettra de résoudre un double problème, voyons ! Toi, tu auras du boulot, et moi, j'aurai une secrétaire qui ne me sautera pas dessus à la moindre occasion… Tu m'as suffisamment répété que les hommes ne t'intéressaient pas.

Misty réfléchit longuement avant de donner sa réponse.

— Bon, d'accord. Mais à une condition.

Morgan se sentit aussitôt plus léger. Enfin, elle avait accepté !

— Laquelle ?

— Je veux que tu répares ma voiture.

Il la regarda d'un air de défi.

— Je veux bien. Si tu promets de m'avertir au cas où tu aurais l'intention de partir.

— Tu n'as pas le droit de me retenir contre mon gré !

— Je ne le sais que trop, malheureusement. Et je n'essaierai même pas. Mais si tu décides de t'en aller, dis-le moi.

— Répare ma voiture aujourd'hui et je t'en ferai la promesse.

Morgan acquiesça d'un signe de tête.

— Et en ce qui concerne l'autre proposition, quelle est ta réponse, Malone ?

— Je ne vois pas de quoi tu veux parler…

Le regard de Morgan se posa sur les lèvres sensuelles, pulpeuses à souhait, puis glissa jusqu'à son débardeur jaune tendu par ses seins ronds et fermes. Il avait une envie folle de prendre dans sa bouche, l'un après l'autre, leurs mamelons aux pointes durcies par le désir… Il avait la gorge si sèche qu'il dut déglutir avant de répondre à Misty.

— Faisons courir le bruit que nous sortons ensemble. Ainsi, aucun mâle n'osera plus te draguer.

La jeune femme détourna les yeux. Elle retira sa main de celle de Morgan et se leva, l'air songeur. La voyant prête à céder, il vint se placer derrière son dos, et se lova contre elle.

— Considère les choses de façon positive, Malone, murmura-t-il en la prenant par les épaules. Tous tes problèmes seront résolus d'un seul coup, au moins pour un temps.

Sa peau était soyeuse et chaude. Il se vit en train de l'embrasser dans le cou. Il pouvait presque la sentir vibrer de plaisir sous ses lèvres.

— Et si tu te dis que ce sera trop dur pour toi, ajouta-t-il, essaie seulement d'imaginer ce que ça provoquera chez moi.

— Quoi ?

Elle était intriguée. Il cacha son sourire.

— Je meurs d'envie de te faire l'amour, Malone. Et puisque tu prends un plaisir sadique à me faire souffrir, l'idée de me voir frustré à longueur de journée ne devrait pas te déplaire.

De toute façon, il était écrit qu'ils coucheraient ensemble. La force qui les poussait l'un vers l'autre était bien trop puissante pour que Misty y résistât longtemps. La belle pouvait dire ce qu'elle voulait : elle finirait bien par céder.

Elle se tourna soudain vers lui avec un sourire mutin.

— Très bien, tu m'as convaincue. Effectivement, la perspective de te voir souffrir ne manque pas de charme.

Morgan sentit son cœur faire un bond dans sa poitrine. Il prit Misty dans ses bras et se pencha vers son visage.

— Parfait ! dit-il. Nous allons sceller notre pacte par un baiser.

Au lieu du baiser torride auquel s'attendait Misty, les lèvres de Morgan, douces et tièdes, se contentèrent de frôler les siennes avec la légèreté d'une aile de papillon. Surprise, elle releva lentement les paupières et le contempla. Ses yeux vert jade brillaient de désir, mais aussi de tendresse. Le cœur de la jeune femme se mit à battre plus fort. Pour un homme de sa stature, Morgan pouvait se révéler remarquablement délicat. Elle lui adressa un sourire timide.

— Je ne vous dérange pas, j'espère ?

Ils se séparèrent brusquement et se tournèrent vers la porte avec un bel ensemble. Négligemment appuyé au chambranle, Jordan les observait, l'air moqueur.

— Les crêpes vont être froides si vous ne vous dépêchez pas.

Morgan poussa un juron.

— Ça t'arrive de frapper avant d'entrer ?

— Mais non, ce ne serait pas drôle !

Morgan soupira lourdement et haussa les épaules en signe d'impuissance. Puis, sans un mot, il prit la main de Misty et entraîna la jeune femme vers la cuisine.

Quand ils entrèrent, Gabe, Sawyer, Honey et Casey étaient en train de déjeuner. Ils remarquèrent tous leurs mains unies, et échangèrent des regards entendus. La scène était si comique que la jeune femme, malgré sa gêne, faillit éclater de rire.

Morgan, lui, secoua la tête, l'air sinistre.

— Vous me faites penser à des babouins dans un zoo… Pas toi, Honey, seulement les hommes.

La jeune mariée fronça les sourcils.

— Tout va bien ? demanda-t-elle à sa sœur.

— Oui, tout va bien.

Misty essaya discrètement de retirer sa main, mais Morgan la tenait fermement. Pourtant, elle n'allait pas rester là, sous le regard curieux de la famille, à attendre qu'il annonçât Dieu sait quoi. Mieux valait qu'elle prît les devants.

— Euh… Morgan insiste pour que je reste avec vous quelques jours de plus.

— Très bien !

— Il a tout à fait raison.

— Tu sais que tu es la bienvenue.

Ce concert d'approbations lui fit chaud au cœur.

— Vous êtes tous des amours, déclara-t-elle, la voix altérée par l'émotion. J'apprécie vraiment votre générosité.

Gabe eut un petit rire.

— Il n'y a rien de très généreux dans le fait d'accueillir chez soi une superbe créature.

Il jeta un coup d'œil appuyé à sa main qui était toujours dans celle de Morgan, et poursuivit :

— Cela dit, Misty, si tu as besoin d'un coin à toi, je peux te faire de la place au sous-sol.

Jordan prit un air offensé.

— Ne l'écoute pas, Misty chérie. J'allais justement t'offrir de partager mes quartiers.

A ces mots, Casey bondit sur ses pieds comme un diable surgissant de sa boîte, et fit face à ses oncles.

— Hé ! vous deux, si vous avez vraiment trop de place, je vais m'installer chez vous à tour de rôle.

Tout en riant, Sawyer attrapa son fils par les épaules, et le força à se rasseoir.

— Arrête, Casey : tu sais bien que c'est une cause perdue d'avance ! Quant à toi, Morgan, ne fais donc pas cette tête ! On dirait que tu es prêt à jeter tes frères par la fenêtre ! Que penserait Misty si tu te laissais aller à la violence ?

— Elle penserait que je suis possessif.

— Ah ! Mais est-ce que tu as le droit de l'être ?

— Aucun doute à ce sujet. Nous avons signé un pacte.

Pour confirmer ses dires, Morgan serra Misty contre lui, si fort qu'il faillit lui briser les côtes. La jeune femme jeta un regard implorant à sa sœur, mais celle-ci se contenta de lui adresser un grand sourire. Manifestement, elle était aux anges.

— Une question, Morgan : le père du bébé est-il au courant de ce… pacte ? demanda Gabe tout en mangeant sa crêpe.

Jordan ricana.

— S'il a un tant soit peu de plomb dans la tête, il va venir récupérer Misty. En tout cas, c'est ce que je ferais à sa place.

Il jeta un regard à Morgan, et rectifia :

— Euh… tout compte fait, il ferait mieux de rester où il est.

Misty se sentait confondue. Le fait qu'elle fût enceinte ne semblait pas déranger les Buckhorn. Au contraire, ils avaient accepté sa grossesse comme si cela allait de soi, sans la moindre hésitation ni condamnation. Mieux, ils se montraient extrêmement gentils avec elle, et semblaient se réjouir de la relation qu'elle avait nouée avec leur frère. Et ils ne posaient aucune question indiscrète.

— De toute façon, précisa-t-elle, le père du bébé ignore où je suis.

Morgan lui jeta un regard sombre.

— Tu devrais peut-être le lui faire savoir. J'aimerais lui dire deux mots.

— Ne l'écoute pas, intervint Honey. Morgan aboie, mais il ne mord pas. En réalité, c'est un tendre.

Un concert de railleries accueillit l'épithète.

— Mais si, c'est un tendre ! répéta Honey. Il suffit de ne pas se laisser rebuter par sa mine inflex…

Elle stoppa net et se mit à rire.

— Que je suis bête ! Vous le connaissez mieux que moi.

Morgan eut alors un large sourire.

— J'avoue que je mords rarement, Honey, pour reprendre ton expression. C'est, d'ailleurs, pour cette raison qu'on m'a nommé shérif. Les gens savent que je maîtrise parfaitement mes impulsions.

— Si je me souviens bien, corrigea Jordan, c'est plutôt ta capacité à maîtriser les autres qui a plu à la population.

Gabe cogna du poing sur la table pour faire taire ses frères.

— Revenons au sujet de la discussion, je vous prie. C'est quoi, ce pacte que vous avez passé ? Je meurs de curiosité.

Misty retint son souffle. Pourvu que Morgan n'en dît pas trop !

— Misty va venir travailler avec moi.

Sawyer haussa les sourcils.

— Je croyais que tu ne voulais pas embaucher une femme, de peur qu'elle se fasse des idées.

— C'est exact. Mais, dans le cas présent, nous nous en faisons tous les deux, des idées. Et, par bonheur, ce sont les mêmes.

— Super ! lança Casey en se levant de table. Bon, si vous n'y voyez pas d'inconvénient, je m'en vais. C'est dimanche : on m'attend en ville.

Sawyer jeta à son fils un regard intéressé.

— Une fille ?

— Plusieurs.

Morgan éclata de rire. Puis il attrapa Casey par le cou et lui ébouriffa les cheveux.

— Tu ressembles à ton oncle, mon garçon.

— Ah oui ? Lequel ?

Gabe écarta les bras et répondit :

— Si elles sont jolies, ce ne peut être que moi.

— Je te remercie ! lança Honey d'un air faussement offusqué.

Misty était époustouflée. La scène qu'elle redoutait tant était passée comme une lettre à la poste.

— Dis-moi, Casey, dit soudain Morgan, si Misty est d'accord, je compte lui faire visiter le bureau. Veux-tu profiter de la voiture ?

— Non, merci. Je vais aller en ville à cheval. Jordan m'a dit que Windstorm avait besoin d'exercice.

Sur ces mots, il se dirigea vers la porte.

— Salut à tous. Je rentrerai vers 15 heures.

Quand il fut sorti, Morgan se tourna vers Misty.

— Windstorm est la nouvelle jument que Jordan…

Il s'interrompit, les sourcils froncés.

— Tu as l'air bizarre, ma belle. Tu ne te sens pas bien ?

— Ce n'est pas ça…

Elle regarda Sawyer qui embrassait Honey, Jordan et Gabe qui se resservaient du café…

— C'est la façon dont vous vivez qui m'épate.

— Je la comprends, dit Honey. Vous, les garçons, vous ne vous en rendez pas compte, mais l'ambiance, ici, est assez déconcertante pour nous. Quand nous vivions chez nos parents, les repas se déroulaient en silence. Personne ne s'éternisait à table pour le simple plaisir de discuter, et le fait est qu'on ne riait pas souvent. Cela dit, Misty, tu feras comme moi : tu t'habitueras vite aux Buckhorn.

Misty n'avait rien prévu de tout cela, mais elle ne regrettait pas d'être restée. Elle s'amusait. Et, pour la première fois depuis bien longtemps, elle avait envie de rire sans raison.

6

Misty jeta un coup d'œil indécis sur les vêtements qu'elle portait — débardeur jaune et short en denim effrangé. Morgan lui avait déjà affirmé que c'était « très bien pour un dimanche », mais la manière dont il la regardait, tout en marchant à ses côtés, la faisait douter.

— Tu es bien sûr que ce n'est pas la peine que je me change ?

— Tu es parfaite, Malone. Et sexy comme ça n'est pas permis. D'ailleurs, je t'avoue que j'ai du mal à me retenir… Bien sûr, demain, pour travailler, il vaudra mieux que tu t'habilles de façon moins provocante. Un jean et un chemisier sans fioritures, par exemple. Et mets un soutien-gorge, par pitié ! Je serai totalement incapable de travailler si je sais que tu te balades sans soutien-gorge.

Morgan fit trois pas de plus vers le garage avant de se rendre compte que Misty ne le suivait plus. Il se retourna pour lui faire face.

— Qu'est-ce qu'il y a encore, Malone ?

Comme si ce bon à rien ne le savait pas ! Une telle mauvaise foi était tout de même incroyable. Presque aussi incroyable que l'état dans lequel Misty se trouvait après son discours : mi-furieuse, mi-excitée… Elle avait vécu tant de déceptions, reçu tant de gifles, ces derniers temps, qu'une attitude aussi ouvertement admirative que celle de Morgan était un véritable baume sur ses blessures, qu'elle le voulût ou non.

— Si tu veux que ça marche entre nous, lança-t-elle en articulant bien pour empêcher sa voix de trembler, il faut que tu apprennes à parler de façon moins… crue.

— Avoue que ça t'excite.

— Non. En fait, ça m'énerve.

Il sourit et revint lentement sur ses pas, jusqu'à ce qu'il dominât Misty de sa haute taille.

— C'est pour ça que tu es toute rouge ?

Il avait les yeux fixés sur sa poitrine. Quand elle l'entendit gémir, elle baissa les yeux et ne fut pas surprise de voir ses mamelons durcis tendre le tissu de son débardeur. Son corps réagissait et elle n'y pouvait rien, mais ça la mettait hors d'elle.

Dans un élan de désespoir, elle se retourna et voulut s'enfuir, mais il l'arrêta en la prenant doucement par les épaules. Un moment, ils restèrent là, immobiles et silencieux. Puis Morgan poussa un soupir.

— Ne te fâche pas, Malone. Je fais ce que je peux.

Elle le regarda sans ciller. S'il croyait l'intimider, il se trompait lourdement.

Morgan marqua un temps, puis secoua lentement la tête.

— Bon sang, Malone, tu es la femme la plus têtue que j'aie jamais rencontrée. Tu meurs d'envie de faire l'amour avec moi, mais tu t'obstines à me repousser. J'ai l'impression que je suis en train de devenir dingue.

Son expression était trop craquante. Misty se retint de sourire.

— Tu étais déjà dingue bien avant de me connaître.

— Pas du tout ! J'étais le roi du self-control. Et, aujourd'hui, j'ai l'air de quoi avec cette érection qui me gêne pour marcher ?

Misty se sentit plus frustrée que choquée par cette réflexion.

— C'est exactement ce que je voulais dire, Morgan. Tes petits problèmes de mâle ne me regardent pas.

— Pourtant, c'est toi qui en es la cause.

Elle voulut lancer une repartie cinglante, mais il ajouta en bougonnant, comme s'il se parlait à lui-même :

— En plus, tu as bousillé mes projets.

Misty n'en crut pas ses oreilles. Comment ce lourdaud osait-il ? Elle se sentait d'autant plus scandalisée qu'elle savait parfaitement de quels projets il s'agissait.

— Mais je t'en prie, répliqua-t-elle, ne te gêne pas pour moi ! Je peux même t'aider à la trouver, l'épouse idéale, si tu veux.

Sa repartie eut l'air de le contrarier.

— Non, madame, grogna-t-il en se penchant sur elle. Je n'ai pas besoin de ton aide.

— Pourquoi ? Tu n'as qu'à me décrire la femme que tu cherches, et je me fais fort de te la trouver.

Morgan se pencha vers elle et lui souleva le menton de l'index.

— En ce moment, ce n'est pas une épouse que je veux, c'est toi. Et, si tu étais un tant soit peu honnête, tu admettrais que toi aussi, tu as envie de moi.

Misty le regardait intensément.

— Désolée, lui dit-elle, mais j'ai rayé les hommes de mon existence.

Il prit tendrement son visage entre ses mains.

— Mais nom de nom, Malone, ce n'est pas juste ! Tu ne me donnes même pas une chance.

Son regard caressa les yeux de Misty, ses lèvres, ses seins…

— Quel dommage ! Je suis sûr que tu apprécierais.

La jeune femme ne put s'empêcher de sourire. Avec sa franchise brutale, Morgan était très différent des autres hommes qu'elle avait rencontrés. Sa pensée ne connaissait pas de cheminement tortueux. Il avait envie de sexe et le revendiquait. Il voulait se marier et lui disait clairement qu'elle ne ferait pas l'affaire — ce qu'elle ne savait que trop bien. Il la tenait au courant de son état d'esprit et, bien qu'elle le trouvât parfois un peu trop direct, c'était tout de même bien agréable de ne pas avoir à s'interroger sur des motifs cachés ou des agendas secrets.

Par rapport à Kent, l'homme qui lui avait juré un amour éternel, puis l'avait abandonnée en apprenant qu'elle était enceinte, c'était le jour et la nuit.

— De toute façon, déclara-t-il en la lâchant, je continuerai d'essayer. Tôt ou tard, tu en auras assez de résister, et tu me tomberas toute chaude dans les bras.

— N'y compte pas, Morgan. J'adore te voir souffrir, et ce n'est pas demain que je me priverai de ce plaisir. D'ailleurs, c'est dans ce but que j'ai accepté de participer à cette petite comédie.

Sans prononcer un mot, il lui prit la main et repartit en direction du garage.

— A propos de cette… comédie, reprit-il enfin, comprenons-nous bien : ce n'est pas parce que tu continueras à repousser mes avances que je te flanquerai à la porte. Tant que tu feras ton boulot correctement, tu n'auras pas à craindre de le perdre.

Misty n'en avait jamais douté. Elle savait déjà que Morgan était un homme d'honneur et qu'il ne tenterait jamais de lui forcer la main. D'ailleurs, il le lui avait prouvé, sous la tonnelle. Non, en fait, ce n'était pas lui qu'elle craignait. C'était ses réactions à elle.

Elle avait toujours ce sujet en tête quand Morgan ouvrit la porte du garage. A l'intérieur se trouvait la voiture de fonction qu'ils étaient censés emprunter.

Misty sentit son sang se figer dans ses veines. La Bronco 4x4 qu'elle avait sous les yeux n'était pas le type de véhicule qu'utilisait la police urbaine. La rampe gyroscopique sur le toit et le mot « Shérif » inscrit sur les portières suffisaient à lui rappeler l'expérience la plus éprouvante qu'elle eût jamais vécue : son arrestation.

La jeune femme déglutit péniblement et décida de donner le change. Elle n'avait pas encore la force de partager ce souvenir.

— Mais quel genre de shérif es-tu ? s'exclama-t-elle d'un ton enjoué. Je pensais que les types de ton genre conduisaient des berlines, pas des voitures tout-terrain au moteur gonflé.

— Nous sommes dans une région montagneuse, Malone. Et parmi les affaires que nous devons régler, certaines nous obligent à battre la campagne. En novembre dernier, par exemple, une fillette de cinq ans s'est perdue, et nous avons marché pendant deux jours pour la chercher. C'est après cet épisode que les habitants de Buckhorn ont décidé de se cotiser pour que je dispose enfin d'un 4x4.

— Et la petite fille ? demanda Misty d'un air angoissé.

— Je l'ai découverte pelotonnée au pied d'un rocher.

Il serra les poings, et sa mine s'assombrit.

— Son père avait abandonné les recherches depuis des heures. Il attendait dans mon bureau en buvant du café et en se faisant plaindre.

Morgan avait l'air dégoûté, et Misty ne l'en blâmait pas.

— Sawyer avait rassemblé une cinquantaine de volontaires. Nous avons cherché la fillette toute la journée et toute la nuit. Quand je l'ai retrouvée, au soir du second jour, elle était terrifiée, elle crevait de froid et elle réclamait son père.

Misty posa la main sur le bras de Morgan dans l'espoir d'apaiser un peu sa colère. Connaissant l'homme comme elle le connaissait maintenant, elle se doutait qu'il avait dû vivre des instants pénibles à essayer de consoler cette petite fille.

— Le père aurait dû t'accompagner.

— C'est un crétin. Il faisait du camping sauvage sans rien y connaître. Il avait planté sa tente dans une clairière, au fond d'un vallon glacé, et son matériel n'était pas adapté au froid. Sa fille s'est perdue parce qu'il l'avait laissée sans surveillance.

— Mais elle s'en est bien sortie ?

— En dehors d'une bronchite et d'une légère déshydratation, elle se portait comme un charme. Je suis sûr que tu l'aurais trouvée craquante. Mignonne à croquer… Si ç'avait été ma fille, jamais je n'aurais laissé tomber les recherches.

La gorge serrée par l'émotion, Misty lui sourit.

— Pour commencer, je crois que tu ne l'aurais pas quittée des yeux.

Il déposa un baiser sur son nez.

— Non, certainement pas.

En plus, il n'avait pas dû dormir du tout pendant les deux jours de recherche. Vraiment, ce Morgan avait l'étoffe d'un héros. Et il eût été par trop facile de s'enticher de lui…

Elle lui adressa un vibrant sourire.

Morgan regarda sa bouche, haussa les épaules et ouvrit la portière de la Bronco.

— Allez, Malone, monte avant que j'oublie mes bonnes manières.

L'appréhension que Misty avait tenté de chasser revint en force. Elle mesura le 4x4 du regard, sans pouvoir bouger.

Morgan plissa les yeux.

— Ça n'a pas l'air d'aller, Malone.

— Moi ? Quelle idée !

Elle se força à faire un pas en avant, et grimpa sur le siège. Morgan claqua la portière et fit le tour du véhicule pour s'installer de l'autre côté. Une fois assis, il adressa à sa passagère un regard perçant.

— Tu es sûre que tu n'as rien à me confier ?

— Je ne vois pas ce que tu veux dire.

La jeune femme regardait fixement le tableau de bord. Derrière sa nuque, elle sentait le grillage solide qui séparait la cabine en deux. Elle savait que les personnes appréhendées montaient dans la partie arrière, comme elle avait dû le faire elle-même, peu de temps auparavant. Ce souvenir lui arracha un frisson.

Morgan mit le contact et lui prit la main.

— Quand on t'a arrêtée, on t'a passé les menottes, n'est-ce pas ?

— Je n'ai aucune envie d'en parler.

Elle voulut retirer sa main, mais il l'en empêcha. Elle ne protesta pas. Dans le fond, elle trouvait ce contact apaisant, presque nécessaire. Elle se mordit la lèvre, puis ferma lentement les paupières. Il était plus que temps de se laisser aller.

— Oui, on me les a passées. Seigneur, je ne m'étais jamais sentie aussi humiliée ! J'avais déjà trouvé injuste que Collins m'accuse de l'avoir volé, mais quand les flics sont arrivés, j'ai carrément refusé d'y croire. J'étais certaine que le cauchemar allait s'arrêter, qu'on allait retrouver l'argent et me présenter des excuses.

— Ils ne l'ont pas trouvé sur toi ?

— Bien sûr que non !

Elle contempla Morgan avec des yeux ronds.

— Tu ne crois pas à mon innocence, n'est-ce pas ?

Ils atteignaient la route principale. Morgan ne l'avait pas lâchée et conduisait d'une seule main. Il resta silencieux un moment.

— Pour être honnête, reconnut-il enfin, j'ai des doutes. Mais si tu l'as fait, c'est une chose que je peux comprendre.

Dans son malheur, Misty faillit pouffer de rire. Décidément, l'envie qu'il avait de coucher avec elle ne l'empêchait pas d'être franc. D'autres, à sa place, auraient trouvé le ton et les mensonges qui adoucissent les relations.

— Mon avocat lui-même me croyait coupable.

— Les charges qui pesaient contre toi devaient être lourdes.

— Oui. Le fait que je sois enceinte et abandonnée faisait de moi une femme désespérée. A partir de là, il n'y avait qu'un pas pour que je devienne une voleuse.

— Et ce Collins savait que tu étais enceinte ?

— Les nausées du matin m'avaient trahie.

Plongée dans ses souvenirs, Misty n'était que vaguement consciente de la beauté du paysage qui défilait derrière les vitres de la voiture. Le soleil brillait, mais elle frissonna, sans doute à cause de la climatisation…

— Je ne voyais plus Kent, et je savais que j'allais avoir besoin d'argent quand le bébé serait là. J'ai donc proposé à Collins de faire des heures supplémentaires.

Elle jeta un regard en coin à Morgan.

— Cela aussi a paru suspect aux yeux du juge. D'autant que mon boss s'est empressé de déclarer qu'il manquait régulièrement des petites sommes dans la caisse, depuis quelque temps. Là, je suis tombée des nues : il ne m'en avait jamais parlé. Mais, à l'en croire, c'était pour cette raison qu'il avait débarqué à la boutique à l'improviste. Il voulait s'assurer qu'il ne manquait rien dans la caisse.

A ce moment-là, Morgan la surprit en soulevant sa main pour en embrasser tendrement la paume.

— Je suis désolé de t'avoir fait monter dans cette voiture, Malone chérie. J'aurais dû penser que cela te rappellerait des souvenirs désagréables.

Misty haussa les épaules.

— Après ce que j'ai vécu, je me sens un peu idiote de me laisser impressionner par un 4x4. Mais tu ne peux pas savoir ce que j'ai ressenti. Il y avait une foule de gens massés devant la boutique quand on m'a embarquée. J'avais les menottes aux poignets et j'étais morte de honte. Les gens me dévisageaient comme si je venais de commettre un meurtre.

Morgan ralentit pour laisser traverser une biche.

— Le fait que les gens te dévisagent, ça ne m'étonne pas vraiment, assura-t-il d'un ton paisible. Mais ça, c'est parce que tu es belle comme le jour. D'ailleurs, entre nous, tu ferais mieux de t'y habituer.

Rien de tel que le rire pour combattre la mélancolie…

— Bon, je suppose que je suis légèrement plus jolie que la moyenne — et je t'accorde ce « légèrement plus » uniquement parce que tu n'arrêtes pas de chanter mes louanges.

Morgan eut un large sourire.

— J'ai le droit d'utiliser cette voiture pour mon usage

personnel. Une prime, en quelque sorte. Par conséquent, tu n'es pas la première femme à y monter.

— Je ne comprends pas. Pourquoi me dis-tu ça ?

— Pour que tu saches que si les gens te dévisagent, aujourd'hui, il s'agira d'un autre genre de curiosité.

— D'accord. Mais que penseraient-ils s'ils apprenaient que tu flirtes avec un repris de justice ?

— C'est de toi que tu parles ?

— Bien sûr.

Morgan eut un regard méditatif.

— Tu sais que tu pourrais retrouver un casier vierge ?

Misty sentit son pouls s'accélérer brusquement. Un casier vierge ! Ce serait… inespéré.

— Je ne vois pas comment…

— Je peux m'en occuper. C'est légal mais extrêmement compliqué, et je préfère remettre les explications à plus tard. Mais si tu n'as vraiment pas volé l'argent…

— Je ne l'ai « vraiment » pas volé, Morgan !

Elle attendit sa réaction avec fébrilité. Pour une raison ou pour une autre, il était devenu vital que Morgan la crût. Et pas seulement parce qu'il voulait lui venir en aide.

— Très bien. Je vais voir ce que je peux faire.

Ils venaient d'atteindre le centre-ville, qui se composait en tout et pour tout d'une rue plutôt étroite bordée de maisons de deux ou trois étages. Misty l'avait déjà traversé pour se rendre à l'hôtel de ville, le jour du mariage de sa sœur, mais elle était alors bien trop excitée pour s'intéresser à ce qui l'entourait.

Buckhorn était dotée de deux épiceries, une à chaque extrémité de la rue, d'un magasin de vêtements où toute la population devait s'habiller depuis des lustres, d'un petit restaurant dont l'enseigne venait d'être repeinte, d'un coiffeur et d'une pharmacie. Bien que l'on fût dimanche, toutes les boutiques étaient ouvertes. Des gens, assis à l'extérieur, levaient les yeux à leur passage.

— J'ai l'impression de me retrouver un siècle en arrière, murmura Misty tandis qu'ils tournaient à droite, dans une rue encore plus étroite.

Ils croisèrent quelques maisons basses, puis une ferme d'où provenait une odeur de fumier, et un établissement de pompes funèbres avec des cercueils en vitrine. Juste après ce bâtiment, Morgan s'engagea dans une cour, fit halte et coupa le contact.

Misty contempla d'un œil curieux l'ancien corps de ferme qui se dressait devant eux. Il était doté d'une véranda dont les colonnes blanches supportaient une balustrade finement ouvragée. Les stores étaient à moitié tirés.

— Pourquoi nous arrêtons-nous ici ?

Morgan eut un petit rire et désigna la maison du doigt.

— Voilà le bureau du shérif, ma belle. L'ancien était situé de l'autre côté de la ville, près du tribunal, mais il n'était guère plus vaste qu'un placard à balais. Alors, un jour, plusieurs années avant mon élection, l'un de mes prédécesseurs a décidé de s'installer ici. C'est sympa, non ?

Au même moment, deux hommes d'un certain âge surgirent à l'angle de la maison.

— Tiens ! Salut, Morgan ! s'écria l'un deux. On ne s'attendait pas à te voir aujourd'hui. Quelque chose qui va pas ?

Morgan fit la grimace. Il n'avait pas l'air ravi de cette rencontre.

— Non. Je fais juste visiter le coin à la demoiselle.

Il descendit de voiture et vint ouvrir la portière à Misty. En l'aidant à quitter son siège, il lui chuchota quelques mots à l'oreille.

— Ces deux-là sont les pires pipelettes de la ville. Ils ne devraient pas se trouver ici aujourd'hui, mais nous allons mettre leur présence à profit.

En mettant pied à terre, Misty se figea. Morgan n'avait tout de même pas l'intention de l'embrasser sous les yeux de ces deux charmants retraités ! Puis, elle croisa son regard et sut que c'était exactement ce qu'il projetait de faire.

Elle lui fit « non » de la tête, mais il n'eut pas l'air de vouloir en tenir compte. Le vaurien semblait même se réjouir à l'avance du baiser qu'il s'apprêtait à lui donner…

7

Morgan se pencha sur Misty et posa doucement les lèvres sur sa joue. Elle ne se débattit pas. Au contraire, elle poussa un soupir plaintif et ferma lentement les paupières. Dans un instant, elle lui reprocherait de l'avoir embrassée, c'était sûr. Mais, dans l'immédiat, son désir la dominait complètement. Il n'en voulait pour preuve que cette petite main qui avait agrippé son T-shirt pour l'attirer plus près.

Mais il ne devait pas oublier que Howard et Jesse assistaient au spectacle. Il était même probable qu'ils n'en perdaient pas une miette.

— Misty ?

— Mmm ?

Son propre sourire le surprit. Ses amis l'avaient toujours taquiné à cause de l'air féroce qu'il arborait à longueur de journée, mais Misty avait le pouvoir de le dérider. Près d'elle, il se sentait inexplicablement léger.

Il déposa un baiser sur le bout de son nez.

— On nous regarde, Malone chérie. Sinon, je ne me contenterais pas de si peu.

Misty ouvrit brusquement les yeux, jeta un coup d'œil prudent par-dessus l'épaule de Morgan, puis le foudroya du regard.

— Espèce de…, commença-t-elle en lui martelant la poitrine de ses poings.

Mais Morgan lui saisit la main, passa un bras autour de ses épaules et se retourna, la forçant ainsi à faire face à leurs deux spectateurs.

Howard et Jesse souriaient benoîtement.

— Je croyais vous avoir dit de ne pas venir travailler le dimanche, leur lança Morgan sur un ton de léger reproche.

— Bof ! on n'avait rien de mieux à faire. Alors, on a pensé qu'on pourrait tout aussi bien avancer le travail. D'ailleurs…

Morgan le fit taire d'un regard menaçant. Il n'avait pas envie de passer son dimanche à argumenter sur le sujet.

— Bon. Et où en êtes-vous ?

Jesse hocha deux fois la tête : un tic qui le prenait quand il était intimidé. Et la présence de jolies femmes l'intimidait toujours.

— Oh ! ce sera nettoyé d'ici trois ou quatre jours ! répondit le vieil homme sans quitter Misty des yeux.

Howard se gratta le menton en contemplant, lui aussi, la jeune femme avec un intérêt manifeste.

— Ouais. Ça commence à avoir de l'allure.

Amusé par leur manège, Morgan désigna sa compagne d'un geste.

— Je vous présente la sœur de Honey, Misty Malone. Elle est là pour un bout de temps, et elle va venir m'aider, au bureau. Misty, voici Jesse et Howard.

Jesse porta deux doigts à sa tempe.

— Enchanté, mam'zelle.

Howard tendit la main, s'aperçut qu'elle était noire de terre et la reprit vivement avant que Misty l'eût serrée.

— Excusez-moi : j'ai arraché les mauvaises herbes, là, derrière. Ça n'en a pas l'air, mais c'est un boulot salissant. Ravi de vous connaître, mam'zelle Malone.

Misty lui sourit gentiment.

— Appelez-moi Misty, je vous en prie. Alors, vous faites quoi, exactement ?

Ce fut Jesse qui répondit.

— Depuis que le bureau du shérif a été transféré ici, personne ne s'était occupé de la cour arrière. Du coup, elle s'était transformée en véritable jungle. Morgan nous a demandé de nettoyer et de planter une haie de troènes.

— J'adore ce genre de travail ! déclara la jeune femme. Quand j'étais petite, j'aidais toujours les jardiniers de mon père.

Sur ces mots, elle partit comme une flèche en direction du chantier, et les deux vieux complices la suivirent aussitôt.

— Je sais de quoi vous parlez, dit Howard. Rien de tel que le grand air pour se sentir bien. D'ailleurs, j'ai passé ma vie dans une ferme.

La jeune femme disparut au coin de la maison, entraînant ses admirateurs dans son sillage. Morgan, qui se retrouvait seul, entra dans la maison dont il était seul avec Nate, son adjoint, à posséder la clé. Puis il se dirigea vers l'ancienne salle à manger dont les fenêtres donnaient sur l'arrière.

Debout au milieu de la petite cour, les mains sur les hanches, Misty contemplait le tas de mauvaises herbes en discutant avec les deux hommes. Ses cheveux de jais reflétaient le soleil, ses épaules et ses cuisses nues semblaient avoir été polies. Elle se pencha sur les troènes encore empaquetés, et les deux vieilles canailles en profitèrent pour plonger les yeux dans son décolleté. Morgan grogna et se retint d'aller les assommer. Mais ce serait tomber bien bas, bon sang, que d'être jaloux de ces deux pauvres gars !

Il rebroussa chemin en pestant contre lui-même. Dans le couloir, le distributeur de boissons lui tendait les bras. Il prit quatre boîtes de soda bien frais et, quelques secondes plus tard, sortit par la porte de derrière. Il fut accueilli dans la cour par des exclamations de plaisir. Jesse et Howard, qui avaient manifestement oublié d'apporter à boire, acceptèrent leur soda avec empressement. Misty prit le sien avec plus de retenue et se mit à le boire à petites gorgées. L'air était si moite que les mèches qui tombaient sur son front commençaient à friser.

Elle vit que Morgan l'observait, et elle lui sourit.

— Quand la cour sera nettoyée, elle paraîtra plus grande. Surtout avec la haie de troènes.

Morgan approuva d'un signe de tête. Il aimait beaucoup cet endroit.

— Elle est magnifique, n'est-ce pas ? déclara-t-il en désignant la bâtisse.

— Oui. Elle est vraiment très belle.

— Je m'en suis inspiré pour construire ma propre maison. Tu veux visiter l'intérieur ?

— Avec plaisir.

Misty se tourna vers les deux hommes.

— Howard, Jesse, à bientôt, j'espère ?

Ils hochèrent tous deux la tête, un sourire béat aux lèvres. Morgan haussa les épaules d'impuissance. Existait-il un seul homme, sur terre, capable de résister au charme de Misty ?

Alors qu'ils rentraient par la porte de derrière, la jeune femme poussa un petit soupir de bien-être.

— C'est fou ce qu'ils sont mignons, ces deux-là.

Il lui jeta un regard incrédule.

— Mignons ? Tu as dû les regarder à travers une lentille déformante !

— Tu n'es qu'un cynique. Ils travaillent dur pour t'être agréables. Tu pourrais au moins leur témoigner un peu de respect.

Morgan se retint d'éclater de rire. Il conduisit la jeune femme dans l'ancienne salle à manger qui était devenue son bureau. La grande cheminée blanche servait encore, en hiver. Il s'y adossa, croisa les bras et considéra pensivement sa compagne.

— Jesse s'est fait appréhender pour voie de fait voilà deux semaines, annonça-t-il au bout d'un moment. Un type l'avait accusé d'avoir triché aux cartes, alors il lui a cassé une queue de billard sur le dos, après quoi il a brisé plusieurs lampes. Jesse ne triche jamais, mais il a un fichu caractère.

Misty regardait Morgan avec des yeux ronds. Il eut un large sourire et poursuivit :

— Quant à Howard, il est allé au cinéma sans payer. Cinq fois de suite. Il adore le cinéma, mais il prétend que le prix des places est exorbitant. Arnold — qui est très patient — l'a mis dehors chaque fois, mais chaque fois, Howard est revenu. En fait, lors de sa dernière tentative, personne ne se serait rendu compte de sa présence s'il ne s'était pas risqué à voler quelques grains de pop-corn à la personne qui était assise à côté de lui.

— Et cette personne a porté plainte pour si peu ?

Morgan lui adressa un clin d'œil.

— La personne en question était Marsha Werner, avec qui Howard avait rompu peu de temps auparavant. On pense, dans les milieux bien informés, qu'il essayait d'entrer de nouveau dans ses bonnes grâces. Quoi qu'il en soit, Marsha n'a pas trouvé ça à son goût. Elle a fait un tel raffut que je n'ai pas pu faire autrement qu'arrêter le pauvre homme. Cela dit, c'est Marsha qui est venue payer la caution pour qu'il puisse quitter sa cellule. Attendons le prochain épisode.

Misty pouffa de rire.

— J'ai du mal à imaginer Howard embarqué dans une aventure sentimentale.

— C'est parce que tu ne connais pas Marsha. Leur couple a commencé à prendre l'eau quand elle a voulu à toute force qu'ils passent devant monsieur le maire. Avant ça, leur relation était exemplaire : les plus beaux papy-mammy dont on puisse rêver.

— Mais, dis-moi : à quoi ont été condamnés Jesse et Howard ?

— A des travaux d'intérêt général. C'est la raison pour laquelle ils nettoient la cour. En outre, comme tu t'en doutes, Jesse a dû promettre de rester à l'écart de l'académie de billard pendant un mois, et Howard doit maintenant payer ses places de cinéma. C'est surtout ça qui les embête, beaucoup plus que d'arracher de mauvaises herbes.

— Pauvres diables !

— Oui. Ils ont plus de soixante-dix ans et, même s'ils posent quelques problèmes, ils ne veulent de mal à personne. Je crois surtout qu'il leur arrive de s'ennuyer, rien de plus.

Misty parut soudain mal à l'aise.

— Euh… quand tu les as arrêtés, est-ce que…

— Non. Je ne leur ai pas passé les menottes, répondit Morgan d'une voix douce.

Il se sentait bouleversé à l'idée qu'elle fût rongée par ses douloureux souvenirs. D'une manière ou d'une autre, il allait devoir régler ce problème.

— D'ailleurs, je les ai fait monter à l'avant, ajouta-t-il. De cette manière, j'ai pu leur faire un sermon pendant le trajet. Ils ont horreur de ça.

Misty le regarda un long moment en souriant. Puis elle poussa un petit soupir.

— Tu m'impressionnes, Morgan.

— Pour quelle raison ?

— Pour la compassion dont tu fais preuve. En fait, Honey avait raison : tu es un tendre. Mais tu le caches bien.

Morgan refusait catégoriquement ce qualificatif. La simple idée d'être perçu comme un tendre lui donnait la nausée…

A l'autre bout de la pièce, Misty éclata de rire.

— Pourquoi fais-tu cette tête ? C'est tout de même curieux : dès que je t'insulte, ça t'amuse. Mais quand je te fais un compliment, tu ne le supportes pas.

Morgan fronça les sourcils d'un air farouche.

— Viens ici et je te prouverai que je n'ai rien d'un tendre.

— Pas question.

— Avoue que je te fais peur, Malone.

— Pfft, tu plaisantes ! Tu es taillé en Hercule mais jamais tu ne lèverais la main sur une femme.

— Nom de nom, ne fais pas semblant de ne pas comprendre ! Tu sais parfaitement que si tu t'approches de moi, tu n'auras plus envie de repartir, et c'est ça qui te fait peur. Mais, dans l'immédiat, tu ne crains rien : dans mon bureau, je n'ai jamais de relations intimes. Enfin, je parle de relations « sérieusement intimes ».

— Et c'est quoi, des relations sérieusement intimes ?

Morgan plongea les yeux dans le décolleté de Misty, et son pouls s'accéléra.

— Celles qui se passent au-dessous de la ceinture.

La jeune femme déglutit avec peine.

— Howard et Jesse sont tout près.

— Plus pour très longtemps. Ils ne travaillent que le matin. Le reste de la journée, il fait trop chaud pour eux.

— Tu pourrais tout aussi bien les dispenser de ce travail, tu ne crois pas ?

Elle tentait manifestement de le distraire de son idée fixe, mais, après tout, cela faisait partie du jeu.

— Ces deux-là ont leur fierté, Malone chérie, et je dois en tenir compte. Ils ont raconté à qui voulait l'entendre que je leur avais donné une tâche de bagnard. Mais ils sont ravis d'être ici et de prouver qu'ils peuvent trimer dur. D'ailleurs, ils viennent constamment se plaindre que leurs journées de travail sont trop courtes.

— Sais-tu que tu peux être formidable quand tu le veux, shérif ?

Il haussa les épaules et eut un geste impatient de la main.

— Allons, viens ici, Malone.

Misty se dirigea lentement vers lui.

— Morgan, c'est de la folie pure.

De la folie ? Bon sang, oui, et même davantage. Car « folie » était un mot bien faible pour désigner le trouble que cette femme provoquait en lui.

Misty prit la main de Morgan dans les siennes. Une lueur qu'il ne put interpréter faisait briller ses grands yeux bleus.

— C'est vrai, Morgan, tu as des rapports formidables avec les gens. Je suis sûre que tu es un shérif remarquable.

— Mais non, marmonna-t-il. Je ne fais que mon boulot.

Elle secoua la tête d'un air perplexe.

— En tout cas, tu es un personnage difficile à cerner.

Tout doucement, il dégagea sa main et fit courir ses doigts le long du bras de la jeune femme, jusqu'à la nuque. Elle frissonna.

— Je suis transparent comme le cristal, Malone chérie.

Sa voix était devenue rauque. Le simple fait de la toucher transformait son corps en brasier. Il lui griffa doucement la nuque et l'attira à lui.

— Je ne suis qu'un homme qui te désire.

— Ça, c'est tout à fait clair, rétorqua-t-elle sur le même ton.

— Et rien d'autre n'a d'importance.

Il se pencha alors sur ses lèvres et l'embrassa.

« J'adore te voir souffrir », lui avait dit Misty. C'était pour plaisanter, bien sûr. Malheureusement, sa blague s'était retournée contre elle. Pour l'heure, en effet, c'était elle qui souffrait… et ce n'était sans doute qu'un début. Car Morgan lui plaisait et elle n'y pouvait rien.

Il était beau comme un dieu, il dégageait une exceptionnelle impression de force tranquille et, comme si ce n'était pas suffisant, il était assez généreux pour se préoccuper du sort de ses semblables. Comme une sorte de seigneur d'antan, il se sentait responsable de leur bonheur.

Et cela faisait de lui un être irrésistible.

Quand les lèvres de Morgan frôlèrent les siennes, Misty laissa échapper un petit gémissement. Elle posa les mains contre son torse puissant, et sentit frémir ses muscles. Aussitôt, son cœur se mit à battre plus fort, et elle entrouvrit les lèvres, comme par instinct.

Morgan gémit à son tour en s'emparant de sa bouche. Sa langue semblait être partout, à la fois conquérante et tendre. Etait-ce parce que Morgan était unique en son genre ? En tout cas, Misty n'avait jamais rien connu d'aussi excitant.

Elle se mit à lui caresser le torse.

— Mmm… J'adore ça quand tu me touches, murmura-t-il contre sa bouche.

Misty essaya de calmer les battements de son cœur. Mais l'odeur mâle de son compagnon ne fit qu'accentuer son désir.

Au lieu de profiter de son avantage, Morgan la surprit en la serrant dans ses bras. Il se mit à la bercer doucement.

— C'est presque trop fort, ce qui se passe entre nous. Tu ne trouves pas ?

Incapable de prononcer un mot, Misty se borna à hocher la tête. Pour une raison qu'elle ignorait, elle éprouvait soudain une terrible envie de pleurer. Pourtant, elle n'était pas du genre à verser des larmes pour un petit rien… Mais Morgan n'était pas vraiment un petit rien. Non, c'était une espèce de personnage de légende, mélange de titan et de prince charmant.

Il lui caressa la joue du revers de la main.

— J'essaie de te laisser le temps de t'habituer à moi, Malone. Je sais que tu as traversé pas mal d'épreuves, et je dois admettre que, jusqu'à ce matin, je n'ai pas été très sympa avec toi. Mais ce n'est pas facile, bon sang ! Pour tout dire, c'est même insupportable.

Misty aurait voulu plonger les yeux dans les siens, mais elle se retint. Si elle le regardait maintenant, il pourrait lire dans ses pensées et, dans l'état où elle se trouvait, elle ne lui résisterait pas. Or, bien qu'elle fût affamée de lui, elle n'était pas certaine de vouloir lui céder. Comme il l'avait pressenti, elle avait encore besoin de temps.

— Il me semble que tu as vite changé d'avis à mon sujet ! lui dit-elle d'un ton qu'elle espérait léger.

— Pas du tout !

Il lui mordilla le lobe de l'oreille, lui arrachant un gémissement de plaisir.

— J'ai eu envie de toi à la seconde où je t'ai vue, Malone chérie. Mais je me suis dit que ce serait trop compliqué si je te draguais.

— Parce que c'est une épouse que tu cherches ?

Elle sentit qu'il se raidissait légèrement.

— Parce que tu es la sœur de Honey. Ça te mettait hors jeu pour une brève aventure.

Misty crut que son cœur allait voler en éclats.

— Et maintenant, murmura-t-elle, tu as compris à quel genre de femme tu avais affaire ! Il ne t'importe donc plus que je sois la sœur de Honey, n'est-ce pas ?

— Mais, bon sang, de quoi parles-tu ?

Il essaya de lui relever la tête pour voir l'expression de son visage, mais Misty résista. Morgan n'insista pas et l'embrassa gentiment sur la tempe.

— Tout ce que je sais, Malone, c'est que tu n'as pas un caractère facile.

— Vraiment ?

Cette fois, elle regardait Morgan d'un regard meurtrier.

— Je suis enceinte, je n'ai ni mari ni boulot, je suis considérée comme une voleuse et, ce matin encore, tu voulais m'envoyer au diable. A part ça, tout va très bien, je te remercie. Tu vois, j'ai quelques raisons de ne pas afficher un « caractère facile », comme tu dis.

Misty s'attendait à tout de la part de Morgan sauf à la violence de sa réaction. Il la repoussa brusquement d'un bon mètre, mais, par bonheur, sans lui lâcher les bras. Et la tête qu'il faisait aurait fait reculer Satan et tous ses acolytes. La jeune femme retint son souffle, et attendit la suite avec appréhension.

— Malone, gronda-t-il, je…

Il marqua un temps.

— Mais, nom d'un chien, ne me regarde pas comme ça ! Je ne vais tout de même pas te frapper !

— Je sais.

— Dans ce cas, pourquoi trembles-tu ?

— Je ne tremble pas. C'est toi qui me secoues.

Cette remarque le laissa pantois, et il lâcha la jeune femme. Elle croisa les bras et l'observa d'un œil prudent.

— D'accord, je t'ai secouée. Mais avoue que tu l'avais mérité.

— Pour avoir mis les choses au point ?

— Non. Pour avoir suggéré que je ne pensais qu'au sexe.

Il s'avança d'un pas et cria presque, en détachant les mots :

— Et je maintiens que tu n'as pas un caractère facile ! Bon sang, Malone, je ne me souviens pas d'avoir jamais rencontré une femme dotée d'un aussi mauvais caractère. Quoi que je dise, tu essaies de me contrer.

— Ce n'est pas vrai !

— Non ? Tu vois que je suis fou de toi mais tu choisis de m'ignorer. Ensuite, tu te mets à flirter de façon outrancière avec tous les hommes qui passent à ta portée.

— Je n'ai jamais fait ça !

— Je te demande de partir : tu discutes. Je t'implore de rester : tu refuses.

— Je n'ai pas discuté quand tu m'as demandé de partir.

— Mais j'ai bien vu la tête que tu faisais : ça revient au même. Bon sang, je me retiens de te faire l'amour, je fais tout mon possible pour cohabiter avec toi au moins jusqu'au mariage de mon frère, et toi, en échange, tu me tires dessus à longueur de journée.

— Comment ai-je pu à la fois t'ignorer et te tirer dessus ? Ça n'a aucun sens.

Morgan plissa les yeux.

— Tu m'as tiré dessus en silence, en étant là, en m'allumant, puis en faisant la causette avec l'un de mes maudits frères, comme si je ne me trouvais pas dans la pièce, alors qu'en vérité, tu étais tout le temps consciente de ma présence. Reconnais-le, Malone.

C'en était trop. Misty eut un large sourire.

— Est-ce que le ver de terre remarque la présence de la montagne, Morgan ?

Il fit un pas de plus dans sa direction, et elle battit en retraite.

— En plus, tu as refusé un bon job parce que tu pensais que je l'avais créé spécialement pour toi.

— Euh… j'ai accepté le job, Morgan. Tu te souviens ?

— Je me souviens surtout que j'ai dû me mettre à tes pieds pour que tu l'acceptes ! Et tu oses prétendre que tu as bon caractère ?

— Arrête de me crier dessus, veux-tu ?

Il fit une pause. Elle avait le dos contre un placard, et il n'était plus qu'à quelques centimètres d'elle.

— Bon. J'arrête de crier, mais toi, tu arrêtes de prendre ce que je dis dans le mauvais sens, d'accord ?

Il avait l'air si contrarié que Misty acquiesça.

— D'accord. Excuse-moi.

Morgan ferma les yeux et poussa un long soupir.

— En outre, il faut que tu saches une chose. Ça m'excite de me disputer avec toi. Je suis dans un tel état en ce moment que c'en est presque douloureux.

A ces mots, Misty éclata de rire, ce qui ne fit que contrarier davantage son compagnon.

— Tu es quelqu'un d'incroyable, Morgan.

— Qu'est-ce qui te fait dire ça ?

— Eh bien, tu n'as absolument aucune considération pour ma sensibilité. Tu me parles de choses très personnelles…

— Comme quoi, par exemple ?

— Comme le fait que tu sembles avoir quelques problèmes de contrôle.

— Mais non. Tout le monde te dira que j'ai une parfaite maîtrise de moi-même.

Misty se contenta de regarder sa braguette.

— Oh ! ça ! s'exclama-t-il d'un ton enjoué. C'est une réaction involontaire qui survient toujours quand tu es dans les parages.

— En tout cas, tu n'hésites pas à m'en parler sans te demander si ça me choque.

Il la prit alors dans ses bras et la serra à l'étouffer.

— C'est parce que je veux que tu saches à quel point j'ai envie de toi, ma chérie.

Misty se sentit fondre.

— Ça, c'est tout toi, affirma-t-elle tendrement. Tu n'hésites pas à me faire rougir, mais, à part ça, tu es très prévenant. Je t'en remercie.

Les mains de Morgan glissèrent jusqu'à ses fesses.

— Tu veux que je te dise comment me remercier ?

Un coup frappé à la porte évita à Misty de répondre. Elle sursauta et repoussa son compagnon.

— Seigneur ! C'est la première fois que je mets les pieds dans ton bureau, et regarde ce qui se passe !

Avant d'aller ouvrir, Morgan lui jeta un regard désabusé.

— J'ai bien peur qu'il ne se soit rien passé, Malone.

Il disparut dans le couloir. Misty alla jusqu'à la porte du bureau et jeta un coup d'œil furtif vers l'entrée pour voir qui avait frappé. Quand elle aperçut Howard et Jesse, elle les rejoignit, le sourire aux lèvres.

— Alors, la journée est terminée ?

Jesse secoua la tête.

— Non, mais il fait faim. C'est l'heure de déjeuner. Et vous, mam'zelle, vous commencez aujourd'hui ?

— Non, demain. Morgan me fait juste visiter le bureau.

— Et vous allez faire quoi ? demanda Howard en se grattant la tête.

— Morgan a besoin de quelqu'un pour répondre au téléphone et prendre les messages.

Jesse se racla la gorge.

— Ouais. Chaque jour que Dieu fait, plusieurs femmes défilent ici en disant exactement la même chose. Mais je me demande si c'est vraiment le boulot qu'elles ont en tête…

Il adressa à Morgan un clin d'œil appuyé.

— Maintenant que Misty est là, faudrait leur dire de rester chez elles, hein ?

Morgan ricana stupidement.

— Tu as raison. Une femme au bureau, c'est déjà plus que suffisant.

Outrée par cet humour macho, Misty prit un air renfrogné. Morgan parut déçu qu'elle ne répliquât pas. Il haussa légèrement les épaules et reporta son attention sur les deux hommes.

— Vous avez apporté des sandwichs ?

— Non. Aujourd'hui, on va au restaurant. Celia m'a promis qu'il y aurait du hachis parmentier au menu.

— Allez, Jesse, faut qu'on y aille ! lança Howard. Et toi, Morgan, sois gentil avec la petite lady, d'accord ?

Sur ce, les deux vieux complices se mirent en route. Morgan ferma la porte derrière eux.

— Tu les as carrément ensorcelés, Malone chérie.

— Je les trouve très sympathiques.

Morgan pouffa de rire.

— Ils pensent presque la même chose de toi. Et, de plus, ils se demandent certainement si tu vas vraiment venir travailler avec moi.

— Pourquoi ? C'est si rare que tu engages quelqu'un ?

— En fait, oui. C'est même la première fois.

Misty ouvrit de grands yeux étonnés.

— Mais, alors… certains vont penser que j'ai usé de mes charmes pour t'extorquer le job ! Ecoute, Morgan, si les gens commencent à jaser…

Il s'adossa au mur, glissa les mains dans les poches de son jean, et répliqua :

— Oh ! sois tranquille ! Ils ont déjà commencé à jaser. En ce moment même, Howard et Jesse doivent être en train de raconter à un auditoire fourni que j'ai amené ma petite amie au bureau. « Dans quel but ? » est probablement la grande question que les gens se posent.

Morgan se redressa, prit les mains de Misty et en embrassa les paumes.

— Mais ne t'en fais pas, Malone chérie. Je vais te montrer où tu vas travailler, t'expliquer un peu mieux ton boulot, puis nous irons au restaurant mettre les choses au point.

— Vraiment ?

Il lui caressa la joue du dos de la main.

— Vraiment. Et crois-moi, Malone, personne n'aura plus aucun doute quant à la raison pour laquelle je veux te garder près de moi. Tu vois, ce n'est plus la peine de t'inquiéter.

Misty le suivit dans le bureau sans un mot. Morgan se frayait peu à peu un chemin dans son cœur, et cela n'était pas fait pour la rassurer.

8

— Ah ! ça y est, je le vois !

A quatre pattes sous le bureau du salon, Misty venait de repérer la petite boule de poils noir et blanc pelotonnée derrière le pied du meuble. Un chaton que Jordan avait adopté et qui lui avait échappé dans le couloir, quelques instants auparavant, quand Misty l'avait heurté par inadvertance en sortant de sa chambre.

— D'habitude, il ne fuit pas comme ça, précisa le vétérinaire. Il a dû sentir que j'allais le vacciner.

La jeune femme tourna la tête pour regarder Jordan, mais elle ne pouvait voir que ses pieds. Elle reporta son attention sur le chat et réfléchit à la façon de l'attraper sans qu'il se pût sauver. Elle devait faire vite si elle voulait partir avant que Morgan fût levé. Honey lui avait dit, en effet, qu'il s'était montré irrité de ne pas la voir au dîner, la veille au soir, et il était encore trop tôt pour qu'elle lui avouât qu'elle avait trouvé un second job.

— Alors, demanda Jordan tandis qu'elle essayait de s'approcher du petit chat, comment s'est passée cette première semaine ?

— Pas mal du tout. En fait, j'aime bien ce que je fais.

Elle tendit la main vers le chaton. Il cracha et réussit à se faufiler un peu plus loin.

— Je suis content que ça te plaise, dit Jordan de sa voix chaude. Euh… j'espère au moins que Morgan se tient bien ?

— Morgan ne se tient jamais bien ! Tu dois en savoir quelque chose ?

— Oui, je vois ce que tu veux dire.

En vérité, elle ne l'avait pratiquement pas vu de la semaine. Elle travaillait bien pour lui, mais il se trouvait rarement au bureau car il avait un emploi du temps infernal. Et ce n'était pas mieux après le boulot. Quand Morgan se libérait enfin, elle n'était plus là. Lorsqu'elle était libre, Morgan était appelé ailleurs. Il voulait qu'on les prît pour des amoureux, mais ça ne marchait pas comme elle l'avait espéré. Car elle devait bien se l'avouer : elle s'était réjouie d'avance de devoir supporter ses regards enflammés à longueur de journée. Bien que ce fût difficile à admettre, Morgan lui manquait.

Misty parvint à s'approcher encore un peu du petit chat…

Elle aimait son travail parce qu'il lui permettait de rencontrer la population de Buckhorn. Et il ne lui avait pas fallu longtemps pour constater que les gens adoraient leur shérif. On parlait de lui avec une sorte de vénération à laquelle se mêlait un léger sentiment de crainte.

Jordan fut pris d'un brusque accès de toux.

— Euh… je crois que tu ferais mieux de sortir de sous ce bureau.

Etait-ce un rire qu'elle avait entendu dans la voix du véto ? Difficile d'en être certaine car, de là où elle se trouvait, les sons lui parvenaient étouffés.

— Attends ! dit-elle. Je l'ai presque.

Elle avança le bras et frôla la douce fourrure du chaton. Si elle pouvait gagner deux ou trois centimètres…

— Et ce… pacte que vous avez passé, Morgan et toi, ça marche ?

Misty haussa les sourcils. A quelle partie du pacte Jordan faisait-il allusion : celle qui concernait le travail ou celle qui avait trait à la relation personnelle ? Dans le doute, elle choisit la prudence.

— Oui, ça va. Bien que Morgan ait une forte tendance à se plaindre.

— Eh bien, dit Jordan d'un ton curieusement réservé, je crois qu'il se plaint parce que les choses ne se passent pas toujours comme il le souhaiterait.

— Peut-être. Mais les choses ne se passent pas toujours comme je le souhaiterais, non plus.

Elle eut un petit rire et se remémora tout ce qu'elle avait appris sur Morgan au cours de la semaine écoulée. Dans les rares moments où il s'était trouvé avec elle au bureau, elle avait vu comment il se comportait avec les gens qui venaient exposer leurs difficultés, suggérer des solutions à divers problèmes ou, simplement, discuter. Sa patience semblait sans limites. Il prêtait une oreille attentive aux affaires qu'on lui soumettait, il offrait à tous un soutien sans réserve, il savait se montrer compatissant et faire preuve de diplomatie. Mais il avait toujours le dernier mot, ce qui lui valait un respect unanime. En fait, Misty se demandait si les gens ne lui soumettaient pas leurs problèmes pour qu'il les résolve à leur place…

Bref, c'était un shérif au cœur d'or.

— Tu sais, Jordan, dit-elle soudain, Morgan se fait passer pour un ours, mais je suis d'accord avec Honey. Dans le fond, c'est un tendre.

Elle entendit un rire étouffé, puis un coup sourd, suivi d'un juron bien senti.

— Oh ! ce n'est pas la peine d'être grossier, Jordan ! J'ai raison et tu le sais. Même si tes frères et toi passez votre temps à vous chamailler, tu ne peux pas nier que Morgan soit un type merveilleux.

Jordan répondit d'un ton accablé.

— Oui, je sais que Honey et toi partagez cette curieuse idée. Mais je pense que vous manquez cruellement de jugeote, dans ce cas précis.

A ce moment-là, le petit chat essaya de s'enfuir, mais Misty lui barra la route.

— Je l'ai ! s'écria-t-elle.

Elle commença à reculer à quatre pattes. Le chat ne se débattait pas. Au contraire, il s'était mis à ronronner. Tout à coup, les fesses de la jeune femme heurtèrent une paire de tibias solides. Surprise, elle se retourna et leva les yeux pour voir ce que faisait Jordan. Elle croisa alors les yeux de Morgan qui fixait sur elle un regard sévère.

Jordan se tenait derrière lui, hilare.

Pour quelque raison stupide, elle sentit qu'elle s'empourprait. Depuis combien de temps l'écoutait il ? Qu'avait-il surpris, au juste, de la conversation ? Elle se tourna vers Jordan et lui lança un coup d'œil meurtrier.

— Tu aurais pu m'avertir !

— T'avertir de quoi ? demanda-t-il innocemment.

Il se frotta l'épaule avec une grimace, et adressa un clin d'œil à la jeune femme.

— Allons, Malone, sors de là, ordonna Morgan en se penchant pour la prendre par le coude.

Misty se releva et tendit le chaton à Jordan.

— Tiens. Et ne le laisse plus s'échapper.

— Merci, ma douce.

Jordan se pencha pour l'embrasser sur la joue, puis il adressa un large sourire à Morgan et quitta le salon. Tandis qu'il s'éloignait, Misty l'entendit parler au petit chat de sa voix charmeuse.

Elle se tourna alors vers Morgan qui la contemplait, le visage fermé. Un long moment, ils se mesurèrent du regard. Enfin, il rompit le silence d'un ton lourd de reproche.

— Tu m'as évité toute la semaine.

— Mais c'est faux ! Nos emplois du temps ne concordent pas, voilà où est le problème.

— Je me fiche de nos emplois du temps ! Tu es censée travailler avec moi. Or, cette semaine, je n'ai pas réussi à te voir en tête à tête un seul instant. J'en déduis que tu m'évites.

— Est-ce ma faute si tu passes ton temps à travailler ?

— Inutile de mentir. Hier matin, par exemple, j'ai voulu te réveiller à 6 heures pour prendre le petit déjeuner avec toi, mais tu n'étais pas dans ta chambre.

Misty fit la grimace.

— Souviens-toi, Morgan, que j'ai des réveils difficiles. J'aime me lever tôt et aller m'asseoir près du lac. L'air frais apaise mes nausées.

Le regard de Morgan s'adoucit soudain.

— J'avais oublié. Est-ce que c'est très dur, ces temps-ci ?

Ah ! quand Morgan se montrait sous son meilleur jour, elle avait du mal à lui résister ! D'ailleurs, n'était-elle pas mûre pour lui tomber dans les bras ? Elle rêvait toutes les nuits qu'elle faisait l'amour avec lui. Quand il était là, elle ne pouvait s'empêcher de le regarder constamment. Et, lorsqu'il était ailleurs, elle ne pensait qu'à lui…

Elle s'aperçut soudain qu'il attendait sa réponse. Elle décida de ne pas lui mentir.

— En fait, les nausées se sont calmées. Tant que je ne mange pas, mon estomac me laisse à peu près tranquille.

— Donc, tu sautes le petit déjeuner ?

— De toute façon, je n'ai jamais beaucoup d'appétit, le matin.

Les traits de Morgan s'assombrirent de nouveau.

— Mais tu n'as pas dîné, hier soir. Pourtant, tu sais à quel point il est important pour le bébé que tu aies une alimentation équilibrée !

— Je t'en prie, Morgan. Les conseils de Honey me suffisent amplement.

Puis, sans lui laisser le temps de protester, elle ajouta :

— D'ailleurs, je me nourris normalement. J'ai mangé en ville, hier soir.

Morgan se figea et pâlit.

— Avec qui ?

C'était exactement le sujet que Misty aurait voulu éviter. Exaspérée de s'être fait coincer, elle écarta Morgan et partit à grands pas vers sa chambre. Son compagnon la suivit dans le couloir.

— Si tu veux tout savoir, lança-t-elle sans se retourner, je travaillais.

— C'est faux. Je t'ai vue quitter le bureau à 15 heures.

Misty s'en souvenait très bien. Il discutait avec une femme d'un certain âge et l'avait regardée partir avec un air lourd de reproche.

— J'ai quitté le bureau à 15 heures mais je suis allée travailler au restaurant.

Dans son dos, les bruits de pas stoppèrent brusquement. Elle s'arrêta, elle aussi, et pivota sur ses talons. Morgan la regardait, bouche bée, avec un air de profond désarroi.

— Tu travailles au restaurant ? Depuis quand ?

— Hier. Et, avant que tu me le demandes, oui, j'ai révélé à Celia que j'avais un casier.

— Misty…

Morgan prononça son nom avec une grande douceur. Puis il la prit par les poignets et se mit à lui caresser lentement les paumes.

— Quelle a été la réaction de Celia ?

— Je lui ai dit que j'étais innocente, mais que je ne pouvais pas le prouver, que la procédure m'avait mise sur la paille et que je devais travailler pour pouvoir faire des économies. Elle m'a crue.

En un éclair, Misty se remémora la scène. Celia était un petit bout de femme très jolie, avec de longs cheveux châtains et de grands yeux noisette. Elle l'avait accueillie avec un sourire franc et chaleureux qui lui avait plu tout de suite.

— Je la crois plutôt discrète, reprit-elle. D'ailleurs, elle m'a conseillé de ne pas me confier à Howard et Jesse qui sont, paraît-il, extrêmement bavards.

Morgan sourit.

— Elle est bien placée pour le savoir : Jesse est son grand-père.

— Ah bon ? Je ne savais pas.

— En tout cas, tu ne te trompes pas au sujet de Celia. Tu peux lui confier tes secrets sans aucune crainte.

Misty fut soulagée d'avoir vu juste. Celia n'irait pas crier sur les toits que sa serveuse avait eu des démêlés avec la justice.

— Et, euh… peux-tu m'expliquer comment tu comptes concilier tes deux jobs ? lui demanda Morgan, après une légère hésitation.

— Je savais que tu ne comprendrais pas, marmonna Misty.

Il aurait été si facile de se reposer sur Morgan, d'imiter la ville entière et de le laisser prendre ses problèmes en main… Mais Misty tenait à reconquérir par elle-même ce qu'elle avait perdu. C'était la seule façon de retrouver l'estime d'elle-même.

— Je ne passe que six heures au bureau, répondit-elle. Celia est d'accord pour que je commence à 16 heures. Ça me laisse le temps de travailler quatre ou cinq heures de plus et de manger un morceau. C'est un bon job, tu sais. Hier soir, j'ai fait cinquante dollars de pourboire.

Morgan croisa les bras, baissa la tête d'un air pensif et se mit à arpenter le couloir. Quand il s'arrêta de nouveau face à Misty, il semblait résolu.

— Bon, d'accord. Pour l'instant, je laisse courir.

— Monsieur est vraiment trop bon !

Il ne releva pas sa raillerie.

— Il y a un autre sujet dont je voudrais te parler. Est-ce que je peux t'inviter à visiter ma maison, ce soir ?

La perspective était tentante. De loin, la maison de Morgan paraissait superbe. Elle était moins grande que celle qu'il partageait avec ses frères, mais elle avait autant de caractère. Elle était faite du même bois que les cèdres centenaires qui l'entouraient… Chaque matin, quand elle marchait jusqu'au lac, la jeune femme admirait cette demeure qui se dressait sur la colline. De là-haut, la vue devait être extraordinaire.

— Pourquoi veux-tu m'y emmener ?

Il haussa les épaules.

— La maison est pratiquement terminée, et j'aimerais avoir ton avis sur la décoration intérieure.

Misty marqua un temps. Elle n'était pas stupide : si elle se retrouvait seule avec Morgan, chez lui, ils finiraient par faire l'amour. Car, si elle avait cru pouvoir tirer un trait sur les hommes, elle n'avait pas prévu qu'elle tomberait sur un type de son genre. Dès le départ, elle l'avait trouvé terriblement sexy. Et, depuis, elle s'était rendu compte qu'il était aussi merveilleux au-dedans qu'au-dehors. Il se montrait toujours honnête avec elle, et son cœur lui disait que les hommes de ce style ne couraient pas les rues.

Elle soupira. Quelles que fussent les qualités de Morgan, les relations durables n'étaient plus pour elle. Dès qu'elle aurait mis un peu d'argent de côté, elle partirait. Le plus loin possible pour ne pas être tentée de revenir trop souvent. Et, quand elle repasserait dans le coin, Morgan serait certainement marié et père de famille.

Elle sortit de sa méditation et secoua la tête.

— Je ne sais pas si…

Morgan prit son visage entre les mains.

— Ecoute, Malone, je n'ai pas l'intention de te mentir. J'ai besoin de passer un peu de temps seul avec toi. Je veux pouvoir te parler sans que l'un de mes maudits frangins pointe aussitôt le bout de son nez.

Il déposa un petit baiser sur ses lèvres.

— Et je veux aussi pouvoir t'embrasser… Enfin, bon sang, on s'est à peine vus, cette semaine ! A ce rythme, personne ne croira que nous sommes ensemble. D'ailleurs, on m'a déjà posé des questions à ce sujet.

Il avait l'air si penaud qu'elle ne put s'empêcher de pouffer de rire.

— Bon, d'accord, je viendrai ce soir. Mais, dis-moi, qui t'a posé des questions ?

— Des types dont tu n'as pas à savoir le nom. En tout cas, je leur ai répondu que tu n'étais pas libre. C'est bien ce que nous avions décidé, n'est-ce pas ?

— Euh… oui.

Décidément, Morgan était d'une humeur bizarre. On aurait presque dit qu'il était… jaloux.

— C'est la faute de Nate, aussi ! marmonna-t-il. Il raconte à qui veut l'entendre que nous nous parlons à peine.

— Nate, ton adjoint ?

— Oui…

Il lui jeta un regard soupçonneux.

— D'ailleurs, je voulais te demander… Nate n'essaierait pas de te draguer, par hasard ?

Misty tombait des nues. Nate, un petit brun aux yeux verts, plutôt sympa, l'avait bien invitée à déjeuner, le premier jour, mais elle avait décliné son offre : elle préférait manger les sandwichs qu'elle avait apportés. Par la suite, Nate s'étais mis à apporter des sandwichs, lui aussi, et il venait les manger avec elle… En tout cas, la question de Morgan était cocasse.

— Mais enfin, Morgan, Nate n'est qu'un enfant !

— Un enfant de vingt-deux ans, Malone. Non seulement il est assez vieux pour être mon adjoint, mais tu n'as que deux ans de plus que lui.

Il la prit par les hanches et elle frissonna de plaisir.

— Est-ce que tu t'en rendrais compte, au moins, si Nate te draguait ?

Fascinée par l'intensité de son regard, Misty ne put que murmurer :

— Les hommes draguent par nature. La plupart du temps, ça ne veut rien dire.

— Attention, faire du charme et draguer, ce n'est pas la même chose. Est-ce que Nate traîne autour de ton bureau, par exemple ? Est-ce qu'il te parle d'autre chose que de travail ? Est-ce qu'il t'a déjà invitée à sortir ?

Avec ses mains qui la serraient intimement, Misty avait bien du mal à réfléchir. Son pantalon de coton léger ne constituait qu'une fragile barrière, et Morgan se tenait si près d'elle qu'elle sentait son souffle sur la joue.

— Mmm, oui et non, répondit-elle.

Morgan frotta son nez contre le sien.

— Oui et non quoi ?

— Eh bien, oui, il me parle et… oui, il traîne autour de mon bureau. Mais non, il ne m'a pas invitée à sortir. Il m'a bien proposé le restaurant, mais c'était à midi : ça ne compte pas. A part ça, je crois qu'il s'ennuie à l'heure du déjeuner, parce qu'il mange tous les jours avec moi. Au bureau, bien entendu.

Morgan la contempla un instant comme s'il n'en croyait pas ses oreilles.

— Malone, ce type te drague !

— Je te dis que non ! Jesse et Howard sont toujours avec nous. Ne viens pas me raconter qu'ils essaient de me séduire, eux aussi !

Morgan leva les yeux au ciel et gémit.

— Nom d'un chien, Malone, je m'attends à ce que tous les mâles de la région fassent bientôt le siège de ton bureau ! Mais je vais y mettre bon ordre. A partir d'aujourd'hui, nous déjeunerons ensemble. Et je te prie de cesser de secouer la tête !

— Morgan, tu n'es pas raisonnable.

Mais, au fond de son cœur, Misty se réjouissait qu'il fût jaloux.

— Je veux être sûr que tu te nourris convenablement, comprends-tu ?

— Je ne te crois pas ! Je sais pertinemment que tu veux me surveiller. Mais je veux bien jouer le jeu. Désormais, nous déjeunerons ensemble chaque midi.

Une lueur de triomphe éclaira les prunelles vert jade de Morgan.

— Parfait. Je crois qu'il était plus que temps.

Il l'embrassa sur le front, puis sur le nez, et elle s'apprêtait à entrouvrir les lèvres quand Sawyer émergea de sa chambre en bâillant. Quand il les vit tous les deux, il s'arrêta net.

— Alors, on se donne rendez-vous dans le couloir ? lança-t-il d'un air ironique.

Misty se retint de frapper Morgan. Dire qu'elle se retrouvait toujours dans ce genre de situation quand il l'embrassait ! Pas possible, il devait le faire exprès !

— Euh, bon… bonjour, Sawyer, bredouilla-t-elle. Est-ce que nous t'avons réveillé ?

— Non, mais j'ai beaucoup de travail, ce matin. Cette épidémie de grippe a fortement perturbé ma lune de miel.

Misty s'écarta de Morgan avec un petit soupir.

— Bien, il faut que j'y aille, lança-t-elle. Je sortais quand j'ai croisé Morgan.

Sur ce, elle partit à grands pas en direction de la porte d'entrée. Elle l'avait presque atteinte quand elle entendit l'aîné des Buckhorn affirmer :

— Je ne sais pas ce que tu lui as fait, Morgan, mais on dirait bien qu'elle te fuit.

Morgan toisa son frère et haussa les épaules.

— Tu dis n'importe quoi, mon pauvre Sawyer.

Après cet assaut d'amabilité, ils prirent de conserve le chemin de la cuisine d'où provenait une alléchante odeur de café. Par malheur, Jordan s'y trouvait encore : il tenait son petit chat sur les genoux.

Dès qu'il l'aperçut, Morgan plissa les yeux de colère.

— Et toi, lança-t-il d'un ton lourd de menace, si je te reprends à lorgner Misty comme tu l'as fait tout à l'heure, tu auras affaire à moi.

Jordan haussa légèrement les épaules et s'adressa à Sawyer.

— La jeune femme dont il est question a eu la gentillesse de m'aider à récupérer le chaton que voici. Est-ce ma faute si la nature l'a dotée d'un postérieur magnifique ?

Morgan sentit la moutarde lui monter au nez.

— Prends garde à toi, Jordan. Je t'aurai averti !

Jordan caressa son chat et secoua tristement la tête.

— J'avais l'intention de t'en parler un jour ou l'autre, Sawyer, mais j'ai bien peur que Morgan soit malade. Chaque fois que je le croise, j'ai l'impression qu'il est ailleurs. Une ou deux fois, je l'ai même surpris en train de sourire aux anges.

La coupe était pleine ! Morgan se leva à demi de sa chaise, prêt à faire un sort à son frère. Mais ce dernier était déjà debout.

— Par pitié, mon bon Morgan, ne m'étrangle pas ! De toute façon, je m'en vais. Je ne m'étais attardé que pour te dire au revoir.

Le chaton sous le bras, il décrocha son trousseau de clés pendu près de la porte.

— Salut à tous ! lança-t-il en sortant.

Quand la porte se fut refermée sur lui, Morgan se laissa retomber sur sa chaise.

— Bon débarras !

— Arrête donc de ronchonner ! J'ai bien survécu, moi. Il n'y a pas de raison que tu t'en sortes moins bien.

— Survécu à quoi, Sawyer ? Je ne te suis pas.

— Mais au fait d'être tombé amoureux, bien sûr !

Morgan eut la brusque impression qu'un éléphant s'était assis sur sa poitrine.

— D'une part, je ne suis amoureux de personne. D'autre part, je te prie de te mêler de ce qui te regarde.

— Je ne crois pas que tu oserais faire la même réponse à Honey. Pour l'heure, elle te considère comme un gentleman, mais si jamais tu faisais du mal à Misty, elle te dirait deux mots.

— Je n'ai pas l'intention de faire de mal à Misty, bon sang !

— Ah bon ? Parce que tu crois qu'elle sortirait indemne d'une liaison sans lendemain ? Elle a déjà connu trop de revers, Morgan. Sais-tu qu'elle est allée trouver son père quand elle a appris qu'elle était enceinte, et qu'il ne lui a offert aucun réconfort ? C'est Honey qui m'a parlé de ça. Il paraît que leur paternel s'est déclaré déçu et passablement contrarié. Rien d'autre.

Ce qui, d'après Morgan, laissait supposer qu'elle n'était pas allée embêter son père avec son affaire de vol. La pauvre, elle savait d'avance quel genre d'accueil il lui réserverait !

Mais Sawyer n'avait pas terminé son sermon.

— Misty a besoin de stabilité, pas d'une aventure à la petite semaine.

Morgan en avala son café de travers. Quand il eut fini de tousser, il leva des yeux larmoyants vers son frère.

— Ecoute, Sawyer, tu ne sais pas de quoi tu parles. Misty

m'a affirmé catégoriquement qu'elle ne voulait plus vivre en couple. D'ailleurs, elle a rayé les hommes de son existence.

— Je suis désolé de te dévoiler ça sans ménagement, Morgan, mais il se trouve que tu es toi-même un homme.

— Ça n'a rien à voir ! Ce que nous ressentons l'un pour l'autre est, euh… ça ne te regarde pas, de toute façon.

Il réfléchit une seconde avant d'ajouter :

— Nous ne voulons surtout pas nous impliquer. Ni l'un ni l'autre.

— Je croyais que tu avais envie de te marier ?

Morgan secoua lentement la tête.

— Quoi ? s'écria Sawyer. Tu trouves que Misty n'est pas assez bien pour toi ? Elle n'est pas assez belle ? Pas assez sympa ?

— Ne me fais pas dire ce que je n'ai pas dit ! répliqua Morgan d'un ton agacé.

Misty Malone était la plus belle des femmes. Et la plus adorable qu'il eût jamais connue, même si elle avait un caractère un peu difficile. Pas plus difficile que le sien, à bien y réfléchir… Cette pensée faillit le faire sourire.

— Tu as tendance à oublier, reprit-il d'un ton plus aimable, que Misty ne veut pas se marier. Elle me l'a fait comprendre on ne peut plus clairement.

Sawyer étudia son frère pendant quelques secondes. Brusquement, ses yeux s'arrondirent.

— Bon sang, mais c'est bien sûr ! En fait, tu hésites à la demander en mariage de peur qu'elle refuse !

Morgan sentait ses muscles tendus à l'extrême.

— Sawyer ! gronda-t-il. Je te rappelle que tu es docteur en médecine, pas en psychologie.

L'aîné se mit à rire bruyamment.

— Je ne peux pas le croire ! s'exclama-t-il. Les femmes te courent après depuis des années et, maintenant que tu en as trouvé une à ton goût, tu es mort de trouille !

Quand Sawyer se remit à rire, Morgan décida qu'il était grand temps de changer de sujet.

— Au fait, Misty a trouvé un autre boulot.

Le rire de Sawyer s'arrêta net.

— Elle ne travaille plus pour toi ?

— Si, mais elle travaille aussi au restaurant.

Le restaurant ! Un endroit idéal pour la drague ! Cette simple idée lui donnait la nausée.

— Je crois qu'elle veut y travailler cinq ou six heures par jour, après le bureau, reprit-il. C'est beaucoup, tu ne trouves pas ?

Sawyer réfléchit un instant.

— Misty est une jeune femme bien portante, déclara-t-il enfin. Dans la mesure où elle n'est enceinte que de trois mois, son hyperactivité ne me paraît pas devoir poser de problème. Ce sera différent dans quelque temps. Quand son ventre s'arrondira, ses chevilles risquent fort d'enfler si elle garde le même rythme.

— Tu devrais peut-être lui parler. Tu es médecin. Toi, elle t'écoutera.

— Je ne suis pas son médecin, Morgan. Cela dit, elle devrait voir régulièrement un obstétricien. Je lui en recommanderai un dès ce soir.

Sawyer vida sa tasse et se leva.

— Bon. Le devoir m'appelle. Tu es sûr que ça ira ?

Morgan le foudroya du regard.

— Mais je ne suis pas malade, bon sang !

— C'était juste une question.

Il se retourna pour partir, puis se ravisa.

— Morgan, pense au moins à ce que je t'ai dit, d'accord ? Si tu laisses trop traîner les choses, tu risques de tout faire rater… Allez, salut.

Morgan suivit Sawyer des yeux jusqu'à la porte en se disant que le mariage l'avait décidément rendu bien philosophe. Puis il pensa à Misty, qui devait être arrivée au bureau, et à Nate, Jesse et Howard qui devaient déjà la couver des yeux. Il vit rouge… puis il revint très vite à la raison. Seigneur, Howard et Jesse étaient assez vieux pour être les grands-pères de Misty ! Et elle n'avait pas tort quand elle disait que Nate n'était qu'un enfant.

Malgré tout, il était jaloux. Jaloux à en crever. Et aucun raisonnement au monde ne pourrait y remédier… Drôle de sentiment que la jalousie. Il sortait avec des femmes depuis l'adolescence et pas une fois il ne l'avait ressenti. Qu'avait-elle donc de si différent, cette Malone, pour le rendre aussi possessif ?

Il savait qu'il l'intéressait. Mais elle préférait nier l'attraction qu'ils éprouvaient l'un pour l'autre, plutôt que se retrouver impliquée dans une histoire de couple. Sawyer avait-il raison ? Cherchait-elle uniquement à se protéger de nouvelles blessures ? En tout cas, il pouvait faire une chose pour elle : la débarrasser de ce casier qu'elle traînait derrière elle. Il savait maintenant qu'elle n'était pas coupable. Il avait mis quelques hommes sur le coup, et ils étaient déjà sur une piste intéressante. On verrait bien ce que ça donnerait…

Lorsque ce problème serait résolu, Misty serait peut-être prête à l'entendre. Il lui expliquerait combien la vie serait douce si seulement elle acceptait de se laisser aller, si elle acceptait enfin…

Quoi ? Mais, bon sang, il irait donc jusqu'à lui demander de l'épouser ?

Morgan rumina cette idée un bon moment. Oui, la vie avec Misty serait comme une chevauchée fantastique : on n'aurait pas le temps de s'ennuyer !

Il souriait toujours lorsqu'il se leva, mit son chapeau et sortit sous le soleil radieux. Ce soir, dans sa maison sur la colline, il lui parlerait. Il lui prouverait qu'ils étaient faits pour vivre ensemble et, quand elle aurait enfin apprivoisé cette idée, il la demanderait en mariage.

9

Le beau temps n'avait pas duré. Dès le début de l'après-midi, de gros nuages noirs avaient envahi le ciel et, à présent, la pluie tombait dru.

Morgan négocia prudemment le dernier virage, et poussa un soupir de soulagement en discernant, dans le faisceau des phares, la voiture de Misty garée devant l'entrée de la cuisine. La pluie avait rendu la route glissante, et il s'était inquiété de la savoir sur la route, fatiguée comme elle devait l'être après sa longue journée de travail. Un moment, il avait espéré pouvoir la reconduire et l'emmener directement visiter sa maison. Mais il avait été retenu au bureau, et il avait dû renoncer à ce projet.

Il coupa le contact, s'empara du paquet posé sur le siège, et fonça sous le déluge jusqu'à la porte de la cuisine. Elle s'ouvrit sans qu'il eût besoin de la pousser.

C'était Honey qui l'avait entendu arriver, et non pas Misty, comme il l'avait espéré. Il embrassa sa belle-sœur, et découvrit Misty, les poings sur les hanches, en train de vociférer des menaces à l'adresse de Sawyer.

— Je te préviens, Sawyer, et c'est la dernière fois : soit tu gardes mon argent, soit je m'en vais !

L'aîné des Buckhorn leva les bras au ciel, et prit Morgan à témoin.

— A priori, ça paraît difficile, et pourtant, elle est encore plus têtue que Honey !

Morgan était trempé. Il essuya la goutte d'eau qui coulait le long de son nez.

— Où est Jordan ? demanda-t-il.

Sawyer le regarda d'un air surpris.

— Dans sa chambre, pourquoi ?

Tout doucement, Morgan ôta le couvercle de la boîte qu'il portait dans les bras. Un chiot tout rond sortit la tête et se mit à pousser des petits cris plaintifs.

— Peux-tu me passer une serviette ? demanda-t-il à Honey. Ce pauvre toutou est trempé jusqu'aux os. Je l'ai trouvé sous l'escalier du gymnase : quelqu'un avait dû l'abandonner. Regarde-moi ça ! Il était attaché si serré que la corde lui a entamé la chair.

La colère faisait bouillir Morgan. S'il y avait une chose qu'il ne supportait pas, c'était bien la cruauté envers les animaux.

Sawyer prit son portable et appela Jordan. Pendant ce temps, Misty s'approcha pour mieux voir le chiot. Les yeux de la jeune femme étaient tout ronds et, quand son regard croisa celui de Morgan, il y lut tant de tendresse et de féminité mêlées qu'il en fut bouleversé.

Honey revint avec une serviette au moment même où Jordan et Gabe rentraient, ruisselant de pluie.

En vrai professionnel qu'il était, Jordan prit aussitôt le chiot et se mit à le sécher, sans se préoccuper de son propre état.

— Il a l'air tout jeune, dit Gabe. C'est quoi, comme race ?

— Oh ! c'est un bâtard ! Berger allemand croisé, peut-être avec un saint-bernard. En tout cas, ce sera un gros chien.

Le véto inspecta le cou blessé et fit la grimace.

— Il me faut ma sacoche.

— Je vais la chercher, lança Gabe.

Il remit la capuche de son coupe-vent et repartit sous la pluie sans hésiter.

Misty profita de cet interlude pour déboutonner la chemise de Morgan.

— Tu vas prendre froid si tu gardes ces vêtements mouillés.

— C'est vrai, dit Sawyer. Tu ferais mieux d'aller te changer. Et emmène donc Misty avec toi : tu parviendras peut-être à lui faire entendre raison. Elle veut à tout prix participer aux frais de la maison.

Misty prit Morgan par la main et l'entraîna vers le couloir.

— Sawyer, je te répète que je ne veux être à la charge de personne, lança-t-elle en quittant la pièce. Si je dois rester, je paierai ma part.

Morgan se laissa tirer par la main, mais, dès qu'ils furent hors de vue, il cloua Misty dos au mur et l'embrassa avec passion.

— Tu ne peux pas savoir comme tu m'as manqué, murmura-t-il contre ses lèvres.

— Je commençais à m'inquiéter. Je pensais que tu rentrerais plus tôt.

— C'est ce que j'avais prévu, lui répondit-il en l'entraînant dans sa chambre.

Il quitta sa chemise mouillée, et poursuivit :

— Malheureusement, j'ai eu une fin d'après-midi délirante. D'abord, l'une de mes élèves s'est blessée ; ensuite, j'ai trouvé le chiot… Mais je vais me changer rapidement, et nous aurons tout le temps de visiter ma maison. D'accord ?

La jeune femme ignora sa question. Elle croisa les bras et le regarda d'un air suspicieux.

— Tu as des élèves, à présent ?

Seigneur ! Pourquoi était-il allé lui parler de ça ?

— Oui. Deux vendredis par mois, j'apprends à une douzaine de femmes à se défendre contre d'éventuels agresseurs. La plupart d'entre elles travaillent comme guides au parc national. Il arrive qu'elles se retrouvent seules avec un homme, loin de tout et, dans ces moments-là, elles ne peuvent compter que sur elles-mêmes.

Le regard de Misty s'adoucit.

— Et tu disais que l'une d'entre elles s'était blessée ?

— Oui. Pas pendant le cours, mais en sortant du gymnase. Elle a glissé sur une marche mouillée et elle s'est tordu la cheville. Comme elle ne pouvait pas conduire, je l'ai emmenée à l'hôpital, puis je suis allé chercher son mari car leur voiture était restée sur le parking du gymnase… Il y a tout de même un point positif à cette histoire, c'est qu'elle m'a permis de découvrir le chiot attaché sous l'escalier. Si je ne m'étais pas baissé pour m'occuper de mon élève blessée, je n'aurais jamais remarqué sa présence.

— Alors, tu les as fait monter tous les deux dans ta voiture et tu as fait ton possible pour les aider ?

Tout en parlant, Misty s'était approchée de lui. Quand elle se mit à lui essuyer le torse, il crut devenir fou de désir.

— Laisse-moi me changer, la supplia-t-il d'une voix altérée par l'émotion. J'ai envie qu'on aille chez moi au plus vite.

Elle acquiesça et alla s'asseoir au bord du lit. Morgan se débarrassa de ses bottines, de ses chaussettes, de son jean, puis passa rapidement des vêtements secs et vint s'asseoir près de Misty. D'un geste machinal, il accrocha son portable à sa ceinture et tendit la main vers son pistolet de service. La jeune femme eut un petit rire.

— Tu sais, avec moi, tu peux t'en dispenser.

Il lui jeta un coup d'œil surpris.

— Me dispenser de quoi ?

— De ton look de dur à cuire… Ça ne prend pas. Je sais que tu n'es pas aussi méchant que tu voudrais en avoir l'air. Celia m'a appris que tu ne t'étais pas battu depuis des années. Elle m'a dit que ta dernière bagarre n'entrait même pas en ligne de compte parce qu'elle avait été trop brève.

Morgan claqua la langue d'agacement.

— Celia t'a parlé de moi ?

— Oui, mais elle n'est pas la seule. En fait, tous les témoignages concordent : chaque fois que tu t'es battu, c'était pour défendre quelqu'un. Et si tu es shérif, aujourd'hui, c'est parce que tu détestes l'injustice et les abus de pouvoir, et que tu aimes venir au secours des autres. J'ai raison ou pas ?

Là n'était pas la question. Sa réputation d'homme implacable l'avait servi toute sa vie et, n'en déplaise à cette maudite Malone, il l'avait bien gagnée, nom d'un chien !

D'un mouvement un peu trop brusque, il fit face à Misty.

Bon. Toujours d'accord pour visiter ma maison ?

La jeune femme baissa les yeux d'un air timide. Dans son mouvement, ses longs cheveux soyeux lui cachèrent la moitié du visage.

— Oui, si tu veux bien de moi.

Morgan sentit son cœur s'emballer.

— Allons-y, dit-il en se levant.

Misty prit la main qu'il lui tendait, et ils quittèrent la chambre. Dans son jean délavé et son sweat trop grand pour elle, la jeune femme était à croquer. Le seul problème, c'est qu'elle portait des sandales et qu'il pleuvait toujours à verse. Mais tant pis : il la porterait !

Quand ils entrèrent dans la cuisine, Jordan tenait toujours le chiot. Maintenant qu'il était sec, il ressemblait à une grosse boule de moquette épaisse pourvue d'une truffe, de pattes et d'une courte queue qui remuait à un rythme surprenant. Lorsqu'il aperçut Morgan, il le salua d'un glapissement.

Morgan lui répondit par un grand sourire.

— Alors ? lança-t-il à Jordan.

— Alors, ce toutou a environ trois mois, et il va très bien. Il a juste besoin d'un bon bain et d'un peu d'amour.

Morgan se sentit soulagé. Quant au type qui avait abandonné cet animal, mieux valait qu'il continuât d'ignorer son identité…

— Je vais le garder, annonça-t-il. Je voulais justement un chien pour ma nouvelle maison. Celui-ci fera très bien l'affaire.

Sur ce, il alla décrocher deux imperméables au portemanteau.

— Oh oh ! J'ai l'impression que tu t'apprêtes à braver de nouveau la tempête, dit Jordan. Si tu veux, je peux garder le chiot cette nuit.

— Merci, frangin. Je vais faire visiter ma maison à Misty.

Il vit ses trois frères sourire et échanger des regards entendus, mais il se sentait trop heureux pour leur en tenir rigueur.

Sawyer s'approcha soudain de lui. Il tenait quelques billets à la main.

— J'allais oublier : arrange-toi pour rendre cet argent à Misty.

La jeune femme croisa les mains derrière son dos.

— Il est hors de question que je le reprenne ! Cet argent vient de mes pourboires. Je vous jure que je peux m'en passer.

Sawyer haussa les sourcils.

— Comment ? Tu as déjà gagné tout ça en pourboires ?

Morgan eut un ricanement sinistre.

— Si j'en crois Celia, le restaurant ne désemplit plus. Il paraît que tous les mâles de Buckhorn s'y donnent désormais rendez-vous. Et, bien entendu, chacun d'eux laisse un pourboire à Misty — y compris ceux qu'elle n'a pas servis !

— Tiens, tu as parlé à Celia ? demanda la jeune femme. Quand l'as-tu vue ?

— Juste avant de rentrer. C'est elle qui est passée me voir

pour me faire part de sa satisfaction. Elle m'a même demandé si je verrais un inconvénient à ce qu'elle te propose de travailler pour elle à plein temps. Elle prétend qu'ainsi, elle pourrait enfin s'offrir des vacances sans avoir peur de perdre des clients. Bien sûr, euh… je lui ai répondu que tu préférais continuer à travailler pour moi. J'ai bien fait, n'est-ce pas ?

Misty plissa les yeux et répliqua du tac au tac :

— Oui, à condition qu'on me laisse participer aux frais.

Décidément, quand cette Malone avait une idée en tête !… Morgan lui prit le menton et plongea le regard dans le sien.

— La plupart du temps, nous ne payons pas ce que nous mangeons.

— Et tu t'imagines que je vais croire ça ?

— Mais c'est la vérité, bon sang ! Ici, les gens ne sont pas riches. Il arrive souvent que Sawyer soit payé en nature. C'est pour ça que le congélateur déborde de desserts et de plats cuisinés.

— Vraiment ? Je ne m'en serais jamais douté.

— Allons, Morgan, intervint Sawyer, débrouille-toi pour qu'elle reprenne son argent.

Devant l'expression inflexible de Misty, Morgan sourit. Comment pouvait-on s'imaginer qu'il eût de l'influence sur cette femme ? Au contraire, la moindre suggestion de sa part ne ferait qu'ajouter à son entêtement.

Toutefois, pour s'amuser un peu, il décida de tenter l'expérience.

— D'accord, dit-il en prenant les billets que Sawyer lui tendait. J'en fais mon affaire.

Aussitôt, la jeune femme fronça les sourcils et s'apprêta à l'envoyer au diable. Mais Morgan s'y attendait. Il lui scella les lèvres d'un baiser, puis, alors qu'elle le dévisageait, ahurie, il lui mit sa capuche sur la tête et l'enleva dans ses bras.

Misty se mit à hurler et à se débattre, mais lorsqu'elle s'aperçut que les autres la regardaient en riant, elle s'arrêta subitement de gigoter et leur tira la langue.

— Laisse-moi descendre, Morgan ! s'écria-t-elle enfin.

— Non, Malone. Pas question que tu patauges dans la boue.

— Oh… !

A ce moment-là, Honey s'approcha d'eux, un panier bien rempli à la main.

— Tiens, Misty. Je pense qu'aucun de vous deux n'a dîné… Je vous ai préparé de quoi faire un petit festin.

— Ne nous attendez pas pour aller vous coucher, lança Morgan à la cantonade.

Puis il sortit en portant toujours Misty dans ses bras, et fonça jusqu'à la Bronco. Quand la jeune femme eut ouvert la portière, il l'installa sur le siège. La perspective de la soirée qu'ils allaient passer le plongeait dans une incroyable excitation. Son érection le gênait, et il était si chaud que, lorsqu'il entra dans la voiture, le pare-brise se couvrit instantanément de buée.

Par bonheur, ils n'allaient pas très loin. Il ne leur fallut que quelques minutes pour parvenir à destination. Morgan stoppa devant son garage et descendit pour en ouvrir le portail.

— Je vais installer une ouverture automatique, expliqua-t-il à sa compagne en garant la Bronco. Mais, pour ce genre de détail, je peux attendre d'avoir emménagé.

Misty sauta de son siège avant même qu'il eût coupé le contact.

— Je veux voir l'extérieur. D'en bas, ça a l'air féerique.

Morgan apprécia le compliment. C'était lui qui avait choisi l'endroit où il voulait faire construire sa maison… Malheureusement, le temps ne se prêtait guère à la balade.

— Euh… on pourrait commencer par visiter l'intérieur. Qui sait, la pluie va peut-être cesser d'un moment à l'autre ?

Il ouvrit la porte et alluma la lumière. La pièce dans laquelle ils entrèrent était une sorte de buanderie moderne, avec tout ce qu'il fallait pour déposer vêtements de pluie et chaussures boueuses.

— Je n'ai pas fini d'installer les étagères, mais ce n'est qu'une question de jours.

Il se tourna vers Misty. Sur le seuil de la seconde porte, elle contemplait la cuisine avec une mine ébahie.

— Oh ! Morgan !…

Elle pénétra dans la pièce comme une somnambule, et en fit lentement le tour.

— C'est incroyable !

La cuisine au plafond très haut et la salle à manger adjacente étaient tout en chêne blond. Plusieurs rampes lumineuses d'intensité réglable dispensaient une lumière merveilleusement agréable. Trois immenses fenêtres de toit s'ajoutaient à celles des murs pour éclairer la pièce pendant la journée. Morgan leva les yeux. En ce moment, la pluie empêchait de voir le ciel, mais, les soirs de beau temps, on devait voir scintiller les étoiles comme si l'on était dehors.

Misty se tourna vers son compagnon d'un air extasié.

— Oh ! Morgan, j'adore le style de cette pièce !

Il lui prit le panier des mains et le déposa sur le vaste plan de travail en arborant un large sourire.

— J'aime avoir beaucoup d'espace, expliqua-t-il.

Il prit Misty par la taille et poursuivit sur le ton de la conversation :

— Tu sais, Malone, quand il n'y a pas de portes, on peut plus facilement garder un œil sur les enfants. En dehors des quatre chambres et des salles de bains, il n'y a pas de portes, dans cette maison.

La jeune femme avança dans la partie salle à manger et la parcourut du regard.

— Combien d'enfants comptes-tu avoir ? demanda-t-elle sans se retourner.

— Si j'en avais trois, je serais comblé. Et toi ?

— Oh ! je crois que je vais d'abord élever celui que je porte avant de songer à en avoir d'autres !

Morgan faillit s'étouffer. Il aurait aimé lui dire qu'elle n'avait pas à s'inquiéter, qu'il serait à ses côtés pour l'aider à élever son bébé, mais il craignait de l'effaroucher. Il devait être patient et, pour commencer, changer de sujet.

— Euh… je n'ai pas fini de meubler la salle à manger, mais j'y travaille.

La jeune femme s'approcha d'une fenêtre.

— Je suppose que la vue sur le lac est exceptionnelle.

— Oui. Et, par ici, avec toutes les anses qui parsèment la côte, il est beaucoup plus calme qu'au nord. De plus, les pêcheurs viennent rarement troubler notre quiétude… C'est un havre de paix : nous avons beaucoup de chance de vivre ici.

— En automne, ça doit être magnifique.

— Oui. Mais l'hiver aussi, quand tout est gelé… Bon, il y a tellement de vitres que je vais devoir embaucher quelqu'un spécialement pour les nettoyer, mais quel serait l'intérêt d'habiter au sommet d'une colline si l'on ne pouvait pas admirer le paysage ? Tu vois la terrasse ? Elle fait le tour de la maison. Même depuis ma chambre, on peut y accéder.

Bien. Il avait déjà réussi à parler de sa chambre… Restait maintenant à y entraîner Misty.

Comme si elle avait lu dans ses pensées, la jeune femme se dirigea soudain vers la chambre en question… mais elle s'arrêta dans le salon. Morgan, légèrement angoissé, attendit son avis tandis qu'elle regardait autour d'elle : le canapé gris-bleu, les deux énormes fauteuils framboise, les coussins dans lesquels les deux teintes se mêlaient harmonieusement.

— J'aime beaucoup, dit-elle en souriant.

Il poussa un soupir de soulagement.

— Tu devrais mettre tout un tas de plantes, dans ce salon. Elles profiteraient de la lumière et elles iraient bien avec la cheminée de pierre. Qu'en penses-tu ?

— J'en pense, Malone, que c'est une bonne idée. Je n'y connais pas grand-chose en matière de plantes, mais peut-être pourrais-tu m'aider à les choisir ?

Elle lui jeta un coup d'œil étonné.

— Ce serait avec plaisir.

Heureux, Morgan lui prit la main. Il était temps de poursuivre la visite — sans trop s'attarder, de préférence, dans les pièces suivantes.

Il poussa la première porte qui se présentait.

— Voilà la salle de bains principale.

Misty passa la tête dans l'entrebâillement, et demeura bouche bée.

— C'est… impressionnant !

Il sourit de fierté et la poussa doucement dans la pièce. Elle passa la main sur le carrelage crème des murs, sur le double lavabo en marbre roux… Un Jacuzzi aux jets de cuivre, presque aussi grand qu'une piscine, occupait un angle de la vaste pièce. Juste au-dessus, un vélux permettait d'admirer le ciel. Dans l'autre angle, le coin douche avait été prévu pour deux. Morgan s'y vit avec Misty, et il sentit les battements de son cœur s'accélérer. Il y avait bien assez d'espace pour faire l'amour dans diverses…

— Je n'en crois pas mes yeux, Morgan. C'est tout simplement divin.

Il s'éclaircit la gorge dans l'espoir de soulager un peu la tension sexuelle qui l'avait envahi.

— Euh… oui, je suis satisfait du résultat. Il faut encore que j'achète des serviettes et d'autres trucs de ce genre, mais ça peut encore attendre.

Misty baissa les yeux et les garda consciencieusement fixés sur la pointe de ses sandales.

— Si tu veux, je peux t'aider à les choisir.

Morgan se sentait comblé. Il enlaça la jeune femme et déposa un baiser sur les lèvres.

— Merci, Malone, fit-il d'une voix rauque.

Misty regarda sa bouche, poussa un petit soupir et se passa la langue sur les lèvres. Etait-ce une invitation à recommencer ? Morgan ne se le fit pas dire deux fois, Il plaqua Misty contre le mur, et l'embrassa avec tant de fougue qu'il ne parvint plus à s'arrêter. Seigneur, cette fille était faite pour lui ! Près d'elle, il se sentait vulnérable pour la première fois de sa vie, mais elle le rendait aussi presque brutal tellement il avait envie d'elle.

Elle se pressa contre son ventre. Il lui saisit les fesses en gémissant.

— Tu me tues, Malone.

— Quand vas-tu te décider à m'appeler par mon prénom ? lui demanda-t-elle sur un ton mi-amusé, mi-haletant.

— « Malone » te va bien. C'est le nom d'une fille qui a du cran et du chien. Ça fait même un peu dangereux.

Tu veux dire que tu me trouves dangereuse ?

— Pour ma libido, oui.

Ils sortirent de la salle de bains bras dessus, bras dessous. Les trois premières chambres étaient vides, mais Misty s'extasia sur la taille des fenêtres, l'épaisseur des moquettes, le chêne des boiseries… Morgan n'en pouvait plus d'attendre. Il allait exploser d'une seconde à l'autre. En tout cas, bien avant qu'ils eussent atteint sa chambre… Il se rappela soudain qu'il y avait quelque chose que Misty devait voir, et il lui désigna les portes-fenêtres sans rideaux qui tenaient toute la largeur du mur.

— Viens, je veux te montrer un truc que j'ai fait faire en ton honneur.

Elle lui jeta un regard surpris, mais le suivit jusqu'à la baie vitrée. La pluie avait presque cessé, et la faible lueur de la lune perçait à travers les nuages. Morgan se glissa derrière elle et désigna un point, pas très loin du rivage.

— Regarde, là-bas.

Elle plissa les yeux pour essayer d'identifier la forme sombre qu'il lui montrait. Puis, brusquement, elle tourna les yeux vers lui.

— Une tonnelle ! Je ne savais pas que tu avais une tonnelle.

Morgan déposa un baiser sur sa tempe et l'enferma dans ses bras. Doucement, il lui caressa le ventre ; il s'attendait presque à sentir bouger le bébé.

— C'est Gabe qui a construit cette tonnelle à ma demande.

Elle posa les mains sur celles de Morgan.

— Quand ça ?

— Il a commencé le lendemain du mariage, après notre baiser sous la tonnelle de l'hôtel de ville.

Misty parut extrêmement surprise.

— Mais… c'est au moment où tu m'as demandé de partir !

Morgan plongea les yeux dans ceux de la jeune femme. Il y vit de la confusion mais aucune accusation.

— En fait, je voulais que tu restes.

Avec une grande tendresse, il la serra contre son cœur.

— Bon sang, oui. J'avais terriblement envie que tu restes.

Misty lui adressa alors un sourire timide.

— Moi aussi, j'ai quelque chose à t'avouer, Morgan. Nous allons faire l'amour, et je sais que les femmes enceintes donnent l'impression d'avoir une grande expérience dans ce domaine.

— Mais enfin, Malone, je n'ai jamais…

Elle lui posa un doigt sur les lèvres.

— Chut ! Contente-toi de m'écouter, d'accord ?

Il obéit à contrecœur.

— En réalité, je n'ai que très peu d'expérience. La première fois, c'était au lycée. Aussitôt après avoir assouvi notre curiosité, nous nous sommes séparés. Pour tout dire, je n'ai ressenti ni beaucoup de plaisir ni beaucoup de chagrin.

Morgan l'embrassa dans le cou et lui mordilla le lobe de l'oreille. Misty frissonna.

— Ensuite, il y a eu Kent. Nous n'avons couché ensemble que deux ou trois fois, et nous étions prudents. Il a fallu un accident de préservatif pour…

A ce moment de sa confession, Morgan la serra très fort contre lui pour la faire taire. L'idée qu'elle eût fait l'amour sur le siège arrière d'une voiture avec un adolescent boutonneux le rendait déjà malade de jalousie. Alors, il n'allait pas la laisser lui parler de ce sale type, qu'elle avait cru aimer et qui l'avait abandonnée.

— Nom de nom, Malone, tu ne vas quand même pas me faire la liste de tes amants ! Si tu veux tout savoir, je n'en ai strictement rien à faire.

Elle le repoussa sans pour autant le quitter des yeux.

— Mais, justement, la liste est terminée ! Je n'ai jamais eu envie d'aucun autre homme. Enfin, jusqu'à ce que je te rencontre…

Morgan se sentit envahi par une émotion intense.

— Tu n'as rien à craindre, Malone chérie. Nous irons tout doucement, ça se passera bien.

— Morgan, tu ne comprends pas.

Il la força à s'agenouiller face à lui, sur la moquette. Dans ses grands yeux bleu sombre, il lut clairement son excitation. Il glissa la main sous son sweat et lui caressa lentement la taille.

— D'accord, murmura-t-il. Alors, explique-moi.

De quoi voulait-elle lui parler ? Il aurait voulu qu'elle lui ouvrît son cœur, car il se demandait ce qu'elle ressentait exactement pour lui. Elle avait bien accepté de l'aider à décorer sa maison, mais il n'était pas sûr qu'elle eût compris pourquoi il lui demandait son aide. Et, apparemment, elle n'avait pas relevé sa petite phrase concernant les enfants.

Misty hésitait visiblement à se lancer. Enfin, elle sauta le pas.

— J'ai envie de toi, Morgan. Je veux prendre le temps de te déguster.

Morgan fut aussitôt submergé par une vague de sensualité. Ces mots n'étaient pas ceux qu'il attendait, mais il n'allait pas se plaindre.

— Tu parles de sexe et de ce que tu ressens de façon si

naturelle, ajouta Misty, que mes vieilles inhibitions n'ont plus lieu d'être.

Elle lui caressa la joue d'une main tremblante.

— Avec toi, je veux concrétiser tous mes fantasmes. Je veux m'abandonner totalement.

Morgan déglutit péniblement, tout en cherchant en vain la réponse adéquate.

Par bonheur, Misty ne le laissa pas longtemps dans l'embarras. Elle l'attira à elle, et s'empara goulûment de ses lèvres. Quand il sentit sa petite langue explorer sa bouche, il n'y tint plus. Il roula sur le dos, tout en la gardant contre son torse, et apprécia un instant le contact de ses mains, curieuses et pleines d'audace.

Il pensa vaguement à ce qu'il avait eu l'intention de lui dire, mais, dans l'état actuel des choses, cela ne semblait plus avoir autant d'importance.

— J'ai envie de toi depuis trop longtemps, murmura Misty entre deux baisers.

— Ah oui ? Tu devrais m'en dire plus !

Elle leva les bras pour lui permettre de lui retirer son sweat. Elle ne se sentait pas du tout gênée ; et elle en était toute surprise. Morgan couvrit alors ses seins de ses larges mains, et se mit à caresser du pouce ses mamelons durcis par le désir.

— Je… je veux sentir ta peau, balbutia la jeune femme.

Elle glissa sur le côté et tira sur la chemise de son compagnon. Morgan se redressa, faisant jouer ses abdos, et finit de retirer le vêtement. Elle l'avait déjà vu torse nu, mais, là, c'était différent. Là, elle pouvait le toucher, le goûter, faire ce qu'elle voulait de lui.

Elle s'attaqua à sa braguette.

— Eh ! doucement, ma belle !

— Non. J'ai trop envie que tu me prennes. Jamais je ne rencontrerai un homme que je désire autant.

— Tu as fichtrement raison : ça ne t'arrivera pas.

Il écarta doucement sa main de la zone sensible.

— Embrasse-moi, Malone.

Elle s'exécuta volontiers. Et, pendant qu'elle l'embrassait, explorant le moindre recoin de sa bouche, Morgan la fit rouler sur le dos.

— Je ne veux pas te faire mal, Malone.

Elle le serra plus fort, s'enivrant de son odeur.

— Tu ne me feras pas mal.

— Le bébé...

Misty rouvrit les yeux. Morgan se dressa sur les coudes, haletant, les cheveux en bataille. La compassion et la tendresse qu'elle lut dans son regard la bouleversèrent. Elle lui caressa la joue, puis la poitrine, et prit dans ses mains les pointes de ses seins. Il retint un instant son souffle...

— Déshabille-toi, Morgan. Je te promets que tu ne nous feras aucun mal. J'ai pensé toute la journée à ce que nous ferions ce soir, et je veux que nous goûtions à tout, jusqu'au bout. Si nous prenons le risque, autant que ça en vaille la peine.

Un voile de tristesse passa fugitivement dans les yeux de Morgan.

— Tu ne cours aucun risque avec moi, Malone.

Elle ne voulut pas lui dire qu'elle n'en avait jamais couru d'aussi considérable... Car elle l'aimait de toute son âme. Près de lui, elle se sentait vulnérable et tendre. Il pouvait la briser d'un seul mot, d'un seul geste.

Mais il ne le ferait pas. Misty chassa ses sombres pensées. Ce soir, l'ambiance devait être à la fête.

— Allons, déshabille-toi, répéta-t-elle.

Morgan la contempla un long moment, puis s'assit sur la moquette. Il quitta chaussures et chaussettes, et la regarda de nouveau.

— Si je comprends bien, tu veux tout voir de moi ?

— Oui.

— Veux-tu que je mette un peu plus de lumière ?

Misty faillit pouffer de rire. Pourquoi ne pas braquer les projecteurs, tant qu'on y était ? Non, la lumière provenant du couloir suffisait amplement. Et Misty avait besoin de pénombre pour s'abandonner totalement, au moins la première fois.

— Non, c'est très bien comme ça.

Morgan haussa les épaules.

— C'est toi qui décides.

Sur ce, il s'agenouilla, déposa son portable et ouvrit avec précaution sa braguette sur une érection plutôt impressionnante.

Du coup, Misty ne pensa plus à rire. Elle voulait simplement regarder, toucher… goûter.

Sans une once de modestie, Morgan fit glisser pantalon et slip le long de ses cuisses musclées, puis s'assit pour achever de se déshabiller.

— A ton tour, murmura-t-il alors d'une voix altérée.

Misty ne pouvait détacher les yeux de son corps d'athlète. Elle sentit la chaleur monter en elle, et une langueur diffuse s'empara de son ventre. Ses mamelons lui paraissaient prêts à éclater. Les petits poils frisés sur le torse de Morgan couraient en ligne droite sur son ventre, jusqu'au nombril, puis ils étaient cachés par son membre viril.

Pour mieux voir, elle s'était soulevée sur les coudes. Morgan lui dégrafa son pantalon, et baissa lentement la fermeture à glissière. Ensuite, il ouvrit les mains sur son ventre et la caressa avec la légèreté d'un papillon. Puis il glissa les mains à l'intérieur de son jean, et s'empara de ses fesses.

Misty eut un long gémissement, et referma la main sur le sexe dressé de son compagnon. Elle le trouva dur, chaud, soyeux… Elle le sentit réagir contre sa paume, et raffermit sa prise. Morgan gémit.

— Tu aimes ça ?

Elle appuya encore un peu, et sentit son spasme.

— Tu dois me donner des conseils, d'accord ?

Le jean de Misty était, à présent, à hauteur de ses genoux.

— Plus fort, répondit Morgan d'une voix rauque.

La jeune femme accentua un peu sa pression, et se mit à bouger la main de haut en bas.

— Comme ça ?

Brusquement, Morgan lui saisit le poignet et l'écarta de lui.

— Désolé, Malone chérie, mais tu as pris du retard. Tu vas garder ces petites mains pour toi et me laisser faire un moment, O.K. ?

Misty acquiesça et se laissa aller sur la moquette. D'une main impatiente, Morgan finit de la déshabiller, puis il s'allongea pour déposer un baiser sur son sein. La jeune femme se cambra instinctivement. Il en profita pour glisser une main dans son dos et rapprocher de sa bouche la pointe durcie afin de la mordiller doucement. Misty gémit en secouant la tête.

— Je passerais des heures à caresser tes seins, murmura-t-il à son oreille.

Joignant le geste à la parole, il reprit le mamelon dans sa bouche et se mit à le goûter, le lécher, le presser… Puis il changea de sein et recommença. Sa langue était à la fois ferme et incroyablement douce. Le corps de Misty frémissait tout entier. Quand il s'arrêta, finalement, elle n'en pouvait plus. Ses mamelons étaient enflés et mouillés, et elle les couvrit de ses propres mains pour essayer de soulager la douleur palpitante.

Le spectacle de la jeune femme en train de se caresser arracha à Morgan un soupir de volupté. Il posa la joue sur son ventre et soupira.

— Incroyable qu'il y ait un bébé là-dedans. Tu es si mince !

Misty ressentit une profonde émotion. Elle se redressa sur les coudes pour contempler son compagnon. Cette façon qu'il avait d'accepter qu'elle fût enceinte la touchait plus qu'elle n'aurait su dire.

— Je… j'ai pourtant pris trois kilos, déjà !

Morgan lui sourit, embrassa tendrement son nombril, puis la força doucement à écarter les jambes.

— Tu sens bon ! murmura-t-il en lui léchant le ventre, juste au-dessus de sa toison brune.

Anticipant ce qui allait suivre, Misty se laissa retomber sur la moquette avec un soupir d'abandon.

Dès qu'elle sentit la langue de Morgan sur la partie la plus intime de son corps, elle fut électrisée. Son bassin fit un bond, mais Morgan ne la lâcha pas et recommença. Cette fois, la caresse était si sensuelle que la jeune femme gémit de volupté. Alors, Morgan l'ouvrit tout entière et se mit à l'embrasser comme si c'était sa bouche qu'il explorait.

— Mmm… c'est bon.

Misty était sur un nuage, tendue et dans l'attente de l'explosion qui libérerait son corps. Soudain, elle sentit les doigts de Morgan caresser son sillon intime, humide à souhait, tandis que sa langue passait et repassait sur le bouton sensible de son clitoris. Son excitation ne fit que croître.

— Morgan, je vais jouir…

A ce moment-là, il la pénétra de ses doigts sans cesser de la caresser avec sa langue. Elle s'arqua encore davantage pour lui permettre d'entrer plus profondément en elle. Il accéléra son mouvement.

— Morgan !…

Il referma la bouche sur le sexe palpitant de Misty, et la jeune femme monta au ciel. Elle se mit à crier de plaisir, heureuse qu'ils fussent seuls parce qu'elle n'aurait pas pu s'en empêcher. Ce cri était une nécessité. Jamais elle n'avait éprouvé une sensation d'une telle puissance.

Morgan se déplaça sur elle, et leurs hanches s'imbriquèrent étroitement. Il lui prit le visage à deux mains, et lui sourit avec tendresse.

— Je vais venir en toi, maintenant.

— Oui.

Elle lui enlaça les reins de ses jambes. Aussitôt, Morgan lui prit la bouche et se mit à la pénétrer lentement, avec toute la douceur du monde. Quand il fut parvenu bien au fond, un moment de plaisir suspendu les tint tous deux en haleine. Enfin, il commença un long mouvement de va-et-vient qui les fit gémir de délice.

Très vite, Morgan ferma les paupières et se mit à haleter, les muscles tendus, les mâchoires serrées. La vue de cet homme si beau, si doux, si puissant au-dessus d'elle ajouta encore au plaisir physique de la jeune femme. Elle plongea dans un second orgasme qui la saisit par sa force et sa soudaineté. Elle serra Morgan de ses bras et de ses jambes tout en s'agrippant à ses épaules. Elle sombrait dans un océan d'extase.

A l'instant où il la sentit jouir, Morgan abandonna la lutte. Il enfouit le visage dans ses cheveux de jais, et son grand corps fut secoué de frissons.

Pendant un long moment, il ne bougea plus. Puis, il embrassa Misty dans le cou, et elle le sentit sourire.

Elle le serra de nouveau contre elle, heureuse et comblée.

— C'était merveilleux, murmura-t-elle.

Il se redressa sur les coudes, les yeux brillant de plaisir, et déposa un petit baiser sur ses lèvres. Misty lui caressa la joue du bout des doigts. Son besoin était satisfait, mais la curiosité ne l'avait pas quittée — pas plus que l'amour.

— Ce que tu m'as fait, Morgan, je veux te le faire.

Morgan eut un sursaut et jura. Enfin, il se mit à rire, mais d'un rire rauque et sensuel.

— D'accord, Malone.

D'un mouvement souple, il roula alors sur le dos, si bien que Misty se retrouva au-dessus de lui.

— Tout de suite, dit-il.

Mais, à cet instant précis, le portable se mit à sonner.

10

Il était 2 heures du matin quand Morgan, éreinté, vint rejoindre Misty. Il avait été obligé de s'absenter parce qu'une voiture, ayant dérapé sur la chaussée mouillée, avait percuté un poteau téléphonique et défoncé la barrière d'un éleveur de bovins. Le conducteur s'en était tiré avec un bras cassé, mais une vingtaine de fermes s'étaient trouvées privées de téléphone, et une douzaine de vaches avaient pris la clé des champs. Des problèmes sans gravité mais qui avaient exigé beaucoup de son temps.

Il pestait contre sa malchance. En définitive, il avait fait l'amour à Misty mais il ne l'avait pas demandée en mariage. Et elle ne lui avait rien dit de ses sentiments, sauf qu'elle avait trouvé « ça » merveilleux. C'était déjà pas mal, d'accord, mais c'était loin de suffire…

Il ôta ses bottines boueuses dans la cuisine, et marcha à pas de loup jusqu'à la chambre. Dans la pénombre, il devina le corps de Misty, sous le drap, et il entendit sa respiration calme et régulière. Il l'appela doucement. Elle se retourna en bâillant, puis ouvrit les yeux et le regarda fixement.

— Morgan ? Que se passe-t-il ? Tu viens de rentrer ?

— Oui.

Sans en dire davantage, il se pencha et la souleva dans ses bras. Sa nuisette en coton léger laissait voir pas mal de ses charmes, mais il se promit de ne pas la toucher. Après tout, elle aussi devait être fatiguée.

— Pardonne-moi de t'avoir réveillée, lui dit-il, mais j'avais envie de m'endormir avec ta tête sur mon épaule.

Misty eut un « Mmm » d'approbation, et noua les bras

autour de son cou. Elle gardait les yeux fermés, et son visage était détendu.

— Dors, Malone chérie, chuchota-t-il en s'allongeant près d'elle. Demain, je veux te parler.

Elle rouvrit les yeux et lui sourit. Puis elle se tourna sur le côté et se coucha à demi sur lui, l'enlaçant du bras et de la jambe.

— Je ne dors plus, tu sais.

Il la regarda dans la pénombre.

— Chut ! Ne me tente pas. Il est tard, et nous avons tous les deux besoin de sommeil.

Il sentit alors une petite main glisser sur son ventre. Aussitôt, il eut une érection.

— Malone ! gronda-t-il. Arrête immédiatement.

Misty se dressa, mais c'était pour ôter sa nuisette. Quand elle revint contre lui, elle était nue.

— Ne m'oblige pas à te violer, lui dit-elle avec un petit sourire.

Morgan lui caressa le dos du haut jusqu'en bas, puis les fesses.

— D'accord, répondit-il dans un soupir. Sois gentille avec moi : je viens de passer un moment éprouvant en compagnie d'agriculteurs et de vaches.

Elle rit et se rua sur sa bouche. Il glissa les deux mains sur ses fesses et commença à explorer son corps. Pendant l'heure qui suivit, ils ne pensèrent ni l'un ni l'autre à dormir.

Le matin suivant, alors qu'ils avaient regagné la maison familiale, Morgan fut réveillé par un gémissement plaintif. Il se redressa d'un bond dans le lit et se tourna vers Misty. Toute pâle, les yeux fermés et les lèvres pincées, elle se tenait l'estomac.

— Les nausées du matin ? lui demanda-t-il d'un ton très doux.

Misty hocha la tête.

— Ces derniers temps, ça allait plutôt mieux, mais je ne me réveille pas tous les matins avec une jambe poilue en travers du ventre.

— Oh ! excuse-moi ! Je vais arranger ça. Ne bouge pas : je reviens.

Il sauta dans son jean et courut jusque dans la cuisine. A la table du petit déjeuner, ses frères l'accueillirent par des plaisanteries douteuses. Il marmonna quelques reparties bien senties, tout en glissant une tranche de pain dans le toaster et en allumant le feu sous la bouilloire.

— Mais… tu fais quoi, exactement ? lui demanda Gabe au moment où il s'emparait de la boîte de thé.

Tout le monde savait, dans la famille, que Morgan n'en buvait pas.

— Misty a des nausées. Il faut qu'elle grignote un toast et qu'elle boive du thé bien chaud et très sucré… J'espère que ça va marcher. C'est un remède de m'man.

Lorsqu'il retourna dans la chambre, Misty était toujours dans le même état.

— Prends ça, Malone, tu te sentiras mieux, lui dit-il en posant le plateau sur le lit. Commence par grignoter un morceau de pain… Un peu plus… Ne discute pas : c'est pour ton bien.

Des miettes tombèrent sur la poitrine de la jeune femme, et Morgan les balaya de la main. Si ce rituel avait lieu tous les jours, il allait devoir changer les draps plus souvent.

— Maintenant, une gorgée de thé.

— J'ai horreur du thé.

— Bois-en quand même. Il est très sucré.

Elle en but un peu pendant qu'il lui soulevait la tête.

— Pas mauvais…

Après plusieurs minutes, Misty s'assit précautionneusement dans le lit et sourit.

— Mais tu es une vraie petite fée, Morgan ! Il y a longtemps que tu soignes les femmes enceintes ?

Morgan lui lissa tendrement les cheveux.

— Non, tu es ma première.

— Alors, comment savais-tu que le toast et le thé marcheraient ?

Les pointes de ses seins tendaient le drap. Maintenant qu'elle se sentait mieux, Morgan devait se concentrer pour suivre la conversation.

— J'ai demandé à ma mère.

La jeune femme sursauta si violemment qu'elle en renversa son reste de thé. Pas de doute, il faudrait changer les draps !

En attendant, Misty s'y agrippait en le dévisageant d'un œil incrédule.

— Tu peux répéter ce que tu viens de dire ?

— J'ai demandé conseil à ma mère. Bon sang ! Je ne vois pas en quoi ça peut être bizarre : elle a eu quatre enfants, donc elle s'y entend en nausées du matin, O.K. ?… Ah ! au fait, elle m'a dit de t'embrasser !

Misty secoua la tête d'un air accablé.

— Je n'arrive pas à y croire.

Morgan lui caressa de nouveau les cheveux. Ils étaient soyeux, brillants, très sombres… Leurs enfants auraient les cheveux bruns, ou ce serait à n'y rien comprendre. Et leurs yeux ? Seraient-ils bleus, comme ceux de leur mère, ou bien verts, comme les siens ? Pour lui, en tout cas, ce serait du pareil au même.

La vision de la petite famille qu'ils allaient fonder amena sur ses lèvres un sourire ravi.

— Misty, veux-tu m'épouser ?

La jeune femme sursauta de nouveau, et si violemment qu'elle se cogna la tête au montant du lit. Elle se massa la nuque en faisant la grimace, puis tourna les yeux vers Morgan.

— Qu'est-ce que tu as dit ?

Quelque chose dans son expression fit vaciller la détermination de Morgan.

— Je t'ai demandé, marmonna-t-il, si tu voulais m'épouser.

— Pourquoi ?

Morgan se raidit et sentit son visage se congestionner. Pourtant, bon sang de bonsoir, il n'avait plus rougi depuis l'école primaire !

— « Pourquoi » quoi ? cria-t-il.

Misty haussa les sourcils et le contempla comme si elle avait affaire à un enfant. Quand elle s'adressa de nouveau à lui, ce fut en détachant bien les syllabes.

— Pour quelle raison veux-tu que je t'épouse ?

Un coup frappé à la porte le dispensa de répondre. D'ailleurs, il ne comprenait rien à sa maudite question.

— Entrez !

Gabe entrouvrit la porte.

— On te demande au téléphone, Morgan.

— Prends le message.

— Euh… ce n'est pas un appel local. Je crois que c'est important.

Important ? Il surprit l'expression de son frère, et devina ce dont il s'agissait : enfin des nouvelles de Collins et de sa fiancée !

— Je reviens tout de suite, dit-il à Misty en se dirigeant vers la porte. Nous devons poursuivre cette conversation.

La jeune femme acquiesça d'un signe de tête.

Vingt minutes plus tard, Morgan était appuyé contre le mur du couloir quand Misty quitta enfin la salle de bains. Il remarqua immédiatement qu'elle était déjà habillée pour sortir.

— Tu vas quelque part ?

— Oui. C'est samedi, aujourd'hui. Je ne travaille pas au bureau, mais je dois être au restaurant dans une heure.

Morgan pesta intérieurement mais ne chercha pas à la convaincre de rester. Il savait qu'il perdrait son temps.

— Bon. Nous allons donc entrer directement dans le vif du sujet.

— Tu vas me dire pourquoi tu veux m'épouser ?

Morgan toussota. Il n'y avait personne dans le couloir, mais il souhaitait quand même un peu plus d'intimité. Il prit donc Misty par le bras, et l'entraîna jusqu'à sa chambre. Là, il referma la porte et s'y adossa.

— Avant que nous reparlions mariage, j'ai des nouvelles pour toi. Te souviens-tu d'une fille du nom de Victoria Markum ?

Misty recula jusqu'au lit et s'y laissa tomber.

— Oui. C'est la petite amie de M. Collins, mon ex-patron.

— Parfaitement… Eh bien, quelques-uns de mes amis policiers sont allés lui parler. En dehors de leurs heures de service, bien entendu.

La jeune femme ouvrit de grands yeux stupéfaits.

— Mais… dans quel but ?

— Pour prouver ton innocence.

— Mon innocence ?

— Mais oui, Malone. J'ai très vite été persuadé que ce n'était pas toi qui avais volé l'argent. Et j'ai voulu découvrir le nom du coupable. J'ai commencé par me demander si cette Mlle Markum n'avait rien à se reprocher.

Misty déglutit péniblement. Elle était pâle comme un linge.

— Je ne m'étais pas posé la question, admit-elle. Moi, je me demandais plutôt si quelqu'un n'avait pas eu le temps de s'introduire dans la boutique et d'en ressortir pendant que j'étais aux toilettes. En tout cas, je n'ai jamais imaginé Victoria dans le rôle d'une voleuse. Elle était trop… éthérée, pour ainsi dire. De toute façon, je crois qu'ils prévoyaient de se marier, elle et Collins. Elle aurait donc volé son propre argent, tu comprends ?

Morgan lui prit les mains. Elles étaient glacées.

— En fait, Malone chérie, Mlle Markum était la seule à vouloir se marier. Quand mes amis l'ont retrouvée, Collins avait décampé avec l'argent qu'il lui avait demandé de dissimuler. Inutile de te préciser qu'elle s'est empressée de tout avouer. Elle est même prête à témoigner contre son ex-amant. Car c'est lui, et pas elle, qui a piqué dans la caisse.

— Quoi ?

— Collins avait pris l'habitude de prélever des petites sommes pour son propre usage. En les mettant bout à bout, on doit tout de même arriver à un montant confortable. Quoi qu'il en soit, Mlle Markum est certainement moins « éthérée » que tu le crois parce qu'elle a tout noté : les dates et les montants. Nous n'avons plus qu'à contacter ton avocat pour qu'il exige un nouveau procès. Ça devrait être rapide puisque les charges qui pèsent sur toi sont infondées.

Misty avait l'air totalement incrédule.

— Je n'ose pas croire que ça puisse être aussi simple.

Il lui adressa un sourire rassurant.

— Pourtant, il n'y a aucun doute : tu auras droit à un non-lieu. Bien sûr, tu devras repasser devant le juge, mais, cette fois, je viendrai te soutenir.

Elle le contempla d'un air confondu. Soudain, sa lèvre inférieure se mit à trembloter.

— Ah non ! tu ne vas pas pleurer ! Je ne supporte pas ça.

De grosses larmes commencèrent à rouler sur les joues de la jeune femme.

— Je ne peux pas croire que tu aies fait tout ça pour moi.

Il se pencha pour embrasser sa joue mouillée.

— C'est parce que je veux te voir heureuse.

Sans crier gare, elle lui sauta au cou et le fit basculer sur le lit avec elle, tout en lui couvrant le visage de baisers. Morgan se mit à rire, la cloua sur le matelas pour l'embrasser passionnément, puis s'écarta avant d'avoir perdu le contrôle de lui-même.

— Voilà déjà un sacré problème en moins, dit-il d'un air satisfait.

La jeune femme le serra fort dans ses bras.

— Morgan, tu es l'homme le plus formidable que je connaisse !

— Je sais, Malone, tu m'as déjà fait cette déclaration plusieurs fois. Mais ça ne répond pas à ma question : veux-tu te marier avec moi, oui ou non ?

Misty se figea et retrouva brusquement son sérieux.

— Tu ne m'as toujours pas dit pourquoi tu tenais tant à m'épouser.

Morgan avait eu le temps de réfléchir, et il savait que répondre, cette fois.

— Parce que tu es belle et sexy.

La jeune femme eut un sourire ravi.

— Merci ! Mais, toi aussi, tu es beau et sexy. Ce n'est pas une raison suffisante pour se marier, n'est-ce pas ?

Morgan marqua un temps.

— Bon… Euh… en plus, nous nous entendons merveilleusement au lit. Bon sang, Malone, j'ai encore les doigts de pied en éventail !

Le sourire de Misty s'effaça, et ses yeux s'assombrirent.

— Moi aussi. J'ai trouvé ça incroyable. Je ne savais pas que ça pouvait être aussi fort.

Elle l'embrassa tendrement sur les lèvres, puis ajouta :

— Mais ça ne suffit toujours pas pour se marier, Morgan. Tant que je vis ici, je suis d'accord pour faire l'amour avec toi. Tu n'as pas besoin de m'épouser pour ça.

Morgan sentait que son estomac commençait à se nouer. Cette maudite fille ne savait pas dire « oui ». Pire, elle parvenait à trouver des excuses pour repousser ses arguments !

Par bonheur, il lui en restait un qu'elle ne pourrait pas réfuter.

— Tu es enceinte.

— Oui, Morgan… Mais ce bébé n'est pas de toi.

— C'est vrai. Mais il sera aussi à moi si tu m'épouses.

Ces paroles émurent manifestement Misty. Pourtant, elle persista dans son attitude.

— Tu dis ça aujourd'hui parce que tu ressens le besoin de me protéger, comme tu protèges tout le monde. Mais je n'ai que faire de ta protection, Morgan. Je suis assez grande pour nous prendre en charge, moi et mon bébé.

Morgan se dit qu'il allait devenir fou.

— Ecoute-moi bien, Misty Malone. Ce que tu sais des hommes ou rien, c'est pareil. Et, pour ton information, je me fiche que le bébé ne soit pas de moi. Il est de toi : c'est tout ce qui compte… D'ailleurs, laisse-moi te révéler un secret : Casey n'est pas le fils de Sawyer, et ça n'a jamais empêché Sawyer de l'aimer.

Cette révélation fit son petit effet. Misty écarquilla les yeux, et dévisagea Morgan d'un air sceptique.

— Si ce que tu avances est vrai, Sawyer en aurait parlé à Honey. Or, ma sœur n'a jamais évoqué cette histoire devant moi.

— C'est parce que ça n'a strictement aucune importance, pas plus pour Sawyer que pour nous autres. Personne ne pourrait aimer ce garçon plus que nous l'aimons et, pourtant, Sawyer a toujours su la vérité. Quand son ex-femme est venue le trouver, enceinte d'un enfant dont elle ne voulait pas, il a tout de suite accepté de le garder. Voilà pourquoi il est arrivé un beau jour avec un bébé dans les bras. Je me souviens encore de ce petit bonhomme qui n'arrêtait pas de crier et de gesticuler. On est tous tombés à genoux devant lui. Bon sang, Malone, un bébé, c'est un cadeau du ciel. Et ce n'est pas le père biologique qui compte, c'est celui qui lui donne son amour et qui le protège. Voilà ce que je veux faire avec toi, Misty.

Il l'agrippa par les épaules et la secoua doucement.

— Epouse-moi, je t'en prie.

Il sentit la jeune femme trembler, puis il vit ses yeux se remplir de nouveau de larmes. Elle se mordit la lèvre et renifla.

— Je… je ne peux pas, Morgan.

Un fer chauffé à blanc lui traversa le cœur. Jamais de sa vie il n'avait connu de douleur pareille. Il regardait Misty sans parvenir à croire qu'elle ne voulait pas de lui. Pourtant, elle l'avait averti : elle lui avait bien dit qu'elle ne souhaitait pas s'engager dans une affaire sérieuse…

Le sang cognait à ses tempes ; il avait envie de hurler de rage. Mais il s'était déjà assez ridiculisé.

Il se laissa rouler sur le côté du lit et garda les yeux rivés au plafond. Que pouvait-il lui dire de plus, nom d'un chien ? Lui demander pourquoi elle le rejetait ? Il n'était pas sûr de vouloir entendre la réponse…

Il sentit Misty se lever et traverser la pièce à pas de loup. Puis la porte se referma sur elle sans un bruit.

Quand il songea à la rattraper, elle était partie travailler. Il se rendit à son tour au bureau et ne rentra que tard dans la nuit. Misty était déjà couchée ; elle avait regagné sa propre chambre. Il n'alla pas la réveiller.

Le lundi soir, la jeune femme était assise au bord du lac, les pieds dans l'eau, quand Honey vint aux nouvelles. Elle ôta ses sandales, s'assit près de sa sœur et poussa un soupir à fendre l'âme.

— Alors, ma chérie, que se passe-t-il ? Morgan est d'une humeur massacrante et, toi, tu es si morose que le soleil a même renoncé à t'éclairer…

Misty regarda droit devant elle et sentit sa gorge se serrer.

— Il ne se passe rien. Je cherche juste un peu de paix et de tranquillité.

— Tiens, voilà qui est drôle ! Ce sont exactement les mots de Morgan.

— Ah bon ?

— Oui. Gabe et Jordan ont essayé de lui parler, mais il les a envoyés se faire pendre. Sawyer, lui, était prêt à l'assommer s'il ne se décidait pas à se calmer. Alors, j'ai insisté pour le voir. Moi, il me ménage, tu comprends ? J'ai parfois l'impression qu'il a peur de me briser.

Misty sourit. Elle trouvait ça bizarre : avec elle, Morgan n'avait jamais ce genre d'attention.

Honey s'éclaircit la voix.

— Il m'a appris qu'il était en train de terminer sa maison et qu'il comptait s'y installer dès demain.

Misty ressentit une bouffée d'angoisse. C'était à cause d'elle que Morgan déménageait précipitamment. Mais que pouvait-elle faire ? Epouser cet homme alors qu'il n'était pas amoureux d'elle ?

— Dommage qu'il parte, dit Honey. Sans lui, la maison ne sera plus la même.

Cette réflexion se passait de commentaire. Misty, elle, était impuissante à le faire changer d'avis. De toute façon, elle avait à peine vu Morgan depuis le samedi précédent. Aujourd'hui, au bureau, il l'avait presque ignorée. Il ne l'avait ni taquinée ni regardée avec tendresse, comme il avait coutume de le faire. C'était comme si leur complicité avait subitement disparu.

Mais ces pensées étaient si douloureuses que Misty décida d'aborder un autre sujet.

— J'ai un aveu à te faire, sœurette.

Honey glissa le bras sur son épaule.

— Tu sais que je peux tout entendre.

— Je sais surtout que tu vas te fâcher.

— Ça m'étonnerait !

Mais quand Misty lui eut tout expliqué — le vol, le procès, la condamnation… — Honey se montra furieuse. Pas tant contre sa sœur qui lui avait caché les faits que contre son ex-patron.

— Ainsi, résuma-t-elle quand Misty eut terminé, c'est Morgan qui t'a tirée de ce guêpier ?

Misty hocha la tête. Oui, c'était grâce à Morgan qu'elle allait être disculpée. Et elle lui témoignerait une reconnaissance éternelle, quel que fût l'avenir.

— Je dois partir demain matin pour un jour ou deux. Mon avocat veut me voir pour préparer le nouveau procès. Tout se passera bien, je ne m'en fais pas pour ça. J'ai déjà prévenu Nate et Celia que j'allais m'absenter… Je sais que je devrais aussi avertir Morgan, mais je n'y arrive pas. Ça ne va pas fort entre nous, en ce moment.

— Pourquoi ? demanda tendrement Honey.

— Il m'a demandée en mariage.

Il y eut un instant de silence. Puis, Honey prit un ton tragique pour lancer :

— Ah ! le salaud ! Comment a-t-il osé ?

Misty accueillit la plaisanterie de sa sœur par un triste sourire.

— Tu ne comprends pas…

— Je comprends que tu l'aimes, ma chérie. Et c'est ça, le plus important.

— Non !

Dans son élan, Misty avait tapé des deux pieds dans l'eau. Elle regarda les vaguelettes s'éloigner d'elle en demi-cercles concentriques, puis reporta son attention sur sa sœur.

— L'important, reprit-elle, c'est qu'on soit deux à s'aimer. Or, Morgan n'est pas amoureux de moi. Son boulot, c'est de résoudre les problèmes des gens, et il est persuadé que j'ai besoin d'un mari parce que je suis enceinte. C'est son côté chevaleresque qui le fait agir.

— Es tu bien certaine qu'il ne fait pas ça par amour ?

Misty haussa une épaule, ne sachant trop quoi répondre.

— Je lui ai demandé pourquoi il voulait m'épouser. Il m'a donné quelques bonnes raisons, mais il ne m'a pas fait de déclaration.

— Qu'attends-tu pour lui poser carrément la question ?

Misty fronça les sourcils d'un air perplexe.

— Je ne peux pas faire ça, tout de même !

— Pourquoi ? Morgan a la tête dure mais il n'est pas idiot. Il ne verrait pas d'inconvénient à ce que tu l'interroges sur ses sentiments.

— Tu as sans doute raison. Il est toujours en train de me dire ce qu'il pense ou ce qu'il ressent. C'en est même embarrassant, parfois.

Honey leva les yeux au ciel.

— Dans ce cas, qu'attends-tu pour lui rendre la pareille ?

Cette simple perspective fit frissonner Misty.

— Je suis une horrible trouillarde ! Et Morgan m'a déclaré très clairement qu'il était attiré par mon corps. En fait, il n'a jamais rien dit d'autre.

A son tour, Honey tapa des pieds dans l'eau, et éclaboussa copieusement sa sœur.

— Comment peux-tu être aussi aveugle ? lui demanda-t-elle en riant. Morgan a tout fait pour te garder près de lui.

— Peut-être. Mais c'est parce qu'il voulait s'occuper de moi, que ça me plaise ou non. Il fait ça avec tout le monde, tu as dû t'en rendre compte… Non, s'il m'aimait, il me l'aurait dit.

Honey eut un long soupir qui traduisait bien son sentiment d'impuissance.

— Je crois que tu es encore plus têtue que lui. Essaie au moins de lui parler. Il est peut-être plus timide que tu ne le penses.

L'idée que Morgan fût timide parut plutôt cocasse à Misty. Mais, pour apaiser sa sœur, elle lui promit tout ce qu'elle voulait. Elle essaya même d'envisager la scène. Quelle serait la réaction de Morgan si elle lui déclarait qu'elle l'aimait ? Serait-il gêné ? Se sentirait-il obligé de répondre qu'il l'aimait aussi ?

Honey la tira brusquement de sa méditation.

— Je voulais aussi te voir pour un autre motif.

Son ton était sérieux, presque solennel.

— Qu'est-ce qui ne va pas, sœurette ?

— Notre père a appelé, il y a environ une heure. Il souhaiterait nous rendre visite.

Misty regarda sa sœur d'un air totalement incrédule. C'était bien la dernière chose à laquelle elle s'attendait !

— Il veut venir ici ? Dans le Kentucky ?

— Oui. Et je suis censée le rappeler pour lui communiquer les dates qui nous conviennent le mieux.

Misty fronça les sourcils. Cela ne ressemblait pas du tout à leur père. A moins que…

— Mon Dieu, ça doit être ça ! Il a appris que j'avais été condamnée !

— Non. En fait, il a prétendu qu'il voulait faire la connaissance de mon mari. Sawyer est sûr qu'il va de nouveau essayer de le convaincre de reprendre ses entreprises. J'ai bien peur que ça finisse mal.

Misty fit la grimace. Leur père avait espéré, pendant des années, avoir un fils qui lui succéderait. A la mort de sa femme, il avait brutalement décidé que Honey, en tant qu'aînée, devrait trouver un mari susceptible de lui succéder.

Mais Sawyer avait tout bonnement refusé. Si bien que le papa faisait la tête. Pour preuve : il n'avait même pas assisté au mariage de sa fille.

— Il m'a dit, reprit Honey, qu'il était curieux de voir à quoi ressemblait un homme capable de refuser spontanément fortune et pouvoir. Et quand je lui ai reproché de ne pas s'être déplacé pour le mariage, il m'a répondu, mot pour mot, qu'il regrettait de ne pas y avoir assisté. C'est incroyable, non ?

— Absolument incroyable !

Le regard de Honey s'adoucit soudain.

— Et tu sais quoi ? Il m'a répété deux fois qu'il se faisait du souci pour toi.

Misty eut un sourire amer.

— Depuis quand se préoccupe-t-il de mon sort ?

Elle se remémora la dernière conversation qu'elle avait eue avec son père. Il ne lui avait pas caché qu'il était extrêmement choqué qu'elle se retrouvât enceinte sans être mariée.

— Tu veux connaître le fond de ma pensée ? lui demanda Honey. Je suis tellement heureuse avec Sawyer que ça ne me gêne pas d'écouter ce que papa a à nous dire. Curieusement, j'ai beaucoup pensé à lui quand j'ai appris qu'il n'assisterait pas à mon mariage. Je me suis demandé, par exemple, si la froideur qu'il arborait ne lui venait pas de ses parents, ce couple glacial que nous avons si peu connu, mais qui lui a très certainement appris à dissimuler ses émotions. Et puis, quand maman est morte, il s'est retrouvé seul avec deux filles à élever. Ça n'a pas dû être facile pour lui…

Elle eut un petit rire.

— Bon, je ne dis pas qu'il faut lui sauter au cou, mais j'aimerais au moins faire la paix avec lui… Dire qu'il va être grand-père !… Qui sait si ça ne lui fait pas plaisir, maintenant qu'il a eu le temps d'y réfléchir ? Enfin, une chose est sûre : je vais faire en sorte que nos retrouvailles se passent bien.

Sur ce, Honey repartit vers la maison, laissant Misty réfléchir à ses paroles. En vérité, leur père n'avait pas su leur manifester son amour, mais elles n'avaient jamais manqué de rien sur le plan matériel. Cela prouvait au moins qu'il tenait compte de leur présence… Et le fait qu'il tînt à connaître Sawyer était un signe positif. Peut-être s'améliorait-il en vieillissant, comme le bon vin. En tout cas, Honey avait raison : elles devaient au moins écouter ce qu'il avait à leur dire.

En retournant à la maison, parmi les fleurs de trèfle que butinaient une myriade d'abeilles, Misty se surprit à sourire. Elle ne parvenait pas à imaginer la réaction de son père face aux frères Buckhorn, ces hommes tout en muscles qui disaient ouvertement ce qu'ils avaient en tête.

Le pauvre risquait fort de n'en croire ni ses yeux ni ses oreilles.

Morgan se réveilla très tôt, le lendemain matin. Il était en train de maudir le sort qui lui avait fait croiser le chemin de Misty quand la porte de sa chambre s'ouvrit à la volée. Instinctivement, il bondit de son lit pour saisir son arme au moment où quelqu'un allumait la lumière. A demi-aveuglé, il plissa les paupières et découvrit qu'il s'agissait de Sawyer. Son frère paraissait furieux.

— Habille-toi ! lui ordonna-t-il en lui jetant son jean.

Morgan commença à s'habiller sans discuter. Pour que son frère lui parlât sur ce ton, il fallait qu'un événement grave se fût produit.

— Qu'est-ce qu'il y a, frangin ?

— Il y a que tu as tout fait rater, espèce de bourrique !

Morgan fronça les sourcils d'un air de totale incompréhension.

— Mais, bon sang, de quoi parles-tu ?

— Misty est partie.

Morgan fut saisi d'un brusque vertige, et se laissa retomber sur le lit.

— Partie ?… Où donc ?

— Partie tout court, répondit Sawyer d'un ton accusateur. Mais à quoi t'attendais-tu, nom d'un chien ? Depuis trois jours, tu l'ignores, tu fais comme si elle n'était pas là… Et moi qui croyais que tu l'aimais !

Morgan se sentit soudain honteux et désespéré.

— Je lui ai demandé de m'épouser, confia-t-il à son frère, mais elle a refusé.

— Quoi ? s'écria Jordan qui venait d'apparaître sur le seuil. Tu as dû mal comprendre !

Morgan secoua la tête.

— Non, elle a été on ne peut plus claire.

Jordan croisa les bras et contempla Morgan d'un air dubitatif.

— Pourtant, je peux t'affirmer qu'elle a un faible pour toi.

A ce moment-là, Gabe pénétra à son tour dans la pièce.

— Si tu veux mon avis, ajouta-t-il, elle est même dingue de lui.

— Mais, bon sang, allez vous…

Morgan s'interrompit avant de devenir grossier. Il était excédé.

— Vous racontez n'importe quoi, affirma-t-il sèchement. Si Misty m'aimait, pourquoi m'aurait-elle rejeté ?

Honey intervint à son tour. Elle écarta Gabe pour venir se planter devant Morgan.

— Parce qu'elle croit que tu n'es pas amoureux d'elle.

— Quoi ?

— Elle m'a dit que tu voulais l'aider à s'en sortir mais que, sans amour, ça n'en valait pas la peine.

Morgan jura d'une voix tellement furieuse que Gabe et Jordan firent un pas en arrière. Sawyer, lui, s'approcha de Honey et posa un bras protecteur sur son épaule.

— Alors, dit-il à Morgan, remue-toi un peu, bon sang ! Tu vas la rattraper, oui ou non ?

Morgan se figea.

— Elle a combien d'avance ?

— Pas plus de quelques minutes, et…

Morgan était dans le couloir avant que Honey eût achevé sa phrase. Torse nu, sans chaussures, il attrapa ses clés et fonça vers sa voiture sous les quolibets de ses frères.

— Eh ! Morgan, ta cravate !

— Morgan, tu oublies ton chapeau !

— Pauvres cloches ! marmonna-t-il en grimpant dans la Bronco.

Sirène hurlante, il démarra sur les chapeaux de roue. Quand il aurait rattrapé Misty, il saurait lui apprendre à vivre…

Il couvrit la distance qui le séparait de la ville en imaginant les sévices qu'il lui ferait subir après l'avoir ramenée.

Arrivé dans la rue principale, il l'aperçut immédiatement au volant de sa voiture. Parfait. Elle allait voir de quel bois il se chauffait ! Il la suivit en faisant grincer les pneus dans la ruelle où elle venait de s'engager. Aussitôt, elle se mit à ralentir. La sirène avait tout de même du bon ! Misty se gara devant l'ancienne ferme qui abritait le bureau du shérif, et descendit de son véhicule…

Manque de chance, Celia, qui passait sur le trottoir, stoppa pour regarder Morgan sauter de la Bronco et en claquer violemment la portière. A ce moment-là, attiré par le bruit, Nate sortit du bureau, suivi de Jesse et de Howard. Tous se mirent à observer avec intérêt la scène extraordinaire qui se déroulait sous leurs yeux.

Misty s'était arrêtée devant la Bronco et regardait, l'air effaré, Morgan se diriger droit sur elle. Elle contempla ses cheveux en bataille, son torse et ses pieds nus, et lui demanda, d'une voix chargée d'angoisse :

— Mon Dieu, Morgan, que se passe-t-il ? Une catastrophe à la maison ?

Morgan s'arrêta devant elle. Sans tenir compte des curieux qui commençaient à s'attrouper, il la prit par la taille et l'obligea à se dresser sur la pointe des pieds.

— Alors, Malone, où crois-tu aller, comme ça ?

Les yeux de la jeune femme s'arrondirent.

— J'ai rendez-vous avec mon avocat. Pourquoi ?

Morgan s'était préparé à l'accabler de reproches. Sa réponse le désarçonna.

— Ah ! Tu ne partais pas ?

— Tu veux dire… pour de bon ?

Il hocha la tête.

— Qu'est-ce qui te fait croire ça ?

Bon sang, il s'agissait d'un coup monté ! Morgan se promit d'assommer Sawyer dès qu'il serait rentré. Mais, auparavant, il avait un problème à régler.

— Tu aurais dû m'avertir, à propos de ce rendez-vous.

Misty plissa les yeux sous l'effet de la colère.

— Comment ? Mais tu ne m'as pas adressé la parole depuis trois jours !

— Parce que je t'ai demandé de m'épouser et que tu as eu le culot de refuser.

Une exclamation indignée s'éleva du côté des spectateurs. Morgan fit comme s'il n'avait rien entendu.

— Est-ce que tu sais combien de femmes j'ai demandées

en mariage avant toi ? Est-ce que tu le sais, Malone ? Non ? Eh bien, je vais te le dire : aucune !

— Très honorée !

Elle mit les poings sur les hanches, et sa voix s'enfla de fureur.

— Mais je n'épouserai pas un homme qui n'est pas amoureux de moi.

Morgan ne put s'empêcher de hurler.

— Mais, bon sang, qui t'a dit que je n'étais pas amoureux de toi ? C'est de la folie pure… Je t'aime, Malone !

Misty marqua un temps, puis plongea son regard dans celui de Morgan. Quand elle reprit la parole, son ton trahissait un certain espoir.

— Tu prétends donc que tu m'aimes ?

Morgan secoua la tête, se passa la main dans les cheveux, et reprit la jeune femme par la taille.

— Enfin, Malone, pourquoi t'aurais-je demandé en mariage si je ne t'aimais pas ?

Quelqu'un, sur le trottoir, cria :

— Ouais ! Pourquoi il aurait fait ça ?

— Silence, vous autres ! ordonna Morgan. Silence ou je vous coffre tous pour tapage sur la voie publique !

Un concert de protestations lui répondit. Mais ils savaient tous que la répression ne faisait pas partie de ses méthodes.

— Tu as simplement voulu me venir en aide, répondit doucement Misty. Comme tu es venu en aide au chiot que tu as recueilli ou à cette petite fille qui s'était perdue dans la montagne.

Morgan secoua de nouveau la tête. Puis, il souleva Misty et l'assit sur le capot de la Bronco. Quand il s'adressa de nouveau à elle, leurs visages étaient si près l'un de l'autre que leurs nez se frôlaient.

— Ecoute, Malone, je n'ai jamais demandé au chiot de m'épouser. Pas plus qu'à la fillette.

— Peut-être… Mais tu m'as avoué que tu cherchais une femme.

Il opina énergiquement du chef.

— Je l'ai trouvée. C'est toi.

— Mais…

La voix de Misty n'était plus qu'un murmure.

— Tu as dit que tu voulais trois enfants.

— Trois au total !

Il posa la main sur le ventre de Misty et lui sourit.

— Celui que tu portes, plus deux autres, précisa-t-il à voix basse pour que personne d'autre ne pût l'entendre. Je voulais juste te faire comprendre que je pensais faire un bon père.

— Oh ! Morgan !

Les larmes aux yeux, elle lui prit le visage à deux mains.

— Je sais déjà que tu feras un père extraordinaire.

— Malone, ne pleure pas ! J'ai horreur de te voir malheureuse.

Misty renifla bruyamment.

— Je suis très heureuse.

Une larme coula alors sur la joue de la jeune femme, et arracha à Morgan un soupir d'impuissance.

— Dis-moi que tu acceptes de m'épouser, Malone.

— Oui, j'accepte.

Sur ce tendre accord, Misty noua les bras autour du cou de Morgan, mais il l'arrêta avant qu'elle ne l'embrassât.

— Pas si vite ! Je t'ai fait une déclaration, mais toi, aurais-tu quelque chose à me dire, par hasard ?

Encouragée par les badauds, Misty sourit à travers ses larmes.

— Morgan Buckhorn, je t'aime plus que je ne saurais le dire.

Morgan la serra fort dans ses bras, puis s'adressa aux curieux en riant de bonheur.

— Vous avez entendu ? A partir d'aujourd'hui, considérez-moi comme officiellement fiancé.

Il se tourna ensuite vers Misty.

— Je me vois mal arriver chez ton avocat torse nu. Crois-tu que j'aie le temps de repasser chez nous pour finir de m'habiller ?

Epilogue

Le père de Malone venait de repartir. Morgan s'assit dans le fauteuil et attira sa femme sur ses genoux. Trois mois s'étaient écoulés. Elle était maintenant toute ronde mais toujours aussi sexy, si bien qu'il avait envie de la caresser à longueur de temps. Et chaque jour qui passait le voyait un peu plus amoureux.

— Morgan, dit Misty sur un ton de léger reproche, je suis trop grosse. Je vais finir par t'écraser.

Il lui déposa un baiser sur la joue et sourit.

— Je promets de ne pas fléchir sous le poids de l'adversité, Malone.

Honey, pelotonnée contre Sawyer sur le canapé, intervint d'une voix douce.

— Tu n'es pas grosse du tout, Misty. En tout cas, tu n'as pas une once de graisse.

Gabe désigna alors les deux couples avec un petit rire.

— Regardez-les, tous les quatre : l'exemple même du bonheur parfait !

— Ne t'en fais pas, frangin, dit Jordan en lui tapant sur l'épaule. Ton tour viendra plus tôt que tu ne crois.

— Peut-être, vieille branche, mais tu y passeras avant moi. Si nous continuons à tomber amoureux par ordre d'ancienneté, tes jours de liberté sont comptés !

Jordan fit la grimace.

— Mes jours de liberté ? Surveille ton langage, sinon tes deux belles-sœurs vont se vexer !

A ce moment-là, Casey entra dans le salon et se laissa tomber sur le canapé, à côté de son père.

— Alors, p'pa, est-ce que tu crois que c'est une bonne idée que je rende visite à M. Malone ?

Morgan sourit. Son beau-père se décontractait un peu plus à chaque visite. La première fois, il s'était montré froid et plutôt coincé pendant à peu près vingt-quatre heures, mais l'ambiance de la maison avait fini par le dérider un peu. Et, à la fin de sa troisième visite, il avait carrément embrassé ses filles en les quittant.

Mais il y avait plus étonnant encore. Comprenant que Sawyer n'accepterait jamais de reprendre ses affaires, M. Malone avait tourné son attention vers Casey. Au bout de quelque temps, il ne tarissait plus d'éloges sur l'adolescent dont il admirait, disait-il, l'intelligence et la maturité. En homme d'action qu'il était, il avait tout de suite invité Casey à venir jeter un coup d'œil sur ses affaires. Ni Morgan ni ses frères n'avaient vu cette quasi-adoption d'un très bon œil, mais comme Casey semblait se sentir réellement concerné, ils avaient décidé de laisser faire.

Sawyer passa un bras autour des épaules de son fils.

— Je crois que nous allons tous aller rendre visite à M. Malone. Ensuite, tu seras libre de rester quelque temps avec lui si ça te chante.

— Super, p'pa !

Il embrassa son père et se mit debout.

— Bon. Maintenant, il faut que j'y aille. Quelques demoiselles m'attendent au bord du lac.

Ils le regardèrent tous sortir avec un sourire amusé. Un instant plus tard, Sawyer et Honey se levèrent pour aller préparer le repas. Jordan partit téléphoner, et quand Gabe vit Morgan embrasser sa femme, il sortit à son tour en sifflotant.

— On va faire un tour chez nous, Malone chérie ? proposa Morgan.

— Je croyais que nous restions pour dîner ?

— Rien ne nous empêche de revenir, affirma-t-il en lui adressant un clin d'œil complice.

Et, sans attendre sa réponse, il souleva Misty et l'emporta dans ses bras.

— Arrête, Morgan ! Je suis trop lourde pour que tu continues à me porter comme ça.

Morgan se contenta de lui sourire.

— Sais-tu que tu es la première à douter de ma force ?

Elle déposa un tendre baiser sur ses lèvres.

— La première, vraiment ?

— Oui. La première dans tous les domaines. Ma première grande passion, mon premier bonheur… et mon seul véritable amour.

Le 1er juillet

Black Rose n°213

Le manoir des secrets - Jana DeLeon

En entrant dans le manoir qu'elle a loué dans le bayou pour écrire son prochain roman, Olivia ressent immédiatement un profond malaise. Elle en a l'intime conviction : quelqu'un l'épie dans l'ombre. Mais qui ? John Landry, le gardien du manoir ? En effet, depuis son arrivée, cet homme mystérieux et bien trop séduisant pour ne pas intriguer Olivia met tout en œuvre pour la convaincre de repartir au plus vite. Comme s'il cachait un secret, qu'elle est bien décidée à percer...

Coopération forcée - Meredith Fletcher

Eryn a d'abord cru à un canular. Alors qu'elle animait un enterrement de vie de garçon, un groupe d'hommes cagoulés et armés a fait irruption dans la salle pour enlever le futur marié... Mais, maintenant, la voilà pour de bon lancée à leur poursuite. Avec elle, il y a un certain Callan, le frère de la future épouse. C'est un militaire bâti comme un roc, qui lui a jeté un regard dédaigneux quand elle lui a appris qu'elle est garde du corps. Et si d'habitude elle se contrefiche des machos dans son genre, cette fois, elle ressent le besoin de prouver à celui-ci qu'elle a autant de courage que lui...

BLACK ROSE

Black Rose n°214

Et si c'était elle ? - Beth Cornelison

Se pourrait-il que Grace, sa fille, soit toujours en vie ? Cette idée folle obsède Elise depuis que les Harrison, un couple qu'elle a rencontré dans un groupe de soutien psychologique et qui, comme elle, a perdu un bébé à la naissance, lui ont révélé soupçonner l'hôpital où Elise a accouché de se livrer à un trafic de bébés... Et si Grace est vivante, se pourrait-il qu'elle ne soit autre qu'Isabel, le bébé adopté par Jared Coleman, lequel fréquente lui aussi le groupe de soutien ? En effet, les deux fillettes sont nées le même jour, et se ressemblent étrangement... Mais comment aborder le sujet avec Jared ? Il risque de le vouloir lui voler sa fille...

Un dangereux partenaire - Debra Webb

Envoyée au Mexique pour enquêter sur un criminel, Casey enrage de découvrir que Levi Stark, un autre agent américain, est chargé de la même mission qu'elle. A deux, ils vont forcément attirer l'attention et se faire repérer ! Mais Levi n'entend pas lui céder le terrain. Contre toute attente, cette détermination se révèle une chance pour Casey quand Levi la sauve d'une embuscade. Désormais rassurée par sa présence, elle se surprend aussi à se laisser séduire par le charme et le charisme de son rival...

BLACK ROSE

Black Rose n°215

Attirance coupable - Elle Kennedy

Le suspect numéro un... C'est en ces termes qu'on lui a décrit Cole Donovan – un millionnaire soupçonné d'avoir assassiné son ex-femme. Mais selon Jamie, psychologue au FBI, les choses ne sont pas si simples. C'est vrai, tout semble accuser Cole, mais aucune preuve tangible ne le confond réellement. Et puis, l'instinct de Jamie ne l'a jamais trahie et, dès le premier entretien, elle a *su* que Cole était innocent. A moins qu'elle ne se laisse perturber par l'attirance inexplicable qu'elle a immédiatement ressentie pour lui ?

Une enfant pour enjeu - Cindy Dees

Quand Jagger Holtz, l'homme avec qui elle a passé la plus belle nuit de sa vie deux ans plus tôt – avant qu'il ne disparaisse sans jamais plus lui donner de nouvelles –, vient frapper à sa porte et lui demande de l'aider, Emily se retrouve confrontée au choix le plus difficile de sa vie. Car si la détresse de Jagger, blessé et poursuivi par de dangereux criminels, la pousse à lui offrir son secours, elle sait aussi qu'en l'hébergeant, elle risque gros : Jagger ignore qu'elle a eu un enfant de lui, la petite Michelle, et en le faisant de nouveau entrer dans sa vie, c'est son enfant qu'elle met en danger...

Black Rose n°216

Troublante dissimulation - Julie Miller

Pour Josie, c'est le choc : une seule nuit passée entre les bras de Rafe Delgado –, le policier qui a promis à son père sur son lit de mort de toujours veiller sur elle –, aura suffi pour que la vie grandisse en elle. Une vie qu'elle veut garder secrète car elle sait que, pour Rafe, leur nuit d'amour a été une erreur. Mais, alors qu'elle s'efforce de tout faire pour l'éloigner d'elle et lui laisser croire qu'elle ne veut plus le voir, elle assiste à un meurtre qui complique ses plans : placée, en tant que témoin, sous la surveillance de Rafe, combien de temps pourra-t-elle se taire, et lui dissimuler qu'il est le père de son bébé ?

Retour à Three Rivers - Aimée Thurlo

Dix ans qu'elle n'a pas mis les pieds à Three Rivers... Laura est bouleversée. Elle se serait bien passée de ce pénible retour en arrière. Mais Nancy, sa meilleure amie de lycée, vient d'être assassinée, et Laura en est persuadée : il s'agit de l'œuvre macabre d'un tueur en série. Puisque les autorités refusent d'envisager cette hypothèse, elle a décidé de mener sa propre enquête. Quitte à s'accommoder de la pénible présence de Travis Blacksheep, dont on lui impose l'autorité. Pénible, car Travis n'est pas un inconnu pour Laura : il lui a autrefois brisé le cœur, précipitant ainsi son départ de Three Rivers...

Best-Sellers n°510 • thriller

Le lys rouge - Karen Rose

Par une froide nuit de mars, à Chicago, une jeune fille se jette du vingt-deuxième étage. Chez elle, telle une signature macabre, la police découvre le sol jonché de lys. Quand il arrive sur les lieux, et qu'il y croise Tess Ciccotelli, psychiatre de la victime, l'inspecteur Aidan est sur la défensive, car des indices laissent penser que la jeune fille a été poussée au suicide par sa thérapeute. Soupçonnée de meurtre, Tess est interrogée par les policiers, puis libérée grâce à l'intervention de son avocate. Mais d'autres patients se suicident à leur tour. Lettres, empreintes, messages téléphoniques : tout accuse Tess. Etrangement, plus les preuves s'accumulent contre elle, plus Aidan est convaincu de son innocence. Quant à son avocate, elle refuse d'assurer sa défense. Seuls désormais face à la méfiance de leur entourage, Aidan et Tess vont devoir découvrir quel esprit manipulateur et pervers se cache derrière le piège diabolique qui se resserre autour de Tess…

Best-Sellers n°511 • suspense

Les disparus de Shadow Falls - Maggie Shayne

Le meilleur ami de son fils Sam a été retrouvé mort. Assassiné dans la forêt de Shadow Falls. Et pour le Dr Carrie Overton, cette tragédie fait soudain ressurgir les terreurs du passé. Depuis seize ans, en effet, Carrie est hantée par le souvenir de cette femme désespérée à qui elle a porté secours. Une inconnue qui a bouleversé sa vie à jamais en lui confiant son nouveau-né. Avant d'être assassinée, elle aussi… Depuis, Carrie porte seule le poids de ce lourd secret. Et aujourd'hui, elle se sent complètement désemparée. D'autant que Gabriel Cairn, récemment arrivé en ville, multiplie les questions sur son passé. Carrie doit-elle se méfier de cet homme mystérieux en qui elle a pourtant eu spontanément confiance ? Ou bien le jour est-il venu de mettre enfin un terme à son mensonge ?

Best-Sellers n°512 • suspense

L'île de la lune noire - Heather Graham

Quand deux jeunes acteurs sont assassinés sur un tournage, dans une petite île isolée de Floride, le thriller que réalise Vanessa Loren devient réalité. D'autant que le meurtrier demeure introuvable et que des phénomènes étranges conduisent Vanessa à se demander si l'île n'est pas hantée, comme le prétend la légende. Deux ans plus tard Vanessa, toujours bouleversée par ce crime impuni, revient à Key West où elle a appris que se préparait un documentaire sur l'histoire de la région. Elle souhaite absolument convaincre le réalisateur, Sean O'Hara, de l'embaucher pour inclure dans son film le récit du tournage tragique. Déterminée à surmonter les réticences de Sean qui semble se méfier d'elle, Vanessa le conduit sur les lieux du crime tout en lui faisant part de ses hypothèses. Mais elle est loin d'imaginer que le passé est sur le point de se répéter et que le tueur, accompagné d'ombres mystérieuses et inquiétantes, la guette déjà dans l'ombre.

Best-Sellers n°513 • thriller

Un danger dans la nuit - Lisa Jackson

Je sais ce que tu as fait, confesse tes péchés…
En écoutant ce message sur son répondeur, la psychologue Samantha Leeds plonge en plein cauchemar. Car l'appel lui rappelle le drame qui a marqué sa vie : le suicide d'Annie, une jeune auditrice perturbée qu'elle n'a pas pu sauver. Terrifiée, Samantha l'est d'autant plus que le harceleur est devenu un tueur qui viole et étrangle ses victimes en écoutant son émission. Tandis que les inspecteurs Bentz et Montoya pistent le meurtrier, Samantha se réfugie auprès de Ty Wheeler, son nouveau voisin, le seul homme auquel, croit-elle, elle peut encore faire confiance…

Best-Sellers n°514 • roman

L'écho de la rivière - Emilie Richards

Artiste peintre mariée à un avocat et mère d'une petite fille, Julia Warwick est un pur produit de l'aristocratie de Ridge's Race. Cette femme à qui tout semble sourire voit pourtant son monde s'écrouler lorsqu'elle perd la vue de manière inexpliquée. Les médecins ayant conclu à une cécité psychosomatique, Julia entreprend de fouiller son passé à la recherche d'un traumatisme qu'elle aurait pu enfouir au plus profond de sa mémoire. Ce faisant, elle ouvre peu à peu les yeux sur son mari, sa famille, et surtout sur elle-même. Faisant bientôt émerger, avec l'aide de Christian Carver, son amour de jeunesse, des secrets que beaucoup ont intérêt à ne jamais voir divulgués.

BestSellers

Best-Sellers n°515 • suspense

Noirs soupçons - Brenda Novak

Revenue à Stillwater avec sa petite Whitney pour oublier un passé difficile, Allie McCormick, brillant officier de police, est fermement décidée à faire toute la lumière sur le drame qui a bouleversé la ville durant son adolescence : la mystérieuse disparition du révérend Barker, dix-neuf ans plus tôt. Depuis, les soupçons les plus noirs, les rumeurs les plus graves, n'ont cessé de circuler dans la région… Des rumeurs terribles, accusant Clay Montgomery, le fils adoptif du révérend, d'avoir tué son beau-père et dissimulé son corps. Mais un soupçon n'a rien d'une preuve pour Allie, quels que soient ses doutes et la surprise qu'elle éprouve en découvrant, au lieu de l'adolescent au charme ténébreux dont elle a gardé le souvenir, un homme taciturne et solitaire, qui semble porter le poids d'un lourd secret. Intriguée, Allie veut à tout prix découvrir s'il est ou non l'assassin qu'elle est venue démasquer.

Best-Sellers n°516 • thriller

Le collectionneur - Alex Kava

Albert Stucky. On l'appelle le Collectionneur – parce qu'il aime collectionner les jeunes femmes, avant d'en disposer à sa manière. La plus horrible qui soit. Pour l'arrêter, Maggie O'Dell, profiler et agent du FBI, a payé le prix fort : enlevée et torturée par ce fou dangereux, elle n'a échappé à la mort que de justesse. Mais aujourd'hui, huit mois après les faits, la jeune femme apprend que Stucky est parvenu à s'évader. Pour elle, le cauchemar recommence…

Un face à face redoutable entre Maggie O'Dell, un des meilleurs profilers du FBI, et Albert Stucky, un tueur en série particulièrement intelligent et pervers, dont chaque crime marque une escalade dans l'horreur.

Best-Sellers n°517 • historique

Le prix du scandale - Kat Martin

Angleterre, 1855.

Depuis la disparition de son richissime époux, Elizabeth Holloway n'a qu'une inquiétude : se voir retirer la garde de son fils par sa cupide belle-famille, prête à tout pour s'emparer de l'héritage de l'enfant. Désespérée, et impuissante face aux Holloway, elle décide de faire appel au seul homme qu'elle ait jamais aimée, et qu'elle a pourtant trahi malgré elle… Reese Dewar. Reese, qui ne lui a jamais pardonné d'en avoir épousé un autre alors qu'elle lui avait promis sa main des années plus tôt. Reese, qui ignore tout de son secret et des raisons qui l'ont poussée à se détourner de lui…